Henk Werson

De fatale fuik

Uitgeverij Carrera, Amsterdam 2012

Eerste druk januari 2012
Tweede druk februari 2012

© 2012 Henk Werson
© 2012 Uitgeverij Carrera, Amsterdam
Redactie Door van der Wiele
Omslagontwerp Riesenkind
Omslagbeeld Darin Stoyanov/Arcangel Images/Hollandse Hoogte
Typografie Perfect Service
ISBN 978 90 499 6048 3
NUR 740

www.uitgeverijcarrera.nl
www.defatalefuik.nl

Carrera is een imprint van Dutch Media Uitgevers bv.

Inhoud

Voorwoord 7
Proloog 9
Samantha & Ariëlle 15
De fatale fuik van Samantha & Ariëlle 49
Simona 58
De fatale fuik van Simona 89
Ebony & Happy 95
De fatale fuik van Ebony & Happy 118
Maartje, Petra & Michelle 125
De fatale fuik van Maartje, Petra & Michelle 143
Celine 150
De fatale fuik van Celine 188
Chavdar, Iulia & Oana 197
De fatale fuik van Chavdar, Iulia & Oana 238
Svetlana 247
De fatale fuik van Svetlana 259
Jamila 264
De fatale fuik van Jamila 288
Zestien jaar strijd tegen mensenhandel 295
Mensenhandel juridische betekenis 311
De ware liefde 391

Voorwoord

In dit boek beschrijft Henk Werson, expert mensenhandel bij het Korps Landelijke Politiediensten, op onnavolgbare wijze acht praktijkverhalen. Zij geven een ontluisterend en niet zelden emotioneel beeld van de diverse verschijningsvormen van mensenhandel. Het is het verhaal van een professional, die in staat is met de nodige rationaliteit te kijken naar de ontwikkeling van een fenomeen waarin hij expert is geworden. Het is boven alle twijfel verheven dat hij emotioneel betrokken is bij dit thema op een manier die buitengewoon veel respect afdwingt.

'Waakzaam en Dienstbaar' is het mission statement van de Nederlandse politie. Maar aan wie zijn wij als politie dan dienstbaar en waarvoor moeten wij dan waken? Wij zijn er om te beschermen, te begrenzen en te bekrachtigen. In acute noodsituaties moeten wij onder alle omstandigheden in staat zijn dwingend in te grijpen en het is onze taak om de macht van de sterkste, de patsers en de onaantastbaren in de criminaliteit in te dammen. Daarnaast moet de politie alle positieve maatregelen, die onze samenleving ontwikkelt tegen deze vormen van ellende, bekrachtigen met ons organisatievermogen en talent. De bestrijding van het fenomeen mensenhandel bevestigt in alle opzichten waarvoor wij als politie bestaan.

De fatale fuik raakt mij diep. Het boek is een weergave van de rauwe werkelijkheid waarin heel veel vrouwen die in de prostitutie zitten zich bevinden. Hun persoonlijkheid wordt hun langzaam maar zeker afgenomen en zij leven in een wereld, waar geweld de norm is en medemenselijkheid lijkt verdwenen. Juist dan is de interventie van de politie, die vaak de eerste meldplaats is van deze ellende cruciaal. Het doorbreken van het sociaal isolement waarin deze vrouwen zijn gevangen, is een eerste opdracht. Dat begint met het winnen van het vertrouwen van de betrokken slachtoffers in de politiefunctionaris die tegenover hen zit. Dit kan alleen in een respectvol gesprek, met een competente politiemedewerker die over gedetailleerde kennis en vaardigheden beschikt om de situatie effectief in te kunnen schatten. Deze politiemedewerker moet ook over voldoende pragmatisme beschikken. Wellicht het belangrijkste van allemaal: hij of zij moet het slachtoffer daadwerkelijk van betekenis kunnen en willen zijn. Frappant in dit verband is onze observatie dat de hoogte van de straf die de rechter tegen de dader(s) uitspreekt voor slachtoffers minder relevant is dan we dachten. Het simpele feit dat er wordt gestraft is van belang, dat betekent dat hun verhaal wordt geloofd. Het gaat hier om erkenning. Die is voor deze groep slachtoffers van groot belang voor hun eigenwaarde en luidt vaak het begin van een toekomst in met meer perspectief dan zij ooit hadden. Wie wil meer bewijs van de relevantie van ons werk?

Casuïstiek, mits integer beschreven zoals in *De fatale fuik*, is zo beeldend dat u zich boos, verdrietig en machteloos zult voelen. Maar ook zult u de zekere behoefte krijgen om dit mensonterende fenomeen zo effectief mogelijk te bestrijden. Juist voor dat laatste bieden de praktijkverhalen in dit boek tal van aanknopingspunten. Na iedere casus kijkt Henk met de nodige rationele afstand naar best practises, de historische en juridische context, de hulpverlening, zittende en staande magistratuur, en de internationale relevantie van het thema mensenhandel. De verhalen laten zien dat mensenhandel effectief te bestrijden is. Dit is belangrijk als wij onze samenwerkingspartners willen blijven motiveren dit lastige fenomeen te bestrijden. Waar deze bestrijding immer mee begint is: niet wegkijken als je ermee wordt geconfronteerd. Na het lezen van *De fatale fuik* is dat onmogelijk.

Ruud Bik
Korpschef KLPD
Portefeuillehouder mensenhandel in de Raad van Korpschefs

Proloog

Zestien jaar werken in de bestrijding van mensenhandel levert veel verhalen op van een rauwe realiteit die jaren nadien nog door het hoofd nagalmen. Het komt vaak voor dat mensen die ik ontmoet, mij vragen naar mijn ervaringen met mensenhandel. En hoewel er steeds meer bekend is over dit fenomeen, hebben veel mensen nog geen helder beeld van wat er allemaal schuilgaat achter deze term. In mijn privéomgeving kon en mocht ik me vaak niet uiten over mijn werkzaamheden, om benadeelden van mensenhandel af te schermen. Via de media moesten mijn naasten vaak vernemen waar ik mee bezig was. Wel veilig, want dan kon ik vragen afdoen met woorden als: 'Daar mag ik niet over praten.' In de loop der jaren werd dat door mijn privéomgeving geaccepteerd.

De media berichten sinds 2000 massaal over het fenomeen mensenhandel. Regelmatig moest ik antwoord geven op ogenschijnlijk mislukte onderzoeken of cijfermateriaal dat was gepubliceerd, of men vroeg mij mijn medewerking te verlenen aan een praatprogramma of documentaire. Het viel me steeds weer op; men bleef hangen in dezelfde vragen. Na enige aandacht in de media meldden zich vertwijfelde ouders, al dan niet gesteund door belangenorganisaties. Hun dochter zou slachtoffer van een loverboy zijn. Zij wisten niet of hun dochter daadwerkelijk in handen was gevallen van een loverboy of wat er allemaal bewezen moest worden om de loverboy veroordeeld te krijgen. Ook daarover moest ik veelvuldig uitleg geven. Dat was voor mij de eerste impuls om dit boek te schrijven. Wat als het me zou lukken om vele antwoorden in één boek te verwerken?

In 2007 werkte ik de aangifte uit van een slachtoffer van mensenhandel. Zij had in een politieregio tevergeefs aangifte willen doen en kwam via omwegen bij mij terecht. Zij hield een dagboek bij als manier van verwerking, met in haar achterhoofd het idee er ooit eens een boek van te maken. Zij was mijn tweede motivator. Vlak na de rechtszaak waarin haar mensenhandelaar veroordeeld was tot vier jaar gevangenisstraf, zei ze: 'Henk, waarom schrijf jij nou niet eens een boek? Ik weet zeker dat veel slachtoffers er baat bij hebben als jij je ervaringen publiek maakt, maar ook al die anderen die nu steeds iets roepen zonder dat ze jouw achtergrond hebben.'

Een bezoek aan Maartje vormde de laatste aanzet. Met een collega had ik meegewerkt aan een documentaire over loverboys en na de uitzending, in mei 2010, kwamen er verschillende aanvragen van slachtoffers binnen voor een gesprek. Een van hen was Maartje, een vrouw die er 25 jaar geleden in was geslaagd onder de dwang van haar pooier uit te komen, maar tot op de dag van vandaag werd zij aan deze nachtmerrie herinnerd. Alle aandacht van u, bracht haar verleden naar boven. Ze was tot op zekere hoogte verbitterd dat slachtoffers van vroeger niet de aandacht kregen waar ze nu op konden rekenen. Na het gesprek met haar wist ik het zeker: mijn boek gaat er komen. Vanaf dat moment ben ik gaan werken aan *De fatale fuik*.

Ik heb in dit boek acht praktijkverhalen uitgewerkt. Op elk praktijkverhaal volgt een tussenhoofdstuk, waarin ik vanuit mijn perspectief aanvullingen geef op wat ik gezien heb bij slachtoffers. Maar ook met welke vragen de politie in de loop der jaren worstelde, wat bepaalde definities uit de praktijkverhalen betekenen, welke lessen wij hebben geleerd en hoe onze aanpak van mensenhandel is geëvolueerd. Het is een greep uit de vele onderzoeken waar ik met tal van collega's aan heb gewerkt. In al die jaren heb ik ongeveer 1300 slachtoffers gesproken. Voor sommige onderzoeken sprak ik er meer dan honderd. Niet alle gesprekken mondden uit in een aangifte. De praktijkverhalen geven een beeld van de diverse verschijningsvormen van mensenhandel. Bij het ene onderzoek ga ik wat dieper in op het werk van de politie, bij het andere op de slachtoffers en daders. In de loop der jaren heb ik verschuivingen gezien in de wervingsmethoden van mensenhandelaren. En ik zag dat verschillen in de ronsel- en uitbuitingsmethoden mede bepaald worden door nationaliteit en cultuur. Het gegeven dat typen daders en slachtoffers steeds wisselen, maakt dat ook wij als politie en justitie moeten meebewegen.

Hoe komt iemand in de gedwongen prostitutie of in andere vormen van uitbuiting terecht? En hoe wordt zo'n uitbuitingssituatie in stand gehouden? Wat kunnen de gevolgen voor een slachtoffer zijn van mensenhandel? En hoe ga je vanuit professioneel oogpunt met hen om? In dit boek ga ik in op de psychologische mechanismen van de slachtoffers om een beter begrip te kweken voor hun handelen, zowel onder beroepsgroepen die met hen te maken hebben als het grote publiek. Mijn persoonlijke leerproces en dat van de Nederlandse politie komen ook naar voren in een hoofdstuk dat volgt op de praktijkverhalen. Dat hoofdstuk, getiteld Zestien jaar strijd tegen mensenhandel, geeft in vogelvlucht weer hoe we ons vanaf 1995 bewust werden van het probleem van mensenhandel en wat we hebben ondernomen om dit fenomeen te bestrijden. In de bijlage achter in het boek leg ik de wetgeving omtrent mensenhandel uit in zo eenvoudig mogelijke bewoordingen.

Privacy is in mijn werk van levensbelang. De zaken die ik beschrijf zijn reeds afgedaan en er staan geen rechtsmiddelen meer open. Namen van personen, woonplaatsen en landen zijn veranderd. Niemand is erbij gebaat dat de details van een specifieke zaak worden achterhaald, dus de data van sommige praktijkzaken wijken af van de daadwerkelijke pleegdata. Maar alle zaken hebben daadwerkelijk plaatsgevonden en inhoudelijk kloppen de feiten voor honderd procent. De praktijkverhalen zijn voor een belangrijk deel gereconstrueerd aan de hand van de vele verklaringen van en gesprekken met slachtoffers van mensenhandel. Een verhoor duurt vaak dagen achtereen. In dit boek zijn de verhoren compact weergegeven en niet woordelijk. De verklaringen van de betreffende slachtoffers zijn destijds door de politie onderbouwd met bewijsmateriaal. Alle zaken in dit boek hebben geleid tot een veroordeling door de rechter in zowel eerste aanleg als in hoger beroep. Overeenkomsten tussen personages in dit boek en die in lopende zaken berusten op louter toeval. Dat geldt ook voor de lopende onderzoeken die mogelijk overeenkomsten vertonen met de door mij uitgewerkte praktijkverhalen. Onderzoeken die ik opgestart heb bij mijn huidige werkgever, het Korps Landelijke Politiediensten (KLPD), komen niet voor in mijn boek. Om te voorkomen dat ik onderzoeken beschrijf die nog onder de rechter zijn. Zoals de praktijkonderzoeken zijn beschreven, kom ik ze in de praktijk nog steeds tegen.

Halverwege de periode dat de in dit boek opgenomen praktijkverhalen speelden, ging Nederland over van de gulden op de euro. In dit boek spreek ik voor het gemak over euro's. De omrekeningskoers van guldens naar euro's is een op een. Destijds was een prostitutiebezoek gemiddeld 50 gulden, nu kost het 50 euro. Ook met het oog op de verschillende valuta in de landen die in dit boek voorkomen, heb ik alles omgerekend in euro's. Omdat het gros van de slachtoffers met wie ik in mijn werk te maken heb vrouwen zijn, spreek ik over hen in de vrouwelijke vorm. Uiteraard zijn ook zeer veel mannen slachtoffer van mensenhandel.

Niets van de verkoopopbrengsten van dit boek zal op mijn eigen bankrekening terechtkomen. De verdiensten komen volledig ten goede aan Fier Fryslân, een expertise- en behandelcentrum op het terrein van geweld in afhankelijkheidsrelaties. Ze vangen slachtoffers op van onder andere mensenhandel, eergerelateerd geweld en huiselijk geweld. Zij diagnosticeren deze slachtoffers met de bedoeling een maatgericht behandelplan voor hen op te stellen. Eén onderdeel van behandeling is dat slachtoffers zich weer kunnen gaan ontspannen. In 2012 zullen zij een nieuwe locatie betrekken en ik hoop met de opbrengsten van mijn boek hier een bijdrage aan te kunnen leveren. Het door u aangeschafte boek geeft u daarom niet alleen inzicht in mensenhandel, maar u werkt indirect ook mee aan de hulpverlening aan slachtoffers van diverse vormen van geweld.

Ik had dit boek niet kunnen schrijven zonder hulp. Mijn dank gaat uit naar mijn naasten die tijdens mijn schrijven van dit boek vaak op de tweede plaats kwamen, maar me toch de ruimte gaven om het af te ronden. Mijn redacteur Door van der Wiele die met mij 212.335 woorden, oftewel ruim 700 boekpagina's, doorworstelde om in een moordend tempo dit boek op te leveren. Mijn leesclub, bestaande uit zes critici uit diverse lagen van de samenleving, die Door en mij ongezouten kritiek en feedback gaven op de ruwe versie. Ondanks dat mijn naam eronder staat, had ik het nooit zonder die anderen kunnen doen. Familie, leesploeg, vrienden, collega's uit het werkveld, slachtoffers van mensenhandel en alle anderen die dicht bij me staan, bedankt voor jullie begrip en ondersteuning.

Een bijzonder woord van dank gaat uit naar Stef Bos. Niet alleen inspireerde zijn muziek mij om door te gaan, ook onze tussentijdse ontmoetingen om over de voortgang van het boek te spreken, waren een steun voor mij. Zijn enthousiasme en zijn support vind je terug in mijn boek.

Tot slot mijn lijfspreuk in de bestrijding van mensenhandel:

'Behandel de ander, zoals je zelf graag behandeld wilt worden.'

Want dan kun je ook zonder specifieke opleidingen in contact komen met mensen die slachtoffer zijn van mensenhandel en hen echt helpen. Ook zonder dat daar altijd een boef bij gevangen wordt.

Henk Werson

Samantha & Ariëlle

November 1994

Als ze haar baan kon opzeggen, dan deed ze dat direct. Een van de flauwe grappen van de bezoekers in de buurtkroeg in Fedostina is dat ze dicht bij elkaar gaan staan, wanneer Samantha eraan komt met de glazen wodka. Zij moet zich dan tussen de klanten door wurmen. En telkens weer komt ze in de klem met haar borsten. Samantha is een mooie verschijning: blonde krullen tot op de schouders, slank figuur, spijkerbroek en een bloesje dat haar indrukwekkende borsten nauw omspant. Haar cupmaat F is dé aandachtsmagneet in deze kroeg, waar niet meer te beleven valt dan verveling en dronkenschap. Wanneer Samantha daar zo staat, ingeklemd tussen twee stamgasten, wordt er in haar billen geknepen. Of iemand pakt haar vol bij haar boezem. Ze is die respectloze boerenpummels in het café spuugzat met hun terlenka broeken, opgehouden met een rafelig koord, hun morsige overhemden en gebreide truien met schreeuwerige motieven. Samantha is gestopt om ze de huid vol te schelden. Ze heeft de caféhouder al zo vaak gevraagd om op te treden tegen de handtastelijkheden van de kroegbezoekers. Zijn boodschap is simpel: 'Niet zeiken jij, voor jou tien anderen.' Ze heeft het maar te slikken. Samantha is achttien jaar, het oudste kind thuis en de hoofdkostwinner van haar tienkoppige gezin. Haar schoolcarrière hield op aan het einde van de basisschool, haar ouders hadden haar nodig om financieel bij te springen. Veel had ze niet te kiezen.

Ineens zit hij daar aan een tafeltje, haast een buitenaardse verschijning. Hij heeft zijn haren in een strakke scheiding achterover gekamd en een tanig gelaat. Een afgetraind lichaam tekent zich af onder zijn zwarte shirt. Zijn pantalon en colbert zijn van een soepele stof die in de omgeving van Fedostina en het naburige Moskou niet verkrijgbaar is. Terwijl hij iets te eten en drinken bestelt, kijkt hij Samantha in de ogen. Dat doet niemand hier, de blikken richten zich altijd op haar rondingen. Samantha vindt weinig houvast in zijn felblauwe ogen. Onpeilbaar. Zijn stem klinkt zacht en vriendelijk. Wanneer hij is uitgegeten laat hij bij vertrek een fooi voor haar achter, meer dan ze in een paar uur verdient. Twee weken later komt hij weer en in de daarop volgende weken herhaalt hij zijn bezoeken met dezelfde regelmaat. Soms wordt hij vergezeld door een mooie vrouw. Hij is elke keer netjes gekleed en ziet er verzorgd uit. Geen rouwranden onder zijn nagels. En steevast een fooi bij vertrek. Een gesprek is er nog helemaal niet van gekomen, maar Samantha vertelt Ariëlle, al sinds haar jeugd haar hartsvriendin, over de cafébezoeken van deze charismatische man.

Samantha ziet hem twee maanden niet, maar daarna is hij er weer. Vergezeld door een opvallend mooie vrouw. Geen liefdesrelatie, schat Samantha in als ze hen opgewekt keuvelend aan tafel ziet zitten. Met de andere aantrekkelijke vrouwen die hij eerder meenam was er ook geen sprake van liefde. Er werden geen steelse blikken of heimelijke aanrakingen uitgewisseld. Maar er hangt wel steeds een ongedwongen sfeer tussen hem en de vrouwen. Wanneer Samantha hun het eten serveert en terugloopt naar de bar, grijpt een klant haar billen. Met een ruk draait zij zich om: 'Poten thuis!' De dronkelap pakt haar bij de armen, Samantha probeert zich vergeefs los te wringen. 'Jij hebt wel een grote bek voor een serveerstertje.' De mannen die zich om hen heen hebben verzameld staan te lachen. Vanuit haar ooghoek ziet Samantha de bijzondere man opstaan, hij komt haar kant op lopen. Hij kijkt de lastige klant doordringend aan met ijskoude ogen. 'Laat dat meisje met rust,' zegt hij op dwingende toon. De klant aarzelt, maar laat Samantha dan los. Even wacht ze af, hij gaat vast nog heibel maken. Maar dat gebeurt niet. Sterker, hij verontschuldigt zich. Samantha verdwijnt happend naar adem in de richting van de keuken.

'Gaat het een beetje, Samantha?' informeert haar bijzondere gast wanneer ze later zijn tafel afruimt. Verbaasd kijkt ze hem aan. Zijn ogen staan weer vriendelijk. 'Jij heet toch Samantha?' Hij steekt zijn hand uit. 'Ik ben Andrej en dit is Raisa,' zegt hij, wijzend op de jonge vrouw naast hem. Samantha schat haar hooguit een of twee jaar ouder dan zijzelf.

'Bedankt dat je voor me opkwam,' stamelt ze.

'Ach, dat is toch heel gewoon?' stelt Andrej wuivend met zijn hand.

'Die hersenloze boeren moeten eens leren om wat meer respect te tonen voor vrouwen.' Samantha ruimt de tafel verder af en brengt Andrej en Raisa koffie. Wanneer hun kopjes leeg zijn, knikt Andrej naar Samantha om af te rekenen. 'Heb je vanavond zin om wat te gaan drinken met Raisa en mij?' vraagt hij wanneer ze bij hun tafel staat. 'We logeren hier in het hotel.' Samantha is vereerd, ze wil graag eens praten met mensen van buiten deze slaapstad. Ze spreekt nog diezelfde avond af, na haar dienst die tot negen uur duurt. Terwijl Samantha haar dienst afmaakt, bruist er een lekkere energie door haar lijf. Fijn ook dat die onbekende man vergezeld wordt door een vrouw. Misschien kunnen zij haar wat meer vertellen over de grote stad. Buiten Ariëlle heeft ze nauwelijks contact met mensen in Fedostina. Samen fantaseren de vriendinnen vaak over een vertrek naar Moskou. Weg uit deze suffe 'slaapstad'. Zodra haar werk erop zit, snelt Samantha naar huis. Hup, onder de douche en dan naar het hotel.

'Ben je nog lastiggevallen?' vraagt Andrej aan Samantha wanneer ze een plaatsje hebben uitgezocht in een nis van de hotelbar.

Samantha nipt van haar bier. 'Nee, die botte gasten hielden zich rustig. Nogmaals bedankt dat je me hebt geholpen.'

Weer maakt Andrej een nonchalant wegwerpgebaar. 'Ik zie dat op zoveel plaatsen gebeuren in Rusland. Die respectloosheid van mannen tegenover vrouwen irriteert me mateloos. De laatste jaren zie ik het bergafwaarts gaan, soms schaam ik me dat ik een Russische man ben. Sinds drie jaar kom ik veel voor zaken in West-Europa. Zelfs daar leeft het hardnekkige vooroordeel dat wij altijd dronken en handtastelijk zijn. Steeds weer moet ik aan mijn klanten bewijzen dat er ook normale Russen zijn. Doodmoe word ik daarvan.' West-Europa? Samantha's nieuwsgierigheid is nog meer geprikkeld.

'Vertel eens wat over jezelf?' Andrej kijkt haar nieuwsgierig aan.

Samantha trekt haar schouders op. 'Ach, wat valt er te vertellen? Ik woon bij mijn ouders, ik ben de oudste van acht kinderen. Mijn ouders hebben al jaren geen werk. Zij zoeken op straat en op de vuilnisbelt naar bruikbare spullen om te verkopen. Ook al is het weinig, zonder het geld dat ik verdien in het café komen we niet rond met z'n allen. Dan heb ik nog geluk gehad, mijn hartsvriendin Ariëlle zit in bijna dezelfde situatie als ik, maar zij heeft geen werk.'

'Is Ariëlle net zo mooi als jij?' vraagt Andrej plompverloren. Samantha voelt het bloed naar haar hoofd stijgen. Niemand heeft haar ooit gezegd dat ze mooi is. 'Een beetje verlegen?' vraagt Andrej geamuseerd. Raisa grinnikt met hem mee. In deze ontspannen sfeer raapt Samantha haar moed bij elkaar. 'Andrej, wat is jouw verhaal?' Andrej glimlacht.

Hij denkt even na, zet zijn glas op tafel en steekt van wal: 'Ik kom uit Sint Petersburg. Mijn vader was officier in het leger. Na de basisschool stuurde mijn vader me naar een school die deel uitmaakte van het leger. School, sport en discipline, dat waren jarenlang de ingrediënten van mijn leven. Ik was goed in atletiek, maar het lukte me helaas niet om geselecteerd te worden voor het olympisch team. Tien jaar geleden, in 1985, werd ik officier bij de militaire inlichtingendienst, maar na vier jaar kwam alles op zijn kop te staan. In 1989 waren wij in opperste staat van paraatheid, het broeide in Berlijn. De Berlijnse Muur zorgde voor een constante oorlogsdreiging, als officier maakte ik mij geen zorgen over mijn werk en inkomen. Met de val van de Muur verdween de vanzelfsprekendheid dat ik mijn leven lang militair zou blijven. Vrienden reisden naar het rijke Westen en kwamen terug met moderne auto's en mooie kleding. Van hen hoorde ik verhalen over Duitsland, Frankrijk en Nederland. Het was vrij gemakkelijk zakendoen in het Westen, verzekerden ze mij. Uiteindelijk verliet ik de dienst en kreeg een oprotpremie mee waardoor ik naar het Westen kon gaan; Spanje, Italië, Duitsland, België en Nederland. In Rusland was ik best wel verwend, maar hier keek ik mijn ogen uit. Wat een diversiteit aan auto's, huizen en mooie mensen. Het leek of daar de zon altijd scheen.' Samantha luistert met ingehouden adem. Hij zal begin dertig zijn, maar Andrej heeft al zoveel van de wereld gezien. 'In Brussel wandelde een mooie vrouw mijn leven binnen, Elvira. Zij sprak me aan in een koffiehuis; toen ik koffie bestelde, hoorde zij mijn Russische accent en ze vroeg me wat meer over mijzelf te vertellen. Zij ontmoette steeds meer mensen uit het Oostblok en zag allerlei kansen voor haar modezaak. Zodoende kwam ik in de kledingbranche terecht. Ik exporteerde kleding van Elvira's firma naar Sint-Petersburg. Daar verkocht ik de kleding eerst op de markt en toen ik wat geld bij elkaar had gespaard, opende ik een winkel. Nu heb ik zeven winkels die westerse kleding volgens de laatste mode verkopen.' Samantha is erg onder de indruk. Andrej neemt de laatste slok van zijn wodka en wenkt de barman voor een volgende bestelling. Wijzend op de lege glazen bestelt hij nog een rondje wodka en bier. Even kijkt hij naar Samantha en geeft haar een knipoog. Eentje uit vriendelijkheid, zonder bijbedoelingen zoals van de mannen in het café. Ze heeft het gevoel alsof zijn felle ogen recht door haar heen kijken.

'Je ziet mij steeds met verschillende mooie vrouwen,' zegt Andrej terwijl hij zachtjes Raisa's schouder aanraakt. Net als Samantha, houdt ook Raisa haar ogen constant op Andrej gericht. Haar hand met felrood gelakte nagels onder haar kin. 'Twee keer per jaar organiseert Elvira modeshows die niet onderdoen voor die in Parijs of Milaan. Dat wisten de modellen op zeker moment ook, waardoor ze praatjes kregen. Gek werd Elvira van die veeleisende, over het paard getilde mannequins die zo snel mogelijk door wilden breken bij de grote modehuizen in Parijs. In hun ogen was het werk voor Elvira maar een opstapje naar een grootse carrière. Ik heb die modeshows en het gedoe eromheen gezien. Ik heb me verbaasd, ze zijn daar zo verpest met alles wat ze hebben. Beroemde modellen in West-Europa zijn net popsterren, ze verdienen bakken met geld. Elvira kon haar modellen niet tevreden houden, altijd was er trammelant. Toen heb ik haar voorgelegd dat ik modellen voor haar kan vinden in Rusland. We hebben hier zulke mooie, gedisciplineerde vrouwen. Ik gun de vrouwen van hier een kans op een onafhankelijk bestaan, zoals ik dat zelf heb kunnen opbouwen. Geen zorgen meer over geldgebrek, maar een goed basissalaris. Een enkeling breekt door als topmodel. Maar voor wie dat geluk niet is weggelegd, wacht ook een prima toekomst. In West-Europa verdien je in een maand net zoveel als hier in een jaar. Wat verdien jij?'

Deze vraag maakt Samantha onzeker. Zij schaamt zich voor haar armoede. 'Ik verdien 6500 roebel per maand.' Dat is 150 euro.

'Dat bedoel ik.' Andrej slaat met zijn rechterhand op tafel. 'Bij Elvira verdien je een basisinkomen van 2000 euro per maand, 87.000 roebel. Kost en inwoning zijn gratis. Je loopt twee grote modeshows in Brussel en in de rest van België, maar ook in Nederland en Duitsland. Alle landen waar Elvira kleding aan levert. Zij zorgt voor vervoer en een goed verblijf. Voor Russische vrouwen gaat er een wereld open, je wordt als een koningin behandeld. Geen armoede meer, nooit meer kliekjes opwarmen en geen handtastelijke Russische mannen meer.' Andrej draait zich om naar Raisa en legt een arm om haar schouders.

Een beetje plechtig zegt hij: 'Dat geldt nu ook voor Raisa. Overmorgen maakt zij haar entree in de modewereld. Hoe vind je haar jurk? Die komt uit de collectie van Elvira.'

Samantha kijkt naar Raisa. Alsof ze regelrecht van het televisiescherm is komen lopen, met opgestoken bruine krullen, de wenkbrauwen aangezet met scherpe lijnen en vuurrode lippen die afsteken tegen haar zwart satijnen jurkje. Een strak bovenlijfje dat haar volle borsten nauwelijks verhult, wijd uitlopend vanaf het middenrif tot ruim boven de knie. 'Ik ben zo blij dat Andrej op mijn pad kwam,' zegt Raisa stralend. 'Deze jurk had ik in Kolsjow, het gehucht waar ik vandaan kom, nooit kunnen kopen. Het enige wat je daar kunt doen, is aan de lopende band staan in de textielfabriek. Wie had gedacht dat ik deze mogelijkheid zou krijgen. Het zal hard werken worden in Brussel, maar modeshows lopen kan nooit zwaarder zijn dan fabrieksarbeid.' Samantha's fantasie slaat op hol: zou zij mooi genoeg zijn voor Brussel? Stel je voor, weg uit die kroeg met die grijpgrage dronkelappen, eindelijk eens geld verdienen en iets van de wereld zien. Het zal zoveel betekenen voor haar ouders, broertjes en zusjes. 'Hé meisje, waar ben jij met je gedachten?' Andrej knipt met zijn vingers voor Samantha's ogen.

'O, ik luister gewoon naar jullie.' Kan ze Andrej vragen of zij ook...? Nee, die vraag is te onbescheiden.

'Als ik zo vrij mag zijn, wil jij model worden? Je hebt een prachtig figuur en een mooi koppie. Denk er maar over na. Ik ben hier regelmatig in de buurt, dus we hebben het er binnenkort wel over.' Samantha zou direct 'ja' willen roepen en rondjes rennen om haar energie kwijt te kunnen, maar ze gaat iets verzitten en glimlacht ingetogen. Dit is te mooi om waar te zijn. Eerst heb je geen toekomst en opeens ligt de wereld aan je voeten.

In de weken die volgen, voeren Samantha en Ariëlle opgewonden gesprekken. Samantha staat op de drempel van een nieuw universum en de vriendinnen fantaseren over wat daarachter schuilgaat. Er wacht een wereld van overdaad en mooie mensen. Maar Samantha durft het avontuur niet in haar eentje aan te gaan. Alle belangrijke gebeurtenissen in haar leven heeft ze gedeeld met Ariëlle en ze gunt haar ook een mooie toekomst. Haar wens om haar vriendin mee te nemen knaagt aan haar, want wat zal Andrej ervan zeggen? En wat doet zij als Andrej alleen haar wil meenemen naar Brussel en Ariëlle niet? Twee weken na het gesprek in de hotelbar komt Andrej de buurtkroeg weer binnen. Hij steekt zijn hand op naar Samantha die achter de toog de glazen spoelt. Wanneer ze hem bedient, zegt ze: 'Ik heb de afgelopen weken nagedacht over wat je me verteld hebt. Kunnen we verder praten over de mogelijkheden om naar het Westen te gaan? Ik heb er ook met Ariëlle over gepraat. Eerlijk gezegd wil ik alleen maar gaan als zij ook mee kan. Ik ken alleen jou daar en jij bent vaak op reis. Ariëlle is heel mooi en ze wil graag werken. Sorry hoor, dat ik zo doorratel. Ik wil niet opdringerig zijn.'

Grinnikend wuift Andrej haar excuus weg. 'Kom vanavond maar naar de hotelbar en neem je vriendin mee.' Weer laat hij zien hoe anders hij is dan alle mannen die zij kent in Fedostina. Niemand gedraagt zich zo correct. Door Andrej voelt ze zich op een voetstuk geplaatst.

Zodra haar dienst erop zit, spurt Samantha naar Ariëlle. 'Hij is er weer! Straks ga ik naar het hotel om verder te praten.'

Ariëlle vliegt haar om de hals. 'Pak je kans, Sam, je verdient het. Ik ben zo blij voor je!' 'Wacht even,' zegt Samantha en neemt de handen van haar vriendin in de hare. Ze gaat vlak voor haar staan en kijkt haar recht in de ogen. 'Ik ga niet alleen, jij gaat mee vanavond. Ik doe niets zonder jou. Andrej vindt het goed.' Ariëlles ogen lichten op. 'Om halftien moeten we er zijn, opschieten dus.'

Samantha is gespannen wanneer ze opschuift op het bankje in de nis van de hotelbar om ruimte te maken voor Ariëlle. Andrej gaat zitten op de stoel aan de overkant van het tafeltje. Haar spanning ebt snel weg als ze ziet dat hij zich tegenover Ariëlle net zo vriendelijk en geïnteresseerd toont. Andrej komt direct tot de kern: 'Nadat ik Raisa naar Brussel heb gebracht, ben ik naar Elvira gegaan. Ik heb haar over jou verteld. Wat Elvira betreft, ben je van harte welkom. Ik heb tegen haar gezegd dat ik niet zeker weet of jij wel wilt. Jou kan ik een baan aanbieden, over Ariëlle moet ik nog wel even bellen. Maar voordat ik naar Brussel bel, wil ik zeker weten of jullie echt geïnteresseerd zijn. We moeten dan immers van alles gaan regelen. Paspoorten, visa, de reis. Geen probleem hoor, dat regel ik wel, maar niet als jullie twijfelen. Elvira moet garant staan voor jullie als je in België bent. Ik zal jullie niet belasten met al het regelwerk, dat is mijn pakkie-an.' Samantha knikt nadrukkelijk om duidelijk te maken dat ze de overwegingen van Andrej begrijpt. 'Je hoeft nu niet meteen te beslissen, want ik wil dat jullie achter je keuze staan. Ik ga even bellen met Elvira.'

'Wat vind je van hem?' vraagt Samantha uitgelaten zodra Andrej de hotelbar heeft verlaten. De barman brengt volle glazen bier en wodka.

'Wat een charmante man,' verzucht Ariëlle. De vriendinnen barsten uit in een nerveus gegiechel.

'Ik vertrouw hem,' zegt Samantha. Ze neemt een flinke slok bier. 'Ik ken hem nu al maanden, hij heeft me geholpen en is nooit opdringerig. Oh, wat hoop ik dat hij voor ons allebei werk heeft!'

Ariëlle glimlacht. 'Dit zullen ze thuis niet leuk vinden, maar ik ben achttien. Ze kunnen me niet tegenhouden. En als ik geld verdien, kan ik tenminste voor mijn familie zorgen.'

Een halfuur later komt Andrej terug, hij ziet er opgewekt uit. Hij gaat achter zijn stoel staan, plaatst beide handen op het eikenhouten tafelblad en kijkt zwijgend van Samantha naar Ariëlle en weer terug. 'Dames,' zegt hij en laat een stilte vallen. Samantha knijpt in Ariëlles hand. 'Het geluk is aan onze kant, het voorjaar komt eraan en Elvira heeft aanvragen voor modeshows in het grensgebied van Nederland. Dat is een uitbreiding van haar afzetmarkt en ze zegt dat jullie meer dan welkom zijn. Dus zeg het maar, willen jullie?'

Samantha en Ariëlle kijken naar elkaar met flonkerende ogen. 'Ja!' gillen ze. Over de tafel heen omhelzen ze tegelijk een lachende Andrej. Een glas wodka valt om en de drank druppelt op de grond. De meiden klappen dubbel van het lachen.

Terwijl Samantha met een theedoek vanachter de bar de tafel droogdept, buitelen de vragen over elkaar heen. Hoe komen we aan een paspoort? Wat kost dat? Hoeveel geld hebben we nodig voor de reis? Wanneer kunnen we gaan? Hoe reizen we? Waar vinden we woonruimte? Andrej knijpt zijn ogen samen. 'Maar Samantha, de vrouwen die ik bij me had in het café en die nu in West-Europa zijn, zien er toch allemaal gelukkig en goed verzorgd uit?' Samantha knikt. 'Maak je geen zorgen, ik regel alles. Eventuele kosten schiet ik wel voor. Wanneer willen jullie vertrekken? Het is nu maart, in mei en juni is er heel veel werk. Wat mij betreft, neem ik jullie over twee weken mee. Dan ben ik weer hier. In de tussentijd regel ik de papieren en alle andere zaken.'

'Over twee weken is prima,' haast Samantha zich te zeggen. 'Liever vandaag dan morgen.' Ariëlle bijt op haar lip en knikt instemmend.

'Laat morgen een pasfoto maken en kom dan bij me langs om de aanvraagformulieren voor je reisdocumenten in te vullen,' besluit Andrej. 'Over foto's gesproken.' Uit zijn jaszak trekt hij een pocketcamera tevoorschijn. 'Kom op dames, geef mij eens een mooie lach!'

'Hoe gaan we dit thuis vertellen?' vraagt Ariëlle aan Samantha wanneer ze even later door het donker terug naar huis lopen. Dat is een zorg voor later. Eindelijk gaat hun leven beginnen!

Maart 1995

Met de ingevulde papieren onder zijn arm stapt Andrej het paspoortbureau binnen. Hier werkt Janeck die hem voorrang geeft bij de aanvraag van de paspoorten. Andrej overhandigt hem de benodigde documenten. Hij heeft er 250 dollar tussen geschoven. 'Ik kom ze vanavond wel langsbrengen,' zegt Janeck met een blik op het geld tussen de paperassen. Normaal moet hij een maand werken voor het bedrag dat hij nu in zijn handen gedrukt krijgt. Via Janeck heeft Andrej Russen leren kennen die op West-Europese ambassades werken in Moskou. Ook zij verdienen naar westerse maatstaven slechts een habbekrats. Extra inkomsten zijn altijd welkom. Deze mensen behandelen de visumaanvragen van Andrej. Zolang de visumverstrekking onder de drie maanden blijft, voor toeristische doeleinden, wordt er steekproefsgewijs gecontroleerd of de afgegeven visa correct zijn.

De volgende dag geeft Andrej op de Nederlandse ambassade zijn vaste Russische contact achter de balie de paspoorten van Samantha en Ariëlle. De bankbiljetten steken er iets bovenuit. Hij levert er de documenten bij waaruit blijkt dat het bedrijf Elvira Clothing garant staat voor het verblijf van de twee jonge vrouwen. Vlak na dat weekeinde zijn de paspoorten met de benodigde visa klaar.

De vrijdag daarop vliegt Andrej van Moskou naar Schiphol, waar zijn Poolse zakenpartner Petrov hem opwacht. Uiterlijk zijn Andrej en Petrov elkaars tegenpolen. Andrej komt met zijn 1.65 meter tot halverwege Petrovs schouder. Andrej is tanig, Petrov is vierkant. Andrej heeft een strakke kaaklijn en de rechthoekige kaken van Petrov gaan schuil achter een vlezig gezicht. De felle ogen van Andrej maken direct contact, Petrov beschouwt de wereld met een doodse blik door diepliggende spleten. Andrej besteedt veel aandacht aan zijn haar en kleding.

Het vette haar van Petrov hangt in een sliertig staartje. Zijn spijkerbroek heeft geen merk en hij draagt immer hetzelfde uit model gezakte, zwarte leren jack. Zodra ze in de auto zitten, trekt Andrej de foto's van Samantha en Ariëlle uit zijn portefeuille. Er verschijnt iets van een grijns op Petrovs gezicht. 'Hmm, lekker. Daar gaan we aan verdienen, die Hollanders geilen op Russische mokkels. Eenmaal onder de duim, doen ze alles wat je wilt. Al die wijven zijn hoeren.'

Vanaf Schiphol rijden de mannen naar het zuiden van Nederland. Ze zijn uitgenodigd door Gerrit, de eigenaar van de Brabantse seksclub Edine. Gerrit, met een eeuwig sjekkie in de mondhoek, is op zoek naar dames uit het Oostblok. Zijn klanten vragen ernaar. Laatst zag hij bij een collega-seksbaas de bloedstollend mooie Russische Raisa. Zulke wijven wil hij ook in zijn seksclub. Hij kreeg de tip om eens bij Andrej te informeren. De mannen installeren zich in een zithoekje van de seksclub, die met het tl-licht, de afbladderende verf en de slordig langs de muren getrokken elektriciteitssnoeren, een treurige indruk maakt. 'Ik wil twee vrouwen,' legt Gerrit uit in het Duits. 'En als ze goed bevallen, wil ik er nog wel twee bij. Als mijn klanten tevreden zijn, dan wil ik elke drie maanden vers vlees. Na die periode zijn de meeste klanten wel uitgekeken en willen ze iets nieuws. Ik moet ook de concurrentie voor blijven.'

'Geen probleem,' antwoordt Andrej op ouwe-jongens-krentenbrood toon. 'We werken met een starttarief en als je vaste afnemer bij ons wordt, dan verlagen we de prijs per vrouw. We hebben meerdere afnemers en als we de vrouwen kunnen laten rouleren door meerdere landen, delen we de kosten met elkaar.'

'Wat moet je voor die meiden hebben?' Gerrit houdt een vlammetje bij zijn halfopgerookte sjekkie.

Andrej recht zijn rug. 'Voor de eerste meiden betaal je 10.000 euro. De volgende twee kosten ook 10.000 per stuk en daarna betaal je 5000 euro. Die prijzen staan vast, onderhandelen heeft geen zin.' Gerrit pakt het peukje uit zijn mond en spuugt plukjes tabak op de grond. 'Ze zijn zo lekker welwillend, die 10.000 euro heb je er binnen twee weken alweer uit. Reken maar uit hoeveel geld je kunt maken in drie maanden. Ik zoek ze voor je uit, regel hun papieren en de reis. Je loopt geen enkel risico, want ik lever ze bij je voordeur af. Heb je problemen, bel je mij. Van iedere klant ontvang jij vijftig procent. Het meisje betaalt mij beschermingsgeld.'

Gerrit kijkt Andrej onderzoekend aan en pulkt met zijn pink in zijn oor. Andrej haalt de foto's van Samantha en Ariëlle uit zijn binnenzak en geeft ze aan Gerrit. Hij gromt goedkeurend. 'Wat een lekkere wijven. En die doen alles?'

Andrej en Petrov grinniken. Andrej buigt voorover naar Gerrit en zegt: 'Natuurlijk doen zij alles. En als ze even niet alles doen, dan laat je mij dat weten. Wedden dat ze daarna weer overal voor in zijn?' Hij houdt zijn handen als twee kommen op borsthoogte. 'Die Samantha heeft zulke tieten, dat is een topper. Zij gaat je bakken geld opleveren, vriend.' Gerrit houdt zijn hand op en Andrej slaat er met zijn rechterhand op.

'Jij bent een slimme jongen,' zegt Gerrit en geeft Andrej een ferme handdruk. Dan klopt hij Petrov op de schouder. 'Ik meld de dames aan bij de vreemdelingenpolitie. Komt goed.' De deal is rond. Andrej en Petrov vertrekken.

Mei 1995

'Hè toe, papa, Andrej is die nette man van de fooien. Hij kwam voor me op toen ik werd lastiggevallen in het café.' Uitgestrekte, grauwgroene velden glijden aan haar ogen voorbij. Samantha overdenkt de afgelopen dagen. Het had meer moeite gekost om haar eigen ouders te overreden haar voor drie maanden naar Nederland te laten gaan dan die van Ariëlle. Logisch ook, want nu moeten ze het thuis een tijdje redden zonder haar inkomen. Ariëlles ouders gingen direct overstag toen Samantha hun voorrekende dat hun dochter zeker 87.000 roebel per maand zou gaan verdienen. 'Maar ik wil die Andrej wel eerst zien voordat je vertrekt,' eiste haar vader met een streng opgestoken vinger. Vanochtend was het zover. Samantha kijkt opzij, Ariëlle zit zo dicht met haar neus bij het raam aan de andere kant van de achterbank, dat er een kring condens met haar adem meebeweegt. De hele nacht heeft Samantha in bed liggen woelen. Haar koffer stond klaar in de hal bij de deur. Om zeven uur trok ze met kohlpotlood een lijntje onder haar ogen voor de spiegel. Ze heeft zich sober aangekleed, zoals Andrej had gezegd. 'Niet te uitbundig, want dan krijg je problemen aan de grens. Zeker bij Wit-Rusland. Zie je er opgedoft uit, dan denken de grenswachters dat er geld te plukken valt.'

Precies om halftien stond hij voor de deur. Andrej schudde de hand van haar vader en aaide over de bol van haar vierjarige broertje. Haar andere drie broers en zusjes keken nieuwsgierig naar Andrej en zijn zilvergrijze Mercedes. 'Kom binnen,' zei vader met een klopje op zijn schouder.

'Pas goed op jezelf,' zei moeder toen ze water in de ketel liet lopen. Samantha zag haar moeders ongemak. Een flinke schep koffie viel naast de metalen koffiekan en ze was zo vluchtig met inschenken, dat er koffiedrab in de kopjes terechtkwam. Toen ze om de tafel zaten, vulde het tikken van de klok de huiskamer. Lippen slurpten de koffie naar binnen.

'Samantha zal een goede tijd tegemoet gaan,' verbrak Andrej de stilte, maar tot een gesprek kwam het niet. Vader greep Samantha's koffer en Andrej hield de klep van zijn kofferbak open. Met een zwaar gemoed omarmde Samantha haar snikkende moeder. 'Over drie maanden kom ik weer terug, mama. Zodra ik mijn eerste geld heb verdiend, stuur ik het op.' Ze knuffelde haar broertjes en zusjes en gaf haar vader een hand. Samantha stapte achter in de auto en wees Andrej de weg naar Ariëlles huis.

De afgelopen twee weken waren zenuwslopend geweest. Nadat Andrej was vertrokken om de paspoorten te regelen, kwamen Samantha en Ariëlle dagelijks even kijken in de hotelbar. Ze droomden over wat komen ging en bespraken wat zij zouden gaan doen met het geld dat ze gingen verdienen. Gisteren stond Andrej ineens weer in de buurtkroeg. 'Ha meisje, hoe is het met je?' Verwachtingsvol keek zij hem aan en grijnzend viste Andrej twee paspoorten uit de binnenzak van zijn colbert. 'Hier, het toegangsbewijs naar je nieuwe leven.' Samantha trok haar mond wagenwijd open en slaakte een vreugdevolle kreet. 'Kijk, je visum.' Samantha kneep zichzelf in de arm, nog niet in staat om te bevatten dat ze binnen 24 uur zou vertrekken.

Ze gaf de bestelling van Andrej door in de keuken en liep naar de cafébaas. 'Dit is de laatste dag dat ik hier werk,' zei ze resoluut. 'Ik werk mijn dienst af tot negen uur en dan nodig je maar een van die tien anderen uit die graag in mijn plaats hier komen werken. Ik heb geen trek meer in die handtastelijke mannen.' Dit hardop zeggen was net zo lekker als ze had gedacht. Zijn verbouwereerde gezicht, heerlijk. Om negen uur incasseerde zij haar laatste loon en liep zonder om te kijken de kroeg uit.

Samantha grijnst van oor tot oor als ze hieraan terugdenkt. Dan voelt ze Ariëlles hand op haar knie. De vriendinnen knipogen naar elkaar met een gelukkige lach.

'De hele rit is zo'n 2500 kilometer, dat is 25 uur rijden,' zegt Andrej met zijn blik strak op het wegdek gericht. 'Maar het zal langer duren dan dat, want er is altijd oponthoud bij de grensovergangen. Vanavond probeer ik de Poolse grens te bereiken, dan hebben we er ongeveer 1100 kilometer op zitten. Daar zoeken we een plek om te overnachten. Vrijdagavond of zaterdagochtend komen we in Nederland aan. In het weekend ontmoeten we Elvira.' Samantha ziet een bordje voorbij flitsen: E30, Minsk, Dortmund. Na zes uur rijden met een kleine plaspauze staan ze aan de Wit-Russische grens. Andrej parkeert de auto. 'Wachten jullie hier even?' Met de paspoorten in de aanslag stapt hij uit en loopt naar de douanier. Hij overhandigt de paspoorten en wijst op zijn zilveren Mercedes. De douanier bladert aandachtig door de paspoorten. De vriendinnen kijken gespannen toe. De douanier stopt een kort moment zijn hand in zijn broekzak en geeft de paspoorten terug aan Andrej. Ze schudden elkaar de hand en Andrej loopt terug naar de auto. Samantha kan de grimas op zijn gezicht niet plaatsen. Andrej start de auto, rijdt naar de douanier en laat zijn raampje open glijden. 'Bedankt kameraad, ik zie je over twee weken!'

Andrej zet de radio weer op het hitkanaal. De hele rit heeft hij nauwelijks iets gezegd. Zijn ogen houdt hij constant op de weg. Ariëlle en Samantha zingen de liedjes onhoorbaar mee. Af en toe kijken ze naar het achterhoofd van Andrej en vangen vervolgens elkaars blik. Ze trekken hun schouders op over de onpeilbaarheid van hun gastheer. Tegen middernacht bereiken ze de Poolse grenspost. 'Jullie moeten weer even wachten, de afhandeling kan wel even duren.' Andrej haalt de paspoorten uit zijn binnenzak.

'Gaat dat altijd zo?' wil Samantha weten.

'Ja, al die gasten willen geld verdienen. Als je niet wat schuift, blijven ze minstens een uur in je paspoort turen. Ze vinden altijd wel iets waarvoor je moet betalen. Doe je daar niet aan mee, dan kom je niet binnen. Maar je moet ook weer niet de schijn wekken dat je ze wilt omkopen. Als ik geen geld in het paspoort leg, dan kan het maar zo zijn dat jullie twee een dienst moeten verlenen willen we de grens overkomen.' Er verschijnt een duivels lachje op het gezicht van Andrej. 'Je weet vast wel wat ik daarmee bedoel.' Samantha en Ariëlle kijken hem verschrikt aan. Andrej schaterlacht. 'Ik heb jullie ouders beloofd dat ik goed op jullie zou passen. Maak je niet druk, dit regel ik op mijn manier.'

Niet lang daarna overhandigt Andrej de paspoorten aan de Poolse douanier. Er volgt een discussie met heftige handgebaren. Als Andrej uiteindelijk weer in de auto stapt staat zijn gezicht op onweer. 'Godverdegodver, het is nooit genoeg voor die varkens.' Met een ruk trekt hij het handschoenenvakje open en pakt een enveloppe. Daar trekt hij wat bankbiljetten uit en stopt ze tussen de paspoorten van de meiden. Hij rijdt de auto naar de douanier en overhandigt ze. Deze neemt ze aan, stapt het grenswachtershok binnen, komt weer tevoorschijn en retourneert de paspoorten door het open raam. Met een vriendelijk gezicht zwaait Andrej naar hem en begint zo'n vijftig meter verderop te tieren: 'Jakhalzen zijn het! Ze willen steeds meer geld zien. In het vervolg pak ik de kleine controleposten. Kunnen die klerelijers helemaal naar hun geld fluiten.' Samantha en Ariëlle trekken wit weg bij de woedeaanval van Andrej. Nog een kwartier blijft hij binnensmonds vloeken. Dan kijkt hij in zijn achteruitkijkspiegel naar de stille meiden op zijn achterbank. 'Sorry dat ik zo uitval, maar het zijn zulke zwijnen. Niet meer aan denken, laten we maar een plek zoeken om te overnachten.'

Andrej sjouwt de koffers de hotelkamer binnen. Hij sluit de deur en kijkt even rond. Samantha en Ariëlle staan ongemakkelijk midden in de kamer en kijken hem vragend aan. Andrej kijkt terug met opgetrokken wenkbrauwen. 'Last van schroom, dames? Sorry hoor, ik heb net veel moeten betalen om jullie de grens over te krijgen, meer zit er even niet in. Jullie willen vast graag alleen zijn, maar ik zal ook ergens moeten slapen. Daarbij, als je over een paar dagen aan de slag gaat als model, zul je je regelmatig moeten omkleden met een hele batterij mensen om je heen. Dan kun je je echt geen preutsheid veroorloven. Dus als jullie het niet erg vinden, ga ik nu eerst even douchen.' Andrej stapt uit zijn kleren en laat ze in een hoopje op de grond liggen. Samantha en Ariëlle kijken verbijsterd naar zijn witte billen als hij de badkamer binnengaat. Ariëlle neemt een ademteug om iets te zeggen, maar blaast uit. De vriendinnen nemen elkaar op, de lippen op elkaar geperst. 'Kom Sam, hij heeft gelijk. Hij doet zoveel voor ons en wij stellen ons aan als een stel geiten. Hij is leuk, verzorgd en netjes. Wij mogen best wel ietsje losser zijn.' Samantha kijkt de kamer rond en knikt afwezig.

'Nu jullie,' zegt Andrej monter als hij naakt de kamer weer binnenkomt. 'Morgen hebben we weer een lange rit voor de boeg.' De losse houding van Andrej doet de vriendinnen een beetje ontspannen. Ze pakken hun nachthemd en toiletspullen uit hun koffer en gaan samen de badkamer in. Ariëlle staat Samantha's rug in te zepen als Andrej plots het douchegordijn opentrekt. Verschrikt kijken de meiden in de lens van zijn fotocamera. 'Niet doen!' roept Samantha. Ze houdt haar handen voor haar borsten.

Andrej laat een bulderende lach horen. 'Nou, nou, voor deze modellen hebben we een privékleedcabine nodig!' Ariëlle stoot Samantha aan en geeft haar een blik van 'doe niet zo moeilijk'. Wanneer ze een kwartier later in hun nachthemden de hotelkamer weer binnenkomen, staan er drie glazen wijn op het nachtkastje. Andrej zit met de kussens in zijn rug op het tweepersoonsbed en klopt met zijn hand op de lege plek naast zich. 'Kom Sammie, niet zo boos. We kennen elkaar nu al zo lang. Hier, proost. Straks kruipen we met z'n drietjes onder de dekens.' Hij lacht een stout lachje. 'Om te slapen, natuurlijk.'

'Hmm, wat waren jullie lief voor mij vannacht,' plaagt Andrej als hij de volgende ochtend weer kwiek en fris achter het stuur zit. 'Nooit eerder ben ik zo verwend door twee vrouwen als afgelopen nacht. Jullie wisten van geen ophouden.' Samantha veert overeind met een verbaasd gezicht.

Ariëlle frommelt een snoeppapiertje tot een propje en schiet dat naar zijn hoofd. 'Nou, jij kon er anders ook wat van hoor,' grapt ze terug. 'Jij hebt jouw trukendoos wel opengegooid! En wat een uithoudingsvermogen.'

Samantha kijkt van de een naar de ander. 'Heb ik iets gemist?' vraagt ze.

'Dat moet jij zeggen, jij bent begonnen!' Ariëlle stoot haar vriendin knipogend aan. Samantha giechelt. 'Je hebt gelijk, maar wat moet je als je naast zo'n lekker stuk ligt? Dan raakt het vlees zwak. Heel zwak.'

Andrej laat een luide kreun horen. 'Zwak vlees, mijn favoriet!' Eigenlijk kun je best met hem lachen.

Samantha zoekt zijn blik in de achteruitkijkspiegel. 'Sorry dat ik boos werd gisteravond.'

Andrej antwoordt met zijn nonchalante wegwerpgebaar. 'Ik begrijp wel dat het allemaal nieuw is voor jullie, maar jullie zullen een beetje relaxter moeten worden. In dit vak zul je af en toe wat naakt moeten laten zien. Ik help jullie, het komt goed.'

Acht uur en twee tussenstops verder komen ze aan bij de Pools-Duitse grens. Met een korte uitleg over het modellenwerk voor Elvira Clothing en het overhandigen van de paspoorten met de Schengen-visa en de papieren met de garantstelling, mag Andrej na een korte hoofdknik van de grensambtenaar doorrijden.

'Hoef je hier geen geld te geven aan de grenscontroleur?' wil Samantha weten.

'Nee, hier niet,' antwoordt Andrej. 'Als je in Duitsland of in Nederland geld geeft aan de douaniers, ben je de pineut. Hier moet je je papieren goed op orde hebben.' Ariëlle legt een hand op Samantha's been en wijst naar het bord boven de weg. Berlin. De vriendinnen maken een juichend gebaar naar elkaar. Het is in de namiddag, nog zo'n 600 kilometer te gaan. Ze kijken naar het voorbijschietende landschap dat hun steeds vreemder voorkomt. Andrej pakt een mobiele telefoon uit het handschoenenkastje. Ook weer zo'n statusverschil. Samantha en Ariëlle hebben thuis zelfs nog geen gewone telefoon, laat staan zo'n luxe mobiele. In luid Duits voert Andrej allerlei gesprekken waar de vriendinnen niets van verstaan. Samantha legt haar hoofd op Ariëlles schouder en soest weg op de ademhaling van haar vriendin, het geluid van de suizende auto en de stem van Andrej.

Als ze wakker wordt, ligt ze met haar hoofd tegen het raam. Zo moet ze lang hebben gelegen, want haar nek doet pijn, haar lijf voelt stram en ze heeft een slapende voet. De auto draait een donkere parkeerplaats op. Versuft komt Samantha overeind. 'Bestemming bereikt,' zegt Andrej over zijn schouder. Vrijdagavond, halftwaalf. Hij stopt de auto en dooft de lichten. Andrej wijst naar een pand met 'Club Edine' in rode neonletters. 'Hier blijven jullie dit weekend, de kamer is al geregeld. Hier gaan jullie lekker slapen en maandag begint het echte werk.'

Samantha kijkt fronsend naar het huis. 'Is dit een hotel?'

Andrej lacht. 'Voor jullie wel, de komende tijd. Jullie slapen daar, op de bovenverdieping.'

Ze stappen uit en pakken de koffers uit de kofferbak. De poort rechts van het pand gaat piepend open en er komt een man tevoorschijn met een sjekkie in zijn mond. Glimmend van plezier schudt hij hun handen, wijst op zichzelf en zegt een aantal keer 'Gerrit'. Hij pakt een koffer, wenkt en beklimt de ijzeren brandtrap aan de zijkant van het pand. Dan loopt hij een kamer binnen en zet de koffer naast een bed. Best een nette kamer. Gerrit wijst op de twee bedden, de wastafel met een spiegel erboven en de twee mooie houten garderobekasten. Vervolgens wijst hij naar Samantha en Ariëlle. 'Dit is jullie kamer,' vertaalt Andrej. Door het flikkerende neonlicht valt er iedere drie seconden een rode gloed de kamer binnen. In hun opgewekte gesprek blijft Gerrit Andrej maar op de schouder kloppen. Zo vrolijk hebben ze Andrej nog niet meegemaakt. Die Gerrit geeft een unheimisch gevoel. Zijn slome ogen, waarvan het lijkt dat de leden op de pupillen rusten, glijden continu over de lichamen van de meiden. Dan roept hij iets volledig onverstaanbaars voorbij de deur. Niet lang daarna komt een vrouw de kamer binnen met een fles cola, een fles water en twee glazen. Andrej draait zich naar hen om. 'Beste meisjes, ga lekker slapen en rust goed uit dit weekeinde. Maandag kom ik hier voor een werkbespreking. Gerrit zal jullie dan eerst meenemen naar het politiebureau om jullie verblijf in Nederland te bevestigen. Hij bewaart jullie paspoorten, de politie zal er een stempel in zetten. Na die formaliteit kunnen jullie aan de slag. Heb je iets nodig, vraag het aan Gerrit. De douche is hier de tweede deur links.' Als de mannen de kamer hebben verlaten, kijken de meiden met een groot gevoel van ongemak de kamer rond. 'Waar zijn we in godsnaam terechtgekomen?' vraagt Samantha zich hardop af.

'Ach, het is maar voor dit weekeinde,' antwoordt Ariëlle minder luchtig dan ze zou willen. 'Ik ben doodmoe, laten we maar gaan slapen.'

De volgende ochtend staat er een jonge vrouw in een ochtendjas in de slaapkamer. Met slaperige ogen en verwarde haren. Ze wijst naar zichzelf. 'Elena.' Ze maakt een eetgebaar en wijst naar de gang. Ze wenkt Samantha en Ariëlle om haar te volgen. Nieuwsgierig en niet op hun gemak staan ze op en volgen Elena de gang op. Een paar deuren verder is een keuken. Daar zitten vijf jonge vrouwen rond een grote tafel vol melkpakken, een koffiepot, broden en allerlei soorten beleg. Veel uitgebreider dan thuis. Om de beurt geven ze de nieuwkomers een hand en noemen hun naam en land van herkomst. Er zijn meiden uit Polen, Roemenië, Bulgarije, Tsjechië. Samantha en Ariëlle zijn de enige Russinnen. Niemand spreekt elkaars taal. Dit gezelschap praat met handen en voeten, ondersteund met steenkolenengels.

Na het ontbijt maant Elena de twee vriendinnen haar te volgen. Ze trekt de deuren open op de bovenverdieping en toont de vier slaapkamers, twee douches en het televisiekamertje. Allemaal heel goed onderhouden. In hun nachtkleding en op slippers volgen ze haar via de binnentrap naar beneden. De ruimte wordt gedomineerd door een verhoogd plateau met een paal in het midden. Daarachter is een bar en om het podium zijn zithoekjes en grote televisieschermen. Elena kijkt naar Samantha en Ariëlle. Ze verdwijnt achter de bar en als ze het grote licht dimt, zetten tal van kleine lichtjes de bar in een rode gloed. Er klinkt muziek en het plateau begint te draaien, met een glimmende discobal erboven. De schermen springen aan, midden in een verhitte pornografische scène. Wat is dit? Ariëlle pakt Samantha's hand. Als Elena hun ontstelde gezichten ziet, zet ze het hele circus uit en klikt het grote licht weer aan. Met z'n drieën lopen ze terug naar de keuken en Elena schenkt koffie in grote mokken. Waar zijn we beland? Werk jij hier? Wie is die Gerrit? Elena verstaat hun vragen niet. Ze tikt met haar wijsvinger op het tafelblad. 'This is club, this is club!' Dan stapt ze op en verdwijnt naar haar kamer.

Die dag zitten Samantha en Ariëlle op hun kamer. In paniekerige gedachten verzonken. Op momenten leggen ze elkaar met gedempte stem hun vertwijfeling voor. Waar zijn ze? Waar is Andrej? Wat doen ze hier? Wat gaat er gebeuren? 'Ik wil hier weg,' fluistert Samantha.

'Waarheen dan, Sam?' antwoordt Ariëlle met een klein stemmetje. 'We hebben geen geld, we kunnen hier niemand verstaan en we hebben onze families beloofd dat we geld opsturen.'

'Je hebt gelijk, laten we maar die twee dagen op Andrej wachten. Dan kunnen we beginnen met het modellenwerk. We hoeven hier alleen maar te slapen.' Om vier uur in de middag klinkt er muziek vanuit de benedenverdieping. De vrouwen met wie ze hebben ontbeten, lopen over de gang. Nagenoeg onherkenbaar in hun uitdagende lingerie, ultrakorte jurkjes en zwaar aangezette make-up. Voor Samantha en Arielle is dit de definitieve bevestiging dat ze logeren in een seksclub. Zo'n twee uur later verschijnt Gerrit. 'Andrej, Andrej,' probeert Samantha. Gerrit trekt lachend zijn schouders op. Hij neemt ze mee naar de keuken, wijst hen de flessen frisdrank en verdwijnt weer. De avond brengen de vriendinnen door voor de televisie. Ze verstaan er niets van, maar de bewegende beelden brengen tenminste afleiding. Tegen twaalf uur gaan ze naar bed. Zondag is min of meer een kopie van zaterdag. Het wachten is op maandag, dan lost deze situatie vanzelf op.

'Nine o'clock, passaporte!' Maandagochtend om acht uur komt Gerrit met een klop op de deur de slaapkamer binnen, wijzend op zijn horloge. De rook van zware shag kringelt door de kamer. Na een vluchtig ontbijt stappen ze met Gerrit in de auto. De blauwe uniformen op het politiebureau werken de vriendinnen op de zenuwen. Gerrit duwt Ariëlle bij de schouder richting balie en Samantha sjokt erachteraan. Ze worden doorverwezen naar een kamer met een kleine balie met een paar stoelen ervoor en Gerrit gebaart de meiden om te gaan zitten. Hij overhandigt de politieman achter de balie hun paspoorten en nog wat documenten. De politieman bestudeert de paperassen grondig en schuift Gerrit twee formulieren toe die hij invult. Hij pakt zijn portemonnee en geeft geld aan de politieman. Deze zet stempels op de formulieren, scheurt er de onderste stroken van af en geeft ze, tezamen met de paspoorten, aan Gerrit en knikt hem vriendelijk toe.

Om drie uur die middag horen ze zijn stem op de gang. Andrej. Samantha slaakt een zucht van verlichting. In zijn kielzog een kleerkast die hij voorstelt als Petrov. 'We hebben iets te bespreken,' houdt Andrej het zakelijk als hij de slaapkamer binnenloopt. Hij ploft neer op het voeteneinde van Ariëlles bed. 'Het loopt niet lekker met de modeshows in Nederland, Elvira krijgt geen toestemming. Dat betekent dat ik nu nog geen werk voor jullie heb. Jullie moeten tijdelijk maar even ander werk doen.' Terwijl hij zijn verhaal afsteekt, kijkt hij de meiden niet aan. Petrov leunt met zijn rechterhand tegen de deurpost en wrijft met de linker in zijn nek. 'Ik val maar meteen met de deur in huis: vrouwen uit het Oostblok staan bekend als geweldige minnaressen. Dat komt goed uit, want hier beneden staan ze te springen om vrouwen zoals jullie. Jong en mooi, geschapen om mannen te plezieren.' Een klap op hun hoofd met een moker had beslist minder effect gehad op Samantha en Ariëlle dan deze plotselinge ommekeer in het gedrag van Andrej. Met een ruk staat Samantha op en loopt naar hem toe. 'Nooit van mijn leven ga ik werken als hoer!' gilt ze, trillend over haar hele lijf. Als ze hem vast wil pakken, stoot Petrov zijn knuist in haar gezicht. Met een bonk valt ze op de grond. Vervolgens plant Petrov zijn werkschoen in haar maagstreek en ze klapt dubbel. Andrej buigt zich over haar heen. 'Lieve schat, ook modellen neuken zich naar de top. Vergeet niet waar je vandaan komt. In die kutkroeg moet je je de hele dag laten betasten voor een schijntje. Daar grepen ze gratis in je tieten, of heb ik het verkeerd begrepen?' Piepend hapt Samantha naar adem. Ariëlle zit verlamd van angst op haar bed.

Samantha richt zich op naar Andrej die grijnzend over haar heen staat en spuugt hem in het gezicht. Zijn kaken verstrakken. Zijn blik is op slag donker, alsof er donderwolken langs drijven. Hij knikt naar Petrov. Jarenlang werd deze voormalige *freefighter* toegejuicht in de boksringen van Polen, waar hij zich als een walrus op zijn zwaargewicht tegenstanders wierp. Zijn getatoeëerde armen zijn van beton. Hij pakt haar haren beet en sleurt haar op het bed. Met een hand pakt hij haar bij beide polsen. Samantha bijt, trapt en stoot met haar hoofd waar ze kan, maar voor Petrov is haar weerstand een lachertje. Met een ferme klap belandt de hand van Andrej in haar gezicht. Hij klikt zijn riem los, opent zijn gulp en laat zijn pantalon en onderbroek zakken. Dan gaat hij op haar middenrif zitten met zijn knieën aan weerszijden op haar bovenarmen. Ze kan geen kant meer op. Hij duwt zijn erectie in haar gezicht. 'Hier is ie dan.' Een urinegeur dringt haar neus binnen. Dan kruipt hij naar beneden, trekt haar jurk omhoog en perst zijn onderlijf tussen haar samengeknepen dijen. 'Als ik klaar ben met wat ik nu met je ga doen, wens je je daarna alleen nog maar klanten,' dreigt hij met ijskoude ogen op centimeters afstand van de hare. Hij rukt haar slipje stuk en komt met een droge stoot in haar. Een misselijkmakende pijn trekt door haar vagina. Met haar ogen gericht op een punaise in het plafond ondergaat Samantha de verkrachting zonder geluid. Als een willoze pop laat ze Andrej over zich heen komen. Haar verzet is gebroken.

Met een harde kreun loost hij zijn zaad in haar en rolt van haar af. 'Nu ik!' roept Petrov handenwrijvend.

'Ga je gang,' grinnikt Andrej. Petrov trekt zijn broek naar beneden en werpt zich op Samantha. Andrej richt zijn blik op Ariëlle. Ze lijkt uit haar lichaam getreden. 'Kom maar meisje, ik ben je eerste klant.' Geamuseerd geeft Andrej haar een duwtje en ze valt om op bed. Haastig trekt hij haar broek en slip uit. Hij duwt haar knieën omhoog en haar benen wijduit plat op het bed. De adrenaline zorgt ervoor dat hij zijn erectie behoudt. Hij laat zich over haar heen zakken en komt ook bij haar met een hardhandige stoot naar binnen. Ook Ariëlle geeft geen kik. Als Andrej opstaat, werkt een bezwete Petrov zich tussen haar benen en boort zich in haar. Ariëlle lijkt het allemaal niet mee te maken, haar hoofd ligt afgewend naar de muur. Terwijl Petrov zich tot een hoogtepunt pompt, stapt Andrej onder de douche. Na hem gaat Petrov fluitend douchen. Als zij zich weer in hun kleren hebben gestoken, neemt Petrov Samantha over de schouder en zet haar in de douchekuip. Andrej ondersteunt Ariëlle bij haar stapjes richting de badkamer. Hun tranen vermengen zich met de waterstroom.

'Jullie werken voor mij, volgens de Nederlandse regels. Gerrit vangt 50 procent van wat de klant betaalt, ik krijg 25 procent en de rest is voor jullie zelf. Jullie betalen mij de kosten terug die ik heb voorgeschoten. De visa, de reis, en wat ik heb moeten schuiven aan de grensbewakers. Ik hou het redelijk, jullie betalen mij ieder 3000 euro.' Alle vriendelijkheid is uit de stem van Andrej verdwenen. Hij is kortaf en bot. 'Omgerekend ben je na 120 klanten van je schuld af. Neem je je werk serieus, dan kun je na twintig dagen het deel voor jou in je portemonnee houden. Hier werk je van vier uur in de middag tot twee uur 's nachts, zeven dagen per week. Wil je een dag vrij, dan regel je dat maar met Gerrit. Officieel mag je niet werken met het visum dat jullie hebben, dus je paspoort blijft in de kluis. Word je opgepakt, eigen schuld. Komen ze erachter dat je werkt, dan beland je in de gevangenis. Maar je schuld aan mij betaal je hoe dan ook af, ik weet waar je woont.' Tussen de woorden van Andrej door is hier en daar een snik te horen. De vriendinnen horen hem met dikke rode ogen aan. 'Mijn vrouwen weigeren geen klanten. Ook niet als je ongesteld bent, breng dan maar een sponsje in. Doe je het goed, dan stroomt het geld de eerste maand binnen. Neuk je dagelijks met minimaal zes klanten voor 100 euro per keer, dan verdien je 150 euro per dag. Werk je zes dagen, dan heb je 750 euro per week, dik 3000 euro per maand. Dus ga mij niet vertellen dat ik mijn belofte niet nakom. Loop je weg, dan haal ik je terug en breek je beide benen. Hoe zullen jullie families reageren op de foto's waar jullie samen staan te douchen? Of is het normaal dat jullie elkaar inzepen? Trouwens, je komt toch niet weg, wij werken samen met de Nederlandse politie. Gerrit heeft voor jullie betaald. Stel jullie ouders niet teleur. Als je het leuk doet, kun je aan het einde van de maand 1000 euro overmaken. Vragen?'

Wat valt er te vragen? Samantha en Ariëlle voelen zich vies en vernederd. Ze zijn net verkracht en nu moeten ze naar beneden om met nog meer mannen seks te hebben. De vrouwen van de andere kamers lopen alweer in hun lingerie door de gang. Muziek klinkt van beneden. Andrej werpt ze lingeriesetjes toe. Dan komt Gerrit de kamer binnen. Hij somt in het Duits zijn huisregels op en Andrej vertaalt. Regel nummer een: wie de regels overtreedt, betaalt een boete van 25 euro per overtreding. Dus klaagt een klant, krijg je een boete. Hier moet discipline heersen, Club Edine heeft een goede reputatie. De klant is koning, niemand wordt geweigerd, en hij krijgt alles waar hij om vraagt. Is de klant weg, dan ruim je de kamer op. Je houdt ook de andere verblijven schoon. Je woont hier gratis, voor 50 euro per maand is de koelkast immer gevuld en staat er eten klaar. Menstruatie is een vrouwenprobleem, de sponsjes betaal je zelf. 10 euro per stuk. Zittend op bed, met afhangende schouders en de ogen op de vloer gericht, horen Samantha en Ariëlle het aan. Gerrit klapt in zijn handen en met enthousiasme in zijn stem verkondigt hij een nieuwe regel. In zijn eigen botte cadans vertaalt Andrej naar het Russisch: 'Een positieve huisregel voor de dames, verkoop zo veel mogelijk drank aan de klanten. Voor een piccolo, die 17,50 euro kost, ontvangt het meisje 7,50 euro. Wat je verdient met drinken is voor jezelf. Daarmee kun je voor lingerie sparen. Elk uur danst er een meisje vijftien minuten op het plateau. Jullie maken zelf een rooster. Krijg je geld tijdens het dansen, dan is dat voor jou. Geil de klanten op. De andere meiden animeren de klanten en zorgen ervoor dat ze blijven bestellen.' Andrej knipt ongeduldig met zijn vingers. 'Kom op, lingerie aan en maak je op. Smeer maar een dikke laag over die treurigheid op je gezicht.'

Met lood in hun hooggehakte slippertjes, dalen Samantha en Ariëlle onder begeleiding van Andrej de trap af. Al snel melden de eerste klanten zich, nieuwkomers zijn gewild onder de vaste bezoekers. Samantha krijgt twaalf klanten en Ariëlle acht. Andrej en Petrov volgen hen als schaduwen om te checken of ze doen wat er van ze verlangd wordt. Veel seksuele ervaring hebben de meiden nog niet. Als om twee uur in de nacht hun dienst erop zit, zijn ze kapot. Onder de douche staren ze voor zich uit en wisselen geen woord als ze samen in één bed stappen. Snikkend kruipen ze lepeltje lepeltje tegen elkaar aan.

In de weken die volgen ebben de emoties weg. Als robots voeren Samantha en Ariëlle hun werk uit. Hoe meer klanten, des te gemakkelijker het gaat. Ze zijn veranderd in perfecte prostituees. Ogenschijnlijk hebben ze plezier gekregen in het werk. Wanneer er een klant boven op haar ligt, schakelt Samantha haar gevoel uit en denkt aan fijne dingen. Aan thuis, haar moeder, haar broertjes en zusjes. Als ze weer in Rusland is, zal ze haar best doen om een mooie toekomst op te bouwen. Dan zal ze de nare tijd in Nederland achter zich laten en vergeten dat dit allemaal gebeurd is. Bij iedere klant die haar uitkiest kijkt ze blij. Over een halfuur ben ik er weer vanaf, denkt ze elke keer weer. Om de twee weken staat Andrej voor de deur om zijn geld te innen. Omdat Samantha in het begin klanten weigerde, moest ze boetes betalen. Dat is zuur, want na een avond pezen hield ze geen cent over. Elena kwam met een tip: zweterige klanten zet je eerst onder de douche. Daar verdien je nog extra geld mee ook. Samantha weigert niemand meer. Ook geen vadsige mannen. Elke poging om ergens onderuit te komen, wordt afgestraft. Of bullebak Petrov komt langs om de regels nog eens door te nemen. Dat is wel het ergste, want hij neukt je en betaalt niet. Samantha is handig geworden in klanten laten drinken. Ze verstaat ze toch niet, dus ze kijkt verleidelijk en kirt in zwoel Russisch dat ze wel wat lust. Teasen en pleasen, daar draait het om. Nog een tip van Elena: probeer de klant dronken mee naar boven te nemen. Dan is het een kwestie van tijd rekken: douchen, strelen, aftrekken. Tijd is geld, een uur op de kamer kost 200 euro. Een klant die flink lam is, valt met een beetje geluk in slaap. Kassa.

Juni 1995

Albanezen willen een Rus liquideren, omdat hij ze voor de voeten loopt op de onroerendgoedmarkt. De Criminele Inlichtingen Eenheid heeft een proces-verbaal doorgegeven aan het team Grensoverschrijdende Criminaliteit in Eindhoven. Daar start ik op 1 juni als rechercheur. Met nog zes collega's vormen we een nieuw team. Allemaal mensen met een eigen specialisme. De een is documentenspecialist, die alles weet van vervalsingen van paspoorten, de ander is specialist op het gebied van vreemdelingen en weer een ander is dossiervormer. Mijn kennis ligt op het gebied van de criminele-inlichtingeneenheid. Ik onderhoud in die functie contact met de eenheid die met mensen werkt wier identiteit wordt afgeschermd. Ook voor mij, maar die wellicht bruikbare informatie kunnen hebben voor mijn onderzoek. Doel van dit team is om in zaken zelf te voorzien in de gewenste rechercheKwaliteiten. We kunnen ook aanvullend ingezet worden voor grote rechercheteams. De Russische onroerendgoedhandelaar Andrej zou met aankopen in Eindhoven, Antwerpen en Aken zich het chagrijn van Albanese criminelen op de hals hebben gehaald. Aan ons de taak om, in samenwerking met de regiopolitie, de liquidatie te voorkomen.

We tappen de telefoon van Andrej af, op zoek naar bewijzen voor een mogelijke aanslag op hem. Vreest hij voor zijn leven? Voor handel in onroerend goed moet je kapitaal hebben. We weten dat hij zich bezighoudt met criminele activiteiten, maar nog niet welke. We maken een profiel van hem. Hij is overmoedig en voelt zich kennelijk onschendbaar. Hij is ook actief met partners in België en Duitsland, dus we nemen contact op met onze collega's aldaar. We brengen zo veel mogelijk in kaart: verdachten, verblijfslocaties, bezittingen. Andrej bezit veel onroerend goed, maar ook auto's, motoren, luxe jachten. De telefoongesprekken leren ons dat de financiering afkomstig is van prostitutie. Observaties tonen aan dat Andrej wel erg veel prostitutiepanden bezoekt. We verzoeken de rechter om toestemming voor het afluisteren van telefoonnummers die in verband staan met de strafbare feiten. Uiteindelijk hebben we tien taplijnen: zeven seksclubs, twee van zijn handlangers en Andrej zelf. Als uitvoerend medewerker tik ik in deze fase van het onderzoek de gesprekken en processen-verbaal uit. Gesprekken waaruit het gebruik van geweld blijkt, werken we uit voor een rechterlijke machtiging om een inval te mogen doen. Vrouwen die door Andrej in de prostitutie zijn gebracht, bespreken uitgebreid met lotgenoten wat hun is overkomen. We krijgen inzicht in de reisroutes van vrouwen die Andrej naar onze regio heeft gehaald. We komen erachter dat hij connecties heeft bij grensovergangen, ambassades en paspoortbureaus. Waar we ons het meest ongerust over maken is het geweld waarmee de vrouwen geconfronteerd worden. Eind juli:

Andrej: 'Sam, met Andrej.'
   Samantha: 'Ja Andrej, wat wil je.'
   Andrej: 'Van Gerrit heb ik begrepen dat je hebt aangepapt met een

klant en dat je niet meer werkt. Je zit de hele tijd bij die gozer.'

Samantha: 'Wat zeik je nou? Jij krijgt je geld. Die vent betaalt mijn hele avond. Kan jou het schelen hoe ik mijn geld verdien.'

Andrej: 'Schatje luister, je kunt je schuld wel afbetaald hebben, maar mijn inkomsten slinken. Dat pik ik niet. Vergeet niet waar je vandaan komt, hoer. Jouw tieten zijn jouw inkomstenbron en als je niet wat meer geld maakt, spijker ik ze vast. Kunnen we je daarna met kettingen door je tepels vastbinden. Begrepen?!'

Samantha: 'Ik heb je begrepen, eikel!'

Andrej: 'En beetje dimmen liefje, jij bent nog steeds van mij. Geen enkele klant palmt jou in zonder mijn toestemming. Maak snel het geld dat je normaal maakt, want anders haal ik Ariëlle bij je weg. Ben jij er schuldig aan dat jouw beste vriendin in een slechte club belandt. Liefs schatje, je vriendje.'

Hoe serieus moeten we dit dreigement nemen? Vanuit de opgevraagde administratie van de vreemdelingenpolitie weten we dat er een vrouw verblijft in club Edine die Samantha heet. Uit andere telefoongesprekken weten we dat ze zeer grote borsten heeft. Klanten vragen ernaar en Andrej schept erover op: 'Als Samantha boven op je zit en ze komt klaar, pas dan op dat ze zich niet voorover laat vallen. Met die grote borsten op je neus en mond kun je onmogelijk nog ademen. Verrukkelijk voor het oog en om er mee te spelen, maar dodelijk bij verkeerd gebruik.'

Augustus 1995

'Zeg moppie, je inkomsten lopen terug!' Gerrit wrijft zijn duim en wijsvinger over elkaar om zijn waarschuwing te illustreren. Samantha houdt zich Oost-Indisch doof voor zijn waarschuwing. Ze kijkt een beetje vagelijk langs hem heen en reageert niet. Gerrit kan de krampen krijgen met zijn boetes. Chris komt bijna elke dag. Hij is een klant wiens liefde zij heeft gewonnen. Hij haalt haar hier weg en dan gaat ze bij hem wonen. Gerrit druipt af. Wanneer Samantha een paar uur later de glazen spoelt in de club, komt Andrej binnenlopen met Petrov een paar passen achter zich aan. Andrej klapt het deurtje naar de bar open en komt naast haar staan. Zijn gezicht intimiderend dicht bij het hare. 'Zo meisje, ik heb klachten over jou gekregen.'

'Laat me met rust!' Met trillende vingers pakt Samantha een volgend glas om af te spoelen.

'Nee, we laten jou niet met rust, we gaan jou een lesje leren.' Hij duwt haar hoofd naar beneden in de spoelbak. Een borstel schuurt langs haar wang. Hij houdt haar zo lang onder water, dat haar hoofd uit elkaar dreigt te barsten. In paniek wappert Samantha met haar armen. Een stapel glazen spat rinkelend uiteen naast haar voeten. Andrej trekt haar weer omhoog en smijt haar door het klapdeurtje tegen het draaiplateau aan. Daar neemt Petrov het over met een van zijn befaamde trappen in haar maagstreek. En nog een tegen haar rug. Samantha kronkelt, haalt piepend adem en ze bloedt uit haar neus. Zonder woorden benen de mannen de club uit.

Tegen de avond parkeert Chris zijn auto voor Club Edine. Andrej en Petrov hebben hem eerder gezien toen Samantha een halve avond kirrend tegen hem aanhing en hem bij de hand meenam naar boven. Een week moederskindje, lang, mager en bleek. Voordat Chris naar binnen wil, vindt hij het zwartgallige duo op zijn pad waarover Samantha hem in haar beste Engels heeft verteld. Doodsbenauwd is ze voor hen en Chris is vast van plan om die leuke meid uit hun handen te redden. Wie geen respect heeft voor Samantha verdient ook zijn respect niet. 'Jij wilt Samantha van mij overnemen?' zegt de kleine Rus met het strakke gezicht en de koude blauwe ogen. 'Dat is goed, Samantha kost 30.000 euro. Daar komen nog wat achterstallige betalingen bij. Jij hebt mij heel wat geld door de neus geboord. Dus voor 50.000 euro is ze van jou. Kies maar, je betaalt in één keer of je moet ieder uur het volle pond betalen dat je haar wilt zien. Doe je dat niet, dan slaan we Samantha tot moes iedere keer dat jij bij haar bent geweest.' Andrej klinkt als een Russische spion uit een B-film.

'Belachelijk,' schampert Chris. 'Ik betaal niks voor Samantha. Vanavond neem ik haar mee. En als jullie ons lastigvallen, dan ga ik naar de politie. Dus ik stel voor: je laat ons met rust en je hoort niks meer van mij. Doe je dat niet, dan vertel ik de politie wat voor vuile handel jij hier bedrijft.'

Dat is de druppel. Andrej en Petrov pakken Chris stevig vast en sleuren hem naar het steegje achter de club. Daar slaan en schoppen ze hem waar ze hem raken kunnen. Wat Chris ook doet om zich af te schermen, hij kan het niet ontwijken. Samantha heeft de mannen voor de deur van de club gezien en is ze gevolgd naar de steeg. Door het dolle heen springt ze op de rug van Petrov. 'Blijf van hem af, klootzak!' Uiteindelijk blijft Chris roerloos op de grond liggen.

Andrej slaat Samantha van Petrov af. 'Meekomen jij!' Hij klemt haar arm vast en grijpt haar bij de nek. Hij duwt haar naar binnen, de trap op. Petrov komt erachteraan met een plastic tas die hij zojuist van de achterbank uit de auto heeft gegrist. Andrej werpt Samantha haar kamer binnen. 'Wees maar niet bang, je krijgt geen preek. Praten heeft geen zin, want jij luistert toch niet.' Hij scheurt haar blouse open en ontbloot haar borsten. Petrov schudt zijn tas leeg boven haar bed: een doos met spijkers en een klauwhamer. 'Nee!' gilt Samantha met ogen vol afgrijzen. Andrej zet zijn arm vlak onder haar kin en duwt haar met volle kracht tegen de schrootjeswand naast de wastafel. Petrov komt achter hem staan en neemt grijnzend Samantha van hem over. Andrej zet twee stappen naar het bed, opent de doos, haalt er een 25 centimeter lange spijker uit en pakt de hamer. Met links houdt Petrov Samantha bij de keel vast en met zijn vrije hand duwt hij haar linkerborst tegen de muur. 'Vrij vertaald naar Jezus Christus,' grapt Andrej en zet de spijker op het randje van haar tepelhof tegen de muur. Met een paar flinke klappen timmert hij de punt van de spijker in de muur. Een stroompje bloed druppelt op de blauwe vloerbedekking. Samantha gilt haar longen uit haar lijf. Petrov wisselt van hand, nu drukt hij met de rechterhand op haar keel en duwt haar rechterborst tegen de muur. Andrej zet de volgende spijker achter haar tepel en slaat. Samantha raakt buiten bewustzijn en valt voorover op de grond. In haar val trekt ze de spijkers uit de muur. Haar borsten zijn doorboord. Half augustus:

Samantha: 'Arie? Sam hier.' [Gesnotter en gesnik.]
   Ariëlle: 'Sam, waarom huil je? Heeft Chris je nog niet geholpen?'
   Samantha: 'Nee, hij kan me niet helpen. Andrej en Petrov zijn hier geweest. Ze hebben Chris de toegang ontzegd. Hij wilde niet weg, maar je weet hoe Petrov is. Ze hebben Chris toegetakeld. En die eikel heeft gedaan waar hij mee dreigde.' [Stilte, Samantha huilt.]
   Ariëlle: 'Sam, Sam... Sam, praat tegen me! Sam, wat is er?' [Samantha blijft huilen.]
   Samantha: 'Die smeerlap heeft gedaan waar hij mee dreigde. Ze heb-

ben mijn borsten stuk gemaakt. Ze hebben spijkers door mijn borsten geslagen. Ze zijn stuk, mijn tepels zijn vernietigd. Ik kan nu niets verdienen. Daarvoor heb ik een boete opgelegd gekregen. Ik weet het niet meer, Arie!' [Samantha huilt.]
   Ariëlle: 'Sammie, luister. Sam?
[De telefoonverbinding wordt verbroken.]

Een tolk vertaalt dit gesprek. Dit kan niet waar zijn, zulk excessief geweld is ons vreemd. We hebben aanhoudingen van Andrej en zijn handlangers gepland staan voor volgende week, maar dit verdraagt geen uitstel. Het team komt samen en het besluit valt: morgenochtend vroeg moeten de invallen en de aanhoudingen plaatsvinden. Alle werkzaamheden waarvoor we een week dachten te hebben, moeten we nu in één enkele nacht proppen. Tegen middernacht bel ik de officier van justitie uit bed: 'Onze opdracht was die liquidatie, maar we stuitten op vrouwenhandel. Vrouwen worden middels geweld tot prostitutie gedwongen. Hier moeten we iets mee.' '
   Zet het maar op papier,' antwoordt de officier. Met tien man werken we de taplijnen uit. We maken een proces-verbaal voor een aanvraag van doorzoeking en eentje voor een aanvraag van een spoedtap. De rechter moet alles kunnen toetsen. Tegen twee uur krijgt de officier van justitie het hele pakket per fax binnen en hij belt met de rechter-commissaris. Hij vraagt toestemming voor wat hij wil aanvragen. Diep in de nacht krijgen wij onze toestemming voor doorzoekingen op twintig plaatsen in Nederland. Voor die doorzoekingen hebben we ook personeel nodig: we hebben ter plaatse een hulpofficier van justitie, zoekers en een administrateur nodig. De rechter-commissaris moet naar al die plekken gereden worden door een chauffeur. Voor de aanhoudingen moeten we beschikken over een arrestatie-eenheid die is opgewassen tegen gewelddadige verdachten. Gezien de liquidatiemeldingen waarmee het onderzoek startte, is het aannemelijk dat Andrej een vuurwapen heeft en niet zal schromen dit te gebruiken. Om zes uur in de ochtend doen we invallen in woningen, seksinrichtingen en jachthavens. Collega's treffen Andrej en Petrov aan in een vrijstaande woning in Limburg. Bij zeven seksclubs knallen we de deur eruit, stormen naar binnen en roepen 'politie, politie!', zo bevriezen we de situatie. Dan komt de rechter-commissaris binnen. 'Welke vrouwen staan in relatie tot Andrej?'

vraagt hij en de vrouwen komen tevoorschijn. Paspoorten in de kluizen tonen dat er een aantal vrouwen uit zicht verdwenen is.

In samenwerking met de GGD, het Prostitutie Maatschappelijk Werk en de Stichting tegen Vrouwenhandel richten we een werkruimte in Eindhoven in. Deze ochtend komen 38 vrouwen bij elkaar die uit verschillende seksclubs zijn gehaald. Samantha is een van hen, een jonge vrouw met doffe ogen en daaronder dieppaarse kringen. De volgende dag komt Ariëlle ook binnen. Zij is uit een Duitse seksclub gehaald. Als Ariëlle Samantha ziet, loopt ze op haar af en legt haar armen om haar heen. Tranen rollen over haar wangen, ze huilt als een wolvenjong. Het gaat door merg en been. Samantha houdt haar ogenschijnlijk emotieloos vast en zwijgt.

Als ik met een collega de verhoren start, ga ik ervan uit dat de vrouwen blij zijn dat ze zijn verlost en dat ze ons alles gaan vertellen wat hun is overkomen en wie hun dat heeft aangedaan. 'Ik ben Henk van de politie, wij denken dat jij een slachtoffer bent van vrouwenhandel. Wij kunnen jou helpen,' zeg ik tegen Ariëlle in de verhoorkamer.

Vanaf de andere kant van de tafel kijkt ze me spichtig aan. 'Er is mij niks overkomen hoor, ik werk vrijwillig in de prostitutie,' laat ze weten. Na twee uur onze vragenlijst te hebben doorgewerkt en na tal van ontkenningen van haar kant, staken we ons verhoor. Huh? Hebben we het dan fout gezien? Hoe zit dit? Bij de andere vrouwen stuiten we op dezelfde ontkenningen als bij Ariëlle. Mijn teamgenoten delen mijn vertwijfeling. We noteren wat ze zeggen en dat is het dan. Er zit niks anders op dan de terugreis van de vrouwen te regelen.

Het gesprek met Samantha verloopt anders. Zij laat wel wat los over dwang. Niet veel, maar genoeg om ons onderzoek verder op te bouwen. We confronteren haar met de gesprekken die we hebben opgevangen en met name de laatste gesprekken over haar borsten. Ze gaat in op ons aanbod om een arts te bezoeken, want ze barst van de pijn. Het gaat ons niet alleen om haar verklaring, maar ook om haar welzijn. Een meelevende houding van politiemensen is Samantha niet gewend. Beetje bij beetje vertelt ze ons hoe ze met Andrej in contact is gekomen, dat ze dacht model te worden en dat ze geen enkele twijfel over hem had. Uiteindelijk dwong Andrej samen met Petrov haar en Ariëlle tot prostitutiewerk. Haar vriend Chris komt ook een verklaring afleggen. Hij vertelt wat hij weet van Samantha en over wat hij zelf heeft meegemaakt met Andrej. Na de aframmeling die ze hem hebben gegeven is hij wel bang, maar hij wil dit onderzoek ook tot een goed einde brengen. Hij houdt van Samantha en wil niet dat ze er alleen voor staat, want waar zijn Andrej en zijn vrienden toe in staat?

De tamtam doet zijn werk en bereikt andere vrouwen die door Andrej en zijn kornuiten tot prostitutie zijn gedwongen. We hebben dit mede te danken aan Chris, die wel overtuigd is van de goede bedoelingen van de politie. Door hem gaat Samantha ons vertrouwen en zij laat haar lotgenotes weten dat je prima kunt samenwerken met de Nederlandse politie. Nog vier vrouwen melden zich om aangifte te doen. Allemaal vrouwen die zich gesteund voelen door hun Nederlandse vrienden, die ook in gesprek gaan met ons. Zo komen we aan verklaringen vanuit verschillende invalshoeken die elkaar bevestigen. We hebben het telefoongesprek waarin Samantha aan Ariëlle vertelt dat haar borsten zijn beschadigd en we hebben foto's waarop dat te zien is. Door ontstekingen zijn de gaten in haar borsten zo groot, dat er een gemiddelde ballpoint doorheen zou passen. We beschikken over een artsenonderzoek en de aanvullende verklaringen van Chris, Elena en Ariëlle, die zich had beperkt tot bevestigingen van wat wij haar uit ons onderzoek hebben voorgelegd. De verklaringen van de vrouwen alleen zijn onvoldoende om een strafzaak van de grond te krijgen, maar aangevuld met onze observaties, telefoontaps, de administratieve bewijslast en in beslag genomen goederen, bouwen we een sterke zaak op.

Na de verhoren van de vrouwen worden een collega en ik aangewezen voor de verhoren van Andrej. Petrov hoeven we niet te verhoren, want Duitsland vraagt om zijn uitlevering en hij geeft aan dat hij daaraan meewerkt. Middels een korte uitleveringsprocedure leveren we hem na enkele dagen uit aan Duitsland. Petrov heeft daar meer op zijn kerfstok en zijn activiteiten van mensenhandel worden in de Duitse strafzaak meegenomen. Wij willen ook wel met hem aan de slag gaan, maar ons onderzoek richt zich op Andrej. Alle verklaringen en alle andere verzamelde bewijsmiddelen staan in een groot verhoorplan, hier komt hij niet mee weg. Er hangt wel een groot vraagteken boven mijn hoofd. Hoe kan dit kleine, kille mannetje zoveel vrouwen in zijn macht hebben gekregen? Met Petrov aan mijn zijde zou ik me trouwens ook veilig hebben gewaand, die beer boezemt angst in. Maar Andrej? Ik wil de angst niet wegwuiven, door ons onderzoek weet ik dat hij tot alles in staat was. Dat heeft hij wel bewezen, maar toch vind ik het onbegrijpelijk. Nu hij tegenover mij zit, zou ik mijn maandsalaris in willen zetten als ik een robbertje met hem moest vechten. Toch is de realiteit dat, zelfs nu hij vast zit, negentig procent van zijn slachtoffers zich niet durft uit te spreken.

Mijn verhoormaat en ik bezoeken Andrej met een Russische tolk. De tolk geeft aan dat ze graag wil dat wij van tevoren duidelijkheid scheppen over haar neutrale rol in het gesprek. Zij wil voorkomen dat ze als partij van de politie wordt gezien. Wij willen uitsluitend onafhankelijke tolken die niets anders doen dan vertalen, maar we zien dat zij angst heeft voor Andrej. Als ik haar vraag waarom ze bang is, zegt zij dat ze denkt dat iemand als Andrej altijd wraak zal nemen. Hij geeft haar een naar gevoel. Wellicht dat ze iets bij hem ziet wat ik niet zie of wellicht ben ik hierin te naïef. We respecteren haar vraag en leggen Andrej uit dat de tolk vertaalt wat wij vragen en wat hij zegt. We leggen uit dat ze alles moet vertalen, ook als hij haar iets vraagt wat niets te maken heeft met het onderzoek. Andrej weet dat dit de opdracht is voor de tolk, *off the record* kan hij haar niets vragen zonder dat het vertaald wordt. De tolk had ons laten weten dat het haar in eerdere onderzoeken is gebeurd dat verdachten haar om gunsten vroegen, vanuit de verwachting dat landgenoten elkaar helpen. De meeste verdachten zien haar als een verrader en spreken dat ook uit, om op die manier valse loyaliteit te creëren. Wij letten extra goed op non-verbale reacties. Daaruit lezen we af dat bij tijd en wijle Andrej niet alles even welgevallig is. Tot drie keer toe probeert hij de tolk over te halen om telefonisch contact op te nemen met mensen in Rusland. Echter, de tolk vertaalt dit meteen waar Andrej bij zit en hij staakt zijn pogingen om haar voor zijn karretje te spannen. Hij is een kinderachtige verliezer, na zijn pogingen gunt hij de tolk geen blik meer waardig. We hebben ons doel bereikt, de tolk kan vertalen zonder dat er ons inziens sprake is van non-verbale beïnvloeding.

Andrej bijt zich stoïcijns vast in zijn eigen gelijk. 'Die wijven moeten niet zeuren, ik heb ze een betere toekomst gegeven,' verklaart hij tikkend op zijn borst. Hij rekent voor wat ze verdienen in Rusland en hoe zij er hier in inkomen op vooruit zijn gegaan. 'Vele malen meer. Die hoeren ondergaan gewoon hun lot. In Rusland of in Nederland, mannen zijn overal hetzelfde. Ze willen neuken.' Tot veel andere uitspraken komt het niet. Het geweld, de dwang en de verkrachtingen ontkent hij in alle toonaarden. Het ligt allemaal aan die ondankbare wijven. Welk feit uit ons onderzoek we ook maar aan hem voorleggen, hem valt niets te verwijten.

Augustus 1996

Deze afwerende opstelling heeft Andrej ook in de rechtszaal. In eerste instantie probeert hij bij de rechter in een goed blaadje te komen. 'Ik word afgeschilderd als een vrouwenhandelaar, terwijl zij in hun eigen land pezen voor een rooie cent. Wat ik heb gedaan is ze een kans geven in West-Europa en wat krijg ik? Hier zit ik als een crimineel in de beklaagdenbank.' De rechter laat weten de getuigen voor en tegen hem te horen, want zo werkt nu eenmaal de rechtspraak. Op slag verandert Andrej weer in die stoïcijnse man. De eerste vrouw die komt getuigen, is door zijn advocaat opgeroepen. Vanuit het onderzoek kennen we haar niet. Een mooie vrouw in een rood mantelpakje betreedt met rechte rug de zittingszaal. Andrej veert op en trekt een triomfantelijk gezicht. Een vrouwenhandelaar? Nee hoor, Andrej heeft met de vrouwen die hij hierheen heeft gehaald, niets dan goeds in de zin. Met haar roodgelakte nagels wijst de vrouw op zichzelf. 'Ik ben daar zelf een voorbeeld van, ik heb goed geld verdiend en ik ben heel veel beter af dan in Rusland. Nooit heeft Andrej mij tot iets gedwongen en ik was altijd bij hem, dus hij heeft ook niemand anders kwaad gedaan.' Nadat zij de rechtszaal verlaat, wordt de volgende getuige binnengeroepen. Samantha ziet er netjes uit in een blauwe jurk en opgestoken haren. Als ze achter Andrej langs loopt op weg naar haar stoel, draait hij zich om en kijkt haar ijskoud aan. Samantha kijkt even terug en loopt onverstoord door. Tijdens het verhoor houdt ze haar blik gericht op de rechter, ook als de officier van justitie of de advocaat van Andrej haar vragen stellen. Bij elke vraag van zijn advocaat, kijkt Andrej priemend haar kant op, maar zij laat zich niet meer door hem intimideren. Nooit meer. Samantha laat zich niet van de wijs brengen en houdt haar verhaal. 'Ogenschijnlijk is hij de meest charmante man ter wereld met goede manieren, maar in werkelijkheid is Andrej een vreselijke sadist. Naast dat hij mij emotioneel kapot heeft gemaakt, heeft hij mijn lichaam vernietigd. Hij heeft mij mijn vrouwelijkheid afgenomen door mijn borsten te verminken. Mijn hele leven zal hij als een duivel op mijn schouder zitten als ik in de spiegel kijk. Want zelfs al maken ze mijn borsten weer mooi, dan nog is dat de handtekening van de sadist die daar zit.'

De rechter veroordeelde Andrej tot een celstraf van twee jaar en drie maanden wegens vrouwenhandel. Er is een berekening gemaakt van zijn verdiensten, maar het is niet gelukt om een vermogen te traceren. Andrej heeft zijn geld goed verstopt.

Gerrit is niet veroordeeld voor vrouwenhandel. Nu, zestien jaar later, zou hij ook behoren tot een van de hoofdverdachten, omdat iemand die voordeel trekt van zo'n misdrijf evengoed een keiharde mensenhandelaar is. Gerrit heeft wel de belastingdienst op zijn dak gehad en die berekende de niet opgegeven inkomsten. Daarbovenop heeft hij een boete gekregen van 100 procent. De belastingaanslag van Gerrit bedroeg 130.000 euro.

Petrov kreeg een veroordeling van drie jaar in Duitsland.

Samantha bleef in Nederland. Ondanks haar magere vooropleiding bleek ze goed te kunnen leren. Via de Open Universiteit deed ze een technische studie. Aansluitend ging ze naar de Technische Hogeschool in Eindhoven en studeerde af. Vanaf 2002 werkt zij als computerprogrammeur. Ze is getrouwd met Chris en ze kregen twee kinderen.

Met aftrek van voorarrest stond Andrej na anderhalf jaar weer buiten. Hij werd als ongewenst vreemdeling uitgezet, zoals dat gebeurt in Nederland met vreemdelingen die zijn veroordeeld voor een misdrijf. Nog geen twee maanden later was Andrej weer gesignaleerd in Nederland. Hij gaf een feest om zijn vrijlating te vieren, naar verluidt heeft hij 30.000 euro uitgegeven aan dat *comeback*-feestje. Schijnbaar had hij dus wel degelijk geld. Kennelijk deert het een doorgewinterde Rus niet dat hij anderhalf jaar in de cel moest zitten.

In het najaar van 1997 was Andrej weer actief in de mensenhandel. Hij ging met twee andere mensen in zee om vrouwen gedwongen in de prostitutie te brengen. Er werd een nieuw onderzoek opgestart en daarin is Andrej weer aangehouden als verdachte van mensenhandel.

Samen met twee andere mensenhandelaren. In dat onderzoek had Andrej niet de hoofdrol, maar hij is niettemin veroordeeld tot zes jaar, net als zijn twee kompanen. Er was sprake van Nederlandse medeplichtigen. De overwinning voor ons in dat onderzoek was een civiele vordering van 1,2 miljoen euro. De drie hoofdverdachten en de medeplichtigen hadden zoveel onroerend goed en andere waardevolle spullen die we in beslag konden nemen, dat slachtoffers achteraf nog geld zagen van hun verdiensten. De in beslag genomen goederen werden voor dit doel, de uitbetaling, geveild.

De fatale fuik van Samantha & Ariëlle

Wat wisten we van mensenhandel anno 1995? We hadden slechts een vage notie. De term bestond nog niet. In die tijd spraken we van vrouwenhandel. We wisten dat er vrouwen werkten in clubs, maar hoe zij daar terechtkwamen, was ons niet bekend. We zagen wel dat er steeds meer Oost-Europese vrouwen naar Nederland en de ons omringende landen kwamen. Er kwam een kentering in ons beeld dat prostitutie een zaak was van Nederlandse vrouwen met hun welbekende pooiers. In die jaren golden het prostitutieverbod en het souteneurverbod nog. Prostitutie werd in Nederland gedoogd. Het pooierschap stonden we ook oogluikend toe. Prostitutie trekt nu eenmaal gajes aan, wisten we. Pooierschap zagen we toen nog als een overtredinkje.

Misleiding

In de periode dat ik met de bestrijding van vrouwenhandel begon, bezochten vrouwenhandelaren landen waar het economisch slecht ging. Dat waren met name het voormalig Oostblok en West-Afrikaanse landen. De armoede waarin Samantha en Ariëlle opgroeiden, maakte hen kwetsbaar voor figuren met verkeerde intenties zoals Andrej. Vrouwenhandelaren herkennen die omstandigheden en maken er slinks gebruik van. Nog steeds bezoeken de huidige mensenhandelaren gebieden met een economische achterstand en doen beloftes van banen in de Nederlandse horeca, land- en tuinbouw. Misleiding is de meest gebruikte methode binnen mensenhandel. Het houdt in dat je iemand iets anders voorhoudt dan wat daadwerkelijk in je bedoeling ligt. De persoonlijke omstandigheden van degene die misleid wordt, zijn vaak bepalend. Misleiding en afhankelijkheid door de eigen slechte situatie loopt doorgaans als een rode draad door het ronseltraject en de periode van uitbuiting. Eenmaal in Nederland, werden Samantha en Ariëlle in de prostitutie tewerkgesteld. Armoede, illegaliteit en schaamte maakten dat zij geen weg terug meer zagen.

In het verleden hoorde ik professionals vanuit hun Nederlandse perspectief vaak tegen slachtoffers zeggen: 'Hoe naïef kun je zijn? Je snapt toch wel dat je in een ander land zoveel niet kunt verdienen?' Zij hadden geen idee van de omstandigheden waarin de slachtoffers leven in hun thuislanden. Als je ongeschoold bent en in een uitzichtloze situatie zit en iemand spiegelt je betere toekomstperspectieven voor, wat heb je te verliezen? Voorheen zagen we veel ongeschoolde mensen, maar door verslechterde economische omstandigheden is tegenwoordig de verhouding tussen geschoolde en ongeschoolde slachtoffers nagenoeg gelijk.

Zijn de daders eenmaal opgepakt, dan willen ze de misleiding voortzetten. Zowel bij de politie als op de rechtbank. Steeds maar weer proberen ze uit te leggen dat het slachtoffer hen voor haar karretje heeft gespannen om voor haar de weg vrij te maken zodat ze in de prostitutie kan werken. Met allerlei voorbeelden proberen ze aan te tonen dat niet zij, maar het slachtoffer om een gunst had gevraagd. In nagenoeg alle gevallen probeert de verdachte een andere interpretatie te geven aan de onderzoeksbevindingen. Andrej deed dat ook op de rechtbank: 'Ik verleen hun een gunst en nu zit ik hier als verdachte.'

Angst

De mishandelingen en verkrachtingen hakten er diep in bij Samantha en Ariëlle. Dat wat met misleiding begon, sloeg om in angstaanjagend geweld. Vanuit angst lieten zij zich tot prostitutie dwingen en bleven ze zich prostitueren totdat de politie ingreep. In de praktijk komt het ook nog weleens voor dat iemand voor de ogen van prostituees mishandeld wordt. Het kan zijn dat de mensenhandelaren een aframmeling van een klant of andere pooier in scène zetten. Of een weigerachtige prostituee wordt ten overstaan van andere prostituees flink mishandeld. Dat dient om de tewerkgestelde prostituees te laten zien wat er gebeurt met niet-plichtsgetrouwe prostituees. Iemand wordt dan simpelweg opgeofferd, zodat de anderen het uit hun hoofd laten om werk te weigeren of tegengas te geven. De mishandelde prostituee heeft vervolgens weer een probleem, want als zij door haar verwondingen niet kan werken, moet zij daarna extra verdienen. Dat gold ook voor Samantha die een boete kreeg opgelegd nadat haar borsten waren verminkt. De handelaren lijden geen enkel verlies, zijn slachtoffers doen immers precies wat zij willen. Dat genereert extra winst. Samantha kon een tijd niet werken. Ze liep een achterstand op met betalingen die Andrej haar niet kwijtschold. In veel van de onderzoeken die ik heb verricht, komt er dan een boete bovenop, omdat je niet tijdig hebt betaald.

Bij buitenlandse slachtoffers speelt vaak mee dat zij bang zijn om opgepakt te worden. Velen denken dat ze strafbaar zijn, omdat ze illegaal in het land verblijven. Daarnaast worden zij niet zelden door hun uitbuiters voorgehouden dat familie en vrienden op de hoogte worden gebracht van hun werkzaamheden. Of de mensenhandelaren dreigen de belangrijke naasten van slachtoffers iets aan te doen.

Vreemdelingenpolitie

Vóór de legalisatie van de prostitutie in 2000 was een bezoek aan de Vreemdelingenpolitie een formaliteit voor vrouwen die hier op een toeristenvisum kwamen. Een vreemdeling moest zich binnen drie dagen melden. Dat gold niet alleen voor prostituees, maar voor alle vreemdelingen die voor toeristische doeleinden langere tijd in Nederland verbleven. De politie nam aan dat deze vrouwen zich als prostituee aanboden. Door de aanmelding wisten we tenminste waar de vrouwen verbleven, zo was er nog een beetje zicht op hen. Het bedrag dat Gerrit betaalde aan de balie, was een borgsom. Daarmee stond hij garant voor de terugreis en de verblijfskosten. Voor 2000 moest iedere vreemdeling aantonen dat hij voldoende geld had om zijn toeristisch verblijf te bekostigen. Wie niet voldoende geld bij zich had, kon de toegang tot Nederland geweigerd worden. De Nederlandse staat wilde niet opdraaien voor kosten van vreemdelingen.

Samantha en Ariëlle hadden echter een heel ander beeld bij de scène die zich voor hun neus afspeelde. De politie in hun thuisland was door en door corrupt. Zij zagen het bedrag dat Gerrit afrekende aan voor steekpenningen. In hun ogen stond de Nederlandse politie aan de kant van de mensenhandelaren. Gerrit en Andrej waren zo gehaaid dat zij de meiden in die waan lieten. Zij maakten handig gebruik van deze regelgeving, waarbij ze deden alsof de politie in Nederland hetzelfde was als de politie in het thuisland van Samantha en Ariëlle. 'De politie is onze vriend, dus probeer maar niets,' hielden de mannen hun voor. Wij als politie hadden nog veel te leren. In een later stadium keerde het beeld van corrupte politiemensen dat de slachtoffers van ons hadden, zich tegen ons. Het kostte ons grote moeite om contact te leggen en hun vertrouwen te winnen voor een verhoor. Dat beeld van corruptie onder politiemensen poetsten we niet zomaar even weg.

In de loop der jaren is er veel veranderd bij de Vreemdelingenpolitie, nu gaan zij heel anders met dit soort zaken om. Een begeleider van een prostituee kan in het huidige Nederlandse beleid al een signaal van mensenhandel zijn, want wij zien prostitutie als een zelfstandig en vrijwillig beroep. In 1995 dachten we goed te handelen door zicht te houden op die personen die aangemeld werden, maar inmiddels weten we beter.

Ingrijpen

We hebben van de mishandeling van Samantha door Andrej en Petrov veel geleerd. Tegenwoordig grijpen we direct in, wanneer we er lucht van krijgen dat iemand slachtoffer is van mensenhandel. Sinds 1 oktober 2000 geldt er een absoluut doorlaatverbod. Dat houdt in dat wanneer de politie of het Openbaar Ministerie kennis krijgt van mensenhandel, ontvoering of mensensmokkel, we direct moeten ingrijpen. We halen de slachtoffers uit hun benarde positie. Het is een slachtofferrecht, de politie hoeft dan niet per direct de verdachte aan te houden, als het slachtoffer maar uit haar bedreigende situatie weg is. Dit absoluut doorlaatverbod is door een motie van toenmalig kamerlid Rouvoet in het Wetboek van Strafvordering opgenomen, artikel 126ff.

Verhoren van de vrouwen

De politie hanteert strikte regels voor het verhoren van slachtoffers van mensenhandel, zeker wanneer het gaat om vrouwen die tot prostitutie gedwongen zijn. Rechercheurs mogen nooit alleen een slachtoffer, verdachte of betrokkene verhoren, dat gebeurt altijd in tweetallen. Dat heeft te maken met veiligheid, maar ook met de objectiviteit van de vraagstelling. Daarnaast: je kunt nog zo'n integere rechercheur zijn, soms probeert iemand je in diskrediet te brengen. Een verdachte die in het nauw zit, kan proberen om jou zwart te maken. Of een slachtoffer heeft traumatische herinneringen weggestopt en kan daardoor verklaringen afleggen die met elkaar in tegenspraak zijn. Twee rechercheurs zijn alerter dan een. Er worden strenge eisen aan een rechercheur gesteld, voordat hij überhaupt een slachtoffer mag horen. Naast zijn kwaliteit om verhoren te doen, moet hij kennis hebben van de sociale wetenschap. De rechercheur moet een inschatting kunnen maken of hij te maken heeft met een getraumatiseerd slachtoffer. Zo ja, dan moet hij hulpverlening opstarten en een eventueel verhoor uitstellen, juist om daarna een objectief verhaal te krijgen. Opgelopen trauma's kunnen het beeld dat een slachtoffer heeft van wat haar is aangedaan aardig vertroebelen, waardoor objectiviteit achteraf ter discussie kan worden gesteld in de rechtszaal. De rechercheur moet hiermee leren omgaan.

Nadat we verhalen van excessief geweld hadden gehoord via de telefoontaps, dachten we dat de vrouwen blij zouden zijn dat we hen uit de handen van hun rauwe pooiers hadden gered. Wij stelden hun vragen en zij zouden ons hun verhalen uit de doeken doen, dat was onze overtuiging. We stuitten echter op ontkenningen van wat we hadden gehoord en gezien. Wij stelden de vragen die in onze gestructureerde vragenlijst stonden: waar komt u vandaan? Wat is uw gezinssituatie? Heeft u uw paspoort zelf aangeschaft? Doet u dit werk vrijwillig? Vragen die een simpel ja of nee uitlokken. Het standaardantwoord dat we van negentig procent van de vrouwen kregen was: 'Ja, ik doe dit werk vrijwillig.' De ontkenningen van de vrouwen brachten ons aan het twijfelen, geen idee hoe we dit moesten duiden. Wat wisten wij toen van de posttraumatische stressstoornis of van het stockholmsyndroom? Wat wisten wij überhaupt van trauma's? Wij wisten: je hebt boeven en benadeelden. Wij dachten dat die meiden wel wisten dat ze hier in de prostitutie zouden gaan werken. Toen de eerste vrouwen ons hun verhaal vertelden, krabden we ons op het hoofd en vroegen ons af: 'Ben je nou echt zo naïef dat je daarin trapt?' Inmiddels weten we beter.

Die gestructureerde vragenlijsten gebruiken we niet meer. We gaan ervoor zitten en zeggen tegen het slachtoffer: 'Vertel over je gezinssituatie vanaf je geboorte.' Daarna vertelt zij het verhaal zonder dat wij haar sturen. We gaan wel het hele verhaal in de tijd structureren. Wat we vaak zien is dat slachtoffers van de hak op de tak springen. Ze spreken over de kinderjaren en slaan dan twintig jaar over om over de laatste herinneringen te spreken. De tussenliggende periode wordt vaak onbewust overgeslagen. Of ze verklaart over 2005, gaat dan door naar 2010 en even later zit ze in 2008. Daar proberen we bij de verhoren structuur in te krijgen.

Tegenstrijdige verklaringen

Met name slachtoffers die net uit een positie van slachtofferschap zijn gehaald, geven vaak verklaringen die niet met elkaar overeenstemmen. Zij hebben doorgaans maanden in een afhankelijkheidsrelatie met hun handelaar gezeten en worden nu geconfronteerd met de politie. Vaak ontkennen zij hun slachtofferschap, gevoed door enorme angst. Als zij ervan overtuigd raken dat de politie wel te vertrouwen is, komt het ware verhaal, dat haaks staat op het eerder verklaarde. Voor mij een normaal gegeven, maar andere mensen gaan dan ernstig twijfelen aan de uitspraken van een slachtoffer. Voor de recherche is het dan zaak om gedetailleerd vast te leggen waarom het slachtoffer eerst iets anders verklaarde dan nu. Wordt dit niet tot in detail uitgewerkt, dan zal dit tegen een slachtoffer worden gebruikt en wordt zij in de rechtszaal afgeschilderd als onbetrouwbaar. Het wegstoppen van nare ervaringen hoort juist bij een slachtoffer van mensenhandel, vrouwen zijn bij de eerste verklaringen gebeurtenissen vergeten. Die verdrongen gebeurtenissen komen in de loop der tijd weer naar boven. Ze moesten gebeurtenissen wegstoppen, anders was dagelijks functioneren niet meer mogelijk. Stel je voor dat je alle negatieve ervaringen onthoudt, dat je steeds weer die verkrachting voor ogen krijgt als je met een klant naar bed gaat. Ik beweer dat functioneren dan niet meer mogelijk is. Honderd procent volledige verklaringen bij het eerste verhoor wekken bij mij meer argwaan op dan verklaringen waar nog heel veel open eindjes in zitten. Wij moeten naast de verklaringen meer bewijs zoeken om een verklaring te objectiveren. Dit maakt mij meer oordeelvrij over een verklaring. Hoe zou ik verklaren als mij iets traumatisch was overkomen? Wat zou ik wel en niet vertellen? Objectiveren van een verklaring gebeurt door naar ondersteunend bewijs te zoeken, bijvoorbeeld door het verhoren van derden of het zelf waarnemen van strafbare gedraging bij de verdachten.

Inbrengers en voordeeltrekkers

Daders van mensenhandel zijn grofweg in twee groepen te verdelen. Andrej behoort sowieso tot de eerste categorie: daders die vrouwen in een situatie van uitbuiting brengen, hij bracht Samantha en Ariëlle willens en wetens in de seksindustrie. Aanvankelijk door stiekeme misleiding en vervolgens met grof geweld. Met als doel zelf het geld op te strijken. Zou hij geen geld opstrijken omdat hij tussentijds zou worden aangehouden, dan nog is hij een mensenhandelaar, want hij heeft iemand in een situatie van uitbuiting gebracht. De tweede groep mensenhandelaren, de uitbuiters, hoeven niet per se actief te zijn als inbrenger. Zij parasiteren op dames van wie ze weten dat een ander hen met dwang tot prostitutie heeft aangezet. In de tijd dat Samantha en Ariëlle zijn seksclub werden in gebracht, was Gerrit niet strafbaar, maar sinds de wetswijzigingen van 2000 geldt hij als voordeeltrekker. Onder deze categorie vallen ook de klaplopers die tegen vrouwen aanlopen die vrijwillig in de prostitutie zijn begonnen. Zij doet zelf het voorwerk en hij zegt tegen haar: 'Als je mij niet betaalt, ga ik jou het leven zuur maken.' Betaalt zij niet, dan zal hij haar zo onder druk zetten dat ze uiteindelijk toch haar geld aan hem afstaat. Hij bevoordeelt zichzelf actief uit de opbrengst van de prostituee en schuwt daarbij geweld of chantage niet.

Hij die zich bevoordeelt uit de opbrengsten van prostitutie, terwijl hij weet dat die prostituee zich niet vrijwillig prostitueert of hij die zich bevoordeelt uit de opbrengsten van prostitutie, door gebruik te maken van geweld, chantage et cetera, is sinds 1 oktober 2000 strafbaar aan mensenhandel. Hij is gewoon een mensenhandelaar en geen pooier. Pooierschap, het souteneurverbod, is sinds 1 oktober 2000 uit onze wet verdwenen en de persoon die voordeel trekt heet sindsdien mensenhandelaar.

Zou Gerrit Samantha en Ariëlle weer in dienst nemen, dan is hij een volwaardige mensenhandelaar. Ook al zou hij niet zelf het initiatief nemen om ze in deze vorm van prostitutie te brengen.

Psychologen in de dop

Andrej getuigt van een geweldig psychologisch inzicht. Hij wijkt af van de provincialen in het café waar Samantha werkt en wacht rustig af tot hij kan toeslaan. Samantha komt zelf zijn kant op, zij wil graag met hem mee naar Nederland. Door het te laten lijken alsof de vrouwen zelf het initiatief nemen, geven zij achteraf vaak zichzelf de schuld van de ontstane situatie. Ook als ze veelvuldig worden mishandeld. Het was geen kwestie van moeten, ze móchten deze kans grijpen. De handelaar zal dit argument vaak naar voren schuiven. 'Alleen als je wilt, hoor.' Zijn die vrouwen zo dom? Je kunt vraagtekens plaatsen bij de mate van vrijwilligheid. Stel, je hebt geen eten en geen toekomstperspectief, maar wel de verantwoordelijkheid over een gezin. Je krijgt een kans op je werk die je in één klap uit de misère helpt. Zeg het maar. Een mensenhandelaar heeft een geweldige neus voor de slachtoffers die hij kiest.

Een mensenhandelaar maakt vaak gebruik van de omstandigheden waarin zijn potentiële slachtoffers zich bevinden en doet zich voor als de barmhartige Samaritaan. In de wet wordt dat omschreven als 'misbruik maken van uit feitelijke omstandigheden voortvloeiend overwicht'.

De omstandigheden waarin Samantha en Ariëlle zich in hun thuisland bevonden, opgegroeid in armoede, met weinig inkomsten en vernederd door de stamgasten, maakten het Andrej makkelijk om met Samantha aan te pappen. Helpen is niet strafbaar, maar als je gebruikmaakt van de omstandigheden en het moment met de bedoeling om iemand daarna uit te buiten, dan ben je een mensenhandelaar. Iemand zoals Andrej heeft een neus voor het juiste moment, daarom noem ik hem een psycholoog in de dop. Maar wel eentje met kwade bedoelingen.

De uitspraak

De rechter kwam tot het oordeel dat Andrej en zijn maten schuldig waren aan mensenhandel. Andrej kreeg een celstraf van twee jaar en drie maanden. Is dat alles? Voor de rechtbank was de zaak van Andrej een van de eerste vrouwenhandelzaken. Moreel gezien vind ik het een lage straf, gelet op wat Andrej op zijn geweten heeft. In deze periode waren politie, justitie, hulpverleners en rechters nog lerend op het gebied van vrouwenhandel. Ik denk dat als we nu een soortgelijke zaak zouden krijgen, de strafmaat aanzienlijk hoger zou liggen. Met nadruk op dénk, want zeker weet ik dat niet. Over de hoogte van strafoplegging wordt nooit een uitspraak gedaan. Slachtoffers, familie en vrienden van slachtoffers vragen weleens: 'Wat voor straf zou hij krijgen?' Daar speculeren we nooit over. Mijn collega's en ik proberen een zaak sluitend te krijgen met concreet en objectief bewijs. De officier van justitie bepaalt wat hij gaat eisen en de rechter legt uiteindelijk een straf op. Ik ken meerdere zaken waar de rechter met een straf komt die uiteindelijk hoger uitvalt dan wat de officier van justitie heeft geëist, of juist lager. Er zijn slachtoffers die in het begin het liefste zien dat hun handelaar levenslang wordt opgesloten, maar na een uitspraak, hoe hoog of laag die ook uitvalt, gaan zij verder met hun leven. Ze zijn gehoord en geloofd en de dader is veroordeeld, de hoogte van de straf telt dan meestal niet meer mee. Een veroordeling sterkt de psyche van een slachtoffer.

Begin van de ketensamenwerking

Omdat we als politie met een nieuw fenomeen werden geconfronteerd en omdat we wisten dat het vertrouwen in de politie minimaal was, hebben we contact gezocht met de Stichting tegen Vrouwenhandel. In die tijd was dat nog een eerstelijns hulpverleningsinstelling die slachtoffers van mensenhandel bijstond. Wij politiemensen wisten niet om te gaan met vrouwen die gedwongen in de prostitutie werkten. Wij werkten samen met Marcia, een hulpverleenster met wie ik nu nog steeds regelmatig samenwerk. De Stichting tegen Vrouwenhandel schakelde meer eerstelijns hulp in de regio in waardoor we in een vroeg stadium ook samenwerkten met de GGD en het Prostitutie Maatschappelijk Werk. Zodoende werden slachtoffers niet alleen politioneel verder geholpen, maar ontvingen ze ook direct lichamelijke en geestelijke hulpverlening. Die samenwerking was voor mij het begin van de huidige, omvangrijke ketensamenwerking.

Simona

Bij Milko zit je goed. Hij is een voorbeeldige klant die gewoon de prijs betaalt die je vraagt voor je seksuele diensten. Iedereen in de rosse buurt kent Milko. Een sociale vent. Heb je honger, dan haalt hij eten voor je en heb je trammelant met een klant, dan springt Milko voor je in de bres. Met hem in de buurt word je met rust gelaten. Corrupte politiemannen en agressieve pooiers houden zich dan gedeisd. Eigenlijk is hijzelf ook een soort pooier, zegt Milko, als je hem wat beter kent. Maar dan een nette. En hij kan deuren openen naar het rijke Westen. In Nederland staan de mannen te springen om Oost-Europese dames. De mentaliteit daar is heel anders dan in Wit-Rusland, Polen, Tsjechië en de Oekraïne. Nederlandse mannen respecteren vrouwen. Ook prostituees. In Nederland hoef je niet op straat te werken. Daar werken prostituees in luxe clubs waar alles voor ze geregeld wordt. De seks is altijd veilig en artsen bekommeren zich om je fysieke gezondheid. In Nederland mag je klanten weigeren. Dat is wel even wat anders dan in de straten van Kiev. Hier moet je je alles voor een schijntje laten welgevallen. Wat je hier in een week verdient op de naargeestige tippelbaan, strijk je in een luxe Nederlandse club op met één enkele klant. In drie maanden tijd verdien je daar zoveel geld, dat je daarna jarenlang kunt uitrusten. Wil je volledig onafhankelijk worden, dan ga je voor drie maanden naar Nederland, daarna kom je drie maanden terug naar Kiev en dan ga je weer voor drie maanden naar Nederland. Dat kun je eindeloos blijven herhalen. Ga je verstandig met je geld om, dan kun je echt een keer stoppen met dit werk. Milko helpt je daarbij.

Februari 1996

'Beste Jan en Henk, willen jullie in gesprek gaan met de Oekraïense Simona? Wij vermoeden dat zij in de gedwongen prostitutie zit vanwege ene Milko. Simona wil in gesprek met de politie.' De regiopolitie Zuid-Limburg heeft een melding ontvangen van de clubeigenaresse, Lisa. Gelukkig hebben ze in het politiecomputersysteem gekeken. Zodoende hebben ze gezien dat mijn maat Jan en ik vanuit het Eindhovense team Grens Overschrijdende Criminaliteit onderzoek doen naar de Wit-Russische Milko. We zijn hem op het spoor gekomen tijdens ons onderzoek naar Andrej. Door straatruzies, geweldplegingen en clubeigenaren die klaagden over intimidaties wist Milko onze aandacht te trekken. De meldingen in het computersysteem stapelen zich op. Onze voorlopige analyse is dat hij vrouwen vanuit de Oekraïne naar Zuid-Nederland haalt. We vermoeden dat hij de vrouwen in seksclubs plaatst en hun met geweld geld aftroggelt.

'Ik durf niet naar buiten, ik ben bang voor Milko en zijn vrienden,' laat Simona telefonisch weten als ik haar opbel in de seksclub waar ze woont en werkt, om een afspraak te maken voor een informatief gesprek. Met dit gesprek willen we vaststellen of Simona slachtoffer is van mensenhandel en haar informeren over de rechten en plichten die zij in Nederland heeft. Jan en ik halen haar op in een onopvallende dienstauto. Onlangs hebben we op het politiebureau een sociale kamer ingericht, een ruimte die geen politiesfeer ademt zoals de rest van het pand. In deze huiskamer staan twee gemakkelijke banken tegenover elkaar met een bijzettafel ertussen. Er staat ook een bureau met stoelen, voor als de slachtoffers liever een meer formele sfeer willen. De keuze is aan hen. Deze ruimte hebben we speciaal ingericht om de zedenslachtoffers op hun gemak te stellen en een gevoel van veiligheid te geven. Hier kunnen ze vrijuit praten over hun traumatische ervaringen. Voor het eerst gaan Jan en ik in deze nieuwe omgeving een gesprek voeren met een slachtoffer. Hier gaan we het anders aanpakken. We nemen de tijd voor een gesprek. Computer uit, kop koffie erbij. Gemoedelijk. Werken aan vertrouwen door oprechte interesse. Ik voer het gesprek, Jan observeert: komt wat zij zegt overeen met haar non-verbale signalen? Is haar verhaal consistent? Moet ik verder doorvragen op bepaalde zaken? Simona wil aangifte doen, maar ik wil haar eerst mijn interesse tonen en aandachtig luisteren zonder dat ik opschrijf wat ze vertelt. Als ze namen noemt, weet ze dat de consequentie is dat we gaan opsporen en dat Milko te weten komt dat zij met de politie heeft gesproken. Hij zal haar als verrader zien.

Zoals veel niet-westerse vrouwen moet Simona zich nog wel over haar angst voor politie heenzetten. Lisa, de nachtclubeigenaresse waar Simona werkt, heeft haar gezegd dat de Nederlandse politie anders is dan ze gewend is. In de Oekraïne is de politie beslist geen vriend. 'Opdonderen hier!' krijgt Simona daar regelmatig te horen uit de mond van een politieman. Gevolgd door een tik. Komt ze haar recht halen, dan halen ze hun schouders op: 'Jij bent maar een hoer, waarom zou ik onderzoek doen?' Maar voor geld weten ze haar wel te vinden. Betaalde seks is immers illegaal werk. De politie eist staangeld. Ordinaire steekpenningen. Betaal je niet, dan blijven ze bij je staan. Dan blijven de klanten weg en verdien je niks. De boete bij een proces-verbaal ligt hoger, dus je steekt ze liever contant geld toe. Daarbij, door een proces-verbaal kom je in de administratie terecht als prostituee. Niemand mag weten dat je de hoer uithangt, want dat is een grote schandvlek. Krijg je vijf keer een proces-verbaal, dan moet je voor de rechter verschijnen. Iedereen uit je omgeving zal dan te weten komen dat je prostituee bent. Soms houdt de politie een razzia. Ook al heb je net betaald, ze pakken je op. Je hebt geen poot om op te staan. Voor een hoer zijn rechten een onbereikbare luxe.

In de sociale kamer kiest Simona de tweezitter. Ze bindt haar schouderlange zwarte haren in een lage paardenstaart, slaat haar benen over elkaar en herschikt haar witte *oversized* trui. Ik neem pal tegenover haar plaats met Jan rechts van mij. Tijdens dit gesprek bekijkt hij *en profil* hoe Simona reageert, haar gezichtsuitdrukkingen, haar handen.

'Simona, kun je me vertellen hoe jouw leven is verlopen vanaf jouw vroegste herinnering tot dit moment hier op de bank?' vraag ik haar.

Even sluit ze haar amandelvormige bruine ogen, haalt diep adem en steekt van wal: 'Ik ben Simona, 27 jaar en ik kom uit de Oekraïne. Geboren en getogen in een klein dorp 90 kilometer van Kiev. Wat mijn familie betreft, ik heb alleen maar contact met mijn moeder. Ze is een schat die veel te verduren heeft gehad. Ik neem haar mijn slechte jeugd niet kwalijk. Mijn vader verdween toen ik twaalf was. Hij was werkloos, altijd dronken en het was steeds hommeles. Wat mijn moeder verdiende in de fabriek, maakte hij op aan drank. Vaak hadden we geen eten, dat dreef mijn zes jaar oudere broer Damian en mij de straat op. Damian verkoos al vroeg het criminele pad. Eerst kruimeldiefstallen, later het grote werk. Hij is vaak opgepakt voor roofovervallen. In de Oekraïne kom je beslist niet als een brave burger de gevangenis uit. Elke keer als hij de bajes uitkwam, was hij drukker met duistere zaakjes dan ooit tevoren.

Ploegendiensten in de fabriek die onderdelen leverde voor de wapenindustrie, een immer dronken echtgenoot met losse handen, een ontspoorde zoon en armoede, dat was het leven van mijn moeder. Een halfjaar nadat mijn vader ervandoor was gegaan, kon mijn moeder van de ene dag op de andere niets meer. Haar oerkracht was op. Ik was twaalf jaar toen ik voor haar ging zorgen. Vraag me niet waar het vandaan kwam, maar Damian bracht in die tijd geld binnen. Na twee jaar staakte zijn geldstroom abrupt. Een mislukte overval op een winkelier, hoorde ik via het roddelcircuit. Hij kwam niet meer thuis. Radiostilte. In de Oekraïne neemt de politie niet de moeite om de familie op de hoogte te stellen als ze iemand hebben opgepakt. Ook niet bij minderjarigen. De overvaller oppakken en in de bak gooien, daar draait het om. Alles daaromheen is niet belangrijk. Zeker toen niet, in 1983.

We hadden geen geld meer. Mijn moeder was niet in staat om te werken en gezien mijn leeftijd zou niemand mij in dienst nemen. Ik zag maar één uitweg: genoeg mannen die seks willen met een veertienjarig meisje. Het netwerk van mijn broer kwam goed van pas. Zijn vrienden gingen rond met de vraag wie interesse had. Ik was zo naïef om te denken dat ik het bij strelen, zoenen en pijpen kon houden. In die beginperiode zouden de helers en vrienden van Damian mijn klanten worden. Twee dagen nadat ik het idee opperde, diende de eerste zich aan. Qua locatie had ik niet te klagen. Ik werd naar een hotel gebracht.'

Jan en ik wisselen een korte blik. Dit begrijp ik niet. Je hebt op je veertiende seks met een klant, maar 'de locatie is goed'. Is dit galgenhumor?

'Twee vrienden van mijn broer, Dmitri en Luka, leidden me naar een kamer en bleven bij me tot er op de deur werd geklopt. Er stond een dikke man voor de deur met zweetdruppels op zijn gezicht. Buiten adem van het trappenlopen. Nahijgend met een hand tegen de deurpost. Zijn blouse zat klam tegen zijn lijf geplakt. Bij het betreden van de kamer trok hij zijn broek op onder zijn blubberbuik, maar zijn harige bilnaaddecolleté bleef zichtbaar. Waar was ik aan begonnen? Ik zat op het tweepersoonsbed in het midden van de kamer. Hij keek mijn kant op, zijn ogen samengeknepen tot fonkelende spleetjes in zijn vlezige gezicht.

"Wees voorzichtig, dit is haar eerste keer," zei Dmitri bij het verlaten van de kamer.

Mijn klant schaterlachte zijn gele gebit bloot. "Natuurlijk, wie weet kom ik nog vaker langs!" Mijn hart pompte mijn lijf uit toen de deur dichtsloeg en ik alleen achterbleef met deze vleeshomp. "Wees niet bang, ik help vaker meisjes die dit werk gaan doen. Ik bereid je voor op je toekomst," prevelde hij terwijl hij kleine stapjes mijn kant uit zette. Hij kwam naast me zitten in een wolk van zweet en alcohol. "Heb je al vriendjes gehad?" wilde hij weten met een arm om mijn schouder. Ik schudde mijn hoofd. "Ga voor me staan en kleed je uit." Schoorvoetend deed ik wat hij me vroeg. Veel te snel naar zijn smaak. "Rustig! Eerst je truitje." Toen ik naakt was wenkte hij me dichterbij. Ik sloot mijn ogen toen zijn walgelijke handen de lijnen van mijn lichaam volgden. Ik moest nog dichterbij komen en toen hij zijn lippen op de mijne wilde drukken, wendde ik mijn hoofd af. Zijn handen zochten mijn borsten. Twee erwtjes op een plankje, meer was het nog niet. Hij raakte er opgewonden van.

Hij ging op bed liggen en gaf aanwijzingen hoe ik hem moest uitkleden. Het was een heel geploeter om dat kleverige lijf uit zijn kleren te wurmen. Die instructies van hem: "Streel me hier, kus me daar". Uiteindelijk moest ik met zijn piemel spelen en hem overal zoenen. Dat kreeg ik niet gedaan, zijn geur deed me kokhalzen. "Als je niet wilt zoenen, dan moet je me maar pijpen." Hij greep me in mijn nek en duwde me naar zijn erectie. Met een schijnbeweging onttrok ik me aan hem. Hij kreeg geen vat op mij, zijn armen waren te kort en zijn buik zat in de weg. "Godverdomme, ik betaal je niet voor niets. Je zoent niet, je pijpt niet. Wat denk je wel?" Moeizaam richtte hij zich op en gooide zijn benen langs het bed. Voortdurend hield hij een hand om mijn nek. Met zijn andere hand greep hij mijn arm en trok me naar zich toe. Ik stribbelde tegen, maar hij was sterker. Met zijn handen om mijn hoofd geklemd bewoog hij me naar zijn kruis. Ik perste mijn lippen op elkaar en rook zijn ranzige geslacht. Als ik eraan denk, word ik weer misselijk. Zure maagsappen borrelden omhoog. Toen hij mijn mond tegen zijn erectie zette, trok mijn maag zich samen. Een zure brij kwam omhoog en vulde zijn schoot. Zijn piemel halfstok in mijn gelige maaginhoud.

Terwijl ik me oprichtte, belandde zijn vuist in mijn gezicht. "Vieze slet, wat denk je wel niet?" Ik kromp ineen, mijn wang gloeide. Vloekend greep hij me bij mijn schouders en wierp me op bed. Hij stortte zich op me. Zijn volle gewicht op mijn kinderlichaam perste alle lucht uit me. "Een gore slet ben je!" Angst blokkeerde de schreeuw in mijn keel. Hij forceerde zijn knieën tussen mijn benen. Mompelend: "Vuile slet." Daar lag ik, als een regenworm onder een blok beton. Alsof ik door een rietje ademde. Zijn rechterarm bewoog naar beneden, tussen mijn benen. Hij wrong zijn piemel bij me naar binnen. Wat een pijn! Ruw als een varken ontmaagde hij me. Knorrend. Mijn verzet brak. Als een lappenpop onderging ik mijn eerste seksuele ervaring. Verkracht door mijn eerste klant en een bloedvlek in het laken. Zijn bewegingen werden krachtiger, hij piepte en rochelde in mijn oor. Met een laatste kreun zakte hij als een plumpudding in elkaar. Toen ik dacht dat ik mijn laatste adem uitblies, rolde hij zich van me af. Zijn verschrompelde piemel, buik en bovenbenen waren rood van mijn bloed. Hij grijnsde zijn ogen weer tot spleetjes. "Deze dag zal je nooit vergeten, kleine slet. Ik heb een volwaardige hoer van je gemaakt. Niemand anders zal je zien bloeden." Hij liep naar de badkamer en veegde met een handdoek het bloed weg. Hij kleedde zich aan en liep zonder iets te zeggen de kamer uit. Geen idee hoelang ik naar de met bloed besmeurde handdoek op de badkamervloer heb liggen staren. Uiteindelijk richtte ik me op en ben onder de douchestraal gaan zitten. Verdoofd.

Uit het niets stonden Dmitri en Lukas in de badkamer. Ze hadden een kwartier op de kamerdeur staan bonken. Uiteindelijk hebben ze het slot geforceerd. Ze praatten onophoudelijk met me, maar niets drong tot me door. Het voelde alsof die papzak nog steeds boven op me lag. Hoe graag ik ook wilde, die waterstraal kon dat niet van me afspoelen. De jongens hielpen me weer in de kleren en brachten me met een auto naar huis. Ik kreeg geld van ze, geen idee hoeveel het was. Ik verkeerde in een waas. Ik heb het aan mijn moeder gegeven en zweeg op haar vragen hoe ik eraan gekomen was. Die horrorfilm van de hotelkamer bleef zich afspelen in mijn hoofd.'

Simona valt stil. Haar handen liggen op haar schoot en ze staart naar het bekertje water voor haar op tafel. Ik herken mijn eigen verwondering op het gezicht van Jan. Wat niet lukte met die gestructureerde vragenlijsten met de 65 vrouwen in de zaak van Andrej, werkt nu in onze nieuwe sociale kamer wel. Doordat we de tijd voor Simona nemen en in alle rust met haar in gesprek gaan, horen we zoveel meer. Geen gesloten vragen, alleen een brede open vraag: vertel ons alles wat je kunt herinneren vanaf je geboorte dat leidde tot dit moment. Simona buigt voorover om een sigaret uit haar pakje te schudden. Ze houdt er een aansteker bij en inhaleert diep. 'Hoe ging het verder na die eerste klant?' vraag ik haar.

'Er volgden er meer. Eerst eens per week, maar naar verloop van tijd een of twee per dag. Die jongens zullen er wel goed aan hebben verdiend. Er werd grof betaald voor jonge meisjes. Omgerekend hield ik er per keer zo'n 5 euro aan over. Daar konden mijn moeder en ik goed van eten. Na anderhalf jaar raakte ik zwanger, vlak na mijn zestiende verjaardag. Ik kon niks meer verdienen en de jongens die klanten voor me regelden ook niet. Abortussen zijn in de Oekraïne streng verboden. De vrienden van mijn broer boden de oplossing, zij zouden me geld voorschieten voor een illegale abortus in Kiev. In Kiev was het gemakkelijker geld verdienen dan in het gehucht waar ik nu woonde en werkte. Daar boden de prostituees hun diensten aan op straat, ze hadden veel klanten op een avond en dus meer geld. Dmitri en Lukas wisten daar wel wat appartementen te huur. Het was aan mij om mijn moeder over te halen om te verhuizen. Veel overredingskracht kostte me dat niet. Zij had geen inkomsten en het vooruitzicht dat ik daar werk kon vinden, was voldoende om haar richting Kiev te bewegen. Niet lang daarna hielpen Dmitri en Lukas ons om onze spullen in een busje te proppen en ze reden ons naar onze nieuwe flat in Kiev.

Een paar dagen daarna namen ze mij mee naar een abortusarts met de bijnaam "de automonteur", in een achterkamertje in een grijze wijk. Daar stond een oude tandartsstoel met zelfgemaakte beugels waarin ik mijn benen moest hangen. De automonteur deed deze ingrepen aan de lopende band met steeds dezelfde chirurgische handschoenen aan. Hij bracht een ijskoude eendenbek bij me naar binnen en frunnikte een buisje door mijn baarmoedermond die was aangesloten op een vacuümpomp. Het mag een wonder heten dat het gebouw niet is ingestort door mijn gegil. Een abortus zonder verdoving doet vreselijk veel pijn. Toen ik bloedend en met een prop watten in mijn onderbroek naar buiten strompelde, stonden Dmitri en Lukas me op te wachten. Ze rekenden me voor: op mijn schuldenlijstje stond nu omgerekend 500 euro voor de abortus. Nu begreep ik waar deze arts zijn bijnaam aan te danken had; mijn abortus leek niet op een medische handeling, maar op het zoeken van een vastgeroeste moer die met geweld verwijderd moest worden.

Na een herstelperiode van een week brachten Dmitri en Lukas me naar mijn nieuwe werkplek. Op de prostitutiebaan in het grote Kiev zag ik na jaren mijn broer Damian weer. Hij was ook in de hoofdstad neergestreken en liep hier regelmatig rond, omringd door zijn criminele vrienden. Hij toonde geen interesse in mij of in onze moeder. Mijn nieuwe leven kwam al gauw in een groef van dag in dag uit werken en zorgen voor mijn zieke moeder die maar niet beter werd. Klanten afwerken in auto's en in portieken. Dmitri en Lukas ontpopten zich tot nietsontziende pooiers. Als ik werk weigerde of als ik er een karige dienst op had zitten, volgden er klappen, vernederingen en boetes. Mijn broer stak geen vinger uit. Hij moet geweten hebben dat ik kindprostituee was. In die jaren raakte ik nog drie keer zwanger. Dan werd ik weer naar de automonteur gebracht in zijn grauwe achterkamertje. Mijn moeder en ik hadden te eten. We overleefden, niets meer en niets minder.

Toen ik in december 1995 diep in de nacht thuiskwam van de tippelbaan, lag mijn moeder op de grond met haar gezicht naar beneden. Bewusteloos. In paniek rende ik de zes trappen af in het trappenhuis. Vanuit een belhuis in onze straat die zeven dagen per week, 24 uur per dag open is, belde ik voor hulp. Vrij snel kwam er een ambulance die haar naar het ziekenhuis bracht. Daar werd kanker vastgesteld, tumoren hadden zich in haar hoofd genesteld. Kwaadaardige kankercellen hadden zich uitgezaaid door haar hele lichaam, genezing was uitgesloten. Vanaf dat moment zou zij steeds meer afhankelijk van me worden en er stond haar veel pijn te wachten. Wat moest ik? Mijn moeder verzorgen en niets verdienen of nog harder werken en een betaalde hulp inschakelen? Ik koos voor het laatste. Damian weigerde categorisch iedere hulp.

Mijn moeder verslechterde zienderogen en had steeds meer pijn. Ik kon dat niet aanzien, dus ik zette nog een tandje bij. Op een gegeven moment werkte ik van elf uur in de ochtend tot vijf uur de volgende ochtend. Tot een uur of zeven 's avonds bevredigde ik mannen in de buurt van de flat, zodat ik tussendoor voor mijn moeder kon zorgen. In de avond vertrok ik naar de tippelbaan. Het was een uitputtingsslag en mijn werk op de baan leed eronder. Mijn pooiers begonnen te zeiken dat ik te weinig geld in het laatje bracht. Dat was in de tijd dat Milko op de baan liep. Hij was een keer mijn klant en ging netjes met me om. Hij kwam regelmatig een praatje maken met mij en de andere meiden van de straat. Toen mijn pooiers zich weer eens als hyena's op me stortten met hun gezeik over de teruglopende inkomsten, schoot Milko me te hulp. "Je behandelt haar met respect!" waarschuwde hij. Mijn pooiers lieten zich door niemand de les lezen, maar nu dropen ze af met de staart tussen de benen. Door zijn boosaardige uiterlijk, dacht ik. Milko is iemand waar je een blokje voor omloopt. Hij heeft een chagrijnige, kale varkenskop met een scheve neus. Een grof litteken doorklieft zijn wenkbrauw. In één oogopslag zie je aan Milko welk vlees je in de kuip hebt: een echte rauwdouwer die niet met zich laat spotten.

Op een avond niet lang daarna had ik mijn eerste klant afgewerkt, toen mijn pooiers met grote passen mijn kant op kwamen. Hun gezichten stonden op onweer. Ik kreeg een klap in mijn gezicht als begroeting, gevolgd door nog een en nog een. "Godverdomme, waar sláát dit op?!" gilde ik.

"We hebben drie maanden geld tegoed van je, kutwijf! Waarom verzwijg je dat je voor jezelf bent begonnen in een andere buurt?" gooide Lukas me briesend voor de voeten.

Ik ontplofte. "Godvergeten zwijnen zijn jullie! Je weet dat ik werk om mijn moeder te helpen en het enige waar jullie aan denken is geld! Nooit hebben jullie ook maar een greintje medeleven getoond door me wat geld te laten houden voor mijn moeder."

"Waarom zullen wij jou zomaar geld geven, hoer?" zei Lukas met een zelfingenomen grijns die een blinde woede in me losmaakte. Die schop in zijn kruis was niet slim van mij. Voor ik het wist lag ik op de grond met hun vuisten en schoenen volop in mijn buik en tegen mijn hoofd. In de foetushouding, met mijn armen om mijn hoofd, probeerde ik me te beschermen. Plots hield de klappenregen op. Voorzichtig keek ik op en zag Milko op mijn twee pooiers inbeuken. Toen ze op de grond lagen, bleef hij op ze in trappen tot er geen beweging meer te zien was. Niemand stak een hand toe, hoeren en pooiers helpen elkaar niet. Iedereen kijkt toe en laat gebeuren wat er gebeurt.

 Hijgend als een bokser na de wedstrijd boog Milko zich voorover en reikte me zijn hand. Hij ondersteunde me op weg naar zijn auto en bracht me naar een hotelkamer. "Help haar," zei hij tegen een vrouw die op het bed zat en verdween weer. De vrouw die zich voorstelde als Eliza bekeek de wonden in mijn gezicht en haalde ijs om de zwellingen tegen te gaan. Ze hielp me onder de douche en waste me met zachte handen. Haar liefdevolle verzorging emotioneerde me. Uren later kwam Milko terug om me naar huis te brengen. Voordat ik uitstapte stak hij me geld toe. 50 euro in roebels. "Dit geld wil ik wel van je terug, maar dan hoef je nu even niet te werken." Met piepende banden verdween hij in de nacht. Ik keek hem na met een ongerust gevoel in mijn borstkas, vroeg of laat zou ik mijn pooiers weer onder ogen moeten komen.

De volgende dag had ik een uur nodig om mijn bed uit te komen. Iedere beweging deed pijn. Uren zat ik te dubben, gaan of niet? Uiteindelijk ben ik toch naar het hotel van Milko gegaan. Eliza deed open en Milko lag nog in bed. Terwijl Eliza de roomservice belde voor koffie, stond Milko op en ging aan de tafel in de hoek van de kamer zitten. Hij kwam direct ter zake: "Het werk dat je hier doet, kun je ook in Nederland doen. Ik ben ook een pooier, maar dan eentje met respect voor vrouwen. Ik zal eerlijk tegen je zijn: ik wil geld verdienen. Maar jij verdient ook geld. Ik heb contact met verschillende clubs in Nederland, daar betalen klanten 100 euro voor een halfuur seks. De helft is voor de clubeigenaar, de andere helft verdelen wij. Bij vijf klanten verdien je 125 euro op een avond, een kleine 4000 euro per maand. De benodigde papieren en de reis kosten je zo'n 3000 euro. In drie maanden verdien je rond de 10.000 euro, min de onkosten. Hou je toch nog 7000 euro over. Wat doe je? Blijf je in dit moeras ronddobberen of ga je veel geld maken onder goede omstandigheden?"

De bedragen deden me duizelen. Daar kon ik geen nee tegen zeggen. Voor dat geld kon ik een goede verzorgster voor mijn moeder regelen. Dag en nacht. Voor 25 euro per dag, 750 euro per maand, verdiende die verzorgster voor haar begrip ook een vermogen. Ik werkte al twaalf jaar als prostituee, slechter dan ik het nu had kon het niet worden. Ik ging naar huis en wachtte tot de verzorgster mijn moeder in bed had gelegd. Zij wist hoe ik mijn geld verdiende, dus ik legde haar zonder omwegen mijn plan voor en zij stemde direct toe. Volgens mij niet eens zozeer voor het geld, want ze had al jaren nauwelijks aan me verdiend. Voor 500 euro kon Milko in twee dagen een paspoort voor me regelen. Als ik het zelf zou moeten doen, zou dat veel langer duren. Wat mij betrof gingen we zo snel mogelijk naar Nederland. In die dagen regelde ik een telefoonaansluiting, zodat ik mijn moeder dagelijks kon spreken. Ook daarvoor leende ik geld van Milko. Bij vertrek stond ik 4000 euro bij hem in het krijt. Dan maar wat meer klanten afwerken in Nederland. Ik ben niet de knapste, maar met de juiste make-up zie ik er aardig uit. Daarbij, na ruim twaalf jaar in de prostitutie heb ik heel wat verleidingstechnieken in huis. Waar ter wereld ook, mannen willen altijd seks. Wat dat betreft zijn zij het zwakke geslacht.'

Simona schaterlacht. Jan en ik fronsen. 'Ik lust wel een kop koffie. Jullie ook?' stelt Jan voor. Ik volg hem de gang op naar het koffiezetapparaat.

'Wat zag jij aan Simona toen zij mannen het zwakke geslacht noemde? Hoe kan ze na zoveel jaar onderdrukking het nog zo koket over verleiden van haar klanten hebben? En hoe kan ze daar in godsnaam nog zoveel plezier om hebben?' vraag ik aan Jan.

'Volgens mij lacht ze haar verdriet weg,' antwoordt hij peinzend. 'Hoe moet ze die ellende anders volhouden?' We lopen terug met drie dampende plastic bekertjes. Simona heeft haar schoenen uitgetrokken en zit met opgetrokken benen op de bank. Ze blaast een grote rookwolk uit van een nieuwe sigaret.

'Nog geen week later stapte ik vroeg in de ochtend bij Milko in de auto naar Nederland. 2000 kilometer te gaan, via Polen en Duitsland. Die avond zochten we een hotel in Polen en deelden een kamer. "Kleed je uit en ga douchen," beval Milko. "Ik wil weten wat mijn meisje waard is." Ik sputterde niet tegen, hij was nu mijn pooier. De zachtaardigheid die hij als klant in zijn handelingen legde, was verdwenen. Hij trok mijn hoofd bij mijn haren naar achteren, kneep mijn borsten en billen rood en nam me ruw. Hij hield zijn hand om mijn keel geklemd terwijl hij in me stootte. Die benauwenis bracht me terug naar mijn eerste klant. Niet de geur en dat vette lijf, maar de macht die hij op me uitoefende. Hij gebruikte me bijna twee uur en viel toen in slaap.

De volgende dag stapten we weer vroeg in de auto en tegen de nacht zochten we een hotelkamer in de buurt van Berlijn. Te laat voor een maaltijd, maar Milko liet een flinke hoeveelheid drank aanrukken. Hij nam een halve liter bier met een borrel. In de auto had hij zich netjes gedragen, maar nu wilde hij weer seks. "Ik ben moe, ik wil slapen," zei ik, me onttrekkend aan zijn handen. Milko sloeg nog een borrel achterover en trok een tweede fles bier open. Ik nam af en toe een klein slokje, maar was alert. Milko ging erg hard met de drank. Ik ging douchen en toen ik terugkwam, lag Milko onder het dekbed met zijn gezicht naar de muur. Gelukkig, hij sliep. Zachtjes kroop ik aan de andere kant onder het dekbed en draaide mijn rug naar de zijne. Na vijf minuten draaide hij zich met een ruk om. Bulderend van het lachen sjorde hij mijn shirt en slip uit. Hoe meer ik tegenstribbelde, des te onbehouwener hij werd. Zijn lachen ging over in vloeken toen hij vergeefs mijn benen uit elkaar probeerde te duwen. In de worsteling draaide ik me op mijn buik. Daar heb ik nu nog spijt van. "Goed, dan leer ik je wat Nederlanders graag willen en wat al die Oostblokwijven weigeren," siste Milko. Hij richtte zich op en ging op mijn bovenbenen zitten met een been aan iedere kant. Hij spuugde op zijn hand en bevochtigde zijn piemel. Hij drukte hem tegen mijn anus. "Nee!" gilde ik, maar in zijn houdgreep kon ik geen kant op. Dit paste helemaal niet. Milko forceerde zich in mij en pompte als een beest op me in. Deze verkrachting kwam met stip binnen op nummer een van mijn pijnlijkste seksuele ervaringen. "Dit vergroot jouw marktwaarde!' gromde hij in mijn oor. Hij greep me weer bij mijn haren en trok mijn hoofd achterover. "Morgen zul je me dankbaar zijn dat ik ook deze bron voor je toekomstige klanten heb bewerkt." Ik gunde hem mijn tranen niet, want daar geniet hij alleen maar meer van. Maar vanwege deze zwijnenstreek huilde ik met diepe halen. Bij elke snik verruwden zijn stoten. Met een vloek kwam hij klaar en liet me als een vod liggen. Onder de douche hoorde ik hem weer vloeken, kennelijk was er iets aan zijn piemel gekomen wat hij niet op prijs stelde. Toen hij in bed kroop beet hij me toe: "Denk eraan, je bent nu van mij, stel me niet teleur. Milko krijgt alles wat hij wil. Morgen ga jij centen verdienen." Ik strompelde uit bed. Mijn anus en onderbuik stonden in brand. Ik douchte net zo lang als na die eerste verkrachting op mijn veertiende.

De volgende middag zaten we in een wegrestaurant net over de Nederlandse grens met een Duitser, Gustav, en een Nederlander, Peter. Die Gustav zag er niet uit met zijn snor die doorliep tot brede bakkebaarden. Zijn onderkaken en kin waren gladgeschoren. Gustav was een magere dertiger die als een rat de wereld in kijkt. Spits en gluiperig. Peter was een stuk ouder dan Milko en Gustav, dik in de vijftig. De korte mouwen van zijn blouse spanden strak om zijn gespierde armen. Hij had een kaalgeschoren hoofd, grijze stoppelbaard en diepblauwe ogen die kritisch over mijn lichaam gleden. In het Duits bespraken de mannen hun problemen, onlangs had de politie een Rus opgepakt. Ene Andrej. De controles waren verscherpt. De bordeeleigenaren in het noorden van Limburg waren voorzichtig geworden met wie ze in zee gingen, omdat ze geen gedonder wilden met de politie. Meiden met pooiers werden niet meer toegelaten, dat leverde te veel trammelant op. Milko zou mij niet aanbieden bij de clubs, de mannen besloten dat ik de deuren moest langsgaan. Gustav en Peter hadden alvast wat bordelen geselecteerd in het zuiden van Limburg, zij zouden wekelijks als klant langskomen om bij mij het geld te innen.

"Kom," met een tik tegen mijn hoofd gaf Milko aan dat we moesten vertrekken. We reden bordelen langs waar ik moest aanbellen met de vraag of ze nog een meisje wilden. Gelukkig is mijn Duits redelijk goed. Elke keer als ik hoofdschuddend terugkwam bij de auto, werd Milko steeds kwader. "Onthoud dat je een schuld bij mij hebt. Denk maar aan gisternacht, je vindt het vast niet prettig om mijn privéhoertje te worden." Na jarenlange vernederingen en misbruik, heb ik een pantser opgebouwd tegen die kerels, maar gratis krijgen ze me niet. Om een uur of zes in de middag belde ik aan bij bordeel nummer vier. Ik werd binnengelaten door een vrouw die zich voorstelde als Lisa. Het verbaasde me dat zij de clubeigenaar was. Op de banken bij de bar zaten zes vrouwen in erotische setjes. Lisa nam me mee naar een keukenruimte achter het bargedeelte. Zij ging aan tafel zitten en wees me de stoel aan tegenover haar. Vragend keek ze me aan. Ze had een mooi, maar doorleefd gezicht. Opgestoken blonde krullen, getekende wenkbrauwen en een donkerbruine lijn rond haar lippen, opgevuld met hardroze lipstick. "Ik ben prostituee en zoek werk in een club. Ik ben op eigen houtje naar Nederland gekomen, vriendinnen hebben me verteld dat ik hier *safe* kan werken in de prostitutie. Ik heb geld nodig, want mijn moeder is ziek en zij moet dure medicijnen hebben."

Terwijl ik praatte, bekeek Lisa aandachtig mijn gezicht. "Hoe ben je bij mij terechtgekomen?" wilde ze weten. Met een knagend schuldgevoel lepelde ik Milko's verhaal op dat ik maanden bezig was geweest om een paspoort te krijgen en een visum. Dat ik met de trein naar Nederland was gekomen. Het enige wat waar was aan mijn verhaal was dat ik gezien mijn thuissituatie niets te verliezen had. Lisa bestudeerde mijn paspoort. "Je bent je ervan bewust dat je hier maar drie maanden mag blijven, toch?" checkte ze. "Als je bij mij komt werken, laat ik jouw paspoort controleren bij de politie. Die komt hier regelmatig over de vloer, want ik wil geen gedonder in mijn tent." Politie? Ik schrok me rot. "Wat is er?" vroeg Lisa met een onderzoekende blik.

"Ik weet niet hoe het hier zit," antwoordde ik aarzelend, "maar in de Oekraïne werkt de politie samen met de pooiers. Ik heb geen goede ervaringen met ze." Lisa lachte vriendelijk. "In Nederland gaat dat heel anders. Ze controleren of de paspoorten kloppen en bekijken of de vrouwen onder goede omstandigheden werken. Ze stellen vragen om te controleren of je dit werk vrijwillig doet. Bij mij werken alleen vrouwen die er zelf voor hebben gekozen en die hun zuurverdiende geld zelf houden. Ik wil geen pooiers in mijn club." Lisa's lieve woorden trokken de knoop in mijn maag strakker aan. Deze vrouw verdiende eerlijkheid en ik zat tegen haar te liegen. "Wil je met deze informatie nog steeds bij mij komen werken?" Ik knikte enthousiast. Glimlachend stak Lisa haar hand uit. "Wanneer wil je beginnen?" "Eh, vanavond?" stamelde ik. "Anders moet ik kosten maken voor een hotel."

Lisa schudde mijn hand. "Prima, haal je spullen maar. Ik heb hierboven een kamer voor je waar je direct in kunt trekken. We werken hier op basis van fiftyfifty. Je krijgt gratis kost en inwoning, maar daar staat tegenover dat je zelf je kamer schoonhoudt en samen met de andere vrouwen de club netjes houdt en poetst. Jullie maken iedere week onderling een corveerooster en ik kijk of de taken eerlijk zijn verdeeld. Ik ben de eigenaar hier, maar we zijn met z'n allen verantwoordelijk voor deze club." Lisa nam me mee naar de meiden in het bargedeelte en stelde me aan iedereen voor. Het voelde goed, de amicale sfeer hier stond lijnrecht tegenover wat ik gewend was op de tippelbaan in Kiev. Daar gunnen ook de vrouwen elkaar het licht in de ogen niet. "Straks leggen we je de spelregels op de werkvloer uit, maar ga nu je spullen maar ophalen." Lisa liet me uit en bleef me nakijken toen ik de wegliep, waarschijnlijk om te checken of er echt geen pooier in de buurt was. Milko's auto stond verderop geparkeerd. Uit het zicht.

"Je weet wat de afspraken zijn." Als Milko waarschuwende mededelingen doet, krijgt hij altijd een dikke spot-niet-met-mij-rimpel tussen zijn wenkbrauwen. "Jij werkt zo veel mogelijk klanten af en staat je bedrag voor de eigenaresse netjes af. Op een lijstje turf je het aantal klanten en je noteert het bedrag. De helft krijg ik. Buiten je reguliere afdracht betaal je mij 500 euro per week om je schuld in te lossen."

Ik keek hem vragend aan. "Kun je niet tellen? Twaalf keer 500 is 6000 euro. Mijn schuld aan jou is 4000 euro."

Zijn varkensoogjes vernauwden zich. "Dat klopt lieve meid, maar jouw broer had ook zijn prijs." Deze dolksteek kwam uit een wel heel onverwachte hoek.

Met pretoogjes vanwege het effect van zijn bekentenis, wreef Milko nog meer zout in mijn wond: "Dacht je dat die vrienden van hem jouw pooiers waren omdat zij dat zo graag wilden? Die broer van jou is beslist geen lieverdje. Ik moest hem een prijs betalen om jou van de straten van Kiev weg te halen. Wees maar blij dat ik hem heb kunnen overtuigen dat jij na twaalf jaar tippelen niet meer zoveel waard bent. Die afkoopsom tel ik op bij de onkosten die ik voor jou heb gemaakt. Denk maar niet dat ik ga betalen voor iets wat al twaalf jaar is uitgewoond." Zijn woorden kwamen aan als zweepslagen. Hij, mijn broer, wat een smeerlappen. Ik zat stuk. Milko ging nog vrolijk door, over een week zou hij zijn geld komen halen. "Beduvel me niet, ik hou je in de gaten. Kom ik zelf niet, dan komen Gustav en Peter langs. Je rekent met ze af in je kamer. Dan moet je voor hun nog wel even 50 euro van je eigen geld afdragen, zij zijn dan immers jouw klanten. Wees lief voor ons, dan zijn wij lief voor jou. Werk je te weinig, dan heb jij een probleem en niet ik. Nou, veeg die tranen van je gezicht en vergaar je eerste rijkdom. Bekijk het maar zo, zonder mij zou je nog op die ranzige baan lopen. Vergeet niet dat ik je deze kans bied." Trillend van emoties liep ik met mijn tassen in de hand naar de club. Wat een verrotte wereld. Ik haalde het beeld van mijn moeder voor me. Zij heeft zoveel geleden, dit doe ik voor haar. Ik rechtte mijn rug, niemand krijgt mij kapot. Als ik goed verdien kan ik er na een paar maanden uitstappen.'

Simona is het eerste slachtoffer dat we spreken in de sociale kamer. Zij is ook de eerste die uit zichzelf al haar ervaringen op tafel legt. Als een waterval komt het verhaal eruit. Jan en ik zeggen niets, af en toe knikken en hummen we wat om haar aan te moedigen verder te spreken. Vanuit kleermakerszit buigt Simona voorover naar de lage tafel en grijpt naar haar pakje sigaretten. Jan is geen roker, maar hij weet hoe essentieel sigaretten zijn voor prostituees om zich op hun gemak te voelen. Terwijl Simona er eentje opsteekt, vertelt ze verder.

'Lisa merkte mijn betraande gezicht op toen ik aankwam bij de club. Ik hield haar voor dat ik net mijn moeder had gebeld en daar verdrietig over was. Ze wees me de kamer die ik nu nog deel met een Braziliaanse, Maria. Ik kleedde me om en ging bij de andere vrouwen op de bank in het bargedeelte zitten. Er waren nog geen klanten en de meiden zaten gezellig te babbelen. Ik voelde me thuis bij soortgenoten die er het beste van probeerden te maken. Het zal gek klinken in jullie oren, maar dit was voor mij vakantie. De club, de ontspannen sfeer. De meiden leerden mij hoe ik extra geld kon verdienen. Van elke piccolo, bubbels met een laag alcoholpercentage, die een klant je aanbiedt, hou je 7,50 euro over. Iedere klant biedt je minstens één drankje aan, dus dat is lekker verdienen, nog voordat je seks hebt gehad. Champagne verdient beter, maar dat stijgt veel sneller naar je hoofd. Veel champagne verdwijnt in de plantenbakken om helder te blijven. Ik werd heel goed in het aansmeren van drankjes. Dat geld ging in een aparte enveloppe, buiten het zicht van Milko en zijn twee handlangers.

Over klandizie hoefde ik niet te klagen in de club van Lisa, omdat ik nieuw was had ik in de eerste week wel tien klanten per dag. Zij gedroegen zich netjes en de enkeling die zich misdroeg, werd eruit gewerkt. De politie stond direct op de stoep, het bureau was op steenworp afstand. Op de dag na mijn eerste dienst kwamen twee politiemannen mijn paspoort controleren. Gek genoeg was ik niet gespannen over het paspoort. Als daar iets op aan te merken was geweest, dan was ik bij de grenscontroles op weg naar Nederland al door de mand gevallen. Ze wilden van me weten hoe ik hier terecht was gekomen, of ik dit werk vrijwillig deed en of ik een pooier had. Als er problemen waren, dan kon ik dat via Lisa laten weten, maar ik kreeg ook een telefoonnummer. Ik kon ze altijd bellen. Zo kende ik de politie niet, zakelijk, maar ontspannen. Bij vertrek vroegen ze Lisa de rekening voor de koffie die ze hadden gedronken. Ik sloeg steil achterover, daar piekeren ze niet over in de Oekraïne. Dit maakte wel dat ik jullie als politiemensen begon te vertrouwen en dat ik hier mijn verhaal durfde te doen.

Na precies een week werken zag ik op vrijdagavond Milko binnenkomen. Hij viel direct op tussen de andere gasten. Hij deed zich voor als klant en koos mij uit. Op mijn kamer kwam hij direct ter zake. Ik had rond de zeventig klanten gehad à 25 euro en moest die wekelijkse 500 euro afdragen, dus ik gaf hem 2250 euro handje contantje. "Zo, en nu wil ik even lekker van je genieten," zei Milko. Hij had net zo goed boven op een pop kunnen gaan liggen, want meer heeft hij niet aan me gehad. Na tien minuten kwam hij klaar. Douchen, aankleden, sigaretje roken. Na zo'n veertig minuten gingen we weer naar beneden. Hij fluisterde me toe dat ik 100 euro voor hem moest afdragen aan Lisa. "Ik kan er niks aan doen dat ik me hier moet voordoen als klant. Dus eigenlijk ben ik nu de hoer en jij de klant. En vergeet me niet op je klantenlijst te zetten, lief, want ik ben de eerste na de weekafdracht." Typisch Milko, smerig en doortrapt. Hij dronk nog een frisdrank aan de bar, slijmde tegen de andere dames en verdween weer.

In mijn nieuwe bestaan ontstonden al snel vaste patronen. Eens per week stortte ik via het grenswisselkantoor geld op mijn bankrekening en maakte via Western Union een bedrag over naar mijn moeder en haar hulp. Lisa attendeerde me op goede pijnstillers voor haar. Wekelijks verzond ik een pakket daarvan per post. Op vrijdag kwam Milko, Gustav of Peter. Nadeel was dat ik dan ook met ze naar bed moest. Niks nieuws onder de zon voor een prostituee, maar met deze figuren voelde dat anders. Vies. Een klant koopt een dienst van mij, maar Gustav en Peter namen me gewoon. Ik verzette me er ook niet tegen, want ik was immers een hoer. Wie zou me geloofd hebben als ik zei dat ze mij verkrachtten?

Lisa had haar bedenkingen over Milko, Gustav en Peter. Ze weken af van de reguliere klanten en steeds als zij waren geweest, sloeg mijn vrolijke gemoed om in gesloten somberheid. Mijn kamergenote Maria, inmiddels een goede vriendin, vroeg me elke vrijdagavond of het wel goed met me ging. Eerlijk gezegd zag ik als een berg op tegen de vrijdagen. Na de eerste weken ging ik van tien naar zes klanten per dag. Dat ik 700 euro per week minder verdiende, stoorde mij niet. Er bleef genoeg over. Ik werkte twee maanden in de club toen Milko zich over mijn inkomsten ging beklagen. "1000 euro per week is te weinig, meisje. Als je niet wilt dat je mama weet hoe jij aan je geld komt, zul je beter je best moeten doen."

"Hou mijn moeder hierbuiten!" beet ik hem toe.

Zijn hand striemde tegen mijn gezicht. "Als jij je bek niet houdt, zal ik nog eens herhalen wat er de tweede nacht in het hotel gebeurde. Weet wat voor goudmijn je bent, als jij je kont ter beschikking stelt. Je hebt één week om meer geld te verdienen, anders plaats ik je over naar een minder gezellige club of ik tip de politie om jouw paspoort beter te bestuderen." Niet lang daarna stond ik met een gloeiende wang Lisa te overtuigen dat het een misverstand was. Maria had de scheldpartij gehoord en Lisa twijfelde zo ernstig over mijn vrijwilligheid, dat ze de volgende dag twee politiemannen langs liet komen voor een gesprek met mij. Ik kwam ermee weg door te zeggen dat ik heimwee had en mijn moeder miste.

Die week stortte ik in. Niet in staat om te werken. Drie dagen heb ik geslapen onder het mom "griep". Voor ik het wist was het vrijdag en moest ik Milko vertellen dat ik maar twintig klanten had gehad. Ik gaf hem 1000 euro. Milko werd woest. "Jij krijgt echt hoerentrekjes!" verweet hij mij.

"Ik was ziek, vraag maar aan Lisa! Alles wat ik deze week heb verdiend, heb ik je net gegeven." Met mijn armen kruislings voor mijn gezicht probeerde ik zijn klappen op te vangen.

"Een ondankbare sloerie ben je, ik heb zoveel voor je gedaan! Mijn grens is bereikt. Je zult het nog wel merken dat je mij bedonderd hebt." Zijn vuistslagen belandden links en rechts op mijn lijf. Hij pakte het geld, stoof de trap af, zei in het voorbijgaan tegen Lisa dat ik een waardeloze trol was en verliet de club. Met een bezorgd gezicht kwam Lisa mijn kamer binnen. "Ik voldeed niet aan de wensen van de klant," lichtte ik de situatie toe en barstte in huilen uit. Als Lisa wist dat ik een pooier had, zou ze me uit de club zetten. En als ik niet meer geld zou verdienen, gaf Milko me aan bij de politie. Wat als hij mama zou lastigvallen? Ik kon geen kant op.

De zaterdag daarop raapte ik mezelf na een huilnacht weer bijeen. Soms is de club op zaterdag meer een stamkroeg dan een bordeel. Dan valt er wat extra's te verdienen. Als klanten dan nog meegaan naar de kamer, zijn ze al zo aangeschoten dat ze seksueel geen hoge eisen stellen. Om een uur of acht zag ik Peter en Gustav zich mengen tussen de klanten. Hun ogen waren op mij gericht. Niet lang daarna kwam Lisa naar me toe, die twee heren wilden een trio met mij. Wat moest ik zeggen? Schoorvoetend gaf ik toe. Met een knipoog naar mij zei Lisa tegen Gustav en Peter dat de prijs wel wat hoger lag, 250 euro. Zij wist natuurlijk niet dat ik het geld zelf moest ophoesten. Peter keek naar mij met een *big smile*. "Wij gaan even oefenen waarvoor jij op aarde bent gekomen," blafte Gustav me toe in plat Duits toen we met z'n drieën in de kamer stonden. "Milko heeft ons naar je toegestuurd voor een bijlesje. Hij heeft alles gedaan om jou uit het rotte Kiev te halen en jij komt erg ondankbaar over." Ik probeerde de deur te bereiken, maar Peter pakte in een krachtige greep mijn armen op mijn rug. Gustav rukte mijn negligé, bh en slip van mijn lijf. Verlekkerd bekeek en kneedde hij mijn lichaam. Hij stak meerdere vingers tegelijk in me. Met zijn broek op de knieën ging hij op bed liggen. Peter zette mij bovenop zijn stijve geslachtsdeel. Gustav pakte me vast en ging als een gek tekeer in mijn droge vagina. Ik schreeuwde het uit van de pijn. Ondertussen trok Peter zijn shirt uit. Hij ging achter me staan, spuugde op zijn hand en smeerde het tussen mijn billen. "Geniet maar, schatje. Deze ouwe fiets zal je eens wat leren." Hij pakte mijn heupen en knielde achter me, tussen de onderbenen van Gustav en propte zijn piemel in mijn anus.

Deze verkrachting zette die van Milko tijdens de reis in de schaduw. Dit kon mijn lichaam helemaal niet hebben, ik scheurde uit. Mijn schreeuwen kwam met horten en stoten door hun beukende onderlichamen tegen het mijne. De pijn was zo ondraaglijk dat ik een stukje van de film ben kwijtgeraakt. "We draaien haar om," stelde Peter voor.

Hij kroop achter me weg en zette mijn arm dusdanig in een klem dat ik me niet verroeren kon. Gustav ging wijdbeens achter me zitten met zijn piemel tegen mijn hoofd en zijn benen over mijn armen. Met zijn vingers drukte hij hard tegen mijn kaak, waardoor ik van pijn mijn mond opende. Peter drukte zijn piemel in mijn mond en bewoog wild tot aan mijn keel. Kokhalzend lag ik op mijn rug. Vervolgens trok hij zich af en kwam klaar over mijn gezicht en mond. Ze zagen mijn braakneigingen en duwden een handdoek op mijn gezicht. Ik kon niet anders dan mijn eigen braaksel weer inslikken. Gustav en Peter wisselden van plaats en ook Gustav trok zich af vlak boven mijn gezicht. Toen hij klaarkwam dwong hij zijn piemel in mijn mond. Sperma, kots en de handdoek die, als ik kokhalsde, op mijn gezicht werd gedrukt; het is een wonder dat ik niet ben gestikt.

Daar lag ik, ineengekrompen op het bed. Misselijk van de pijn. Mijn maag trok zich onregelmatig samen. Gustav en Peter wisselden elkaar af onder de douche en deden niets om mij te helpen. "Zorg dat je vrijdag weer genoeg geld hebt verdiend, je weet nu weer hoe het moet!" riep Peter me vrolijk toe toen ze de kamer verlieten. Mijn wolvengehuil moet hoorbaar geweest zijn in de bar, want Lisa en Maria stonden in *no time* bij mij in de kamer. Lisa is Peter en Gustav achterna gerend, maar ze waren alweer verdwenen. Ik vroeg Maria of ze me in een warm bad wilde zetten. De politie kwam en heeft nog gezocht naar Gustav en Peter. Ik heb ze voorgehouden dat het lastige klanten waren en het voorstel van Lisa om op het bureau mijn verhaal te doen, heb ik afgewimpeld. Ik kon niets vertellen. Ik ben in bed gekropen en mijn sluizen gingen open. Ontroostbaar was ik. Als Lisa en Maria even bij me kwamen kijken, hield ik me slapende. Maar toen Maria om vier uur klaar was met werken en ook in bed ging liggen, hoorde ze me huilen. Voor haar was de maat vol. Ze knipte het licht aan met de mededeling dat ze me zou blijven lastigvallen, totdat ik vertelde wat er aan de hand was. Liegen had geen zin. Ik liet haar zweren op de gezondheid van haar kinderen dat ze het niet verder zou vertellen. Maria was de eerste aan wie ik mijn verhaal uit de doeken deed. Nog vier weken te gaan, ik wilde alleen nog genoeg verdienen voor mijn moeder. Daarmee wist ik Maria te overtuigen haar mond te houden.

Ondanks de ogen van Lisa die in mijn rug prikten, verliep de daaropvolgende week rustig. Tot vorige week vrijdagavond. Om halfacht ging de bel en daar stond Milko weer in de club. Als een bang konijn zat ik op een kruk aan de bar. In een flits zag ik Lisa op hem af lopen. "Ik wil dat u mijn club verlaat!" Milko kwam mijn kant uit, maar Lisa pakte hem bij de arm. Hij duwde haar een paar stappen achteruit, Lisa kon amper haar evenwicht bewaren. Ze rende langs hem achter de bar en pakte de telefoon, maar Milko drong zich ook achter de bar en verkocht haar een klap waardoor de hoorn uit haar hand vloog. Hij boog zich voorover naar mij toe, keek me doordringend aan en dreigde: "Jij hebt je afspraak verbroken, slet. Als je hier vertrekt zonder mij te geven waar ik recht op heb, dan ga jij jouw moeder achterna. Ik hou je in de gaten." Hij glipte achter de bar vandaan en beende de club uit. Over zijn schouder riep hij: "Stelletje hoeren, jullie zijn niet van me af. Ik kom terug!"

Lisa wilde van me weten wat er aan de hand was, maar de eerste klanten kwamen binnen. Die avond verdiende ik mijn geld voornamelijk met piccolo's. Ik nam klanten mee naar boven voor "beperkte dienstverlening". Mijn vagina en anus waren zo toegetakeld, ik kon geen seks hebben. Ik ging met ze in bad, masseerde en bevredigde ze met mijn handen. Toen Lisa om vier uur de deur wilde sluiten, werd deze opengetrapt. Zij klapte tegen de wand en viel op de grond. Milko stormde op mij af en greep me bij de keel. Ik hapte naar adem. Hij boog zijn lelijke varkenskop tot ooghoogte: "Hoer, ik kom nog één keer terug en dan heb je 1250 euro per week voor me, buiten je reguliere schuld. Reken maar uit hoeveel dat is met je resterende weken. Los je niet in, dan reken ik af met jou en je moeder. Ook je broer zal het bezuren dat hij zijn hoer aan mij heeft verkocht!" Hij duwde me op de grond en stormde op Lisa af. Hij greep haar bij haar haren en trok haar hoofd achterover. "Ik weet niet of je het weet, maar die hoer is van mij. Het zal je bezuren als je mij beduvelt. Je hoort nog van me." Hij spuugde in haar gezicht en liep met grote passen weer naar buiten. De meiden, Lisa en ik staarden als versteend naar het gat van de deur. De buitendeur viel met een smak dicht en Lisa beende naar de telefoon. Als bij toverslag verschenen twee politiemannen. Vergeefs zochten ze de buurt af naar Milko. Ik hield me op de vlakte op hun vragen. Ik heb te veel meegemaakt met politie, ik vertrouw ze niet. Zodra ze weg waren, riep Lisa alle vrouwen bij elkaar. Dit heeft invloed op iedereen, zo wil ze niet werken. Ze stuurde iedereen naar boven, maar wilde nog praten met mij. Ik deed een fractie van mijn verhaal uit de doeken: Milko heeft inderdaad wat zaken voor me geregeld in Kiev en hij is van mening dat ik hem nog geld schuldig ben. Een huilbui belette me verder te praten. Lisa ging naar huis en ik naar boven. "Dit kan zo niet langer," zei Maria die nog wakker lag in bed. "Morgen gaan we samen jouw verhaal aan Lisa vertellen."

Ruim voor openingstijd verscheen Lisa de volgende dag in de club en ik vertelde haar mijn hele verhaal. Ongeacht de consequenties. Toen ik mijn verhaal besloot, zette ik me schrap voor haar donderpreek. Ik zou vast mijn tas moeten pakken en de club verlaten. Lisa verraste me met een omhelzing. "Ik ga je helpen." Ze streek door mijn haar. Ze belde iemand van het mensenhandelaarsteam. Lisa voerde namens mij het woord, ik kon het niet opbrengen om mijn verhaal nog eens te doen. Die avond verleende ik weer beperkte dienstverlening, maar aan het einde van de dienst verbood Lisa mij de rest van de week te werken. De politie ging actie ondernemen, dus het was beter dat ik even onderdook. Ze nam me mee naar haar huis. Op de tweede dag ging het weer mis. Milko kwam schuimbekkend de club binnen en sleurde Lisa aan haar haren door de club op zoek naar mij. Daar kreeg hij van iedereen te horen dat ik zonder bericht was vertrokken. Als een woeste tornado heeft hij een spoor van vernielingen achtergelaten in de club. Weer politie over de vloer. Toen ik dat hoorde, was voor mij de maat vol. Anderen hoeven niet voor mij te bloeden. Eergisteren vroeg ik Lisa of ze mij in contact kon brengen met de politie. Sinds gisteren slaap ik weer in de club, ik wil niet dat Milko achter Lisa's adres komt. Ik verdien nu niks, maar hij ook niet. Als ik weinig klanten heb, hou ik toch niets over. Ik maak me wel zorgen om mijn moeder.'

Voor ons zit een uitgebluste Simona met diepe kringen onder haar ogen en felrode wangen. Uren heeft ze gepraat. We hebben nooit eerder meegemaakt dat iemand haar ellendige geschiedenis zo op tafel legt. Maar Simona ziet er ook opgelucht uit, ze tovert zelfs een glimlach op haar gezicht. Wat nu? Ik leg haar de mogelijkheden voor. Ze kan aangifte doen, dat is een verzoek tot strafvervolging van Milko. Daarnaast kunnen we een opvangplek zoeken, ver weg van de club. We kunnen een legaal verblijf in Nederland regelen, voor de duur van een strafrechtelijk onderzoek. We kunnen medische en psychische hulp regelen. Maar als ze direct naar huis wil, kunnen we ook hulp regelen via instanties in de Oekraïne. "Ik wil aangifte doen, want Milko moet worden gestopt," zegt Simona resoluut. Ze wil in de club blijven en ze vindt het prima dat ze overdag door ons wordt gehoord. We eten wat met elkaar en brengen Simona dan terug naar de club. Ze zal zich niet buiten vertonen en gedurende de openingstijden houdt ze zich schuil op de bovenverdieping. Met de regionale politie spreken we af dat zij een oogje in het zeil houden.

Zes dagen achter elkaar zitten Jan en ik met Simona op het politiebureau om haar aangifte op te nemen. We vullen tientallen pagina's met een gedetailleerd, chronologisch verhaal. Op basis daarvan maken Jan en ik plannen voor verder onderzoek: wie gaan we horen? Hoe gaan we het verhaal van Simona onderbouwen met bewijzen? Na Simona volgen veel getuigen: clubeigenaresse Lisa, de Braziliaanse Maria en alle dames die in de club werken komen langs voor verhoor.

Mei 1996

Bij de gate op Schiphol, waar Simona straks in de slurf verdwijnt, schudden Jan en ik haar de hand. Ze is blij met onze begeleiding tot aan het vliegtuig. We hebben haar een briefje gegeven met contactpersonen die ze, eenmaal thuis, kan benaderen. Die zijn ook belangrijk voor de rechtszaak, want we moeten weten waar ze is. Simona heeft 200 euro ontvangen van de International Organisation for Migration, om de beginperiode terug in de Oekraïne door te komen. Voor haar terugkeer worden we geholpen door de Stichting tegen Vrouwenhandel. Via hen zijn we in contact gekomen met een stichting in de Oekraïne die voormalige slachtoffers van vrouwenhandel opvangt. Zij hebben daar een nieuwe locatie geregeld voor Simona en haar moeder in een satellietstad, 100 kilometer van Kiev. Daar zijn ze onvindbaar voor Milko en zijn handlangers. De Oekraïense stichting heeft goede contacten met de politie en komt in actie als er politie moet worden ingeschakeld. Lisa en de meiden uit de club sturen pakketjes medicijnen naar Simona.

Na de verhoren met Simona en haar collega's zingt het rond dat er met de Nederlandse politie goed valt te praten. Nu melden ook andere vrouwen zich om hun verhaal te doen over Milko, Gustav en Peter. Een grote doorbraak voor ons. Altijd moeten wij enorm wroeten om misstanden boven te halen, maar nu melden slachtoffers van mensenhandel zich uit zichzelf. Hun verhalen vertonen overeenkomsten met dat van Simona: prostituee in hun thuisland, Milko kwam langs met een mooi verhaal, hij schoot geld voor en eenmaal hier ontpopte hij zich tot een gewelddadige pooier. Gustav en Peter kwamen langs als twee boemannen om de vrouwen de stuipen op het lijf te jagen als de verdiensten terugliepen. Hun handelsmerk: je onder de douche zetten en op je inslaan met natte handdoeken. Vreselijk pijnlijk, maar het laat geen sporen na.

Een jaarlang spreken we ruim honderd vrouwen uit het Oostblok die in het zuiden van het land waren tewerkgesteld. Eerst een informatief gesprek om vast te stellen of ze slachtoffer zijn van mensenhandel en om ze te informeren over hun rechten en plichten. Bijna de helft haakt af uit angst voor Milko en zijn kornuiten. Of ze zijn bang dat in het thuisland en in hun omgeving bekend wordt dat ze slachtoffer zijn geworden van mensenhandel. Dat levert een onuitwisbare schandvlek op. Uiteindelijk blijven er zestig vrouwen over voor een getuigenverhoor of aangifte. We spreken twee vrouwen per week. Werkdagen van veertien uur zijn voor ons eerder regel dan uitzondering. De stapel uitgebreide verklaringen groeit. Een analist analyseert de verklaringen en brengt in kaart waar we ons in het politieonderzoek op moeten richten om de verklaringen met bewijslast te ondersteunen. We schrijven een levensloop van Milko, zijn criminele gedragingen en een hoofdstuk over financiën. Een financieel rechercheur maakt in een afzonderlijk proces-verbaal inzichtelijk hoeveel Milko en zijn vrienden hebben verdiend. Dat maakt ook inzichtelijk hoeveel de vrouwen hebben moeten afgedragen. Op basis daarvan kunnen civiele procedures worden opgestart om geld terug te vorderen. We benaderen een advocaat om de belangen van de vrouwen te behartigen.

We worden ondersteund door de politie in Limburg om Milko en zijn handlangers te lokaliseren. Er wordt geobserveerd, telefoons worden getapt. Milko heeft zijn hoofdverblijf in Aken, ontdekken we. In samenwerking met onze Duitse collega's plannen we een actiedag. Op de dag dat Milko in Aken, Gustav in Düsseldorf en Peter in Roermond in de kraag worden gevat, val ik met mijn team een bordeel binnen in Zuid-Limburg. We doorzoeken elk hoekje en nisje op bewijsmateriaal. We vinden paspoorten, reisbescheiden, garantieverklaringen, geld, notities, bankafschriften en de sponsjes die de vrouwen moeten inbrengen tijdens menstruatiedagen. Alles wat in relatie kan staan tot de strafbare feiten die Milko heeft gepleegd, nemen we mee. Liggen de paspoorten in een kluis waar de vrouwen niet bij kunnen? Heeft de clubeigenaar het aantal klanten geturfd? Zijn er films opgenomen van de vrouwen? Ligt er cocaïne of andere drugs om het werk vol te houden? Bij de verdachten thuis worden grote geldsommen gevonden. Milko en Gustav hebben een pistool in huis. Auto's en luxe goederen worden in beslag genomen en bankrekeningen bevroren.

Milko werkt mee aan zijn uitlevering naar Nederland. Hij vindt immers dat hij niets verkeerds heeft gedaan. Twee weken later kunnen we beginnen met het verhoren van de verdachten. Jan en ik verhoren Milko. Hij beroept zich op zijn zwijgrecht. Overal wil Milko over praten, behalve over datgene wat hem ten laste wordt gelegd. Wekenlang houdt hij dat vol.

November 1996

De rechter-commissaris, de officier van justitie en de advocaat van Milko willen Simona aanvullende vragen stellen naar aanleiding van ons onderzoeksrapport. De advocaat wil ook een getuige spreken over hoe haar situatie was in de periode voordat Simona naar Nederland kwam. Zij kan bevestigen dat Simona op de tippelbaan heeft gewerkt en dat zij twee pooiers had. Zij kan ook vertellen welke rol Damian speelde. Omdat het zo slecht gaat met haar moeder, wil Simona niet naar Nederland komen voor de verhoren. Haar getuigenis zal worden opgetekend in Simona's huidige woonplaats, Bila Tserkva. Dit in samenwerking met de plaatselijke rechter. Jan en ik zijn de kwartiermakers voor het rechtshulpverzoek. Dat is een verzoek dat de Nederlandse officier van justitie voorlegt aan zijn collega in de Oekraïne voor juridische ondersteuning van de lokale autoriteiten bij het uitvoeren van het onderzoek door de Nederlandse delegatie. Dat onderzoek analyseert de criminele activiteiten van Milko in de Oekraïne, die in verband staan met mensenhandel en gedwongen prostitutie.

In Kiev gaan Jan en ik nader politioneel onderzoek doen. We willen uitzoeken of we de feiten uit Simona's aangifte met een proces-verbaal kunnen onderbouwen. Objectiveren wat zij heeft verklaard. We willen een kijkje nemen bij de tippelbaan, kan de politie in Kiev bevestigen dat daar getippeld wordt? En dat Damian een crimineel is? Is hij te linken aan het prostitutiemilieu? Kan de politie objectiveren dat het achterkamertje waar Simona haar abortussen heeft ondergaan, als zodanig bekendstaat? We zijn erachter gekomen dat Milko de boerderij van zijn ouders op zijn naam heeft staan. We gaan kijken of we daar door de plaatselijke autoriteiten beslag op kunnen laten leggen. We bezoeken ook de hulpverleningsinstelling aan wie we de zorg voor Simona hebben overgedragen. Van hen willen we weten hoe het contact met Simona is verlopen en hoe we in de toekomst kunnen blijven samenwerken. Omdat we in de Oekraïne mobiel moeten zijn, leggen Jan, onze tolk en ik die dagen 2000 kilometer af per auto. Vanaf de Duitse grens heeft Polen één enkele provinciale weg. Een bloedlinke weg waar je 's nachts niet overheen kunt. Onverlicht en vol verraderlijke kuilen. Hier rijden veel mensen met paard en wagen en met regelmaat zwalkt er een dronkaard. Op dinsdagavond bereiken we Kiev. Morgen gaan we eerst naar de Nederlandse ambassade en in de avond halen we de officier van justitie met zijn parketsecretaris, de rechter-commissaris, de griffier en de advocaat van de verdachte op van het vliegveld. Op donderdag vindt het verhoor van Simona plaats in het gerechtsgebouw van Bila Tserkva. Vrijdag rijden Jan en ik naar Milko's boerderij in zijn geboortedorp op 600 kilometer van Kiev.

Op de Nederlandse ambassade in Kiev maken we kennis met de liaison-officier. Hij helpt ons bij het uitvoeren van ons rechtshulpverzoek en bemiddelt bij het uitwisselen van recherche-informatie met de plaatselijke autoriteiten. Hij kent de gewoonten en de structuren van de Oekraïne. De liaison kijkt met ons mee of onze plannen te realiseren zijn en belt een aantal mensen voor ons. Om vier uur verlaten Jan en ik de ambassade en stappen in de auto op weg naar het vliegveld. Mijn mobiele telefoon gaat. Het is een collega bij de politie vanuit Nederland. 'Let op Henk, ze willen voorkomen dat jullie doen wat jullie in het rechtshulpverzoek hebben aangevraagd. Milko heeft duistere figuren daar de opdracht gegeven om de delegatie te dwarsbomen.' Hier begrijp ik niks van. Milko zit in de gevangenis, hoe kan hij dan opdracht geven voor een aanslag op ons in de Oekraïne? 'Neem contact op met de recherche-officier, hij kan je nadere toelichting geven.' Abrupt komt er een einde aan de verbinding en het lukt ons niet om met de mobiele telefoon weer contact te krijgen. Geen bereik. Daar zitten we dan met dreigend onheil en een rechterlijke delegatie die straks aankomt op het vliegveld.

Via de tolk hebben we een extra auto geregeld en om een uur of vijf staan we de rechtelijke delegatie bij de uitgang van de luchthaven bij Kiev op te wachten. Daar stappen de officier van justitie, zijn secretaris, de rechter-commissaris, de griffier en de advocaat van de verdediging in. De rechter-commissaris en de officier van justitie stappen bij mij in de auto, Jan bestuurt de andere. Ik vertel hun direct van het bericht uit Holland. Ondertussen blijf ik het nummer herhalen, maar zonder succes. Het is anderhalf uur rijden naar het hotel in Bila Tserkva, de stad waar de delegatie de gesprekken met Simona en de getuige die meer kan vertellen over haar achtergrond gaat voeren. Om zeven uur laden we onze bagage uit en de tolk neemt het inschrijven aan de receptie op zich. Eerst mijn kamer, met een vaste telefoonlijn. Ik spoed me erheen en met de rechter-commissaris aan mijn zijde draai ik het nummer van de recherche-officier in Nederland. 'Verlaat onmiddellijk het hotel,' is zijn boodschap. De advocaat heeft zijn trip naar de Oekraïne met Milko besproken. Via de bajes is bekend geworden dat Milko 'die gasten die naar zijn geboortedorp gaan, zal laten omleggen'. Dit bericht kwam van een bron die niets kan weten over het rechtshulpverzoek, dus we moeten dit dreigement heel serieus nemen. Vanuit Nederland is al contact gelegd met de liaison-officier die we vanmiddag spraken. Hij heeft de officier van justitie en de rechter in deze stad al op de hoogte gebracht, wij vallen hier immers onder hun verantwoordelijkheid. Ik krijg telefoonnummers van de ambassade, de overige liaisons en de plaatselijke politie. 'Zorg dat jullie daar wegkomen, Henk.'

Handelen. Met de rechter-commissaris in mijn kielzog spurt ik naar beneden om iedereen bij elkaar te roepen. Bij de receptie is de tolk nog bezig om de laatste delegatieleden in te schrijven. Jan tikt me op de schouder. 'Er is hier iets aan de hand Henk, we worden in de gaten gehouden door mannen die hier rondstruinen. Het zijn er in ieder geval vijf die ons observeren. Toen jullie naar boven gingen, zijn er twee jullie gevolgd. Nu zijn zij ook weer beneden. Zie je die ene bij de ingang? En die bij de trap, hier links naast de deur, daar bij de bar en de ander voor de toiletdeur.' Louche boksschooltypes. Afgezakte joggingbroeken, buikig en dunne haren achterovergekamd in staartjes. Twee van hen hebben een grote sporttas in de hand. In een paar zinnen praat ik Jan bij. We nemen de proef op de som, Jan loopt met de griffier naar zijn kamer. De twee mannen gaan ook hen achterna. Wanneer Jan en de griffier even later terugkomen, schuiven de mannen als twee schaduwen achter hen aan. Zijn zij daadwerkelijk van plan om ons van het leven te beroven?

Geen paniek. Ik tik iedereen op de schouder en geef op beheerste toon aan dat we eerst verzamelen op mijn kamer om het programma door te nemen. De advocaat wil eerst zijn koffer naar zijn kamer laten brengen, maar Jan zegt hem dat dat niet de bedoeling is. Onze nonverbale signalen moeten krachtig zijn, want hij laat het bij een vragende blik. Zeven paar onderzoekende ogen kijken mij aan als we in een kringetje op de hotelkamer staan. Ik vertel wat ik weet, maar veel vragen kan ik niet beantwoorden. Ook mij is het een groot raadsel hoe deze situatie is ontstaan. 'We zijn het veiligst in de lobby, want daar zijn veel mensen. Als ze daadwerkelijk een aanslag op ons willen plegen, zullen ze dat niet daar doen. Vervolgens moeten we de lobby uit zien te komen. Ik bel verder met de liaison en de plaatselijke politie voor back-up. Daar wil ik de rechter-commissaris en de tolk bij in de buurt hebben. De rest houden we op de hoogte zodra we meer weten.'

Jan neemt de helft van de delegatie mee naar de lobby en ik grijp de telefoon. Met de belofte van de liaison in Kiev om politie naar het hotel te sturen voor bijstand volgen we de anderen naar beneden. In de lobby van het hotel is het signaal van mijn mobiele telefoon gelukkig weer sterk genoeg. Daar ben ik met mijn mobiele telefoon constant in contact met de recherche-officier in Nederland en de liaison op de Nederlandse ambassade in Kiev. De spanning vertraagt de klok. In mijn beleving duurt het een halve dag eer de auto's voor het hotel parkeren, maar in werkelijkheid is de klok in de lobby een halfuur verder gekropen wanneer tien mannen in blauw gevechtstenue de lobby binnenstampen met kalasjnikovs. Een man met een vierkant stekeltjeskapsel schreeuwt een bevel waarop iedereen stokstil blijft staan. 'Net op tijd, die mannen waren allemaal terug op hun strategische posities,' fluistert Jan me zichtbaar opgelucht toe. 'Nu zijn ze als ratten uit een brandende silo gestoven.' De man met de stekels komt met uitgestoken hand op mij af en stelt zich voor in gebroken Engels. We zijn collega's, legt hij uit. Ze komen ons ophalen. Een van hen stapt bij mij in de auto, samen met de rechter-commissaris en de officier van justitie.

Op de ambassade worden we verwelkomd door twee liaisons. Wie had verwacht dat we binnen zes uur weer terug zouden zijn? Klokslag tien uur neem ik koortsachtig met de liaisons en de rechter-commissaris de scenario's door. Wat is er waar van deze melding? Is onze angst met ons op de loop gegaan? Hebben we spoken gezien? We gaan naar een hotel. Daar keert de ontspanning weer enigszins terug op de gezichten. Het thuisfront brengen we nog maar niet op de hoogte, besluiten Jan en ik. Zolang wij zelf niet precies weten wat er gaande is, willen we onze geliefden niet ongerust maken. De volgende ochtend overleggen de rechter-commissaris en ik nogmaals met de liaison. De plaatselijke autoriteiten willen ons beveiligen voor de duur van onze tour. De rechter-commissaris slaat dat aanbod af. Dan worden wij wel beschermd, maar wat gebeurt er met de getuigen nadat zij de rechtbank verlaten? Die verantwoordelijkheid wil hij niet op zich nemen. We gaan nu terug naar Nederland en we komen weer naar Kiev als we de veiligheid van de getuigen kunnen waarborgen. Ik stel Simona en de getuige hiervan op de hoogte. Op vrijdagochtend vliegt de delegatie terug naar Nederland. Onze auto is door de lokale autoriteiten gecheckt op explosieven en we kunnen hem afhalen bij een politiebureau. Pas op de hobbelweg in Polen voel ik de spanning uit mijn nek en schouders wegtrekken.

Een Nederlands onderzoeksteam werkt maandenlang nauw samen met collega's in de Oekraïne. Het blijkt dat de dreiging wel degelijk serieus was. Milko had het op ons gemunt. Onze route leidde naar zijn geboorteplaats. Hij blijkt zelf de marionet van een veel grotere crimineel, die huishoudt in zijn geboortestreek. Toen zijn advocaat te goeder trouw het rechtshulpverzoek met hem doornam en zijn geboorteplaats noemde, was hij bang dat zijn grote baas in het nauw zou worden gebracht. Uit angst voor zijn leven en dat van zijn familie, moesten wij uit de weg worden geruimd. Ook al was zijn eigen advocaat erbij. Vanuit detentie heeft hij een verzoek gedaan om te mogen bellen. Hij nam contact op met vrienden in Duitsland. Die vrienden heeft hij laten uitzoeken in welke hotels een rechterlijke delegatie zou overnachten in de buurt van de rechtszaal. Hij wist hoe laat we zouden arriveren. In de gevangenis worden gesprekken veelvuldig vastgelegd, maar dan moet je er wel lucht van hebben dat iemand kwade bedoelingen heeft. Milko nam contact op met de broer van Simona en gaf hem de opdracht om koste wat kost te voorkomen dat wij ons werk zouden uitvoeren. Zijn zus was de veroorzaker, stelde Milko, dus als hij deze klus niet zou klaren, dan zou Milko zijn bazen inlichten. Damian heeft zijn netwerk van foute figuren aangeboord. De vijf mannen die Jan in de lobby in het oog hield, worden aangehouden. Diverse wapens worden gevonden. Hoever zouden zij zijn gegaan?

Februari 1997

De tweede keer dat de delegatie naar de Oekraïne afreist, gaat gepaard met veel voorzichtigheid. We zijn ons er extra van bewust dat we te maken hebben met georganiseerde misdaad. We zijn voorzichtiger met onze hotelkeuze en collega's reizen een paar dagen voor ons uit om met de plaatselijke autoriteiten uit te zoeken of onze komst veilig is. Damian is opgepakt vanwege zijn rol in de ophanden zijnde liquidatie van de Nederlandse delegatie. De komende jaren zal hij slijten in de Oekraïense gevangenis. Het ziet er niet naar uit dat iemand zijn rol heeft overgenomen. Jan en ik stappen samen met de delegatie in het vliegtuig, wij hebben ons politionele onderzoek nog niet afgerond. Voorafgaand aan het verhoor van Simona hebben wij geen contact met haar. Dit om elke suggestie van beïnvloeding voor de rechtszaak te voorkomen. Maar nadat zij uitgebreid is gehoord, krijgen Jan en ik toestemming om haar naar huis te begeleiden.

Ze ontvangt ons in een tweekamerflat. Ze schaamt zich voor haar povere huis. Betonnen muren, een vergeelde Maria in koperen lijst en een lappendeken van kromgetrokken vinylcoupons op de vloer. Een piepklein keukentje met een roestig buizenstelsel. De helft van de woonkamer is gevuld met het bed waar haar moeder in ligt. Een zieltogend hoopje mens. De kosten om haar een vredig einde te geven, rijzen de pan uit. Simona heeft haar werk als prostituee weer opgepakt in de buurt van de flat. In deze omgeving is het een publiek geheim hoe zij de kost verdient. Terwijl we bijpraten gaat de bel. Simona opent het raam en kijkt naar beneden. Ze draait zich om naar ons alsof we haar hebben betrapt op een gênant geheim. Beneden staat een klant klaar voor een nummertje in haar kelderruimte. Ze kijkt ons vragend aan.

We knikken. Wie zijn wij om haar die 5 euro niet te gunnen? Met een zacht 'sorry' gaat Simona naar beneden om de man die aan de deur staat te bevredigen. Ik kijk naar haar moeder. Een schedel met een teer laagje huid en zwarte, holle ogen. Mijn respect voor de oerkracht van Simona is groot. Belogen en bedrogen door haar eigen familie, maar ze doet alles om het leed van deze doodzieke vrouw te verlichten. Seks met tienduizenden mannen in dertien jaar.

Bij terugkomst pakt Simona met een luchtige toon de draad van het gesprek weer op. Ze schenkt de oploskoffie in lege jampotjes. We hebben het niet over haar vluchtige klant.

Vier weken na ons bezoek aan Simona hoorden we dat haar moeder is overleden. Milko kreeg een gevangenisstraf van zes jaar voor onder meer mensenhandel. Nog voor het einde van de rechtszaak ontvingen Jan en ik een brief van Simona. Ze had een startkapitaal bij elkaar verdiend voor een klein winkeltje. Eén zin is me al die jaren bijgebleven: 'Bedankt dat ik voor jullie gewoon Simona mocht zijn.'

De fatale fuik van Simona

Misleiden met halve waarheden

Milko was eerlijk tegenover Simona dat hij werk voor haar had in de prostitutie, zijn misleiding zat juist verpakt in een vorm van eerlijkheid. Ronselaars houden slachtoffers vaak voor dat zij veel geld kunnen verdienen met sekswerk, maar verzwijgen de excessief hoge bedragen die zij voor hun bemiddeling en 'bescherming' in rekening zullen gaan brengen. Milko schotelde Simona een mondeling contract voor, maar liet de kleine lettertjes achterwege. Hij was niet helder over de financiële kant van de overeenkomst. Het konijn dat Milko uit zijn hoge hoed toverde, was het bedrag dat hij Damian had betaald voor Simona en uit de lucht gegrepen boetes. Zij wist dat ze op het moment dat ze naar Nederland vertrok, voor 4000 euro bij Milko in het krijt stond. Vaak weten prostituees niet welke kosten zij krijgen doorberekend als ze in zee gaan met een mensenhandelaar. Betalen ze hun schulden niet op tijd af, dan verhoogt de mensenhandelaar het schuldbedrag. Eenmaal in Nederland is er vanwege haar hoge schuld geen weg terug meer voor Simona. Deze vorm van misleiding is moeilijker te bewijzen dan misleiding onder valse voorwendselen, omdat het slachtoffer de schuld vaak bij zichzelf legt. Ze wist toch vooraf waar ze aan begon en dat ze hem de schuld terug moest betalen?

Sinds de strafbaarstelling van mensenhandel in sectoren buiten de prostitutie zien we dat mensen overal ter wereld een worst wordt voorgehouden wat de bedragen betreft die ze in landen zoals Nederland zouden kunnen verdienen. Een bedrag van 5 euro per uur lijkt in hun eigen land veel, misschien verdienen ze dat thuis nog niet op een dag. Maar door woekerrentes en boetes houden ze daar maar bar weinig van over. Daar waar de mensenhandelaar in de beginjaren van mijn mensenhandelcarrière slachtoffers nog gouden bergen beloofde, heeft hij geleerd het hun tegenwoordig juist zo realistisch mogelijk voor te stellen. Bedragen beloven van 10.000 euro per maand hebben plaats gemaakt voor meer realistische bedragen van 2000 euro. De mensenhandelaar beweegt mee in de maatschappelijke veranderingen en past zich daaraan.

Praten en observeren

Jan is jarenlang mijn vaste partner geweest bij het verhoren van slachtoffers. Ik voerde de gesprekken en Jan observeerde. Degene die het gesprek voert, zit altijd tegenover de benadeelde, de observant zit rechts of links en bestudeert het slachtoffer en profil. Gezichtsuitdrukkingen, handen, houding, de reacties; de observant bekijkt of de non-verbale signalen overeenkomen met dat wat het slachtoffer vertelt. Vertrouwen winnen is een eerste vereiste voor een goed gesprek met een slachtoffer van mensenhandel. Culturele gedragingen zijn daarin medebepalend. West- en Oost-Europeanen vinden het fatsoenlijk als je elkaar aankijkt als je in gesprek bent. Daarom is het voor ons rechercheurs gemakkelijk om met Oost-Europese vrouwen in gesprek te komen. Door de ander aan te kijken toon ik interesse in haar verhaal. Zit ik tegenover iemand die daar moeite mee heeft, dan richt ik mijn blik boven de neus, tussen de wenkbrauwen. Bij Chinezen of West-Afrikanen is ook dat *not done*. In dat geval kijk ik tijdens het gesprek langs ze heen of ik richt mijn blik op iets vlak voor me. Degene naast mij mag gewoon kijken, daarom is het van belang dat de observant vanuit een andere hoek naar het slachtoffer kijkt. Omdat hij de benadeelde dan niet doordringend aankijkt, wordt hij niet als bedreigend ervaren. Dit is uiteraard niet op ieder slachtoffer van toepassing, maar als je je op de hoogte stelt van culturen, je verdiept in communicatie en positieve beïnvloeding, is het nagenoeg altijd mogelijk om met een slachtoffer in gesprek te komen. Dat hoeft niet te betekenen dat er een aangifte of een verklaring uit voorvloeit. Die keuze maakt een slachtoffer uiteindelijk zelf, nadat ze op de hoogte is gesteld van de consequenties van een strafproces. Daarom gaat er altijd een intakegesprek aan een aangifte vooraf, zodat een slachtoffer een weloverwogen beslissing kan maken om wel of geen aangifte te doen.

Overlevingsstrategie

Terugkijkend vind ik het wel logisch dat Simona haar gruwelijke ervaringen met humor doorspekt of lachend vertelde. Dit is een overlevingsmechanisme. Vrouwen die één keer in hun leven zijn verkracht, kunnen daar hun leven lang kapot van zijn. Maar vrouwen die verkracht zijn en aansluitend gedwongen worden om in de prostitutie te werken, moeten daar overheen. Zij krijgen niet de tijd voor rouw en verwerking, maar moeten door als prostituee. Zij worden dagelijks geconfronteerd met de moeilijke situatie waarin ze verkeren. Dat valt niet vol te houden als je alle voorafgaande gebeurtenissen nog met je meedraagt, die krijgen niet de ruimte om de boventoon te voeren. Het gevolg daarvan is dat in veel gevallen de emoties vervlakken. Mede daarom is er weinig meer in hun verhalen dat overeenstemt met hun gedrag en gevoel. Ze verdringen de nachtmerrie van de verkrachting om staande te blijven in de harde wereld van de prostitutie en daarbij komt de herinnering aan de verkrachting of de herinnering aan de eerste klant niet van pas.

Inconsequenties in het verhaal

Dat Simona ons schaterlachend de meest gruwelijke ervaringen vertelde, verbaasde Jan en mij. Soms staat datgene wat iemand uitstraalt, haaks op wat diegene is overkomen. Wanneer Jan zo'n inconsequentie opmerkte tussen wat iemand vertelde en hoe zij zich daarbij gedroeg, stelde hij voor om een kop koffie te gaan halen. Omdat een rechercheur niet alleen in dezelfde ruimte mag zijn met een slachtoffer, verlieten we samen even de kamer. Bij het koffieapparaat bespraken we wat ons was opgevallen aan de houding en het gedrag van het slachtoffer en hoe we dat zouden moeten interpreteren. Even nagaan bij elkaar; klopt het wat ik zie?

Wat ook voorkomt, is dat we ruggespraak houden wanneer de feiten niet met elkaar kloppen. Het is niet zo dat we het slachtoffer dan niet geloven, maar wij moeten wat zij vertelt met wettig en overtuigend bewijs ondersteunen. Elk detail gaan we na. Daarnaast moeten we boven tafel krijgen waarom iets wat een slachtoffer vertelt, niet strookt met een vorige bewering. Wij vragen daarop door, niet omdat we haar onbetrouwbaarheid willen aantonen, maar om te zoeken naar de reden hiervoor. Als wij haar naar aanleiding van de inconsequenties in haar verhaal geen verdiepingsvragen stellen, dan doet de officier van justitie of advocaat van de verdachte dat wel bij de rechter-commissaris of in de rechtszaal. En daar is veel minder begrip voor leemten in haar geheugen die voortkomen uit psychische druk.

Mannen zijn het zwakke geslacht

Na Simona heb ik in de loop der jaren heel veel prostituees horen opperen dat mannen het zwakke geslacht zijn. Mannen komen in opgewonden toestand de seksclub binnen, ze willen klaarkomen. Dat geeft de prostituee een vorm van macht. Buiten worden de vrouwen gedwongen en in elkaar geslagen, maar in de peeskamer zijn de mannen als was in hun handen. Zij bepaalt of haar klant klaarkomt. Binnen is zij de baas.

De psychopathische dader

Mensenhandelaren die zijn onderzocht op hun psyche, vertonen doorgaans kenmerken van een psychopaat. Hij is zeer sterk ik-gericht. Hij komt over als een allemansvriend, maar doet dat om zijn ego te versterken. Hij is een rasegoïst die zijn eigenbelang altijd boven dat van anderen stelt. Een opschepper die zijn eigen talenten en vaardigheden overschat. Ten aanzien van de buitenwereld profileert hij zich alsof hij het helemaal heeft gemaakt. Met zijn gladde praatjes komt hij charmant over en hij is er een meester in om anderen voor zijn karretje te spannen om zijn doel te bereiken. Hij manipuleert en bedriegt, zonder één seconde stil te staan bij de consequenties die dat voor een ander kan hebben. Hij heeft amper respect voor de gevoelens en het welzijn van anderen. Loyaliteit is hem vreemd. Hij is de belangrijkste persoon die bestaat, niemand staat boven hem. Het ziekelijke liegen is zijn tweede natuur en hij gelooft in zijn eigen leugens. Sterker, hij leeft zijn leugens. Wordt hij op een leugen betrapt, dan zal hij direct een excuus klaar hebben. Desnoods zweert hij op de graven van zijn complete familie dat hij dit keer de waarheid spreekt. In de politiecel is hij het slachtoffer, de zielige persoon aan wie iets is aangedaan. Spijt over wat hij heeft gedaan, kent hij niet. Hij heeft het slachtoffer helemaal niets aangedaan, zij heeft het verdiend of hij heeft haar alleen maar geholpen, op haar eigen verzoek. Schuldgevoelens zijn hem ook vreemd. Iedereen draagt schuld, behalve hijzelf. Emoties zijn kort en vaak onoprecht. Hij kan heel dramatisch doen en heel opvliegend zijn. Hij is onvoorspelbaar in zijn gedrag. Mislukkingen reageert hij vaak af met bedreiging en geweld. Het leven moet snel en op het randje worden geleefd, hij is gauw verveeld. Hij leeft van dag tot dag en zit er niet mee als hij een ander kwetst. Teren op andermans geld is niet iets waar hij zich voor schaamt.

Oostblokdaders

De daders uit voormalige Oostbloklanden met wie ik te maken heb gehad, handelden hoofdzakelijk individueel. In een enkel geval lieten zij zich bijstaan door een of twee vertrouwelingen. Tegenwoordig krijgen we meer zicht op netwerken. Deden vrouwen niet wat zij wilden, gebruikten ze grof geweld en verkrachting. Deze daders voelden zich onaantastbaar. Een vrouw beschouwden zij als een product, ze hadden geen greintje respect voor haar.

Ik kom in landen waar het tegenwoordig nog steeds zo is dat mannen mij de hand schudden, maar mijn vrouwelijke collega's daarentegen straal voorbijlopen. Vrouwen zijn in sommige culturen onderdanig aan de man en dat zagen we toen en zien we nu nog benadrukt binnen de mensenhandel.

Meer leren

Het onderzoek naar Simona en Milko was de aanleiding dat ik wilde leren wat er omgaat in de hoofden van slachtoffers en daders. Maar ook: hoe kun je het beste met hen omgaan? Jan en ik waren nu betrokken geraakt bij zo'n verrotte vorm van criminaliteit. Hoe houdt een slachtoffer zo'n uitbuitingssituatie vol? Waarom loopt ze niet weg? Mijn hoofd tolde van de onbeantwoorde vragen. Ik heb me aangemeld voor een hbo-opleiding Maatschappelijk Werk en Dienstverlening in Nijmegen. Niet omdat ik hulpverlener wilde worden, maar om skills te ontwikkelen om beter om te kunnen gaan met mensen die waren beschadigd door toedoen van een mensenhandelaar. Wat ik leerde heb ik gebruikt voor mijn werk als rechercheur. Zodoende raakte ik nagenoeg fulltime belast met mensenhandelzaken. Als in mijn team slachtoffers in beeld kwamen, werden ze mijn verantwoordelijkheid. Tijdens mijn studiejaren maakte ik de slachtoffers duidelijk dat ik lerende was en dat ik met hen gedurende het strafproces wilde samenwerken.

Ebony & Happy

'I am a refugee!' 'I am a minor!' Dat is wat veel jonge vrouwen roepen als ze op Schiphol uit het vliegtuig komen vanuit Lagos, Nigeria, en zich melden bij een van de acht posten van de Koninklijke Marechaussee. Minderjarige vluchteling. Hun paspoort zijn ze ergens tussen de paspoortcontrole van Lagos en die van de Koninklijke Marechaussee op Schiphol kwijtgeraakt. Geen idee wat ermee is gebeurd, zeggen ze. Vanaf de e- en f-pier tot aan de paspoortcontrole van Schiphol heeft een reiziger heel veel mogelijkheden om zijn paspoort kwijt te raken. De gang vanaf de gate tot aan de eerste paspoortcontrole neemt zo'n tien minuten in beslag en als je een andere post kiest, kun je wel een halfuur onderweg zijn. Een enkele keer wordt er nog weleens een halfvergaan exemplaar uit de septic tank van het vliegtuigtoilet opgevist. Een ander wordt erop betrapt dat ze haar paspoort heeft opgegeten. De medewerkers van de marechaussee moeten hen dan maar op hun bruine ogen geloven dat ze zijn wie ze zeggen te zijn en dat ze afkomstig zijn uit de regio die zij noemen. Omdat de reispapieren zijn verdwenen, is vaak zelfs onbekend met welke vlucht de dames zijn aangekomen. Deze jonge vrouwen worden verwezen naar het opvangcentrum Beatrixoord in Eindhoven. Of, als het daar vol is, naar een opvangcentrum bij Harderwijk. Vanaf Schiphol worden minderjarige asielzoekers altijd op de trein gezet naar een van deze twee centra.

September 1997

'De tien Nigeriaanse minderjarige meiden die ik in de afgelopen weken heb gesproken in verband met hun asielaanmelding, zijn spoorloos verdwenen,' zegt Jurriaan van de vreemdelingenpolitie die tegenover Jan en mij aan tafel zit. Hij is gestationeerd bij het vreemdelingenopvangcentrum Beatrixoord in Eindhoven. 'We houden een intakegesprek met iedereen die zich bij Beatrixoord aanmeldt om land van herkomst vast te stellen en de reden van hun komst naar Nederland. Deze Nigeriaanse meiden zijn zwijgzaam tijdens de intake, ze kunnen maar weinig vertellen over hun reis. Ook zeggen ze niets over hoe ze alles hebben geregeld om hier te komen. We geven hun een kamer in het opvangcentrum met de mededeling dat ze een gesprek krijgen bij de Immigratie en Naturalisatie Dienst (IND). Doorgaans wordt er een dag of twee na aankomst een afspraak voor ze ingepland. Bij de IND wordt uitgebreid met hen gesproken om te onderzoeken of hun asielaanvraag gerechtvaardigd is. Met hun IND-contactpersoon maken zij een reisverslag, aan de hand waarvan wordt bepaald of de asielprocedure van start gaat. Maar veel meiden zijn niet komen opdagen.

Hoe kan dat? Jurriaan trekt zijn schouders op. 'Dat weten wij niet. Misschien vergaten ze de afspraak of hadden ze het niet begrepen. Nigerianen spreken Pidgin, een mengeling van het reguliere Engels en hun oorspronkelijke taal, waarbinnen talloze dialecten bestaan. Het komt ook vaak voor dat ze alleen een streektaal spreken, daar valt niet altijd een tolk bij te vinden. Als zo'n meisje niet komt opdagen bij de IND, ga ik op zoek naar haar om een nieuwe afspraak te maken. De laatste tijd komt het regelmatig voor dat we het meisje niet meer vinden. Het opvangcentrum is vrij groot, ze kan aan het wandelen zijn of bij iemand op bezoek. Beatrixoord is geen gevangenis, mensen zijn vrij om in en uit te lopen. Het is niet logisch dat mensen die naar Nederland vluchten, bij ons weglopen. Waarom zouden ze? Wij geven ze een bed, een bad en brood. Die meisjes verdwijnen in alle stilte en zonder incidenten. Als er geen familieleden zijn die iemand als vermist opgeven, hebben wij er nauwelijks zicht op. Het opvangcentrum wordt bestierd door vele medewerkers, we zijn al een hele tijd verder eer we überhaupt in de gaten krijgen dat er structureel mensen verdwijnen. Daarbij komt dat we vaak niet over de juiste identiteitsgegevens beschikken. Als ze al een paspoort met een foto hebben, dan is het nog maar de vraag of dat niet is vervalst. Daarom nemen we vingerafdrukken af bij aankomst van iedereen. Maar daar kunnen we alleen iets mee wanneer de jonge vrouw weer ergens opduikt en we de vingerafdrukken kunnen vergelijken.'

De verdwenen Nigeriaanse jonge vrouwen zijn voor het team Grensoverschrijdende Criminaliteit een nieuwe hoofdbreker. Hoe kun je in een volslagen vreemd land in het niets verdwijnen? Hoe vinden deze Nigeriaanse meiden hun weg in Nederland? Wat weten wij van Nigeria en de cultuur? Bar weinig. We beginnen bij het begin: kijken of we het vermoeden dat er meisjes verdwijnen kunnen onderbouwen. Het enige aanknopingspunt dat we hebben is het opvangcentrum. Daar verblijven rond de vijfhonderd mensen van zo'n vijftig nationaliteiten. Er is veel dynamiek. Diverse organisaties hebben bemoeienis met de asielzoekers: vreemdelingenpolitie, IND, maatschappelijk werk, stichting VluchtelingenWerk en andere maatschappelijke instellingen die zich bezighouden met vluchtelingen. Kennelijk werken ze behoorlijk langs elkaar heen. Dagelijks komen er nieuwe asielzoekers binnen en worden mensen naar andere centra overgeplaatst. Al die mensen worden begeleid door medewerkers in tal van disciplines. Je komt er niet zomaar even achter wie er wel of niet is. Aan ons de taak om vanuit het centrum terug te rechercheren naar de aanmeldingen en de eventuele verdwijningen. Als de meiden naar school zouden gaan, was het veel overzichtelijker geweest. Daar worden presentielijsten bijgehouden. Maar deze meiden waren nog niet onderverdeeld in kleinere groepen. Sociale controle ontbreekt. Nieuwelingen zijn nog niet bekend bij de andere asielzoekers. Niemand mist hen. Wordt de asielprocedure gebruikt om te verdwijnen? En zo ja, zitten daar criminelen achter? Of is er helemaal geen sprake van strafbare feiten en deugt het asielbeleid simpelweg niet?

Chris, onze plaatsvervangende teamleider, gaat met twee collega's naar het opvangcentrum om de administratie door te spitten op zoek naar wie er het afgelopen jaar is binnengekomen. Ze pluizen de nationaliteiten na. Zijn er mensen vertrokken en zo ja, wanneer? We maken een lijst met de vijftig landen van herkomst. Per nationaliteit vullen we de duur in van ieders verblijf in het opvangcentrum. Waar gingen de mensen naartoe bij vertrek uit het centrum? Lag dit in lijn met de asielprocedure of waren ze MOB, met onbekende bestemming vertrokken? Een ruime maand minutieus administratief speurwerk levert het schrikbarende aantal van ruim honderd Nigeriaanse meiden op die met onbekende bestemming zijn vertrokken. Daar komen vanuit de rest van het land nog eens zo'n vijftig meiden bij. De meesten van hen kwamen met een directe vlucht vanuit Lagos, anderen kwamen via hoofdstad Abuja en het noordelijke Kano. We hebben nog geen idee of zij slachtoffer zijn van een misdrijf. Al die dossiers moeten worden onderzocht. Het onderzoeksteam wordt uitgebreid naar tien rechercheurs.

De volgende fase van ons onderzoek bestaat uit het achterhalen van de locatie van deze vrouwen. Hoe zijn ze naar Nederland gekomen? Met de auto lijkt geen logische optie, het is 5000 kilometer rijden. We gaan te rade bij onze collega's van het Sluisteam, het onderdeel van de Koninklijke Marechaussee op Schiphol dat mensenhandel en mensensmokkel bestrijdt. Nagenoeg alle namen op onze lijst komen overeen met namen van jonge vrouwen die op Schiphol asiel aanvroegen. In geval van minderjarigheid gaat de vluchteling automatisch naar het opvangcentrum in Eindhoven of in een enkel geval naar Harderwijk. Hier hebben we een onderzoeksgrond. Weten de meiden dat ze naar Brabant worden overgebracht als ze aangeven dat ze minderjarig zijn? Of weten criminelen dat? Heeft een eventuele criminele organisatie er belang bij dat de jonge vrouwen naar Brabant gaan? Op Schiphol komen ook namen naar voren die niet leiden naar Brabant. Maar waar dan wel naartoe? We zullen ook moeten speuren door de rest van Nederland. Elke naam die we tegenkomen, rechercheren we uit. Waar is ze aangekomen? Waar is ze in eerste instantie naartoe gegaan? Wanneer is ze daar verdwenen? We proberen inzichtelijk te krijgen of het voor alle verdwenen vrouwen op dezelfde wijze gaat. Zo'n zoektocht begint met administratief speurwerk. Bij de opvangcentra waar ze geplaatst zijn, verhoren we diverse mensen die contact hebben gehad met de verdwenen vrouwen.

Al voordat wij met dit onderzoek begonnen, hadden onze collega's van het Sluisteam op Schiphol in de gaten dat er een hoop asielzoekende Nigeriaanse meiden Nederland binnenkomen. Zij hebben navraag gedaan bij andere Europese luchthavens. Via vliegveld Zaventem zijn nauwelijks Nigeriaanse vrouwen binnengekomen, maar de Belgische politie in Brussel laat weten dat zij recentelijk veel Nigeriaanse prostituees aantreffen in hun prostitutiegebied. Zij zijn ook al bezig met de puzzel. Immers, die prostituees zijn niet uit de lucht komen vallen. Het lijkt erop dat de meiden vanuit Nederland naar België worden gebracht.

We steken de koppen bij elkaar. Jacky en Jimmy, Nigeriadeskundigen van de cel Mensenhandel van de Belgische politie in Brussel, komen bij ons op het bureau in Eindhoven voor overleg, samen met mensen van het Sluisteam. We hebben een sterk vermoeden dat er een crimineel lijntje loopt van Brabant naar België; met de auto ben je er zo. Daar willen we meer van weten. We starten een gezamenlijk onderzoek.

November 1997

Met elkaar hebben we een risicolijst opgesteld. Meiden die aan de criteria voldoen, worden nu door het hele land geplaatst. Bij iedere Nigeriaanse jonge vrouw die op Schiphol als minderjarige om asiel vraagt, gaat er een telefoontje naar ons team in Eindhoven. De eerste jongedame die zich meldt en die in het profiel van de vermiste meiden past, maakt zich bekend als Happy. Ze heeft geen paspoort. De marechaussee heeft haar naar een asielzoekerscentrum in Zwolle gestuurd. We vermoeden dat Happy via dezelfde route naar het opvangcentrum in Eindhoven geplaatst had moeten worden voor de volgende verdwijning. Jan en ik rijden vanuit Eindhoven naar Zwolle om een gesprek met haar te voeren. Wij willen met Happy haar reisverhaal doornemen, wat normaal gesproken de taak is van de IND. Jan en ik gaan de risicomeiden preventief spreken. De succesvolle gesprekken die we met de Oost-Europese vrouwen hebben gevoerd, tonen aan dat we het verhoren goed onder de knie hebben. Ook de Nigeriaanse vrouwen zullen we aan het praten krijgen. We hebben de landenbank geraadpleegd en we hebben gebeld met specialisten om wat meer over Nigeria te weten te komen. De corruptie is er zo'n beetje de hoogste ter wereld, 75 procent van de politiemensen is onbetrouwbaar. Jan en ik liegen nooit als we mensen verhoren, maar ik besluit om ons niet direct als politieagenten kenbaar te maken. Dat bewaar ik voor als er enig vertrouwen is ontstaan.

Happy's huid is zo donker, dat ze eerder neigt naar blauw dan naar bruin. Haar jukbeenderen zijn getekend door symmetrische littekentjes en haar kroesharen zijn tot een klein staartje op haar achterhoofd geknoopt. 'Hallo, wij zijn Henk en Jan,' begin ik als we aan de verhoortafel plaatsnemen met Happy tegenover ons. 'Wij willen met je praten omdat de mensen die jou in Nederland hebben ingeschreven, zich ongerust maken over waar jij terecht gaat komen. Zij zijn bang dat anderen jou willen gaan uitbuiten.' Zwijgend kijkt Happy ons aan. Haar ogen zijn wijd opengesperd, als een gekooid wild dier. Troebel geel oogwit met bruine vlekjes en rode gesprongen adertjes in de ooghoeken. 'Wat is je naam?' Het blijft stil. 'Ik lees hier dat je Happy heet, klopt dat?' Ze knikt. In Jip en Janneke-taal leg ik haar het Nederlandse vreemdelingenbeleid uit. Alles wat ik tegen haar zeg, stuitert via een rubberen muur terug naar Jan en mij. 'Waar kom je vandaan? Kun je dat beschrijven?'

Happy veegt haar bevende vingers langs haar spijkerbroek. Ze noemt een plaatsnaam die we niet verstaan. 'Hut.'

'Hut?' vat ik samen.

Happy knikt. 'Koe.'

Daar moeten we het mee doen. 'Jij hebt gezegd dat je minderjarig bent.

Daarom moeten wij je ouders laten weten waar je bent, maar we weten niet hoe we ze kunnen bereiken. Wanneer ben je meerderjarig in Nigeria?' Dit zal voor Happy een idiote vraag zijn. Grote kans dat ze helemaal niet weet wat dat begrip inhoudt, ook al heeft ze op Schiphol aangegeven dat ze minderjarig is. Ik krijg de indruk dat ze zelfs niet weet hoe oud ze is, ook die simpele vraag krijg ik niet beantwoord. Urenlang stapel ik vraag op vraag, maar we worden geen snars wijzer. Ze weet niets te vertellen over haar reis naar Nederland. Ze heeft geen idee waar ze is. Een blanke meneer, Good Lucky, heeft haar geholpen met de reis. Hij werd bijgestaan door een zwarte man met een grote getatoeëerde adelaar op zijn arm. Ik sta bekend als een zeer goedgebekte rechercheur, maar meer informatie weet ik niet uit haar te persen. Ik wrijf met beide handen over mijn hoofd. Zo gefrustreerd heb ik me tijdens een verhoor nog niet eerder gevoeld. 'Waarom zeg je nou niks? Waarom kijk je zo bang? Waarom tril je?' Wat Jan en ik ook proberen, we komen geen steek verder.

We gooien het over een andere boeg. Belgische collega's vergelijken vingerafdrukken van jonge vrouwen die ze aantreffen in de prostitutiegebieden met die uit de dossiers van Schiphol. Dat levert een aantal matches op. Met de lijst van 150 namen van vermiste meiden onder de arm gaan Jan en ik naar België. Samen met Jimmy en Jacky struinen we de rosse buurten af om te zien of we meer vrouwen kunnen traceren.

We stuiten op heel veel Nigeriaanse vrouwen die niet overeenkomen met onze vingerafdrukken van Schiphol. Drie vrouwen matchen wel. Een in Brussel, een in Antwerpen en een in Seraing, vlak bij Luik. Vanuit Lagos naar Nederland gekomen, overgebracht naar Eindhoven en na een paar dagen verdwenen. De verhoren die we op het Brusselse politiebureau met deze meiden houden, zijn al net zo'n deceptie als met Happy. Bij alle drie stuiten we op een diepe angst, zwijgen en dezelfde riedel over Good Lucky en die getatoeëerde adelaar waar we niks mee kunnen. Grote ogen vol doodsangst en bevend als een rietje. Hun ouders zijn overleden en vanuit hun geboortedorp, bestaande uit een paar hutten, zijn ze naar de grote stad vertrokken. Tevergeefs op zoek naar werk. Ze hebben rondgezworven en op de vismarkt ontmoetten ze een lange blanke man die ze hebben aangeklampt voor hulp. Hij zei: 'Ik help jou om naar Nederland te komen.' Het was hun volslagen onduidelijk wat ze zouden gaan doen, maar hier in het rijke Westen wachtte hun werk, geld, een huis en eeuwigdurend geluk. Ze zijn ergens met het vliegtuig aangekomen, geen idee waar. Ze kunnen zich alleen een grote M herinneren waar ze zijn langsgekomen. Deze hamburgergigant heeft 225 restaurants in Nederland, dus waar zij die gele M dan hebben gezien? Vanuit Brabant zijn ze opgehaald in een grote, zwarte auto. Door wie, waarom en waarnaartoe, blijft een raadsel. Alsof ze bij aankomst in Nederland alles zijn vergeten.

Verdomme, wat hebben we aan onze kennis van verhoortechnieken die we de laatste jaren hebben opgedaan? De gesprekken met Oost-Europese en Nederlandse vrouwen leveren heel veel informatie op. We hebben nu tien Nigeriaanse vrouwen gesproken die volledig klem zitten, maar tijdens de verhoren lijkt het of ze zo uit het wassenbeeldenmuseum komen. Waarom houden zij hun kaken zo stijf op elkaar? Wat doen wij verkeerd? Heb ik iets gezegd waarmee ik hun angst heb aangejaagd? Of we nou lief kijken, geïnteresseerd hummen of zakelijk doorvragen, we komen geen steek verder. Er zijn momenten dat ik op mijn knieën wil vallen en smeken: 'Zeg in godsnaam wat er is, anders kunnen we je niet helpen.' Onze Belgische collega Jimmy heeft een film op de kop getikt over zwarte magie met beelden van de meest bizarre voodoorituelen. Zou dit van invloed kunnen zijn op al die meiden?

December 1997

Op de Nijmeegse hogeschool volg ik het vak Pluriforme Samenleving, dat draait om het bieden van hulpverlening aan mensen van diverse culturele pluimage. Getriggerd door de zwijgende vrouwen en opmerkzaam gemaakt door de film van Jimmy, start ik in samenspraak met mijn werkgever een cultuuronderzoek naar Nigeria, naast het reguliere rechercheonderzoek. Ik google op 'voodoo' en stuit op het Afrika Museum in Berg en Dal. Daar gaan we met tien collega's van ons team naartoe om meer te weten te komen over West-Afrika. We worden bijgepraat door een bevlogen cultureel antropologe. Niet lang daarna bel ik haar met de vraag of ik haar nog eens onder vier ogen mag spreken in verband met ons onderzoek. Hiervoor moet zij wel geheimhouding ondertekenen, want ik wil haar kunnen consulteren voor de zaken waar we tegen aanlopen. Ik wil een vinger krijgen achter de moeizame communicatie met de slachtoffers en de specifieke invulling die Nigerianen geven aan criminele activiteiten. Ik leg haar onze ervaringen en vragen voor. We moeten het inderdaad zoeken in voodoo, is haar advies. Zij brengt mij in contact met een Surinaamse wintipriesteres, want een Nigeriaanse voodoopriester is niet te vinden in Nederland. De Surinaamse winti vindt zijn oorsprong in de West-Afrikaanse voodooreligie. Voodoo is een verbastering van het woord vodun, kracht. Het wordt in de meeste delen van Nigeria gepraktiseerd. In het Yoruba-gebied, waar veel vermiste meiden uit ons administratieonderzoek vandaan komen, is voodoo wijdverbreid. Deze religie kent tal van goden, levende en spirituele. Onder de levende goden vallen leden van de koninklijke familie en priesters.

Voodoo roept een beeld op van poppetjes, doorboord met scherpe voorwerpen. Volgens onze westerse invulling is dat bedoeld als kwaad, een misvatting die de filmindustrie ons heeft voorgehouden. IJzer staat in Nigeria voor kracht, dat krijgen de poppen toegediend. Alles wat je overkomt is de wil van een god. Heeft een Nigeriaan pijn in zijn been, dan kan een priester hem voorschrijven om een pop te maken en daar naalden en spijkers in laten steken voor kracht om de pijn te bestrijden. Amuletten zijn gebruikelijker dan poppen, nagenoeg iedere Nigeriaan draagt er eentje bij zich. De amuletten hebben tal van verschijningsvormen, maar de meeste worden gemaakt van dierenhuid, afkomstig van sterke dieren. Ze geven de drager kracht en bescherming. We laten er eentje onderzoeken door het Nederlands Forensisch Instituut. Het geitenlederen zakje bevat vijf bestanddelen: schaamhaar, menstruatiebloed, ijzervijlsel, glasscherfjes en nagels. Een amulet is persoonsgebonden en gezegend door een voodoopriester. Priesters behoren in Nigeria tot de spaarzame hooggeplaatsen die door de bevolking worden vertrouwd. Wie problemen heeft, wendt zich tot een priester om hulp te vragen. Zij hebben hun positie niet verkregen door hang naar geld en macht. Priesters zijn uitverkorenen, arm of rijk speelt geen rol. Sekse ook niet, vrouwen kunnen eveneens opgeleid worden tot priester. Je herkent een priester aan waardigheidstekens zoals kleding. Een gewaad, een hoofddeksel, een opvallend sierraad. In overzeese gebieden kan het herkennen van een priester lastig worden, want ook priesters passen zich aan lokale kledingnormen aan. Wie kwaad wil, kan slachtoffers doen geloven dat hij een priester is. Wie liegt, wordt door de voodoogoden gestraft. Behalve als je liegt in het belang van je volk. Met een beetje creativiteit valt er altijd wel een dusdanige draai aan een leugen te geven, dat het gunstig uitvalt voor je volk. Zelfs iemand die zich bezighoudt met criminele activiteiten en het verdiende geld besteedt aan zijn grote familie in Nigeria, doet goed voor zijn volk. Kortom, het geloof kan heel rekbaar worden ingevuld.

Ook sla ik de literatuur erop na om meer te weten te komen van Nigeria. Het land beslaat een oppervlakte van 25 keer de omvang van Nederland en telt een kleine 400 etnische groepen, ieder met een eigen culturele mores. Volgens een volkstelling uit 1991 telde het land 88,5 miljoen inwoners, maar naar schatting van de Verenigde Naties waren het er 112 miljoen. Zo'n groot land zonder straatnamen en een onduidelijk aantal inwoners, dat maakt van de zoektocht naar de herkomststeden van de vermiste vrouwen een nagenoeg onmogelijke missie. Het land kampt met een torenhoge inflatie, politieke instabiliteit en talloze werklozen in uitzichtloze situaties. Dat brengt een oncontroleerbare stroom migranten op gang van het platteland naar de steden waar geen werk te vinden is. Armoede is een katalysator voor criminaliteit. Als krabben in een emmer proberen mensen het land te ontvluchten. De pot met goud aan het einde van de regenboog: het rijke Westen. Corruptie heeft vrij spel. In zo'n situatie zijn vrouwen vogelvrij voor mensenhandelaren. De helft van de inwoners is analafabeet, slechts een halve procent beschikt over een telefoon: wat weten zij van mensenhandel?

En dan de corruptie. In ruil voor elke dienst, met name van officiële instanties als de posterijen, douane en politie, wordt 'dash' verwacht. Steekpenningen. Word je door de politie aangehouden met de mededeling om 'de kwestie te regelen', dan moet je met geld op de proppen komen. Verder niets. Zorg maar dat je aan het verzoek voldoet, want de politie is bevoegd om mensen te arresteren die in hun ogen doelloos rondlopen. Ze mogen ook schieten op degenen die niet meewerken. Geen Nigeriaan heeft vertrouwen in het politieapparaat, waarbinnen de hoge functies worden bekleed door leden van vooraanstaande families. Vooral de armen zijn de dupe, de rijke minderheid kan wel met geld over de brug komen. Dat wantrouwen koesteren de Nigerianen die naar Nederland komen ook hier tegenover politiefunctionarissen.

Januari 1998

De marechaussee op Schiphol belt met de mededeling dat ze zojuist Ebony op de trein naar Beatrixoord hebben gezet. Zij had bij hen aangegeven dat ze vijftien jaar is en ze had om asiel verzocht. Precies onze doelgroep. Alle inzichten van mijn *quickscan* van de Nigeriaanse cultuur en samenleving bij elkaar opgeteld, leveren de conclusie op dat we het in dit onderzoek niet moeten hebben van verklaringen of aangiften. We gaan potentiële slachtoffers volgen om te ontdekken wat er met ze gebeurt. Ik krijg een beschrijving en ze faxen een foto. Samen met Jan en nog enkele andere rechercheurs, zal ik Ebony 24 uur per dag in de gaten houden. In burgerkleding, want we willen niet dat zij ons opmerkt. We stappen direct in de auto, zodat we er zijn nog voordat Ebony zich bij de receptie meldt. We hebben het niet op haar gemunt, maar we willen bij de dader uitkomen die mensenhandel op zijn geweten heeft. Met de directie van het opvangcentrum hebben we afgesproken dat zo min mogelijk medewerkers van onze actie en onderzoeksmethode afweten. Niets mag onze opsporing verstoren. De aanmelding en het verblijf van Ebony moet zo normaal mogelijk verlopen. Elke afwijking kan ervoor zorgen dat de mensensmokkelaars of eventuele mensenhandelaren zich terugtrekken.

We posten met zicht op de aanmeldbalie om het tijdstip van aankomst te noteren, en op een plek waarvandaan we de medewerker die Ebony naar haar kamer brengt, kunnen volgen. Het is heel belangrijk om in je op te nemen om wie het gaat. Het kost mij grote moeite om Nigerianen van elkaar te onderscheiden. In meerdere jonge vrouwen die ik bij aankomst zie, meen ik de vrouw van de gefaxte foto te herkennen. Maar dan komt Ebony aanlopen vanaf de bushalte. Aan de aanmeldbalie overhandigt ze een formulier met haar gegevens van de marechaussee van Schiphol. Ze wordt binnengelaten voor een intakegesprek met een medewerker in een kleine kamer verderop in de hal. Een krap halfuur later zien we Ebony naar buiten komen met de medewerker die haar naar haar kamer begeleidt in een nabijgelegen gebouw.

Na twee uur verlaat Ebony haar kamer. Ze loopt naar de telefooncellen bij de ingang van het opvangcentrum. Vanaf een afstandje bekijk ik wat ze doet. Ze pakt de hoorn en toetst een nummer in dat genoteerd staat op een klein briefje in haar hand. Ik zie haar mond bewegen, dus kennelijk heeft ze iemand aan de lijn. Opmerkelijk, wie kent ze hier? Ze hangt op en keert terug naar haar kamer. Jan volgt haar. Ik ga de telefooncel in en snuffel rond. Helaas, het briefje heeft ze hier niet achtergelaten. De telefoon heeft geen herhaaltoets, anders had ik het laatstgekozen nummer kunnen nagaan. Ik noteer de tijd en bel naar het politiebureau. Later zullen we de bellijsten opvragen van deze telefooncel om te kunnen zien welk nummer Ebony koos voordat ik ons eigen bureau belde. Wat gaat er nu gebeuren? Jan en ik wachten bij de ingang van het opvangcentrum. Andere leden van het team staan met hun auto's in de nabije omgeving te posten. Na ruim vier uur verlaat ze haar kamer weer. Met een sporttas in haar hand loopt ze weer naar het grote glazen voorgebouw, langs de telefooncellen door het grote groene hekwerk. Voorbij de rood-witte slagboom loopt ze de oprijlaan af en gaat rechtsaf de stoep langs de openbare weg op. Na een paar honderd meter blijft ze staan en zet haar tas op de grond.

In spanning wachten we af. Ruim een halfuur. Dan komt er een zwarte Mercedes aanrijden. Hij keert bij de ingang van het asielzoekerscentrum en rijdt langzaam terug naar de plek waar Ebony staat. Het portier gaat open en een donkere man in een strak zwart pak met een opvallende witte boord stapt uit. Net een ouderwetse pastoor. Om zijn nek hangt een burgemeestersketting. Hij loopt op Ebony af en schudt haar de hand. Hij pakt haar tas aan en stopt hem in de kofferbak van zijn Mercedes, zo eentje die in vroeger tijden dienstdeed als taxi. Jan en ik zitten ter hoogte van de ingang aan de overkant van de weg in onze blauwe Opel Astra. Vanuit de auto bel ik Matthijs die onze centrale post bemant en vraag hem het kenteken na te trekken van de zwarte Mercedes. Matthijs kan in alle benodigde computersystemen kijken en kan met iedereen die we nodig kunnen hebben, contact leggen. Als we op locatie observeren kunnen we altijd navraag doen bij onze centrale post. De auto staat op naam van een Nigeriaan, Tiireni Oluwa. Hij staat ingeschreven op een adres in Harderwijk. Beetje bij beetje druppelen gegevens binnen waar we op kunnen voortborduren.

Ik vraag Matthijs om het observatieteam te waarschuwen. Dat team hadden we vooraf in kennis gesteld en aangevraagd voor een eventuele actie. Zo onopvallend mogelijk zetten Jan en ik de achtervolging in. In afwachting van vijf auto's van het observatieteam, blijven wij de oude Mercedes schaduwen. Bij het laatste tankstation voordat we België inrijden, zetten Jan en ik onze auto op een grote parkeerplaats waar twee observatieauto's ons staan op te wachten. Jan stapt als bijrijder in de ene en ik in de andere. Wij kennen de zaak, als het nodig is kunnen we actie ondernemen. Ik bel de officier van justitie en mijn teamleider en zij bellen verder om toestemming te vragen aan de Belgische autoriteiten om onze observaties over de grens voort te kunnen zetten. Doen we dat niet, dan schenden we de soevereiniteit van België terwijl we bezig zijn met een strafrechtelijk onderzoek. Ik bel ook met Jacky en Jimmy om ze op de hoogte te houden van de ontwikkelingen. We willen de observatie overdragen aan onze Belgische collega's. Een auto achtervolgen in België met een Nederlands kenteken is niet slim, dat valt te veel op. De tijd dringt om dit voor de Belgische grens nog voor elkaar te krijgen. Na een kleine 20 kilometer over de grens met België, stappen wij bij een tankstation over in de vier auto's van het Belgische team. Jacky en Jimmy nemen stelling op het politiebureau in Brussel. Vanaf nu coördineren zij de observatieactie. Zij hebben de regie over wat er in België gebeurt.

We rijden Antwerpen in. De Mercedes parkeert in een straat met jarendertighuizen van vier verdiepingen, die in een carré gebouwd zijn. Ooit was dit een statige straat, maar de huizen kunnen nu wel een opknapbeurt gebruiken. De man met de ambtsketting stapt uit en belt aan bij een grauwgrijs herenhuis. Terwijl de deur opengaat, pakt hij

Ebony's tas uit de kofferbak en maant haar uit te stappen. Samen gaan ze naar binnen. Ongeveer vijftien minuten later komt hij weer naar buiten, zonder Ebony. Hij vertrekt in de Mercedes, met drie auto's van het Belgische observatieteam in zijn kielzog. Al snel wordt duidelijk dat hij terugrijdt naar Nederland. Jan en ik nemen contact op met de teamleiding in Nederland via de centrale post. Zij nemen contact op met de zaaksofficier van justitie. We overleggen met Jimmy en Jacky en zij roepen de auto's van het observatieteam terug. We laten hem gaan, want die drie observatiewagens hebben we nu harder nodig in Antwerpen. We hebben een kenteken, een naam en een adres. En we beschikken over voldoende getuigen die kunnen beamen dat hij een jonge vrouw die asiel heeft aangevraagd naar België heeft gereden. Daarmee heeft hij zich een verdenking van mensensmokkel op de hals gehaald. Onze topprioriteit nu is Ebony traceren.

Zij is nog geen uur in het pand, wanneer de Belgen klaarstaan met een team om er naar binnen te gaan. Jacky en Jimmy vragen de Belgische officier van justitie om toestemming om Ebony uit het pand te halen. Door een rechtshulpverzoek dat wij eerder hebben ingediend bij de Belgische autoriteiten is hij bekend met de zaak en stemt in. Jimmy regelt een team en we gaan met elkaar naar binnen. Ebony zit in een kamer van zo'n 4 bij 5 meter op een beige bankstel. In de kamer, met een oude eettafel en wat aftandse stoelen eromheen, zijn nog vijf Nigeriaanse jonge vrouwen. Eindelijk krijgen we iets meer zicht op hoe de verdwijningen tot stand komen.

We brengen hen naar Brussel voor de verhoren. Jan en ik mogen gebruikmaken van de werkkamer van Jimmy op het bureau van de Bijzondere Opsporingsbrigade van de Rijkswacht. Er staat een tafel met daarop een typemachine met een doorslagvel. Ik praat en tik tegelijkertijd. Jan zit naast mij en observeert Ebony. Zij heeft een gelijkmatige koffiebruine huid en ingevlochten haren die tot halverwege haar bovenarmen reiken. Gitzwarte ogen, een brede neus en volle, ronde lippen. Haar houding straalt dezelfde angst uit die we gezien hebben bij de meiden tijdens onze vorige gesprekken. De handen ineengeslagen op schoot, ineengedoken schouders en een gebogen hoofd. Ebony klappertandt, hoewel de verwarming de ruimte behaaglijk verwarmt. Weer die rubberen muur waarop al mijn vragen afketsen. Ik kom niet verder dan bevestigingen van wat wij gezien hebben. 'Hoe ben je hier terechtgekomen?'

'Weet ik niet.'

'Waarom kun je niet vertellen hoe je hier bent gekomen, je bent toch opgehaald?'

'Ja, ik ben opgehaald.'

We komen niet tot een objectief verhaal. Met flink wrikken krijgen we hooguit een herhaling van wat we hebben waargenomen: 'U houdt mij voor dat u heeft gezien dat ik bij opvangcentrum Beatrixoord in een zwarte Mercedes stapte bij een man met een ambtsketting om. Ik kan u zeggen dat dat klopt. U houdt mij voor dat ik van Nederland naar België ben gereden. Ik kan u zeggen dat dat klopt. U houdt mij voor dat u zag dat ik in Antwerpen een woning betrad. Ik kan u zeggen dat dat klopt.' Ebony's verklaringen hebben uitsluitend betrekking op de reis van Beatrixoord naar het pand in Antwerpen. Met zoveel politieogen op haar gericht, kan ze daar niet onderuit.

De Belgische collega's raadplegen specialisten en een Nigeriaanse priester. 'Voodoo' luidt hun vermoeden. Het zwijgen, de doodsangst. Geen van de jonge vrouwen draagt een voodoopakketje bij zich. Geen lederen zakjes. Grote kans dat hun amuletten zijn afgenomen. In dat geval zou een ander hen in zijn macht hebben. Het Belgische team zoekt aan de hand van vingerafdrukken uit hoe de Nigeriaanse meiden in Antwerpen terecht zijn gekomen. Ze hebben allemaal dezelfde route afgelegd: Schiphol, Beatrixoord, België. Nu is aangetoond dat de meiden via Nederland naar België zijn gekomen, kan de Belgische overheid Nederland om overname verzoeken. Nederland is immers het eerste land waar de vrouwen zijn aangekomen en asiel hebben aangevraagd. We noemen dat de Dublin-claim, een asielzoeker krijgt zijn asielaanvraag in één EU-land behandeld. In het land waar je je aanmeldt als asielzoeker, wordt je asielaanvraag beoordeeld. Daar wacht je dan af of asiel wordt verleend. Dat land is verantwoordelijk voor je. Hoewel Nederland de vrouwen terug moeten nemen, doet België dat verzoek nog niet. We werken samen om een crimineel netwerk op te rollen, naar buiten toe moet het lijken alsof we nog geen zicht hebben op de organisatie. Via een hulpverleningsinstelling brengen we de meiden onder op een anoniem adres voor opvang van vrouwen.

Tiireni Oluwa kan ondertussen ook rekenen op onze speciale aandacht. Wie is hij? Komt hij vaker voor in politiebestanden? Woont hij daadwerkelijk op het adres in Harderwijk dat de Rijksdienst voor Wegverkeer voor ons heeft opgediept? Was de man in de auto Tiireni Oluwa? Haalt hij vaker vrouwen op van Beatrixoord of de andere asielzoekerscentra? Maakt hij deel uit van een netwerk? Enkele leden van het team Grensoverschrijdende Criminaliteit zoeken op het bureau in de computerbestanden naar Tiireni. Daarnaast gaat het andere recherchewerk gewoon door. We moeten zicht krijgen op nieuwe vrouwen die in de opvangcentra worden geplaatst. Zij worden geobserveerd, net zoals we met Ebony deden. De Nederlandse en Belgische teams traceren verblijfsplaatsen en zoeken uit hoe de meiden in België terecht zijn gekomen. Aan de hand van vingerafdrukken gaan we na of de betreffende vrouwen via Schiphol zijn gekomen. We houden verhoren met meiden die asiel aanvragen. Dit brengt een enorme administratie met zich mee, want we moeten alles op papier zetten.

Drie dagen nadat we Ebony volgden naar België, hebben zich alweer drie nieuwe meiden op Schiphol gemeld voor asiel. We volgen hen naar Beatrixoord en bingo, zij bellen hetzelfde nummer dat Ebony belde. In de tussenliggende dagen hebben we dat nummer achterhaald. In overleg met de officier van justitie en met toestemming van de rechtercommissaris kunnen we met een spoedtap het getraceerde nummer afluisteren. De vrouw die belt krijgt, Tiireni Oluwa aan de lijn. Hij gebruikt gewoon zijn eigen naam. Met een machtiging van de officier van justitie hebben we een foto van hem via de vreemdelingendienst, waar hij zich in het verleden heeft aangemeld. Die foto bevestigt dat dit de chauffeur is die Ebony naar Antwerpen heeft gebracht. De vrouw laat in dat telefoongesprek weten dat zij met nog twee vrouwen in Brabant is aangekomen. Hij antwoordt dat hij ze komt ophalen.

Ons observatieteam staat direct weer in de startblokken. We bellen de officier van justitie om hem op de hoogte te stellen en we bellen de Belgen. We hebben toestemming voor grensoverschrijdende observatie en we hebben groen licht om de vrouwen af te laten leveren op de eindbestemming. Als we vervolgens maar direct ingrijpen. Dat houdt in dat we de vrouwen meenemen voor verhoor, in veiligheid brengen en de verdachten aanhouden. Tiireni komt naar Beatrixoord om de dames op te pikken en zet koers naar België. Dit keer niet naar Antwerpen, maar naar Brussel. Er zijn dus meerdere plaatsen waar de vrouwen worden ondergebracht. Wederom betreedt hij een woning, samen met de drie meiden. Even later verdwijnt hij weer. Het Nederlandse observatieteam volgt hem met drie auto's, maar als ze zien dat hij richting Nederland reist, laten ze hem los en staken ze de gerichte observatie van Tiireni. Prioriteit ligt op dit moment in België. De Belgen vallen het pand binnen en nemen hen en nog vier vrouwen die in het pand aanwezig zijn mee naar het bureau in Brussel. Ook deze zeven verhoren leveren geen verklaringen op. Maar we hebben wel waarnemingen van mensensmokkel. Nu concreet met een naam en een gezicht erbij: Tiireni Oluwa.

'Deze week is de politie twee keer onze panden binnengevallen en hebben de vrouwen uit huis gehaald. Hoe kan dat?' horen we een vrouw over de telefoon zeggen tegen Tiireni.

'Ach, dat is niks,' sust hij. 'Dat was in twee verschillende steden. De politie controleert nu eenmaal. Dat is al eerder gebeurd. Nu dan twee keer vlak achter elkaar, dat is toeval. Ik heb hun pakketjes, dus ze komen vanzelf weer terug. Zij gaan echt niet praten.'

'Dat kan dan wel zo zijn,' zegt de bellende vrouw, 'maar ik heb nu wel diverse ramen leegstaan die we gehuurd hebben.'

Deze uitspraken bevestigen diverse van onze vermoedens. Ten eerste geldt dit voor ons als een bevestiging dat er voodoo in het spel kan zijn. Ook duidt deze uitspraak op meer dan mensensmokkel alleen. Want als de vrouwen daadwerkelijk achter het raam moeten werken, komt mensenhandel in beeld. Uit alles wat we verder horen, blijkt dat het asielbeleid wordt gebruikt om vrouwen hiernaartoe te halen, met de bedoeling om ze in de prostitutie te laten werken. Nadat Tiireni het gesprek met de vrouw heeft beëindigd, belt hij diverse nummers in Nigeria. Als we die gesprekken laten vertalen, ontstaat het beeld dat hij in contact staat met mannen die in Nigeria vrouwen ronselen en van valse documenten voorzien. Die valse identiteits- en reispapieren worden in Lagos niet geaccepteerd, maar een medewerker van de vliegmaatschappij zorgt ervoor dat de vrouwen kunnen instappen. Vrouwen die reizen met valse paspoorten, krijgen de opdracht om ze in het toilet te gooien. Op zo'n rechtstreekse vlucht van Lagos naar Amsterdam kan dat wel. Daarbij, als de vrouwen geen paspoort hebben, is het voor de Nederlandse autoriteiten alleen maar moeilijker om de identiteit en het land van herkomst vast te stellen. Ze moeten toch asiel verlenen, dat is het beleid.

Deze tapgesprekken leveren ons een schat aan informatie op. We hebben nu al behoorlijk zicht op de aanrijroute van de dames tot in België. Maar we weten nog niet waar ze daarna naartoe gaan. We begrijpen ook waarom het zo moeilijk is om de vrouwen terug te vinden. Want wie zijn zij nu eigenlijk? Zonder paspoort kunnen ze een nieuwe identiteit aannemen. Het enige wat wij hebben zijn vingerafdrukken. In Nigeria kennen we geen autoriteit waar we kunnen achterhalen wie de vrouwen zijn. Daar zijn geen kantoren waar ze van iedere pasgeborene vingerafdrukken bewaren. Zij kunnen simpelweg in het niets verdwijnen. Dat vind ik een enge gedachte.

Hoog tijd om de mensenhandelaren aan te pakken. We gaan nog één observatieactie houden, waarbij we na aflevering in België de vrouwen constant onder controle houden. We willen weten wie ze daar komt afhalen en wat hun eindbestemming is. De officier van justitie keurt dit plan onder zeer strenge voorwaarden goed. Koste wat kost moeten wij voorkomen dat de vrouwen in een uitbuitingssituatie terechtkomen. We houden ze constant in het zicht en mochten we hen uit het oog dreigen te verliezen, dan grijpen we direct in. Zodra er vanuit Schiphol weer een melding komt dat er drie Nigeriaanse jonge vrouwen op weg zijn naar Beatrixoord, gaan wij daar nogmaals naartoe om ze te observeren en te volgen. Hetzelfde ritueel volgt: bellen, wachten, de zwarte Mercedes en Tiireni met zijn protserige ketting. We volgen hen naar Brussel en zodra hij na aflevering van de meiden de straat weer uitrijdt, plaatst de Belgische politie onopvallende auto's op elke hoek van de toegangswegen. Niemand kan er meer ongezien in of uit. Ook stroomt de straat vol met dienders in burgerkleding. Jan en ik posten bij onze auto aan de overkant van de straat om het huis in de gaten te houden waarvan we verwachten dat iemand de jonge vrouwen komt ophalen. Ondertussen wordt Tiireni gevolgd door drie observatieauto's. Wij wachten af. Urenlang. Omdat we willen weten waar de vrouwen naartoe gaan en geen enkel benul hebben van wat er gaat gebeuren, komen ook nu de observatieauto's weer terug. Tiireni rijdt weer terug richting Nederland.

Uiteindelijk komt er een wit volkswagenbusje met een Belgisch kenteken de straat ingereden. Een forse zwarte vrouw, gekleed in een rode djellaba, stapt uit en betreedt de woning. Twee jonge vrouwen zitten op de achterbank in het busje. Na een paar minuten komt de stevige vrouw weer naar buiten, met de drie meiden die door ons gevolgd zijn achter haar aan. Ze stappen in en het busje rijdt richting Antwerpen. We bellen met onze collega's om ze op de hoogte te stellen. Eindhalte is het Schipperskwartier, het raamprostitutiegebied. Een lange straat die uitmondt in een pleintje. We zien dat de vrouw uitstapt en de vijf meiden een historisch pand in begeleidt. Vijf lege ramen op een rij. Rode en blauwe tl-buizen aan weerszijden van dichtgeschoven, dieprode velours gordijnen. We sluiten de straat aan weerszijden hermetisch af met opvallende politieauto's. We hebben ons laatste puntje dat de vrouwen bedoeld zijn voor de prostitutie, dus herkenbaarheid als politie in de straat is nu gewenst. We willen immers niet dat de vrouwen ontkomen. Samen met Jan sta ik tegenover het gebouw. Jacky, Jimmy, de mensen van ons eigen observatieteam en nog een aantal Belgische collega's hebben zich verspreid door de straat. In auto's en onopvallend keuvelend voor portieken. Wij vormen de binnenring. Buitenposten langs de toegangswegen naar dit prostitutiegebied houden ons op de hoogte van eventuele verdachte passanten. De observaties van de buitenposten zijn van groot belang voor het onderzoeksdossier. Hoe bewegen de verdachte personen zich door deze buurt? Moeten ze hun weg zoeken of zijn ze hier bekend? Een halfuur lang blijft mijn blik vastgekleefd aan het pand.

De gordijnen gaan open. Voor de ramen staan de vijf meiden. De een draagt een wit lingeriesetje dat paars oplicht door het blacklight, een ander draagt een minuscule zuurstokroze bikini met een zwarte top van gaas eroverheen. Onzeker wiebelen ze op hun hoge hakken. Bange hertjes die amper naar buiten durven te kijken. Twee van hen gaan met een halve bil op het krukje zitten dat voor hun raam staat, in afwachting van wat er komen gaat. We weten genoeg, tijd voor actie. De herkenbare politieauto's rijden op tot aan weerszijden van het pand. Met tien mensen gaan we naar binnen. De forse vrouw, die zich bekendmaakt als Abagebe, wordt direct aangehouden op verdenking van mensenhandel. Zij krijgt handboeien om. België start per direct een strafrechtelijk onderzoek naar haar. Aan de vijf verschrikte jonge vrouwen legt een

Belgische rechercheur uit: 'We zijn van de politie, we vermoeden dat jullie slachtoffer zijn van mensenhandel en dat jullie niet vrijwillig in de prostitutie worden gebracht. Daar willen wij onderzoek naar doen.' In doodse stilte kleden zij zich weer aan. Volgzaam en gelaten laten ze zich verdelen over de Belgische politieauto's en naar het bureau in Brussel brengen. Ik observeer de gedragingen van de verdachte en de slachtoffers om die kennis eventueel later te gebruiken in de verhoren en het strafrechtelijk onderzoek.

In de auto van Antwerpen naar Brussel bel ik met de centrale post om ervoor te zorgen dat iedereen in Nederland wordt geïnformeerd. Ook bel ik met mijn teamleider en de officier van justitie. In Nederland worden nu in allerijl de voorbereidingen getroffen voor de aanhouding van Tiireni Oluwa. We verdenken hem zowel van mensensmokkel als -handel. Op basis van alles wat we te weten zijn gekomen, denken we dat hij dat doet door misbruik te maken van het geloof van zijn slachtoffers in voodoo. Nu moet het afgelopen zijn, voordat er nog meer jonge vrouwen verdwijnen. Mijn collega's van het team Grensoverschrijdende Criminaliteit gaan hem samen met de politie zo snel mogelijk oppakken, voordat hij er lucht van krijgt dat zijn handlangster in handen is gevallen van de Belgische politie en hij alle bewijslast verwijdert uit zijn huis en zelf de benen neemt. Het is zo'n twee uur rijden van Antwerpen naar Harderwijk, dus hij zal vermoedelijk alweer thuis aangekomen zijn. Inderdaad, tijdens de inval van mijn collega's zit hij nietsvermoedend te lezen in zijn kale jaren 60-eengezinswoning in een doorsneebuurt in Harderwijk. Zijn woon- en slaapkamer zijn bezaaid met paspoorten, vliegtickets, papieren met reisinformatie, lijsten met telefoonnummers en andere paperassen. Ook vinden de collega's flink wat dichtgenaaide voodoopakketjes en telefoons. Dat wordt allemaal in beslag genomen.

We zijn klaar voor de afrondende fase van ons onderzoek, dat nog maanden in beslag zal nemen. Deze fase bestaat uit het bestuderen van alle in beslag genomen goederen en het aan elkaar linken van die goederen met de gegevens die uit de telefoontaps naar voren zijn gekomen en de bevindingen van het observatieteam. Kortom, we moeten alle bewijsmiddelen aan elkaar koppelen. Aan de hand daarvan maken we verhoorplannen, zodat we de verdachte kunnen voorleggen: 'Uit de telefoontap is gebleken dat jij die dag gebeld en gereden hebt. We kunnen horen dat mensen bang zijn. We hebben voodoopakketjes bij jou gevonden.' We horen de verdachten en de slachtoffers en schrijven processen-verbaal. We hebben twee maanden om het dossier te maken, want binnen drie maanden moet de rechtszaak plaatsvinden. Binnen die tijd moeten we de verdachten verhoren. Lukt het ons niet om het dossier compleet te krijgen, dan volgt er een pro-formazitting. Daarin wordt getoetst of politie en Openbaar Ministerie volgens de richtlijnen nog goed bezig zijn en of de hechtenis nog gerechtvaardigd is. We zullen hierbij ook duidelijk aan moeten geven waarom het onderzoek en dossier nog niet klaar zijn.

Februari 1998

Abagebe is opgepakt in België, maar voor de Nederlandse strafzaak doen Jan en ik de verhoren met haar. Om dat te mogen doen, hebben we een rechtshulpverzoek ingediend bij de Belgische autoriteiten. Abagebe wordt door ons gehoord als getuige voor het Nederlandse onderzoek. De Belgische justitie vervolgt haar en wettelijk is het niet mogelijk iemand twee keer voor hetzelfde strafbare feit te vervolgen. We mogen van onze Belgische collega's zelf de vragen stellen aan Abagebe op het bureau in Brussel. Iemand van het Belgische team is constant bij de verhoren aanwezig, zoals het protocol voorschrijft. Abagebe is een madam. In simpel Nederlands: een vrouwelijke pooier. Zij heeft een groot probleem, want ze is het eindstation van een omvangrijk mensenhandelnetwerk. Waarschijnlijk hoopt ze op strafvermindering als zij zich coöperatief opstelt tegenover de politie, want in tegenstelling tot de muur van zwijgzaamheid van de jonge vrouwen, loopt Abagebe leeg. Zij is niet de initiator, maar ze is wel voordeeltrekker. Zij zet de meiden uiteindelijk aan het werk. Dat kan haar in België een flinke straf opleveren. In het verleden is zijzelf als prostituee naar België gehaald, maar zij is over haar schroom heen en haar voodoovloek is opgeheven. Zij is nog heilig overtuigd van voodoo, maar haar prijs is afbetaald. Zij kan vrijuit praten. Alles wat ons onduidelijk was, wordt nu helder. Abagebe legt voor ons de puzzel in elkaar.

Vrouwen van buiten Lagos worden benaderd om naar Nederland of andere Europese landen te gaan. Een aantal van hen weet dat ze in de prostitutie zullen komen te werken, een deel ook niet. Ze vragen niet door. In Nigeria wordt een visum en een vliegticket voor hen geregeld. Een visum kan zo'n meisje nooit betalen, daar komt dash, smeergeld, bij kijken. Daar begint de afhankelijkheidsrelatie, het meisje staat in het krijt bij degene die kosten maakt om haar naar het Westen te krijgen. Voor vertrek wordt ze naar een priester gebracht. De priester maakt deel uit van de organisatie. Hij voert een ritueel uit, waar we niet helemaal de vinger achter krijgen. Het komt erop neer dat hij een vloek over haar uitspreekt. De vrouw die op reis gaat, wordt ervan doordrongen dat wanneer ze tegen de wil van de mensenhandelaren ingaat en haar schuld niet afbetaalt, haar familie een groot noodlot wacht. Of de dood. Haar schuld bedraagt 50.000 euro. Heeft ze dat afbetaald, dan zal een priester haar voodoovloek opheffen. Soms door een simpel spugen in het gezicht. Ze nemen schaamhaar van haar af, bloed, bij voorkeur menstruatiebloed, haar nagels worden geknipt. Dat gaat in een zakje met wat aarde, stukjes glas en ijzervijlsel. Dat zakje moet zij bij zich dragen voor kracht. Ze wordt naar het vliegveld in Lagos gebracht, waar een corrupte vliegveldmedewerker haar langs de douane sluist. Daar wordt haar ingeprent dat ze in Nederland moet zeggen dat ze asiel wil en minderjarig is. De organisatie kent het Nederlandse asielbeleid heel goed. Tiireni Oluwa heeft achterhaald dat de meeste vrouwen in het Brabantse Beatrixoord worden ondergebracht. Lekker makkelijk voor hem, want hij rijdt ze heel eenvoudig naar België. In de binnenvoering van de broek van de vrouw wordt een papiertje met een telefoonnummer genaaid. Bij aankomst in het opvangcentrum maakt zij dat los en belt het nummer. Dan krijgt ze Tiireni aan de lijn. Vanuit Nigeria krijgt hij door wie naar Nederland komt. Zijn nette pak, de boord en zijn gestolen ambtsketting, geven hem het voorkomen van een priester. Zo beschouwen de vrouwen die hij naar België rijdt hem. Bij aflevering pakt hij het voodoopakketje af, dat hij in bewaring houdt. Zodoende houdt hij hen in zijn macht en wie niet doet wat hij opdraagt, staat een straf van de goden te wachten.

In België draagt Tiireni de meiden over aan Abagebe. Hij incasseert zijn geld, tussen de 3000 en 5000 euro per bemiddeling, en daarmee is hij klaar. Een aantal jonge vrouwen houdt Abagebe onder haar hoede, de rest verdeelt ze over collega-madams in andere delen van België. Daar moeten de meiden in de prostitutie werken tot ze een bedrag van rond de 50.000 euro hebben verdiend. Zolang ze dat niet doen, blijft de vloek van kracht.

Aanvankelijk moet Tiireni gedacht hebben dat hij ons kon omkopen en weg kon komen. Ogenschijnlijk onaangedaan zit hij aan de verhoortafel op het politiebureau in Eindhoven. Jan en ik hebben ons in het kader van de objectiviteit opgedeeld in twee verhoorkoppels met andere collega's. Omdat wij deel uitmaakten van het observatieteam en veel zaken hebben waargenomen, zit steeds een van ons tweeën bij de verhoren. Tiireni praat breeduit. 'Ik heb die vrouwen alleen maar naar België gebracht. Waar zij precies naartoe gaan en wat zij daar gaan doen, daar weet ik niets van. Ik ben gevraagd om mijn landgenoten te helpen. Natuurlijk doe ik dat, vanuit humanitaire overwegingen. Die vrouwen kennen hier de weg niet, ze kennen hier niemand en spreken de taal niet. Beste meneer de politieagent, ik breng die vrouwen weg en in ons land is het gebruikelijk dat je daarvoor betaald krijgt. Een kleine vergoeding. Dat is onze handelsgeest. Maar ik doe het om onze landgenoten te helpen. Weet u wel hoe slecht de omstandigheden zijn in Nigeria? Ik help ze. U heeft de verkeerde voor zich.'

We leggen de concrete feiten een voor een op tafel. Met name de informatie die we van Abagebe hebben gekregen, geeft ons een goed beeld van de rol van Tiireni Oluwa. Daarnaast hebben Jan en ik in Beatrixoord en in Antwerpen en Brussel ook het nodige gezien. En we hebben tactische aanwijzingen, dat zijn aanwijzingen die bewijsondersteunend kunnen zijn. De geitenleren zakjes bijvoorbeeld. We vragen hem te vertellen waarom hij die van de jonge vrouwen in zijn huis heeft liggen en wat dat betekent. Hij antwoordt niet. Maar ik vraag het ook aan de slachtoffers. Wat betekent dat zakje voor haar? Zij zegt: 'Dat heeft de priester gezegend.' Dankzij ons cultuuronderzoek weten we wat de voodoopakketjes betekenen en wat voor angst dat teweeg kan brengen bij vrouwen. Deze angst hebben we bij de vrouwen waargenomen tijdens de verhoren. Zodoende omsingelen we in het verhoor Tiireni Oluwa met onze bevindingen. Uiteindelijk beroept hij zich op zijn zwijgrecht. Dit zien we vaak gebeuren bij verdachten die geen uitweg meer zien. We hebben zoveel feiten tegen hem verzameld, hij kan er simpelweg niet onderuit.

De cirkel is rond. Na de verhoren met Abagebe en Tiireni Oluwa werken Jan en ik, samen met Jacky en Jimmy, anderhalf jaar structureel vier dagen per week in België om te zoeken naar Nigeriaanse slachtoffers in de prostitutiegebieden van Antwerpen, Brussel, Luik en Seraing. Om de vermissingen op te lossen en om aanvullend bewijs te zoeken over hun handelswijze, bezoeken we alle achterbuurten. Af en toe worden we ondersteund door twee mensen van het Sluisteam van Schiphol. Volgens ons administratieonderzoek worden er 186 vrouwen vermist. We vinden er twintig terug op basis van vingerafdrukken. We vermoeden dat veel van de vrouwen worden doorgesluisd naar Duitsland, Italië en Spanje. De hooiberg is te groot om alle spelden terug te vinden.

Tiireni Oluwa hoort in Nederland vier jaar celstraf tegen zich uitspreken. Volgens een conservatieve berekening moet hij zo'n 480.000 euro hebben verdiend aan mensenhandel. Gezien het aantal verdwenen vrouwen, zou dit gemakkelijk het dubbele kunnen zijn. Volgens de Belgische autoriteiten moet Abagebe minimaal hetzelfde hebben verdiend, maar ook zij vermoeden een veelvoud daarvan. Ze hebben niet kunnen achterhalen hoelang precies Abagebe met deze activiteiten bezig is geweest en ze hebben de geldstromen niet kunnen achterhalen. Zij krijgt acht jaar gevangenisstraf in België voor vrouwenhandel. Tiireni Oluwa is 250.000 euro ontnomen.

Ebony en Happy kregen voor de duur van het strafrechtelijk onderzoek een vergunning voor tijdelijk verblijf. Zij bleven in Nederland tot en met het hoger beroep. Direct daarna is Happy met hulp van re-integratiebegeleiding teruggegaan naar Nigeria. Die re-integratie werd uitgevoerd door de Nigeriaanse International Organisation of Migration. Happy kreeg vanuit Nederland 200 euro voor de eerste opvang. Ebony heeft geprobeerd om op grond van humanitaire overwegingen een vergunning tot verblijf voor onbepaalde duur aan te vragen. Uit schaamte en uit angst voor de voodoovloek die nog steeds op haar rustte. Onderzoek wees uit dat er geen gevaar te duchten was in haar thuisland en haar verzoek is afgewezen. Ook Ebony is op het vliegtuig gezet met 200 euro om onder begeleiding van de International Organisation of Migration te re-integreren. In die tijd hadden wij geen samenwerkingspartners in Nigeria en we weten niet wat er daarna met Ebony en Happy is gebeurd.

De fatale fuik van Ebony & Happy

In 2008 hebben er in Nederland diverse onderzoeken plaatsgevonden naar Nigeriaanse mensenhandelzaken, die in de media bekend zijn geworden als Koolvis en Kluivingsbos. De verhalen van Ebony en Happy staan volledig los van deze twee zaken. Ik ken de zaken wel, maar ik heb daar niet actief in geparticipeerd. Uiteraard heb ik in mijn huidige rol als expert mensenhandel van het KLPD mijn kennis en mijn bevindingen in een eerdere mensenhandelzaak naar Nigerianen gedeeld, maar me verre gehouden van de inhoudelijke onderzoeken bij deze twee zaken. Eventuele overeenkomsten door bijvoorbeeld een zelfde werkwijze van de mensenhandelaar, berusten op louter toeval.

In de tijd dat bij de medewerkers van het opvangcentrum doordrong dat er veel Nigeriaanse jonge vrouwen verdwenen, werd er door de Koninklijke Marechaussee op Schiphol geconstateerd dat er een groeiend aantal Nigerianen binnenkwam die asiel aanvroegen. Toen wij ons onderzoek begonnen, was de marechaussee ook al gestart met een onderzoek door contact op te nemen met verschillende luchthavens. Daaruit bleek dat niet alleen Nederland een toename van Nigeriaanse minderjarige asielzoekers kende, maar ook België. Zodoende was er contact met de grenspolitie van Zaventem. Als reactie op ons verscherpt beleid om die tegen te gaan, kwamen de Nigerianen vervolgens binnen via andere vliegvelden die in het Schengengebied lagen, zoals Parijs bijvoorbeeld.

Gebruik van geweld

Inmiddels waren we bekend met dwingen tot prostitutie door middel van fysiek geweld, maar in de loop der jaren zagen we dat veranderen. Fysiek geweld laat sporen achter die kunnen dienen als bewijs. Het excessieve lichamelijke geweld zagen we veranderen in psychisch geweld, dat moeilijker door de politie is aan te tonen. Voodoo laat ook geen zichtbare fysieke sporen achter.

Inzicht in voodoo

Over voodoo wordt al gauw lacherig gedaan. In het begin deed ik dat ook, ik nam het absoluut niet serieus. Maar ik zag tijdens onze verhoren de angst bij de jonge vrouwen. Wijd opengesperde ogen en bevend als een rietje. We wisten niet dat als we ze insloten en zij hun persoonlijke bezittingen moesten afgeven, daar hun voodoopakketje bij zat. Daarmee pakten wij hun kracht af. Pas toen ik het onderzoek deed waarbij ik te rade ging bij een cultureel antropologe, een voodoopriesteres en daarnaast een literatuurstudie uitvoerde, viel voor mij het kwartje. Toen ben ik er met andere ogen naar gaan kijken.

Ten tijde van dit onderzoek was er in het Nederlandse rechtssysteem nog niets bekend over de invloed van voodoo. Om die invloed op slachtoffers juridisch te onderbouwen, hebben we onder meer een amulet laten onderzoeken door het Nederlands Forensisch Instituut. We moesten kunnen aantonen welke invloed zo'n pakketje op mensen kon hebben en waarom. Uitgangspositie is dat een amulet je kracht geeft, omdat je de kracht van de natuur bij je hebt. Helaas kwamen we in de praktijk tegen dat het amulet tegen je gebruikt werd, als je niet deed wat een uitbuiter van je verlangde. Aan zo'n pakketje kon ook een boze boodschap worden meegegeven, zoals: 'Als je niet uitvoert wat je wordt gevraagd, rust er een vloek op je familie.' De kennis die we opdeden van voodoo, namen we op in ons objectieve verslag aan de rechter bij het proces-verbaal. Zo gaven we de rechter informatie over hoe voodoo in elkaar zit, om aan te tonen dat de mensenhandelaren misbruik maken van 'uit feitelijke verhoudingen voortvloeiende overwicht' op de vrouwen. We moesten uitleggen hoe dat misbruik kon ontstaan en hoe de slachtoffers om de tuin geleid werden.

Afhankelijkheid

De corruptie in Nigeria speelt een grote rol in de omvangrijke mensenhandel in Nigeria. Ik weet niet hoe de situatie nu is, maar in de tijd dat deze zaak speelde, wilden medewerkers van politie en andere overheidsinstanties daar voor alle diensten steekpenningen ontvangen. Ook voor het verkrijgen van een visum. Slachtoffers die we in Nederland aantroffen, waren niet in staat om een visum te betalen. Daarmee kon de mensenhandelaar het slachtoffer al in Nigeria in zijn macht krijgen. De schuld die bij het verkrijgen van het visum ontstond, plaatste het slachtoffer al in een afhankelijkheidspositie. Daarnaast was het slachtoffer op de hoogte van de corruptie van de politie in haar eigen land. Als in je eigen land iedereen corrupt is, dan zal dat in Nederland ook wel zo zijn.

Verhoren van Nigerianen

We hebben lering getrokken uit de verhoren met Nigerianen. Voor politiemensen gelden zij als een van de lastigste groepen mensen om te verhoren. Het wekt veel gevoelens van frustratie op. Om alert te blijven switchen we vaak van verhoorkoppel. We moeten objectief blijven, ook als je tien verhalen achter elkaar hoort waar je niks van kunt maken. Bij nummer elf moet je niet gaan denken: komt er weer eentje met zo'n verhaal. Binnen de opleiding voor mensenhandelrechercheurs besteden we daar veel aandacht aan. We moeten in het achterhoofd houden dat die Nigerianen hier niet voor niets komen. Ze kunnen de overtocht niet betalen en kennen heg noch steg. Veroordeel ze niet voor het feit dat ze hier zijn, maar probeer te onderzoeken hoe ze hier hebben kunnen komen. Wij hebben de mazzel dat we de wereldkaart kennen, internet gebruiken en overal naartoe kunnen vliegen. De jonge vrouwen in dit onderzoek hebben dat nooit zelf kunnen organiseren. In de opleiding leggen we aankomende rechercheurs voor: 'Je kunt wel vinden dat je door deze slachtoffers besodemieterd wordt, maar hebben zij een keuze om jou niet te besodemieteren?' Vanuit die gedachte focus je niet op wat die vrouw doet, maar blijf je gericht op wat er rondom haar heen gebeurt.

Nu we wisten wat de invloed was van voodoo, begrepen we ook de tegenstrijdige verklaringen beter. De betrouwbaarheid van West-Afrikaanse slachtoffers wordt door buitenstaanders vaak in twijfel getrokken. In hun verhaal komen veel tegenstrijdigheden of onvolkomenheden voor. Die konden we nu beter duiden. Als je onder de constante druk van een voodoovloek zit en in angst leeft over de rampspoed die je familie zal treffen, ben je dan wel bij machte om alles tot in detail te vertellen? Wat telt zwaarder tijdens een verhoor, haar geloof in voodoo of haar vertrouwen in de politie, die ze in haar eigen land van steekpenningen moet voorzien?

Ambtshalve vervolgen

Wij leggen allemaal de nadruk op degene die iets overkomen is, we laten een slachtoffer keer op keer vertellen wat haar is overkomen. Maar waarom zou je dat doen als je weet dat haar uitspraken door omstandigheden onbetrouwbaar zijn? Ik ben ervan overtuigd dat heel veel slachtoffers onbewust onbetrouwbaar zijn. Dat zij zaken niet vertellen omdat ze die echt vergeten zijn. Zeker bij een eerste verhoor, als ze net uit hun uitbuitingssituatie zijn gehaald en vrij snel daarna al hun ervaringen moeten vertellen. Gaandeweg herinneren ze zich dan zaken weer en die kunnen tegenstrijdig overkomen in relatie tot eerder afgelegde verklaringen.

Bij een drugshandelzaak kun je niet in gesprek gaan met de in beslag genomen kilo cocaïne. Waarom zouden we wel in gesprek moeten met slachtoffers van mensenhandel? Zij zijn immers het 'verhandelde product'. Of het nou gaat om Nigeriaanse vrouwen met een voodoovloek of slachtoffers van loverboys, mag ik hen überhaupt na laten vertellen wat ze is overkomen? Vanuit mijn politietaak ga ik wel met haar in gesprek en zet alles op papier. Maar als zij een saillant detail is vergeten, dan zegt de advocaat van de verdediging: 'Dit is een onbetrouwbare getuige, want ze heeft niet alles verteld.' Ik ken genoeg slachtoffers die geld hebben achtergehouden voor de dader. Hoe raar het ook klinkt, maar als dat bij een rechtszaak naar voren komt, schaamt het slachtoffer zich vaak tegenover de dader. Dat kan zeer zwaar wegen bij een aangifte, waardoor zij die aangifte afzwakt. Persoonlijk heb ik grote moeite met dit onderdeel van mijn werk. Begrijpelijk, want de advocaat komt op voor de rechten van zijn cliënt. Maar mag je iemand die misbruikt is, nadien nog eens misbruiken door haar zo zwart te maken? Zeker als door bewijslast onomstotelijk vaststaat dat een verdachte schuldig is. Waarom zou je op enkele details in een groot geheel van grof geweld iemand zwart maken? Dan wordt er echt te weinig rekening gehouden met de psychische gevolgen die de uitbuiting teweeg heeft gebracht.

Daarom richt ik mij zelf veelal alleen op de handelingen van een verdachte. Inzichtelijk krijgen waar die zich schuldig aan maakt en daarbij het bewijs proberen rond te krijgen, zodat ik niet afhankelijk ben van een aangifte van een slachtoffer.

Vrouwelijke mensenhandelaars

Abagebe is een hoerenmadam. Bij de Nigeriaanse mensenhandel zien we regelmatig dat vrouwen een belangrijke rol hebben in het tewerkstellen van meiden. Deze vrouwen hebben eerst zelf in de prostitutie gewerkt. Zij hebben hun schuld afbetaald aan de handelaar en daarmee hebben zij gezien hoe lucratief die business is. Na afbetaling van de schuld is hun voodoovloek opgeheven en worden ze de madam van een nieuwe lichting vrouwen. Binnen de Nigeriaanse cultuur is dit een veelvoorkomend verschijnsel. Vrouwen die zelf zijn uitgebuit, zijn over hun schroom heen en kennen de bedragen binnen de prostitutie. Dat prikkelt hun handelsgeest. Zij hebben er geen baat bij om de politie te vertellen wat hun overkomen is, want daarmee verliezen zij hun uitzicht op een riant inkomen. Abagebe had in haar ogen echter iets te winnen met het informeren van de politie, want haar hing een zware celstraf boven het hoofd. Die heeft zij uiteindelijk ook gekregen.

Samenwerken met Nigeria

In Nigeria is het een stuk moeilijker om mensen terug te vinden. Daar is geen gemeentelijke basisadministratie of kadaster. Er zijn steden waar op papier twee miljoen mensen wonen, maar in de realiteit zijn er acht miljoen inwoners. Straatnamen kent men daar niet. Zonder hulp in Nigeria komen we geen stap verder. Nu nog komen er weleens vrouwen boven water die we kunnen linken aan het onderzoek van toen. Allemaal op basis van hun vingerafdrukken. In 1998 kwam de Nederlandse politie nog niet in Nigeria, er was geen samenwerking. Wij zagen Nigeria toen als een corrupt land, waar we niks mee konden. Tegenwoordig werken we samen met NAPTIP, the National Agency for the Prohibition of Traffic in Persons. Een organisatie die zich bezighoudt met de bestrijding van mensenhandel. Wij zijn heel tevreden over deze samenwerking, zij doen er alles aan om malafide priesters op te sporen en aan te pakken.

In 2009 hebben we vanuit de KLPD een uitwisselingsprogramma georganiseerd om bij elkaar in de keuken te kijken en van elkaar te leren. Een van de belangrijkste dingen die we van de Nigerianen hebben geleerd, is dat als we met slachtoffers willen werken, we hun angst voor voodoo moeten wegnemen. Iemand die heilig in voodoo gelooft, kunnen wij in een gesprek niet bereiken. Dat slachtoffer heeft een diepgewortelde angst dat haar of haar familie iets zal overkomen als zij gaat praten. Daarom is het belangrijk dat een priester de opgelegde vloek wegneemt. Tijdens een uitwisseling hebben mijn collega's in Nigeria gezien hoe een priester op uitnodiging van NAPTIP bij een slachtoffer een vloek wegnam. Daarna was zij wel spraakzaam. Wat wij van voodoo vinden, is niet interessant. Het gaat om de waarde die een slachtoffer eraan toekent. Onze nuchterheid kan ons in de weg staan in onze gesprekken met Nigerianen. Met uitspraken als: 'Ze zijn nu in Nederland, wij doen het op onze manier', sla je de plank volledig mis als je met een slachtoffer met voodoovrees in gesprek wilt komen.

De samenwerking duurt nog voort en de komende jaren zullen er veel uitwisselingen zijn. NAPTIP heeft aangegeven veel van onze werkwijzen over te willen nemen en wij kunnen nog veel meer leren van hun cultuur en hun aanpak in de bestrijding van mensenhandel. Zonder deze organisatie kunnen wij in Nigeria zo goed als niets. Zij zijn in staat om hooibergen op te tillen, zodat we sommige spelden terug kunnen vinden.

Samenwerken met België

In de tijd dat we de zaak van Ebony onderzochten, startte onze intensieve samenwerking met de Belgen. Zonder die samenwerking was dit onderzoek nooit tot een goed einde gekomen. Criminelen laten zich niet weerhouden door landsgrenzen. Internationaal werken is aan strenge regels gebonden, je hebt als politie nu eenmaal te maken met nationale wetgeving en regels. Internationale verdragen maken samenwerking mogelijk, hoewel in 1993 de statische grenscontroles waren opgeheven. Afspraken tussen Nederland en België maakte de internationale samenwerking zodanig dat het leek of we met zijn allen bij dezelfde werkgever werkten. Of ik nu naar Brussel, Antwerpen of Luik ging, ik voelde me daar net zo thuis als op het bureau in Eindhoven. Die samenwerking lag ten grondslag aan de succesvolle vervolging van de verdachten in zowel Nederland als België. Abagebe, die als verdachte vastzat in België, kwam zelfs in Nederland op zitting verklaren. Deze verklaringen waren voor Nederland mede van doorslaggevende betekenis in onze strafzaak tegen Tiireni Oluwa. De slachtoffers durfden bijna niet te verklaren en Abagebe ervoer geen belemmeringen door voodoo.

Absoluut doorlaatverbod

Toen we dit onderzoek deden, was er nog geen sprake van een absoluut doorlaatverbod. Dat bepaalt dat wanneer je zicht krijgt op slachtoffers van mensenhandel, je verplicht bent om ze uit hun uitbuitingspositie te halen of te voorkomen dat ze erin komen. We observeerden in die tijd weleens mensen om bewijs te krijgen dat iemand in de prostitutie belandde, vrijwillig of onvrijwillig. Tegenwoordig is het doorlaten van een Nigeriaanse, met de vermoedens dat zij niet vrijwillig in de prostitutie zou kunnen belanden, niet meer mogelijk. Het absolute doorlaatverbod verbied dat. Ongeacht of dat leidt tot de aanhouding van een verdachte. Daardoor kan het voorkomen dat je potentiële slachtoffers uit een situatie haalt, nog voor ze in een uitbuitingssituatie terechtkomen, en je daardoor zelfs niet tot bewijs kunt komen tegen een verdachte. Voorkomen weegt zwaarder dan bewijsvergaring tegen een verdachte. Mede daarom zijn er tegenwoordig veel onderzoeken waarin we onvoldoende bewijs hebben tegen verdachten.

Maartje, Petra & Michelle

Februari 2001

Ze moet voorover op de rails gelegen hebben. Er dwars overheen. Maar door de klap van de goederentrein die om halfvier vanochtend over haar heen reed, ligt ze nu een kwartslag gekanteld. In een onnatuurlijke verwrongen houding. Met haar rechterarm en rechterbeen naar boven. Vanaf een afstand zie je niet dat de andere arm en een been van dit naakte vrouwenlichaam gescheiden zijn. En pas als ik vlakbij sta, zie ik dat ook het hoofd ontbreekt. Onder haar, tussen de bielzen, een grote plas bloed. De huid toont flinke bloeduitstortingen. Ter hoogte van haar onderste nekwervel heeft ze een tatoeage. Een *tribal* met twee vervlochten rozen ertussen. 'Ik ken haar,' zeg ik verbaasd tegen mijn collega Jeroen.

'Ja hoor, Henk kent weer iemand,' merkt Jeroen gekscherend op.

Tatoeages hebben mijn speciale aandacht, ik weet er behoorlijk wat vanaf. Deze is uniek. Dit is Maartje, een 25-jarige heroïneprostituee van de Eindhovense tippelbaan. Ik ken haar van de prostitutiecontroles. De roosjes symboliseren twee overleden vriendinnen.

Jeroen en ik hebben regiopiketdienst. Dat houdt in dat wij voor afdelingsoverschrijdende zaken kunnen worden opgeroepen zoals levensdelicten en andere ernstige misdrijven, waarvoor een grootschalig rechercheteam moet worden opgetuigd. Als tactisch rechercheurs moeten we de zaak reconstrueren om bij een dader uit te komen. We nemen de plaats delict goed in ons op en luisteren naar onder anderen de deskundigen van de Forensische Opsporing, om vervolgens onze strategie te bepalen. Deze dood heeft niets weg van een zelfmoord. Als we op zaterdagochtend even na zeven uur aankomen op de plek waar het Eindhovense spoor zich vertakt in tien banen richting het noorden en westen van Nederland en naar België, is de Technische Recherche al druk doende met het sporenonderzoek. In witte pakken om de plaats delict niet te besmetten. Zij zoeken naar sporen die ons richting geven en uiteindelijk doorslaggevend kunnen zijn in de bewijsvoering. Het lichaam werd om kwart voor vier gevonden, na een melding van de machinist dat hij iets had geraakt. Hij wist niet of het een dier of een mens betrof.

Het lijk ligt op het baanvak het verst verwijderd van het groene rasterhek, maar de bloedsporen lopen door tot aan de andere kant, over een afstand van ruim 10 meter. Geen druppels, maar een sleepspoor van bloed over de keien. En aan de buitenzijde van het hek, waar het bloed niet terecht kan zijn gekomen vanaf de plek waar het dode lichaam ligt. Iemand moet Maartje op de treinrails hebben gelegd. Waarom uitgerekend het baanvak dat het verst van het hek af ligt? Onze eerste inschatting: hier rijden 's nachts regelmatig goederenwagons. We moeten objectief zien te krijgen dat het stoffelijk overschot daadwerkelijk Maartje van de tippelbaan is. We vinden geen sieraden aan de overgebleven ledematen. We moeten eerst het hoofd vinden om via een gebitscontrole de identiteit te kunnen vaststellen. De technisch rechercheurs vinden de arm en het verbrijzelde been op 60 en 70 meter afstand van het lichaam. Het hoofd ligt zeven meter verderop in de groenstrook langs de spoorlijn. Bloederige strengen blond haar met *highlights*. Opmerkelijk is dat op het achterhoofd een grote wond zit. Het is erg luguber, maar collega's brengen het hoofd naar een tandarts die op zijn vrije dag wordt opgetrommeld.

Jeroen en ik gaan naar het bureau om het onderzoek op te starten. Samen met de officier van justitie bepalen we de strategie. Het is zaak dat ons team zo snel mogelijk aan de slag gaat met het recherchewerk, dat vergroot de kans dat we tot een oplossing komen. Wat is er in de laatste uren van Maartjes leven gebeurd? Dat is de hamvraag waar we ons over buigen. Omdat ik Maartje ken als heroïneprostituee, is een van de hypotheses dat zij door een klant van het leven is beroofd. We rechercheren terug: waar en hoe laat is zij voor het laatst gezien? Met wie heeft zij vlak voor haar dood gesproken? In de omgeving van Eindhoven wordt maar op één plek op straat geprostitueerd: een tippelbaan waar de klanten worden afgewerkt achter een blauw bouwzeil. Daar gaan we onderzoek doen. Immers, een heroïneprostituee moet elke dag drugs scoren om niet ziek te worden. Zij zal elke dag klanten hebben moeten afwerken. We willen daar meteen starten, want de vrouwen van gisteren zullen daar ook vandaag weer werken. Vanuit elke regionale politieafdeling krijgen we één persoon geleverd, vijftien in totaal. De officier van justitie leidt het onderzoek, bijgestaan door de hoogste leidinggevende van de Regionale Recherche. Het bureau Eindhoven levert een dossiervormer, die ik zal aansturen. Jeroen is teamleider en ik ben coördinator van het Team Grootschalig Optreden.

Van heroïneprostituees weten we dat zij niet erg scheutig zijn met het doorgeven van informatie aan de politie. Zij koesteren een groot wantrouwen jegens ons. Doorgaans komen zij in aanraking met de politie vanwege overlastmeldingen. Als ze buiten de tippelbaan klanten proberen te scoren, als ze in het openbaar verdovende middelen gebruiken of als ze trammelant op straat veroorzaken. Daarom zorgen we voor een aantal gecertificeerde prostitutiecontroleurs in ons team. Mensen die als hoofdtaak surveillancedienst hebben, maar als neventaak toezicht houden op de prostitutiebranche. Zij zijn bekend op de tippelbaan en genieten enigszins het vertrouwen van de prostituees. We starten direct een buurtonderzoek om uit te zoeken wanneer en eventueel met wie Maartje voor het laatst is gezien.

In de loop van de dag bevestigt de tandarts dat de overledene dezelfde Maartje is die ik meerdere keren heb gecontroleerd. Aan mij de taak om de ouders op de hoogte te brengen. Zo snel mogelijk, voordat deze zaak in de media verschijnt. We willen voorkomen dat zij in de krant lezen dat hun dochter dood is. Samen met mijn collega Sylvia bel ik aan en we legitimeren ons als politie. 'We willen graag binnenkomen, want we moeten u een mededeling doen over Maartje,' zeg ik.

Haar moeder slaat haar handen voor het gezicht. 'O god, o god!' roept ze, uitgaand van het ergste.

'Kom verder,' zegt haar vader, zichtbaar zijn emoties in toom houdend.

Zodra we in de woonkamer het gruwelijke bericht hebben gegeven, willen ze alles over de toedracht weten. Is ze gesprongen? Kennelijk hebben ze ingecalculeerd dat hun dochter een einde aan haar trieste leven wilde maken. Het contact tussen Maartje en haar ouders was naar omstandigheden goed. Ze hadden regelmatig contact met elkaar. We vertellen wat we weten, dat het alle schijn heeft van een misdrijf. Pijnlijk, maar naast het brengen van de boodschap, moeten we meteen een verhoor doen. Niet de diepte in, maar alles wat kan helpen om het onderzoek in de goede richting te helpen. Hoe wisten jullie haar te bereiken? Wat was haar telefoonnummer? Hebben jullie persoonlijke spullen van haar die we zouden moeten onderzoeken? Weten jullie iets van een ruzie? Maar we vragen ook in de richting van een mogelijke suïcide: was Maartje depressief?

Om vijf uur in de middag houden we een briefing met het Team Grootschalig Optreden en geven we steeds nieuwe opdrachten aan de teamleden naar aanleiding van de nieuwe inzichten die we stapsgewijs opdoen. We plaatsen alles in kadertjes en analyseren doorlopend. De eerste vier dagen verlopen in rap tempo.

Een veelgehoorde klacht van de heroïneprostituees is dat er te weinig klanten zijn. En als er klanten komen, zeuren ze om een lagere prijs en pijpen zonder condoom. Vooral klanten in dure auto's. 'Hoe rijker de klant, des te minder ze ons respecteren,' zeggen de prostituees. Wat ook opvalt is dat veel vrouwen sporen dragen van mishandeling. Blauwe plekken en schrammen op de ledematen en opgezwollen blauwe ogen. Al gauw besluiten we de prostitutiecontroles op de tippelbaan te intensiveren, want de politie is er immers ook voor hun veiligheid. We maken twee gecertificeerde controleurs vrij voor buurtonderzoek uitsluitend rond de tippelbaan en alle meldingen die daarmee in verband staan. Daniëlle en Tiffany, twee rechercheurs van 25 en 28 jaar, zijn de ogen en oren voor het onderzoeksteam. Naast hun reguliere politiewerk gaan zij een paar avonden per week de baan op met een eenvoudige vragenlijst die ze aan iedere passant voorleggen. De vragen dienen ertoe om te zien of we de tijden tot de moord zo nauwkeurig mogelijk kunnen krijgen.

Daniëlle en Tiffany krijgen in beeld dat Maartje om vijf voor een lopend de tippelbaan verlaat met een man die geen van de prostituees kende. Sindsdien is ze niet meer gezien. Maartje had een auto, die in de buurt stond van de plaats waar ze dood gevonden is. Ze moet in haar roestige rode Ford Fiësta over een zandpad zijn gereden naar een open gebied verderop bij het spoor, beschut door wat groen, in de omgeving van een paar afgelegen boerderijen. Vermoedelijk in het gezelschap van de man. Vlak bij haar auto lag zij op de rails. In de auto zijn twee halflege flesjes gevonden met het lustverhogende middel popper. Van de ouders kregen we drie 06-nummers van Maartje, daarvan vragen we direct de printgegevens op. Een lijst waarvan het belgedrag valt af te lezen, inclusief hoelang is gebeld en met welk nummer. Een ervan komt overeen met het nummer dat we in het politiesysteem hebben staan van de prostitutiecontroles. Daarmee is de bewuste nacht om halfdrie gebeld. We kunnen zien dat het telefoontje via de zendmast is gelopen vlak bij de plaats delict. Dat duidt erop dat ze rond die tijd nog geleefd moet hebben of dat iemand anders haar telefoon heeft gebruikt. Er was een taxibedrijf gebeld. Daar gaan we praten. Zij noteren geen namen, maar wel ophaal- en afleveradressen. Ze waren gebeld door een man, die het adres had doorgegeven van een huis op loopafstand van de plaats delict, gelegen aan een grote weg.

Nu moeten we een signalement achterhalen van de onbekende man. We nodigen zes heroïneprostituees uit op het bureau op het moment dat ze helder zijn, dus een paar uur nadat ze hebben gebruikt. Zij geven ons signalementen: een goed uitziende man met donker haar. Atletisch gebouwd met een modern kapsel. We vragen de gegevens op van de mensen in de straat waar de verdachte uit de taxi is gestapt. Drie mannen van rond de dertig blijven over. Uit de gemeentelijke basisadministratie diepen we hun foto's op. Die foto's verwerken we tot een lijst van vijftien mannen die we de taxichauffeur voorleggen voor een bewijsconfrontatie. Hij wijst een persoon aan. Het is Rens, 28 jaar. Hem gaan we tappen. We willen erachter komen of hij zenuwachtig is of rare fratsen uithaalt. Rens spreekt over de telefoon niet uit dat hij een moord heeft gepleegd, maar hij krijgt wel commentaar van zijn vrienden dat hij raar doet en zo opgefokt is. Hij antwoordt dat hij problemen heeft waar hij niet over kan praten en dat hij daarom afspraken moet afzeggen. Twee weken lang gaan we zijn gangen na. Wat heeft hij gedaan, voor één uur 's nachts, het tijdstip dat Maartje stierf? Op zaterdag was hij de hele dag op het voetbalveld en 's avonds zat hij in een bar. Vandaaruit is hij, flink in de olie, per taxi naar het prostitutiegebied gegaan. Daar is hij met Maartje in contact gekomen. Vier weken na de moord weten we voldoende, tijd om Rens op te pakken. We drukken de voordeur eruit van het huis waar hij in zijn eentje woont. Omdat het hier een moordverdachte betreft, gaat een arrestatieteam als eerste naar binnen. Verstijfd van schrik staat Rens in zijn woonkamer. Hij begint direct te huilen en binnen vijf minuten lijkt hij opgelucht. Zijn geweten drukt te zwaar op hem. Gelaten laat hij de doorzoeking van zijn woning toe.

We nemen hem mee naar het bureau voor verhoor. Voor de vorm ontkent Rens de moord aanvankelijk, maar zodra we hem confronteren met de feiten waar wij op zijn gestuit, bekent hij zonder omwegen dat hij Maartje heeft gedood. Zijn daad was een zeer domme actie. Hij had seks tegen betaling met haar in de auto. Tijdens de seks gebruikten beiden een flinke hoeveelheid verdovende middelen. Het mondde uit in een handgemeen. De aanleiding was een uit de hand gelopen onderhandeling: Rens wilde minder betalen en Maartje wilde meer drugs. Hij stapte uit, liep weg en zij begon te schreeuwen. Het geluid droeg ver over de open vlakte. Om haar het zwijgen op te leggen, pakte hij een grote steen en sloeg haar achter op het hoofd. Uit schaamte, hij wilde niet dat zijn familie erachter kwam dat hij prostituees bezocht en drugs gebruikte. Hij denkt dat ze direct dood was, maar het kan ook zijn dat Maartje nog leefde toen hij haar over het hek sjorde en naar de buitenste spoorbaan sleepte.

Maart 2001

Het moordonderzoek is afgerond, maar we zien van alles gebeuren op de tippelbaan dat ons zorgen baart. Er hangt daar altijd een gespannen sfeer. Tijdens het moordonderzoek valt ons op dat er veel meer mensen aanwezig zijn dan volgens de gemeentelijke verordening is toegestaan. De tippelbaan is alleen toegankelijk voor prostituees met een pasje en voor de klanten die van hun diensten gebruikmaken. Er lopen 36 vergunde prostituees op de tippelbaan. Het is niet de bedoeling dat de klanten blijven rondhangen, na het seksuele contact moeten ze de tippelbaan direct verlaten. Zo is het opgenomen in de verordening van de gemeente. De meerderheid van de tippelende vrouwen heeft geen uitkering, zij willen niet op de zak van de maatschappij leven. Het sekswerk is hun laatste kans om een eigen inkomen te verdienen, dat geeft hun zelfrespect. Binnen hun kleine wereldje zorgen zij voor zichzelf. Onze perceptie is: ongeacht in welk segment van de prostitutie je zit, je werkt voor jezelf. Van pooiers kan geen sprake zijn, want die bestaan niet in de legale prostitutie. Om te zien of de vrouwen echt zo vrijwillig werken als zij zeggen, besluiten we om, na de afronding van het buurtonderzoek, de prostitutiecontroles de komende maand op te schroeven naar minimaal vier avonden per week. We controleren op illegaliteit, minderjarigheid en gedwongen prostitutie. Daarnaast letten we op zaken die duiden op strafbare feiten. Al snel oogsten Daniëlle en Tiffany mijn respect, de pittige diensten op de tippelbaan van acht uur 's avonds tot twee uur 's nachts, zetten hun sociale leven zo goed als op non-actief. Daarbij worden ze geconfronteerd met veel leed op de eenrichtingsstrook van een halve kilometer langs de spoorbaan.

Tijdens een van de eerste prostitutiecontroles valt de negentienjarige Petra op. Een graatmagere meid met een bol buikje. Ze heeft het rusteloze loopje van een junk, met opgetrokken schouders en ineengedoken hoofd. Daniëlle en Tiffany hebben haar niet eerder gezien en gaan in gesprek met haar. Petra praat onsamenhangend en komt verward over. Ze geeft aan dat zij tot voor kort in Rotterdam tippelde, waar zij is weggestuurd omdat ze zeven maanden zwanger is. 'Ik heb geld nodig om straks voor de kleine te kunnen zorgen, dus ik wil nog een paar dagen hier in Eindhoven werken. Daarna stop ik ermee,' zegt ze. Petra heeft geen tippelvergunning van de gemeente Eindhoven.

Ik zit mijn administratie bij te werken op het Eindhovense hoofdbureau als Daniëlle me opbelt. Ze praat me bij over een zeven maanden zwangere vrouw die zij op de tippelbaan hebben aangetroffen. Omdat ze haar voor een gesprek willen meenemen naar het bureau, vraagt Daniëlle of ik in de tussentijd in onze politiesystemen naar informatie over Petra wil zoeken. Al gauw zie ik dat ze gisteren naar aanleiding van twee incidenten in ons politiesysteem is gezet. Ik stuit op een melding dat Petra naar een halve kilometer voor het begin van de tippelbaan was gebracht door een man in een auto. Twee van mijn geüniformeerde collega's hebben gisteren tegen acht uur gezien dat Petra eigenlijk niet uit de auto wilde en dat de bestuurder haar eruit duwde. Zij drentelde nog wat om de auto, waarop de bestuurder uitstapte en haar sloeg. Mijn collega's zijn erop afgegaan en hebben de identiteit gecontroleerd van zowel Petra als de bestuurder, die Marcel heet. Petra verklaarde over het incident dat het een hoogopgelopen twist was, maar dat ze hem de klap vergeeft. Een andere mutatie in het politiesysteem is van collega's van het overlastteam. Die hadden gezien dat, nadat een prostituee op de baan uit een auto stapte, er een wachtende man op haar afstapte om haar een klap om de oren te geven en haar geld af te pakken. Ook deze collega's hebben aan de hand van hun identiteitsbewijzen vastgesteld dat het Marcel en Petra waren. Deze melding in de computer, in combinatie met de vorige, heeft alle schijn van mensenhandel.

Terwijl ik nog aan het werk ben op de computer, komen Tiffany en Daniëlle aan op het bureau om verder te praten met Petra. Maar ook om hulpverlening in te schakelen. Ik praat Daniëlle en Tiffany even kort bij over de gevonden meldingen. We staan voor een vraag waar we nog niet eerder over na hebben gedacht: hoelang mag je als zelfstandig ondernemer tijdens een zwangerschap je seksuele diensten aanbieden? Zonder de moraalridder uit te willen hangen, vinden we het onwenselijk dat iemand die zegt zeven maanden zwanger te zijn op de tippelbaan werkt. Immers, ze verdient daar geld om haar heroïneverslaving te kunnen bekostigen. Ik bel met een verslavingsdeskundige, de GGD en het maatschappelijk werk om hun deze casus voor te leggen. Wat is ethisch? Wat kan en waar ligt de grens? Daar komen dan ook nog de mutaties bij die ik zojuist heb gevonden. Samen met Petra gaan we zitten in de zedenkamer. 'Er is met mij niets aan de hand, hoor,' zegt Petra zo luchtig mogelijk. 'Ik kan goed voor mezelf zorgen en wil gewoon nog wat geld verdienen.'

Ik leg haar voor: 'Jij zegt zelf dat er niets aan de hand is, maar ik heb in mijn computer gezien dat je gisteren twee keer door Marcel geslagen bent, en je bent zeven maanden zwanger. Ik betwijfel of je dit werk zelfstandig en vrijwillig doet. Aan de andere kant, dat vinden wij op dit moment niet het belangrijkste. We maken ons zorgen om je lichamelijke en psychische gezondheid, maar ook om je ongeboren kind. We stellen voor dat je je laat onderzoeken bij de GGD, dat kunnen wij voor je regelen. Praat met een maatschappelijk werker. Wil je een soa-onderzoek of een echo om te kijken hoe het met je kind is? Jij moet die keuze maken, want je bent meerderjarig.'

Politioneel kunnen we op dit moment weinig voor Petra betekenen. Het gesprek met haar leidt nergens toe. Petra zweet en rilt. Ze murmelt nog iets waar ik geen zinnen in kan herkennen. Zo te zien is haar heroïne uitgewerkt. Vanaf hier neemt de hulpverlening het van ons over. Ze gaat naar een crisisopvang voor verslaafden. Nog diezelfde avond ontvangen we het bericht dat Petra daar is weggelopen.

Omdat we vermoeden dat Petra wordt uitgebuit, zoeken we naar informatie over haar in het computersysteem van de Rotterdamse politie. Daar staat ze bekend als behoorlijk onhandelbaar. Haar verwardheid viel in het oog en ze had er veel trammelant met een man die volgens de Rotterdamse politiemensen een klant van haar was. Vaak was ze avond aan avond op de tippelzone, maar soms bleef ze drie avonden achtereen weg. Dan kwam ze bont en blauw weer opdagen. Uiteindelijk kunnen wij die klant identificeren als Marcel, met wie ze eergisteren ook heibel had op de Eindhovense tippelbaan. Wij willen te weten komen wie Marcel is. We kunnen nog niet met zekerheid zeggen dat hij haar pooier is, maar hij heeft zich in elk geval schuldig gemaakt aan een zwakke vorm van mishandeling. Slaan en duwen is in principe een strafbaar feit. We vissen over Marcel 52 antecedenten van geweldpleging uit het politiesysteem, waaronder afpersing, fraude, ernstige mishandeling en doodslag. Mensenhandel komt er nog niet in voor.

Een week na Petra's verdwijning belt Daniëlle mij op: 'Henk, vanavond is Petra weer gesignaleerd op de tippelbaan.' Ik verwacht een vraag van haar welke actie ze moeten ondernemen om Petra weer richting opvang te krijgen. Daniëlle zucht, ik hoor dat ze van slag is. 'Ze is niet meer zwanger. Daar komt nog wat bij, ze vertelt dat ze is bevallen en dat ze het kind in Rotterdam in een kliko heeft gegooid.' We vallen allebei even stil. Je zult dit maar te horen krijgen tijdens een controle. Later zullen we het wel tot ons door laten dringen, maar nu moeten we direct handelen. Daniëlle en Tiffany nemen Petra mee naar het bureau. Ze brengen haar naar de zedenkamer waar we vorige week ook hebben gezeten. Petra mag een plek uitzoeken en gaat op de bank zitten die links in de kamer staat. Ze zit met kromgetrokken schouders op het puntje van de bank en haar knieën bijna op de grond. Haar handen gaan rusteloos over haar armen en krabben het ene wondje na het andere open. Haar donkerbruine haren hangen in vettige slierten over haar schouders en haar ingevallen wangen vertonen sterke gelijkenis met een doodshoofd. Petra staart voor zich uit, alsof haar geest haar is ontvlucht. Met een stem waar alle emotie uit is verdwenen, herhaalt ze steeds: 'Gisternacht is mijn kind geboren. Ik heb het alleen ter wereld gebracht. Na de geboorte heb ik het in een deken gewikkeld en in een kliko gedaan. Ik heb me gedoucht en ben hier naartoe gekomen om te werken. Mijn pooier heeft me hier afgezet. Ik moest weer geld verdienen.' Echt contact krijgen we niet met haar. Haar oog valt op een kartonnen doos met teddyberen aan de andere kant van de kamer. Die geven we meestal aan jongere kinderen die verhoord worden in de zedenkamer. 'Wil je een beer?' vraagt Tiffany. Petra knikt lijzig. Vanaf nu heeft ze alleen nog maar oog voor de teddybeer en het lijkt alsof ze ons niet meer opmerkt. De uitspraak van Petra dat er ergens een baby in een vuilcontainer ligt, geeft ons nog maar weinig houvast. We krijgen geen beeld van waar ze dit precies zou hebben gedaan.

Per direct stel ik de officier van justitie en de politiechefs op de hoogte. Er is iets flink mis met Petra, dus voor een goede diagnose en hulpverlening wend ik mij tot een aantal specialistische hulpverleners. Ze kan direct terecht in een gesloten psychiatrische inrichting. Vanwege haar psychische gesteldheid, maar ook omdat ze op dit moment verdacht wordt van een misdrijf; het wegwerken van een zuigeling. We hebben nog geen enkel bericht over een gevonden baby. Dood of levend. In aanwezigheid van haar behandelend psychiater geeft Petra ons toestemming om al haar gegevens op te vragen, inclusief haar medisch dossier. Een instelling die spreekuren aanbiedt aan prostituees en waar Petra recentelijk contact heeft gehad met een maatschappelijk werker, weigert ons haar gegevens te verstrekken. Niet erg professioneel, maar ik ben woedend. Misschien ligt er een dode of nog levende baby in een vuilcontainer, en dan laat je ons eenvoudigweg weten dat je geen informatie wilt verstrekken. We hebben een gezamenlijk doel, toch? Petra helpen en misschien valt haar baby nog te helpen. Geen vrouw die onder normale omstandigheden tot zo'n gruweldaad komt. Waar haal je het recht vandaan om niet mee te werken? Ik heb het helemaal gehad met de geheimhoudingsplicht die te pas en te onpas tevoorschijn wordt getrokken. Het klopt ook helemaal niet, want je bent verplicht assistentie te verlenen als iemand in hulpeloze toestand wordt achtergelaten. Het Europees Verdrag van de Rechten voor de Mens schrijft voor dat je zeker moet helpen in gevallen waarin je vermoedt dat iemands lichamelijke en psychische gezondheid ernstig gevaar loopt. In mijn woede laat ik vallen dat ik er alles aan zal doen om de weigeraar strafrechtelijk te laten vervolgen. De officier van justitie staat tijdens dit telefoongesprek naast me instemmend te knikken.

Rotterdamse collega's zetten nog dezelfde avond en nacht alle vuilcontainers wel twee keer op z'n kop, bijgestaan door de vuilophaaldienst. Ze treffen geen baby aan. Diep in de nacht stoppen we met onze zoektocht. Het is nog vroeg in de ochtend als ik op weg ben naar de hulpverleningsinstelling waar ik gisteren mee heb gebeld, met een door de officier van justitie verstrekte machtiging op zak. Vastberaden om niet te vertrekken zonder de stukken. De kwaadheid van gisteren is gezakt. Ik legitimeer me, onderteken wat ontvangstbewijzen en ontvang een kopie van Petra's dossier. Uit de stukken blijkt dat zij ervan uitgaan dat Petra inderdaad zwanger was, dat heeft ze meerdere keren bevestigd tijdens gesprekken. Een zwangerschapstest is echter niet bij haar uitgevoerd, noch een periodiek onderzoek. Op het oog leek er niets bijzonders aan haar zwangerschap, maar we hebben bewijs nodig. Uit een onderzoek door een arts moet blijken of dat wat Petra ons voorhoudt ook daadwerkelijk kan hebben plaatsgevonden. Is zij net bevallen? Nog diezelfde middag wordt zij onderzocht. Nee, wijst het onderzoek van de gynaecoloog uit. Petra is de laatste maanden niet zwanger geweest. Ze draagt wel sporen van een eerdere zwangerschap, maar niet zo recent. We zijn opgelucht en vragen ons tegelijkertijd af wat haar dreef om zoiets de wereld in te brengen. En waar kwam die dikke buik vandaan? Deskundigen wijten dat aan haar meervoudig drugsgebruik. Kennelijk kun je een opgezwollen buik krijgen door veel verschillende soorten drugs door elkaar te gebruiken.

Voorheen hadden we geen zicht op het rondhangende gespuis. De moord, de ervaringen met Petra en Marcel en wat we tijdens de prostitutiecontroles zagen gebeuren op de tippelbaan, bevestigden ons gevoel dat er vaker zaken niet pluis waren. Aan ons de taak om dat inzichtelijk te maken. Door onze intensieve aanwezigheid leren we iedereen kennen. In het kader van de Algemene Plaatselijke Verordening zijn wij bevoegd om de mannen op de tippelbaan te controleren die geen klanten zijn. Dat geeft ons een beeld van wie zich er zonder toestemming ophoudt. We sturen hen weg. Alle signalen die erop kunnen duiden dat vrouwen er niet vrijwillig werken, leggen Daniëlle en Tiffany vast in het politiesysteem. Dat zijn meldingen van de vrouwen op de baan, maar ook hun eigen waarnemingen. Ze confronteren de vrouwen met hun vermoedens en leggen hun de mogelijkheid voor om in gesprek te gaan. Politiecollega's die niet controleren op prostitutiewetgeving, leggen ook meldingen en observaties van overlast op de tippelbaan vast. Die kunnen we ook gebruiken voor ons onderzoek.

De prostituees zijn gewend geraakt aan de aanwezigheid van Danielle en Tiffany op de tippelbaan. Ook mij accepteren ze op den duur. We krijgen steeds meer uitspraken te horen over de gang van zaken in het prostitutiegebied. De prostituees weten dat we noteren wat we zien. Heroïneprostituees praten gemakkelijker over een ander dan over zichzelf. Niet dat het roddeltantes zijn, maar uit bezorgdheid wijzen ze vaak op andere meiden: 'Let eens op Claire, want het gaat niet goed met haar.' Met henzelf is alles prima, verklaren ze standaard. Ze werken voor zichzelf en hoeven hun geld aan niemand af te staan. Als politie kunnen wij niet veel met hun verklaringen uit de tweede hand. Niemand is zo gemakkelijk afhankelijk te maken als een drugsverslaafde. Je geeft hun een bolletje heroïne en je bent binnen, zeker bij hen die doorlopend moeten werken om geen *cold turkey* te krijgen.

Het aantal meldingen in de politiesystemen over Marcel heeft ons aan het denken gezet. We vermoeden dat als we flink gaan spitten, we nog veel meer onfrisse zaken zullen tegenkomen over de mannen die zich ongeoorloofd ophouden op de tippelbaan. We hebben er al dertig op het oog. Als we die allemaal gaan uitpluizen, komen we een onhanteerbare kluwen van informatie aan de weet. We zullen ook de 36 vrouwen onder de loep moeten nemen die op de tippelbaan werken, dus we hebben al 66 mensen met wie we iets moeten. Net als Petra lopen er vast meer vrouwen rond zonder vergunningspasje. We kunnen alles wel in de computer invoeren, maar we zullen dan ook een manier moeten vinden om die grote hoeveelheid informatie te filteren. Als we de boel niet structureren, vinden we niks meer terug.

Wij moeten bewijzen dat de informatie die wij hebben concreet is, dus we moeten het in een proces-verbaal kunnen relateren aan feiten en omstandigheden. We moeten objectief waarnemen en het moet gaan om strafbare feiten, dus er moet een artikel uit het Wetboek van Strafrecht aan te plakken zijn. En we moeten er een persoon of een groep aan kunnen koppelen. Al deze ingrediënten hebben we nodig om een strafbaar feit voor te leggen aan een rechter. Om alles wat we op de tippelbaan horen en zien te structureren, zetten we alle namen van de prostituees en de ongeoorloofd rondhangende mannen in een tabel. Wie lopen er rond? Wat is er over hen bekend? Wie is er potentieel slachtoffer van een mensenhandelaar? Van welke strafbare feiten zijn zij verder nog slachtoffer? En wie plegen die strafbare feiten? De observaties en meldingen van Daniëlle en Tiffany en de verschillende politiediensten plaatsen we schematisch onder elkaar. Ze geven een inkijkje in de treurige levens van allen die op de tippelbaan rondlopen.

16 mei 2000: In een pand aan de Vermeerstraat treffen verbalisanten een junkenhol aan, er liggen veel gebruikersattributen zoals basepijpjes en zilverpapier. Daar is onder anderen Sjahid aanwezig, die volop aan het dealen zou zijn.

9 oktober 2000: Nieuwe prostituee aangetroffen vlak bij de tippelbaan. Het is Michelle en ze was in het gezelschap van Sjahid.

1 november 2000: Om halfnegen zagen verbalisanten Sjahid zoenen met zijn vriendin Michelle in het winkelcentrum. Collega's hebben hen wat later gesommeerd de wijk te verlaten. Toen de twee weg waren, lagen er meerdere injectiespuiten op de grond, waarvan eentje nog gevuld met vermoedelijk heroïne. Later troffen verbalisanten Sjahid en Michelle aan op een trapje in een tuin. Michelle wilde net een heroïnespuit klaarmaken.

5 november 2000: Michelle en Sjahid zijn aangetroffen op de Sallandlaan. Omstanders hadden gemeld dat het stel ruzie maakte en dat Sjahid Michelle zou slaan. Verbalisanten hebben met beiden een gesprekje gehad, maar van bovenstaande zou niets kloppen. Andere verbalisanten troffen Michelle in de avond aan bij de tippelbaan en vermoedden dat zij zojuist was mishandeld door Sjahid. Michelle had gehuild, maar ontkende dat Sjahid haar had geslagen. Zij durfde niet te praten.

10 december 2000: Verbalisanten troffen Michelle aan in een personenauto vol met gebruikte spuiten. Zij gaf aan dat ze door Sjahid wordt gedwongen te tippelen.

18 december 2000: Michelle is aangehouden wegens prostitutie. Sjahid zou haar pooier zijn en ze is bang voor hem. Door haar aanhouding was ze bang dat Sjahid haar te lang niet kon zien en vond dat ze te lang wegbleef. Ze verwachtte een harde hand.

28 januari 2001: Michelle is aangetroffen samen met Sjahid. Ze leek mishandeld, met een gezwollen lip en een rode, opgezette rechterwang. Ze zei dat iemand anders en niet Sjahid haar heeft toegetakeld. Ver-

balisanten hebben de mishandeling niet gezien. Later die avond heeft Michelle gewerkt als straatprostituee op de tippelbaan.

29 januari 2001: Machteld vertelde dat ze heeft gezien dat Michelle verslaafd is gemaakt door mannen die haar als prostituee op de tippelbaan hebben gezet. Ze vertelde dat Sjahid de beschermheer is van Michelle en haar heel slecht behandelt.

4 februari 2001: Michelle is ver buiten de tippelbaan aangetroffen waar zij haar seksuele diensten aanbood. Zij vertelde dat ze van Sjahid moet werken en hem al haar verdiende geld moet geven.

5 februari 2001: Melanie vertelde dat René van plan was om Michelle in huis te halen, omdat hij vindt dat Sjahid niet goed voor haar zorgt.

20 februari 2001: Harrie vertelde dat Sjahid op de tippelbaan vanuit de bosjes Michelle in de gaten houdt en haar onderdrukt, intimideert en bedreigt. Harrie zei dat hij diverse keren heeft gezien dat Sjahid Michelle mishandelt als zij te weinig heeft verdiend. Harrie liet weten dat hij veel contact heeft met de meisjes op de tippelbaan en dat hij ze vervoert in zijn auto tegen een kleine vergoeding zoals sigaretten of benzine.

4 maart 2001: Wij hebben Michelle bezocht in een afkickcentrum. Zij vertelde dat ze door haar vriend Sjahid werd gedwongen zich voor een periode van drie maanden te prostitueren op de Eindhovense tippelbaan, van december tot en met februari. In die periode heeft ze tweemaal problemen gehad met klanten, zei Michelle. Een klant sloeg haar in het gezicht en een Turkse klant kneep haar keel dicht toen hij klaarkwam, waardoor hij haar bijna wurgde. Michelle kreeg eerst een relatie met Sjahid. Hij liet haar kennismaken met verdovende middelen en maakte haar verslaafd. Nadat er geldproblemen kwamen, dwong hij haar om als prostituee te gaan werken. Na twee dagen werkzaam te zijn in de prostitutie wilde Michelle niet meer en heeft Sjahid haar mishandeld met als doel haar de werkzaamheden te laten hervatten. Hij sloeg haar letterlijk naar de tippelbaan om dagelijks 200 euro te verdienen.

13 maart 2001: Michelle verklaarde dat Sjahid haar in de prostitutie heeft gebracht. In het begin was hij lief en zorgzaam en na enkele weken moest ze twee dagen per week als straatprostituee gaan werken. Ze moest al haar geld bij hem inleveren en kreeg in ruil drie gram wit en drie gram bruin. Sjahid zette de spuiten bij Michelle, want dat kan ze zelf niet. Michelle geeft aan dat zij dagelijks wordt mishandeld, ze heeft

zelfmoord overwogen. René heeft een tijd lief voor haar gedaan. Dit om Michelle in te palmen om voor hem te werken. Melanie werkt voor René.

27 maart 2001: Tijdens haar verblijf in het afkickcentrum heeft Michelle een keer contact gehad met Sjahid en heeft hem duidelijk gemaakt dat ze met hem wil breken. Michelle overweegt om aangifte te doen van mensenhandel.

28 maart 2001: Michelle is weggelopen uit het afkickcentrum. Ze was betrapt op seks met een medecliënt en het roken van een basepijp.

1 april 2001: Michelle wordt aangetroffen in het centrum van Eindhoven in het bijzijn van Sjahid.

De keer dat Daniëlle en Tiffany Michelle aanspraken toen ze met een kapot gezicht over de baan liep, was ik erbij. Het zag er ernstig uit. 'Wat is er met jou aan de hand?' vroeg Tiffany. Michelle keek direct Sjahid aan die pal naast haar stond en zei weinig overtuigend dat ze de dag ervoor door een ontevreden klant was geslagen. Terwijl ze dat zei, bleef ze naar Sjahid kijken om zijn reactie te peilen. Hij kijkt heel doordringend naar Michelle, alsof hij zeggen wilde: 'Als je iets zegt, ram ik je weer in elkaar.'

'Wat doe jij eigenlijk hier?' vroeg ik aan Sjahid. 'Ben jij een klant? Jij weet dat je hier niet mag zijn. Tenzij je een dienst afneemt, maar hier rondhangen is verboden.' Wij hadden de indruk dat Michelle wilde zeggen dat Sjahid haar had mishandeld, maar ze kon het niet.

De volgende dag spraken we Machteld, een andere vergunde prostituee van de tippelbaan. Zij zei: 'Ik heb jullie nu al een paar keer gezien met Michelle, maar zij is verslaafd gemaakt door mannen die haar op de tippelbaan hebben gezet.' Zomaar een uitspraak, vanuit zichzelf. Omdat we inmiddels een vertrouwensband met de vrouwen op de tippelbaan hebben. Zij zien ook dat we die mannen aanpakken, dat ik tegen Sjahid zeg dat hij moet wegwezen. Ze voelen dat we voor ze opkomen. Machteld vertelde ook dat Michelle niet voor zichzelf werkt. 'Zij is vroeger door anderen verslaafd gemaakt en nu is Sjahid haar beschermheer die haar overal begeleidt, maar hij pikt ook haar geld af.' Melanie vertelde eveneens onafhankelijk van anderen dat Sjahid Michelle slecht behandelt. Een aantal rondhangende mannen deed ook een duit in het zakje met meldingen over het wangedrag van Sjahid tegenover

Michelle. Ik vermoed dat ze eigenlijk wilden dat Michelle voor hen ging werken en dat ze dachten dat wij dat niet in de gaten hadden. Ruim anderhalve maand na het eerste contact bevestigde Michelle dit aan Daniëlle en Tiffany: 'Ik moet sinds drie maanden werken van Sjahid en al mijn verdiende geld aan hem geven. Daar koopt hij dope van.' Hiermee zei Michelle eigenlijk zoveel als 'Sjahid is mijn mensenhandelaar'. Maar wij moeten dat nog objectiveren. Is Sjahid een drugshandelaar? Klopt het dat hij Michelles geld afpakt? Sjahid heeft 48 antecedenten op zijn naam staan, waaronder openlijke geweldpleging, doodslag, zware mishandeling, diefstal met geweldpleging, afpersing en overtreding van de Opiumwet.

De verhaallijnen van de daders en slachtoffers op de tippelbaan die we noteren, grijpen allemaal in elkaar. De uitspraken die betrekking hebben op meerdere mensen, kopiëren we in de schema's onder alle namen die erin genoemd staan. Doordat verschillende mensen ons onafhankelijk van elkaar detailbeschrijvingen geven, is het aan ons om te bekijken of wij dat kunnen waarnemen en of wat ze zeggen klopt. We observeren Sjahid. Collega's van een andere politiedienst hebben al ruim voor onze intensieve controles waargenomen dat Sjahid in een drugspand was vlak bij de tippelbaan. De vrouwen hebben we niet in het oog, maar gedurende ons onderzoek confronteren we hen wel met onze bevindingen. Om de beurt nodigen we de vrouwen uit om met ons in gesprek te gaan en we houden ze dan voor wat we allemaal te weten zijn gekomen, waarbij we onze zorg uitspreken dat ze niet geheel vrijwillig en zelfstandig werken, zoals de wet verlangt. Zij zijn verbaasd over de hoeveelheid informatie die we hebben verzameld. 'Dit en dat hebben we gezien. Je kunt nu wel zeggen dat je geen benadeelde bent, dat vinden we ook niet erg. Je hoeft geen aangifte te doen, maar weet dat wij wel ambtshalve een onderzoek doen naar jouw pooier. Wij vinden het niet normaal dat hij jou uitbuit.' We houden in ons achterhoofd dat een vrouw haar pooier informeert. Ze zijn vaak zo afhankelijk van de pooier dat hem informeren een gewoonte is geworden. Maar tegen de tijd dat wij een vrouw spreken, hebben we al voldoende informatie om haar pooier aan te houden. We geven haar de mogelijkheid om te bepalen of ze al dan niet aangifte wil doen. Kort na zo'n gesprek gaan we de pooier aanhouden. Pooiers weten dat de politie vaak controleert en daarbij vragen stelt over de vrijwilligheid van werken. Om een vlucht van de pooier te voorkomen, start veelal tegelijkertijd een observatie op de pooier als we de vrouw gaan spreken.

2 april: We weten genoeg. Sjahid is de eerste die we eruit gaan halen zonder dat er een aangifte tegen hem ligt. Of Michelle tegen hem gaat verklaren, is ons nog een raadsel. Dat maakt ook niet uit, wij gaan ervoor. Gaat het ons nu lukken om mensenhandelaren op te pakken zonder aangifte van het slachtoffer? Daniëlle en Tiffany zijn al vanaf de opening van de baan aanwezig, zogenaamd om te controleren. We verwachten dat Sjahid Michelle op zal komen halen. Omdat we geen idee hebben van zijn vaste verblijfplaats, krijgen we van de officier van justitie toestemming om hem 's nachts aan te houden. Met mijn collega Frank ga ik om één uur naar de tippelbaan. Een halfuur later komt Sjahid aanlopen. We houden hem scherp in de gaten. Een arrestatie op de tippelbaan is geen optie, dus volgen we hem. De komende periode willen we nog meer aanhoudingen doen, dus we willen niet dat andere verdachten de relatie leggen tussen Sjahid, de tippelbaan en ons mensenhandelonderzoek. Als om twee uur de baan sluit, loopt Sjahid samen met Michelle in de richting van een wijk vlak bij de tippelbaan. Wij lopen achter hen aan en schuiven steeds dichterbij. Hij praat zo druk tegen Michelle, dat hij ons niet in de gaten heeft. Vlak voor een eengezinswoning staat hij stil en wroet in zijn broekzak, waarschijnlijk op zoek naar zijn sleutels. We kijken om ons heen en ik roep: 'Nu!' Frank en ik rennen op Sjahid af en nemen hem in een houdgreep. Daniëlle en Tiffany ontfermen zich over Michelle, die gilt van schrik. Sjahid ligt voorover op de grond en wij slaan hem in de boeien. We leggen hem bewust zo neer, omdat we rekening houden met eventuele injectienaalden die hij bij zich draagt. Via de meldkamer vragen we om een politieauto voor vervoer van een aangehouden verdachte. We nemen hem mee naar het hoofdbureau in Eindhoven en sluiten hem in. Morgenochtend om negen uur gaan we hem verhoren. 'Ik kan nergens naartoe,' zegt Michelle paniekerig. 'Ik zou hier bij Sjahid blijven slapen en heb geen sleutel.' We regelen crisisopvang voor haar. De volgende dag nodigen we haar uit voor een verhoor waarin we haar confronteren met de ons bekende feiten. Michelle ontkent in alle toonaarden, de waarnemingen van meer dan twintig politiemensen berusten volgens haar niet op waarheid. Haar reactie is voor ons nogmaals

een bevestiging dat zij compleet afhankelijk is van drugs en de mensen die haar gebruiken.

In het jaar dat volgt arresteren we om de twee weken een verdachte van mensenhandel die rondhangt op de tippelbaan. In totaal pakken we er 26 op, waarvan een derde zonder aangiften of verklaringen van slachtoffers.

De rechter veroordeelde Rens tot achtenhalf jaar gevangenisstraf voor doodslag.

Het laatste dat ik van Petra heb vernomen, is dat ze na een periode van vallen en opstaan weer bij haar ouders is gaan wonen. Met hun goede opvang en ondersteunende hulpverlening is Petra afgekickt en vond ze werk in een bloemenboetiek.

Naar Marcel heeft mijn team geen onderzoek gedaan naar mensenhandel. Tussentijds is hij in Rotterdam opgepakt voor andere vergrijpen.

Sjahid kreeg een gevangenisstraf opgelegd van drieënhalf jaar. Hij werd veroordeeld voor mensenhandel, maar had daarnaast ook nog wat andere vergrijpen gepleegd die in zijn veroordeling zijn meegenomen.

Michelle is een programma ingegaan voor afkicken en re-integreren. Zo'n vier maanden na de arrestatie van Sjahid kwam zij onverwachts naar het bureau en vroeg naar Daniëlle en Tiffany. Ze gaf aan dat wat we haar bij de aanhouding van Sjahid voorhielden, allemaal klopte. Een week later ontvingen we vanuit de instelling waar ze was opgenomen, het bericht dat ze een zelfmoordpoging had gedaan. We begrepen van haar behandelend arts dat ze kampte met grote psychisch problemen die mede voortkwamen uit jeugdtrauma's. Michelle ondernam nog twee pogingen en bij de derde overleed ze.

De fatale fuik van Maartje, Petra & Michelle

Misbruik

Op de tippelbaan zijn nagenoeg alle vrouwen verslaafd aan verdovende middelen. Zij werven klanten voor nieuwe heroïne om de komende uren weer door te komen. Geen van de prostituees die wij spraken, had een uitkering. Ze wilden voor zichzelf zorgen. Ze waren afhankelijk van drugs en van klanten, dat maakte ze kwetsbaar. Heroïneprostituees staan helemaal onder aan de maatschappelijke ladder. Voor iemand met kwaad in de zin is het vrij gemakkelijk om overwicht op deze vrouwen te krijgen. We noemen dat 'misbruik maken van uit feitelijke verhoudingen voortvloeiend overwicht'. Zij boden nauwelijks fysiek en geestelijk verzet. Het is vrij makkelijk om een graatmagere vrouw wier focus geheel uitgaat naar haar volgende shot, haar geld afhandig te maken.

Daar wordt door daders handig op ingespeeld. Deze wereld kent een vicieuze cirkel, de pooier is ook vaak de drugsleverancier. Haar afhankelijkheid wordt daarmee vergroot.

In 2005 is het woord 'verhoudingen' in de wet veranderd naar 'omstandigheden'. Vóór 2005 moesten we onderzoeken welke omstandigheden de verhoudingen tussen een dader en slachtoffer teweegbrachten, maar nu moeten we aantonen dat iemand misbruik maakt van de feitelijke omstandigheden.

Alleen al binnen dit onderzoek konden we 27 mannen als verdachte van mensenhandel aanmerken. Meer dan de helft van deze verdachten had antecedenten op het gebied van drugs en daarbij kwam naar voren dat ze ook de drugsleverancier waren van de vrouw die voor hun werkte. Dit was tevens van invloed op de verklaringsbereidheid. Als ze aangifte doet tegen haar pooier en hij wordt opgepakt, is ze ook haar drugsleverancier kwijt.

Klanten van heroïneprostituees

Het zelfrespect van de heroïneprostituees, die dit werk doen om voor zichzelf te zorgen, staat dit in schril contrast met de respectloosheid die ze van heel veel klanten krijgen. De straatprostituees rekenen lage prijzen, maar zij krijgen voortdurend klanten die willen afdingen en uit zijn op seks zonder condoom. Naarmate de prostituee meer druk voelt om aan haar dagelijkse portie heroïne te komen, is zij bereidwilliger om aan de wensen van een klant tegemoet te komen. Ik heb me verbaasd over de onbetaalbare auto's die ik voorbij heb zien komen, met daarin mannen die voor 10 euro seks zonder condoom willen met de heroïneprostituee. Ondanks het verhoogde risico op allerlei nare ziektes. Als hun wensen geweigerd worden, verlagen klanten zich vaak door de straatprostituee voor straatvuil uit te maken.

Verhoren van heroïneprostituees

Het is moeilijk om heroïneprostituees te verhoren. Ze vertrouwen niemand en hebben een negatief zelfbeeld. Is een heroïneprostituee eenmaal bereid om te verklaren, dan hebben we slechts een beperkte tijd om haar te verhoren. Haar lijf en haar geest richten zich voortdurend op de volgende dosis heroïne. Zij zijn bang voor een cold turkey, een manier van afkicken waarbij in één keer wordt gestopt met het druggebruik zonder gebruik van middelen die de bijwerkingen van afkicken afremmen, zoals misselijkheid, diarree, onrust, rillen, transpireren, slapeloosheid en constant kippenvel. Naast deze verschijnselen kan er sprake zijn van een verminderd besef van de omgeving, inclusief concentratiegebrek. De verslaafde gaat onduidelijk praten, heeft moeite zich dingen te herinneren, is gedesoriënteerd, hallucineert, kent een verstoord dag- en nachtritme, kan agressief worden en kan lijden aan achtervolgingswaan. Heroïneverslaafden met een cold turkey hebben de meest ernstige griep, maar dan nog tien keer erger. Basisvoorwaarde voor het verhoren van verslaafden is het juiste tijdstip uit te kiezen.

Sommige prostituees die wij verhoorden, gebruikten methadon om de ontwenningsverschijnselen te verzachten. Op de baan werd gesproken over de angst voor een cold turkey. Er waren prostituees die gedurende enkele dagen waren opgesloten door hun mensenhandelaar, waardoor ze een cold turkey echt hebben ervaren. De constante angst voor de ontwenningsverschijnselen maakte deze doelgroep zenuwachtig als ze met ons in gesprek zaten. De drang om te gaan werken om aan dope te komen en daardoor de ontwenningsverschijnselen te voorkomen, was dan groter dan de wens op het gemak met de politie in gesprek te gaan. Voor ons was het heel belangrijk om te weten wanneer we moesten stoppen, omdat anders het verweer kon zijn dat een heroïneprostituee onder druk een verklaring had afgelegd. Het opnemen van deze gesprekken was belangrijk om aan te kunnen tonen onder wat voor omstandigheden de verhoren hadden plaatsgevonden. Deden we dit niet, dan zou de verdediging van de verdachte de verklaringen van heroïneverslaafden altijd ter discussie stellen. Een bijkomend nadeel was dat het verslaafde slachtoffer aansluitend nog meer wantrouwen jegens de maatschappij zou hebben, want ook haar samenwerking met de politie was dan desastreus geëindigd in de rechtszaal. Zeker in haar eigen beleving.

Bij de bestrijding van mensenhandel moet je al met heel veel zaken rekening houden, maar bij deze doelgroep kwam er nog aardig wat bij. We wilden deze groep prostituees niet nog meer beschadigen.

Systeemtherapie

Het is Petra gelukt om van haar verslavingen af te komen en uit de wereld van prostitutie te stappen. Zij werkt al jaren in een bloemenboetiek en voelt zich weer goed. Haar ouders hebben daarin een grote rol gehad. Ze hebben Petra nooit veroordeeld voor haar daden en zij lieten zelfmedelijden achterwege. Ik zie vaak gebeuren dat ouders door hun omgeving in een zielige hoek worden gedrukt: 'O, wat erg wat hun is overkomen.' Het overkwam Petra en haar ouders werden meegezogen. In de praktijk zie ik dat slachtoffers er sneller bovenop komen als de ouders niet zwelgen in zelfmedelijden, maar de ogen gericht houden op het slachtoffer. Als het slachtoffer niet veroordeeld wordt, maar wordt gesteund op het moment dat ze haar leven bij elkaar wil rapen, is er een gerede kans op herstel. Vergeten zal ze het nooit, maar de pijn kan wel verzacht worden.

Petra is samen met haar ouders in therapie gegaan. Systeemtherapie. Het achterliggende idee bij systeemtherapie is dat als in een systeem, een gezin of een partnerrelatie, een van de leden een probleem heeft, dit op het hele systeem doorwerkt. Omgekeerd kan men een individu helpen door het systeem waarin hij of zij leeft te versterken. Haar vader en moeder zochten de schuld bij zichzelf: 'Lag het aan ons? Wat hadden we beter moeten doen? Hadden we het tegen kunnen houden?' De systeemtherapie richtte zich op Petra, op de invloed van haar gedrag vanuit haar problemen op de andere gezinsleden en de invloed van het gedrag van de andere gezinsleden op haar. Petra's problemen konden de aanleiding zijn van andere problemen binnen het gezin. Bijvoorbeeld, de moeder trok meer partij voor Petra dan voor haar man, waardoor relatieprobleem ontstonden.

Petra en haar ouders hadden baat bij deze therapievorm. Petra ervoer een grote prestatiedruk. Haar ouders zijn academisch geschoold en hebben een zeer goede baan. Petra had zichzelf ingebeeld dat zij dat minstens ook moest bereiken, maar al vrij jong ontdekte ze dat zij geen academische studie aankon. Haar ouders hebben haar daar overigens nooit in gepusht. De therapie bracht voor de ouders naar voren dat zij hun kind moeten accepteren met haar eigen competenties en eigen wil. Petra kwam tot het inzicht dat ze niet voor anderen mocht invullen wat die van haar verwachten.

Prostitutiecontroles

Als we tijdens prostitutiecontroles optreden als toezichthouder, hebben we bestuurlijke bevoegdheden. Dit zijn bevoegdheden beschreven in de Algemene Wet Bestuursrecht en op grond van die bevoegdheden mogen we mensen verzoeken medewerking te verlenen aan een controle of aan de vergunningvoorwaarden van een verleende vergunning wordt voldaan. De persoon die gecontroleerd wordt, is verplicht medewerking te verlenen aan deze controle. Normaal gesproken heeft een politieman geen taak als bestuurlijk toezichthouder en hij zal daarvoor dan ook eerst aangewezen moeten worden door de burgemeester van een gemeente waar hij controleert. Bij prostitutiecontroles controleert de politieman met een toezichthoudende taak drie dingen: is er sprake van meerderjarigheid? Voert de prostituee legaal haar werkzaamheden uit? Doet zij dit vrijwillig? Wanneer we tijdens de prostitutiecontroles een strafbaar feit vermoeden, moeten we optreden als opsporingsambtenaar van de politie. Wanneer we voorafgaande aan een controle weten dat er sprake is van een strafbaar feit, mogen we geen gebruik maken van bestuurlijke bevoegdheden. Doen we dat wel, zijn we onrechtmatig bezig en vervalt al het bewijs dat uit een dergelijke controle naar voren komt en kan het leiden tot een niet-ontvankelijkheidverklaring. Die bewijslast tegen de verdachte mogen we dan niet voor de rechter brengen. Kortom, we moeten voor iedere controle een keuze maken vanuit welke bevoegdheid we werken, de bestuurlijke of de politionele, naar aanleiding van gegevens die al dan niet vooraf bekend zijn.

Stapelingsmethodiek

Een slecht zelfbeeld, angst, schaamte en wantrouwen ten aanzien van de politie, maken dat de heroïneprostituees op de tippelbaan niets willen verklaren over de uitbuitingsrelaties met hun pooiers. Die relaties hebben kenmerken van mensenhandel, maar zonder verklaringen van de prostituees kunnen we dat niet aantonen. We zijn niet zonder aanleiding bij de tippelbaan terechtgekomen, het is een plek waar regelmatig overlast is en dus komt de politie er vaak op bezoek. De signalen die de politiemensen opvangen, leggen zij vast in het computersysteem. Hierdoor worden ook zonder aangiftes van benadeelden de ogen en oren opengehouden en signalen genoteerd. Zodoende kunnen we inzichtelijk maken welke mannen continu aanwezig zijn op de tippelbaan. Onder iedere naam plaatsen we in drie kolommen welke politiedienst wanneer welk incident heeft waargenomen of welke melding heeft ontvangen. Alles wat het afgelopen jaar in onze politiesystemen is ingevoerd, zetten we onder elkaar. Dit maakt de beschikbare informatie in één oogopslag inzichtelijk. Dit visualiseren verschaft ons heel veel helderheid. Een grote kracht van de stapelingsmethodiek, zoals we deze werkwijze zijn gaan noemen, is dat er meldingen worden gebundeld die via verschillende politieonderdelen zijn ingevoerd. Doordat de waarnemingen vanuit verschillende hoeken komen, kunnen we signalen die duiden op mensenhandel objectief maken.

Door de waarnemingen onder elkaar te plaatsen, krijgen we een idee of er sprake is van mensenhandel, maar ook of we nog actie moeten ondernemen om het aan te tonen. Bijvoorbeeld via het uitvoeren van een gerichte observatie om hard te maken dat Sjahid daadwerkelijk het geld afpakt dat Michelle verdient op de tippelbaan. Als we dat waarnemen en optellen bij andere gedragingen, is er meer dan een redelijk vermoeden dat Sjahid een mensenhandelaar is van het type 'voordeeltrekker'. Dan kunnen we hem aanhouden en hem confronteren met de feiten die we over hem hebben verzameld. Maar we vertellen Michelle ook wat we allemaal over haar weten. Zij kan aangifte doen. Wil ze dat niet, dan maken wij minimaal een proces-verbaal van onze bevindingen, aangevuld met de verzamelde bevindingen van collega's en externe partners. Sjahid dragen we aan als verdachte bij de officier van justitie, ook zonder aangifte van Michelle. Dat noemen we een ambtshalve vervolging.

Indien Michelle zou willen verklaren, dan is de kans groot dat zij zich door haar toestand niet alles kan herinneren of dat wat ze vertelt niet consistent is. Dat is een extra argument om niet te hameren op een verklaring van het slachtoffer, maar om puur af te gaan op de geconstateerde feiten. Op deze manier kan Michelle door de advocaat van Sjahid tijdens de zitting niet worden afgedaan als onbetrouwbare getuige. Het dossier is immers opgebouwd uit zichtbare, objectieve en concrete waarnemingen, gedaan door anderen dan Michelle.

Artikel 27: de verdachte

De stapelingsmethodiek noemen we ook wel de 27-constructie. Dat is afgeleid van artikel 27 uit het Wetboek van Strafvordering. Dit artikel omschrijft een verdachte als volgt: 'Degene wiens aanzien uit feiten en omstandigheden een redelijk vermoeden van schuld van enig strafbaar feit voortvloeit.' Wil je iemand een verdachte kunnen noemen, dan zul je dus aan de beschrijving van het artikel moeten voldoen. Je moet feiten en omstandigheden waarnemen, uitgevoerd door een persoon, die te herleiden zijn tot een strafbaar gestelde gedraging. In politiejargon zeggen we dat de waarnemingen aan vier factoren moeten voldoen: de concrete factor, de objectieve factor, de specifieke factor en de individualistische factor.

Bij de concrete factor moet het vermoeden gebaseerd zijn op waargenomen feiten of omstandigheden. De feiten of omstandigheden moeten 'reproduceerbaar' zijn en ze moeten beschreven kunnen worden in een proces-verbaal of opsporingsambtenaren moeten ze kunnen verklaren bij de rechter. Geruchten of vage aanwijzingen zijn niet genoeg. De objectieve factor houdt in dat de waarnemingen objectief moeten zijn. Het vermoeden moet redelijk zijn, opzichzelfstaand en niet alleen bestaan in de ogen van de opsporingsambtenaar. Gelet op het soort, de aard en de ernst van het strafbare feit en de feitelijke omstandigheden waarop het vermoeden is gebaseerd. Dat wat ik zie, moet door ieder ander hetzelfde worden gezien. Dan pas is het objectief. De specifieke factor duidt erop dat het betrekking moet hebben op een strafbaar feit dat in de wet beschreven staat. Een buikgevoel dat er iets niet klopt, volstaat niet. De verdachte moet verrichtingen hebben gedaan die strafbaar zijn gesteld. Kunnen we geen artikel ten laste leggen, dan ontbreekt de specifieke factor. De individualistische factor wijst erop dat een vermoeden gekoppeld moet zijn aan een of meerdere namen die bij ons bekend zijn. Zonder een natuurlijke dan wel rechtspersoon, heb je geen verdachte. We moeten weten welke man welke prostituee op de tippelbaan uitbuit, anders kunnen we de misstand niet aanpakken. Het vermoeden moet gerezen zijn tegen een of meer te individualiseren personen.

Deze vier factoren toetsen we bij alle onderzoeken. Ontbreekt er eentje, dan kan het dossier niet naar de officier van justitie. De 27-constructie zorgt ervoor dat we alle bevindingen onder elkaar zetten en nagaan of deze voldoen aan alle factoren die we nodig hebben om een verdachte als zodanig te kunnen benoemen.

Celine

September 2002

Aan het einde van een hectische week rond ik mijn laatste administratieve handelingen af. Er hangt een uitgelaten sfeer in de werkkamer van ons team. Grappen vliegen over en weer tussen de zes bureaus die twee aan twee tegenover elkaar staan. Over dertig minuten, om vier uur, stap ik op de motor voor de rit naar huis. Lekker een uur met de kop in de wind. Op mijn motor verwerk ik de heftige gesprekken met daders en slachtoffers, de bulk aan administratie die het werk met zich meebrengt en de lange werkdagen. In 2001 ben ik van het team Grensoverschrijdende Criminaliteit, dat deel uitmaakt van de marechaussee, overgestapt naar de politie om onze opgebouwde kennis met betrekking tot bestrijding van mensenhandel in stand te houden. Ons team van zes rechercheurs behandelt de mensenhandelzaken. Wij zijn verantwoordelijk voor de opsporing.

Tegen vieren gaat de telefoon en ik neem op. 'Dag, u spreekt met Arthur van Coevorden. Ik wil graag spreken met iemand van de prostitutiepolitie. Ben ik bij de juiste persoon?' Hij klinkt blikkerig, waarschijnlijk zit hij in een auto.

'Ja hoor, ik ben van het team Prostitutiecontrole en Mensenhandel,' antwoord ik en steek mijn wijsvinger omhoog. Een signaal aan mijn collega's: even stil, ik krijg een serieuze vraag binnen. De grappen vallen op de grond. Mijn collega's gaan door met hun werkzaamheden, maar luisteren aandachtig met een schuine blik op mij om te horen of er een nieuwe zaak binnenkomt.

'Ik kom net uit Amsterdam rijden. Daar heb ik de dochter van mijn vriendin opgehaald. Vanmiddag belde zij dat ze was weggevlucht van een of andere Mehmet. Halsoverkop ben ik vanuit Brabant naar de Amsterdamse Wallen gereden. Ze heeft me net verteld dat ze anderhalf jaar in de prostitutie heeft moeten werken. Ze is volledig overstuur. Ik weet nu even niet wat ik met haar aanmoet. Een agent van het politiebureau Beursstraat in Amsterdam gaf me dit telefoonnummer.' Hij praat alsof de duivel hem op de hielen zit. Struikelend over zijn woorden met paniek in zijn stem.

'Meneer, hoever bent u nog van Eindhoven?' wil ik van hem weten.

'Een halfuur,' schat hij in.

Ik geef hem het adres van het politiebureau door. 'Komt u maar bij ons praten, mijn collega's en ik wachten hier op jullie.'

Arthur kijkt gejaagd door zijn ronde metalen montuur. Ik schat hem midden veertig, maar zijn haar is al volledig grijs. Nog voordat hij zijn voet over de drempel zet, steekt hij van wal: 'Bent u de persoon die ik net aan de telefoon had? Dit is Celine, de dochter van mijn vriendin.' Hij wijst over zijn schouder naar de jonge vrouw, een halve kop groter dan hij, die twee passen achter hem het bureau komt binnengelopen. Een tengere roodharige met een lichte huid en een gezicht vol sproeten. Ze heeft een dikke rand uitgelopen mascara onder haar behuilde ogen. 'We hebben twee jaar nauwelijks contact met haar gehad, we vermoedden wel dat ze in het prostitutiecircuit zat. Vaak hoorden we maandenlang niets van haar. Ze gaat met verkeerde mensen om, maar daar heeft ze me nog niks over verteld.'

'Meneer, wilt u koffie?' onderbreekt mijn collega Claudia zijn betoog. Ik wijs Arthur en Celine een gesprekskamer. Een steriel ogende kamer van drie bij vier met een bureau, een computer en drie stoelen. Ik pak een extra stoel uit de kamer ernaast voor Arthur. 'Mag ik hier roken?' informeert Arthur als hij met een bekertje koffie voor zich is gaan zitten.

'Ga gerust je gang,' zegt Claudia die naast mij heeft plaatsgenomen. Ze schuift de asbak zijn kant op. Arthur trekt een pakje filtersigaretten uit zijn binnenzak en biedt Celine er eentje aan. Ik draai een sjekkie en laat even een stilte vallen. Aanstekers klikken en we nemen allemaal een flinke hijs. Celine laat haar ogen langs de witte muren gaan. Ze heeft nog niemand aangekeken. Na ieder trekje van haar sigaret tikt ze af op de rand van de asbak voor haar op tafel. Voor slachtoffers is roken vaak belangrijk om door een verhoor te komen. Roken houdt het gesprek op gang met mensen die stijf staan van de spanning.

'We hebben jullie hulp nodig,' zegt Arthur. 'De moeder van Celine heeft haar dochter twee jaar niet gezien. Zij is zich kapot geschrokken. Er zijn veel problemen in het gezin. Haar moeder, mijn vriendin, is psychisch heel kwetsbaar. De laatste tijd zijn we aan de deur lastiggevallen door Turkse mannen die verschrikkelijke dingen zeiden over Celine en bedreigingen uitten.' Met haar lange benen draait Celine van links naar rechts op haar bureaustoel. Haar handen zoeken over haar armen naar korstjes om aan te krabben. Als ze er eentje gevonden heeft, krijgt die haar volledige aandacht. Zodra haar sigaret op is, tikt ze Arthur op de schouder voor een nieuwe. Haar stem hebben we nog niet gehoord. Ik sta op en dirigeer Arthur mee naar buiten. Een collega blijft bij Claudia en Celine in de verhoorkamer. 'We willen een intakegesprek houden alleen met Celine,' zeg ik op de parkeerplaats achter het bureau tegen Arthur. 'Ik begrijp jouw spanning, maar dat legt extra druk op haar. Daarbij, er is twee jaar geen contact geweest tussen jullie, daardoor is de drempel om vrijuit te praten voor Celine veel te hoog met jou in de buurt. Hou er rekening mee dat zij zich heel erg schaamt. Je vertelt niet zomaar aan je ouders dat je in de prostitutie hebt gewerkt. Dat is te dichtbij. Het kleine beetje eigenwaarde dat nog over is, willen slachtoffers graag behouden.' Arthur knikt. Twee collega's ontfermen zich over hem en ik ga terug naar de kamer waar Celine zit. Een andere collega neemt contact op met bureau Beursstraat om te informeren wat er allemaal bekend is over Celine en om haar dossier op te vragen. Dat zal straks per e-mail bij ons binnenkomen. Samen met Claudia en Celine loop ik de trap op naar de sociale kamer op de eerste verdieping voor een intakegesprek.

In de sociale kamer kiest Celine voor de bank. Ze benut niet het volledige zitoppervlak, maar gaat voor op het randje zitten. Klaar om op te springen en weg te rennen. Ik zet een plastic bekertje water voor haar neer en neem plaats op de bank recht tegenover haar. Claudia zit rechts van mij om haar te observeren. Dit is een kennismaking, geen verhoor. Celine vist nog een sigaret uit het pakje dat Arthur haar voordat hij de deur uitliep heeft meegegeven. 'Kun je me vertellen hoe deze situatie is ontstaan?' vraag ik haar.

Bloednerveus neemt ze een diepe haal van haar sigaret. 'Fuck, ik weet niet waarom ik hier ben. Ik ben weggelopen, Arthur vond dat ik naar de politie moest. Ik wil naar mijn moeder. Verder weet ik het niet.' Voor ons zit een jonge meid in tweestrijd. Ze wil weg uit een moeilijke situatie, maar ze is bang. Ik stel haar op haar gemak en moedig haar aan om te vertellen wat haar is overkomen.

In grote lijnen schetst Celine een verhaal dat je geen enkele negentienjarige toewenst. In elke zin stopt ze minstens één scheldwoord. Twee jaar werkt ze in de prostitutie. Tegen haar wil. Geld heeft ze er niet aan overgehouden, dat moest ze afgeven. Aan verschillende pooiers, in verschillende steden. In de hoop die ene zachtaardige, betrouwbare man te treffen, is Celine overgestapt van de ene vriend op de andere. Niet meer in staat om een goede inschatting te maken. Uiteindelijk bleken het allemaal pooiers. In de wereld waarin zij verkeert, lopen geen frisse jongens rond. De veelheid aan overdonderende ervaringen is nog niet bezonken. Rennend door haar gedachten trekt Celine links en rechts laatjes met grimmige herinneringen open. Flarden zonder chronologie. Daaruit begrijp ik dat ene Jeffrey haar heeft aangezet tot de eerste keer. Daarbij geholpen door ene Ali. Eenmaal uit hun klauwen, heeft ze ook nog gewerkt voor een andere man. 'Ik wil eruit,' huilt Celine. 'Ik wil niks meer met die kutprostitutie te maken hebben. En ik wil aangifte doen tegen de klootzakken die me dit hebben aangedaan. Ook al wordt het fucking moeilijk.'

'Wil je dat ik hulpverlening voor je regel?' vraag ik haar.

Ze veegt de tranen van haar wangen. 'Nee, ik wil naar huis, naar mijn moeder. Daar ga ik slapen. Dagenlang. Maar kan ik wel snel aangifte komen doen? Ik wil deze kutzooi zo snel mogelijk achter me laten.' Ik schuif de doos tissues haar kant op. Celine trekt er drie uit en snuit haar neus. 'Ik wil niet weken wachten, alles maalt door mijn kop. Ik wil er fucking vanaf.'

'Als je het goedvindt, maak ik toch even een afspraak voor wat medische onderzoeken bij de GGD voor je. Ook neem ik contact op met het Prostitutie Maatschappelijk Werk. Daar hebben we een heel goede samenwerking mee.'

'Da's goed,' knikt ze.

'Weet jouw laatste pooier waar je woont?' informeer ik.

Celine frommelt de tissues tot een propje en laat het door haar handen gaan. 'Hij zal het niet precies weten, maar misschien kan hij er wel achter komen,' antwoordt ze fronsend.

'Heb je een gsm?'

'Ja, die heb ik uitgezet. Ik werd helemaal gek gebeld. Vanaf een halfuur nadat Arthur me was komen halen.' Ze grabbelt in haar handtasje. 'Wow,' zegt ze als ze haar telefoon aanzet. 'Fucking vijftig gemiste oproepen.' Ze kijkt op het scherm en drukt wat knopjes in. Met een verdrietige glimlach overhandigt ze mij haar mobieltje. 'Waar ben je? Waarom neem je je telefoon niet op?'

'Bekijk die volgende kloteberichten ook maar,' zegt Celine. De heftigheid van de berichten neemt toe. De ene dodelijke ziekte volgt op de andere. Nummer achttien luidt: 'Kankerhoer, als je vanavond niet terug bent, maak ik af waar ik ooit mee begonnen ben.' Celine vindt het goed dat we haar telefoon op het bureau houden om door deskundigen te laten uitlezen. De berichten zijn gunstig voor ons onderzoek, ze geven de verhouding weer tussen Celine en haar pooier. Daarbij kunnen we telefoonnummers achterhalen van de eventuele daders die haar nu bedreigen.

Arthur komt terug van een blokje om met onze collega en schuift aan voor een kop koffie en een sigaret. Hij kijkt op zijn horloge. 'Tjonge, het is alweer bijna negen uur. Bedankt dat jullie ons direct hebben opgevangen. Ik wist echt niet wat we moesten doen.' Claudia legt Celine een lijstje telefoonnummers voor. Mocht ze dit weekeinde behoefte hebben aan medische of psychische hulp, dan kan ze terecht bij de GGD en het Prostitutie Maatschappelijk Werk. Ook onze piketnummers staan erop. Dit weekeinde heb ik piketdienst. 'Celine, ga lekker slapen. Maandag halen we je op zodat we met de aangifte kunnen beginnen.' Voorafgaand aan de aangifte zullen we haar eerst informeren over het verloop van een strafproces. Dat kan maanden, in sommige gevallen zelfs jaren duren. Ik wil dat ze dat van tevoren weet. Maar nu ga ik daar nog niet op in. Het is wel even genoeg zo. Ik leg een afspraak op locatie vast in ons computersysteem. Dat houdt in dat wanneer er iets met het gezin aan de hand is en ze het alarmnummer bellen, onze collega's in de meldkamer weten waar het probleem zich afspeelt. Staat er onverhoopt een pooier bij hen voor de deur en ze bellen het alarmnummer, dan stuurt de meldkamer er direct een politiewagen op af. Ik laat Celine zien dat de afspraak in de computer staat. Ook bel ik het in haar bijzijn nog even na. Ik vraag de meldkamer ook om hun straat wat vaker dan normaal mee te nemen in de surveillance. Gewoon stapvoets door de straat en de omgeving rijden in een opvallende politiewagen. Mensen met iets kwaads in de zin houden daar niet van. Zichtbaar meer ontspannen gaan Arthur en Celine naar huis. En ik ook, mijn weekeinde tegemoet.

Die nacht word ik om twee uur wakker gebeld vanuit de meldkamer. 'Jij hebt vanmiddag een afspraak op locatie gemaakt en die mensen hebben gebeld. Nu zitten ze hier op het bureau. De schrik zit er flink in bij het gezin. Ze vragen of je hier naartoe kunt komen.' Ik ga uit bed, bel mijn collega Claudia en rij naar Eindhoven. Celine, haar moeder en Arthur zien er pips uit met donkere kringen onder de ogen. Vanwege de spanningen in het gezin zijn de twee broers van Celine voor een tijdje ondergebracht bij de ouders van Arthur. Het gezinsverleden wreekt zich, Celines moeder heeft moeite om zich in de hand te houden en soms trekt ze het even niet meer. Arthur is weer een spraakwaterval. Er is een grote steen door het raam de huiskamer in geslingerd. Er zat een elastiek omheen met een briefje eronder geschoven. Hij laat het verfrommelde papiertje aan me zien: 'Niemand vertrekt zonder mijn toestemming. Ik geef je heel weinig tijd om terug te komen, de volgende keer is het geen steen. Ik laat iedereen weten dat je een hoer bent. Morgen ben je terug, je weet wat er anders volgt.'

'Wat moeten we nu?' vraagt Celines moeder. Jaren van tegenslag zijn af te lezen in de diepe groeven op haar gezicht. 'Ik durf niet meer naar mijn eigen huis. Hoe komen we van die figuren af? En hoe moeten we nu verder?'

Het is aan ons om een adres voor hen te regelen. Wie kunnen we nu in godsnaam bereiken? Voor Celine zouden we nog wel een crisisopvangplek kunnen vinden, maar een heel gezin huisvesten wordt een stuk lastiger. We zien er beslist geen oplossing in om ze in een cel te laten slapen, hoe veilig dat op dit moment ook is. Ik ga met het Prostitutie Maatschappelijk Werk op zoek naar een crisisopvang voor drie personen. Ik krijg een nummer door van een camping waar zij wel vaker mensen plaatsen die tijdelijk moeten onderduiken. In een dorp op een halfuur rijden van Eindhoven. Ik bel met de campingeigenaar. Ze hebben een ingerichte stacaravan vrij, het gezin kan hier direct terecht.

Ik kijk de gezinsleden vragend aan. 'Het is allesbehalve vakantie, maar daar zijn jullie in de luwte. Daar hebben jullie een dak boven het hoofd, een bed en er is niemand die jullie kent.'

Drie paar vermoeide ogen kijken me aan. Het is goed. 'Daar hebben we in ieder geval de tijd en de ruimte om over de afgelopen twee jaar bij te praten met Celine.' Celines moeder slaat haar armen om haar dochter heen en drukt haar dicht tegen zich aan.

Claudia en ik rijden naar de camping. Arthur volgt ons in zijn eigen auto, samen met Celine en haar moeder. We hebben afgesproken dat we morgen om twaalf uur met Arthur naar hun huis rijden om de spullen op te halen die zij de komende weken nodig hebben, want zo lang zullen ze op de camping blijven. Wat nu belangrijk is, is dat het gezin een plek krijgt om te slapen en enigszins tot rust kan komen. Tegen een uur of zeven in de ochtend kruip ik weer in mijn bed.

Op maandagochtend rijdt Arthur Celine weer naar het politiebureau in Eindhoven. Hij heeft zijn werk gebeld om twee weken vrij te vragen. Hij wil er zijn voor zijn vriendin en haar dochter. 'Ik wil ook wat bijdragen,' zegt hij als ik hem complimenteer met zijn inzet. Celine kijkt naar hem en er verschijnt een voorzichtige lach op haar gezicht. Arthur gaat de stad in en Celine gaat weer op dezelfde plek zitten als vrijdagmiddag. Nu schuift ze naar achteren, met haar rug tegen de leuning. Er zit nog veel spanning in haar lijf. Haar vingers trillen als ze een sigaret opsteekt. 'Hoe is het om weer bij je moeder te zijn?' informeer ik.

Celine blaast een grote rookwolk uit. 'Mijn moeder en Arthur hebben me heel goed opgevangen. Ik dacht dat ze mij niet meer zouden willen zien nu ze weten dat ik prostituee was. Ik heb zo fucking veel tegen ze gelogen, dat wil je niet weten. Dat moest van die klootzakken, maar toch. Ze praten er thuis wel over, maar niet verwijtend. Daar ben ik mijn moeder en Arthur heel dankbaar voor.'

Zes dagen van verhoren volgen. Van negen tot vijf uur. Loodzware dagen voor Celine waarin ze niet lukraak wat lades met grimmige herinneringen opentrekt, maar waarin wij haar vragen om la voor la te openen en de inhoud nauwkeurig door te spitten. We vragen haar elke herinnering die zij bovenhaalt tot in detail te beschrijven. Vaak nog eens en nog eens. Een zesdaagse rit door de krochten van haar spookhuis. Wij zoeken naar aanwijzingen op basis waarvan we bewijslast kunnen verzamelen zodat we haar uitbuiters kunnen oppakken. Celine op haar beurt wil weer lucht na twee jaar vol traumatische ervaringen. Haar demonen moeten achter slot en grendel, dan pas kan ze haar leven weer oppakken.

'Ik ben de oudste, mijn twee broers zijn achttien en zeventien jaar. Toen ik vier was verhuisden we van Drenthe naar Groningen, daar had mijn vader een nieuwe baan gevonden, na problemen op zijn oude werk. Mijn vader is van het type twaalf ambachten, dertien ongelukken. Noem een klus en hij deed het, maar hij gebruikte zijn gereedschap ook voor inbraken. We vormden geen stabiel gezin. Mijn vader is alcoholist. Thuis was het rommelig, veel ruzie tussen mijn ouders en elke cent die binnenkwam, zoop mijn vader op. Het was gewoon kut. Hij deed nooit iets leuks met mijn broers en mij. Mijn moeder probeerde er nog iets van te maken, ze hielp mee op school. Dat was onze veilige plek, daar hadden we het meest met onze moeder.

Vlak nadat ik op mijn zestiende mijn mavodiploma haalde in juni 1999, verliet mijn moeder op mijn aandringen mijn vader. Ik heb net zolang aan haar hoofd gezeurd totdat ze de stap waagde. Het moest ook niet langer meer duren, ik hield mijn hart vast. Mijn vader was erg agressief en zij bleef bij hem om ons te beschermen. Om voor ons de klappen op te vangen. Hij kon haar nog weleens een genadeklap geven. Ze was compleet uitgehold, had geen leven meer. Psychisch was ze naar de klote. Er was helemaal geen relatie meer tussen mijn ouders. Alleen tijdens de twee uren nadat mijn vader soms eens 'sorry' had gezegd, als hij het zelfs in zijn ogen te bont had gemaakt. Mijn broers, toen veertien en vijftien jaar, wisten zich ook geen houding te geven. Ze waren meer op straat dan thuis en begonnen ook al te drinken. Door die thuissituatie moest ik heel snel zelfstandig worden. Ik zorgde uiteindelijk meer voor mijn moeder dan zij voor ons. Dat neem ik haar niet kwalijk, het was gewoon zo. Mijn vader werd opgepakt vanwege een amateuristisch uitgevoerde kraak. Noem hem maar een draaideurcrimineel. Eerdere waarschuwingen van de rechter had hij genegeerd en nu werd hij voor een paar maanden opgesloten. Raar hoe dat gaat, nu mijn moeder eindelijk even rust aan haar kop had, stortte ze psychisch in. Via een maatschappelijk werkster die ons gezin in de gaten hield, had ik een appartement voor mijn moeder gevonden in een lintdorpje vlak over de Duitse grens. Mijn broers konden gewoon dezelfde school in Groningen blijven bezoeken.

In september 1999 begon ik met een eenjarige opleiding op de agrarische school. Ik trok in bij mijn vriendje Karel, die had geholpen om mijn moeder en broertjes naar Duitsland te krijgen. Hij deelde een huurhuisje in Assen met een vriend van hem. Niet ver bij mijn moeder vandaan, zodat ik haar kon helpen als dat nodig was. Ik kende Karel vanaf mijn vijftiende van het uitgaan. Hij was 21 jaar en zat in het leger. Bij hem voelde ik me veilig. Tenminste, in het begin. Naar verloop van tijd merkte ik dat hij in de shit zat. Diep in de gokschulden. Karel had best een aardig salaris, maar dat joeg hij er helemaal doorheen. Ik zag hem afglijden. Zijn verliezen compenseerde hij met alcohol en blowen. Ik kon dat niet aanzien, de kloterelatie tussen mijn ouders wilde ik niet zelf nog eens meemaken. Karel en ik kregen steeds meer ruzie. Op mijn zeventiende ben ik bij Karel weggegaan. Daar was ik verdrietig over, ik voelde echt iets voor hem. In de tussentijd dat ik bij Karel woonde, had mijn moeder een nieuwe vriend gekregen, Arthur. Eindelijk een beetje stabiliteit in haar leven. Arthur is zorgzaam en attent, dat hebben jullie inmiddels ook al gezien. Mijn moeder leefde helemaal op, voor het eerst in haar leven heeft ze een man die haar respecteert. De sfeer thuis werd een stuk beter. Daarom ben ik weer bij mijn moeder gaan wonen. We verhuisden naar Breda voor een nieuwe start. Er kwam een einde aan de klotejaren vol stress. We kwamen in een leuke buurt terecht en de sfeer thuis was ontspannen. Mijn moeder zag er weer gelukkig uit. Eindelijk was het leuk thuis. Ook met mijn broertjes en met Arthur. Niet dat we het verleden waren vergeten, dat had natuurlijk wel zijn sporen achtergelaten. Mijn moeder kon buiten haar eigen sores er weinig bij hebben, mijn broers hadden de neiging om te veel te drinken en rotzooi te trappen op straat en ik wilde de sterke dochter zijn van wie niemand last had.

Die agrarische opleiding had ik in één schooljaar afgerond en ik vond in de zomer van 2000 al vrij snel werk bij een juwelier. Het was gezellig met de andere meiden die er werkten en na een tijdje ging ik met ze op stap. Dat was tof. Via die meiden leerde ik de stad beter kennen. Ik ontmoette andere mensen. In een danstent viel mijn oog op een mooie jongen die er elke week zat. Hij had warrige haren, volle bakkebaarden in een scherpe punt geschoren en een nonchalant sikje en snorretje.

Als ik daar was, voelde ik zijn donkere ogen steeds op me rusten. Ik werd ongemakkelijk van die bloedmooie, onpeilbare jongen die mij zo zat te observeren. Dan stond ik verdacht vaak net iets te hard te lachen om mijn vriendinnen. Het duurde ruim een maand voordat hij naar me toe kwam om een gesprek aan te knopen. Heel simpel: hoe heet je, waar kom je vandaan en zo ging het verder. Hij heeft waanzinnig lange wimpers en toen ik dat zag, smolt ik voor hem. Jeffrey, heet hij. Twintig jaar. Met dat Brabantse accent kwam hij zo zachtaardig over. Het laatste beetje pijn dat ik nog voelde vanwege de breuk met Karel viel van me af. Godzijdank, er waren nog leuke jongens op de wereld.

Na die keer ontmoetten we elkaar wekelijks op zaterdagavond in die danstent. Na een paar weken spraken we ook op andere dagen af in verschillende cafés. Nog weer later ging ik ook weleens bij hem thuis langs. Ik voelde me op mijn gemak bij Jeffrey. Hij had nog helemaal geen *move* gemaakt. Met hem kon ik heel goed praten. Ik heb hem verteld over mijn relatie met Karel en waarom dat uit was gegaan. En over wat er was gebeurd tussen mijn ouders. Hij reageerde heel lief, met aandacht. Doordat hij niet uit was op seks, begon ik hem nog leuker te vinden. Lang liet dat overigens niet op zich wachten. Ik was smoorverliefd op Jeffrey en had vreselijk veel zin in seks met hem. Al snel hadden we serieus verkering. Ik heb Jeffrey ook een keer mee naar huis genomen om hem voor te stellen aan mijn moeder. Zij vond hem direct een leuke jongen en had er geen enkel probleem mee dat ik bij hem bleef slapen als we uitgingen. Op een dag zei Jeffrey tegen me: "Je hoeft niet meer te werken, ik zorg voor jou." Sinds ik hem had leren kennen, verklootte ik het op mijn werk. Ik kwam te laat, zag er niet representatief uit in mijn veel te korte rokjes en keek niet meer om naar mijn collega-vriendinnen. Mijn werkgever had me een laatste waarschuwing gegeven. Nadat Jeffrey zei dat ik niet meer hoefde te werken, ben ik nooit meer naar de juwelierswinkel gegaan. Het kon me geen reet meer schelen. Tegen mijn moeder zei ik hier niks over, zij moest blijven denken dat ik overdag gewoon werkte. Zo kon ik veel vaker bij Jeffrey zijn zonder lastige vragen of gezeur thuis. Al vrij snel rook mijn moeder onraad en beweerde dat ik loog. We kregen vaak ruzie en ik hield afstand.

Tijdens het uitgaan leerde ik ook nog wat vrienden van Jeffrey kennen. Hij stelde me voor aan Ali, een Turkse jongen met een matje van zwarte krullen in zijn nek. Ali is dol op goud, hij draagt een dikke gouden zegelring, een gouden schakelketting en hij heeft een joekel van een gouden horloge om zijn pols. "Ali is mijn broer," zei Jeffrey met een arm om zijn schouders. Daar keek ik vreemd van op. Jeffrey heeft helemaal geen Turks bloed, zouden het halfbroers zijn? Ik zei er niets over, maar ik bedacht me wel dat ik Jeffrey inmiddels behoorlijk wat over mijzelf en mijn familie had verteld. Van hem wist ik eigenlijk helemaal niets. Die avond bleven we optrekken met Ali. In de weken die volgden was Ali ook in de bars te vinden die ik met Jeffrey bezocht. Hij is een ongelooflijke rokkenjager. Van het opdringerige type dat zijn handen niet thuis kan houden. Een enkel meisje scheen dat wel leuk te vinden, maar veruit de meesten reageerden geïrriteerd en afwerend op Ali. Wie niet op zijn avances inging, werd afgedaan als 'hoer'. Ali's stopwoordje. Hoer. Daar trok hij dan een heel vies gezicht bij.

Op een vrijdagavond zaten we voor de derde keer met Ali in een bar. Even verderop viel hij meiden lastig en Jeffrey zat naast me op een barkruk. "Ik wil snel geld verdienen," zei hij plompverloren.

"Hoezo snel geld, wat is dat?" vroeg ik hem.

"In de prostitutie kun je snel geld verdienen," verklaarde hij. Snel betekende minimaal investeren en direct rendement. Na een avond pezen heb je direct cash.

"Jij bent niet goed bij je hoofd. Je verwacht toch niet dat ik dat voor jou ga doen, hè?!" beet ik hem toe. Waar kwam dit ineens vandaan? Jeffrey was een tedere minnaar, uit niets had ik opgemaakt dat hij ambities had in de prostitutie. Dat paste helemaal niet bij hem. Was ik nou dom of zat Jeffrey me te stangen? Hij bleef me aankijken met die bambi-ogen van hem. Een paar meter verderop legde Ali zijn handen op de billen van een meisje. Ze mepte hem van zich af en opgefokt hield hij zijn hand op vlak voor haar gezicht.

"Wat moet je nou, hoer?" blafte hij haar af. Jeffrey pakte me bij mijn schouders en ving mijn blik. "Hoe kun je nou zo zeker weten dat je dat niet wilt? Denk eens aan al het geld dat je kunt verdienen." Ik wendde mijn hoofd af. Deze grap had nu wel lang genoeg geduurd. Jeffrey keek op zijn horloge, het was bijna twaalf uur. Hij wenkte Ali en kort daarop zaten we in de auto. De jongens voorin en ik achterin. Naar Jeffrey's huis, dacht ik, maar ineens reden we over een snelweg.

"Ik stelde Celine net voor om als hoer te gaan werken om snel geld te maken," zei Jeffrey gniffelend tegen Ali. "Weet je wat ze zei, broer? Dat ik niet goed wijs was!"

Ali keek vanaf de bijrijderstoel achterom met een grote grijns op zijn gezicht. "Moet je die schat nou zien, die is toch goud waard?"

Via de achteruitkijkspiegel nam Jeffrey me in zich op. "Daar kunnen wij toch niet tegenop werken. Moet je haar nou zien, ze is nog boos ook."

Ali stak zijn hoofd tussen de steunen van de twee voorstoelen en keek me aan. "Ja schatje, Jeffrey heeft wel gelijk. Jij bent gewoon lekker. Geboren om mannen te behagen. Ze zullen voor je in de rij staan."

Mijn bloed kookte. "Stelletje klootzakken! Denk je nou echt dat ik de hoer ga spelen? No way! Als jullie zo graag geld willen verdienen, ga je maar zelf achter de ramen staan. Ik wil naar huis. Breng me thuis, Jeffrey!" In de spiegel zag ik zijn ogen op slag donker worden.

"Wie denk je wel dat je bent? Wat jij vindt en wilt doet er helemaal niet toe. Ik ga je nu laten zien wat ik bedoel. Je gaat godverdomme eerst gewoon even kijken. Zeikwijf. Ali heeft contacten in Antwerpen die je zo aan het werk kunnen helpen."

Met mijn armen over elkaar keek ik strak naar de strepen op de weg. De kutsfeer die was ontstaan maakte me bang. Ali vond ik toch al een lul, maar Jeffrey herkende ik niet meer. Waar was mijn lieve vriendje gebleven? We reden Antwerpen binnen. Jeffrey stuurde de auto regelrecht richting de ramenbuurt. Toen we langs de roodverlichte panden liepen, keken de jongens druk om zich heen. Jeffrey schreef de nummers van kamerverhuurders over van briefjes die op de ramen van nog vrijstaande peeskamers waren geplakt. Ali hield zijn mobiele telefoon tegen zijn oor. Hij nam diepe halen van de sigaret tussen zijn vingers. Hij hing op en zei tegen Jeffrey dat we naar een café moesten, een paar straten verderop. We liepen terug naar de auto, stapten in en reden naar het café. Jeffrey parkeerde de auto voor de deur, Ali stapte uit en ging het café binnen. Door het raam zag ik dat hij een man een hand gaf en met hem praatte. Een minuut of tien later kwam Ali weer in de auto zitten. "We kunnen bij hem terecht voor een ruimte, *brother*," zei hij en drukte zijn vuist tegen de opgestoken vuist van Jeffrey. "Ik doe helemaal niks, stelletje mafkezen! Ik ben jullie godvergeten hoer niet! Ik ben pas zeventien. Idioten! En al was ik ouder, dan nog: over mijn lijk." Nul reactie op mijn protest. Alsof ik niet bestond. Jeffrey startte de auto en we reden terug naar Breda. Met denderende muziek. De jongens waren volop in gesprek, maakten veel grappen waarbij Ali op zijn bovenbeen sloeg. Door de dreunende boxen vlak achter mijn hoofd verstond ik ze niet. Ik keek naar de voorbijflitsende lantarenpalen. Meenden ze het nou serieus of zaten ze me te fucken?

Met een verward gevoel ging ik die nacht mee naar Jeffrey's huis. Jeffrey de klootzak veranderde weer in de lieve Jeffrey op wie ik verliefd was geworden. Dat maakte mijn verwarring compleet. Hij begon wat om me heen te draaien en liefdevol aan mijn kleding te plukken. Ik was zijn schatje, dat wist ik toch wel? Kusjes, aaien, friemelen. Wat die avond was gebeurd, begon steeds meer te lijken op een geintje. Lastig uit te leggen. Blij dat de oude aanhalige Jeffrey weer boven kwam drijven, raakten we verstrengeld in een vrijpartij. Eentje met gevoel. Zie je wel, hij maakte maar een geintje, je laat je vriendin toch niet als hoer werken? De rest van het weekeinde bleef ik bij hem. Die zaterdag en zondag zat Ali ook de hele dag in het ongezellige mannenappartement van Jeffrey. Alleen de hoognodige dingen stonden er: een uitgezakte driezitsbank met een poster van een blote vrouw erboven, een bijzettafel met een volle asbak en een stuk of vier afstandsbedieningen, een televisie, een stereo-installatie en twee heuphoge boxen. Jeffrey en Ali zaten naast elkaar op de bank de ene sigaret na de andere te roken en ik voelde hun ogen continu in me prikken.

Die week kreeg ik mijn eerste klap van Jeffrey. In zijn ogen klaagde ik te veel: over Ali's constante aanwezigheid en het feit dat Jeffrey voor mij geen tijd had. Ik ergerde me aan Ali's ogen die mijn lijf aftastten. In allerlei bewoordingen zei hij steeds weer dat ik er zo lekker uitzag. Toen ik daar mijn beklag over deed bij Jeffrey, zei hij: "Niet zeiken over mijn broer. Er kan maar weinig tussen ons in komen, en al zeker geen wijf."

"Ik zou toch meer voor je moeten betekenen dan die klote-Turk," snauwde ik. Pats, daar was de eerste klap, recht in mijn gezicht.

Geschrokken hield Jeffrey zijn handen op. "Sorry schatje, heb ik je pijn gedaan? Zo heb ik het niet bedoeld. Het spijt me, echt. Jij bent mijn meisje. Laat me eens zien? Nou, een beetje rood, maar het is vooral de schrik, hè? Sorry, sorry, sorry." Dat was het moment waarop ik weg had moeten gaan, maar ik bezweek onder zijn excuses. Zijn handen landden weer zachtjes op mijn huid. Zijn lippen ook. Zoekend naar vergeving. Ik denk dat ik echt verliefd op hem was, anders was ik toch wel weggegaan?'

Celine kijkt naar me, frunnikend aan een lok van haar lange oranjerode haar. Ik zie een kwetsbare jonge vrouw die toetst of het haar schuld is dat het zover gekomen is. Ze is strijdbaar, maar ook heel onzeker. Die schuldvraag laat ik liggen. 'Kun je vertellen wat er toen gebeurde?'

'In de dagen die volgden viel het woord "prostitutie" verdomd vaak. Jeffrey toetste of ik mijn mening had bijgesteld. Een paar keer stond ik op het punt om naar mijn moeder te gaan, ik had Jeffrey de hemel in geprezen, hoe moest ik haar nu uitleggen wat hij van me wilde? Zij vond het ook zo'n charmante jongen. Zou ze me geloven? Jeffrey en Ali speelden onophoudelijk in op mijn gemoed. Ik bleef weigeren en de sfeer werd grimmiger. Als ik opstond, liep een van hen achter me aan. Mijn bewegingsvrijheid werd steeds beperkter. Op een gegeven moment raapte ik mijn moed bij elkaar en liep de hal in om mijn jas te pakken en de deur uit te vluchten. Ali greep me bij mijn haren en duwde me de slaapkamer in. Ik hoorde dat hij het slot omdraaide. "Zodra jij achttien bent, ga jij geld voor ons verdienen! Als jij je moeder iets vertelt, dan doen we haar en jouw broers iets aan!" Ik stond te trillen op mijn benen. Ik geloofde zijn dreigement. Het constante toezicht, de manipulatie, de klap, ik had het gevoel dat ik geen kant meer op kon. Op 2 oktober 2000, de dag dat ik achttien werd, zei ik: "Ik probeer het wel." Vurig wenste ik dat ze ervan af zouden zien.

De dag na mijn verjaardag zaten Jeffrey en Ali weer net zo opgewekt voor in de auto als tijdens onze eerste rit naar Antwerpen. Ik zat zwijgend op de achterbank. Jeffrey parkeerde de auto weer voor het café waar Ali die verhuurder had gesproken. Ali kwam fluitend naar buiten met een sleutel in de hand en stapte weer in. We reden door naar het Schipperskwartier en Jeffrey zette de auto in een parkeervak. De jongens stapten uit en Jeffrey opende mijn portier dat op het kinderslot zat. Ali liep naar een pand in een aangrenzende straat en opende met zijn sleutel de deur naar een smoezelig kamertje van twee bij drie met zwartgeverfde muren en een eenpersoonsbed. Meer paste hier niet in. Tegen de achterwand een wasbakje met een spiegel erboven. Jeffrey duwde me een rugzakje in handen met een lingerieset, een paar handdoeken, een pompfles glijmiddel en een pak condooms. Hij dreunde zijn instructies op: de basisprijs is 50 euro per kwartier. Pijpen en neuken. Bij extra verzoeken, een combinatie van beide, zoenen of strelen, komt er 25 euro per verzoek bovenop. Ik moest ze niet proberen te piepelen, want ze zouden me heel goed in de smiezen houden. Werkte ik niet mee, dan zouden mijn moeder en broers het bezuren. Een boze blik, een doordringende stem en een tikkende wijsvinger op mijn borst om de boodschap kracht bij te zetten. Die zachtaardige Jeffrey op wie ik verliefd was geworden, was definitief van het toneel verdwenen. Wat overbleef was een kille figuur die me sloeg, opsloot en vond dat ik halfnaakt hier voor het raam moest gaan staan om mijzelf te verkopen. Ik kon niets anders bedenken dan hieraan meewerken.

De jongens stelden zich ieder aan een kant van mijn raam op. De gordijnen waren nog dicht, want ik moest me in die lingerie hijsen. Zoiets had ik nog nooit gedragen. Een piepkleine string en een onbeduidend bovenstukje. Zwarte hold-up-kousen en zwarte pumps met idioot hoge hakken waar ik helemaal niet op kon staan. Terwijl ik mijn borsten, cupmaat B, in behaatje cup A probeerde te proppen, ging mijn gsm. Ali: "Hup, gooi dat gordijn open, want er komt zo een klant!" Met een diep gevoel van schaamte schoof ik het gordijn open. Iedereen die langs mijn raam liep, moet mijn hart tegen mijn borstkas hebben zien beuken. Mijn handpalmen waren drijfnat. Die hopeloos hoge hakken tikten tegen de mosterdgele tegelvloer als ik van been wisselde. Vijf tergend trage minuten later stond mijn eerste klant voor de deur. Ouder dan Arthur, kaal met zo'n randje haar onder aan zijn achterhoofd, een flinke onderkin en opgezwollen wallen onder zijn ogen. Zo'n man die ik nooit met seks in verband zou willen brengen. Daar moest ik nu mijn benen voor spreiden. Of ik moest hem afzuigen. De gedachte alleen al deed me duizelen. Hij wist dat ik voor het eerst werkte en deed zich heel begripvol voor. "Ik zal je heel voorzichtig inwijden," kwezelde hij met een Vlaams accent. "Dat doe ik vaker als hier nieuwe meisjes zijn. De jongens roepen mij altijd, omdat ik het zo netjes doe. Je hoeft je dus geen zorgen te maken." Om te kotsen, die vent. Zo'n moraalridder die zichzelf op de borst klopt. Krijgtie geen schuldgevoel. Maar als hij meiden inwijdde, dan moest hij ook weten dat ik niet voor mezelf werkte, toch?

Veel eisen had hij niet. Hij wilde kussen, maar dat wilde ik niet. Hij vroeg of ik hem wilde strelen, maar ook daar moest ik niet aan denken. Dat slappe vel, gadver. Hij trok mijn slipje naar beneden, deed bij zichzelf een condoom om en legde me op het bed. Hij schoof bij me naar binnen en kwam binnen tien minuten klaar. Ik bleef op mijn rug liggen. Wat was dit vies en vernederend. Hij waste zijn piemel bij de wastafel en legde een biljet van 50 euro naast mijn hoofd. "Welkom schatje," zei hij en verdween door de deur. Nog voordat ik überhaupt kon opstaan stonden Jeffrey en Ali bij me in de kamer. Jeffrey greep het geld en stopte het in de kontzak van zijn spijkerbroek. "Nou, zo moeilijk was dat toch niet? Als ze je hoerig genoeg vinden zijn ze zo klaar." Ik kon alleen maar snikken. "Kappen nou! Spoel je schoon en smeer wat make-up op," snauwde Jeffrey. De volgende klant kwam er snel achteraan. Ik was om vijf uur in de middag begonnen en ze lieten me tot vier uur 's nachts doorwerken. Dat was mijn verjaardagscadeautje van Jeffrey en Ali. Klant na klant. Geen idee hoeveel, maar het waren er heel wat. Na iedere klant kwam één van hen binnen om het geld op te halen. Ze controleerden steeds de condoomvoorraad. Waren ze op, dan vulden zij de voorraad aan. Pas later kreeg ik door waarom dat zo belangrijk voor ze was: elke condoom vertegenwoordigde 50 euro. Ik moest de verpakkingen bewaren zodat zij ze konden checken. Ik vroeg ze steeds of het niet genoeg was, maar telkens kreeg ik te horen dat ze die kamer tot vier uur hadden gereserveerd. Na die eerste klant heb ik mijn gedachten uitgeschakeld. Terugkijkend vraag ik me af waarom al die mannen een pop wilde bezoeken. Ik sprak niet, gaf alleen mijn prijs door. Niks extra's, ik ging liggen en zij gingen hun gang. Mijn uitstraling moet boekdelen hebben gesproken, maar toch had ik aardig wat klanten te verwerken.

 Jeffrey en Ali lieten me in mijn eentje op die kamer tot halfzes 's ochtends. Zat ik daar tegen de zwarte muren aan te kijken. Op dat morsige bed waar zoveel mannen over me heen waren gegaan. Wat voelde ik me vies. Toen Jeffrey me kwam halen zei hij: "Hoe meer je tegen ons zeikt, des te langer laten we je hier zitten." Eenmaal achter in de auto op de weg terug naar Breda was ik versteend. Niets drong meer tot me door. Mijn lijf deed pijn. Ik had een rauwe vagina en mijn onderbuik voelde volledig beurs. Mijn bil- en liesspieren waren stram van het constante spreiden. Ik was moe. Doodmoe. Ik ging liggen op de achterbank en moet direct in slaap zijn gevallen. Bij de woning van Jeffrey kreeg ik een por in mijn zij. Ik ben direct naar de douche gestrompeld. Daar heb ik een halve fles douchschuim over me uitgeknepen om me schoon te boenen. Maar na zo'n nacht blijf je je vies voelen. Toen ik in bed ging liggen ben ik direct weggezakt in slaap. Tegen drie uur die middag maakte Jeffrey me wakker. "Maak je klaar, we gaan weer naar Antwerpen." Vanaf nu was dit dagelijkse routine. Na een paar dagen begon ik niet meer om vijf uur, ik kreeg twee uur respijt van ze en begon om zeven uur. Niet uit medemenselijkheid, maar tussen vijf en zes leverde het werk doorgaans niets op. Zeven dagen per week. Nooit een dag vrij. Ook niet als ik ongesteld was. Dan moest ik een spons inbrengen zodat de klant geen bebloede piemel kreeg. Jeffrey en Ali leverden de sponsjes aan. Die waste ik uit, want steeds een nieuwe gebruiken vonden ze te duur. Ze waren nog te gierig om 5 euro extra uit te geven, de prijs van drie sponsjes. Per menstruatieperiode moest ik het met die drie sponsjes doen.

Mijn moeder zag ik niet meer. Ik belde wel regelmatig en raakte nog verder verstrikt in mijn leugens. Ik was in Spanje en had een baantje in een café aan de Costa Brava, hield ik haar voor. Daar moest ik twee maanden werken en had dan aaneengesloten een paar dagen vrij. Te kort om tussentijds naar huis te komen. "Gaat het wel goed met je?" vroeg mijn moeder minstens honderd keer tijdens die telefoongesprekken. Ik speelde mooi weer. Wat moest ik zeggen? Dat ik, haar sterke dochter die haar uit huis had gehaald en veilig had ondergebracht, nu zelf in de fuik was gelopen? No way. In de weken die volgden, werd ze steeds bozer dat ik ertussenuit was gepiept en me niet liet zien. Ze wilde dat ik naar huis kwam en ik deed vage toezeggingen die ik niet nakwam. Ik was verdrietig, zij was verdrietig. Ieder op ons eigen eilandje. Vaak belde ik haar om alleen maar even haar stem te horen. Dan zei ik zelf niets.

Van zeven tot vier pezen in Antwerpen en weer terug naar Jeffrey's huis. Ik had nul bewegingsvrijheid. De ogen van Jeffrey waren onophoudelijk op mij gericht. En als hij er even niet was, viel Ali voor hem in. Het gedrag van Jeffrey werd steeds kloteriger. Als hij me nu vol op mijn bek sloeg, kwam er geen sorry meer achteraan. Ik had het allemaal aan mezelf te danken. Een kuthoer was ik die je mocht knijpen, aan haar haren mocht trekken en een rotschop mocht verkopen. En als hij wilde neuken, ging hij zijn gang. Hij had zich ontpopt tot een heuse pooier. Geld moest ik voor hem verdienen en verder moest ik niet zeiken. Na een week of vier was Jeffrey steeds vaker afwezig, steeds vaker had ik Ali om me heen. Dat vond ik fijner, want uiteindelijk was Ali veel attenter. Vooral als we samen waren. Ik miste dat geschreeuw en die intimiderende wapperende hand van Jeffrey pal voor mijn gezicht niet. Met Jeffrey in de buurt was Ali ook zo'n manipulatieve, geldbeluste lul. Maar zonder Jeffrey was hij veel zorgzamer. Dan bracht hij eten voor me mee en vroeg regelmatig hoe het met me was. Of hij stak me een hart onder de riem: "Toe maar meisje, je doet het goed. Nog een paar uurtjes doorzetten en je kunt weer naar huis." In de ochtend leverde hij me weer af bij Jeffrey, die dan doorgaans wel thuis was. Van hem ontving ik vooral nog sms'jes met de vraag hoeveel klanten ik had gehad. Nooit gaf hij me een compliment of enig blijk van medeleven. Alleen maar gezeik dat ik te weinig had verdiend als ik vroeg in de ochtend hondsmoe bij hem aankwam. Het was nooit genoeg. Geen idee wat ik in die tijd heb verdiend, daar lette ik niet op. Na iedere klant kwamen zij het geld ophalen. Tenzij de ene klant de andere direct opvolgde, dan bleef hij uit de buurt. Ik kan me niet heugen dat ik ooit meer dan 100 euro op mijn kamer had liggen.

Het kleine beetje sympathie van Ali raakte me. Van iemand anders kreeg ik dat niet, ik was totaal geïsoleerd. Jeffrey en Ali vormden mijn wereld, samen met een paar losers van klanten. Op een gegeven moment waren we bijna dagelijks samen. Het klinkt misschien raar, maar ik werd verliefd op Ali. Vanwege zijn aandacht, iets waar ik op dat moment erg gevoelig voor was. In mijn ogen was hij degene die me nog het meeste als een mens behandelde. Ik heb met hem gevreeën. In mijn werkkamer aan het einde van mijn dienst, maar ook in Jeffrey's huis. Geen idee hoe dat kon ontstaan, maar het gebeurde. Met Ali zoende ik. Dat heb ik nooit gedaan met een klant. Zoenen vind ik het intiemste dat er is. Nadat ik ruim twee maanden voor Jeffrey werkte, kwam Ali me ophalen. Jeffrey ging er weer op uit, geen idee waarheen, en ik stond klaar voor vertrek naar het Schipperskwartier. "Neem al je kleren en je spullen mee, want je komt hier niet meer terug," zei hij. Ik keek hem vragend aan. "Ik heb Jeffrey verteld dat ik verliefd op je ben," verklaarde hij met een lieve lach.

Denk niet dat ik kon stoppen met werken. Ali redde me van Jeffrey, maar hij werd mijn volgende pooier. Hij was alleen ietsje subtieler. "Schatje, ik wil ook niet dat je dit werk doet, maar je bent er nu al een tijdje aan gewend. Al het geld dat je verdient, spaar ik op voor ons. Zet nog even door, dan kunnen we over een tijdje samen een normaal leven opbouwen." Voor mij was het al een ingeslopen gewoonte dat ik het geld afdroeg. Ik zou het niet in mijn hoofd hebben gehaald om geld achter te houden. We gingen in een hotelkamer in Antwerpen wonen. Dat scheelde reistijd. Het hotel zal Ali wel hebben betaald met het geld dat ik met de prostitutie verdiende. Na twee weken kwam hij met een nieuw adres, we trokken in bij zijn oom Samir. Hij was een jaar of vijftig. Dan hielden we meer geld over. Opvallend was dat Samir wist dat ik in de rosse buurt werkte. Naar verloop van tijd bracht Samir mij weleens naar mijn werk als Ali niet kon. Hij kwam dan ook het geld bij me ophalen. Zaten ze dan allemaal in dat wereldje?

Toen ik met Ali was, verhuisde ik ook naar een ander raam. Ik had nu een buurvrouw, Nikki. Vanbuiten zag het eruit alsof we ieder een eigen raam hadden, maar we stonden voor twee deuren met glasramen in een enkele ruimte zonder tussenmuur. Tussen de klanten door stonden we samen te kletsen. Ali of Samir kwam steeds binnen om het geld op te halen.

"Ga toch weg bij die Ali," zei Nikki. "Waarom werk je voor een pooier?"

"Ali spaart het geld op, we gaan een huisje kopen en een nieuw leven beginnen," probeerde ik haar nog wijs te maken.

"Geloof je het zelf?" vroeg Nikki spottend. Ik wilde nog even aan mijn naïviteit blijven vasthouden en datgene waarvan ik in mijn hart al wist dat het hartstikke scheef zat, goedpraten. Maar uiteindelijk moest ik Nikki gelijk geven. Niet lang daarvoor had ik Ali gevraagd waar het geld was en hij zei dat hij het al had uitgegeven aan iets vaags. Maar ik moest vooral nog even blijven volhouden, dan zou hij weer opnieuw gaan sparen. "Het is toch niet normaal om het geld dat je zelf hebt verdiend af te geven?" legde Nikki me voor. "Zie je weleens iemand bij mij geld komen halen? Ik geef mijn lichaam weg, maar het geld hou ik voor mezelf. Die knakkers doen niks voor ons. Alleen maar incasseren. Zo ben ik ook begonnen, maar zo gek ben ik niet meer. Ik verdien mijn eigen geld en als ik genoeg heb, ben ik pleite. Maar nu ik het gewend ben, zet ik nog even door." Het idee van weglopen sprak me wel aan, maar ik durfde niet. Hoe dan? Bracht Ali me niet naar mijn werk, dan deed zijn oom Samir dat wel. En waar moest ik naartoe? Vanaf dat moment was vluchten het onderwerp van gesprek met Nikki. We verzonnen allerlei scenario's.

Niet lang daarna diende de gelegenheid zich aan: Ali vertrok voor een week naar Turkije. Op de eerste dag dat hij weg was, kwam Samir me ophalen. Nikki reed onopvallend achter ons aan. Ze had me voorgesteld om bij haar in te trekken. Samir en Ali wisten niet waar zij woonde. Er zijn meer ramen te huur in Antwerpen, dus we konden uitwijken. Naar verloop van tijd zou Ali zijn zoektocht naar mij wel opgeven. Dat gebeurt vaak, verzekerde Nikki mij. Zo was zijzelf ook ontsnapt. Ik volgde Samir zijn woning binnen. Ik was net zo gespannen als die eerste keer achter de ramen. Weglopen had ik nog nooit overwogen. Aanvankelijk was ik verliefd op Ali, maar op dat moment, twee maanden nadat hij me had weggekaapt van Jeffrey, was ik weer de robot van vroeger. Omdat ik zo gedwee was, liet Samir zijn aandacht verslappen. Als je weinig problemen veroorzaakt en netjes je geld verdient, laten ze de teugels vieren. Hoog tijd om daar gebruik van te maken. Ik wachtte tot Samir in slaap zou vallen. Ik had maar één kans.

Hij schonk een glas cola in voor ons. We dronken altijd samen wat na het werk. En daarna snel naar bed. Ik vertrok naar mijn kamer en hij naar de zijne ernaast. Ik hoorde zijn televisie. Met ingehouden adem pakte ik drie weekendtassen in. Wat er niet in paste, liet ik achter. Veel bezat ik niet, wat kleding en lingerie. Ik werkte zeven dagen per week en ik gaf al mijn geld af. Werken, slapen, werken, slapen. Thuis in joggingpak en in lingerie aan het werk. Een spijkerbroek en een shirt of trui voor de reis naar het werk. De meeste ruimte werd in beslag genomen door mijn verzameling schoenen met hoge hakken en een paar hoerige laarzen. Dat was het. Met de volle tassen naast me op het bed en met mijn jas aan, heb ik een uur zitten wachten tot Samir in slaap zou zijn gevallen. Bloednerveus ben ik op mijn tenen het huis uitgeslopen. Nikki's auto stond nog voor de deur. Ik ben bij haar ingestapt en joelend zijn we weggereden. Vier ellendige maanden flitsten aan me voorbij, maar ook mijn moeder en broertjes. Zouden zij weten wat ik doe? Wilden zij mij nog wel zien? We reden een uur in de ochtendspits door de stad, naar een plaatsje net buiten Antwerpen. Haar appartement was niet groot, maar voor ons tweeën groot genoeg, de komende tijd.

Het was acht uur in de ochtend. "Laten we vandaag maar eens lekker lang doorslapen. Ga jij maar eens een dag niet werken. Ik ga vanavond nog wel een paar uur." Nikki legde een hoofdkussen en een dekbed op haar rode skai bank. "Het voordeel van voor jezelf werken is dat je af en toe een dag vrij kunt nemen als je er echt geen trek in hebt. Vanaf nu ben je niemand meer verantwoording verschuldigd." Die dag verscheen het telefoonnummer van Samir in mijn scherm. Heel veel gemiste oproepen. Het geluid had ik uitgezet, ik wilde slapen. Tegen de avond heb ik opgenomen. Ik heb tegen hem gezegd dat ik weg was en niet meer terug zou komen. De tering kon hij krijgen. In die kamer waar ik met Nikki werkte, hoefde ik me niet meer te vertonen. Daar zouden ze me zo weer vinden. De volgende dag belde hij weer aan één stuk door. En de dag daarna belde Ali. Om de paar minuten. Ook hem heb ik één keer te woord gestaan: "Ik kom niet meer terug."

Hij dreigde: "Als ik volgende week terug ben uit Turkije, kom ik je opzoeken, meisje. Als je zelf niet terugkomt, dan kom ik je halen. De consequenties zijn voor jou." Al na een paar zinnen schreeuwde hij zo hard dat ik mijn telefoon een halve meter van mijn oor af hield. "Een varken ben je! Een hoer staat gelijk aan een varken." Midden in zijn scheldpartij heb ik hem weggedrukt. Het schompes voor hem. Nikki nam een ander mobieltje voor me mee, zodat ik zijn gescheld niet meer hoefde aan te horen.

Die eerste avond dat Nikki werkte en ik in haar huis was, kwam Samir bij haar aan het raam. Waar ik was? Geen idee, hield Nikki hem voor. Ze stelde mij voor om nog een avond weg te blijven. Eerst kijken of Samir weer zou verschijnen. Dat was niet het geval. Mijn inschatting was dat Ali nog zo'n vijf dagen zou wegblijven, dus ik waagde het erop. Ik deelde een raam met Nikki, zodat ik me een beetje op de achtergrond kon houden. In die week leerde ik allerlei trucjes van haar. "Heb je minder last van onderen en dan denken ze ook nog dat je ze extra verwent," zei ze. Vaak levert het ook nog meer geld op. Nikki werkte vaak met een petje op met een zonneklep. Had ze een klant die gepijpt wilde worden, dan vulde ze haar hand met babyolie. Ze bewerkte hem dan met haar gesloten hand. Met die afschermende zonneklep dacht de klant dat ze hem pijpte. Ik ben dat ook gaan doen en ik moet zeggen dat wanneer je dat goed doet, de klant er niets van merkt. Het liep ook weleens verkeerd af en dat leverde me dan een dreun op van een opgefokte klant. Toch loonde het de moeite om het zo te doen. Ook leerde Nikki me hoe je een condoom omdoet met je mond. Veel klanten wilden gepijpt worden zonder condoom, dat levert meer geld op. Als ze te veel gezopen hebben, merken ze niet dat je er stiekem een condoom omheen schuift. Dus dat deden we standaard. Trouwens, bij aangeschoten gasten voerden we de prijs altijd op. Ze hadden al langer nodig om zich uit te kleden en het duurt eindeloos voordat ze klaarkomen. Als zo'n dronkelap een uur bij je blijft hangen, kost hem dat sowieso 200 euro. Aan de andere kant, aangeschoten gasten kunnen kwaad op je worden als ze niet klaarkomen. Met die categorie heb je van tijd tot tijd hommeles op je kamer.

Toen Ali aankwam op Schiphol, is hij direct doorgereden naar het Antwerpse Schipperskwartier om naar me te zoeken. Je moest eens weten hoe snel de mobiele tamtam werkt tussen prostituees. Alles wat op straat gebeurt, wordt doorgebeld of ge-sms't. Nikki was gewaarschuwd dat Ali in de buurt was. Ik heb direct een taxi laten komen en ben naar Nikki's appartement gegaan. Daar zette ik mijn oude mobiel aan. Ik had belachelijk veel oproepen gemist. Nu ging hij weer over. Ik nam op. Ali was weer in Antwerpen, zei hij. "Als je nu terugkomt, vergeet ik de afgelopen week en gaan we door waar we gebleven waren. Kom, schatje. Jij bent toch mijn meisje?"

"Tief op!" riep ik en verbrak de verbinding. Hij belde weer en nog eens en bleef maar bellen. In de woning van Nikki voelde ik me veilig. Diezelfde avond stond Ali bij Nikki voor het raam. Zij speelde de vermoorde onschuld. Ali kon nog niet het verband leggen tussen haar en mij. Die avond nog niet, in elk geval. Zodra hij was verdwenen, belde ze mij op om te vertellen dat hij de rosse buurt afstruinde en overal naar me vroeg. Dit kon wel dagen gaan duren. Ik moest maar binnen blijven en niet gaan werken. Het belbombardement van Ali in de dagen die volgden, heb ik genegeerd. Ik voelde me bezwaard tegenover Nikki omdat ik haar met mijn problemen last bezorgde. Het geld dat ik in die dagen had verdiend, legde ik bij haar in de la, voor de boodschappen en mijn verblijf.

Tussen de lange lijst van Ali's gemiste oproepen door zag ik dat ik meerdere keren was gebeld door mijn moeder. Het kostte me moeite om haar terug te bellen. Ik had haar al weken niet meer gesproken en de laatste gesprekken waren behoorlijk de mist in gegaan. De rest van de middag raapte ik mijn moed bij elkaar en belde haar in de avond.

Toen ze opnam en hoorde dat ik het was, barstte ze in huilen uit.

"Celine, waar ben je verdomme? Er stonden hier twee figuren voor de deur die zeiden dat jij de hoer speelt en dat je ze veel geld verschuldigd bent. Ze kwamen binnenvallen en hebben alle kamers doorzocht. Ik was alleen thuis en ze duwden me gewoon aan de kant. Ze lieten me achter met een boodschap: als jij je niet heel snel meldt en je schulden afbetaalt, dan maken ze je af. Zodra ze weg waren heb ik meteen de politie gebeld. Zij kunnen niks doen omdat ik niets weet van die mannen. Ik was zo overdonderd, ik kan me niet eens meer herinneren hoe ze eruitzagen. Waar ben je? Wat is er in godsnaam aan de hand? Werk je in de prostitutie?"

"Kalm ma, er is niks aan de hand," probeerde ik haar gerust te stellen. "Ik werk nog steeds in de horeca. Ik ben wel wat foute mannen tegengekomen die hebben geprobeerd om mij als prostituee te laten werken. Daarom ben ik naar een andere plek uitgeweken."

"Tjezus Celine, waar zit je?"

"Dat zeg ik je liever even niet, mam. Ik ben nog steeds in Spanje, maar ik hou je op de hoogte. Beloofd. En laat je niet intimideren. Die Turken lullen maar wat om je bang te maken, maar als het erop aankomt durven ze niks." Toen ik ophing brak het klamme angstzweet me uit, ik had geen idee waartoe Ali in staat zou zijn.

Het appartement van Nikki kwam ik niet meer uit. Ik was een gevangene van mezelf en dat begon al snel aan me te knagen. Op haar vrije zaterdag kreeg Nikki haar vriendje over de vloer. Mehmet. Hij heeft een groothandel in automaterialen in Emmen, liet ze trots weten. Mehmet bleek een knappe verschijning: brede schouders, gespierde fitnessarmen, gemillimeterd haar en een ragfijne lijn baardhaar langs zijn kaak. Doordringende, oplettende ogen. Een tikje bozig. Midden twintig, schatte ik hem. Bij hem had ik direct het gevoel dat ik op een goede manier op hem over wilde komen. Iemand als Mehmet heb je niet graag tegen je, voor hem ga je op je tenen lopen. Terugkijkend moest hij geweten hebben dat ik bij Nikki logeerde. Hij was helemaal niet verbaasd over mijn aanwezigheid. Nikki was knuffelig met Mehmet. Ze had lekkere hapjes in huis gehaald en een stapel dvd's. We zaten met z'n drieën op de bank waarop ik 's nachts sliep en keken de ene film na de andere met zakken chips en popcorn. Mehmet was een heel relaxte gozer. Aardig en begripvol. Hoewel ze een setje waren, kon hij kennelijk prima leven met het feit dat Nikki zich prostitueerde. Het leek hem niet te deren. We raakten aan de praat over mijn situatie. Dat ik door Jeffrey en Ali in de prostitutie was gebracht en dat ik nu op de vlucht was voor Ali. Mehmet stelde voor om me mee te nemen naar Emmen, ver van Antwerpen en Breda. Dan kon ik een tijdje tot rust komen. Zijn vriendelijkheid was als een warm bad.

Op zondagavond zoende ik Nikki op haar wangen en bedankte haar voor haar gastvrijheid. Zij wenste me veel plezier bij Mehmet. Nou, die pret met Mehmet kwam al snel. Na die vier maanden voor de ramen was ik zo labiel als wat. Ik raakte verliefd op iedere klootzak die maar een beetje aardig tegen me deed. Mehmet zorgde voor lekker eten en sigaretten. Het was gezellig met hem. Bij de televisie, samen op de bank, legde hij zijn arm om mijn nek zoals hij het weekend daarvoor bij Nikki deed. Voor ik het wist zaten we hartstochtelijk te zoenen en we neukten zonder condoom. Vanaf dat moment was het aan tussen ons. Het voelde alsof ik was losgelaten vanuit mijn donkere kerker. Er was weer vrolijkheid. In de tweede week kwam hij thuis met een bedrukt gezicht. Zwijgzaam en prikkelbaar. Ik kon hem niet meer peilen en dat maakte me nerveus.

"Wat is er aan de hand?" wilde ik weten.

Mehmet zat aan tafel en steunde met zijn kin op zijn hand. "Het gaat niet goed met de zaak," antwoordde hij, somber hij voor zich uit starend. Ik leefde op zijn zak, terwijl hij diep in de schulden zat en zijn bedrijf wankelde. Ik sta niet graag bij mensen in het krijt en zeker niet als ze het financieel moeilijk hebben. Het hoge woord kwam eruit: "Nikki springt al bij om mijn zaak van de ondergang te redden, kun jij ook helpen? Via Nikki heb ik in Nederland wel wat contacten, want ik wil natuurlijk wel dat mijn meisje op een goede en veilige plek werkt." Nikki zag hij ook nog steeds, zo af en toe in het weekeinde, maar ik was "zijn meisje". Voor mij had hij alles over. Zelfs Nikki. Maar ik moest beseffen dat Nikki ook werkte om hem te helpen onder het faillissement uit te komen. Hij kon haar niet per direct dumpen. Tja, ik was naïef genoeg om dat als een mak schaap te slikken. Nikki had me geholpen, voor mijn gevoel stond ik bij haar in het krijt. Mehmet hoefde me niet zoveel uit te leggen over haar.

Ik kon in Utrecht aan de slag, in een kamer op een boot aan het Zandpad. Dat is een enkele straat met een rotonde aan het einde waar een continue stroom auto's langsrijdt. De straat ligt langs een water met een lange rij ark aan ark, onderverdeeld in kamertjes met ramen. Hier zijn geen woonhuizen of winkels, alleen maar prostituees en klanten. Er hing een grimmige sfeer. Pooiers stonden opgesteld tegenover de ramen om 'hun' meiden in de gaten te houden. Tussen de meiden onderling was veel gedoe. Nieuwe meisjes trokken veel klandizie en daarvoor kregen ze het op hun brood van hun buurvrouwen. Hoeveel scheldpartijen ik in die eerste weken over me heen heb gehad. Alle boten zijn bereikbaar door loopbruggetjes. De meiden die er al wat langer stonden gingen, heel flauw, halverwege hun bruggetje staan om klanten voor hun buurvrouwen achter de ramen weg te snaaien. Die trut naast mij stond me gewoon hardop af te zeiken tegenover de klanten die voorbijkwamen: "Ze ziet er misschien wel jong en lekker uit, maar ze bakt er niks van hoor, schatje. Je kunt je beter door mij laten verwennen." Dat mens wist van geen ophouden, ze bleef de strijd maar met me opzoeken. Het was een kleine twee uur rijden van Emmen naar Utrecht, Mehmet vond het beter dat ik meerdere dagen in mijn werkkamer bleef. Hij zou me in het weekeinde weer ophalen. De vijf dagen die volgden, verbleef ik non-stop in die kamer van drie bij drie. Ik werkte, sliep en at er. Ik was neerslachtig en daar trok ik bar weinig klanten mee. Twee handlangers van Mehmet, Arkan en Halil, hielden me om de beurt in de gaten. Niet alleen mij, kwam ik later achter, maar nog zo'n zes andere vrouwen.

Toen Mehmet de zaterdag daarop op bezoek kwam, nam hij me zonder veel woorden mee naar buiten. Hij zag er onpeilbaar uit, niet in zijn hum. In zijn auto reden we naar een bos. "Kijk eens wat ik gekocht heb?" zei hij toen hij de auto had geparkeerd. Hij boog zich over me heen en pakte een pistool uit het dashboardkastje. Op slag voelde mijn lichaam ijzig koud. "Even uitproberen." Mehmet greep me bij de arm en sloeg een bospad in. We liepen ongeveer een kwartier en daar gingen we zitten op een omgevallen boom. Hij liet zijn pistool aandachtig door zijn handen gaan. "Wat zit je nou de hele tijd sip te kijken achter dat raam? Je staat er bij als een seksloze etalagepop," zei Mehmet. Hij richtte zijn pistool op een boom twintig meter voor zich uit. PANG. De bast van de boom spatte kapot. Ik kromp ineen. "Je gunt de mannen die voorbijkomen geen blik waardig en je hebt erg vaak de gordijnen dicht als je geen klant hebt," ging hij verder. "Wat zit je dan te doen? Dit schiet geen steek op zo, je hebt minder verdiend dan dat ik aan huur heb betaald voor deze hele week. Ik heb schulden moeten maken om Arkan en Halil te betalen. Zij staan daar om jou te beschermen als je problemen krijgt. Ik doe er alles aan om jou onder goede omstandigheden te laten werken. Om aan onze gezamenlijke toekomst te werken. En wat doe jij? Jij maakt mijn schuldenlast alleen maar groter. Een ondankbare griet ben je, met een heleboel kapsones."

Zijn wenkbrauw krulde op van verontwaardiging. Hij had zoveel voor me gedaan en nu maakte ik er een potje van. Die begripvolle houding van vlak na onze ontmoeting was nergens meer te bekennen. Hij draaide zich om en schoot op een andere boom. De kogel ging er rakelings langs. Hij vloekte, ondersteunde zijn schiethand met zijn linkerhand en schoot nog eens. Hij stak zijn pistool van achteren tussen zijn broekband en rekende mij met heftige bewegingen op zijn vingers voor hoeveel geld ik hem die week had gekost. Alleen al aan huur was hij 840 euro kwijt voor mijn 24-uurskamer. "Arkan en Halil kosten mij 100 euro de man per dag, dus 1400 euro voor een week. Jij hebt deze week slechts 2000 euro verdiend. Ik moet op jou toeleggen." Hij duwde me voor zich uit over het bospad terug naar de auto. Doodsangst blokkeerde mijn motoriek. Hij zou me toch niet vanachter neerschieten? Toen we weer in de auto zaten zei hij: "Maak me niet kwaad, schatje. Pas op, ik ben een tijdbom. Daar ben ik niet trots op. Jij bent mijn pronkstuk, maar ik ben Sinterklaas niet. Vergeet niet dat er maar weinig mensen zijn die met je om willen gaan na wat jij allemaal hebt gedaan. Kijk naar mij: ik slaap met je, ik vrij met je. Zonder condoom. Welke man wil dat als hij weet wat jij allemaal uitvreet? Stel me niet teleur."

Terug op het Zandpad ging hij met me mee mijn kamer binnen, trok de gordijnen dicht en vree met me alsof zijn leven ervan afhing. Met zweet en gekreun. Ik begreep er niks van. Eerst flink intimideren en dan heftig vrijen. Het was zo dubbel. Na de seks kwamen de regels voor de volgende week: "De komende zeven dagen werk je hier desnoods 24 uur per dag, want daar heb ik voor betaald. Om ervoor te zorgen dat we in de toekomst samen verder kunnen, moet je minimaal 1000 euro per dag verdienen. Min de huur, want die zijn we al kwijt. Van die 1000 euro moet ik ook nog die jongens betalen die je beschermen. Dus maak nog maar wat meer omzet, des te sneller zijn we van die schulden af. En des te sneller kunnen wij op zoek naar een mooi huisje." Mijn hoofd duizelde van de bedragen. Ik moest minimaal 8000 euro maken die week. Dat kwam neer op gemiddeld minimaal twintig klanten per dag. Ik was toen, ondanks de lessen van Nikki, nog niet geraffineerd genoeg om klanten te laten klaarkomen nog voordat ze me penetreerden. Neuken met twintig mannen op een dag doet echt pijn.

De week daarop behaalde ik glansrijk het bedrag dat ik moest halen. Weer kwam Mehmet bij me langs. In een opperbest humeur, want ik had een flink bedrag voor hem verdiend. Hij nam me in zijn armen en zei: "Schatje, ik vind het zo fijn dat jij werkt aan onze toekomst." Hij nam me mee voor een ritje. Dit keer niet naar het bos, maar naar een tattooshop. Toen ik plaatsnam in de ligstoel, gingen er op vol volume alarmbellen af in mijn hoofd. Hier had ik absoluut geen zin in, maar de situatie was er niet naar om terug te krabbelen. Een bloedserieuze Mehmet gaf de tatoeagezetter aanwijzingen hoe hij het wilde hebben. Hij bleef er met zijn neus bovenop zitten. Twee uur later liep ik de winkel uit met een afgeplakte bovenarm. Ik voelde me net een gebrandmerkte koe. Kijk, hier zit ie.'

Celine schuift de mouw van haar shirt omhoog. 'Canim Mehmet' staat er over de volle breedte van haar bovenarm in krullende letters. Mijn grote liefde Mehmet.

'Dagelijks kreeg ik klappen. Arkan en Halil zagen er niet alleen uit als ratten, ze waren het ook. Niets ontging hun en ze gaven alles door aan Mehmet die met de dag sadistischer werd. Het was nooit genoeg. Onvoldoende inkomsten betekende bedreigingen en geweld. Ook wanneer mijn opbrengst niet overeenkwam met de geturfde streepjes van Arkan en Halil. Zij turfden iedereen die bij me langskwam. Dat kon ook de beheerder van de boot zijn of een controle van niet-geüniformeerde politieagenten die mijn papieren kwamen controleren. Dan verdiende ik niks, maar ik moest wel afdragen. Geld dat ik niet had. Woest was Mehmet dan. Hij kwam dan bij mij op de kamer, terwijl ik er met opengetrokken gordijnen stond. Dan liet hij me weten dat ik onder mijn quotum zat, dat ik mijn gordijnen te lang had dichtgelaten, dat ik te weinig geld aan een klant had gevraagd, verzin het maar. Ik deed mijn best niet voor onze gezamenlijke toekomst. En dan kwam de jaloezie om de hoek: "Jij hebt gezoend met die klant hè? Geef maar toe, ik weet het gewoon. Zie je wel dat je ervan geniet." Hij rookte een sigaret en terwijl hij vriendelijk naar buiten keek, drukte hij zijn brandende peuk uit op mijn rug. Arkan en Halil voelden zich naar verloop van tijd ook steeds vrijer om hogere productiecijfers af te dwingen door me tikken te geven en hun peuken op me uit te drukken. Kijk, mijn rug zit onder.'

Celine trekt haar shirt op en laat haar rug zien. Er loopt een spoor littekens van boven tot onder. Ze heeft nooit groter dan maat 36 gehad, maar het ziet eruit of ze onder de zwangerschapsstriemen zit. Van brandende sigaretten en klappen met de riem, verklaart ze. Celine toont haar navel. Zoals sommige mensen een spleetje tussen de voortanden hebben, heeft zij een in tweeën gespleten navel. 'In een jaloerse bui heeft Mehmet mijn piercing eruit gerukt.' Van haar enkels tot aan haar kruin zien we de stille getuigen van wat zij de afgelopen twee jaar heeft moeten doorstaan.

'Mehmet liet me overduidelijk voelen dat mijn leven aan een zijden draadje hing. Ik was waardeloos, maar toch ging hij met me naar bed. Elke keer als hij bij me langskwam. Tijdens de seks was hij redelijk liefdevol. En als ik veel had verdiend, was hij ook aardig voor me. Zulke momenten van minieme aandacht deden me op de een of andere manier weer smelten. Ik was zo verstoken van warmte, een klein straaltje licht was al genoeg om me te doen opbloeien. Mehmet was de enige met wie ik het onveilig deed. In de hoerenbuurten van Utrecht en Amsterdam stonden wij bekend als "getrouwd". Zijn naam stond op mijn arm. In die tijd raakte ik zwanger. Wat was ik blij, deze baby zou onze relatie goedmaken. Ik zou kunnen stoppen met dit werk. Toen ik het hem vertelde, ontkende Mehmet dat het van hem was. Maar ik was er zeker van, tijdens mijn werk was ik juist heel erg voorzichtig. De eerste drie maanden van mijn zwangerschap werkte ik door. In die maanden heeft Mehmet meerdere keren in mijn buik geschopt. Hij drong aan op een abortus. Nou ja, aandringen, hij zette zijn pistool op mijn slaap en zei: "Als je dat kind niet laat weghalen, dan schiet ik je door je buik. Dat kind maakt toch geen schijn van kans." Ik geloofde hem op zijn woord. Zijn pistool was altijd geladen.

Tijdens het intakegesprek in de abortuskliniek kreeg ik de vraag voorgelegd of ik de abortus wel echt wilde. Toen ik mijn twijfel liet doorschemeren, gaf Mehmet me onder de tafel een por tegen mijn been. Ik kreeg vijf dagen bedenktijd. Maar op die eerste avond overtuigde Mehmet me nog eens dat dit kind er niet moest komen. In de abortuskliniek was ik te soft geweest over mijn baby, ik had gezegd er goed over na te willen denken. Denken was niet mijn taak, Mehmet dacht voor mij. Ik reageerde niet op zijn klappen. Ik vond het inmiddels normaal dat hij me sloeg. Regelmatig was ik bont en blauw, dat camoufleerde ik dan met theatermake-up. Niemand die het ziet in het rode of paarse licht achter het raam. Het moest wel heel erg zijn, wilde ik ergens nog van onder de indruk raken. Om tot me door te dringen wikkelde hij een riem om zijn vuist met de gesp naar voren. Hij gaf me zo'n dreun op mijn kaak dat ik achterover tegen de verwarming klapte. Dat heeft me twee kiezen gekost. Het is maar de vraag of de tandarts dat nog kan repareren, ik heb nog niet zo lang geleden foto's laten maken in het ziekenhuis. Sinds die kaakstoot heb ik veel pijn in mijn kaak. Ik kan nauwelijks meer kauwen. Mehmet vond het oké dat ik naar de tandarts ging. Die zag dat mijn kaak was beschadigd en stuurde me door naar de kaakchirurg. Deze stelde vast dat mijn kaak gebroken is geweest en scheef was aangegroeid vanwege het gebrek aan medische verzorging.'

Nu Celine vertelt over die kaakbreuk, begrijp ik waar haar slissen vandaan komt. Ze spreekt met valse lucht vanuit haar linkerwang. Dat is de plek waar haar kaak niet goed is aangehecht en waar het gat zit van haar twee ontbrekende kiezen.

'Zodra die bedenktijd voor de abortus erop zat, lag ik op de behandeltafel en werd de foetus verwijderd. Op die dag werd mijn kamerhuur opgezegd en ging ik mee naar Emmen. Nikki was in Mehmets woning om mij die dag te verzorgen. Mehmet leverde me af en vertrok gelijk weer. "Hoi Celine, hoe gaat het met je?" Nikki sloeg haar armen om me heen. Het weerzien met haar was me eigenlijk te confronterend. Ze had me van Ali afgeholpen en vervolgens ben ik er met haar vriend vandoor gegaan. Ze wist dat ik seks had met Mehmet, maar uit niets bleek dat ze daarmee zat. Aan de andere kant, ze had me ook in de val laten lopen van de volgende pooier. Eentje die wat geweld betrof Jeffrey en Ali in de schaduw zette. Zij had gezegd dat ze voor niemand werkte, zij was zo'n sterke meid. Dat was een vuile leugen. Ze heeft me simpelweg uitgeleverd. Geronseld. Maar nu deed Nikki weer even lief als voorheen. Dat bracht onrust in mijn hoofd. Mijn wereld stond op z'n kop, ik snapte er niks meer van. Toch voelde haar zorgzame aandacht als een weldaad. Ik was constant aan het overleven. Daar word je heel opportunistisch van. Als iemand je een helpende hand toesteekt, dan neem je die gewoon aan. Maakt niet uit van wie, daar ga je dan niet ineens heel principieel over doen. Ik was er kapot van dat mijn kindje geen kans had gekregen. Ik had pijn en Nikki was er op dat moment met positieve aandacht. Mijn mond trok ik niet open, ik liet het allemaal maar over me heen komen.

's Avonds kwam Mehmet weer thuis. Hij legde twee vliegtickets voor me op tafel. "Schatje, ik weet dat je boos op me bent, daarom gaan wij er met z'n tweetjes een paar weken tussenuit. Ik vraag Nikki of ze wat spulletjes voor je pakt, dan zitten wij morgenmiddag in het vliegtuig naar Turkije." Geen idee wat hij gedacht heeft, maar ik zat daar helemaal niet op te wachten. Ik voelde me slap en beroerd. Ik bloedde nog veel na en gebruikte stevige pijnstillers, maar ik had er niks tegen in te brengen. Dus na zes maanden non-stop pezen in Utrecht, twee dagen na de abortus, vertrok ik met Mehmet op een zogenaamde vakantie. Eenmaal in Turkije mocht ik bijna niets. Verder dan de hotelkamer kwam ik niet. Mehmet behandelde me als zijn bezit. Hij nam me mee naar plaatsen die hij had uitgezocht. Zijn vele vrienden kwamen of naar ons hotel of hij ontmoette ze in allerlei theehuizen. Hij nam me ook mee naar zijn familie. Als zijn poppetje moest ik naast hem zitten. Ik verstond niks van wat er werd gezegd, ik zat alleen maar mooi te wezen aan zijn zijde. Hij had ook veel afspraken waar hij zonder mij naartoe ging. Achteraf heb ik begrepen dat hij zonder mij de familie van zijn vrouw opzocht. Hij was getrouwd met een Turkse, dus ik mocht alleen maar mee als zijn westerse statussymbool, op de momenten dat het hem uitkwam. Mijn enige voordeel was dat ik drie weken niet hoefde te werken. Maar zodra we in Nederland terugkwamen, werd ik direct weer naar het Utrechtse Zandpad gereden. Daar waren alle kamers verhuurd, dus toen ben ik naar de Amsterdamse Wallen gebracht. Die tijd beleefde ik in een soort roes. Ik was geen mens meer, ik was een volgzame robot.

Amsterdam verschilde niet veel van Utrecht. Arkan en Halil verhuisden met me mee en verloren me geen moment uit het oog. Ze stonden in de straat samen met een schare pooiers, die zichzelf vergoelijkend bodyguard noemden. Blanke meisjes zoals ik kwamen terecht in de buurt van de Achterzijds Voorburgwal, om de hoek bij de Dolle Begijnsteeg. De huur was hier hoger en dat betekende dat ik met meer klanten seks moest hebben om aan die 1000 euro per dag te komen. In Utrecht betaalde ik 840 euro voor mijn kamer, in Amsterdam koste een kamer voor zeven dagen per week, 24 uur per dag 1540 euro. Dan huurde ik ook nog een appartement pal om de hoek voor 1000 euro per maand. Daar kwamen nog allerlei kosten bij. Er lopen gasten rond op de Wallen die boodschappen voor je doen. Via hen bestelde ik eten en sigaretten. Als ik me moest omkleden en zelf boodschappen doen, dan miste ik te veel klanten. Op de Wallen wordt alles afgerond op 50 euro, andere biljetten hadden we niet. En niemand had wisselgeld. Al ging het maar om een broodje hamburger. Het was dat of drie klanten mislopen voor 50 euro elk. Per dag gaf ik wel honderd euro uit aan eten. Halil, Arkan en Mehmet lieten het geld voor boodschappen achter op mijn kamer. Zij kennen die loopjongens en die loopjongens kennen hen. Ze gunnen de loopjongens wat, anders is de kans groot dat ze worden verklikt. Om Mehmet tevreden te houden moest ik minimaal 9000 euro omzet per week draaien.

Ruim een jaar heb ik in Amsterdam gewerkt. Met het verstrijken van de maanden groeide mijn drang om weg te lopen van Mehmet. Ik was mijn eigenwaarde volledig kwijt. Hier ging ik aan onderdoor. Mijn wereldje was zo gekrompen, ik was volledig geïsoleerd van de mensen van wie ik hield. Ik zag horden gelukkige mensen voorbijlopen. Wat stelde mijn leven voor? Ik werd iedere dag geslagen, ik miste mijn moeder, mijn kindje mocht ik niet houden en zat iedere avond alleen op dat kutkamertje. Het voordeel van Amsterdam is dat je op allerlei manieren wat extra's kunt verdienen. De Chinezen die daar rondlopen bijvoorbeeld, betalen je 50 euro als ze een foto mogen maken van je borsten of als je ze een zoentje op de wang geeft. Daar had ik dan geen condoom voor nodig die de apen van Mehmet natelden. Alles wat ik extra verdiende, verborg ik in de locker op mijn kamer. Ik verzon allerlei bijverdiensten waarvoor ik niet hoefde te neuken: strippen voor mijn klanten, ze wassen, masseren, hun schaamharen afscheren.

Na maanden had ik 50.000 euro bijgeklust. Ik dacht mijn kamerverhuurder wel te kunnen vertrouwen, dus ik vroeg hem of hij een kluis had. Of het de kamerverhuurder was die Mehmet heeft getipt of dat zijn loopjongens zagen dat ik extra geld verdiende, of dat andere meiden iets in de gaten hebben gehad, ik heb geen idee, maar Mehmet kwam me in mijn kamertje opzoeken en gaf me een flink pak slaag. "Als je denkt dat je mij kunt besodemieteren, dan heb je het mis. Kom op met dat verdomde geld!" Mehmet duwde me onder de douche en met een natte handdoek raakte hij mij waar hij me raken kon. Ik had een lingeriesetje aan, dus genoeg blote huid. Een natte handdoek striemt heel erg pijnlijk en laat nauwelijks blauwe plekken achter. Ik gilde dat hij op moest houden. Dat het geld in mijn locker zat en dat hij in godsnaam moest stoppen. Weg waren mijn extra verdiensten. Ik voelde een diepe, diepe haat voor Mehmet. Mijn krappe bewegingsruimte werd nog meer beperkt. Zodra een klant zijn hielen lichtte, stonden Halil of Arkan klaar om het geld te innen. Als ik van mijn werk naar huis liep, een paar honderd meter, werd ik door een van hen begeleid.

In Amsterdam werd ik vaak gecontroleerd door de politie van bureau Beursstraat. Ze checkten of de exploitant zich aan de voorwaarden van mijn vergunning hield. Ze hebben me zo vaak gevraagd of ik vrijwillig werkte. Vaak kwam Mos langs, een beer van een politieman. Talloze keren zei hij dat hij me kon helpen als ik dat nodig had. Ja, ja, hij lulde leuk. Waarom haalde hij mij er dan niet uit? Aan de andere kant, ik zei ook niks. Ik bleef maar volhouden dat ik zelfstandig en vrijwillig werkte en zette daar mijn *happy face* bij op. In het begin vond ik de bezoekjes van die politiemensen strontvervelend. Rot op, dacht ik, in de minuten dat je hier tegen me staat te praten, heb ik geen klant. Stond de politie een kwartier in mijn kamer, dan miste ik twee klanten. Dat is 100 euro en ik moest aan mijn quotum komen. Achteraf had ik weer trammelant met Arkan en Halil die wilden weten wat er was gezegd. Kostte me weer extra tijd. Geloofden ze me niet, dan ging er weer een telefoontje naar Mehmet. Dat stond gelijk aan klappen en brandende peuken op mijn huid. Ik zag mezelf weerspiegeld in het raam waar ik avond aan avond voor stond. Een neukrobot, meer was ik niet. Dat ze me die 50.000 euro hadden afgepakt, was de druppel. Ik moest weg, maar waar moest ik heen? Jeffrey en Ali zaten in het zuiden van het land, Halil en Arkan in het westen en Mehmet in het noorden.

Niet lang daarna nam Mehmet me mee op een tiendaagse vakantie naar Brazilië. Hij nam mij mee als speeltje. Voor mij was het lastig ontspannen onder de voortdurende intimidatie. Mehmet wilde mij duidelijk maken dat ik van hem was. Zijn gebrandmerkte koe. Daar was geen ontkomen aan. Na Brazilië heb ik nog twee maanden gewerkt op de Wallen. Toen ging Mehmet alleen op vakantie naar Turkije. De dag voordat hij vertrok, stond hij met Arkan in mijn kamer om geld op te halen. Hij was ontevreden over de opbrengst. Ik zei hem dat ik bijna niet meer kon, ik had zo'n behoefte aan een paar weken rust. Pats. Zijn vlakke hand raakte mijn wang. Zo'n klap was ik wel gewend, maar niet ten overstaan van zijn vrienden. Ik duwde hem weg, maar hij greep mijn armen en spuugde me recht in mijn gezicht. De laatste twee jaren had ik veel ondergaan, maar dit vond ik wel zo'n beetje het meest vernederende. "Varken!" sneerde hij. "Alleen varkens neuken voor geld. Begrijp je nou echt niet dat ik nooit van je gehouden heb. Nooit zal jij mijn vriendin worden. Jij bent niet eens sterk genoeg om voor jezelf op te komen. Ik wil een vrouw en geen varken. Als ik terugkom en jij hebt niet genoeg verdiend, dan verkoop ik je door." Nogmaals spuugde hij in mijn gezicht en hij duwde me van zich af.

Toen Mehmet en Arkan naar buiten liepen, belde ik direct Mos van politiebureau Beursstraat. Tussen wanhoop en moed. Hier was ik klaar mee, ik was bang. Doodsbang. Maar dit wilde ik niet meer. Punt. Binnen vijf minuten stond Mos samen met een collega bij mijn raam om me mee te nemen naar het bureau. Ik zei hem dat ik nog nooit voor mezelf gewerkt had. Geen cent heb ik overgehouden aan twee jaar mannen bevredigen. Ik pakte mijn tas en liep dat godvergeten kloteleven uit. Niet lang daarna had ik op het bureau mijn moeder aan de telefoon. "Mam, kom me alsjeblieft ophalen!" smeekte ik. Nadat ik had uitgelegd waar ik was en de telefoon had opgehangen, barstte ik in huilen uit. Een krappe twee uur later was Arthur er. Van daar zijn we direct naar jullie in Eindhoven gereden."

We schakelen een vrouwelijke collega in van de Technische Recherche om alle sporen van het grove geweld op Celines lichaam te fotograferen. Deze collega maakt ook een proces-verbaal van de geweldssporen op het lijf van Celine, dat we toevoegen aan het dossier. Celine geeft ons toestemming om haar medische gegevens op te vragen. Ik maak een afspraak bij een arts voor een lichamelijk onderzoek. Een van de vragen aan hem is of de kaak van Celine inderdaad een onbehandelde botbreuk vertoont. En of ze de sporen van een afgebroken zwangerschap draagt. Deze bewijslast zal haar verhaal ondersteunen in de rechtszaal. We bellen ook met de GGD en Prostitutie Maatschappelijk Werk voor psychologische hulp voor Celine. Door haar verhaal te vertellen kijkt ze haar demonen recht in de ogen. Ze heeft iemand nodig die samen met haar bekijkt wat het haar doet. Iemand die haar helpt haar traumatische ervaringen te verwerken.

Celines geheugen vertoont gaten. Zeker is dat haar ellende begon op 3 oktober 2000, de dag na haar achttiende verjaardag. Het is inmiddels eind september 2002. Volgende week wordt ze twintig. Samen met haar rekenen we uit: vier maanden heeft ze gewerkt voor Jeffrey en Ali. De laatste twee maanden alleen voor Ali, voor zover Celine weet. Het kan zijn dat Ali nog onder een hoedje speelde met Jeffrey en hem geld toeschoof, maar daar weet Celine niks van. Na Antwerpen is ze voor een halfjaar terechtgekomen op een bootje aan het Utrechtse Zandpad. En aansluitend heeft ze ruim een jaar in Amsterdam gepeesd. Voor Mehmet heeft ze, na aftrek van vakanties, anderhalf jaar gewerkt. Nu kunnen we een berekening gaan maken van haar verdiensten. Dat houden we altijd aan de voorzichtige kant, want als we ook maar één week te veel rekenen, zal de advocaat van de verdachte de betrouwbaarheid van het slachtoffer ter sprake brengen. Het voordeel voor Celine was dat zij in Amsterdam veelvuldig door de politie werd gecontroleerd. Omdat het vermoeden bestond dat zij niet vrijwillig werkte, zijn er controleverslagen gemaakt. Hierdoor kunnen we reconstrueren wat zij ons heeft verteld.

We hebben mede aan de hand van de facturen van de kamerverhuurders onomstotelijk kunnen aantonen dat Celine minimaal een halfjaar in Utrecht heeft gewerkt. Om zeker te zijn dat we niet te hoog gaan zitten, trekken we daar een week van af. We gaan dus uit van 25 weken, 1000 euro per dag. De huur was 840 euro, dus per week moest ze minimaal 8000 euro verdienen. Dat komt neer op 200.000 euro. Minus de huur stak Mehmet 175.000 euro in zijn zak. Ook in Amsterdam moest Celine 1000 euro per dag verdienen. Om een veilige marge aan te houden, gaan we uit van vijftig weken. De kamerhuur bedroeg 1540 euro en haar huis 250 euro per week, dus Celine moest uitkomen op 9000 euro per week om 1000 euro aan Mehmet te kunnen afdragen. In dat jaar op de Wallen verdiende Celine minimaal 450.000 euro. Mehmet ontving daarvan 350.000 euro. En hij had 50.000 euro bijverdiensten van haar afgepakt. Kortom, hij heeft aan Celine minimaal 575.000 euro verdiend. Handje contantje.

Als we uitgaan van 50 euro per klant, heeft Celine aan zo'n 14.000 mannen haar seksuele diensten verkocht. Dan hebben we het nog niet eens over Jeffrey en Ali. Omdat zij geen quotum hanteerden, is minder gemakkelijk uit te rekenen hoeveel Celine in Antwerpen heeft opgeleverd. Celine heeft geen cent overgehouden aan de prostitutie. Sterker, ze heeft een schuld van 40.000 euro door leningen die Mehmet op haar naam heeft afgesloten.

Het begon allemaal in Eindhoven met Jeffrey. Ali bracht Celine naar België. En Mehmet ontfermde zich in Emmen over haar en zette Celine aan het werk in Utrecht en Amsterdam. Voor de drie strafrechtelijke onderzoeken naar Jeffrey, Ali en Mehmet zoeken we contact in de verschillende politieregio's waar Celine heeft gewerkt. Antwerpen, Drenthe, Utrecht en Amsterdam. Elke regio houdt z'n eigen database bij. Elke regio werkt met eigen controleteams. Wat is er bij hen bekend over Celine en haar uitbuiters? Komt zij in de systemen voor? Hebben zij signalen gezien? Zijn er meldingen van vernielingen, overlast, pooierschap of mishandeling? Die informatie krijgen we niet zomaar, die vragen we op middels een machtiging. Vanwege de prostitutiecontroles zal de periode waarin Celine in Utrecht en Amsterdam heeft gewerkt, bij ons bekend zijn. Vanuit beide steden ontvangen we een uitgebreid proces-verbaal op basis van alle geregistreerde signalen uit de computersystemen. In de regio Drenthe loopt een onderzoek naar Mehmet. Hij zou nog vijf andere vrouwen hebben uitgebuit. We voegen de verklaringen van Celine toe aan hun onderzoeksdossier, zij is ook een van de slachtoffers in het Drentse onderzoek.

September 2011

Voor dit boek neem ik contact op met Celine om te vragen of ik haar ervaringen mag opschrijven. We drinken samen een kop koffie en Celine blikt terug: 'Acht jaar na mijn aangifte, en ik heb nooit meer in de prostitutie gewerkt. Ik moet eerlijk zijn, in het begin was de drang om voor mezelf te gaan werken heel groot. Ik moest geld verdienen en was aan dat werk gewend. Je verdient het snel bij elkaar. Mijn moeder heeft me ervan weerhouden. Ze heeft me leren waarderen wat ik heb. Daar ligt het geluk, niet in die centen. Mijn moeder heeft me heel erg gesteund, zij heeft me nooit veroordeeld om wat ik gedaan heb. Voor haar ben ik Celine, niet de ex-prostituee. Dat ligt buiten mijn huiselijke kring wel anders. Bij officiële instanties bijvoorbeeld komt altijd mijn verleden weer ter sprake. Om daar vanaf te komen zal ik naar een andere stad moeten verhuizen, of liever nog naar een ander land. Ik heb verschillende banen uitgeprobeerd. Via het Prostitutie Maatschappelijk Werk heb ik een tijdje gewerkt in een bloemenwinkel. De chef hield me voortdurend in de gaten, dat benauwde me vreselijk. Daarna heb ik op de markt gestaan met tassen, Arthur hielp me daarbij. Geen handige eigenschap voor een verkoper, maar ik krimp in elkaar als er meerdere klanten voor mijn neus staan. Ik kijk ze verschrikt aan en voel me bang. Het liefst kruip ik weg. Roept iemand "Mevrouw, kunt u mij helpen?" met een iets te luide stem, dan raak ik van slag en sta de persoon stamelend te woord.

Elk moment van de dag heb ik het gevoel dat Jeffrey, Ali, Mehmet of een van de bodyguards die me voor de ramen in de gaten hielden, ineens voor mijn neus kunnen staan. Zelf spreek ik niet over mijn prostitutieverleden, want het kleeft nog elke dag aan me. Heel vaak als iemand iets tegen me zegt, ervaar ik door een flashback weer een van de vele situaties die in mijn geheugen staan geprent. Al die pijnlijke momenten staan me nog zo levendig bij. Daarbij, vaak heb ik het gevoel dat het woord "hoer" in blokletters op mijn voorhoofd gedrukt staat. Ik heb nu een kind. Je moest eens weten hoe het voelt als ouders van klasgenootjes tegen me zeggen: "Jouw kind mag best bij ons komen spelen, maar ik wil niet dat mijn kind bij jou thuis komt." Als slachtoffer word ik geprezen en zielig gevonden als ik openlijk vertel over mijn ervaringen, maar aan de andere kant ben ik wel een hoer geweest. Geloof me, het taboe in Nederland is nog heel groot.

Ik werk nu in een verzorgingstehuis. De rust van de senioren waarmee ik werk, doet me goed. Een enkeling verheft weleens zijn stem, maar dat is dan een symptoom van Alzheimer. Dat trek ik mij niet persoonlijk aan. In mijn werk word ik niet geconfronteerd met mijn verleden, de oude mensen doen me daar niet aan denken. Tussen hen voel ik me redelijk veilig. Voor het eerst na al die jaren heb ik weer een relatie. Dat die moeizaam verloopt, komt door mij. Mijn vertrouwen in mannen is volledig weg. Mijn vriend durf ik vaak dingen niet te vertellen. Over seks bijvoorbeeld, geen idee hoe ik mijn grenzen moet stellen op dat vlak. Hoe geef je bijvoorbeeld aan dat je een keer geen zin hebt? Ik hoop dat ik daar beter in word, want hij is heel lief voor mij. Mijn psycholoog heeft bij mij een posttraumatische stressstoornis vastgesteld. Ik lijd aan angsten, paniekaanvallen, slaapstoornis, argwaan ten aanzien van mensen en mannen in het bijzonder. Van tijd tot tijd trek ik me als een kluizenaar terug en voel me dan ontzettend eenzaam.

Ik heb me niet veroordeeld gevoeld door de politiemensen met wie ik contact had. In mijn jaren achter de ramen deden mijn pooiers er alles aan om afstand te creëren tussen de politie en mij. Terwijl ik op klanten stond te wachten, deed Mehmet pal voor mijn neus heel amicaal tegen surveillerende politiemensen. Hij probeerde ze altijd de hand te schudden en klopte ze daarbij, als het even kon, op de schouder. Lachend. Met één oog op mij gericht of ik het schouwspel wel goed volgde. Dan zei hij later tegen me: "De politie is mijn vriend. Denk je nou echt dat zij hoeren geloven? Er staan hier nu op dit moment bijna vijfhonderd hoeren achter de ramen, dacht je dat zij voor jullie allemaal opkomen?" Maar omdat ik later ben gaan samenwerken met de politie ten behoeve van de opsporing en de vervolging van mijn pooiers, heb ik de politiemensen van een andere kant leren kennen. Zij veroordelen me niet. Tijdens de verhoren voelde ik me stukje bij beetje weer Celine worden. Het deed ertoe wat ik zei en dacht. Ik kon op ze bouwen en zij hielden zich aan afspraken. Via de centrale kan ik altijd nog om hulp vragen. Als ik jou via de centrale bel, Henk, neem jij nu, na acht jaar, nog steeds zo snel mogelijk contact met me op.

Maar toch, één ding verbaast me wel. Ik krijg hulp en met vallen en opstaan probeer ik mijn leven op te pakken, maar de daders zitten een tijdje vast, komen vrij en gaan weer vrolijk verder met hun louche zaakjes. Ze maken gewoon weer nieuwe slachtoffers. Waarom krijgen zij geen programma opgelegd waarbij ze leren dat het niet normaal is wat ze doen? Hoezo geld verdienen door vrouwen te dwingen tot seks met Jan en alleman? Laat ze zelf achter het raam gaan staan en met twintig man op een dag naar bed moeten, zonder te kunnen kiezen met wie ze seks hebben. Druppelsgewijs krijg ik nog steeds een paar euro gestort als afbetaling van de opgelegde boete aan Jeffrey en Ali. Het Centraal

Justitieel Incassobureau heeft daarin bemiddeld. Als zij even geen geld hebben, hoeven ze niet te betalen. Ze doen al jaren over het betalen van 1000 euro. Er loopt nog een gerechtelijke en civiele procedure over de tonnen die ik heb verdiend. Soms wil ik daar gewoon mee kappen. Het brengt me niet naar het heden of de toekomst, het houdt me in het verleden.

Jarenlang heb ik me ingezet om jonge meiden te waarschuwen voor de mogelijke gevaren. Ik gaf voorlichting op scholen en bij jongerenclubs. Ook heb ik met andere slachtoffers talloze hulpverleners, gemeenteambtenaren, politiemensen en medewerkers van justitie bijgepraat over wat ons overkomen is. Elke keer weer stapte ik terug in die afschuwelijke twee jaren. Het had voor mij een therapeutische werking om er zoveel over te praten, maar op een gegeven moment kon ik dat niet meer. Ik ben het spuugzat, genoeg geluld. Vorig jaar werd ik opgeroepen om te getuigen in een mensenhandelzaak. Op de Wallen had ik naast een vrouw gewerkt van een pooier die nu in een strafzaak verwikkeld was. Mijn getuigenis moest de periode aangeven waarin de vrouw tewerk was gesteld. Ik had er echt helemaal geen trek in, ik werd er nogmaals in teruggezogen. Die confrontatie haalde mijn nog niet geheelde wonden weer flink open. Weigeren was geen optie, want dan zou ik aangehouden kunnen worden door de politie. Ik was verplicht te verschijnen. Wat zal ik blij zijn als er geen rechtszaak meer komt. Ze mogen nu alles verbranden over mij, zodat er niet meer de kans bestaat dat ik nog eens opgeroepen word. Nu wil ik gelukkig zijn.'

Jeffrey kreeg een onvoorwaardelijke gevangenisstraf van twee jaar en vier maanden en een boete van 1000 euro.

Voor zijn aandeel kreeg Ali vijftien maanden onvoorwaardelijk en een boete van 1000 euro.

Mehmet ging voor vijf jaar en negen maanden de gevangenis in. Naast Celine had hij nog vier meiden voor zich werken.

Halil en Arkan hebben vijf jaar en zes maanden tegen zich horen uitspreken, omdat zij in samenwerking met Mehmet medeverantwoordelijk waren voor de uitbuiting van Celine en de vier andere vrouwen.

De fatale fuik van Celine

Celine was het eerste slachtoffer dat ik verhoorde bij wie de loverboymethodiek zo duidelijk was toegepast. De term 'loverboy' vind ik vreselijk. In principe is hij een ordinaire pooier die een verleidingstechniek gebruikt om een vrouw voor zich te winnen. De nadruk ligt op het inpalmen en het inlijven van een vrouw, wat we *grooming* noemen. Daar zal ik verderop in het boek, in het relaas over Jamila, op terugkomen. Dat inpalmen gaat vooraf aan het daadwerkelijk tot prostitutie brengen. Daar schiet mijns inziens de term 'loverboy' tekort, zeker als je weet dat die persoon uitbuiting als doel voor ogen heeft. Vrouwen die in hun macht zijn, mogen later de hoer gaan spelen.

Tot 2005 was mensenhandel alleen maar gericht op de prostitutie. Wetswijzigingen hebben ervoor gezorgd dat onder mensenhandel nagenoeg elke vorm van uitbuiting wordt verstaan. Als een persoon nu iemand probeert in te palmen met de bedoeling om diegene drugs te laten vervoeren, zodat hijzelf buiten schot blijft, dan gebruikt hij ook de loverboymethodiek. Of criminelen die auto's en gsm-abonnementen op naam van hun zogenaamde liefje laten zetten, zodat zijzelf niet te traceren zijn. Ook dan gebruik je doelbewust verleidingsmethodieken om de gerekruteerde strafbare handelingen te laten plegen. Dat heeft niets met liefde te maken en daarom is de term loverboy wat mij betreft misplaatst. De loverboymethode is in mijn ogen de meest misselijkmakende vorm van mensenhandel.

Valse loyaliteit

Wat er gebeurde tussen Celine en haar moeder zien we vaker gebeuren bij slachtoffers. Haar moeder raakte psychisch uitgeput door een slecht huwelijk vol alcoholisme en mishandeling en alle problemen die dat met zich meebracht. Celine moest sneller volwassen worden dan haar leeftijdsgenoten. Zij was de sterke dochter die uiteindelijk zelf in de fuik stapte. Zij schaamde zich tegenover haar moeder en wilde haar uit de wind houden. Het ging net weer een beetje beter met haar moeder, dus ze wilde haar niet lastigvallen met haar problemen met Jeffrey.

Omgekeerd had haar moeder er graag voor Celine willen zijn. Of ze dat psychisch had aangekund, is nog maar de vraag. Toch is Celine op een redelijk goede manier uit de prostitutie gekomen. Dat is mede te danken aan de houding van haar moeder: zij oordeelde niet over de daden van Celine. De klem waar moeder en dochter in zaten, was het gevoel dat ze sterk moesten zijn voor elkaar. Nadat Celine na haar vlucht van de Wallen een aantal jaren inwoonde bij haar moeder en Arthur, besloot ze op zichzelf te gaan wonen. Ze kon haar verleden niet afsluiten, omdat ze thuis continu werd herinnerd aan haar prostitutieverleden. Niet dat haar moeder haar dat voor de voeten wierp, maar alleen al het feit dat Celine bij haar moeder woonde, confronteerde haar voortdurend met haar verleden. De aanwezigheid van haar moeder bracht Celine in herinnering wat zij haar allemaal op de mouw had gespeld in de tijd dat ze in de prostitutie werkte. Thuis kon ze de cirkel niet doorbreken.

Dwang

De collega's van de Beursstraat hadden al een vermoeden dat Celine gedwongen achter de ramen stond. Juridisch gezien heb je een verklaring van een slachtoffer nodig, omdat zij zal moeten uitleggen dat ze daar niet vrijwillig stond. Dat is bijvoorbeeld anders bij het gebruik van geweld, want als ik zie dat iemand de prostitutie in geslagen wordt, heb ik geen verdere verklaring nodig. Ik heb dat tenslotte zelf waargenomen. Dwang is een persoonlijke beleving. Wat voor de één dwang is, kan een ander heel anders ervaren. Je kunt wel vermoedens hebben dat er sprake is van dwang. Van belang is dat we de reacties peilen van de prostituee die we spreken. Elke keer als we Celine spraken, reageerde ze zeer nerveus. Ze wilde er zo snel mogelijk vanaf zijn en ze speurde continu de omgeving af. Ze keek ook vaak op haar mobiele telefoon. Later vertelde ze daarover dat ze in het begin van haar werk één keer het gordijn dichtdeed bij een controle, waardoor Mehmet dacht dat ze een klant had. Dat hij gewelddadig kon worden door een ingelaste pauze van Celine en dat zij daar nerveus van werd, typeert de dwang. De weerstand van prostituees om hun verhaal aan de politie te vertellen heeft te maken met hun angst voor wat hun te wachten staat. Celine had al zoveel meegemaakt, ze was bang dat ze nogmaals mishandeld zou worden. Ook al had Mehmet nooit op haar geschoten, zij was bang dat hij zijn pistool tegen haar zou gebruiken. Die angst werd gevoed door zijn eerdere gedrag.

Emotionele afhankelijkheid

Dwang is niet de enige verklaring voor Celines volgzaamheid. Want waarom viel zij, nadat zij was gevlucht van haar ene pooier, in de armen van de andere pooier? Waarom bleef zij zo lang braaf doen wat haar pooiers van haar verlangden? Celine was emotioneel afhankelijk van haar handelaren. Zij was verliefd op Jeffrey, vervolgens op Ali en ten slotte op Mehmet. Die afhankelijkheid was zo groot, dat zij steeds weer in eenzelfde soort ongezonde relatie verviel. Naar haar gevoel had Celine niemand anders op wie ze kon terugvallen. 'Waarom rende je niet weg?' is een standaardvraag van de rechter. Slachtoffers kunnen hier heel moeilijk antwoord op geven. Ze kunnen dat niet precies aangeven en komen vaak niet verder dan: ik was bang en radeloos. Een deur uitrennen is een sprong in het diepe. De consequenties daarvan zijn niet te overzien. Aan de andere kant, pooiers geven onderdak en op een of andere manier zorgen ze ook weer voor je en geven ze je aandacht. Ook al is die verzorging of aandacht negatief. Geen psycholoog of psychiater kan daar exact de vinger op leggen.

Vrouwen ronselen vrouwen

Nikki speelde een dubbelrol. Ze had een goede positie bij haar pooier Mehmet. Hun relatie was niet gebaseerd op liefde, maar op manipulatie. Tenminste, vanuit het standpunt van de pooier. We zien vaak dat vrouwen die zelf voor het raam staan, andere vrouwen ronselen. Het voordeel dat zij daaruit trekken, is dat ze zelf dan met minder klanten naar bed hoeven. Mehmet positioneert haar op een bijzondere manier met de boodschap: "Jij bent de ware voor mij, Celine neuk ik maar om geld te verdienen." Grote kans dat hij haar zo heeft gemanipuleerd: "Als jij andere vrouwen ronselt, hoef je zelf niet zoveel klanten af te werken op een avond." Wie weet heeft zijzelf nog een aantal meiden in haar macht. Veel prostituees hebben zo'n dubbelrol. In dit geval is Mehmet de intellectuele dader van het feit dat Nikki als mensenhandelaar optreedt. Voor Nikki is het een vennootschap om er het beste van te maken.

Nikki deed alsof zij geen pooier had, maar ze stond volledig onder de invloed van Mehmet. Wellicht dat hij bij haar de teugels iets liet vieren, omdat ze goed haar best deed. Zij had iets meer aanzien door haar relatie met Mehmet. Zij zal wel verliefd op hem zijn geweest en op haar tenen hebben gelopen om hem gunstig te stemmen. Een vrouw als Nikki heeft haar eigen Stockholmsyndroom.

Stockholmsyndroom

We zien soms gebeuren dat een slachtoffer zich in hoge mate verplaatst in de beleving van haar handelaar. Haar overlevingsstrategie vertoont sterke overeenkomsten met die van gijzelingsslachtoffers bij wie de diagnose Stockholmsyndroom is gesteld. Ze probeert zijn identiteit tot de hare te maken. Ze praat zijn daden goed en idealiseert haar positie, ook al beseft ze dat ze in een afhankelijkheidssituatie zit. Om te overleven doet zij alles om haar handelaar gunstig te stemmen, want dan zal hij aardig tegen haar zijn. Wanneer zij genoeg verdient, krijgt ze een bevoorrechte positie. Hij pronkt met haar en hemelt haar op. Een van de gevolgen van dit syndroom is dat het slachtoffer de mishandelingen blijft ontkennen of minimaliseert vanwege haar gevoelens van affectie voor en emotionele afhankelijkheid van de mensenhandelaar. Prostituees die een lange periode in een uitbuitingssituatie zitten, weten feilloos welke gedragingen haar pooier bevallen en welke niet. Hoe gek het ook moge klinken, hij is nog de enige positieve relatie die zij heeft. Door haar sociale isolement en angst voor represailles van zijn kant, is ze bang die enige relatie te verliezen. Hij haalt haar op, hij brengt haar naar huis en naar het werk, hij zorgt dat ze mensen om zich heen heeft die haar hulp bieden als ze lastiggevallen wordt en hij zorgt dat ze te eten krijgt. Hij is de enige die zich om haar bekommert en och ja, af en toe slaat hij of wordt hij kwaad als ze te weinig heeft verdiend. Om te kunnen blijven werken romantiseren slachtoffers de positieve eigenschappen. Hoe hou je het anders vol?

Posttraumatische stressstoornis

Ernstige stressgevende situaties, waarbij sprake is geweest van levensbedreiging, ernstig lichamelijk geweld of een bedreiging van de fysieke integriteit kunnen een posttraumatische stressstoornis opleveren. Deze angststoornis zie ik vaak terug bij slachtoffers. Herbelevingen, angstaanvallen, mensenschuwheid, wantrouwen, slapeloosheid, nachtmerries en vatbaarheid voor verslavingen zijn maar een paar van de vele negatieve psychische gevolgen waar slachtoffers nog jarenlang door gekweld kunnen worden.

Dissociatie

Als iemand in een ernstig bedreigende situatie komt en niet kan vluchten of vechten, kan de menselijke geest zich tijdelijk onttrekken aan de realiteit. De ernstige gebeurtenissen kunnen jarenlang worden weggedrukt. De persoon is zich hier niet van bewust. Tijdens verhoren van slachtoffers stuit ik regelmatig op dit psychische verdringingsmechanisme. Zij duwen hun nare ervaringen weg, want hoe kunnen zij anders dag in dag uit met zoveel mannen naar bed? Als je bewust beleeft dat je onder dwang met mannen naar bed moet, zou je elk seksueel contact als een verkrachting ervaren. Dat geldt ook voor het geweld dat slachtoffers te verduren krijgen.

Bij het verhoren van slachtoffers komt vaak voor dat zij zich aanvankelijk niets meer herinneren, maar dat de ervaringen naar verloop van tijd beetje bij beetje terugkomen. Daarom is het belangrijk om in een later stadium goed uit te werken waarom zij zich eerst niets herinnerde en later wel. Vergeet de verhoorder dat te noteren, dan kan de advocaat van de verdachte aansturen op de onbetrouwbaarheid van de getuige. Maar het zou juist veel vreemder zijn als een slachtoffer zich alle gruwelijke details moeiteloos zou weten te herinneren. Bij iedereen loopt de emmer vol, dissociatie leegt hem tijdelijk.

Sociale isolatie

Wie eenmaal in het prostitutiewereldje verkeert, gaat om met mensen uit dat wereldje. De laatste jaren zien we vaak dat uitbuiters ervoor zorgen dat een prostituee alleen nog maar omgaat met haar pooier of bodyguard. Hierdoor raakt zij sociaal volledig geïsoleerd. De buurvrouw is je concurrent en iedere klant die zij binnenhaalt, is er een minder voor jou. Dat kan betekenen dat je aan het einde van de dag te weinig hebt verdiend. Die competitie maakt dat je nog meer geïsoleerd raakt. Je staat om vier uur in de middag op en je vriend is zo lief geweest om je een hond te geven. Die hond is je vriendje die lekker bij je komt zitten en je geen lastige vragen stelt. Je laat hem uit en je zit om acht uur in de avond achter je raam. Je moet ervoor zorgen dat je voor vier uur 's nachts het minimale bedrag hebt verdiend dat je pooier van je eist. Je gaat naar huis, aait je hond en slaapt tot het einde van de middag. Eten, hond uitlaten, je verzorgen en weer naar het werk. Vaak zeven dagen per week. Vertrouwde familiebanden en oude vriendschappen lijken mijlenver weg en je hebt het gevoel dat je geen deel meer uitmaakt van de maatschappij.

Vriendschap tussen Celine en Nikki

Celine aanvaardt het aanbod van Nikki om bij haar in te trekken van ganser harte. Nikki is haar voorbeeld van zelfstandigheid en onafhankelijkheid, hoewel zij in dezelfde branche werkt. Onder normale omstandigheden had Celine kunnen denken dat er iets achter zou zitten, maar dat had ze ook kunnen bedenken bij Jeffrey, Ali en Mehmet. Op het moment dat Celine iemand nodig had, was Nikki er. Ook toen Celine voor Mehmet werkte en met hem vree, terwijl ze toch echt de indruk had dat Nikki een relatie had met Mehmet. Zij zijn wel lotgenoten, dat maakt ruimte voor een gelegenheidsvriendschap. In elkaars aanwezigheid hoefden zij elkaar niet te beconcurreren.

Straffen en belonen

De meest effectieve maatregelen om zonder al te veel moeite inkomsten te garanderen zijn het straffen en belonen. Een mensenhandelaar die meerdere slachtoffers voor zich heeft werken, beloont in de aanwezigheid van de anderen degene die op die dag het meeste heeft verdiend. Alle anderen krijgen geen aandacht of er volgt straf. In de praktijk zie ik het gebeuren dat slachtoffers harder gaan werken voor hun handelaar om ook openlijk beloond te worden. Bijvoorbeeld om op een dag meer te verdienen dan hij heeft opgedragen. In de psychologie heet dit *intermittent reinforcement*: het afwisselen van straf en beloning. Daardoor ontstaat er een moordende concurrentie en de slachtoffers gaan nog meer op hun tenen lopen om in een goed blaadje te komen bij de handelaar. Vaak gaan slachtoffers hier zo ver in, dat zij teleurgesteld zijn als ze na een dag hard werken geen aandacht krijgen. Een kus of een opmerking dat zij de beste is van het hele stel kan al voldoende zijn om de uitbuiting in stand te houden.

Tatoeages

Veel jonge vrouwen in de gedwongen prostitutie hebben tatoeages met de naam van hun pooier. De tatoeage laat zien wiens vrouw zij is. In Utrecht en Amsterdam gold Celine als de vrouw van Mehmet. Daar had hij een status, andere pooiers hadden ontzag voor hem. Hij is geen lieve jongen, dus strijk hem maar niet tegen de haren in. Celine had over het zetten van de tatoeage niets in te brengen. Het was de wens van Mehmet dat zij zijn naam op haar arm kreeg en dus gebeurde het. Sommige meiden willen zelf graag de naam van hun pooier op hun lijf. Zij hebben geen eigenwaarde meer, de tatoeage is hun nieuwe eigenwaarde. Een handtekening op hun lijf van een pooier hoog in de pikorde biedt hen bescherming en status. De andere pooiers, bodyguards en loopjongens laten hen met rust. Want buiten hun pooiers hebben de vrouwen vaak ook nog te maken met andere figuren die hen onderdrukken en hun geld aftroggelen.

Door de omvangrijke aandacht voor de tatoeages beginnen ze achterhaald te raken. Zodra het gedrag van handelaren in het oog valt van de politie, zoeken de eerstgenoemden hun heil in nieuwe en onbekende handelswijzen en andere merktekens.

De Turkse verdachte

We zien vaak dat Turkse verdachten van mensenhandel in groepen werken. Binnen die groepen is de minachting voor vrouwen groot en de pooiers gebruiken veel geweld. Deze Turkse mensenhandelaren hanteren een dubbele moraal: de vrouwen die zij de prostitutie in brengen zijn minderwaardig, maar kom niet aan hun eigen zus. Alle niet-Turkse vrouwen zijn geschikt als prostituee.

Politie als vijand

Mehmet doet er alles aan om Celine ervan te overtuigen dat zij niets moet verwachten van de politie. Een veelgebruikte techniek van pooiers is om in een wat drukker bezocht prostitutiegebied naar een politieagent toe te lopen, hem een schouderklop te geven en opzichtig de hand reiken. Dit alles in het zicht van de prostituee achter het raam, die niet kan horen wat de politieman en pooier tegen elkaar zeggen. De pooier tovert een grote lach op zijn gezicht en maakt joviale gebaren, zodat de vrouw achter het raam denkt dat de politie aan zijn kant staat. Als zij daarvan overtuigd raakt, laat ze het wel uit haar hoofd om contact met de politie te zoeken.

Schuttingtaal

Celine viel op door haar taalgebruik. Daarin was een verharding opgetreden en haar woordenschat bleef aardig beperkt tot schuttingtaal. Van de tien woorden die ze uitsprak, waren er acht in de categorie 'kutzooi' of 'klote'. Haar eigen afweermechanisme om het hoofd te bieden aan de onderdrukking, dat nog maanden nagalmde. Wij spraken haar er meer dan eens op aan dat ze die woorden te vaak gebruikte. Daar werd ze zich pas van bewust toen ze zichzelf terugzag op een video-opname. Je ziet dit vaker bij slachtoffers, ze nemen de stoere mannentaal over. 'Het doet me niks', spreekt uit hun houding en woordgebruik, maar ondertussen doet het ze heel veel. Schelden is een uiting van onmacht en van emotie. Het kan opluchten. Structureel schelden kan een teken zijn dat je er niet in slaagt je negativiteit uit te bannen, waardoor je in een negatieve spiraal kunt belanden. Vanaf het moment dat Celine erop ging letten, heeft het nog maanden geduurd voordat ze haar oude taalgebruik weer terug had. Bij moeilijke momenten, ook in de jaren daarna, betrapte ze zich er nog vaak op dat ze weer terugviel op scheldwoorden.

Geld

Tijdens de verhoren zoeken we naar juridische aanknopingspunten. Het is belangrijk iets van de verdiensten af te weten. Voor ons, maar is ook van belang voor het slachtoffer. Geld maakt een belangrijk deel uit van het strafbare feit, maar is ook van belang voor het slachtoffer, die met de hulp van een advocaat kan uitzoeken of ze rechten en mogelijkheden heeft om haar verdiensten terug te halen. Ik heb Celine veel lastige aanvullende vragen moeten stellen. Zoals: hoeveel klanten had je per dag? Wat voor seksuele handelingen werd je verplicht uit te voeren? Dit soort vragen zijn pijnlijk, omdat uit de antwoorden doorschemert met hoeveel mannen ze naar bed is geweest. Andere vragen die ik in het begin lastig vond, waren vragen waaruit zou kunnen blijken dat ik hen niet geloofde. Meestal waren dit vragen over uitspraken die conflicteerden met eerder gedane uitspraken. Dat moeten we wel navragen, maar ze keken me dan weleens aan met een vragende blik: Geloof je me niet? In de loop der jaren, ruim duizend verhoren verder, vind ik dat niet meer zo moeilijk. Belangrijk is dat je vooraf uitlegt waarom je de vragen stelt die je stellen moet.

Chavdar, Iulia & Oana

Juni 2003

Er ligt een proces-verbaal van de Criminele Inlichtingen Eenheid (CIE) van de regiopolitie Brabant Zuid-Oost op mijn bureau. Dit dossier is bij mij terechtgekomen, omdat ik de leiding heb van het team Mensenhandel. Het staat boordevol anonieme meldingen die zij de afgelopen jaren ontvingen over de Turkse families Emin en Bulut. Vooral de laatste maanden zijn er veel meldingen binnengekomen. De CIE heeft ze gebundeld.

Anonieme meldingen over de familie Emin:

Zeki Emin (13-01-1965) verhuurt de woning aan de Kerkstraat 100 sinds 1998 onder aan illegaal in Nederland verblijvende mensen uit voormalige Oostbloklanden.

Zeki Emin wil zijn woning aan de Kerkstraat 100 in Eindhoven als prostitutiepand gaan exploiteren.

Zeki Emin woont momenteel in de Sint Jansstraat 23 in Eindhoven. Kortgeleden waren er negen Bulgaren aanwezig in deze woning, vijf mannen en vier vrouwen. Het is onbekend of deze mensen illegaal in Nederland verbleven.

Zeki Emin heeft in het verleden in Duitsland vastgezeten voor mensenhandel.

Zeki Emin werkt intensief samen met de familie Bulut. Hij reist weleens naar Bulgarije om vrouwen op te halen bij mogelijke familieleden.

In café Het Kroegje werkt een Roemeense die door bemiddeling van Zeki Nederland is binnengekomen op een toeristenvisum.

In café De Snaar werken twee Bulgaarse vrouwen die door bemiddeling van Zeki Nederland zijn binnengekomen op een toeristenvisum.

Zeki Emin komt regelmatig op een vrouwenmarkt in Brussel. De vrouwen worden per bus aangevoerd en vervolgens verhandeld.

Op 13 mei 2003 heeft Zeki Emin aangegeven dat er een week later weer vier Bulgaarse vrouwen in Nederland aankomen die voor hem bestemd zijn.

Zeki Emin vraagt 1000 à 1500 euro aan een Oost-Europese vrouw om haar vervoer naar Nederland te regelen. Hij regelt onderdak en werk. In veel gevallen neemt hij de paspoorten van de vrouwen in.

Zeki Emin ronselt mensen in Nederland om met de vrouwen die hij naar Nederland haalt te trouwen. De betreffende vrouw moet daar 20.000 euro voor betalen. Zeki steekt daarvan 5000 euro in eigen zak. Fatih, de zoon van Zeki, gaat binnenkort naar Bulgarije om daar te trouwen. Fatih rijdt onverzekerd in een rode Mercedes.

Zeki Emin krijgt binnenkort een hele partij Bulgaarse mannen en vrouwen binnen. Deze mensen zullen tijdelijk worden ondergebracht in de panden aan de Sint Jansstraat 23 en Krokusstraat 1 te Eindhoven. Dit is de woning van de ex-vrouw van Zeki.

Anonieme meldingen over de familie Bulut:

Vrouwen die onder valse voorwendselen vanuit voormalige Oostbloklanden naar Nederland worden gehaald, worden ondergebracht in café Het Trefpunt aan de Herenweg 12 in Eindhoven. Zij worden gedwongen om in de prostitutie te werken.

Café Het Trefpunt wordt gerund door eigenaar Serkan Bulut (06-06-1970). Het café is verzamelpunt van de familie.

In Het trefpunt werken drie tot vier meiden die door Baris Bulut (17-02-1962) uit Roemenië zijn gehaald.

Boven café Het Trefpunt wordt volop gegokt.

Kemal Bulut (12-11-1974) heeft zes meisjes in de prostitutie werken in Luik, België. Hij controleert hen regelmatig. Hij wordt daarbij geregeld bijgestaan door zijn broer Aydin Bulut (01-01-1969).

Vanuit Het Trefpunt worden vrouwen opgehaald door een busje van uitzendbureau Van Maanen. Deze vrouwen werken in de groenteteelt.

Het dossier is een ratjetoe van vaak niet meer dan snippers van vermoedens, verdachte situaties, maar ook concrete waarnemingen van politiemensen tijdens de surveillance. De meldingen komen veelal van mensen die werken voor officiële instanties. Ze hebben beroepsgeheim of werken op vertrouwelijke basis met de families, maar zien dingen gebeuren die hen tegen de borst stuiten. Hulpverleners, medewerkers van woningbouwcoöperaties, gemeenteambtenaren, de meldingen komen uit diverse hoeken. Soms ontvangen we ook anonieme meldingen van familieleden, van criminelen die uit rancune hun maten aangeven of een gehaaide aspergekweker die de mensen niet uitbetaalt wanneer ze worden opgepakt en teruggestuurd naar hun land. Ze melden aan de CIE wat zij zien en horen, in de wetenschap dat hun identiteit wordt afgeschermd. De CIE checkt de informatie op betrouwbaarheid, maar het is aan ons om die volledig te onderzoeken op waarheidsgehalte. Kunnen wij de genoemde zaken in het proces-verbaal niet objectiveren, dan volgt er geen onderzoek en dus ook geen strafzaak. De CIE vermoedt dat de families Emin en Bulut samen in schimmige zaken zitten. In het dossier komen zeven verdachten naar voren die zich mogelijk schuldig maken aan mensensmokkel en mensenhandel. Ze zouden telefonisch contact onderhouden en er zouden banktransacties over en weer gaan. Doordat de meldingen van verschillende kanten komen, is het vermoeden heel sterk dat er sprake is van gedwongen prostitutie en dat de vrouwen hun verdiensten moeten afgeven. Tevens lijken de meldingen op mensensmokkel: mensen binnenhalen die onderbetaald andere werkzaamheden dan prostitutiewerk verrichten. De verdachten zouden daartoe de illegalen gelegenheid en middelen verschaffen. Wat opvalt aan de meldingen is de onvoorzichtigheid van de criminelen. Zoveel afzonderlijke meldingen. Het lijkt op arrogante hoogmoed.

De komende maanden gaan wij alle meldingen in het proces-verbaal na. We gaan op zoek naar aanwijzingen die duiden op mensensmokkel en mensenhandel of andere criminele activiteiten. Kloppen de meldingen? Hoe steken de relaties in elkaar? Is er daadwerkelijk samenwerking tussen Zeki Emin en de broers Bulut? Is er überhaupt sprake van strafbare feiten zoals die beschreven staan in het Wetboek van Strafrecht of andere wetten? En wie maakt zich daar schuldig aan? Foutieve informatie moeten we uitsluiten en wat overeind blijft staan, moeten we concreet maken door het te onderbouwen met bewijslast. We moeten uitzoeken wie kan worden aangemerkt als verdachte. We stellen een veertienkoppig team samen van mensen uit het team Grensoverschrijdende Criminaliteit, politierechercheurs, mensen van de vreemdelingenpolitie en de zedenpolitie. Ik leid de coördinatie van het team. We gaan een nauwe samenwerking aan met de arbeidsinspectie, de belastingdienst en met gemeentelijke toezichthouders. We zoeken contact met de woningbouwvereniging, omdat zij onbewust misschien wel een vorm van criminaliteit faciliteren. Zij gaan hun inschrijvingen na en doen huisbezoeken. We beginnen met het ordenen van de gegevens. Allereerst maken we een schifting van de verdachte personen. Onder iedere verdachte zetten we op een rij wat er in het CIE-proces-verbaal over diegene wordt genoemd. We brengen de adressen van de verdachten in kaart. Op internet speuren we naar oneffenheden over de verdachten. Ook pluizen we de computersystemen van de politie uit. De officier van justitie geeft toestemming voor het opvragen van de printgegevens van de mobiele nummers uit het proces-verbaal. We vragen gegevens op uit het kadaster, de sociale diensten en de belastingdienst. Beetje bij beetje stapelen onze vondsten zich op.

We moeten ook meer te weten komen over Roemenië en Bulgarije, want daar komen de mensen vandaan die de families Emin en Bulut naar Nederland brengen. We raadplegen internet, de landeninformatie van de IND, we informeren bij de tolken met wie we werken en we nemen contact op met onze liaisons, collega-afgevaardigden die in Roemenië en Bulgarije bij de ambassades gestationeerd zijn. Wat ik wil weten is: hoe komen deze twee Turkse families in Bulgarije terecht en hoe maken zij zich verstaanbaar? Een krappe 10 procent van de Bulgaarse bevolking is en spreekt Turks. Ook spreekt een deel van de Roma-bevolking, een minderheid van 5 procent, Turks. Deze moslimminderheid woont geconcentreerd in en om de stad Sliven, in het oosten van Bulgarije. Het schijnt dat daar zelfs mensen wonen die geen Bulgaars kunnen spreken. Op het Bulgaarse platteland zijn scholen vaak moeilijk bereikbaar. Ouders die zelf niet of nauwelijks zijn opgeleid, zien doorgaans het belang niet van scholing voor hun kind. Scholen doen vaak geen moeite om kinderen die afhaken weer aan boord te hijsen. De jarenlange discriminatie door de overheid van etnische minderheden, heeft zijn sporen nagelaten. Romakinderen en -jongeren lopen een groot risico om in handen van mensenhandelaren terecht te komen. Vanwege de massale werkloosheid en armoede moet jong en oud bijdragen aan het gezinsinkomen. Verschillende rapporten melden dat ongeveer 80 procent van de minderjarigen uit minderheidsgroepen naar de Europese Unie worden gesmokkeld voor seksuele uitbuiting, slavenarbeid, bedelbendes of adoptie. Van de kinderen die naar het buitenland worden gesluisd voor seksuele uitbuiting, is 43 procent Roma. Voor de Bulgaren zijn Romakinderen onzichtbaar, zij worden toch niet gemist. Maar niet alleen de Roma zijn vatbaar voor uitbuiting. Zo'n 60 procent van de Bulgaren heeft het financieel zwaar. Een derde van de Bulgaren scharrelt amper 3 euro per dag bij elkaar. Een modaal inkomen in Bulgarije is tien keer minder dan het gemiddelde van de Europese Unie. Het gemiddelde in Nederland ligt boven dat van de EU.

De grens tussen Bulgarije en Roemenië is 600 kilometer lang. Hoewel onderwijs in Roemenië tot en met de universiteit gratis is en de wet voorziet in een leerplicht tot zestien jaar, gaan er maar weinig kinderen naar school. Met name op het platteland. Ook in Roemenië moeten kinderen hun ouders helpen om financieel de eindjes aan elkaar te knopen. Etnische Roemenen zijn verreweg in de meerderheid, 90 procent van de bevolking. De Roma maken ongeveer 2 procent uit van de bevolking, zij zijn met zo'n 400.000. Zij spreken een eigen taal, maar een deel van hen spreekt ook Turks. Naar schatting hebben ruim acht miljoen Roemenen het land verlaten op zoek naar een betere toekomst.

Hoewel het gemiddelde inkomen in Roemenië iets boven dat van de Bulgaren ligt, verdienen de Roemenen maar een schijntje vergeleken met Nederlanders.

Met dit in het achterhoofd, begrijpen we iets beter waarom mensen het avontuur zoeken in Nederland en waarom zij maandenlang, zo niet jarenlang, werken onder slechte omstandigheden tegen een relatief lage betaling. Wij komen voor 3 euro per uur ons bed niet uit, maar als je daar in je thuisland een hele dag voor moet zwoegen wil je wel doorbijten.

In het vooronderzoek blijven de twee groepen verdachten overeind: de families Emin en Bulut hebben in de loop der jaren hun sporen verdiend in de criminaliteit. In de administratie van het Openbaar Ministerie zijn we gestuit op veroordelingen van een aantal leden van de familie Bulut. Ze zijn in het verleden veroordeeld voor diefstal, woninginbraken en hennepteelt. De familie Bulut opereert vanuit hun café Het Trefpunt en wordt aangevoerd door Serkan, 33 jaar. Hij werkt samen met zijn broers Kemal, 28, Aydin, 34, en de oudste broer Baris, 41. Beweringen in het CIE-dossier over vader Bulut die hand- en spandiensten zou verrichten, en een huisvriend die vrouwen zou aanleveren, kunnen we niet tactisch onderbouwen. Een ander team zal de gangen van vader Bulut en diens huisvriend nog eens nagaan, maar mijn team richt zich op de overgebleven vier verdachten in de familie. Daarnaast richt mijn team zich op Zeki Emin, 38 jaar. Volgens gegevens van het Openbaar Ministerie heeft hij anderhalf jaar in een Duitse gevangenis gezeten wegens mensenhandel.

Dat betrof gedwongen prostitutie. Daarbij was hij geholpen door zijn twintigjarige zoon Fatih. Een samenwerking tussen de families Emin en Bulut kunnen we niet hard maken. Zeki komt weleens in Het Trefpunt en een enkele keer was er telefonisch contact met vader Bulut, maar we kunnen niet onderbouwen dat Zeki heeft geprobeerd om mensen te slijten aan de uitbaters van café Het Trefpunt. We vinden ook niets wat duidt op strafbare banktransacties tussen beide families. Nu dat verband niet valt te leggen, doen we twee afzonderlijke onderzoeken naar de families Emin en Bulut gebaseerd op hetzelfde proces-verbaal.

We zullen deze simultaan moeten behandelen. Aan het einde van ons onderzoek hebben wij notificatieplicht. Ik zal de verdachten in kennis moeten stellen dat wij onderzoek naar hen hebben gedaan, met of zonder resultaat. Met resultaat, dan wordt de verdachte aangehouden en leggen we hem alle strafbare feiten voor. Zonder resultaat, dan stellen we de persoon in kwestie op de hoogte van ons onderzoek maar dat uit niets is gebleken dat hij zich schuldig heeft gemaakt aan de strafbare feiten. Op dat moment moet ik mijn aanleiding bekendmaken. De advocaat van een aangehouden verdachte zal alle dossiers opvragen om uit te pluizen hoe dit onderzoek tot stand is gekomen en wat we daarin hebben gedaan. Wij moeten dan volledige inzage geven. Legt bijvoorbeeld de advocaat die stukken waarin de namen van de gebroeders Bulut zijn terug te vinden voor aan zijn cliënt Zeki Emin, dan kan die informatie op straat komen te liggen. Mocht er uiteindelijk wel sprake zijn van samenwerking tussen de families, dan kan de rest zo snel mogelijk hun sporen uitwissen. Het is dus enorm belangrijk dus om bij voldoende bewijs de beide families gelijkertijd op te pakken, ongeacht of ze samenwerken of niet.

Twee rechercheurs houden zich bezig met Zeki en Fatih Emin, de andere rechercheurs onderzoeken de Bulut-broers. Op dat moment zijn dat acht rechercheurs, daarnaast heb ik twee mensen die alles administratief verwerken. Mijn rol is om samen met de dossiervormer dwarsverbanden te leggen, de briefings te houden en de afzonderlijke teamleden opdrachten te geven voor nader onderzoek van aspecten die komen bovendrijven. Uiteindelijk beslis ik welke kant we uitgaan met ons recherchewerk.

Het is lastig werken, zo'n twee-in-een-onderzoek, het hangt van details en verhaallijnen aan elkaar. Om uit te voeren, maar ook om aan een ander uit te leggen. Om het overzicht te bewaren met zoveel verdachten in één zaak, splits ik het verhaal uit per familie.

Zeki Emin

Met toestemming van de officier van justitie vragen we foto's op van de verdachten bij de gemeentelijke administratie waar de paspoorten worden uitgegeven. Zeki's pasfoto is als zovele andere: een lichtgetinte man met een wijkende haargrens en een volle snor, die star in de lens kijkt. Uit de informatie waarover we tot dusver beschikken, rijst een heel sterk vermoeden dat Zeki Emin de rechtsorde ernstig schendt. Hij huisvest veel te veel mensen onder zeer slechte omstandigheden en buit hen uit. Die mensen hebben geen enkele bewegingsvrijheid en krijgen nauwelijks betaald. Dit oogt als een vorm van moderne slavernij. We vragen de printgegevens op van het mobiele nummer van Zeki Emin. Om meer armslag te hebben, vragen we toestemming voor het gebruik van nog meer bijzondere opsporingsmiddelen. Willen we meer inzicht krijgen in zijn handel en wandel, dan zullen we inbreuk op zijn privacy moeten plegen. Mijn stelregel bij observatie is: alles wat een postbode kan zien tijdens de uitvoering van zijn werk, is geen inbreuk op de privacy. We tappen de telefoon van Zeki af en observeren stelselmatig de panden aan de Krokusstraat, de Kerkstraat en de Sint Jansstraat. Collega's van de technische opsporing plaatsen op mijn verzoek camera's bij de woningen om aan te tonen dat er mensen illegaal wonen en vanuit deze panden gaan werken. De cameraopstelling moet zo zijn, dat je geen zicht hebt op wat zich binnen afspeelt. Maar met de camera naast de deur aan de kant waar hij openzwaait, kunnen we evengoed zien hoeveel mensen in- en uitlopen. Die camerabeelden moeten wij vervolgens aan justitie overleggen om aan te tonen waarop wij onze bevindingen baseren. Een observatieteam houdt de cafés Het Kroegje en De Snaar in de gaten, waar Zeki vrouwen zou hebben geplaatst die op een toeristenvisum naar Nederland zijn gekomen. Roemenen en Bulgaren die in Nederland werken, zijn op dat moment illegaal in Nederland. Een financieel deskundige onderzoekt de inkomsten en de uitgaven van de familie Emin. Het observatieteam neemt waar dat Zeki regelmatig bedragen van rond de 300 euro overmaakt naar Bulgarije. Officieel heeft hij een uitkering, dus de bedragen die hij overmaakt staan niet in verhouding tot zijn inkomsten. Zijn geldtransacties wekken de schijn van witwassen. Stortingen in Nederland boven de 12.000 euro worden altijd gemeld. Stort iemand structureel kleine bedragen, dan noemen we dat 'smurfen'. Alle waarnemingen leggen we vast in een dossier.

Veel van onze observaties bevestigen het proces-verbaal van de CIE. Het ziet er niet naar uit dat Zeki, zijn ex-vrouw en een broer, die officieel staan ingeschreven op de adressen die wij observeren, daar ook daadwerkelijk wonen. Het is er een komen en gaan van mensen. Omstreeks vijf uur in de ochtend worden zij opgehaald in drie donkerblauwe Volkswagen Transporter-busjes. De observatieteams volgen ze naar verschillende champignonkwekers binnen een straal van 50 kilometer. In de avond worden diezelfde mensen teruggebracht naar de woningen waar 24 uur per dag camera's op staan gericht. In de Kerkstraat tellen we achttien mensen en in de andere straten ook zo'n tien personen per woning. Nu moeten we nog zien te bewijzen dat deze mensen daar illegaal verblijven. Of ze daar puur zijn zodat Zeki over hun rug zijn zakken kan vullen. En haalt hij ze zelf op of laat hij dat aan anderen over? Drie maanden lang tappen we de mobiele telefoon van Zeki af. We tappen ook de vaste lijnen af van de woningen. We komen erachter dat het Roemeense en Bulgaarse mannen en vrouwen zijn die in de panden verblijven. De gesprekken die zij met hun thuisfront voeren zijn doorspekt met gemopper. 'We kunnen nog geen geld naar huis sturen, want we hebben na maanden werken nog niets ontvangen. Ons geld wordt achtergehouden. Ze brengen allerlei kosten in rekening, dus we zullen ook niet alles krijgen uitbetaald wat ons is beloofd.'

We gaan nu onderzoeken of de mensen daadwerkelijk werken bij de drie champignonkwekerijen. Roemenen en Bulgaren kunnen hier geen werkvergunning krijgen. Zijn ze op een toeristenvisum in Nederland, dan zijn zij per definitie illegaal als ze hier gaan werken. Via de arbeidsbureaus krijgen we geen zicht op enige werkvergunning die aan deze bedrijven is verleend. Maar is er dan sprake van slavernijachtige uitbuiting? We hebben nog niet helder welke mensen uit welk huis bij welke champignonkweker werken. Maar we hebben aanleiding genoeg voor controle bij de kwekerijen. Wij maken een proces-verbaal van onze bevindingen voor de arbeidsinspectie.

Februari 2004

We weten genoeg, het is tijd voor een actiedag. In een projectplan beschrijven we concreet welke panden we gaan bezoeken, wanneer we ingrijpen, hoe we ingrijpen en hoeveel menskracht we nodig hebben. Dat gebeurt onder één algemeen commandant, dat ben ik. De kracht van de actie moet zijn dat we op alle plaatsen gelijktijdig binnenvallen, maar de kracht moet ook zijn dat we iedereen te spreken krijgen die we vroeg in de ochtend in de busjes zien stappen op weg naar de champignonkwekerijen.

Vier uur. Ver voor de haan kraait is het complete team aanwezig voor de briefing. We nemen door wat ieders rol en positie van vandaag is. De afgelopen 24 uur zijn de woningen continu in de gaten gehouden door de observatieteams. Het zal nogal zuur zijn als er, met alle voorbereidingen die we hebben getroffen, uitgerekend vandaag niemand naar het werk wordt gebracht. We willen ingrijpen op het moment dat de mensen worden afgeleverd, zodat we de daders op heterdaad kunnen oppakken.

Vijf uur. Op het hoofdbureau houd ik met een paar collega's per telefoon en portofoon contact met de teamleden die klaarstaan op de locaties. De officier van justitie en de rechter-commissaris zijn ook op het politiebureau om de actiedag te volgen. Zodra een team een pand binnengaat, moet de rechter-commissaris daarnaartoe om de doorzoeking te openen. Op de Krokusstraat komt een busje voorrijden, krijgen we te horen. Zes mensen stappen in en het busje rijdt door naar de Sint Jansstraat, om de hoek. Daar staan zeven mensen klaar om zich in het busje te proppen. Twee busjes parkeren voor het huis aan de Kerkstraat waar vijftien mensen op de stoep staan te wachten. Straks moeten we minimaal 28 mensen aantreffen bij de bedrijven waar we de controles gaan doen, de chauffeurs niet meegeteld. De mensen in de observatieauto's die de busjes volgen, moeten nu goed opletten of iedereen bij de bedrijven uitstapt. Dit klinkt gemakkelijker dan het is. Het observatieteam mag de busjes niet uit het oog verliezen, maar de volgwagens moeten ook onopgemerkt blijven.

Zeven uur. De observatieteams geven aan mij door dat alle busjes bij de diverse bedrijven zijn aangekomen. Omdat we de observatie-eenheid, bestaande uit vijf auto's, nodig hebben bij de invallen, laten zij de busjes die weer terugrijden gaan. Dit om buiten gade te slaan wie verder nog aankomt en wat de bewegingen rondom de bedrijven zijn. We vragen de regionale politie om de busjes aan te houden en de chauffeurs mee te nemen naar het bureau voor verhoor. Om kwart over zeven gaan alle teams de locaties binnen: de drie woningen en de drie bedrijven. Teams van zeven mensen gaan de huizen binnen. Vier mensen voor de doorzoeking naar bewijzen, een secretaris, een pandcoördinator en een hulpofficier van justitie, die optreedt als er strafbare feiten naar voren komen. Bij de bedrijven gaan teams van tien tot vijftien mensen naar binnen. Binnen vijf minuten hebben alle teams de plaatsen onder controle. Alle mensen die we vanochtend vroeg hadden geteld, zijn in de bedrijfspanden aanwezig.

Omdat ik met de rechter-commissaris en de officier van de justitie meerijd, kom ik in alle woningen. De rechter-commissaris opent de doorzoekingen en nadien gaan we de panden langs om te bekijken wat er gevonden is. In de Krokusstraat zijn nog negen mensen achtergebleven. De drie krappe arbeiderswoningen in een aftakelende buurt liggen vol met matrassen, kriskras in elke kamer over de vloer verspreid. In de Sint Jansstraat vinden we een slaapkamer waar Zeki Emin waarschijnlijk verblijft, maar daarnaast vinden we 37 slaapplekken in de drie panden. De woningen zijn kaal en vervuild. Bezaaid met kussens, dekens, uitpuilende weekendtassen en kleding. Er hangt een bedompte geur. Een combinatie van sigarettenrook, vuilnis, zweet, oud wasgoed en schimmel. De mannen en de vrouwen die hier al enige maanden op elkaars lip zitten, hebben geen enkele privacy. Geen van deze mensen spreekt Nederlands.

Op het bureau van de politie Brabant Zuid-Oost voeren we intakegesprekken met de mensen die we aantreffen bij de champignonbedrijven. We moeten hen zo snel mogelijk spreken, maar we beschikken niet over 74 rechercheurs voor de verhoorkoppels. Ik help met de verhoren. De eerste man die ik samen met een collega spreek, is Chavdar. We worden ondersteund door een Bulgaarse tolk. Zo'n gesprek met een tolk is erg lastig, maar we hebben onszelf aangeleerd om tijdens het gesprek de persoon die we verhoren aan te kijken. Chavdar is een 42-jarige man uit Byala, vlak bij de stad Sliven. Wat ik inmiddels weet van die streek is dat er veel armoede heerst. Over Sliven heb ik gehoord dat een groot deel van de bevolking er zijn geld verdient in de criminaliteit of in de prostitutie. Chavdar is klein van stuk. Hij ziet er uitgeput en verslagen uit met zijn afhangende schouders en ingevallen ogen. Hij heeft een gitzwarte weekendbaard en zo te zien draagt hij zijn versleten spijkerbroek en T-shirt al langere tijd non-stop. We leggen hem uit dat we denken dat hij slachtoffer is van mensensmokkel. We laten hem weten dat we hem als illegaal vreemdeling staande hebben gehouden, maar omdat we denken dat hij benadeelde is, zijn we niet van mening dat hij een strafbaar feit heeft gepleegd. Zijn coöperatieve houding vertelt mij dat hij over zijn angst voor de politie heen is. Deze man is onrecht aangedaan, hij wil dat er een einde wordt gemaakt aan zijn uitbuiting. Chavdar vertelt:

'Omdat er in Byala geen werk te vinden is, gaan velen van ons op zoek naar inkomsten in Sliven. Vroeger hadden we een bloeiende textielindustrie, maar vanwege de automatisering is een groot deel van de werkgelegenheid verloren gegaan. Wat er nog aan werk te vinden is, betaalt heel slecht. Afgezet tegen de reiskosten en onze sociale lasten, blijft er nauwelijks iets over. Omgerekend verdiende ik wekelijks zo'n 20 euro in de textielindustrie. Ik haalde grote lappen stof uit de verfbaden en spoelde ze uit. Ik heb een vrouw en vier kinderen. Mijn vrouw verkoopt wat onze groentetuin oplevert op de markt en spullen die ze her en der vindt. Dat brengt niet meer dan 10 euro per week in het laatje. Onze kinderen helpen vaak op het land bij boeren. Daar krijgen ze niks voor betaald, maar in de oogsttijd komen ze thuis met aardappels, groenten en vlees. Op die manier redden we het net. We zijn nog niet van de honger omgekomen, maar dat is het dan ook.

In Balya treffen de mannen elkaar in het theehuis. Daar drinken we overigens ook zelfgestookte *palenka*, voor de afleiding van onze misère. Het gesprek van de dag is daar altijd de barre economische situatie waarin we verkeren. Door de jaren heen heb ik heel wat mensen naar het buitenland zien vertrekken om geld te verdienen. De een doet het goed, de ander nog beter. Maar een deel zag ik ook terugkeren met niets. Wij Bulgaren mogen niet overal werken, dus velen wagen de sprong in het ongewisse. Worden we opgepakt, dan worden we weer teruggestuurd.

Tweeënhalve maand geleden kwam Zeki Emin in ons theehuis. Hij spreekt Turks, net als de meesten van ons. Wij spreken niet zuiver Turks, maar Zeki konden we prima verstaan. Of eigenlijk, hij kon ons goed verstaan. Aanvankelijk sprak hij nauwelijks, hij luisterde naar onze verhalen over hoe slecht wij ervoor stonden, hoe weinig wij verdienden en hoe moeizaam het was om te overleven. Later op de avond vroegen we hem waar hij vandaan kwam en hij begon te vertellen over Nederland. Hij zocht mensen om in Nederland te komen werken. Vooral in de champignonteelt waren er handen tekort. Hij werkt vaker met Bulgaren en Roemenen, vertelde hij. Het zijn harde werkers waar de Nederlandse werkgevers tevreden over zijn. Het probleem echter was de werkvergunning, die kunnen wij niet krijgen. Als wij dat werk doen, kan dat alleen maar illegaal. Wie daarnaartoe gaat om te werken, kan niet vrijuit gaan en staan waar hij wil en ook de werkgevers gaan daarmee een risico aan. Het voordeel was, zo legde Zeki uit, dat het voor zowel de werkgever als de werknemer illegaal is. Dat schept een band. De een kan niet zonder de ander. Beiden lopen een risico, maar beiden kunnen er ook goed aan verdienen. Daarbij, in Nederland zijn zoveel mensen en bedrijven, je valt er niet zo gauw op en je wordt er niet snel opgepakt. En als je wordt opgepakt, dan betalen ze je reis terug naar huis.

Natuurlijk raakten we allemaal erg enthousiast van Zeki's verhaal. We stonden om hem heen te dringen om te horen wat de verdiensten waren, waar je dan zou verblijven en hoe het een en ander geregeld kon worden. Zeki vertelde dat hijzelf een huis heeft waar mensen kunnen intrekken. Wie een paspoort had, kon mee naar Nederland. Werk gegarandeerd. De reis hoefden we niet te betalen. Per maand vroeg hij 200 euro voor onderdak. Daar verdiende hij aan, daar deed hij niet geheimzinnig over. Wekelijks zouden we 200 euro verdienen, in totaal dus zo'n 900 euro per maand. Voor een vijfdaagse werkweek. Soms willen werkgevers dat je ook in het weekeinde doorwerkt, maar dat hoeft niet. Als je daarvoor kiest, verdien je meer. Aan drie maanden werken in Nederland zouden we zo'n 2100 euro overhouden. In Bulgarije moet ik daar twee jaar voor werken. En maakte je die drie maanden vol, dan stond je een bonus te wachten van 500 euro. Dat was vanwege slechte ervaringen met mensen die tussentijds weggingen en de werkgevers lieten zitten.

Zeven van ons konden met Zeki meerijden in zijn volkswagenbus. Geen probleem aan de grens, want Bulgaren mogen gewoon naar Nederland. Als we maar zorgden dat we op tijd weer teruggingen, want anders kreeg je vragen aan de grens. Omdat we op een toeristenvisum naar Nederland zouden gaan, moesten we binnen drie maanden weer terug. Zeki haalt en brengt. Als we goed zouden werken, kon hij ons na drie maanden nog eens ophalen voor weer drie maanden werken in Nederland. Hij zou ook voor onderdak zorgen. Omdat meerdere huurders bij hem inwoonden, kon hij de prijs laag houden. Maar we moesten geen hotel verwachten, waarschuwde hij. Hij vertelde dat we met meerdere mensen een kamer moesten delen. Zeki liet ons een foto zien van zijn huis. Dat zag er erg goed uit. Zijn verhaal kwam heel geloofwaardig over. Hij beloofde ons geen duizenden euro's. Die verhalen hadden we vaker gehoord en dat liep altijd fout af. Sliven staat erom bekend dat daar veel vrouwen worden geronseld voor werk in de prostitutie. Hun worden grote verdiensten voorgespiegeld, maar de meesten komen berooid en met een verwoest leven terug. Nee, Zeki zei gewoon dat het hard werken zou worden. We wilden allemaal weten wanneer hij weer naar Nederland zou rijden. Overmorgen, zei hij. Ik vroeg hem of ik hem kon bereiken als ik interesse had en hij liet weten dat hij de volgende dag terug zou komen om te horen of er mensen met hem mee wilden. Wie een paspoort had, kon dan direct met hem mee. Wilden er meer dan zeven mensen mee, dan was dat voor later zorg. Hij wilde namelijk geen gedonder. Zeki vertrok.

Het gonsde in het theehuis. We vonden hem geloofwaardig. Geen gouden bergen, maar een realistisch verhaal. Meerdere mannen waren geïnteresseerd. Ik wist dat ik snel moest handelen, wilde ik de volgende dag verzekerd zijn van een plekje in Zeki's bus. Wat had ik te verliezen? Maar eerst wilde ik overleggen met mijn vrouw. Nou ja, overleg; eigenlijk stond al vast dat ik zou gaan. Als mijn eerste weekloon op zou gaan aan de huur, dan kon ik haar al in de tweede week genoeg geld sturen om de maand mee door te komen. Dat zou ze dan nog sneller hebben dan wanneer ik in Bulgarije zou blijven. Misschien kreeg ik in de weekeinden wel de kans om nog wat extra's bij te verdienen. Drie maanden in Nederland konden onmogelijk erger zijn dan drie maanden in Byala. Daar ga ik elke nacht slapen met de knagende vraag of ik de volgende dag genoeg geld bij elkaar krijg om mijn gezin te voeden. Voor mijn vrouw zou het niet gemakkelijk zijn om drie maanden alleen te moeten zorgen voor de kinderen, maar ze stond erachter. Van mijn verblijf in Nederland zouden we een jaar kunnen leven. Even geen zorgen over eten, drinken en het dak boven ons hoofd.

De volgende dag ging ik na mijn werk direct naar het theehuis. Deze kans op een baan in Nederland wilde ik niet mislopen. Er stonden al een paar anderen klaar die ook hun kans wilden grijpen. Sommigen hadden geen paspoort en wilden van Zeki weten wat ze moesten doen om ook naar Nederland te kunnen. Twaalf gegadigden hadden wel een paspoort. Vijf te veel dus. Met elkaar maakten we een lijst wie er meekonden, van elke familie één persoon. En we zouden met Zeki overleggen of de rest later ook naar Nederland kon komen. Ik kwam als derde op de lijst.

We spraken ook af dat we een percentage zouden afstaan aan de families die niet de kans hadden om naar Nederland te gaan. In Bulgarije is het minimumloon zo'n 60 euro per maand, dus als je 900 euro verdient, kun je best iets afstaan. Het stemde Zeki tevreden dat er zoveel mensen met hem meewilden. De volgende ochtend zou hij om tien uur langskomen om de eerste zeven mannen mee te nemen. De rest zou hij later ophalen. Hij belde direct met zijn zoon Fatih in Nederland. Hij beloofde een week later terug te komen om nog eens veertien mensen op te halen. Hij schreef het telefoonnummer van het koffiehuis op een papiertje en bewaarde dat in zijn broekzak. Hij zou voor vertrek vanuit Nederland nog bellen om te horen of het was gelukt met de paspoorten, want anders zou hij niet die hele rit ondernemen. Het is toch 2400 kilometer rijden. Zonder oponthoud ben je minimaal dertig uur onderweg. De mensen die hij later zou ophalen zijn inmiddels ook allemaal in Nederland. Van alle mensen die jullie hebben aangetroffen, komen er 28 uit de omgeving van mijn dorp. Zeki is drie keer op en neer gereden met zijn bus vol mensen en Fatih één keer. Toen we hier aankwamen waren er al wat Roemenen.

Het was een vermoeiende reis. We zijn vrijwel direct de snelwegen op gegaan. Via Joegoslavië langs Belgrado, Zagreb en bij Ljubljana de grens over naar Oostenrijk. Ik zag dat München werd aangegeven en voor zover ik weet zijn we bij Venlo Nederland binnengekomen. Op enkele kleine pauzes na hebben we constant gereden. Zeki vond het geen probleem dat anderen het stuur overnamen. Na 36 uur rijden kwamen we tien uur in de avond aan bij het huis waar ik dik twee maanden heb verbleven. Op de tweede dag van ons verblijf in Nederland nam Zeki ons mee naar een champignonkweker. Op een uur rijden van waar we verbleven.

Naar Bulgaarse maatstaven is Zeki's huis in de Kerkstraat inderdaad mooi. Voor een normaal gezin, maar wij zitten er met negentien mensen. Drie slaapkamers vol matrassen. Zes slapen er in de grote slaapkamer en in de twee kleinere slaapkamers elk vijf mensen. Hutjemutje. Mannen, vrouwen, allemaal door elkaar, allemaal dorpsgenoten van mij. Drie zijn er in de woonkamer gaan liggen. Soms kwam er eens iemand voor een paar dagen bij. Die benauwdheid. De hele dag worden we in de gaten gehouden, het stikt van de camera's in dat huis. Ik heb constant het gevoel dat ze naar ons kijken, we kunnen geen kant op. Ik ben al die tijd nauwelijks buiten geweest. Na een dag werken had ik er echt geen behoefte meer aan om wat dan ook te ondernemen. Ik was blij dat ik dan kon neerploffen op een matras. We betalen allemaal de afgesproken 200 euro per maand, ongeacht waar we slapen. Eens per week haalt Zeki boodschappen en elke avond als hij ons afzet bij het huis, geeft hij een paar broden mee. Voor de boodschappen betalen we ieder 50 euro per week. Het is beter dat wij ons buiten niet vertonen. Als je wordt opgepakt, is het over. Omdat we zijn gaan werken is ons verblijf illegaal geworden en Zeki maakte tijdens ons verblijf een aardige winst. Hij bood ons wel zijn huis aan maar hij incasseerde met het bedrag van de boodschappen en huur met dit aantal mensen al snel 5700 euro per maand, rekenend met vier weken boodschappen. Volgende week zou ik naar huis gaan. Ik zou blij zijn als het er weer op zit.'

Chavdar kucht en krijgt het even flink benauwd. We lassen een pauze in en geven hem een glas water. Iedereen in het huis is ziek, geeft Chavdar aan tussen twee kuchbuien door. Iedereen in dat virushuis ademt elkaars lucht. 'Kun je me vertellen hoe jouw weken eruit zagen?' wil ik weten wanneer Chavdar weer op adem is gekomen.

'Om vijf uur in de ochtend kwamen de busjes voorrijden die ons naar het werk brachten. Ik heb al die tijd bij dezelfde champignonkweker gewerkt. In een donkere, lange schuur met bakken vol zand en champignons, vier verdiepingen boven elkaar. En vochtige lucht. We begonnen om zes uur in de ochtend en werkten door tot zes uur 's avonds. Met de reistijd meegerekend, maakten we dagen van minimaal veertien uur. In de ochtend en in de middag kregen we vijftien minuten om koffie te drinken. En tussen de middag een klein halfuur om onze boterhammen op te eten. Dat was wennen, want in Bulgarije eten we 's middags een warme maaltijd. Soms moesten we 's avonds nog een paar uur doorwerken als niet alle champignons waren geoogst. En ik heb elk weekeinde minimaal één dag gewerkt. In de weekeinden zouden we 50 euro per dag betaald krijgen.

Op de vrijdagavond kregen we ons loonzakje. Daar zat 150 euro in. Vreemd, want we zouden 200 euro betaald krijgen. En dan werkte ik ook nog in de weekeinden. Na twee weken heb ik daar iets over gezegd. De kweker antwoordde dat hij wekelijks 50 euro apart hield. Per persoon stopte hij dat in een enveloppe. Daar zou hij ook de weekendgelden bij doen. Dat deed hij omdat hij de ervaring had dat mensen anders tussentijds naar andere werkgevers gingen. Aan het einde van ons verblijf zouden we onze enveloppe krijgen. Ik heb in mijn eigen agenda bijgehouden wat ik nog moet ontvangen. Ik moet nog elf keer 50 euro weekgeld ontvangen en elf keer 50 euro voor de weekenddagen. Opgeteld is dat 1100 euro. Of ik dat geld nog krijg, betwijfel ik. Zeker nu we zijn opgepakt. En die bonus van 500 euro, ik denk dat we daar ook naar kunnen fluiten. Protesteren durfde ik niet. Als iemand tegen de champignonkweker in ging, zei hij: "Je mag hier werken hoor, maar je moet niet. Voor jou tien anderen. Doe nou maar gewoon je werk en hou je aan de gemaakte afspraken, dan krijg je je geld heus wel. Jullie zijn niet de enige die risico lopen, ik ook." Wat kon ik daarop zeggen? Als ik opgepakt zou worden, werd ik het land uitgezet en kon ik naar dat geld fluiten. Daar herinnerde Zeki ons wel aan, als we hem erop aanspraken dat de dingen niet volgens afspraak verliepen. En als we klaagden over de huisvesting, zei hij steevast: "Als je het niet goed genoeg vindt, dan ga je toch gewoon weg? Kijk dan ook maar waar je werk vindt en zie maar hoe je thuiskomt."

Het geld dat we verdienden, maakten we over naar Bulgarije. Nadat ik twee weken had gewerkt, kon ik de eerste 50 euro overmaken bij een grenswisselkantoor op het treinstation. Na betaling van de huur en het maandbedrag voor het eten, 150 euro in de eerste week en de week daarna nog eens 100. Tot nu toe heb ik 750 euro overgemaakt aan mijn vrouw. Een groot bedrag voor ons, maar het had zoveel meer moeten zijn. Volgende week zou ik mijn laatste betaling krijgen en de achtergehouden enveloppe. Het is zuur dat ik dit er allemaal voor over moest hebben. Het was het afzien alleen maar waard geweest als ik alles zou krijgen waar ik recht op had.'

In het verhoor, dat twee dagen duurt, vragen we door op specifieke details. Op welke datum is Chavdar in Nederland aan het werk gegaan? Welke kosten heeft hij precies moeten betalen? Wat was vooraf met hem afgesproken? Hoeveel dagen en uren heeft hij gewerkt? Wat heeft hij daarmee verdiend? Dat zetten we af tegen wat een arbeider in Nederland normaal zou moeten verdienen. Zo kunnen we berekenen waar Chavdar nog recht op heeft en wat de champignonkweker en Zeki aan hem hebben verdiend. Hiermee tonen we mensensmokkel uit winstbejag aan, waarbij mensen uitgebuit worden. Chavdar kan aan de hand van deze berekeningen later ook een schadeloosstelling aanvragen tijdens de strafzaak of een civiele procedure starten. We regelen een slachtofferadvocaat voor alle benadeelden die dat willen. De zeven opgepakte mensen die ik na Chavdar spreek, vertellen nagenoeg hetzelfde verhaal.

Op de actiedag alleen al kunnen we 37 mensen koppelen aan Zeki Emin. Allen betaalden hem 200 euro per maand huur. Als we uitgaan van 35 personen, dan had Zeki een opbrengst van 7000 euro per maand. Doen we daar de reiskosten vanaf, dan blijft er zeker 5000 euro per maand over voor Zeki. En dat is een conservatieve schatting. Daarnaast ontving Zeki nog een uitkering van de Nederlandse staat. Een lucratieve business dus. In werkelijkheid is het flink meer, maar als ik mijn berekening conservatief hou, dan streek hij in een jaar zo even 60.000 euro extra op. Maar laten we de werkgevers ook niet vergeten. Laten we ervan uitgaan dat de werkgever die beloofde 200 euro per week daadwerkelijk uitbetaalde, gemiddeld dus 900 euro per maand. In 2003 ligt het minimumloon rond de 1250 euro per maand, gebaseerd op een 40-urige werkweek, nog afgezien van de verplichte werkgeverslasten. De Bulgaren en Roemenen werkten wekelijks minimaal zestig uur. Uitgaande van het kale minimumloon zou de werkgever de werknemers anderhalf keer 1250 euro moeten betalen, dus 1875 euro per maand. Dus zelfs op deze uitgeklede bedragen bespaarden de werkgevers al 1000 euro op elke werknemer. De drie werkgevers bespaarden op basis van deze voor hen zeer gunstige berekening op de aangetroffen mensen alleen al 37.000 euro per maand, gedurende de termijn waarin wij hebben waargenomen. Zij hebben dus ook behoorlijk wat boter op hun hoofd. Zij boden deze groep mensen, die op een toeristenpaspoort in Nederland verbleven, willens en wetens werk aan en trokken daar financieel voordeel van. Zodoende maakten ook zij zich schuldig aan mensensmokkel uit winstbejag.

In ons onderzoek kunnen we niet aantonen dat Zeki Emin aanzet tot prostitutie, zoals het proces-verbaal van de CIE aangeeft. Ook het schijnhuwelijk van zoon Fatih kunnen we niet vaststellen.

Gebroeders Bulut

Uit de gegevens van de Kamer van Koophandel blijkt dat café Het Trefpunt vanaf september 2002 gedreven wordt door Serkan Bulut. Volgens het proces-verbaal van de CIE brachten zijn broers Aydin en Kemal zes vrouwen in de prostitutie in het Belgische Luik. Uit twee controles op de horecawetgeving kwam naar voren dat Baris Bulut de dagelijkse leiding heeft in Het Trefpunt. Daar zijn vier Roemeense meiden aangetroffen die er werkten. Baris had hen uit Roemenië gehaald. Genoeg reden om, net als we doen in het onderzoek naar vader en zoon Emin, ook voor de gebroeders Bulut bijzondere opsporingsmiddelen aan te vragen. Telefoontaps van de telefoon in de bar en hun mobieltjes en observaties van Het Trefpunt. De waarneming in het proces-verbaal van de CIE, dat het café een verzamelpunt is van de familie Bulut, wordt door ons observatieteam bevestigd. Maar dat er sprake is van gedwongen prostitutie, krijgen we niet hard. We zien wel twee vrouwen 's ochtends om elf uur de bar openen. We nemen aan dat dit de Roemeense vrouwen zijn van de telefoongesprekken die we hebben getapt. Doorgaans sluiten zij om twee uur 's nachts de boel weer af.

Door een rechtshulpverzoek van ons probeert de Belgische politie de vermoedens uit het proces-verbaal dat leden van de familie Bulut zes vrouwen tot prostitutie dwingen in Luik en dat zij vrouwen kopen of verkopen op een zogenoemde 'vrouwenmarkt' in Brussel, bevestigd te krijgen.

Februari 2004

Miruna: 'Hallo Serkan? Serkan, mijn liefste, je moet luisteren en niet schrikken. Iulia en Oana zijn weg.'

Serkan: 'Hoezo, ze zijn weg? Die gaan echt nergens heen. Doe je werk en ga ze ophalen.'

Miruna: 'Serkan, de politie heeft ze meegenomen. Ze hebben die valse paspoorten meegenomen.'

Serkan: 'Godverdomme!'
Miruna: 'Wat doen we nu?'
Serkan: 'Niks, die wijven zijn bang, ze houden hun bek wel.'

Soms heb je een beetje geluk nodig om een onderzoek te laten vlotten. De collega's van het Prostitutie Controle Team hebben een vreemd onderbuikgevoel bij de twee vrouwen die ze mee hebben genomen naar het bureau voor nader onderzoek van hun paspoorten. Daarom nemen ze contact op met ons. 'We hebben twee vrouwen met Griekse paspoorten aangetroffen in een seksclub,' vertelt mijn collega over de telefoon. 'Alathea en Chloé. Toen we hen met die namen aanspraken, reageerden zij niet. Zij konden zich nauwelijks verstaanbaar maken in het Engels of Frans. Toen we ze vroegen naar hun geboortedatum en geboorteplaats, met de paspoorten in de hand, konden ze daar geen antwoord op geven. Het leek of de pasfoto's waren verwisseld. Voor identiteitsvaststelling hebben we de twee meegenomen naar het bureau. We hebben een Griekse tolk geregeld, maar die konden ze niet verstaan. Ze gaven toe dat ze van Roemeense afkomst waren. Ze komen allebei uit Macea, een plaatsje vlak aan de Hongaarse grens, dicht bij de stad Arad.' Het ziet ernaar uit dat dit de jonge vrouwen zijn die wij al ruim twee maanden observeren bij café Het Trefpunt. Hoewel onze collega's weten dat wij onderzoek doen naar Bulgaren en Roemenen, hadden zij de relatie nog niet gelegd. De collega's van het Prostitutie Controle Team zoeken uit of het hier alleen valse paspoorten betreft.

Samen met Claudia, de collega met wie ik ook de verhoren deed met Celine, ga ik met hen een intakegesprek voeren om te bekijken of er sprake is van mensenhandel. Iulia is negentien jaar en Oana is achttien. Iulia ziet er breekbaar uit met haar tengere postuur en dieppaarse kringen onder haar rooddoorlopen ogen. Alsof ze al weken aan één stuk door heeft gehuild. Haar blondgeverfde peroxidehaar draagt ze in een kort staartje. Oana oogt een stuk ronder, haar gezicht en lijf zijn voluptueuzer. Haar volle bos bruine haren valt over haar schouders. Ze zit ineengekrompen met haar armen over elkaar. We willen weten hoe het zit met de paspoorten en hoe ze hierheen zijn gekomen. De meiden zijn in overtreding met hun vervalste paspoorten, daarvoor zijn ze opgepakt. Hun angst daarover zit diep. Ze zijn ook bang voor ons, de politie die zij kennen is corrupt. Dat hebben hun uitbuiters hun vast nog extra ingeprent. We kiezen ervoor om niet via de tolkentelefoon te werken, maar nodigen een Roemeense tolk uit op het bureau. Zo hopen we de meiden meer op hun gemak te stellen. Voor ons is dat ook prettiger, want nu kunnen we de reacties zien van de tolk en de meiden op elkaar. We voeren de intakegesprekken met hen apart.

Eerst zit Oana voor ons. Zij hoort mijn verhaal aan alsof ze de dood in de ogen kijkt. Ik leg haar uit dat prostitutie in Nederland een legaal beroep is, maar dat wij vermoeden dat zij en Iulia onder dwang werken. Ik vertel dat, in geval van dwang, de politie er is om de slachtoffers te helpen. Oana ziet krijtwit, kruipt nog verder in elkaar en slaat haar armen om haar middel. Ik leg haar verder uit wat we kunnen doen voor slachtoffers: dat we met het Openbaar Ministerie bespreken dat zij niet strafbaar zijn wat betreft de paspoorten. Dat we ze door de B9-procedure een vergunning tot verblijf in Nederland kunnen aanbieden voor de duur van het strafproces. Dat we haar kunnen onderbrengen op een anoniem opvangadres. Dat we haar samen met de International Organisation for Migration weer terug kunnen brengen naar Roemenië. Ik heb niet de indruk dat mijn woorden tot haar doordringen.

Een snor van dikke zweetdruppels staat op haar bovenlip. 'Gaat het?' informeer ik.

Oana trekt haar schouders op. 'Mag ik naar de wc?' fluistert ze. Claudia wijst haar de weg en de tolk loopt mee. Ik loop naar de koffieautomaat op de gang en Claudia en de tolk komen bij me staan. We horen braakgeluiden uit de toiletruimte even verderop in de gang. 'Ai, het gaat helemaal niet goed met haar,' zegt Claudia bezorgd. Een paar minuten later komt Oana de gang weer op. Strompelend, met haar handen op haar buik. We gaan weer zitten op de banken in de sociale kamer en kijken alle drie naar Oana. 'Gaat het?' vraag ik haar nog eens. Oana knikt weinig overtuigend. Aan haar natte haren te zien heeft ze net flink wat water over haar gezicht laten lopen, maar de zweetdruppels staan alweer op haar bovenlip en voorhoofd. 'Meis, je ziet er niet goed uit, vertel eens wat er met je aan de hand is?'

Oana's kin trilt en haar ogen vullen zich met tranen. 'Ik voel me vreselijk misselijk en ik moet vaak overgeven,' zegt ze snikkend.

'Hoelang is dat?'

'Anderhalve week.' Ik wissel even een blik met Claudia.

'Kan het zijn dat je zwanger bent?' Verslagen trekt Oana haar schouders op. 'We praten even niet meer verder, want we willen nu eerst met je naar de GGD voor een zwangerschapstest,' leg ik haar voor. Claudia en ik staan op en verlaten de sociale kamer om te bellen. Binnen een halfuur arriveert de GGD-medewerkster om de test ter plekke uit te voeren.

Oana is zwanger. Dat nieuws komt hard aan. 'Ik wil dit kind niet!' herhaalt ze als een mantra. Na flink wat tranen en diverse bekertjes water, neemt ze me taxerend op: zal hij mij geloven? Dan breekt ze door de angsten heen die haar het zwijgen hebben opgelegd. Snikkend vertelt ze wat ze de afgelopen maanden heeft meegemaakt. Ze is naar Nederland gekomen met de verwachting dat ze in een bar zou gaan werken. Zo is het ook begonnen, maar al snel werd ze gedwongen zichzelf te prostitueren. Ze kon geen kant meer op. Deze informatie geeft voor ons de doorslag om de verhoren omtrent de mensenhandel te starten. Oana wil aangifte doen en Iulia ook. Ze doen ook allebei aangifte van mishandeling. Omdat zij hebben gewerkt in Het Trefpunt, nemen we ook mensensmokkel mee in het onderzoek. In het café krijgen zij nauwelijks uitbetaald, waardoor Serkan en zijn broers veel winst maken. Het verhaal van Oana en Iulia biedt ons allerlei aanknopingspunten. Verblijven er nog meer vrouwen in Het Trefpunt? Werken er naast Miruna verder nog vrouwen voor deze dadergroep? Is Miruna een slachtoffer dat in een dubbelrol is beland en nu structureel nieuwe vrouwen ronselt? We nemen contact op met de officier van justitie om de gesprekken over de paspoorten af te ronden en te starten met een gesprek over hun verblijf in Nederland en hoe zij tot prostitutie zijn gedwongen. De paspoorten zijn hun verstrekt. Het is later aan de rechter om te bepalen of zij hiervoor gestraft worden.

De termijn van het toeristische verblijf van Iulia en Oana zit er nog niet op. Omdat zij hier hebben gewerkt, hebben ze een illegale status. Maar nu vaststaat dat zij gedwongen zijn, zijn ze weer 'toerist'. Sociale voorzieningen zijn voor deze vrouwen niet van toepassing. Daarom vragen we een B9-regeling voor ze aan. Een verblijfsstatus voor slachtoffers van mensenhandel die medewerking willen verlenen aan het opsporingsonderzoek. Door deze regeling kunnen we ze op een veilige plek onderbrengen. Ze krijgen een uitkering en een ziektekostenverzekering. Met hulp van de IND zorgen we ervoor dat zij direct na het doen van de aangifte terug naar hun thuisland kunnen.

Het verhoor van Oana is in eerste instantie geen succes. Ze wil wel, maar ze schiet steeds vol vanwege het nieuws van haar ongewenste zwangerschap. Op haar verzoek neem ik wederom contact op met de GGD-verpleegkundige, die op haar beurt weer goede contacten heeft met een abortuskliniek. Nog diezelfde dag kan Oana een bezoek brengen aan de abortuskliniek, waar ze uitgebreid gesprekken voert over een eventuele abortus. Wettelijk gezien is er een bedenktijd van vijf dagen, waarbij Oana moet overdenken of ze echt wel een abortus wil. Bij de arts geeft ze steeds aan dat ze het kind per direct wil laten weghalen. Ze weet niet van wie ze zwanger is, het moet wel van een klant zijn en dat wil ze niet. Ze wil niet haar hele leven nadrukkelijk geconfronteerd worden met deze periode. Dat wil ze ook niet voor het kind. Na het gesprek op de abortuskliniek word ik gebeld door de GGD-verpleegkundige. De arts heeft, gelet op het gedrag van Oana, laten weten dat hij zich zorgen maakt en vraagt zich af of in deze situatie afgeweken kan worden van de vijf dagen bedenktijd. In uitzonderlijke gevallen kan dat. Intern heeft hij Oana al besproken, maar hij wil een objectieve mening van de GGD-verpleegkundige. Hij weet dat ik een afgeronde opleiding Maatschappelijk Werk en Dienstverlening heb en informeert wat ik vind van de psychische gesteldheid van Oana. Zo objectief mogelijk geef ik uitleg over haar reactie op de uitslag van de zwangerschapstest en haar gedrag in de gesprekken daarna. De arts besluit om Oana niet langer in die ondraaglijke spanning te laten en voert na twee dagen een abortus uit.

Door de abortus en de rust die Oana wilde, start ik de aangifte zes dagen na ons eerste contact. 'Bedankt dat jullie me hebben geholpen met de zwangerschapstest, de abortus en het opvanghuis,' zegt Oana. Ze zit op de bank in de sociale kamer en oogt ietsje meer ontspannen dan tijdens de intake. 'Daarmee hebben jullie mij laten zien dat het er jullie niet om gaat om mij als prostituee te bestempelen of om mij te bestraffen vanwege dat valse paspoort. Ik voel dat jullie mij echt willen helpen. Maar ik blijf onzeker, want wat gebeurt er nu als ik jullie vertel wat mij is overkomen? Komt mijn familie dit nu te weten? Het is mijn woord tegen dat van Miruna en de gebroeders Bulut, gaat de politie mij echt geloven? Wat gaat Serkan nu doen? Hij zal mij vinden, of mijn familie. Ik ben al zo vaak geslagen, ze zullen me nu vast vermoorden.'

Vaak hoor ik slachtoffers deze angsten uitspreken. 'Wij zijn niet verplicht om de Roemeense autoriteiten op de hoogte te brengen van dit onderzoek. Het dossier hoeven wij niet op te sturen, dus op die manier zal je familie hier niet achter komen,' stel ik haar gerust. 'Kun je vertellen hoe je in deze situatie verzeild bent geraakt?'

'Iulia en ik werkten allebei in een supermarkt in Arad. Maanden geleden kwam Miruna Stan daar boodschappen doen. Zij woont al een paar jaar in Nederland. We wisten dat zij een relatie had met een Nederlander met een eigen café. Af en toe zagen we haar weleens in Arad, zij valt op doordat ze sinds haar vertrek zoveel beter gekleed is. Toen zij nog in Arad woonde, droeg zij net als wij tweedehands kleding, merk- en vormeloos. De laatste jaren draagt Miruna mooie spijkerbroeken die haar als gegoten zitten. Kleding in opvallende kleuren en met mooie details. Allemaal nieuw. En schoenen van echt leer. Ze is altijd vergezeld van een even goed geklede, lichtgetinte man met een rond gezicht en een slordige baard. Dat is haar vriend Serkan. De grootste klootzak op aarde, weet ik inmiddels. We groetten Miruna vluchtig als ze de winkel binnenkwam, maar de laatste keer vroeg ik haar hoe het beviel in Nederland. Miruna reageerde enthousiast. "Is het niet iets voor jou om ook naar Nederland te komen?" stelde ze me voor. Mij leek dat wel wat, waarom niet? We spraken af na werktijd. Ik wilde mijn vriendin Iulia meenemen en dat vond Miruna geen punt.

Die avond stapten Iulia en ik, nadat we de winkel hadden afgesloten, heel vrolijk de koffiebar binnen. Miruna kwam snel ter zake: haar vriend Serkan had een Turks café waarvoor ze regelmatig vrouwelijk personeel zochten. Drie maanden eerder had ze twee vrouwen uit Arad meegenomen. Die kenden wij ook en we wisten dat zij naar Nederland waren gegaan. Nederlandse vrouwen vonden dat ze er te weinig verdienden, dus het was lastig om vrouwen te vinden die in het café wilden werken. Het was een normale bar, maar Nederlandse vrouwen zijn zo verwend dat ze hun neus ophalen voor 25 euro per dag. Wij vinden dat een mooie verdienste, het minimumloon is bij ons 66 euro per maand. "Dus," zei Miruna, "als je wilt kunnen jullie in Nederland in de bar komen werken. Met zes dagen per week verdien je 150 euro. Boven het café is woonruimte, daar kun je slapen en je betaalt niets voor je kost en inwoning. Er is genoeg te eten in het café. In drie maanden tijd kun je zo'n 2000 euro verdienen. Daarbij, je kunt met mij heen en terug rijden. Ik spreek jullie taal en ben bijna dagelijks in het café, dus ik kan van alles voor jullie regelen. Wie weet sla je een leuke gozer aan de haak, dat biedt nog allerlei leuke mogelijkheden voor de toekomst. Kijk maar of het iets is voor jullie."

Toen ik Iulia's mond open zag staan, realiseerde ik me dat ik er net zo bijzat. Ik had het liefst direct geroepen dat ik meewilde, maar Miruna benadrukte dat we er over na moesten denken. Zij zou nog een week in Arad blijven, dus we hoefden ons niet te haasten. Tenzij we nog geen paspoort hadden, dan moesten we dat nu wel snel aanvragen. Als we daar geen geld voor hadden, wilde zij dat wel voorschieten. "Zelf ben ik ook zo begonnen," verklaarde Miruna. "Met werk in de bar en bij toeval heb ik er een vriend aan overgehouden. Nu hoef ik niet meer te werken, mijn vriend onderhoudt me. Misschien kan ik straks een eigen zaak beginnen in Nederland. En wanneer ik zelf in de bar meewerk, krijg ik ook 25 euro, net als de anderen. Dat stuur ik dan op naar mijn familie in Arad." Miruna keek op haar horloge, ze moest gaan. Ze zou later in de week weer naar de supermarkt komen om van ons te horen wat we hadden besloten.

Ik had natuurlijk al besloten. Direct. Iulia ook. Thuis vonden ze het goed, iedereen in het dorp kent Miruna. Zij is het succesverhaal van onze streek. Voor de paspoorten moesten we geld bij elkaar sprokkelen. We gingen bij onze families met de pet rond. Miruna kwam naar de supermarkt en toen we aangaven dat we graag met haar meewilden, nam ze ons mee naar het bureau waar we onze paspoorten moesten aanvragen. Ze waren daar zo aardig, het leek wel alsof ze haar kenden. Twee dagen later konden we onze paspoorten afhalen. We zegden onze baan op bij de supermarkt en aan het einde van de week waren we klaar voor vertrek.

Op maandagochtend kwam Miruna ons afhalen, samen met twee Turkse Nederlanders. Baris en Aydin Bulut, twee broers van Miruna's vriend Serkan. We hadden 1600 kilometer voor de boeg, via Hongarije en Oostenrijk. In de rij met touringcars die voor de Hongaarse grens stonden te wachten om te kunnen passeren, stapte Miruna samen met Iulia en mij uit de auto. Ze tikte op een deur van een touringcar en deze schoof open. Ze sprak met de chauffeur en een reisbegeleider, ik zag dat ze haar portemonnee tevoorschijn trok en hun geld gaf. Glimlachend wenkte de chauffeur dat we konden instappen. Vlak voordat we instapten, stak Miruna ons ieder 300 dollar toe om te kunnen bewijzen dat we voldoende geld hadden voor een buitenlandse reis. Ook stopte ze wat geld in haar eigen paspoort. Zo staken we de grens over. "Omdat we anders allerlei lastige vragen krijgen bij die Turkse mannen in de auto," verklaarde Miruna. We kunnen Roemenië wel vrij uit reizen, maar je krijgt altijd vragen over de aard en de duur van de reis. En je wordt geregistreerd. Ze houden bij hoelang je het land uit bent geweest. Is dat langer dan de wettelijke drie maanden, dan worden je gegevens extra geregistreerd. Of je betaalt de grenswacht om het niet op te schrijven. Dat wist Miruna ons allemaal te vertellen toen we in die touringcar zaten. Zij zat in de stoel voor ons aan het gangpad achterstevoren gedraaid om ons instructies te geven. Als we gecontroleerd zouden worden, moesten we zeggen dat we op familiebezoek gingen in Hongarije. De bus parkeerde op een parkeerstrook en een controleur liep door het gangpad van de bus om paspoorten te controleren en de reizigers te ondervragen over hun bestemming en tijdstip van terugkeer. Miruna gaf hem haar paspoort en knikte met haar hoofd onze richting op. De controleur liet zijn blik even op ons vallen, trok onopvallend het geld uit het paspoort en stak het in de binnenzak van zijn uniformjasje. We mochten door.

Enkele kilometers verderop stopte de bus bij het eerste tankstation na de grens. Daar konden wij uitstappen, als enigen. Aydin en Baris wachtten ons op in hun groene Opel Kadett. Met z'n drieën stapten we achter in de auto, ik zat in het midden. In Oostenrijk namen we een hotel. Iulia en ik deelden een kamer met Miruna. We babbelden veel met elkaar, de sfeer was ontspannen. Miruna gaf ons veel tips. Bijvoorbeeld dat als we in Nederland werkten, we niet met de politie in aanraking moesten komen. Zou het toch zover komen, dan moesten we zeggen dat we op familiebezoek waren. Verder vertelde Miruna honderduit over haar trouwplannen voor volgend jaar. In de auto was zij degene die sprak met Aydin en Baris. Iulia en ik verstonden daar niks van. Ze werd ook vaak gebeld en hield lange telefoongesprekken in het Turks. De volgende dag, dinsdag, reden we door Duitsland. Ik vroeg aan Miruna of we direct aan de slag konden, waarop zij aangaf dat zij de eerste paar dagen in de buurt zou blijven om ons in te werken. Na het weekeinde zouden we serieus aan het werk kunnen, schatte zij in. Maar we konden eerst even wennen aan onze nieuwe situatie. Alles verliep zo relaxed, het kwam niet in me op dat er iets verkeerd zou kunnen gaan.

Toen we vroegen hoe we de kosten van de overnachting zouden moeten terugbetalen, wuifde Miruna dat weg: "Dat komt allemaal wel goed. Ik moet zelf ook slapen, dus ik had toch al moeten betalen." In Duitsland volgde nog een nacht in een hotel dat zij voor ons betaalde.

Toen we in de loop van woensdagochtend aankwamen bij café Het Trefpunt in Eindhoven, vloog Miruna gillend van plezier Serkan om de hals die met zijn handen in zijn zij op de stoep stond. Miruna bleef hem maar kussen. Baris en Aydin pakten onze koffers uit de kofferbak en droegen ze naar de bovenverdieping van het café. Naar een kamer met twee nog niet opgemaakte eenpersoonsbedden. Miruna gaf ons een kleine rondleiding. Naast onze kamer was nog een slaapkamer. Met twee opgemaakte bedden, jurkjes aan haakjes en make-up op het plankje voor de spiegel boven de wasbak. Hooggehakte schoenen lagen slordig uitgetrapt onder de bedden. De rest van de bovenverdieping bestond uit een rommelig keukentje, een schimmelige badkamer en kleine woonkamer met een afgetrapte bank, een bijzettafel en een televisie. Een typische manneninrichting, niet knus. Net als het café overigens: een langgerekte donkere ruimte met acht tafels met een zeil eroverheen en donkerbruine bistrostoelen. Aan de muur posters van Turkse landschappen en moskeeën en verschoten gordijnen voor de ramen. Achteraan was de bar en aansluitend een smoezelig keukentje.

Die middag arriveerde er nog een Turkse man in het café die zich voorstelde als Kemal, de jongste van de gebroeders Bulut. Hij was samen met twee Bulgaarse meiden, Ana en Ivanka. Het waren hun spullen die we hadden gezien in de kamer naast de onze. Zoveel mensen, maar we verstonden alleen Miruna die haar aandacht volledig op Serkan richtte. Ik had haar wel willen vragen hoe dat zat met Ana en Ivanka, want vier meiden in dit klein café leek mij nogal overdreven. Langzaam druppelden er wat klanten het café binnen. Oudere Turkse mannen met borstelige snorren. Om een uur of twee ging Ivanka achter de bar staan en serveerde thee. Iulia en ik waren de enigen die geen Turks of Nederlands spraken, we voelden ons een beetje verloren, zittend aan het tafeltje achter in de hoek. Zwijgend namen we onze nieuwe omgeving in ons op. We hadden niet lang nodig om te zien dat Serkan de touwtjes in handen heeft in Het Trefpunt. Ook al is hij de op een na de jongste broer. Hij heeft de slimste oogopslag en een agressieve uitstraling, waardoor je je best doet om hem niet boos te maken. Baris, de oudste broer, is van het type dommekracht. Zo ziet hij er ook uit met zijn bolle buik en ronde hoofd. Hij schonk zichzelf met grote regelmaat een borrelglas in uit een fles met een schenktuit van de richel boven de kassa. Na een paar uur oogde hij zweterig en zijn bewegingen werden onvast. Niemand van de familie had oog voor hem. We zagen Kemal, strak in het pak, met driftige gebaren op Serkan in praten. Zo te zien was hij ontevreden over iets. Serkan was het blijkbaar zat en wees hem ten overstaan van de familie en de aanwezige klanten met luide stem terecht. Met een donkere wolk boven zijn hoofd stoof Kemal naar buiten. De laatste broer in het café is Aydin, een jaar ouder dan Serkan. Hij valt eigenlijk niet op in het gezelschap. Aydin is de vriendelijke meeloper van de familie Bulut, die indruk hadden we al tijdens de reis gekregen.

Tegen een uur of acht trokken wij ons terug op onze slaapkamer. "Morgen bespreken we hoe we het werk gaan aanpakken!" riep Miruna ons na. We kropen vroeg in bed. Die nacht sliep ik slecht. Ik had een voorgevoel van naderend onheil. We verstonden niemand en er waren duidelijk genoeg handen om de bar draaiende te houden, wat deden wij hier eigenlijk? Om twee uur 's nachts klonken de geluiden door van het sluiten van het café. De deur klapte piepend open en dicht en de klanten spraken met veel rumoer verder buiten op straat. Onder ons werden de stoelen verschoven en de glazen gestapeld.

Om een uur of zeven stonden we op. In de keuken lag brood, dus aten we wat. Tegen tien uur hoorden we gestommel en niet lang daarna klopte Miruna op onze kamerdeur. Ze nam ons mee naar beneden om de werkzaamheden achter de bar uit te leggen. Daar was Kemal ook bij. De eerste dagen zouden we de werkzaamheden moeten delen met Ana en Ivanka, omdat zij nog niet waren doorgeschoven naar ander werk. Dat was wel het plan, maar kennelijk was er iets tussen gekomen. Geen punt, verzekerde Miruna ons. Zo konden we uitgebreid leren hoe het er in het café toeging. We verdienden dan nog niks, maar dat was niets om ons zorgen over te maken. Dat zouden we later wel inhalen en kost en inwoning waren immers gratis. Met elkaar poetsten we de bar en de toiletten en Miruna wees ons waar alles stond. Ivanka leerde ons die middag wat er te leren viel in de bediening. Serkan kwam ook binnen. Tegen de avond vertrok Kemal met in zijn kielzog een zwaar opgemaakte

Ana met een sporttas in haar hand. Werk zoeken, verklaarde Miruna. Zo te zien had Ana er weinig zin in. Ik richtte me op het werk in het café. Drankjes rondbrengen, opruimen en schoonmaken. Miruna hing de hele avond om ons heen en gaf ons aanwijzingen. Ivanka voerde haar werk zwijgend uit. Ze zag er treurig uit en deed geen enkele moeite om contact te maken met Iulia en mij. Ze serveerde de bestellingen uit die wij aan haar doorgaven en dat was het.

Later op de avond vertrokken de oudere klanten en bleven de jonge Turkse mannen hangen. In de avonden waren er ruim zestig mannen in het café. Op Baris na werd er weinig alcohol gedronken. Iulia en ik lagen om twee uur in bed die nacht. We hebben nog een tijdje fluisterend na liggen praten over het werk. Ana hebben we niet horen thuiskomen. De volgende ochtend zagen we haar weer aan de ontbijttafel. Uitgeput. De dagen die volgden verliepen ongeveer net zoals die eerste werkdag. We ruimden op, bedienden de klanten, haalden de vuile glazen op en tegen een uur of twee sloot het café. Afwisselend werkten we met Ana of Ivanka. De een bleef in het café werken en de ander liep met een sip gezicht achter Kemal aan voor het werken buitenshuis en kwam pas diep in de nacht weer terug. Miruna wenste ons niks wijzer te maken over hun geheimzinnige werkzaamheden. Als we haar ernaar vroegen was het net of ze ons niet had gehoord. Na anderhalve week hadden wij nog geen geld gezien en ontstonden er irritaties. Baris en Serkan waren het meest in het café. Op de avonden, als Baris al flink gedronken had, begon hij met zijn tong te klakken als we langskwamen en aan ons te friemelen. We zeiden niks, maar straalden op allerlei manieren uit dat we daar niet van gediend waren. Ik keek hem boos aan, draaide me van hem af en liep met een ruime boog om hem heen. Sommige klanten begonnen ook handtastelijk te worden. Serkan vond dat prima, hij grinnikte erom. Dat Iulia en ik duidelijk lieten blijken dat we daar niet van gediend waren, deed er niet toe. We verstonden elkaar niet. Hun commando's om klusjes te doen, werden steeds norser. We pikten elke dag wel een paar woorden op, maar dat ging ze niet snel genoeg. Miruna kwam vaak tussenbeide om ons aanwijzingen te geven. Ook de communicatie met Ana en Ivanka verliep met handen en voeten.

Miruna kwam met de verlossende mededeling dat wij vanaf de komende maandag de bar voor onze rekening zouden gaan nemen, want voor

Ana en Ivanka was ander werk gevonden. Hè hè, eindelijk konden we wat geld gaan verdienen. Toch viel de hoeveelheid werk tegen. Iulia en ik moesten om en om werken, een dag wel en de volgende niet. Dat betekende dus ook maar de helft van het geld dat we zouden gaan verdienen. Miruna kon daar ook niks aan doen, zei ze. Ze verwachtte betere tijden. Miruna gaf ons ieder 50 euro voor die eerste anderhalve week werken. Voor ons veel geld. We voelden ons net bedelaars, zo hard hadden we nou ook weer niet gewerkt. Het weekeinde daarop was het druk in het café. Er waren veel vrienden van de broers en er werd meer alcohol gedronken. De handtastelijkheden namen toe. Serkan en Baris moedigden de klanten aan. Ze zeiden, wijzend in onze richting, van alles tegen de klanten en daar ging dan weer een hand langs een intieme plek van ons lichaam. Al moesten we elkaar om de dag afwisselen, we besloten elkaar bij te staan. Zeven dagen per week. Dagelijks haalde Kemal Ana en Ivanka op die er behoorlijk erotisch gekleed uitzagen. Zij gingen niet in de horeca werken, was ons vermoeden. Een afschuwelijke vent overigens, die Kemal. Hij keurde ons nooit een blik waardig, maar in het voorbijgaan kneep hij in onze billen of greep ons vanachter vast in een strakke omarming. Dat werkte enorm op de lachspieren van Serkan en Baris. Die stonden dan kromgebogen op hun dijen te kletsen, steun zoekend bij elkaar. Daardoor werden de klanten steeds vrijpostiger. Ons beklag vond bij Miruna geen gehoor. Ze wapperde het weg. De sfeer tussen ons bekoelde. Sterker, de temperatuur daalde tot onder het vriespunt. "Jullie moeten niet zo zeiken," snauwde ze. "Ik heb al genoeg gedonder over jullie omdat niemand jullie verstaat. Serkan klaagt, de klanten klagen en ik krijg al het gezever over me heen. Doe gewoon je werk en loop niet zo zeiken als de klanten een beetje aan je zitten. Zo werkt dat gewoon hier. Wees een beetje tolerant, wie weet levert je dat nog wat extra geld op. Enne, je mag je slaapkamer ook wel voor andere dingen gebruiken dan alleen slapen hoor." We schrokken ons lam. Wat bedoelde ze hiermee? Moesten we alles maar toelaten?

Op zaterdagnacht sloten we om twee uur het café af. We waren drieënhalve week in Nederland. Serkan en Miruna waren al naar huis, maar de oudste broer Baris zat nog met zijn zatte kop op een barkruk. Zijn ogen volgden onze schoonmaakwerkzaamheden. Hij stak de ene sigaret met de andere aan. Als wij langs hem liepen, steeg er een goedkeurende berengrom op vanuit zijn binnenste. Dan liet hij zijn uitgestoken hand langs ons lichaam glijden. Met opzij springen en kwade blikken gaven wij hem te kennen daarmee op te houden. Hoe feller ons verweer, hoe amusanter hij het vond. Grinnikend keek hij ons aan, scheel van dronkenschap. Toen ik de derde keer die harige handen over mijn lijf voelde gaan, ontplofte ik. "Blijf met je vuile poten van me af!" beet ik hem toe in het Roemeens. Onverwacht vlug greep hij mijn linkerarm en gaf me met rechts een pets in mijn gezicht. Verschrikt kwam Iulia naar ons toe lopen en ook zij kreeg een klap. We keken verschrikt naar Baris. Ik huilde meer uit woede dan van pijn. Baris keek volledig ongeïnteresseerd naar ons terug. Genoeg. Ik trok Iulia aan haar mouw mee naar boven en knalde de deur van onze slaapkamer dicht.

Na een kwartier waren we nog in beraad over wat we konden doen. We waren van streek en voelden ons als ratten die in de val zaten. Plots kwam Baris onze kamer binnenstormen. Hij stortte zich op mij en wreef over mijn borsten en tussen mijn benen. Als een leeuwin sprong Iulia op zijn rug. Dat maakte geen enkele indruk op Baris, zij is graatmager. Met een hand naar achteren, trok hij haar meermaals van zijn rug af, maar zij bleef hem belagen. Hij plukte aan mijn kleding en ik stribbelde tegen. Uiteindelijk kreeg ik mijn voet tegen zijn lichaam en duwde hem van me af. Hij viel achterover. Scheldend richtte hij zich op en stompte me in mijn gezicht. Hij beende de kamer uit en liet Iulia en mij in paniek achter. Huilend zetten we een stoel tegen de deur, want er zat geen slot op. We gingen op de stoel zitten om de deur te barricaderen. Baris hoorden we beneden vloeken en tieren. Ruim een uur bleven we zitten, Iulia bij mij op schoot, totdat we niks meer hoorden. We zetten de stoel onder de klink van de deur en slopen in bed.

KLABAM. Ik schoot rechtop in bed, simultaan met Iulia. Het moet zo'n halfvijf geweest zijn dat Baris en Aydin de deur van onze kamer intrapten. We trokken de dekens over onze hoofden en daarop volgde een regen van klappen en trappen. Het duurde niet lang, maar het deed wel vreselijk veel pijn. De machteloosheid vond ik nog het ergste. Meeloper Aydin deed vrolijk met Baris mee. Nadat ze uitgeraasd waren, verdwenen ze uit de kamer. Ik durfde niet onder mijn deken vandaan te komen. "Oana," hoorde ik fluisteren, "They are gone, they are gone." Zachtjes trok Ana de deken van me af. Haar gezicht was betraand. Ivanka kwam ook de kamer binnen en ging bij Iulia op bed zitten. Liefdevol hielpen ze ons uit bed en depten onze pijnlijke plekken met koud water. Zij huilden met ons mee, maar we konden elkaar niets over onze ervaringen en angsten vertellen. Om een uur of zes waren we allemaal genoeg bedaard om weer te proberen wat te slapen.

"Wat is hier aan de hand?!" Om negen uur stond Miruna tussen onze bedden in. Streng keek ze van Iulia naar mij en weer terug. We legden zo rustig mogelijk uit wat er gebeurd was, maar Miruna schudde verbeten met haar hoofd. "Het is júllie schuld," benadrukte ze met een beschuldigende wijsvinger die in onze richting priemde. "Jullie zeuren over alles en doen kinderachtig als een man je een keertje aanraakt. En nu is Serkan waanzinnig kwaad omdat Baris hem vannacht de huid heeft vol gescholden dat jullie je werk niet deden. Zoveel klanten hebben over jullie geklaagd. Vooral over jou, Oana."

Mijn bloed kookte. "Ik heb me niets tegen het werk, maar Baris moet met zijn poten van me afblijven." Miruna gaf me een venijnige klap in het gezicht. Verbaasd keek ik haar aan. Ik wilde opstaan, maar in een fractie van een seconde stond Baris naast mijn bed en duwde me terug. Vanuit het niets dook hij op in onze kamer, die smiecht had als een dief in het donker staan luisteren op de gang. Miruna liep naar de kast en pakte onze paspoorten van de plank onder een stapeltje T-shirts. Ze keek ons met kille ogen aan. "Ik verwacht jullie over een uur in de keuken. We moeten praten, want ik ben helemaal klaar met dat ondankbare wijvengezeik."

Om te voorkomen dat de boel helemaal escaleerde, douchten we snel en zaten om tien uur tegenover Miruna en Baris in de keuken. We voelden ons nu helemaal overgeleverd aan Miruna en de Bulut-clan, zij hadden onze paspoorten. Miruna stak haar preek af: "De familie Bulut is niet te spreken over jullie, dames. Jullie verstaan helemaal niks van wat zij zeggen. We kunnen jullie niet zelfstandig laten werken. Daar komt bij, we moeten oppassen dat we niet in de problemen komen door jullie gedrag. Is het nou zoveel gevraagd dat Baris een beetje aandacht wil? Jullie reageren zo spastisch. In drieënhalve week hebben jullie meer gekost dan opgeleverd. Jullie hebben te weinig verdiend om mij terug te betalen of om zelf terug te reizen. Wij hebben besloten dat jullie hetzelfde werk gaan doen als die Bulgaarse meiden. Baris brengt jullie vanavond naar Amsterdam om achter het raam te werken. We hebben al paspoorten voor jullie laten maken. Jullie hebben geen andere keuze. Aydin gaat ook mee om jullie in de gaten te houden en ik ben in de buurt om jullie instructies te geven." Ik was zo stomverbaasd, dat mijn weerwoord halverwege mijn keel bleef steken. Baris boog naar ons toe en liet een onheilspellende grom horen. Ik dook ineen uit angst voor nog een pak rammel. "Jullie hebben je er maar bij neer te leggen, meiden," deed Miruna er nog een extra schep bovenop. "Jullie zijn strafbaar, want jullie hebben hier gewerkt. Alle klanten zijn daar getuige van geweest. Zij staan aan de kant van de gebroeders Bulut en komen echt niet op voor twee kleine hoertjes. Zorg dat je vanavond om zeven uur klaarstaat. Als jullie je best doen, dan zorg ik dat jullie daarna in een nette club terechtkomen. Dat moet je zelf verdienen. Ik ben zelf ook zo begonnen en het valt allemaal reuze mee. Ik ben er groot door geworden. Zeiken heeft geen enkele zin."

Miruna vertaalde voor Baris die met een boos gezicht ons in het Turks toevoegde: "Jullie moeten het zelf weten, maar als je vanavond je werk niet doet, kun je vannacht als een voorproefje beschouwen. Als ik jullie van kant maak, zal niemand naar je zoeken. Want wie zijn jullie eigenlijk? Je kunt proberen weg te komen, maar de politie weet heus wel raad met illegale hoertjes. Een telefoontje naar de politie en je gaat hier de cel in. En berooid naar huis. Daarbij, het is niet zo moeilijk om in de buurt van Arad te vertellen wat jullie hier doen. Wie denk je dat ze zullen geloven? Onze goedgeklede Miruna die regelmatig terugkomt of twee armoedige zigeunerwijven?"

Als geslagen honden dropen we af naar onze kamer waar we de rest van dag gesmoord in onze kussens huilden en fluisterend onze paniek deelden. Miruna hield ons nauwlettend in de gaten met plotselinge bezoekjes aan onze kamer. Om een uur of zes gooide ze lingerie naar binnen en gaf instructies: "In Amsterdam gaan jullie met mij mee naar een kamerverhuurder. Ik doe het woord. Probeer geen aandacht te trekken, want Baris en Aydin staan buiten klaar om jullie een lesje te leren. In de kamer kleed je je uit en je gaat in die lingerie achter het raam staan. Het is heel simpel, je probeert gewoon zo veel mogelijk klanten naar binnen te krijgen. Ik heb condooms voor jullie. Wat je met je klanten doet, zal me een rotzorg zijn. Als iedere vent die je kamer binnenkomt maar 50 euro betaalt. Jullie krijgen je 25 euro per dag. Sta je als een zuurpruim achter het raam, dan verdien je niks. Dan zijn Baris en Aydin niet blij, met alle gevolgen vandien. Hier zijn twee Griekse paspoorten, leer de gegevens uit het hoofd. De politie controleert in het prostitutiegebied. Als ze bij je binnenkomen, zeg dan zo weinig mogelijk. Maak het jezelf niet te moeilijk en onderga het maar gewoon, dat scheelt mij ook klappen. Serkan reageert zijn ontevredenheid over jullie op mij af. Ik heb al genoeg klappen gehad, daar heb ik geen zin meer in. Jullie hebben geen keuze, maar ik evenmin. Dus hup, zorg dat je straks klaarstaat." Kennelijk zit Miruna net zo in de tang als wij. Maar o, wat een huichelachtige trut dat zij ons erin heeft geluisd. Ik zal haar de rest van mijn leven diep haten.

Prostitutie. Iulia en ik hadden daar nooit over nagedacht. Wat wisten wij van dat werk? Hadden we een keuze? Iulia en ik waren volledig overstuur, we konden niet meer helder nadenken. Waar konden we in godsnaam naartoe? Met knikkende knieën wachtten we op Miruna en Kemal die ons van onze kamer kwamen halen. Kemal barstte direct los met drukke handgebaren tegen Miruna. Hij is de keurmeester en bepaalt of we hoerig genoeg zijn voor de klanten. Het waren onze behuilde ogen, begrepen we van Miruna. "Of hij jullie oogschaduw moet opbrengen?" vertaalde zij zijn dreigement. Miruna trok ons de badkamer in. "Kom snel, anders begint het gedonder al meteen." Iulia en ik dragen nooit make-up. Miruna beval me mijn ogen te sluiten en begon druk te vegen. Ik schrok me dood toen ik het resultaat in de spiegel zag, ik zag eruit als een hoer. Maar Kemal was tevreden.

In een uur reden Baris en Aydin ons van Het Trefpunt naar de Amsterdamse Wallen. Vanuit de parkeergarage stonden we direct midden tussen de ramen. Miruna nam ons mee naar verschillende kantoortjes om te informeren welke ramen te huur waren en wat ze kostten. Baris en Aydin volgden ons op zo'n zeven meter afstand. In het vierde kantoortje kreeg ze van een magere man met een vlassige paardenstaart een sleutel. We volgden Miruna naar buiten, de hoek om, en daar opende ze met de sleutel een deur. We deelden een betegelde ruimte voor het raam. We moesten onze klanten meenemen naar de ruimte erachter. Iulia had het kamertje gelijkvloers en ik moest met mijn klanten een steile trap op naar een morsige kamer met niet meer dan een ingebouwd bed en een wastafel. Miruna stuurde ons naar onze kamers om snel de lingerie aan te trekken die ze ons die middag had gegeven.

Ik walgde van de glitterbikini die ze mij had toebedeeld. Ik moest er ook een heel fout latex rokje overheen dragen en belachelijk hoge stilettopumps. Iulia hees zich huilend in een paillettenbikini. De pumps hield ze in haar handen, zij is een gymschoenentype. De tranen rolden ook over mijn wangen. Wat zagen we eruit. Ik herkende ons helemaal niet in deze situatie. En nu was het de bedoeling dat wij met onbekende mannen naar bed zouden gaan? "Kom op, alleen de eerste is niet fijn," sprak Miruna ons vermanend toe. "Daarna wen je eraan en kun je ze om de tuin leiden. Morgen weet je niet beter en over twee maanden ben je het vergeten als je ziet hoeveel geld je hebt verdiend."

Buiten stonden Baris en Aydin tegen een muur te roken en op de grond te spugen. Ze keken ons recht in het gezicht terwijl Miruna uitlegde hoe het in zijn werk gaat. "Let op, per condoom moet je 50 euro opleveren. Zo niet, dan heb je een probleem." Baris en Aydin stonden verlekkerd naar ons te kijken. Of wij nu even heel sexy wilden gaan glimlachen. Uit het niets meldden zich al direct de eerste twee klanten. Help! Ik heb wel wat gevreeën met een vriendje, maar ik was nog nooit met een vreemde man geweest. Iulia ook niet. We konden helemaal niet praten met die gasten. We gingen liggen en die kerels neukten ons. Zo ongelooflijk smerig en vernederend. Veel bedenktijd werd ons niet gegund, want zodra de eerste klanten weg waren en wij ons hadden afgespoeld, stond Miruna binnen om het geld te innen. "Nou, dat viel mee, hè? Hierna wordt het alleen maar gemakkelijker." Ze ontweek onze verwijtende blikken. "Nou meiden, actie!" en ze ging de deur weer uit. Zodra we de gordijnen opentrokken stonden Baris en Aydin weer pal voor ons raam. En twee nieuwe klanten. Hadden zij hun hele vriendenclub uitgenodigd?

Die eerste avond zat het tempo er al flink in. Dat we de klanten huilend ontvingen, maakte niets uit. Ze deden het toch wel met ons. Sommigen zullen ons hebben gevraagd wat er aan de hand was, maar wij verstonden hen niet. Uiteindelijk kwamen zij voor seks en wij gaven ze dat. Bleef een klant langer dan vijftien minuten binnen, werd er op het raam gekopt. Baris en Aydin deinsden er niet voor terug om klanten aan te spreken om meer te betalen. De constante dreiging van Baris en Aydin pal voor onze ramen zorgde voor een hoop stress. Klanten met een grote mond zetten zij op straat, maar dan kregen wij een sneer. Vraag me niet wat ze zeiden, maar vriendelijke teksten zullen het niet zijn geweest. Om vier uur in de ochtend kwam Miruna ons ophalen. Geen idee hoeveel mannen ik in me heb gehad. Het waren er idioot veel. We hebben zonder pauze doorgeploeterd. Miruna bracht de sleutel terug en samen met Iulia liep ik achter haar aan naar de parkeergarage. Onze eerste dag als hoer, wat een dieptepunt. Mijn vagina voelde beurs en ik had kramp in mijn onderbuik. Mijn lijf was loodzwaar van uitputting. Iulia en ik hielden elkaar vast. We waren verworden tot gebruiksvoorwerpen van die walgelijke broers en die verraderlijke Miruna. Bij thuiskomst stak zij ons ieder 50 euro toe. Ze had ons de helft beloofd, kennelijk had ze medelijden. Ze draaide zich snel om en zei over haar schouder dat ze de volgende dag weer zou komen.

Zo begon voor ons een maand op de Amsterdamse Wallen. Wij waren volledig in hun macht. Als zij wilden, konden ze zonder pardon onze ouders informeren over onze activiteiten en konden ze de politie tippen dat we illegaal werkten. Wat konden wij doen? Zeven dagen per week werden we naar Amsterdam gebracht. Elke keer een ander raam. Op die vieze matrassen waar de hele dag door een onophoudelijke stroom mannen en vrouwen seks hadden. Wij ook. Ik bevredigde de ene stijve piemel na de andere. Geen idee hoe die mannen eruitzagen, daar had ik mijzelf al vrij vlug voor afgesloten. Hun gezichten en lijven deden er niet toe. Klaarkomen moesten ze. Zo snel mogelijk, want dan was het voorbij. Maar dan stond alweer de volgende voor de deur.

In de derde week, nu twee weken geleden, kwamen er een man en vrouw onze kamer binnen met een politielegitimatie. Miruna was direct ter plekke om voor ons het woord te doen. Ze bekeken onze paspoorten en stelden vragen waarvan ik betwijfel of Miruna ze wel goed vertaalde. Tegen ons zei ze dat we rustig moesten blijven en geen gekke dingen moesten doen. De politie verliet onze kamer en liet een kaartje achter met hun telefoonnummer, dat Miruna in haar zak stak. Bij de tweede controle, vorige week, beet Miruna zenuwachtig op haar lip. Toen we vroeg in de ochtend weer naar Het Trefpunt reden, zei ze dat we niet meer naar Amsterdam zouden gaan. Te veel politiecontroles. De volgende dag gingen we niet werken maar eerst op zoek naar een nieuwe werkplek. Dat was het moment waarop Iulia en ik Miruna vroegen: "Waarom heb je ons voorgelogen dat we in de horeca zouden gaan werken terwijl je wist dat we in de prostitutie zouden belanden?"

Schichtig keek ze een andere kant op. Haar schouders begonnen te schudden. Nu was zij het die huilde, een vreemde gewaarwording. De bitch bleek wroeging te hebben, ze vertelde wat haar was overkomen. Anderhalf jaar geleden had zij Serkan Bulut in Arad ontmoet. Ze was direct voor de bijl gegaan. Smoorverliefd. Ze werd gewaarschuwd, ook door haar familie. Toch ging ze met hem mee naar Nederland. Hij hield haar hetzelfde verhaal voor als zij ons had voorgehouden. Werken in Het Trefpunt. Hij wilde het café samen met haar runnen, hij wilde dat ze zijn meisje werd. Hij was lief in het begin, maar na een maand was hij gaan klagen dat het niet lekker liep met het café. De inkomsten vielen tegen en hij had schulden. Zijn broers boerden veel beter, hun vriendinnen werkten in Duitsland en België in de prostitutie. Misschien moest Miruna dat ook maar eens gaan doen. Ze heeft nog een tijd tegengestribbeld, maar is uiteindelijk overstag gegaan. Gaandeweg kwam ze erachter dat ze helemaal niet de enige was voor Serkan. Hij had meerdere vrouwen met wie hij aanvankelijk een relatie was aangegaan en nu voor hem aan het werk waren. Miruna stond inmiddels al te boek als prostituee en zou net als Iulia en mij gechanteerd worden als ze niet meewerkte. Haar familie en de politie zouden op de hoogte gebracht worden als ze tegen zijn zin in ging. Ze was vooral bang dat haar familie erachter zou komen. Zij hadden haar immers gewaarschuwd. Miruna had veel ruzie met ze gemaakt en schaamde zich nu kapot dat ze gelijk bleken te hebben. Toegeven viel haar te zwaar, dus dan maar zo.

Miruna overschreed haar drie maanden in Nederland. Ze moest terug naar Roemenië, anders zou ze problemen krijgen aan de grens, maar Serkan liet haar niet gaan. In de vierde maand kreeg ze koorts, rillingen en zweetaanvallen. Ze had pijn in haar rug en plaste bloed. Nierbekkenontsteking. Ze moest naar het ziekenhuis, maar was niet verzekerd. Serkan regelde een bewijs dat verblijf bij partner was toegestaan. Hij betaalde de ziekenhuisrekeningen die Miruna met geen mogelijkheid kon terugbetalen. Hij deed haar een voorstel: als zij andere vrouwen voor hem zou ronselen, hoefde Miruna zichzelf niet meer te prostitueren. Weigerde ze, dan moest ze weer de prostitutie in of hij zou haar aangeven bij de politie. Ze stemde toe. Miruna walgde van het prostitutiewerk. Op de een of andere manier was ze toch nog verliefd op Serkan en ze wilde niet op die manier door hem gebruikt worden. Liever was ze zijn *partner in crime*. Als vriendinnetje van Serkan had ze ook een iets betere positie ten opzicht van zijn broers. Ze benaderden haar minder grof. Thuis in Arad mocht niemand ervan weten. Regelmatig reisde ze op en neer naar Roemenië en kon ze laten zien hoe goed het met haar ging. Miruna vertelde ons dat zij zich schaamt voor wat ze heeft gedaan, maar voor haar is er geen weg meer terug. Ze drukte ons op het hart dat als wij het verprutsen, zij ook in elkaar werd geslagen. Elk verlies werd haar aangerekend, en dan moest zij weer nieuwe vrouwen hiernaartoe halen. Ze vroeg ons om het nog even vol te houden en dan konden wij weer naar huis. Hoewel Iulia en ik doodongelukkig waren met wat Miruna ons heeft aangedaan, hadden we medelijden met haar. Vergeven doe ik haar nooit, maar ik kon ietsje meer begrip opbrengen voor haar daden. Het heeft me wel aan het denken gezet. Wat zou ik in haar plaats hebben gedaan? Was ze dit keer oprecht of spiegelde ze ons haar zoveelste leugen voor?

Miruna vertelde ons dat we op zoek zouden gaan naar een club. Dat zou een stuk relaxter zijn dan werken achter een raam. Als we het goed zouden aanpakken, kregen we één klant per uur die beter betaalde dan de klanten van de Wallen. Deden we het nog beter, dan konden we per klant meer tijd besteden, dan hoefden we niet met zoveel verschillende mannen naar bed. Op die vrije donderdag vorige week voelde ik me al beroerd. Ik moest flink overgeven, maar weet dat aan het prostitutiewerk. Spanning, slecht slapen, weinig eten. Ik dacht niet meer aan die klant bij wie het condoom gescheurd was. Veel aandacht heb ik daar toen niet aan besteed. Ik heb me toen snel gewassen, want ik moest snel weer klaarstaan voor de volgende.

Op vrijdagavond gingen we clubs langs op zoek naar een nieuwe werkplek in de omgeving van Eindhoven. Dit was het werkgebied van Kemal, hier was hij onze chauffeur. Elke keer dat Miruna terugkwam met de mededeling dat ze geen nieuwe meisjes nodig hadden, raakte Kemal steeds meer geïrriteerd. Toen we met lege handen terugkwamen in Het Trefpunt, werd ons geen blik waardig gegund. Er hing een heel gespannen sfeer. Op zaterdag vonden we wel een club waar Iulia en ik terechtkonden. Miruna stelde ons voor als Griekse vrouwen. De gastvrouw had er geen problemen mee dat we ons zo gebrekkig verstaanbaar konden maken. Miruna liet ons achter, ze zou ons om twee uur 's nachts weer komen ophalen. Het was inderdaad een heel stuk relaxter werken dan op de Wallen. Op maandag is de club gesloten, dus hadden we vrij. Ook hier kregen we 50 euro per dag van Miruna. Ik denk dat Iulia en ik ieder 1500 euro hebben verdiend. Dat geld ligt in Het Trefpunt. Met Miruna hebben we het helemaal niet meer gehad over onze schulden aan haar, misschien heeft zij het al verrekend met onze opbrengsten. We zagen wel dat zij, terug in Het Trefpunt, het geld elke nacht inleverde bij Serkan of, als hij er niet was, bij Baris.

Vorige week dinsdag, kwamen er ineens vijf mensen de club binnen, van wie er eentje met een politielegitimatiebewijs op de gastvrouw afstapte. Zij gaf onze paspoorten. Twee agenten stapten op Iulia af en twee kwamen naar mij toe. Ik begreep niet wat ze zeiden. Toen alle meiden in de club waren gecontroleerd, moesten Iulia en ik mee. Zodoende ben ik hier bij jullie terechtgekomen. We wisten dat we vervalste paspoorten hadden. Onze eigen paspoorten met toeristenvisa zijn ingenomen door Miruna. We wisten dat we illegaal werkten, mede daardoor waren we bang voor de politie. In ons eigen land probeert de politie overal geld uit te slaan, dus we dachten dat het hier net zo zou zijn. Ik wil zo snel mogelijk naar huis.'

Twee weken na de invallen bij de familie Emin en de champignonkwekerijen komen we in actie bij de familie Bulut. Deze actie legt een behoorlijke druk op het team, omdat we nog midden in de verhoren zitten van de 37 betrokkenen bij de zaak Emin. Ook onze dossiervormers hebben daarmee al een flinke kluif. Dat besluit tot actie hadden we al genomen voordat Iulia en Oana in beeld kwamen. Hoewel we nu wel met hen in verhoor zitten. Door de telefoongesprekken, de observaties en het informatieonderzoek hadden we al voldoende bewijslast van de strafbare feiten. De aangiften van de meiden komen in grote lijnen overeen met onze eigen waarnemingen. Iulia en Oana hebben ons een inkijkje gegeven in de handel en wandel van café Het Trefpunt. De informatie die wij hadden, de lijn naar het bordeel, de rol van Miruna en haar aanwezigheid in de auto van Kemal, wordt door hun verhaal bevestigd. De stukjes vallen op zijn plaats

We gaan naar de woningen van Serkan, Baris, Aydin, Kemal en naar café Het Trefpunt. Ook gaan we naar de woningen van hun vader en nog twee andere broers, van wie we vermoeden dat zij illegale bewoners huisvesten. We beginnen de ochtend met de briefings voor alle locaties en iedereen neemt zijn positie in op de locaties. Ik ga mee met de officier van justitie en de rechter-commissaris. In de woning van Serkan ondergaat Miruna stilzwijgend haar aanhouding. Anna en Ivanka zijn op de bovenverdieping van Het Trefpunt. Zij worden direct meegenomen naar het bureau waar twee koppels gecertificeerde verhoorders klaarzitten om met hen in gesprek te gaan. Ana doet aangifte en vertelt uitvoerig haar verhaal dat overeenkomt met dat van Iulia en Oana. Ivanka durft niet. Ze kan niet vertellen over zaken die te dicht bij haar prostitutie-ervaringen komen. Na het verhoor van Ana gaan zij en Ivanka per touringcar op onze kosten terug naar huis. Tijdens de strafzaak zullen zij nog naar Nederland komen om als getuigen worden gehoord door de rechter-commissaris.

Wat opvalt als we de rijtjeswoning van een broer betreden, waar het zwaartepunt van ons onderzoek niet direct lag, is dat er boven aan de trap een geïsoleerde deur is gemaakt. De warmte die erachter schuilgaat, doet een hennepplantage vermoeden. Bingo, de zolder staat vol met planten. De woonkamer overigens ook, net als drie slaapkamers. We hadden verwacht hier mensen aan te treffen. Die hadden we tijdens de observaties in en uit zien lopen. Nu weten we ook waarom: de hennepplanten zijn getopt en geknipt. In de woning van Serkan treffen we illegale bewoners aan. Zij zijn hierheen gehaald om de wietplanten te knippen. Serkan blijkt de kartrekker van de hennephandel, maar de twee broers die buiten ons blikveld waren gebleven, verlenen hand- en spandiensten. De regionale politie en de vreemdelingenpolitie nemen deze hennepzaak van ons over.

Dat er op de bovenverdieping van Het Trefpunt wordt gegokt, zoals in het proces-verbaal van de CIE staat aangegeven, is niet bewezen. Ook hebben wij geen mensen gevonden die door de familie Bulut te werk zijn gesteld in de groenteteelt.

Chavdar is samen met de andere dorpelingen teruggebracht naar Bulgarije. Daar hebben zij rechtsbijstand ontvangen van een advocaat. We hebben het geld in de enveloppen waar Chavdar het over had, inderdaad gevonden. In overleg met het Openbaar Ministerie is dat geld aan de Bulgaren uitbetaald, nadat de verdachten schriftelijk afstand hadden gedaan van de enveloppen en hun inhoud.

Zeki Emin is vervolgd voor mensensmokkel en kreeg drie jaar gevangenisstraf, waarvan een jaar voorwaardelijk. De drie werkgevers zijn niet veroordeeld, maar zijn financieel aangepakt voor hun medewerking. De belastingdienst heeft naheffingen gedaan en hun boetes opgelegd. Voor zover de arbeidsinspectie en de belastingdienst hebben kunnen vaststellen dat de werkgevers illegalen in dienst hadden, is er berekend hoeveel belasting de werkgevers hebben ontdoken. Dat moesten ze nu alsnog voldoen. Tevens heeft de belastingdienst een hoge boete opgelegd.

Bij de behandeling van de strafzaak tegen de gebroeders Bulut zijn Iulia en Oana verzocht om terug te komen naar Nederland voor verhoor door de rechter-commissaris. Hierbij heeft men verzuimd ons als verbalisanten en als contactpersoon in te schakelen, waardoor er ergens in Roemenië onaangekondigd een brief op een deurmat viel. Er lagen twee tickets klaar bij de Nederlandse ambassade die nooit zijn opgehaald. Uiteindelijk zijn Iulia en Oana aanvullend verhoord in Roemenië.

De gebroeders Bulut kregen gemiddeld vier jaar celstraf opgelegd. Miruna kreeg één jaar celstraf. Omdat haar medeplichtigheid in het verlengde ligt van haar slachtofferschap, is daar rekening mee gehouden vanuit het non-punishment-beginsel. Hierover later meer.

De fatale fuik van Chavdar, Iulia & Oana

In 2003 werkten we vanuit twee wetsartikelen: mensenhandel en mensensmokkel. In de juridische beschrijving achter in dit boek ga ik in op de geschiedenis van de mensenhandelwet en hoe die door de tijd heen veranderd is. Als dit Roemeens-Bulgaarse onderzoek zich had afgespeeld na 2005 was het een volledig mensenhandelonderzoek geweest zoals in de wet sinds 2005 staat beschreven. Maar toen de zaak speelde, in 2003, was mensenhandel uitsluitend een delict om mensen aan te zetten tot seksuele handelingen met of voor een derde tegen betaling. Overige vormen van uitbuiting vielen daar niet onder. De gedragingen van de verdachten die gericht waren op de uitbuiting die erop volgde, golden in de jaren voor 2005 ook nog niet als mensenhandel. Toen had de term mensenhandel nog geen betrekking op uitbuiting in andere sectoren dan de prostitutie.

Mensensmokkel

Veel mensen verstaan onder mensensmokkel slechts het vervoer van een individu uit een ver land naar Nederland zonder dat ze daar de benodigde papieren voor hebben, en dat grensoverschrijding een essentieel onderdeel is van smokkel. In veel gevallen is dat ook zo, maar iemand de 'gelegenheid', 'middelen' of 'inlichtingen' geven waardoor ze illegaal in Nederland kunnen verblijven met als oogmerk geld te verdienen, valt juridisch gezien ook onder mensensmokkel.

Iemand die bijvoorbeeld voor toeristische doeleinden naar Nederland komt en vervolgens gaat werken, verliest zijn mogelijkheid om legaal in Nederland te verblijven. Criminelen gebruiken vaak de legale inreismogelijkheden naar Nederland om daarna die regelgeving te misbruiken en mensen in een situatie van uitbuiting te brengen. Eenmaal in Nederland kon Chavdar aan het lijntje worden gehouden en kreeg hij ingepeperd dat hij zich schuldig maakte aan strafbare feiten. Al deze gedragingen vallen onder de elementen 'gelegenheid' en 'middelen'. Zeki wilde over de rug van Chavdar geld verdienen, terwijl hij wist dat Chavdar nu wederrechtelijk in Nederland verbleef. Daarom was hij schuldig aan mensensmokkel.

Sectoren buiten de seksbranche

Mensen die illegaal in Nederland verblijven, zijn heel chantabel. Zij denken dat ze daarvoor strafbaar zijn. Zeker als ze gebruik hebben gemaakt van valse reisdocumenten. De chantage is subtiel, het slachtoffer wordt mededader gemaakt of dat wordt hem voorgehouden. Veel slachtoffers horen dreigementen dat hun familie iets zal worden aangedaan als ze niet doen wat hun handelaar van hen verlangt. Een andere manier om hen onder beroerde omstandigheden aan het werk te houden, is door middel van geld. De werknemer krijgt simpelweg een gedeelte van het toegezegde salaris niet uitbetaald, met de mededeling dat ze aan het einde van de afgesproken werkperiode het resterende bedrag alsnog krijgen uitbetaald. Chavdar zou 200 euro per week krijgen, maar de champignonkweker betaalde hem 50 euro minder uit. Dat spaarde hij op in een enveloppe en zou dat aan het einde van de rit in een keer geven. Samen met een bonus van 500 euro. Deze methode bevat een element van chantage. De handelaar zegt toe dat hij de werkgever daarover blijft aanspreken. Vaak krijgt hij dat geld. Als de mensen terug moeten, is er opeens geen geld meer of de werknemer en handelaar zetten een controle in scène. Er zijn ook gevallen bekend waarbij illegale arbeid aan de arbeidsinspectie werd getipt zodat er een officiële controle plaatsvond. De illegale werknemers werden opgepakt, het land uitgezet en konden fluiten naar hun geld.

Slachtoffers van mensenhandel die niet in de seksindustrie terechtkomen, raken ook in een sociaal isolement. Zij worden gezamenlijk ergens ondergebracht en maken lange werkdagen. Buiten hun werk om durven zij zich nauwelijks op straat te begeven uit angst dat ze worden opgepakt en uitgezet. Medeplichtigen van de handelaar leveren tegen woekerprijzen eten aan.

Bijzondere opsporingsmethoden

Sommige strafbare feiten zijn zo ernstig dat bijzondere opsporingsbevoegdheden gerechtvaardigd zijn, de zogeheten BOB-middelen. Het inzetten van sommige van die bevoegdheden wordt vooraf getoetst bij de rechter-commissaris. Hij moet voor het gebruik ervan toestemming verlenen aan de opsporingsdiensten. In Nederland worden veel telefoons afgeluisterd, maar dit is niet zonder meer toegestaan. Je moet eerst aantonen waarom dit het aangewezen middel zou zijn om de bewijslast te vergaren. Een telefoon aftappen is een ernstige schending van de privacy. Ook het observeren van mensen is aan strenge regels gebonden. Om te beginnen moet er sprake zijn van een vermoeden van een ernstig misdrijf zoals mensenhandel en mensensmokkel, moord en doodslag, ontvoering, het beramen van aanslagen en grootschalige drugstransporten.

Non-punishment

Slachtoffers van mensenhandel maken zich soms ook schuldig aan een strafbaar feit. Miruna was gaan vertalen voor haar vriend, waardoor ze haar werk als prostituee kon ontlopen. Volgens de strafbaarstelling in mensenhandel wierf zij mensen in Roemenië. Ze misleidde Iulia en Oana door ze ander werk dan prostitutie in het vooruitzicht te stellen, terwijl ze zeer goed kon weten wat hun voorland was. Hierdoor kan Miruna als dader gezien worden van mensenhandel. Iulia en Oana zijn volgens de wet ook strafbaar, want zij maakten gebruik van vervalste paspoorten. Ik kom vaak situaties tegen waarin slachtoffers strafbare feiten plegen, ze werken in hennepkwekerijen of leggen, uit angst voor hun uitbuiter, onder ede een valse verklaring af. Het non-punishment-beginsel maakt het mogelijk om slachtoffers van mensenhandel niet te bestraffen voor strafbare gedragingen die zij onder dwang hebben begaan. Iulia en Oana zijn niet vervolgd voor hun vervalste paspoorten, omdat ze slachtoffer waren. Miruna was naar het oordeel van de rechter te ver gegaan in haar rol, zij is dus wel veroordeeld voor mensenhandel.

Abortus

Een zwangerschap mag niet eerder afgebroken worden dan op de zesde dag nadat de vrouw de arts heeft bezocht en daarbij haar voornemen tot abortus met hem heeft besproken. Dit is de zogenoemde vijfdagentermijn. Deze termijn geldt niet alleen voor de vrouw, maar ook voor de arts. Er kan echter een uitzondering worden gemaakt in het geval dat de zwangerschapsafbreking noodzakelijk is om een dreigend gevaar voor het leven of de gezondheid van de vrouw af te wenden. De arts moet zich ervan vergewissen dat de vrouw in vrijwilligheid en met besef van haar verantwoordelijkheid voor het ongeboren leven en de gevolgen voor haarzelf tot haar beslissing is gekomen. In het geval van Oana heeft de arts besloten om af te zien van de vijfdagentermijn, na uitgebreid overleg met collega-artsen en andere deskundigen.

B-9-procedure

De politie mag niet werken met mensen zonder legale verblijfsstatus. Veel slachtoffers van mensenhandel zijn niet legaal in Nederland. Ook hebben we veel te maken met slachtoffers die uit hun uitbuitingssituatie zijn gehaald en geen werk, inkomsten of verzekering meer hebben. Zij kunnen geen gebruikmaken van sociale voorzieningen die voor Nederlanders gelden, zoals het recht op een wettelijk bestaansminimum. Om het voor ons mogelijk te maken met deze groepen te werken, is voor slachtoffers van mensenhandel een regeling beschreven onder hoofdstuk B-9 van de vreemdelingencirculaire. In de volksmond noemen we dit de B-9-procedure. Als je aangifte doet van mensenhandel heb je recht op de B-9. Wie als getuige meewerkt aan een mensenhandelonderzoek, of in het geval er iemand zelf geen slachtoffer is, maar wel kennis heeft van een slachtoffer en daar aangifte van doet, kan er ook gebruikgemaakt worden van de B-9.

Je hebt dus een aangever, een getuige en een getuige-aangever die recht kunnen hebben op de B-9. De getuigen en getuige-aangevers hebben recht op de B-9, zolang de officier van justitie hun verblijf noodzakelijk acht in het belang van het mensenhandelonderzoek. Gedurende die tijd worden vergoedingen verstrekt voor verblijf op basis van het in Nederland geldende bestaansminimum. Is de officier van justitie van mening dat zij niet meer nodig zijn voor het strafproces, dan kan hij de B-9 beëindigen. Een slachtoffer die aangifte doet, kan in Nederland blijven zolang de rechtszaak duurt, tot en met het hoger beroep aan toe. Ze heeft dan de rechten van een Nederlander, met een inkomen, hulpverlening, sociale voorzieningen en verzekeringen. Ze is verplicht om volledig mee te werken aan het strafrechtelijk onderzoek en de daaropvolgende strafvervolging. Zij moet altijd bereikbaar zijn voor de politie en het Openbaar Ministerie. Het is haar toegestaan om te werken want ze heeft tenslotte dezelfde rechten als iedere Nederlander. Naast medewerking aan het strafproces, moet iedereen die de B-9 krijgt, meewerken aan een tbc-onderzoek. Slachtoffers die aangifte doen hebben, als er minderjarige kinderen in het spel zijn, recht op gezinshereniging. Sinds 2008 heeft het slachtoffer het recht om in Nederland te blijven na een strafproces als het tot een veroordeling voor mensenhandel komt, of als een strafzaak langer dan drie jaar duurt. Voorheen werd iemand zonder pardon na de strafzaak weer naar huis gestuurd.

Ik krijg vaak de vraag: 'Wordt er geen misbruik gemaakt van deze regeling?' In de praktijk valt dat wel mee. Als geen mensenhandel bewezen kan worden, eindigt deze regeling. In sommige gevallen kun je redelijk snel vaststellen of er wel of geen sprake is van bewijsbare mensenhandel. Daarbij komt, de B-9 is bepaald geen luxueuze regeling. Alles is gebaseerd op het bestaansminimum.

Medewerking verlenen en terugkeren naar land van herkomst

Mensen zijn niet verplicht om gebruik te maken van de B-9. Een slachtoffer mag ook aangifte doen en dan weer naar huis gaan. Wie aangifte doet, kan aanvullend voor een rechter moeten verschijnen. Dit kan bij de rechter-commissaris zijn, maar ook in de rechtbank. Dit geldt ook voor getuigen en getuige-aangevers. Zij krijgen de mogelijkheid om naar Nederland te komen, de kosten worden vergoed. Komen zij niet, dan kunnen ze in hun eigen land worden bezocht door afgevaardigden, na tussenkomst van de rechtelijke autoriteiten in dat land. In de praktijk komt het regelmatig voor dat slachtoffers naar huis gaan en voor de rechtszaak of een verhoor bij de rechter-commissaris komen.

We vertelden Oana en Iulia dat niemand uit hun omgeving in

Roemenië erachter hoefde te komen wat hun in Nederland was overkomen, maar de rechtelijke autoriteiten waren uiteindelijk wel op de hoogte. Oana en Iulia hadden niet gereageerd op de oproeping om naar de rechter-commissaris in Nederland te komen. Kwalijk in deze zaak is dat wij als verbalisanten daarin gepasseerd zijn. Met het oog op mogelijk gevaar hadden we de adresgegevens van de slachtoffers opgenomen in onze administratie en het adres van ons bureau genoteerd in het proces-verbaal. Op die manier bleven hun adresgegevens voor iedereen die de processen-verbaal zouden lezen geheim. Slachtoffers en getuigen weten dat ze opgeroepen kunnen worden, dat leggen we uit tijdens de intake. De verdachte heeft er recht op dat aangevers nader gehoord worden. Komen zij niet naar Nederland, dan kunnen we een ander land verzoeken om uitvoering te geven aan een oproeping. Omwille van de privacy staat in de oproeping vaak alleen dat het slachtoffer als getuige wordt opgeroepen in een strafzaak waarover zij aangifte heeft gedaan. Details staan er niet in vermeld. Maar toch, in deze zaak had dat eigenlijk anders moeten lopen. We betreuren het incident, maar Oana en Iulia namen het ons niet kwalijk. Zij werden in Roemenië gehoord door een Roemeense rechter, die hun de vragen voorlegde die een Nederlandse officier van justitie en een advocaat hadden ingebracht en die aanwezig waren bij dat verhoor.

Barrièremodel

In de loop der jaren is duidelijk geworden dat als je mensenhandel effectief wilt bestrijden, je dat met partners zoals de arbeidsinspectie of belastingdienst zult moeten doen. Zij kunnen zeer effectieve maatregelen treffen. Bij champignonbedrijven komt de arbeidinspectie regelmatig over de vloer en de belastingdienst duikt vaak in de boekhouding. Bij misstanden kunnen zij boetes opleggen. Dit doen ze vanuit hun eigen professie, maar binnen het fenomeen mensenhandel hebben zij de rol van waarnemer en zouden zij signalen van mensenhandel moeten zien. Het barrièremodel maakt inzichtelijk met welke instanties een slachtoffer en een dader te maken krijgen, vanaf rekrutering tot en met al dan niet vrijwillige tewerkstelling. Die partners proberen we aan elkaar te verbinden, want die zouden signalen kunnen herkennen. Dit model is ooit ontworpen bij de Sociale Inlichtingen- en Opsporingsdienst, maar heeft bij de politie zijn definitieve intrede gedaan in 2006. Als u weleens iets hoort over een programmatische aanpak, dan wijst dat op onderzoek doen met het barrièremodel in je achterzak.

Oana en Iulia hadden een toeristenvisum nodig. Welke organisatie heb je dan nodig om een paspoort en een visum te krijgen? Het paspoort haal je bij de Roemeense autoriteiten, maar voor het visum moet je bij de Nederlandse ambassade zijn. Dat betekent dat eventuele signalen al herkend konden worden bij de Nederlandse ambassade in Boekarest. Dus is die ambassade binnen het barrièremodel een partner die je bij je onderzoek kunt betrekken. Om naar Nederland te vliegen heb je een ticket nodig, maar ook iemand die garant staat voor je verblijf. Dan komen er direct twee plaatsen naar voren die we bij ons onderzoek kunnen betrekken, terwijl de mogelijke slachtoffers nog niet eens zijn vertrokken. Als ze dan op Schiphol aankomen, moet de Koninklijke Marechaussee die paspoorten en visa controleren. Dit noemen we de barrière-entree. De Koninklijke Marechaussee is hier een partner. Onderken je vroegtijdig de mogelijkheid van mensenhandel, dan kan de Koninklijke Marechaussee al ingrijpen, waardoor we voorkomen dat iemand in een uitbuitingssituatie terechtkomt. Eenmaal binnen, hebben vreemdelingen een meldplicht en ze hebben onderdak nodig. Dat valt onder de barrière verblijf. Nu kun je je partners of onderzoeksgroepen bepalen. De vreemdelingenpolitie met daaraan gekoppeld de Immigratie en Naturalisatie Dienst. Of wat te denken van hotels waar eventueel een vreemdeling verblijft? Of huisjesmelkers die illegalen onderdak verschaffen? Deze huisjesmelkers kunnen best eens bij een woningbouw of gemeente in de gaten lopen.

Zo kan ik even doorgaan, maar zo wordt bij een programmatisch onderzoek gekeken waar je stapelbare informatie kunt krijgen, of met wie een samenwerkingsverband aangegaan kan worden. Het initiatief daarvan ligt vaak bij de politie. Dat betekent dan ook dat je in de toekomst misschien al kunt ingrijpen op de ambassade waar een visum wordt aangevraagd of dat je andere organisaties in laat grijpen binnen de mensenhandel, zoals de eerdergenoemde marechaussee. Dat is programmatisch werken volgens het barrièremodel.

De belastingdienst

De belastingdienst kan in de aanpak en bestrijding van mensenhandel een zeer grote rol spelen. Bij een misdrijf spreekt de belasting over vergrijpbelasting. In het geval van Zeki kwamen we erachter dat de werkgevers van de champignonteelt illegalen in dienst had en daar nooit belasting over had afgedragen. De familie Bulut verdiende aan de inkomsten van Oana en Iulia, ook zonder belastingafdracht. De champignontelers krijgen een aanslag over de tijd dat ze de illegale werknemers in dienst hadden, dit heet verzuimbelasting of vergrijpbelasting. De kans is aannemelijk dat zij over hun opgestreken winst 55 procent belasting moeten betalen. Over dat bedrag kan nog een boetepercentage worden opgelegd van 25 tot 100 procent. De familie Bulut heeft ook inkomsten gegenereerd via een misdrijf, die zeker niet zijn opgegeven. Hun aan te tonen inkomsten worden ook belast, ook hier geldt dat op het te vorderen bedrag een boete kan volgen tussen de 25 en 100 procent. In strafzaken gaat ontneming van justitie voor op het heffen van belasting, maar linksom of rechtsom proberen we gezamenlijk een crimineel zijn geld af te pakken. Dat doet vaak het meeste pijn.

Liaisons

Over heel de wereld zijn politieliaisons met Nederland. Meestal zijn zij gestationeerd in landen waar veel criminele contacten bestaan met Nederland of landen waar de rechtssystemen sterk verschillen van de ons bekende systemen. De liaisons hebben een diplomatieke status en werken vanuit de Nederlandse ambassade. Andersom werken er ook buitenlandse liaisons vanuit 'hun' ambassade in ons land. 'Onze' liaisons vertegenwoordigen Nederland in diverse landen en ondersteunen de Nederlandse politie met rechtshulpverzoeken die wij richten aan een ander land. Ze bemiddelen bij het uitwisselen van recherche-informatie. Wil ik iets weten van een verdachte die in Roemenië verblijft, dan kan ik dat door een rechtshulpverzoek opvragen. We hebben in Roemenië geïnformeerd naar Miruna en haar Turkse vrienden. Wat was er over hen bekend? Kwam de familie Bulut in de politiesystemen van Roemenië voor? Dit kan de aanleiding zijn van internationale samenwerking. In het geval van de familie Bulut was waargenomen dat zij weleens in Arad waren geweest. Onze liaison heeft dat uitgezocht en van de bevindingen is door de Roemeense autoriteiten een proces-verbaal opgemaakt, dat wij in Nederland als bewijs konden gebruiken.

Svetlana

14 maart 2004

Harald: 'Svetlana? Hallo, met Harald. Heb je mijn brief gekregen? Dat moet wel, anders had ik je telefoonnummer niet. Ha, ha! Ik zag jouw profiel in het blad Love Line en dacht: die moet ik schrijven. Je ziet er leuk uit op de foto. Wat je erbij had geschreven was voor mij de aanleiding om te reageren. Je lijkt me een leuke, spontane meid.'
Svetlana: 'Dank je. Wat leuk om te horen.'
Harald: 'Heb je mijn foto's gezien?'
Svetlana: 'Ja, het zijn mooie foto's.'
Harald: 'Zoals je kunt zien heb ik een eigen huis en een auto. Ik heb vast werk en een goed inkomen. Je weet nu hoe ik er uitzie.'

16 maart 2004

Harald: 'Hey Joerie, met Harald.'
Joerie: 'Hey man, hoe is het?'
Harald: 'Goed man, ik heb contact met Oost-Europese wijven. Mooie, lekkere mokkels. Ik heb van allerlei gasten die ook zo'n wijf hebben, gehoord dat ze ruimdenkend zijn en zo geil als boter.'
Joerie: 'Ja man, dat heb ik ook gehoord.'
Harald: 'Als je ze eenmaal in huis hebt en je geeft ze een beetje aandacht, doen ze alles voor je. Die wijven doen alles voor geld. In hun eigen land hebben ze niks, dus ze proberen te trouwen met een Nederlander. Dan proberen ze je financieel uit te kleden. Ze blijven een paar jaar bij je, maar daarna willen ze scheiden en alimentatie.'
Joerie: 'Pas dan maar op, makker!'

Harald: 'De eerste jaren eten ze uit je hand. Ik zorg dan gewoon dat ik ze weer op tijd dump. Om de zoveel tijd wissel ik zo'n lekker, gewillig wijf.'

Joerie: 'Klinkt goed.'

Harald: 'Misschien zijn ze wel zo gewillig dat ze wat voor me willen verdienen. Je kunt die wijven heel goed als hoer voor je laten werken. In hun eigen land moeten ze het voor niks doen. Ze zijn wel wat gewend. Als ik ze nou eenmaal maar hier heb, dan komt het allemaal goed. Ik heb al bijna beet.'

Joerie: 'Ja joh? Heb je al een vrouwtje op het oog?'

Harald: 'Man, ik heb me de pleuris geschreven. Ik heb contact met meerdere wijven. Het kost me nu even wat geld, maar Harald krijgt dat mooi allemaal terug.'

29 maart 2004

Harald: 'Joerie man, met Harald.'

Joerie: 'Hey, ouwe rukker! Hoe is het met die Russische wijven van je?'

Harald: 'Goed, het ziet er nu wel heel serieus uit met Svetlana. Zij staat op het punt om naar Nederland te komen. Godverdomme Joerie, dat is een lekker ding! Ik weet zeker dat ze alles doet in bed. Ik maak gewoon opnamen van de seks en dan zet ik haar aan het werk in België.'

Joerie: 'In België?'

Harald: 'Ik ben al met Ricardo op stap geweest in België op zoek naar werkplekken. Er zijn zat bordelen daar, maar ook ramen waarachter die wijven kunnen werken.'

Joerie: 'Jij hebt het voor elkaar, man.'

Harald: 'En zelf kom ik ook aan mijn trekken bij zo'n mokkel. Nederlandse wijven zijn niks. Daar moet je maandenlang in investeren. Beetje vrijen, maar verder, ho maar. Die Russinnen zijn niet anders gewend. Als je een beetje lief tegen ze doet, doen ze alles voor je. Die Svetlana heb ik zo in Nederland.'

Joerie: 'Hoe kom je eigenlijk aan al die wijven?'

Harald: 'Niet zo moeilijk, ik vraag boekjes op bij relatiebemiddelingsbureaus. Daar kun je er een paar selecteren en dan betaal je voor hun adres. De lekkerste wijven staan in de catalogus van bemiddelingsbureau Love Line. Voor drie adressen betaal je 75 euro. En dan kun je gaan schrijven. Ik schrijf al die wijven een brief met *I love you* en al die onzin. Wat hartjes erbij. Een fotootje van mezelf in betere tijden, eentje van het huis van mijn ouders en een foto van de auto van mijn pa.'

Joerie: 'Maar die wijven kunnen toch nauwelijks Engels lezen? Volgens mij is jouw Engels ook niet eens zo goed.'

Harald: 'Mijn brieven heb ik laten vertalen. Ze krijgen een brief in hun eigen taal. Dan lijkt het alsof ik er moeite voor heb gedaan.'

Joerie: 'Kijk, daar is over nagedacht!'

Harald: 'Ik heb brieven in het Russisch, Roemeens, Hongaars, Bulgaars, Tsjechisch en Pools. Als ik een nieuw lekker ding vind, dan stuur ik weer eens een briefje met alles erop en eraan. Zo simpel, Joerie. Ik heb zo'n dertig adressen. Kost effe wat, maar zo meteen heb ik een of meer lekkere wijven hier en dan is het feest. En kassa! Dat betaalt zich wel terug. Wie doet me wat?'

'Henk, we zijn met een onderzoek bezig en er komen zaken naar voren die veel weg hebben van mensenhandel,' zegt John over de telefoon. Hij is coördinator van het team van de Regionale Recherche en doet onderzoek naar een roofoverval waarbij een fietshandelaar is neergeschoten. Ik ben chef van het team Mensenhandel. John praat me bij over Harald, een 28-jarige man uit een ingeslapen Brabants dorp die ze in de gaten houden. Harald wordt ervan verdacht een paar jongens tot de overval te hebben aangezet. De drie jongens die de roofoverval pleegden, zijn op heterdaad betrapt en zitten nu in afwachting van hun rechtszaak vast in het huis van bewaring in Vught. Om na te gaan of hij contact had met de drie gearresteerden, heeft de rechter-commissaris toestemming verleend om Haralds telefoongesprekken af te luisteren. De politie ziet Harald als het brein achter de overval. De jongen die anderen laat opdraaien voor de roofoverval en zelf schone handen houdt, maar aan het eind wel de centen opstrijkt. Harald zou het plan hebben uitgedacht, een voorobservatie hebben gehouden om te kijken naar de openings- en sluitingstijden, het pand hebben beschreven en op de dag van de roofoverval de auto hebben gehuurd voor de daders. Omdat Harald veel vanuit huis doet, wordt zijn huistelefoon afgetapt, om te horen of hij over de roofoverval zou praten en of hij erbij betrokken was. Uit de taps van de afgelopen twee weken is naar voren gekomen dat hij telefoneert met verschillende vrouwen uit voormalige Oostbloklanden. De afgelopen twee weken heeft hij negentien verschillende vrouwen gesproken. De telefoongesprekken die Harald in gebrekkig Engels met hen voert, zijn nagenoeg identiek. Hij legt ze allemaal de vraag voor of ze voor drie maanden naar Nederland willen komen. Om te zien of er een relatie en een gezamenlijke toekomst in zit. Hij doet voorkomen dat zij voor hem de enige is en rept niet over de andere contacten die hij erop nahoudt. In twee van de vier gesprekken met Joerie in het huis van bewaring vertelde Harald uitvoerig over 'Oost-Europese wijven' die hij naar Nederland wilde halen om ze vervolgens voor hem te laten werken in de prostitutie.

Ik vind het top dat John zich niet alleen blind staart op zijn onderzoeksbevindingen met betrekking tot de overval en dat hij tevens oog heeft voor signalen van mogelijke ophanden zijnde mensenhandel. Een goede rechercheur kijkt in de breedte naar het handelen van criminelen en zoekt niet slechts naar een enkele vorm van criminaliteit.

Samen met mijn collega Matthijs ga ik onderzoeken wat er aan de hand is op het gebied van mensenhandel. We vragen zijn printlijsten op van de laatste maand om te zien of er overeenkomstige nummers tussen zitten die hij belt. Binnen een uur kunnen we zien dat Harald de afgelopen maand heeft gebeld met dertig Oost-Europese telefoonnummers. We stuiten op nummers uit Rusland, Polen, Tsjechië, de Oekraïne, Slowakije, Roemenië, Hongarije, Estland, Letland en Litouwen. We bekijken welk land hij het meeste belt, en per land met welk nummer hij het vaakst contact heeft gezocht. Ook kijken we naar de tijdstippen waarop hij het vaakst belt en de lengte van de gesprekken. Dit helpt ons om het patroon van contacten aan te tonen en om zijn uitspraken te objectiveren. Het aantal van dertig vrouwen helpt ons om zijn onbetrouwbaarheid aan te tonen. Ook al spreken we wel degelijk Engels, we laten, om misverstanden uit te sluiten, een tolk alle getapte gesprekken van de afgelopen twee weken vertalen. Naast de nummers waarmee Harald heeft gebeld in het buitenland, bekijken we ook de binnenlandse nummers. Vier keer heeft hij contact gehad met het huis van bewaring waar de drie verdachten van de overval zitten, onder wie Joerie. De gesprekken die zij met elkaar voeren zijn voor ons natuurlijk ook zeer informatief.

Harald houdt bij iedere vrouw de vaart er flink in. Na een paar gesprekken legt hij haar voor om naar Nederland te komen. Ze hoeft maar ja te zeggen, hij regelt een vliegticket. Ook vult hij een garantverklaring voor de Immigratie en Naturalisatie Dienst in. Hiermee stelt hij zich garant voor de reis- en verblijfskosten gedurende de drie maanden dat de vrouw in Nederland is. Harald vertelt haar dat hij kosten heeft moeten maken om haar hier naartoe te laten komen en haar kamer al heeft ingericht, maar dat hoeft zij niet terug te betalen. Heel subtiel bouwt hij bij de vrouwen een schuldgevoel op. Kijk eens wat ik al voor je heb gedaan? Dat maakt allemaal niet uit hoor, maar het is wel heel fijn als je komt. Drie van de negentien vrouwen uit de tapgesprekken die wij via John hebben, lijken op het punt te staan om op Haralds verzoek in te gaan. Voor zover dat mogelijk is per telefoon in gebrekkig Engels, stellen zij alle drie vragen om zijn betrouwbaarheid te toetsen. Hoe ziet je huis eruit? Zo proberen ze erachter te komen of zijn huis daadwerkelijk overeenkomt met de foto die hij heeft gestuurd. Wat voor auto heb je? Ben je getrouwd? Heb je kinderen? Met Svetlana loopt hij het hardst van stapel. Hij belooft plechtig: als het in Nederland klikt, zal hij vervolgens voor drie maanden met haar meegaan naar Kiev om kennis te maken met haar ouders.

Het is ons duidelijk dat Harald vrouwen naar Nederland wil halen en dat hij seks met ze wil. Dat is niet strafbaar. Maar hij heeft tegen Joerie gezegd dat hij ze in de prostitutie wil laten werken, dat hij daar veel geld mee wil verdienen en dat de vrouwen toch geen kant op kunnen. Hij heeft zelfs al naar werkruimte gezocht in België. Als dit geen grootspraak is en hij daadwerkelijk heeft gezocht, dan wil hij wellicht zijn voornemen in de praktijk gaan brengen. Als hij de vrouwen voorhoudt om naar hem toe te komen om te kijken of er een relatie in zit, dan misleidt hij ze. Zijn doel is immers om hen de prostitutie in te brengen en niet om samen een toekomst op te bouwen. Volgens de Nederlandse wet is dat mensenhandel. Harald heeft de vrouwen nog niet gevraagd of gedwongen om in de prostitutie te gaan werken. Maar als ze eenmaal hier zouden komen, zou hij ze naar België vervoeren om ze tot prostitutie aan te zetten. Als wij kunnen onderbouwen dat hij serieus voorbereidingen treft, is dit nu al een poging tot mensenhandel. Hierbij hebben we dan ook nog het telefoongesprek dat hij met Joerie heeft gevoerd, dat hij zijn eigen seks met een vrouw op wil nemen, zodat hij haar daarmee kan chanteren.

De roofoverval was de aanleiding van het onderzoek naar Harald. De telefoontap was niet ingezet vanwege mensenhandel, maar het kwam toevallig naar voren. We nemen contact op met de officier van justitie die belast is met mensenhandelzaken en met de officier van justitie die de leiding heeft over het onderzoek naar de overval. In principe is hij de eigenaar van de informatie die naar boven komt via de tap, omdat hij reeds een onderzoek doet naar Harald. De officier zal dat in eerste instantie alleen gebruiken voor het lopende onderzoek. De mensenhandelofficier vraagt via een machtiging onderzoeksgegevens op, zodat we Haralds dossier van de roofoverval ook kunnen gebruiken voor ons deelonderzoek naar mensenhandel. We krijgen toestemming voor het gebruik van de gegevens, maar daarvoor moeten we wel aan een aantal voorwaarden voldoen. Zoals gewoonlijk moeten we de aanleiding van dit onderzoek uitgebreid opschrijven in het dossier dat we bij aanvang van ons onderzoek opstarten. Beide officieren van justitie zullen gedurende de onderzoeken nauw met elkaar optrekken. We moeten ervoor zorgen dat Harald gelijktijdig wordt geconfronteerd met de uitkomsten van beide onderzoeken. Want wordt hij eerder opgepakt voor mensenhandel, dan weten hij en zijn advocaat ook meteen dat er een onderzoek naar hem loopt voor de roofoverval. Dat staat immers in ons dossier beschreven.

We hebben haast, want als het zover komt dat Svetlana of een andere dame op het vliegtuig naar Nederland stapt, willen we klaar zijn om in te grijpen en te voorkomen dat zij in de handen van Harald valt. We hebben nog flink veel werk te doen. We moeten de tapgesprekken continu uitluisteren en verwerken in het dossier. De drie relatiebemiddelingsbureaus napluizen waar Harald contact mee heeft en de hand leggen op hun catalogi. Kijken of we matches vinden met de vrouwen met wie Harald contact heeft en nagaan welke contactgegevens hij van de bureaus heeft gekregen. We willen de eigenaren van de bureaus verhoren. Omdat we niet weten wat de connectie is tussen de eigenaren van de relatiebemiddelingsbureaus en Harald, wachten we daarmee tot na zijn arrestatie. Het kan zijn dat ze hem anders waarschuwen en het onderzoek stukmaken. We zoeken uit wie die Ricardo is met wie Harald naar België is geweest om geschikte ramen te zoeken. Harald heeft veel telefonisch contact met Ricardo en ze praten veelvuldig over het vinden van een raam in België. Deze Ricardo gaan we ook pas op een later moment verhoren om ons onderzoek nog geheim te houden. Datzelfde geldt voor Joerie. We willen niet dat Harald er lucht van krijgt, want ze onderhouden contact. We wachten tot Svetlana of een van de andere dames naar Nederland reist. Die reisbeweging willen we zien, want als zij uiteindelijk niet naar Nederland komt, is het ook geen strafbare poging. Gaat zij wel op zijn aanbod in en zijn misleiding werkt, dan vangen we haar op zodra ze voet zet op Schiphol. Dit om te voorkomen dat Harald een seksvideo van haar maakt en zij in de prostitutie belandt. Op dat moment hebben wij voldoende waargenomen dat Harald waarmaakt wat hij vooraf met Joerie heeft besproken. Dan houden we hem aan en gaan we zijn kompanen verhoren.

Matthijs en ik zijn pas negen dagen bezig met ons op mensenhandel gerichte onderzoek, als we Svetlana horen aankondigen dat ze naar Nederland komt. Harald is zo blij als een kind:

Harald: 'Wauw, te gek! Ik zal voor je garant staan tijdens je verblijf in Nederland. En natuurlijk kom ik je van Schiphol halen.'
Svetlana: 'Dat is fijn.'
Harald: 'Ik bel je elke dag op, tot je vertrek. Wees maar niet bang dat je mij mist op Schiphol, ik zoek uit waar je aankomt. Ik zal er opvallend uitzien, zodat je mij herkent. Je hebt al een foto van mij, maar ik zal een wit colbertje aantrekken met een rode roos in mijn knoopsgat.'

Direct nadat Harald ophangt, belt hij met Joerie in het huis van bewaring:

Harald: 'Joerie, ik heb beet!'
Joerie: 'Echt waar man? Wat heb je geregeld?'
Harald: 'Er komt een wijf uit de Oekraïne naar me toe. Die ga ik eerst zelf flink neuken, met de videocamera aan, natuurlijk. Die camera heb ik al geïnstalleerd op mijn slaapkamer. Ik heb wel vaker seksfilms gemaakt met andere wijven. Die wisten ook niet dat ze werden opgenomen. Het gaat gebeuren, man. Alles wat ik heb uitgedacht gaat nu gebeuren!'

13 april 2004

Op dit moment zit Svetlana in het vliegtuig naar Nederland. We hebben haar vluchtnummer en we weten bij welke gate ze aankomt. Harald is ruim op tijd op Schiphol aanwezig om Svetlana op te halen. Wij ook, met het observatieteam van de regio Brabant Zuid-Oost, bestaande uit tien mensen en mijn eigen team met zes mensen. Het observatieteam ziet hem van verre aankomen in zijn opvallende, witte jasje met de roos. Hij heeft een stevig postuur en draagt zijn donkere haren in een elviskapsel. Het team verliest hem geen minuut uit het oog. Schiphol is een fijne plek om iemand te observeren. Het is er altijd druk, dus onze teamleden vallen niet op. We willen niet dat hij en Svetlana elkaar ontmoeten. We komen liever met haar in gesprek voordat ze met hem in contact komt. Dat geeft ons speelruimte. Mocht Harald er lucht van krijgen dat zijn plannetje niet verloopt zoals hij wil, dan hebben wij toch nog een voorsprong. Ook zijn mobieletelefoongesprekken luisteren we af. In dit onderzoek zijn we onze verdachte ruim voor. Hij vermoedt nog helemaal niets.

Op hetzelfde moment dat wij Harald in de gaten houden, zitten twee verhoorkoppels in een politiebureau in de nabije omgeving van het huis van bewaring in Vught klaar om Ricardo en Joerie te horen. Misschien kunnen we vandaag alles afronden. Wie had dat twee weken geleden kunnen verwachten? Een onderzoek dat zo voortvarend verloopt, heb ik nog nooit meegemaakt.

Bij de balies van de Koninklijke Marechaussee op Schiphol, waar Svetlana zich mogelijk kan melden, laten we weten wie zij is en verspreiden een foto uit de catalogus van Love Line. We geven door dat we een vermoeden hebben dat zij is misleid door een man om naar Nederland te komen voor een relatie, vanuit de bedoeling om haar in de prostitutie te brengen. Zij checken en bevestigen dat er een visum is geregeld voor Svetlana en dat Harald haar garantsteller is. Mathijs en ik staan samen met vier mensen van het Schiphol Sluisteam bij de gate om Svetlana op te wachten. We herkennen haar probleemloos dankzij haar foto. Een mooie meid van 21 jaar, maatje 36, een opvallend blank gelaat en blond sluik haar. We laten haar eerst doorlopen om te zien of ze ook daadwerkelijk naar de paspoortcontrole loopt en niet via een transitruimte wil doorvliegen. Bij de balie van de marechausseecontrole krijgt Svetlana een teken dat ze even moet wachten. Ze bellen mij om door te geven dat zij heeft verteld dat ze voor drie maanden naar Nederland komt en dat wordt ze opgehaald door Harald, die garant voor haar staat. Svetlana moet meekomen naar een kantoortje van de Koninklijke Marechaussee.

De speciale behandeling die zij krijgt, maakt haar nerveus. Een rechercheur van de Koninklijke Marechaussee doet het woord: 'Mevrouw, door wie wordt u afgehaald en wat komt u hier doen?' Ze vertelt dat ze hier is voor Harald die ze heeft leren kennen via een relatiebemiddelingsbureau en dat zij de aankomende drie maanden wil zien of er een relatie met hem in zit. Ze heeft hem nog niet eerder gezien, maar hij zou haar hier opwachten in een wit pak met een roos. Ze reageert furieus op onze mededeling dat Harald haar naar Nederland heeft laten komen met de bedoeling om haar in de prostitutie te brengen. Matthijs en ik leggen haar uit hoe het beleid in Nederland in elkaar zit. Mocht zij van plan zijn om hier in de prostitutie te gaan werken, dan is dat niet toegestaan omdat zij uit de Oekraïne komt. 'Maar dat is helemaal niet mijn bedoeling!' reageert ze als door een wesp gestoken. Tranen van woede wellen op in haar ogen. 'Ik wil Nederland helemaal niet in! Ik heb Harald gevraagd waar hij mee bezig is en of zijn bedoelingen oprecht zijn. Hier heb ik geen zin in.' We vertellen haar dat we Harald een tijdje in de gaten hebben gehouden. Dat hij zich voordoet als iemand die een serieuze relatie wil aanknopen, maar dat hij aan al zijn vrienden uitlegt dat hij met de vrouwen naar bed wil en ze tot prostitutie wil dwingen door ze met zelfgemaakte seksvideo's te chanteren. 'Ik wil die eikel wel in zijn gezicht kijken en hem een trap onder zijn zak geven!' reageert ze woest. Omdat zij niet door de douane gaat, zit een confrontatie er niet in.

Svetlana wil graag een verklaring afleggen, maar wil ook zo snel mogelijk terug naar huis. We overleggen met de officier van justitie en krijgen akkoord om de terugreis voor haar te regelen. De marechaussee zet haar ticket om naar de eerstvolgende vlucht terug naar Kiev, over twee uur. We maken een afspraak met haar voor een telefonisch verhoor over drie dagen. Als dat noodzakelijk blijkt voor het onderzoek, komt ze op uitnodiging terug naar Nederland om bij de rechter-commissaris haar verhaal te doen. Zij belooft dat ze alle brieven en post die Harald haar toezond, naar de politie zal opsturen. Dat is voor ons aanvullend bewijs van hetgeen wij over de telefoon hebben gehoord.

Op de borden boven de hoofden in de hal van Schiphol staat aangegeven dat het vliegtuig met Svetlana's vluchtnummer is geland. Geduldig staat Harald te wachten bij de schuifdeur, waar de passagiers naar buiten stromen. Vanaf de terrasjes van de koffiecorners in de terminal houden collega's van het observatieteam hem nauwlettend in de gaten. In de volgende drie kwartier ontwikkelt Harald een neurotisch ritueel van op zijn horloge kijken, zijn mobiele telefoon checken, speuren naar links en naar rechts, zijn roos herschikken in zijn knoopsgat, een stukje verderop gaan staan en het ritueel weer herhalen. De hamvraag staat op zijn nerveuze gezicht gedrukt: waar blijft Svetlana? Met grote passen beent Harald heen en weer tussen de aankomsthal bij terminal 2 en andere uitgangen. 'Heb ik haar gemist?' hangt als een groot vraagteken boven zijn hoofd.

Haralds dwangmatige tic gaat over in woede. Met een boze frons meldt hij zich zelfs bij een post van de Koninklijke Marechaussee met de vraag of er een Svetlana uit de Oekraïne is aangekomen. 'Ik sta nu al twee uur op haar te wachten, maar heb haar nergens gezien.'

'We weten van niks,' krijgt hij te horen van de baliemedewerker. Harald vertrekt zonder Svetlana. Hij rijdt naar huis en probeert onderweg zijn vrienden te bellen. Op de tap is zijn gevloek luid en duidelijk te horen. Ricardo en Joerie krijgt hij niet te pakken. Die zitten op dat moment in verhoor. Die verhoren zijn gestart zodra we het gesprek met Svetlana hebben afgerond. Op dat moment heb ik de verhoorkoppels gebeld om ze groen licht te geven. Zonder omwegen verklaren Joerie en Ricardo wat wij reeds over de telefoon hebben gehoord. Ricardo legt gedetailleerd uit waar hij met Harald in België heeft gezocht naar geschikte locaties om de vrouwen aan het werk te zetten. Op een later tijdstip zullen we hem meenemen naar België om de locaties te bezoeken.

Harald is net vanuit Amsterdam weer thuis aangekomen en staat nog buiten als er bezoek voor hem arriveert. Een politieteam met de officier van justitie en de rechter-commissaris. Zij houden hem aan op verdenking van poging tot mensenhandel en doen een huiszoeking. Harald bewoont de zolderverdieping van zijn ouderlijk huis. Een ruime vrijstaande jaren 70-woning met een keurig onderhouden tuin. De groene Rover van zijn vader staat op de oprit. Harald woont bij zijn ouders, 62 en 64 jaar oud. Zij zitten beide wegens hartklachten in de ziektewet. Harald is de nakomeling in een groot gezin. Zijn twee broers en drie zussen wonen al vele jaren op zichzelf. Haast om zijn ouderlijk huis te verlaten, lijkt hij niet te hebben. Vermoedelijk is hij is altijd het zorgenkindje geweest dat de hand boven het hoofd werd gehouden, dat beeld komt in ons onderzoek althans naar voren. Op jonge leeftijd werd hij verschillende keren opgepakt wegens kruimeldiefstallen. Hij vindt het criminele wereldje spannend en gaat voor zijn eigen hachje, ongeacht de consequenties voor anderen. Op zijn kamer liggen catalogi van de relatiebemiddelingsbureaus en een stapel brieven in diverse Slavische talen. Complete pakketjes bestaande uit brieven en foto's, liggen klaar voor verzending. Het team vindt twee ingebouwde videocamera's in een kast. En het team neemt videocassettes in beslag waarvan zal blijken dat er opnamen op staan van Harald die seks heeft met diverse vrouwen. Kortom, alles wat we hem hebben horen zeggen tijdens de getapte telefoongesprekken, krijgen we bevestigd. Harald wordt meegenomen naar het politiebureau in Eindhoven. Daar wordt hij ingesloten en beginnen de verhoren.

Direct daarna gaan een paar van mijn teamleden praten met de eigenaren van de relatiebemiddelingsbureaus. Wij leveren vrouwen aan mensenhandelaren, is het ongemakkelijke gevoel dat speelt onder hen. De eerste prioriteit van de bureaus is geld verdienen, maar zij willen absoluut niet negatief in het nieuws komen in relatie tot mensenhandel. Via de bemiddelingsbureaus krijgen we bevestigd dat Harald de catalogi heeft aangevraagd en de adresgegevens van de vrouwen heeft gekocht. Zonder deze bevestiging had hij nog kunnen zeggen dat hij de catalogi ergens had gevonden of ze nooit in bezit heeft gehad. De verstrekte telefoonnummers komen overeen met de printgegevens van Haralds telefoon. Hiermee kunnen we de voorbereidingshandelingen onderbouwen die hij trof om de vrouwen onder het mom van een liefdesrelatie naar Nederland te halen. Die handelingen matchen met de printgegevens, de tapgesprekken en de komst van Svetlana naar Nederland.

In de dagen nadat Harald is aangehouden, rijgen we alle puzzelstukjes in het dossier aan elkaar. We ordenen onze bevindingen chronologisch, aangevuld met al onze onderbouwingen door de opgenomen verklaringen en de toevoeging van alle bewijsstukken die we hebben gevonden. We verhoren Svetlana telefonisch en voegen haar postpakket met brieven en foto's toe aan het dossier. Tijdens de verhoren in Eindhoven probeert Harald nog vol te houden dat hij niet serieus van plan was om Svetlana in de prostitutie te brengen. Het was maar grootspraak. Maar als hij wordt geconfronteerd met alle bevindingen uit ons onderzoek, valt er niets meer te ontkennen. Hij moet zich verantwoorden voor de rechter en hoort 24 maanden onvoorwaardelijke gevangenisstraf tegen zich uitspreken. De rechtbank oordeelt dat hij doelbewust mensen misleidde met de bedoeling ze in de prostitutie te werk te stellen.

Een grote overwinning voor het onderzoeksteam. Dit is mijn eerste zaak waarbij we hebben kunnen voorkomen dat vrouwen in de prostitutie belanden. Sterker, er is geen vrouw in handen van de verdachte gekomen. Officieel is zij niet in Nederland geweest. En toch een veroordeling tot mensenhandel. Deze zaak hebben we afgerond in 160 uur.

Na zijn vrijlating heeft Harald nogmaals geprobeerd vrouwen naar Nederland te halen. Een Russische vrouw kwam bij hem en hij maakte video-opnamen van de seks die zij hadden. Ook maakte hij foto's van haar, zowel in lingerie als naakt. Vervolgens probeerde hij haar aan het werken te zetten als erotisch masseuse in België. Zij moest klanten bevredigen, maar voorkomen dat mannen met hun penis in haar vagina kwamen. Door zijn eerste veroordeling dacht Harald te weten dat alleen seks door penetratie tot een veroordeling zou leiden. Andere vormen van bevrediging vielen er naar zijn mening buiten. Verzette zij zich tegen zijn verzoek, dan zou hij de foto's op internet plaatsen. De vrouw weigerde en ontvluchtte zijn huis, naar de politie. Wederom werd Harald veroordeeld voor mensenhandel.

De fatale fuik van Svetlana

In de onderzoeken die ik tot nu toe heb behandeld in dit boek waren de slachtoffers een essentieel onderdeel van het recherchewerk, middels de gesprekken, hun aanwijzingen en datgene wat we zagen gebeuren. Maar heel soms worden verdachten veroordeeld als mensenhandelaar, zonder dat het daadwerkelijk is gekomen tot een plaatsing van het slachtoffer in de prostitutie. Daar moet een flinke dosis geluk bij komen kijken, maar het is mogelijk om een ophanden zijnde mensenhandel aan te pakken nog voordat de uitbuitingssituatie gaande is. Handelingen ondernemen met als doel iemand in de prostitutie te brengen of op een andere manier uit te buiten, zijn al strafbaar. Als je de criminele intenties van de handelaar maar aan kunt tonen. Dat kan leiden tot 'poging tot mensenhandel', dus zonder dat dit heeft geleid tot daadwerkelijke tewerkstelling in de prostitutie. In sommige gevallen luidt een veroordeling 'voltooide mensenhandel', zonder dat het slachtoffer daadwerkelijk in de prostitutie heeft gewerkt. Dit laatste omdat het ondernemen van handelingen waarvan je weet of redelijkerwijs kunt vermoeden dat slachtoffers in een positie van uitbuiting terecht kunnen komen, strafbaar is.

Aanwerven en misleiden

Aanwerven is elke daad die is bedoeld om iemand in de prostitutie te brengen. In de tenlastelegging van Harald is aanwerven meegenomen, maar hij is met name veroordeeld voor misleiding. Onder aanwerven vallen onder meer advertenties: 'Vrouwen gezocht voor de horeca', met als doel om ze in de prostitutie te brengen. Harald gaat verder dan aanwerven. Hij spiegelt ze voor dat hij een relatie met ze wil, maar heeft een ander doel. Hij misleidt de vrouwen. Alleen advertenties plaatsen in het buitenland, waarin eerlijk staat beschreven dat je mensen zoekt voor de prostitutie, is in Nederland ook strafbaar gesteld. De wetgever gaat ervan uit dat wanneer je niet op eigen gelegenheid naar Nederland kunt komen, je in een vorm van afhankelijkheid terechtkomt. Daarom is het aanwerven en meenemen door derden strafbaar gesteld. De relatie die Harald de vrouwen voorhield, met de bedoeling ze in de seksindustrie te laten belanden, is misleidend.

Een zeer gerenommeerde advocaat in Nederland, voor wie ik veel respect heb, ging tegen deze zaak in cassatie. Naar zijn mening was hier niets aan de hand, want er waren nog geen uitvoeringshandelingen verricht. De Hoge Raad oordeelde dat het schrijven van liefdesbrieven aan buitenlandse vrouwen het begin van de uitvoeringshandeling 'misleiding' is. De dader wilde zijn eigen bedoeling, een ander tot prostitutie brengen, juist verheimelijken. Deze uitspraak was zeer welkom, omdat dit duidelijkheid verschaft wanneer we als politie al kunnen optreden. We hoeven niet te wachten tot iemand daadwerkelijk in de prostitutie aan het werk is gezet om een bewijsbare mensenhandel te hebben. De intentie van de dader kan al genoeg zijn, als daarmee het vermoeden tot plaatsing gerechtvaardigd is. Dit geeft ons de mogelijkheid om preventiever op te sporen en te voorkomen dat vrouwen eerst het prostitutiewerk moeten ondergaan, met alle gevolgen van dien. Vaak konden we pas achteraf optreden als er al veel schade was aangericht, denk aan vrouwen die tegen hun wil seksuele diensten hebben moeten verlenen. Niet vrijwillig werken staat in mijn ogen gelijk aan structureel verkracht worden en daar is de mensenhandelaar schuldig aan. Bij iedere klant van haar is de mensenhandelaar de intellectuele dader van een verkrachting.

Svetlana maakte rechtsomkeert naar haar thuisland. De intenties van Harald waren duidelijk en we hebben de uitvoering ervan kunnen voorkomen. Ook de rechter vond dit een voldoende strafbare gedraging van mensenhandel. Goed om te weten.

Intake en vervolgverhoren van slachtoffers

Svetlana hebben we telefonisch verhoord, dit is op band opgenomen. Het verhoor was ter bevestiging van het bewijs dat we al hadden. Dit was het enige telefonische verhoor uit mijn carrière. Een enkele keer heb ik meegemaakt dat slachtoffers via een satellietverbinding door de officier van justitie en de advocaat van de verdachte werden verhoord.

Normaal gesproken vindt er eerst een intakegesprek plaats voordat we in gesprek gaan met een slachtoffer. Aan de hand van haar verhaal kunnen we bepalen of er sprake is van mensenhandel. Zo ja, dan leggen we uit wat het gevolg is van een aangifte of een getuigenverklaring, en hoe het strafproces verloopt. We gaan in op de rechten en plichten van een slachtoffer, we vertellen dat zij een beroep kan doen de politie, hulpverlening en beschermde opvang, dat we haar veiligheid kunnen waarborgen en, als het een buitenlands slachtoffer betreft, wijzen we haar op de B-9-regeling. Vervolgens is het aan het slachtoffer om te beslissen of ze aangifte doet. Buitenlandse slachtoffers krijgen op grond van de B-9-regeling drie maanden bedenktijd, want het brengt nogal wat met zich mee. Vanuit de sociale wetenschap is bekend dat getraumatiseerde slachtoffers na zo'n zes weken kunnen besluiten wat ze willen. Niet dat het trauma dan weg is, maar met goede begeleiding kan ze wel keuzes maken. In die drie maanden kan ze psychosociale begeleiding en overige vormen van hulpverlening ontvangen.

Na een intakegesprek volgt de keuze: aangifte doen of een getuigenverklaring afleggen. Dan kunnen er dagen van verhoor volgen waarin we de verklaringen minutieus vastleggen. Deze gesprekken nemen we op, zodat achteraf getoetst kan worden of de weergave op papier klopt en of het verhoor op de juiste wijze is uitgevoerd.

Doelstellingen strafrechtelijke aanpak mensenhandel

Strafrecht geldt als *ultimum remedium*, het laatste redmiddel, maar bij mensenhandel zal je altijd moeten proberen om tot een strafrechtelijk vervolging te komen. De daders moeten voor de rechter gebracht worden. De doelstellingen bij de strafrechtelijke aanpak van mensenhandel zijn: het beëindigen van uitbuitingssituaties en het bevrijden van slachtoffers, het beschermen van slachtoffers en het opsporen en vervolgen van criminele handelingen en motieven van mensenhandelaren/onderdrukkers/uitbuiters en het beëindigen van de activiteiten van achterliggende (criminele) organisaties. Bij Svetlana zijn we nog verdergegaan, namelijk preventieve bescherming. Door ingrijpen ruim voorafgaand aan plaatsing in de prostitutie, omdat we de intentie van Harald kenden.

Het strafproces

Svetlana deed geen aangifte met het verzoek om vervolging van Harald, maar stemde toe in een getuigenverhoor. Hierdoor zou ze in een later stadium opgeroepen kunnen worden om te verschijnen bij de rechter-commissaris of bij de openbare behandeling van de zaak tegen Harald bij de rechter, omdat de officier van justitie of de advocaat van de verdediging haar aanvullende vragen wilden stellen. Tijdens dit strafproces waren de afgelegde verklaring en de bijbehorende audio-opname van Svetlana voldoende. Dat had er volgens mij mee te maken dat we op andere fronten voldoende bewijs hadden en haar verklaring dit ondersteunde.

In veel gevallen loopt het echter anders. Een strafproces begint met een aangifte, dat is een verzoek aan de politie en het Openbaar Ministerie om de persoon die iemand in een uitbuitingssituatie heeft gebracht te vervolgen voor zijn daden. De uitgeschreven aangifte gaat naar de officier van justitie, die beoordeelt of er voldoende strafbare gedragingen zijn die een vervolging van de verdachte rechtvaardigen. Zo ja, dan wordt het dossier aan de rechter voorgelegd om zijn oordeel te vragen over de strafbaarheid van de verdachte. De officier van justitie vraagt de rechter een straf op te leggen en formuleert welke straf hij redelijk vind voor de verdachte. Voordat de officier naar de rechter gaat, geeft hij de politie opdracht om binnen een vastgestelde termijn meer bewijs te zoeken. In het belang van het onderzoek kan die termijn verlengd worden. Tussentijds kan de aangeefster een gesprek aanvragen met de officier van justitie. Bij een verhoor bij de rechter-commissaris kunnen de officier van justitie en de advocaat van de verdachte de aangeefster aanvullende vragen stellen.

De officier van justitie probeert te voorkomen dat een slachtoffer van mensenhandel oog in oog komt te staan met de verdachte bij een openbare rechtszaak, bijvoorbeeld door de verdachte af te voeren voor de duur van het verhoor van het slachtoffer op de rechtbank. Slachtoffers ervaren dit vaak als hun grootste dilemma voor het doen van aangifte.

De strafzaak wordt behandeld bij een openbare rechtszitting, waarin de rechter alle dossiers onderzoekt en aanvullend onderzoek doet. Is de advocaat van de verdachte van mening dat zijn cliënt schuldig is, probeert hij verzachtende omstandigheden aan te tonen om de straf zo laag mogelijk uit te laten vallen. Binnen twee weken na de rechtszaak komt er een uitspraak. Wil de rechter nog meer nader onderzoek, verwijst hij de zaak terug naar de rechter-commissaris, een onderzoeksrechter. Dat kan betekenen dat de aangeefster opnieuw wordt gehoord, voordat de rechtbank tot een finale uitspraak komt.

De uitspraak van de rechter hoeft nog niet het einde te betekenen voor de strafzaak. Zowel de officier van justitie als de advocaat van de verdachte kunnen hiertegen in hoger beroep gaan binnen twee weken na de uitspraak van de eerste rechtbank. Een hogere rechter wordt dan om zijn oordeel gevraagd, hij moet alles bestuderen en roept eventueel de aangeefster of getuige op voor een aanvullende toelichting op de afgelegde verklaringen. De zaak kan dus aardig wat tijd in beslag nemen en steeds weer moeten verschijnen, kan een flinke impact hebben op een slachtoffer. De politie gaat daarom bij een intake uitgebreid in op het verloop van een strafproces. Na een tweede uitspraak kan een advocaat in cassatie gaan, dit is een procedure bij een nog hogere rechter die toetst hoe de wet is toegepast. Hij kijkt niet meer naar de feiten. Voor slachtoffers vaak nog heel vervelend, omdat hun zaak dan nog steeds niet is afgesloten.

De aangeefster kan een schadevergoeding aanvragen of vragen om het geld dat haar is afgepakt. Sinds 2008 hebben slachtoffers van mensenhandel er recht op om zich hierin bij te laten staan door een advocaat. Hij zoekt alle procedures voor ze uit.

Jamila

Januari 2005

'Zet me hier maar af,' zegt Jamila haastig wanneer Farid zijn sportieve BMW haar straat in draait. Ze woont in de flat een paar blokken verderop.

'Nee Jamila, het is twee uur 's nachts. *No way* dat ik je alleen over straat laat lopen, ik zet je voor de deur af,' antwoordt Farid.

'Doe maar niet! Het is heel aardig aangeboden, maar ik wil er hier uit. Echt.'

'Jamila, je maakt me nieuwsgierig. Waarom mag ik je niet thuisbrengen?'

'Dat leg ik je later wel uit. *Please*, laat me hier uitstappen,' dringt Jamila aan.

'Ik vind het fijn om bij je te zijn, Jamila,' merkt Farid op met tederheid in zijn stem. 'Zie ik je snel weer? Wat is je telefoonnummer?' Hij pakt zijn mobieltje en toetst het nummer in dat Jamila hem geeft. Vlug slaat zij ook zijn nummer op in haar telefoon en stapt uit de auto. 'Dank je wel dat je me naar huis hebt gebracht. Ik heb een heel leuke avond gehad,' zegt ze door het raampje dat Farid met een elektrische zoem laat zakken. Ze meent het echt, het liefst zou ze weer bij hem in de auto stappen. Hij kijkt zo lief naar haar. 'Ik blijf hier staan totdat ik zie dat jij weer veilig binnen bent!' roept hij haar na. In het licht van de straatlantaarns spoedt Jamila zich naar huis. Als ze in haar tasje graait op zoek naar haar huissleutels, klinkt het berichtensignaal van haar sms-inbox. Terwijl ze de deur opent, bekijkt ze het bericht: 'Dank je wel mooie, lieve vrouw, voor deze geweldige avond! Groetjes, Farid.'

Als ze binnenkomt, begroet ze vluchtig haar vader die op de bank televisie kijkt en gaat direct naar haar slaapkamer. Met haar jas nog aan gaat ze op bed zitten en sms't terug: 'Jij ook bedankt!' Als ze in bed ligt blijft Farid in haar gedachten. Kon Jamila haar ouders maar vertellen hoe geweldig hij is. Netjes, sportief en Marokkaans. Zes jaar ouder dan zij, 23 jaar. Een echte *gentleman*. Ze kent hem nu al weken en hij heeft nog geen enkele poging gedaan om haar te zoenen. Ze zien elkaar elke week in de discotheek. Hij biedt haar een drankje aan en vraagt haar ten dans. Verder hebben ze superleuke gesprekken. Vanavond bracht hij haar veilig thuis. Maar dat mogen haar vader en moeder absoluut niet weten, Jamila mag niet met jongens omgaan. Haar ouders hebben al een huwelijkspartner voor haar op het oog. In Marokko. Ineens realiseert ze zich dat ze tegen Farid zei dat ze hem later nog wel zal uitleggen waarom hij haar niet voor de deur mag afzetten. Daaruit kan hij opmaken dat ze hem nog een keer wil zien. Dat klopt ook. Farid is een fantastische jongen die veel aanzien geniet. Hij ziet er tot in de puntjes verzorgd uit en rijdt in een gloednieuwe BMW. Ze heeft geen idee wat hij voor de kost doet, maar Farid boert goed. Toch is niet iedereen over hem te spreken. Een vriendin zei laatst in de disco dat hij niet te vertrouwen is. Jamila hield zich op de vlakte. 'Ik vind jou een heel bijzonder meisje,' had Farid nog geen uur daarvoor tegen haar gezegd, ze was er nog van onder de indruk. Zij hadden al een paar keer met elkaar gesproken. Die negatieve opmerking van haar vriendin begreep ze niet. Ze is het er ook niet mee eens, hij is juist de meest galante jongen die ze kent. Zoals vanavond, hij stuurt een sms om haar te bedanken en laat het daarbij. Hij is niet opdringerig.

De volgende dag, op zondag, heeft Jamila een pyjamadag. Ze blijft de hele dag binnen, maakt haar huiswerk en trekt zich zo'n beetje elk halfuur terug in haar kamer om te checken of er nog een sms is binnengekomen. Geen berichten. Zelf stuurt ze ook niets. Ze wil zich niet opdringen.

'Heb je zin om vanmiddag iets met me te gaan drinken?' verschijnt er dinsdagochtend op haar telefoonscherm. Jamila's hart geeft een roffel. Ze volgt de opleiding tot verkoopmedewerkster bij het ROC. Vanuit school gaat ze altijd direct naar huis. Natuurlijk wil ze Farid graag zien, maar haar ouders zullen vragen waar ze heeft uitgehangen. 'Als je naar mijn school toe komt, dan kunnen we hier in de buurt wat drinken.

Goed?' Met een gespannen gevoel drukt ze op 'verzenden'. Nooit eerder heeft ze tegen haar ouders gelogen, maar in de pauze belt ze haar moeder om te zeggen dat ze wat langer op school blijft om met een clubje leerlingen te werken aan een werkstuk. 'Ik ben vanmiddag een uur later thuis, mam.' Haar leugen drukt op haar borstkas. Maar als ze om vier uur Farids auto voor de school ziet staan, verdwijnt dat rotgevoel. Ze stapt in en samen rijden ze naar een lunchroom even verderop.

'Wat wilde je nou vertellen over dat ik je niet voor de deur mag afzetten?' Farid valt meteen met de deur in huis. Nerveus veegt Jamila haar halflange haren uit haar gezicht. Ze durft hem nauwelijks aan te kijken. Farid heeft een alerte, onderzoekende oogopslag. Opkrullende wimpers en volle wenkbrauwen. Zijn haar is opgeschoren en de krullen boven op zijn hoofd zitten vast met wetlook-gel. Hij heeft gladgeschoren wangen en een klein driehoekig sikje onder zijn volle lippen. 'Weet je, mijn vader en moeder hebben al een man voor mij uitgezocht,' zegt Jamila verlegen. 'Ze zijn nogal traditioneel. Het is de bedoeling dat ik mijn toekomstige man in augustus in Marokko ontmoet. Ik heb mijn moeder al meerdere keren gezegd dat ik eigenlijk niet wil. Wat moet ik met zo'n man die ik helemaal niet ken? Ik wil zelf uitmaken met wie ik trouw. Maar met mijn vader valt hier niet over te discussiëren. Ik weet niet hoe het bij jullie thuis is, maar bij ons is mijn vaders wil wet. Verder is hij heel lief hoor, maar hij heeft het voor het zeggen. Mijn moeder heeft nog geprobeerd om het uit zijn hoofd te praten, dat in Nederland uithuwelijken niet gewoon is. Maar hij heeft daar geen boodschap aan. Sterker, ik krijg al brieven van mijn toekomstige man. Als mijn vader jou voor ons huis ziet staan, dan doet hij me iets aan. En jou misschien ook wel.'

Giraffenogen. Farid kijkt haar aan terwijl ze vertelt. Zij een beetje struikelend over haar woorden en hij met liefdevolle aandacht. 'Zou het helpen als je een Marokkaanse vriend hebt die in Nederland woont?' vraagt hij wanneer zij is uitgepraat. 'Misschien, als hij genoeg tijd krijgt om eraan te wennen, zou hij het wel accepteren. Er wonen zat jongens met een Marokkaanse achtergrond in Nederland.' Farid is ook niet van gisteren, hij weet dat het niet zo werkt bij een man als Jamila's vader. Jamila heeft heel veel te verliezen. Alles wat zij zal doen dat niet overeenstemt met de wil van haar ouders, drijft haar in zijn armen. En dat is precies wat hij wil: haar om zijn vinger winden.

'Was het maar zo gemakkelijk,' verzucht Jamila, 'maar in het dorp waar mijn ouders vandaan komen, is het nog gebruikelijk dat de ouders bepalen met wie je trouwt. De tijd zal het leren. Kun je me nu naar school brengen? Anders heb ik vandaag direct al een probleem met mijn ouders, ik heb gelogen dat ik op school bleef om een werkstuk af te maken.'

Farid veert op. 'Maar natuurlijk! Ik zou niet willen dat jij problemen krijgt vanwege mij. Spreken we nog een keer af?' Jamila knikt blij. Ze is graag bij hem. Hij is zo anders dan de Marokkaanse jongens die ze kent. Hij luistert goed, begrijpt haar en dringt zich niet op. Het zal er ook wel mee te maken hebben dat hij wat ouder is.

Bij school steekt Jamila Farid haar hand toe, maar voor ze het weet geeft hij haar een zoen op haar wang. 'Alles komt goed, meisje. Ik zal voor je zorgen. Ik vind het fijn dat je me hebt verteld wat je dwarszit. Ik pas me aan aan jouw situatie en tempo, misschien verandert je vader nog van gedachten. Wees voorzichtig op de fiets. Laat me weten of je goed bent thuisgekomen.' Jamila stapt uit de auto en haalt met een kriebelige buik haar fiets uit het fietsenrek. Ze voelt de zoen van Farid nog op haar wang. Thuis vraagt haar moeder of het is gelukt met het werkstuk. Jamila is een goede leerlinge, haar docenten zijn altijd zeer over haar te spreken. Moeder plaatst geen vraagtekens, ze is trots op haar slimme dochter. Jamila brengt haar schooltas naar haar slaapkamer en snel sms't ze Farid dat ze weer thuis is, dat ze het fijn vond en uitziet naar donderdag, hun volgende afspraak. Hij stuurt direct een bericht terug: 'Goed, lieve meid, fijn dat je thuis bent. Ik vond het ook heel leuk en zie uit naar donderdag.' Daar blijft het die dag bij. De volgende dag op school komt vlak na de eerste bel een sms binnen. Jamila stuurt direct antwoord. De sms'jes volgen elkaar in rap tempo op. Farid heeft zelden zo'n leuk meisje ontmoet. En hij vindt haar mooi. De hele nacht heeft hij aan haar gedacht. Eigenlijk kan hij niet wachten tot morgenavond. Jamila's aandacht is gefixeerd op haar mobieltje, zij krijgt weinig mee van wat er in de klas gebeurt. Zij hunkert ook naar de ontmoeting met Farid donderdag, ook al zal die maar kort zijn. Het is dan zo weer zaterdag, hopelijk gaat hij dan ook weer uit. Zodra ze thuis is, staakt Farids stroom sms'jes. Alleen vlak voor het slapengaan wenst hij haar nog een goede nacht. Met een tinteling door haar lijf blijft Jamila staren naar het woordje 'kus' aan het einde van zijn bericht. Snel toetst ze nog een laatste bericht: 'Jij ook lekker slapen! x, Jamila.'

Ook op donderdag is Jamila weer volledig in de ban van haar mobieltje. Dwangmatig checkt ze om de haverklap of er al wat binnen is gekomen. Vaak is het raak, kennelijk heeft Farid vandaag zijn aandacht net zo bij haar als zij bij hem. Net als gisteren gaan de lessen volledig langs haar heen. Na schooltijd fietst ze snel naar huis. Weer hoort ze een berichtsignaal. Jamila stopt langs de stoep en bekijkt het bericht van Farid: 'Zet je fiets in de buurt van je huis, dan breng ik je naar je werk. Hebben we meer tijd om te kletsen.' Ze belt hem direct op en ze spreken twee straten verderop af. Eerst snel haar schoolspullen thuis brengen en aan haar ouders melden dat ze naar haar werk gaat. Farid staat op de afgesproken plek te wachten, nonchalant leunend tegen zijn zwarte BMW. Hij draagt een hippe spijkerbroek en een zwart leren jack met een bontkraag. Als zijn kus haar wang raakt, ruikt ze een kruidige aftershave. Haar verliefdheid wordt met de dag heviger. Aan het einde van de koopavond staat hij weer op haar te wachten en zorgt ervoor dat ze op tijd thuis is. In de auto gaat het gesprek over wat ze van elkaar vinden. De geest is uit de fles: hij vindt haar heel bijzonder en zij vindt hem geweldig. Ze stralen.

Natuurlijk gaat Farid ook naar de discotheek die zaterdag. Net als iedere zaterdagavond gaat Jamila al om acht uur van huis. Dan brengt ze twee uur met haar vriendinnen door in een hamburgertent in de stad en dan gaan de vriendinnen met z'n allen naar de disco. Maar nu zet zij haar fiets op dezelfde plek als donderdagmiddag en stapt in bij Farid. Voordat hij de auto start, blijft hij even naar haar kijken. 'Wauw, wat zie jij er prachtig uit.' Bewonderend laat hij zijn blik over haar straight-geföhnde schouderlange haren, donkergrijze tuniek met kleurig borduursel en haar klompsandaaltjes dwalen. Voor de gelegenheid heeft Jamila, die normaal niet meer dan mascara en lipgloss gebruikt, antracietgrijze oogschaduw opgedaan en zachtroze lipstick. Farid wil met haar dineren in een echt restaurant. Met kaarslicht en een serieus menu. Het heeft Jamila wat denkwerk gekost, ze is nog niet zover dat ze haar vriendinnen wil vertellen over Farid. Ze vertrouwt hen wel, maar Jamila vindt het nog te vroeg. Haar vriendinnen accepteren het niet zomaar dat ze niet meekomt naar de stad. Ze heeft op het punt gestaan haar hartsvriendin Ayla in te lichten. Die vroeg haar de afgelopen dagen een paar keer wat er met haar aan de hand was, maar ze heeft er toch voor gekozen om Ayla een smoes op de mouw te spelden: 'Ik moet eerst naar een zieke tante die hulp nodig heeft.'

Ayla had haar verbaasd aangekeken toen ze dat gisteren tijdens de pauze vertelde. 'Waarom heb je me dat niet eerder verteld?'

Naadloos plakte Jamila er nog een leugen achteraan: 'Voor mij kwam het ook onverwacht, mijn moeder had mij dat nog niet verteld. Sms me even wanneer jullie gaan dansen, dan kom ik ook die kant op.' Gelukkig vroeg Ayla niet door. Op het werk werd het ook al even spannend rondom Farid. Jamila kon het niet laten om een paar berichten te sturen buiten de pauzes om. De afdelingsleidster gaf haar een waarschuwing dat het niet de bedoeling is dat ze sms't onder werktijd. Na haar werk stond hij onaangekondigd op de parkeerplaats haar op te wachten om even samen te zijn.

'Ik heb jou uitgenodigd, dus ik betaal,' zegt Farid resoluut in het restaurant als de rekening op tafel ligt en Jamila in haar tasje naar haar portemonnee zoekt. Stiekem vindt ze wel fijn dat hij betaalt. Veel verdient ze niet bij het warenhuis en ze moet ook haar telefoonabonnement betalen. Ze hebben lang zitten kletsen, het is al halfelf als Jamila's telefoon gaat. Het is Ayla: 'Waar blijf je nou?'

'Ik ben onderweg!' antwoordt Jamila met een handgebaartje naar Farid. 'Ik moet me nu wel in de discotheek laten zien,' zegt ze tegen hem als ze het gesprek met Ayla heeft beëindigd.

'Geen probleem,' vindt Farid. Ze gaan afzonderlijk naar binnen. Jamila sluit zich aan bij haar vriendinnenclub. 'Waar bleef je zo lang?' wil Ayla weten.

'Het liep een beetje uit, het gaat niet zo goed met mijn tante,' roept Jamila boven de muziek uit. Gelukkig nodigt de drukke omgeving niet uit om er verder op in te gaan. Vanuit haar ooghoek ziet Jamila Farid ook binnenkomen. Zijn aanwezigheid leidt haar aandacht af van haar vriendinnen. Na een klein halfuur staan ze weer bij elkaar. Om één uur neemt Jamila afscheid van Ayla en de rest. 'Ik ben moe, we zien elkaar maandag weer op school.' Verbaasd kijken haar vriendinnen elkaar aan. Niks voor Jamila, normaal gaat ze pas om twee uur weg. 'Ze gedraagt zich deze week wel heel anders, hè,' zeggen de vriendinnen tegen elkaar. 'Ze stond de hele tijd bij die Farid. Wat doet die jongen eigenlijk? Geen idee, maar hij schijnt niet zo'n beste naam te hebben.'

Jamila hoeft pas rond twee uur thuis te zijn, dus kan ze een uur met Farid in de auto zitten om in alle rust verder te babbelen. Dan brengt hij haar weer naar haar fiets, een paar straten van haar huis. 'Kan ik je vaker zien, Jamila?' vraagt Farid zonder omwegen wanneer ze wil uitstappen. 'Wat ik je sms'te is waar, ik vind je leuk. Heel leuk.' Hij pakt haar hand en draait zijn gezicht richting de hare. Jamila deinst niet terug. Ze beantwoordt zijn zoen. Niet op de wang, maar op zijn mond. Jamila weet niet hoe ze het heeft. Haar eerste echte zoen. 'Kan ik je morgen zien, Jamila?' Farid likt zachtjes langs zijn lippen, zijn ogen staan dromerig.

'Ik regel wel wat,' antwoordt ze. 'Ik zeg thuis wel dat ik naar vriendinnen ga. Ik laat je nog wel weten hoe laat.'

Jamila begint leugens aan haar ouders op te stapelen. Ze moet wel, want haar vader zal dit nooit accepteren. Ook tegen haar vriendinnen is ze niet meer open en eerlijk. Die zondag is voor Farid. Maar doordeweeks zoekt ze ook naar momenten om bij hem te zijn. Vlak na school, voor en na haar werk bij het warenhuis, de uitgaansavond op zaterdag. Ze voelt zich heerlijk bij hem. Haar vriendinnen schieten er steeds meer bij in. Ze zorgt er wel voor dat ze altijd op tijd thuis is. Na zes weken nodigt hij haar uit in zijn appartement. Het is er rommeliger dan ze had verwacht. Een zeilvloer met een spoor van uitgetrapte schoenen, een ingelijste Korantekst aan de muur, een uitgewoonde bank en de grote televisie gaat schuil onder een stapel ongestreken overhemden. De derde keer dat ze bij hem thuis is, liggen ze knus tegen elkaar aan op de bank. De vorige keer dat Farid zijn hand onder haar truitje probeerde te steken, had ze hem tegengehouden. Maar nu knikt Jamila als hij haar vragend aankijkt. Ze is bijna achttien jaar, dus het moet kunnen. Zijn tedere aanrakingen winden haar op. Farid fluistert haar zachtjes lieve complimentjes in het oor. Ze verhuizen naar zijn bed in de slaapkamer en die zaterdagavond verliest Jamila haar maagdelijkheid. Voordat ze naar de discotheek gaan. Eigenlijk weet ze nog niet wat ze ervan moet denken, maar het voelt goed met Farid. Het hek is van de dam, hierna vrijen ze vaker.

April 2005

Vier maanden gaat Jamila nu om met Farid, haar vriendinnen ziet ze nauwelijks meer. Als ze op koninginnenacht thuiskomt van een superleuke date met Farid, wachten haar vader en moeder haar op met boze gezichten. 'Waar ben je geweest?' vraagt haar vader bars. Met gespeelde verbazing kijkt Jamila ze een voor een aan. Wat moet ze nu zeggen?
'Nou, waar ben je geweest?' herhaalt hij.
'Hoezo?' houdt Jamila haar toneelstukje vol. 'Ik ben uitgeweest, zoals altijd op zaterdagavond.'
'Kom op Jamila, vertel maar waar je nu echt bent geweest,' valt haar moeder haar vader bij.
Met open mond staat ze haar ouders aan te gapen. 'Mam, wat is dit?'
'Jamila, wie is er ziek in onze familie? En waarom ga jij niet meer met je vriendinnen om? Ik kwam Ayla tegen, ze informeerde naar jouw zieke tante. Ze vindt het knap hoeveel jij voor haar doet en hoopt dat het snel beter gaat met haar. Niet alleen vanwege jouw tante, maar Ayla wil je ook graag weer eens zien. Het zou fijn zijn als ik wist wie die tante is, dan kan ik misschien ook iets voor haar doen.' Jamila's smoezen zijn op. Als ze nu iets zegt, komen haar leugens uit. Dan komen haar ouders te weten dat ze al vier maanden een vriendje heeft. Ze zwijgt. 'Ga naar je kamer, ik wil je voorlopig niet meer zien,' beveelt haar vader. Met een zwaar gemoed trekt Jamila zich terug op haar slaapkamer. Schuldig over haar vele leugens en angstig dat haar ouders erachter komen dat ze met een jongen naar bed is geweest. Ze sms't Farid: 'Ik heb problemen thuis. Mijn ouders weten dat ik andere dingen doe dan met mijn vriendinnen uitgaan. Ik hou van je.' Dan zet ze haar telefoon uit, want haar ouders moeten er geen lucht van krijgen dat ze nu ook nog heeft ge-sms't. Het wordt een onrustige nacht.

Die zondag doen haar ouders of Jamila lucht is, door hun zwijgen is zij ervan doordrongen dat zij het haar zeer kwalijk nemen. Er heerst een ijzige sfeer in huis. Die middag geeft Jamila aan dat ze haar vriendinnen gaat opzoeken. 'Geen sprake van,' verbreekt haar vader zijn stilte. Ze heeft al maanden geen aandacht gehad voor haar vriendinnen, dus hij ziet de noodzaak daar nu ook niet van in. Ze moet eerst maar eens vertellen wat er aan de hand is. 'Maar er is niks aan de hand,' probeert Jamila nog eens. 'Ik ben gewoon een beetje op mezelf de laatste

tijd, ik wil niet de hele tijd met dezelfde mensen omgaan.'
'Is er een jongen in het spel?' wil hij weten.
'Natuurlijk niet!'
Haar non-verbale gedrag moet boekdelen spreken, want haar vader gelooft haar niet. 'Jij blijft thuis,' gebiedt hij haar.
'Ik ben bijna achttien jaar en in Nederland ben ik dan meerderjarig!' bijt Jamila haar vader toe, voordat zijn vlakke hand op haar wang belandt. Een paar seconden kijkt ze hem geschrokken aan. In een reflex stapt ze op de deur af en verdwijnt naar buiten. Huilend rent ze de straat uit. Ze blijft rennen, kijkend over haar schouder. Niemand komt haar achterna. Ze rent een park in en gaat op een bank aan een vijvertje zitten. Ze houdt haar ogen gericht op de ingang waardoor ze zojuist het park in is komen lopen. Geen vader, geen moeder. Als ze weer een beetje bij adem is, pakt ze haar mobiel en zet hem aan. Het scherm vult zich met berichten van Farid, twintig stuks. Meisje toch, kan ik je helpen? Je bent mijn schatje. Ik zal alles voor je doen. Je hoeft het maar te zeggen en ik kom naar je toe. Laat maar weten wat ik kan doen. Et cetera. Met trillende vingers belt ze hem op. 'Waar zit je?' vraagt Farid bezorgd. Nog geen kwartier later loopt hij het park in en slaat zijn armen om haar heen. 'Schatje van me, kom maar, dan gaan we naar mijn huis.'

Wat nu? Jamila's ouders zijn razend op haar, ze durft niet meer naar huis. Haar tranen blijven stromen. Dit dilemma weet ze niet op te lossen. Ze wil geen ruzie met haar ouders, maar ze wil ook bij Farid blijven. Haar vader wil dat ze met de man trouwt die hij voor haar in Marokko heeft uitgekozen. De rustgevende handen van Farid over haar rug brengen haar uiteindelijk tot bedaren. Ze kust hem innig. Die kus mondt uit in een hartstochtelijke vrijpartij. Als ze na afloop in elkaars armen liggen, maakt Farid zich zachtjes los en staat op. Hij pakt zijn telefoon uit zijn jaszak en maakt een foto van Jamila die naakt op zijn bed ligt. 'Wat doe je nu?' vraagt ze geschrokken.

'Rustig schatje, als jouw vader je nu de komende maanden thuishoudt, dan wil ik je bij me hebben.' Tijdens zijn geruststellende woorden schiet hij nog een paar foto's.

'Ben je dan wel voorzichtig met die foto's? Ik moet er niet aan denken dat iemand ze te zien krijgt.'

Farid gaat bij haar zitten en neemt haar weer in zijn armen. 'Natuurlijk schatje, wat dacht je? Ik wil jou ook helemaal niet delen met anderen.'

Niet lang daarna, in de namiddag, zet hij haar weer af aan het begin van haar straat. Met een diepe zucht gaat Jamila naar binnen. Het spervuur van verwijten van haar ouders dat ze verwachtte, krijgt ze, zodra ze haar voet over de drempel heeft gezet, als een koude emmer over zich heen. 'Hoe kun je zomaar wegrennen? We weten helemaal niet waar je de hele middag hebt uitgehangen!' Jamila druipt af naar haar kamer en laat zich niet meer zien. Die avond komt haar vader haar kamer binnen voor een korte donderpreek: 'Tot we naar Marokko gaan in augustus, ben je thuis. Je gaat alleen naar je school en je werk.' Jamila overpeinst de consequenties van het strikte door haar vader opgelegde regime. Ze mag naar school en het werk, verder strekt haar mobiliteit niet. Over drie maanden gaan ze naar Marokko en tot die tijd moet ze zich gedeisd houden. Hoe kan ze Farid nou zien? Heeft ze hem vandaag voor het laatst gezien? Of zal ze weglopen? Maar waar naartoe dan? Haar vader zal haar zoeken. Daarbij, met haar baantje bij het warenhuis verdient ze te weinig om zichzelf te kunnen onderhouden. Kon ze Farid nu maar opbellen.

De dagen die volgen zijn loodzwaar voor Jamila. Thuis wordt ze streng gecontroleerd en met haar vriendinnen wil ze geen contact. Ze is pissig op Ayla, ze had d'r kop moeten houden tegenover haar moeder. Farid pakt de maatregelen van haar vader nogal luchtig op. Hij staat elke dag bij school om even te kunnen praten samen, maar ze wil meer dan deze gestolen momenten met Farid. Hem zien zorgt voor wat lucht in haar benauwde situatie. De eerste vrijdag besluit ze om de laatste twee lesuren te spijbelen. Ze hebben dan, de pauze meegerekend, anderhalf uur met elkaar. Ze gaat met Farid mee naar zijn huis waar ze vrijen. Terwijl ze nog verstrengeld liggen, spreekt ze haar gedachten uit over weglopen. 'Geen idee hoe ik dat moet doen, ik verdien veel te weinig op mijn werk. Maar ik gruwel van de gedachte dat ik moet trouwen met een onbekende man. Voor die tijd wil ik wegwezen. Het liefste met jou samen.' Ze kijkt Farid aan. 'Wil jij ook met mij weg?'

Farid lacht zijn liefste lach. 'Natuurlijk schatje, ik doe alles voor jou. Zelfs zaken die het licht niet verdragen. Als ik moet, steel ik de wereld voor je. Jij bent mijn alles.'

Jamila geeft Farid stomp. 'Praat niet zo stom, Farid. Ik meen het.'

'Ja Jamila, ik weet het. Ik meen ook wat ik zeg. Als ik dingen zou moeten doen om met jou weg te kunnen, dan doe ik dat. Zoveel tijd hebben we niet meer. Als jouw vader je inderdaad meeneemt naar Marokko, dan ben ik je kwijt.'

'Maar wat moeten we dan doen? Weet jij iets?'

Dit is het moment waar Farid maandenlang naartoe heeft gewerkt. Nu heeft hij een meisje dat zelf vraagt wat ze moet doen. Zij neemt het initiatief, hij hoeft haar alleen maar wat hints te geven. Hem valt niets te verwijten. Jamila heeft ruzie thuis, ze heeft het contact met haar vriendinnen verbroken, ze spijbelt. En ze hebben al maandenlang seks met elkaar, dus ze weet nu ook wat dat inhoudt. Hij is de enige die ze nog heeft. Hoog tijd om haar wat suggesties te doen.

Farid streelt haar naakte lichaam en begint over Fatima, een ex-vriendinnetje met wie hij drie jaar geleden verkering had. Fatima zag er altijd goed gekleed uit en had veel geld om uit te geven. Zonder vaste baan, daar snapte hij niks van. Uiteindelijk kwam het hoge woord eruit: Fatima was prostituee. Dat kon ze niemand vertellen, want dat zou grote problemen opleveren binnen haar familie. Daarom had ze het maandenlang voor hem verzwegen. 'Ik schrok me rot,' zegt Farid met zijn hand op zijn hart. 'Mijn vriendinnetje ging met andere mannen naar bed, terwijl ze met mij was. Ik begreep het niet en was zwaar teleurgesteld. En kwaad. Fatima legde me uit dat ze het voor ons samen deed. Er was geen sprake van liefde als ze met haar klanten was. Ze gebruikte haar verleidelijke lichaam om veel geld te verdienen, maar voelde daar niets bij. Weken was ik van slag. Mijn meisje verdiende geld met hetzelfde lichaam als waar ik seks mee had. Maar Fatima overtuigde mij ervan dat ik de enige was voor haar, van mij hield ze. Ze maakte mij duidelijk dat het redelijk makkelijk geld verdienen was. Veel van haar klanten vonden haar zo mooi, dat ze al een hoogtepunt bereikten nog voordat ze bij haar naar binnen kwamen. Dat was haar methode, ze maakte ze gewoon gek met haar handen en haar lichaam. Uiteindelijk kreeg ik veel respect voor wat ze deed. Ze offerde zich op voor ons beiden. Als je dit voor je vriend overhebt, dan zit de liefde wel heel erg diep.'

Terwijl Jamila luistert naar Farid, flitst er van alles door haar heen: Mijn lichaam verkopen? Houdt hij wel van mij? Ze kijkt Farid aan en verbreekt haar zwijgen: 'Jij wilt toch niet dat ik met andere mannen naar bed ga? Ik wil met jou en met niemand anders. Ik ben weg van huis omdat ik niet uitgehuwelijkt wil worden en nu stel jij mij voor om als hoer te gaan werken? Wat denk je dat mijn familie doet als ze erachter komen? Heel simpel: ze vermoorden me. Die schande komen ze nooit te boven.'

Farid krabbelt achter zijn oor. 'Je hebt gelijk, liefje, ik had het je niet moeten vertellen. Ik wil ook met jou verder. Wat ik je vertel is een teken van mijn liefde voor jou. Om met jou samen te kunnen zijn heb ik het ervoor over om je tijdelijk te delen met anderen. Zodat we daarna weer helemaal voor elkaar zijn. Jij zal het dan moeten doen, maar wat denk je dat het geestelijk met mij doet? Maar laten we het er maar niet meer over hebben. Ik zoek wel andere mogelijkheden om geld te verdienen voor ons. Tot die tijd moeten we maar vasthouden aan elkaar. Ik breng je zo naar huis, anders krijg je weer gezeur omdat je te laat bent.'

Weken verstrijken en thuis verslechteren de verhoudingen. Jamila's vader hangt als een constante schaduw om haar heen. Ze komt nauwelijks van haar kamer af. School, werk, meer mag ze niet. Uitgaan op zaterdagavond voelt als iets uit een heel ver verleden. Om toch nog een beetje het gevoel te hebben dat ze leeft, spijbelt ze steeds een uurtje meer. Dan gaat ze naar Farids huis. Hij heeft het nog een enkele keer gehad over prostitutiewerk toen hij iets vertelde over zijn ex-vriendin Fatima. Op een donderdag namiddag komt Jamila uit school in de benauwenis thuis en heeft geen puf meer voor de koopavond bij het warenhuis. Met een telefoontje vanaf haar fiets meldt ze zich vlak voor haar dienst ziek en gaat naar Farid. Als ze zich op de bank tegen hem aan heeft genesteld, met haar hoofd tegen zijn schouder, vraagt ze: 'Wil je echt met mij verder, Farid?'

'Tuurlijk schatje.' Zijn lippen raken zachtjes haar voorhoofd.

'Ik wil zo graag samen met je zijn, we zullen echt naar een manier moeten zoeken om geld te verdienen om weg te kunnen. Als we weg willen, moeten we ver weg, want mijn familie zal me zoeken.'

Farid haalt eens diep adem en slaat zijn arm strak om haar schouders. 'Schatje, ik heb je al eens laten weten waar veel geld te halen is. Ik weet waar mijn ex gewerkt heeft, daar heb ik haar eens naartoe gebracht en opgehaald. We kunnen eens gaan kijken. Ik zal in de buurt blijven, mochten er problemen ontstaan. Dan kijk ik wel of ik in een coffeeshop kan werken. Na een paar maanden flink werken, moeten we genoeg geld bij elkaar hebben om ertussenuit te knijpen en ver weg een nieuw bestaan op te bouwen. Desnoods gaan we naar het buitenland. Op geen enkele andere plek kun je in korte tijd zoveel geld verdienen.'

Jamila kijkt nadenkend en wrijft nerveus langs haar lip. 'Hoe moet ik dat dan doen?' vraagt ze met radeloosheid in haar stem. 'Ik kan nog niet eens het huis uit zonder dat mijn vader me in de gaten houdt. Ik moet nu al spijbelen en me ziek melden om jou te kunnen zien. Buiten mijn school- en werktijden mag ik echt de deur niet uit. Ik kan hooguit ergens anders gaan werken in de uren dat ik normaal in het warenhuis werk.'

'Nou, dat kunnen we dan toch gewoon vragen bij een club? Ik weet het ook niet, maar misschien kunnen we daar wel een mouw aan passen.'

Nu is de tijd rijp om te handelen, denkt Farid bij zichzelf. Voordat zij zich bedenkt. Jamila is een mooie meid, daar valt veel aan te verdienen. 'Kom op meisje, we gaan eropaf.' Hij staat op en trekt Jamila bij haar arm op uit de bank. In twintig minuten rijden ze naar een club die hij kent. Onderweg instrueert hij haar: 'Je gaat naar binnen en vraagt of ze nog vrouwen nodig hebben. Zeg maar eerlijk dat je dit werk nog nooit hebt gedaan. Vraag maar gewoon of je rustig kunt beginnen. Op de donderdagavond van vijf tot negen uur en zaterdags van twaalf tot zes. Vertel maar dat je studeert. Als dat lukt, hoeft niemand van je familie erachter te komen. O ja, als ze je vragen hoe oud je bent, dan ben je achttien jaar. Anders mag je sowieso niet werken. Als ze een identiteitsbewijs willen zien, dan regel ik wel wat.' Met bonkend hart belt Jamila aan bij de club waar Farid haar heeft afgezet. Een brunette met een grote bos krullende extensions opent de deur. 'Hebben jullie nog vrouwen nodig?' vraagt Jamila met een klein zenuwachtig stemmetje.

'Kom verder,' zegt de vrouw vriendelijk. Jamila loopt achter haar aan een roodgeverfde ruimte binnen met een spiegelwand en een klein podium met een danspaal. De brunette stelt zich voor als Anja, ze is de gastvrouw in de club. 'Wat kan ik voor je doen?' wil ze weten.

'Ik zoek werk in een club,' antwoordt Jamila en ze herhaalt wat Farid haar zojuist in de auto heeft geïnstrueerd. 'Niemand mag ervan weten, dit soort werkt ligt heel erg gevoelig in de Marokkaanse cultuur,' voegt ze eraan toe.

Anja knikt begrijpend. 'Dat weet ik. Maar dat geldt voor alle vrouwen die hier werken, hoor. Niemand wil dat het uitlekt. Vertel eens, welke tijden had je in gedachten?' Anja is eigenlijk wel blij met de uren die Jamila voorstelt, dit zijn tijden waarop veel andere vrouwen niet kunnen of willen werken. Als ze wil, mag Jamila zaterdag beginnen. 'Je moet dan wel een kopie van je paspoort meenemen. En je moet afdragen aan de belasting. Prostitutie is een zelfstandig beroep, dus daar moet je zelf voor zorgen.'

Jamila bedankt Anja en schudt haar de hand. 'Zaterdag ben ik om elf uur hier,' zegt ze en gaat weer naar buiten. Even verderop wacht Farid haar op. 'En?' informeert hij.

'Ik kan zaterdag beginnen, maar ik moet een kopie van mijn paspoort meenemen.'

'Maak je maar geen zorgen, dat regel ik wel,' stelt Farid haar gerust. Hij pakt met beide handen haar gezicht en zoent haar vol op de mond. 'Ik ben zo trots op je dat je dit voor ons doet.' Jamila weet niet wat ze ervan moet denken. Dat hij dit goedkeurt, hij moet wel heel veel van haar houden.

'Kijk eens?' Die zaterdagochtend geeft Farid met een trots gezicht een kopie aan Jamila. Haar geboortedatum is een jaar teruggeschroefd. Om elf uur meldt Jamila zich bij Anja. Deze bergt de kopie op en legt de werkwijze uit binnen de club. Jamila staat nog ziek gemeld bij het warenhuis. Gaat het deze dag goed, dan zal ze haar baan opzeggen. Jamila houdt zo de deur bij het warenhuis op een kier, zodat ze nog terug kan. Anja heeft een rustige uitstraling, ze neemt de tijd om Jamila alles uit te leggen. Om één uur heeft Jamila haar eerste klant. Een nette heer met grijze haren, een uitgezakte hals en slap vel. Hij lijkt een oudere versie van de conrector op haar school. Gruwend van wat komen gaat, neemt Jamila hem mee naar de kamer die Anja haar heeft aangewezen. Zonder woorden wacht ze af wat de man van haar wil. Hij frunnikt aan het ultrakorte stretchjurkje dat Farid voor haar heeft gekocht. Ze trekt het over haar hoofd uit. Hij opent haar bh en werkt haar slipje naar beneden. 'Ga maar liggen,' zegt hij met een combinatie van keurigheid en opwinding in zijn stem. Dan ontkleedt hij zichzelf en legt zijn kleren opgevouwen op de stoel in de hoek van de kamer. Jamila ontvangt de man tussen haar benen met bewegingsloze bekken en een afgewend hoofd. Haar stilzwijgen staat in schril contrast met de orkaan van alarmerende gedachten die door haar hoofd raast. Mijn vader maakt me dood, is de gedachte die het hardst brult. Na deze look-a-like van haar conrector volgen nog drie klanten. Wat een vernedering, maar ze houdt haar gelukkige toekomst samen met Farid voor ogen. Om vijf uur houdt ze het voor gezien. Anja rekent 300 euro met haar af. Zo snel heeft ze niet eerder geld verdiend. Dat is de pleister op de wonde.

Als ze buiten komt en Farid bij de auto ziet staan, knapt ze en komen de tranen los die vastzaten toen ze onder haar klanten lag. Farid slaat beide armen om haar heen. 'Schatje toch, kom eens hier. Je hebt het heel erg goed gedaan, weet je dat? Ik ben waanzinnig trots op je!' Voor het eerst sinds hun kennismaking geeft zijn aandacht haar geen goed gevoel. Snikkend steekt ze hem het geld toe, want haar ouders mogen het beslist niet vinden. Lamgeslagen laat ze zich door Farid naar huis rijden. Daar stapt ze weer in dezelfde gespannen sfeer als de afgelopen weken. Jamila snelt naar haar slaapkamer. Sociaal contact is niet meer mogelijk, zelfs met haar moeder heeft ze al een paar weken geen woord meer gewisseld. Het eten slaat ze over. Per dag wordt haar wereld kleiner. In de weken die volgen is Jamila steeds minder op school en naar haar werk gaat ze al helemaal niet meer. Op de donderdagen en zaterdagen werkt ze in de club. Langzaamaan begint ze aan het prostitutiewerk te wennen.

Haar afwezigheid baart zowel de schoolleiding als haar werkgever zorgen. Weken na de ziekmelding willen ze vanuit het warenhuis graag weten hoe het met Jamila gaat. Op school is ze er vaker niet dan wel, dat kan zo niet doorgaan. Beide nemen contact op met Jamila's ouders. Haar vader en moeder schrikken van het nieuws. Wat is er toch aan de hand met hun dochter? Het contact tussen hen is volledig verstoord. Vader komt met een idee: hij gaat Jamila een paar dagen volgen. De eerstvolgende donderdag wanneer Jamila met een grauw en gesloten gezicht na schooltijd thuiskomt en naar haar kamer verdwijnt om zich om te kleden voor haar werk, gaat haar vader naar buiten en stapt in zijn auto die even verderop langs de stoep geparkeerd staat. Hij wacht tot ze naar buiten komt met haar fiets die ze zojuist uit de kelderbox heeft gehaald. Hij houdt zo'n 60 meter afstand terwijl hij langzaam achter haar aanrijdt. Twee straten verderop stopt ze en zet haar fiets vast aan een lantaarnpaal. Uiterlijk opgewekt laat ze zich omarmen door een goed uitziende jongen met opgeschoren haren. Hij trekt de portier open van een dure sportauto en Jamila stapt in. Ze rijden weg en Jamila's vader volgt hen met een gespannen lijf en een zwaar gemoed. Ze volgen de snelweg die om Eindhoven ligt en na tien minuten verlaat de auto de snelweg richting het Eindhovense centrum. Jamila buigt over naar de jongen en ze zoenen. Dan komt ze naar buiten en loopt de stoep op, naar een hoekpand met Club Sammy-Jo in fluorescerende letters in een boog op het raam. Links en rechts naast de naam op het raam is een silhouet van een naakte dame afgebeeld. Dit moet een seksclub zijn.

Wat hij vanuit zijn auto ziet, breekt zijn hart. Wie is die jongen? Wat doet Jamila daar? Zijn dochter, die hij al bijna achttien jaar probeert te beschermen tegen het kwaad van de wereld, stapt een seksclub binnen. Zijn grootste nachtmerrie ziet hij op klaarlichte dag voor zijn ogen voltrekken. Wat een schande. Valt hier nog een verzachtende verklaring voor te vinden? Tot negen uur in de avond observeert Jamila's vader het pand. In de uren dat hij daar staat, wordt hij geteisterd door negatieve gedachten. Wat vertelt hij zijn vrouw? Wat als de mensen dit te weten komen? Hoe redt hij het huwelijk van zijn dochter in Marokko zonder gezichtsverlies? Om kwart voor negen ziet hij in zijn achteruitkijkspiegel dat de jongeman die Jamila wegbracht, zijn sportauto in een parkeerhaven manoeuvreert. Zijn drang om verhaal te gaan halen bij zowel de jongeman als bij de club, slikt hij in. Er is al zoveel kapot. Een kwartier later verlaat Jamila de club en stapt in de auto. Hij neemt de kortste weg naar huis om Jamila voor te zijn en dan is het zaak zijn gezicht in de plooi te houden om niet te laten merken hoeveel hij weet. Maar van binnen teert hij weg van verdriet, schaamte en machteloosheid. En wraaklust tegenover de jongen die zijn dochter bij hem heeft weggetrokken. Wat te doen?

Op zaterdag maakt Jamila zich weer klaar om zogenaamd naar haar werk te gaan. Nogmaals volgt haar vader haar met pijn in zijn hart. De route is dezelfde als afgelopen donderdag. Wie is die jongen? Hij schrijft het kenteken over op een briefje en volgt de auto naar Club Sammy-Jo. Voor de tweede keer ziet hij zijn dochter naar binnen gaan. Vader start zijn auto en rijdt terug naar Eindhoven, regelrecht naar het politiebureau. Summier doet hij zijn verslag bij een aantal baliemedewerkers. Zij pakken de telefoon en bellen mij op. De baliemedewerker geeft aan dat er een man bij hun staat die aangeeft dat een minderjarig meisje zich prostitueert. Dat wijst op strafbare gedragingen die in het artikel mensenhandel zijn omschreven. Om me te verzekeren dat mensenhandel en minderjarigheid speelt, vraag ik de melder persoonlijk aan de telefoon.

Yasser: 'Hallo meneer, met Yasser, wie bent u?'
Henk: 'Ik ben Henk, recherche Eindhoven. Ik ben verantwoordelijk voor onderzoeken naar mensenhandel, waaronder gedwongen prostitutie. Ik begrijp dat u een melding heeft gedaan over een minderjarige die zich zou prostitueren?'
Yasser: 'Dat klopt meneer, ik heb tevens het vermoeden dat ze dit van een ander moet doen.'
Henk: 'Hoe weet u dat, meneer?'
Yasser: 'Ik heb het gezien.'
Henk: 'Hoe heeft u dat gezien?
Yasser: 'Ik stond voor de voordeur van Club Sammy-Jo en ik heb gezien dat het meisje naar binnen ging.'
Henk: 'Hoe weet u dat ze daar werkt, hoe weet u dat ze minderjarig is en waarom denkt u dat ze dit moet doen van een ander?'
Yasser: 'Ze is mijn dochter. Ik heb er afgelopen donderdag ruim drie uur voor de deur gestaan. Een voor mij onbekende man bracht haar daarnaartoe. Een uur geleden is ze weer naar die club gegaan.'
Zijn stem klinkt of hij huilt.
Henk: 'Meneer Yasser, ik kom naar het bureau van politie. Ik moet een uur rijden, is dat voor u een probleem?'
Yasser: 'Nee meneer Henk, ik wacht op u.'

Onderweg naar Eindhoven bel ik Claudia en vraag of ze tijd heeft om mee te gaan. Zoals altijd zegt zij ja en ik pik haar halverwege op. Om halfdrie melden we ons aan de balie. Op een stoel in de wachtruimte zit Yasser starend naar de vloer, in gedachten verzonken. Hij ziet eruit alsof hij drie weken niet heeft geslapen. Eenmaal op onze afdeling, steekt hij meteen van wal: 'Mijn dochter Jamila was altijd een opgewekte en vrolijke meid, maar de laatste vier maanden sloeg haar spontaniteit om in chagrijn. Ze trok zich terug op haar kamer, gaf ontwijkende antwoorden en mijn vrouw en ik hadden het idee dat ze zich isoleerde. Haar vriendinnen kwamen niet meer over de vloer. Ons vermoeden dat er iets mis was, werd bevestigd door haar werk en school. Ziekteverzuim, afnemende prestaties, en als ze er was, was ze niet aanspreekbaar. Tegen haar vriendin Ayla had Jamila een smoes opgehangen dat ze voor een zieke tante moest zorgen, die ze helemaal niet heeft. Ondanks mijn preek, de boosheid van mijn vrouw en het huisarrest van drie maanden, volhardde Jamila in haar gedrag. Dit gedrag zijn wij niet van haar gewend. Afgelopen donderdag ben ik haar gevolgd en kwam ik tot de ontdekking dat ze door een onbekende man werd opgepikt en die haar naar Club Sammy-Jo bracht. Vandaag heb ik ze weer gevolgd naar de seksclub. Mijn dochter van zeventien verdient geld met seks. Ik verzoek jullie daar een eind aan te maken.' Hij vertelt zijn verhaal met vochtige ogen en gespannen kaken.

Wij, mijn team, we moeten in actie komen. 'Nee, ik wil geen verklaring afleggen,' laat Yasser weten als ik hem voorstel om een afspraak te maken voor aanstaande maandag. Dat verbaast me. Hij wil hulp, maar geen verklaring afleggen of aangifte doen. De schaamte van deze man is zo groot, dat hij niets aan het papier durft toe te vertrouwen. De schande dat zijn dochter als prostituee werkt, komen hij en zijn vrouw niet te boven. Het enige wat hij kan verzinnen is de schandvlek verborgen houden voor de buitenwereld. Ik kan dit moeilijk verkroppen. Je minderjarige dochter prostitueert zich, je dropt het bij de politie, maar je weigert je verantwoordelijkheid te nemen om aangifte te doen. Kennelijk is de eer belangrijker dan wat je dochter overkomt. Ik kan praten als Brugman, maar Yassers weigering om de politie schriftelijk te verzoeken om een onderzoek te starten, is onwrikbaar.

Door zijn spraakwaterval ben ik ervan op de hoogte dat een minderjarige zich prostitueert en in het slechtste geval daartoe gedwongen wordt. Klanten die gebruikmaken van een minderjarige prostituee, zijn strafbaar. Maar ook anderen die kunnen weten dat Jamila minderjarig is, maken zich strafbaar als ze de situatie laten voortduren. Ik zal iets moeten doen. Het loopt tegen vijven, Jamila zou nu bijna klaar zijn met haar werk. Claudia en ik gaan naar club Sammy-Jo. In de nabije omgeving stellen we ons op en zien een sportieve bolide staan met het kenteken dat Yasser had genoteerd. Er zit een man in en net na vijven zien we een jonge meid uit de club komen die voldoet aan het signalement van Jamila. Ze stapt in en laat zich naar een straat brengen, vlak bij haar ouderlijk huis. Het meisje fietst naar het adres waar Yasser woont. Het lijkt erop dat hij gelijk heeft, dit gaan we nader onderzoeken.

Hoewel de melding niet wordt bekrachtigd door een aangifte, staan we niet volledig machteloos. Ik draag er kennis van dat een minderjarige zich vermoedelijk prostitueert en daarmee hebben we voldoende basis om een onderzoek op te starten. We laten Yasser weten dat wij ambtshalve iets met zijn melding gaan doen: als wij een signaal ontvangen over mensenhandel, moeten wij nu eenmaal handelen. Niet alleen vanuit de wettelijke bepalingen, maar ook vanuit morele overwegingen. Ik wil niet dat een minderjarige in de prostitutie werkt. Hij begrijpt dat ik iets moet met deze informatie. Wij spreken af dat wanneer ik strafrechtelijk voldoende heb om de jongeman wegens mensenhandel aan te houden, hij alsnog een verklaring zal afleggen. Samen met mijn collega's ga ik verder onderzoeken of het verhaal van Jamila's vader klopt. We pluizen alle gegevens na van Farid en van Jamila.

Van Farid vinden we niets terug wat duidt op structurele mensenhandel. Hij is twee keer veroordeeld voor diefstallen en één keer voor oplichting. Er staat een mutatie in de politieregisters dat hij eens is aangetroffen met luide muziek in de omgeving van het Zandpad, de Utrechtse rosse buurt. Bij controle gaf hij aan dat hij op zijn vriendin Fatima wachtte. Uit niets blijkt dat Farid werk heeft. Uit de gegevens van de gemeente blijkt dat hij alleen woont in Eindhoven, drie jaar geleden is een Fatima uitgeschreven op dit adres. We stuiten ook op diverse mutaties van Fatima, de vrouw die in een van de mutaties van Farid naar voren komt. De meeste zijn aan prostitutie gelieerd. Deze Fatima willen we ook verhoren. Dan de openbare bronnen, er zijn internetsites waar klanten van prostituees de door hen bezochte prostituees beoordelen. Die kun je op woonplaats en club selecteren. Bij het raadplegen van zo'n site komen beoordelingen naar voren die we kunnen relateren aan Jamila. De tijdstippen waarop zij werkt komen overeen en ze wordt omschreven als een zeer jong meisje.

De contouren beginnen zich af te tekenen, het heeft er alle schijn van dat Farid het geld ontvangt dat Jamila in de prostitutie verdient. Wij moeten dat verder onderbouwen. Op woensdag gaan drie koppels op stap, een naar het warenhuis, een naar de school en het prostitutiecontroleteam gaat op bezoek bij de club. Op de school en in het warenhuis verklaren ze met name de veranderingen in het gedrag van Jamila. Vanuit school is gezien dat ze vaak werd opgehaald door een jongeman. De conciërge heeft zelfs zijn kenteken genoteerd, dat komt overeen met dat van Farids auto. Op de kopie van Jamila's paspoort dat we in club Sammy-Jo onder ogen krijgen, staat als geboortejaar 1982, maar zij is van 1983. Dat was gastvrouw Anja niet opgevallen, ik moet zeggen dat mij dat op de geleverde kopie ook niet opviel. Maar waarom had ze niet naar het originele paspoort gevraagd? Daar gaan we Anja nog over verhoren.

Donderdagmiddag vier uur. Claudia en ik vetrekken naar Club Sammy-Jo, om te voorkomen dat Jamila weer in de prostitutie gaat werken. Om geen gedonder op straat te krijgen, gaan we Club Sammy-Jo in en wachten binnen op Jamila. Mede om bevestigd te krijgen dat ze aan het werk wil gaan. Ook willen we Farid een stap voor zijn, we willen niet dat hij ziet dat we Jamila meenemen. We hebben een aanvraag gedaan om de gsm van Farid af te tappen. Onze verdenkingen waren voldoende voor de rechter-commissaris om daar zijn toestemming voor te verlenen. Gastvrouw Anja werkt volledig mee, want zij wil niet dat er minderjarigen in haar club werken. De naïviteit om een kopie te accepteren zit haar vreselijk dwars. Claudia en ik wachten in de keuken van de club, als Jamila om vijf uur binnenkomt. Ze begroet Anja vriendelijk en vraagt de sleutel van haar locker. Ze zegt: 'Ik hoop dat ik net zoveel klanten krijg als vorige week, ik kan nog wel wat geld gebruiken.' Daarop laten wij ons zien. We legitimeren ons en vragen of ze met ons mee wil gaan naar het bureau voor een gesprek. Om haar niet volledig in verlegenheid te brengen, onthouden we ons op dat moment verder van commentaar. Jamila krijgt een rood hoofd en kan amper iets zeggen. Verontschuldigend kijkt ze naar Anja. 'Mag ik even bellen?' vraagt ze.

'Nee, nu even niet, we willen je eerst op het bureau uitleggen waarom we je willen spreken.' Voordat we Jamila mee naar buiten nemen, kijken we of Farid weg is. Tegen negen uur in de avond zal hij er wel weer staan.

Ik leg Jamila uit wie we zijn, wat we doen en waarom we haar uitgenodigd hebben. 'Ongeacht hoe we verdergaan, Jamila, ik heb sterke aanwijzingen dat je minderjarig bent en in Nederland is het verboden in de prostitutie te werken als je jonger dan achttien bent. Sterker nog, als je daarmee door zou gaan, worden heel veel mensen strafbaar. Het is namelijk ook voor klanten verboden om seks te hebben met een prostituee die de leeftijd van achttien jaar nog niet heeft bereikt.' Ik trap bewust met deze uitspraak af, om haar zelf ook verantwoordelijk te maken en hopelijk te voorkomen dat ze weer aan het werk gaat.

Ik leg uit dat wij vernomen hebben dat ze in de prostitutie werkt en dat we niets tegen dat beroep hebben, maar dat er wel wat spelregels zijn. Ook leg ik haar uit dat haar vader langs is geweest. Hij weet alles, we hebben afgesproken dat ik daar geen verstoppertje over ga spelen. Dit kan belastend zijn voor Jamila, maar ik wil later niet te boek staan als iemand die niet eerlijk is. Het kan dan ook maar beter gezegd zijn. Daar komt bij dat ik vind dat wij als politie niet alle last op onze schouders kunnen nemen. Ze is nog minderjarig, dus ik ben verplicht om de ouders in kennis te stellen. Jamila staart naar de grond met tranen in haar ogen en op het ritme van haar snikken haalt ze haar neus op. Stilzwijgend luistert ze naar ons, maar dan is het aan haar om te gaan praten. Aanvankelijk bijt ze zich hardnekkig vast in haar ontkenning dat ze werkt als prostituee. 'Ik poets daar, maar thuis zullen ze er geen begrip voor hebben dat ik dat in een seksclub doe. Weten jullie wel hoe gevoelig dat ligt binnen mijn familie?' We confronteren haar met de resultaten van ons onderzoek en alle verklaringen. Tussendoor gaat voortdurend Jamila's telefoon. Ze vraagt ons of ze mag opnemen, maar we verzoeken haar dat niet te doen. Jamila raakt zichtbaar nerveus en zet het toestel op stil. Op de derde verdieping zitten mijn collega's de aangesloten taplijn te beluisteren, diverse sms-berichten zijn al verzonden aan Jamila. In het begin berichten in de trant van: 'Hoe gaat het?' en 'Hoeveel klanten heb je al gehad?' Die berichten slaan om naar 'Waarom meld je je niet?' Uit de berichten is duidelijk af te lezen dat Farid haar controleert en uiteindelijk boos wordt omdat zij niet reageert. Hij belt diverse keren en spreekt haar voicemail in: 'Waarom neem je geen contact op? Je begint kapsones te krijgen. Meld je trut, er staat je vanavond iets te wachten.'

Om acht uur kan Jamila niet ontkennen dat ze als prostituee werkt. Ze laat weten dat ze dat niet meer zal doen. Als tot haar doordringt dat haar ouders ervan weten, raakt ze flink overstuur. We laten haar de rest van de avond met rust. Omdat zij minderjarig is, moeten we haar ouders op de hoogte stellen. Ik bel Yasser, hij komt haar ophalen. Jamila probeert onder een vervolggesprek met ons uit te komen, door te zeggen dat ze naar school moet en dat ze in het warenhuis moet werken. Maar daar komt ze niet mee weg. We houden rekening met haar schooltijden en desnoods met haar werkuren. Op vrijdag hoeft ze niet naar school. In afwachting van haar vader, vraagt ze of ze mag bellen. Uiteraard mag ze dat, ze is geen verdachte en wij vermoeden dat ze naar Farid wil bellen. We willen voorkomen dat ze nog meer problemen krijgt door ons optreden. Ze belt in onze aanwezigheid en het gesprek komt bij ons binnen door de tap.

Jamila: 'Hoi, ik kan vanavond niet meer komen, ik zit op het politiebureau'.
Farid: 'Hoe kan dat, verdomme? Ik bel je constant. Waarom zit je daar? Als je maar niet denkt dat je daarmee wegkomt. Je houdt je kop, weet je. Ik vertel alles aan iedereen. Ik vertel dat je als hoer werkt.'
Jamila: 'Ja, dan weet je dat ik vanavond niet meer kom. Ik spreek je snel.'
Farid: 'Wacht, niet ophangen.
Jamila verbreekt de verbinding.

Tegen negen uur komt Yasser. Ze vertrekken zonder oogcontact en in ijzige stilte.

De volgende dag is Jamila klokslag negen uur op het bureau. Onze gesprekken gaan verder. Beetje bij beetje houden we haar voor wat we weten en kruipen we dichter naar de rol van Farid. Hij blijft haar onophoudelijk bestoken met sms-berichten en voicemails. Na vandaag volgt nog een aantal afspraken. Bij elke vraag die ik haar stel over Farid, houdt Jamila haar kaken stijf op elkaar geklemd. 'Ik heb voor dit werk gekozen, daar heeft Farid niets mee te maken,' houdt ze halsstarrig vol. 'Ik ben vrijwillig dit werk gaan doen, omdat ik zo meer geld kon verdienen.' We weten dat ze hiermee niet de waarheid spreekt, want hun telefoongesprekken geven een heel ander beeld. Na elk bezoek van haar aan de politie wil Farid exact weten wat Jamila met ons heeft besproken. 'Pas op, want ik plaats jouw foto's op internet!' Met dit dreigement houdt hij haar in de tang. De scheldwoorden die hij haar veelvuldig toewerpt zijn 'hoer' en 'varken'. In de vijf weken dat Jamila werkte in Club Sammy-Jo heeft zij ruim 4000 euro overgemaakt naar zijn rekening. We vinden bankafschriften van overboekingen en stortingen. Als we haar hiermee confronteren, geeft zij aan dat Farid haar geld in bruikleen heeft, omdat ze niet wil dat haar ouders kunnen zien dat ze zoveel geld op haar rekening had. We vragen de administratie op van club Sammy-Jo en krijgen bevestigd dat Jamila al haar werkdagen door Anja uitbetaald heeft gekregen. Omdat Anja regelmatig wordt gecontroleerd, houdt zij een sluitende administratie bij. Over de ontbrekende 300 euro, haar eerste verdiensten, verklaart Jamila dat ze die handje contantje aan Farid heeft gegeven. Na een paar verklaringen komt het hoge woord eruit dat ze willen gaan samenwonen, maar dat ze is voorbestemd met iemand te trouwen die haar vader heeft uitgezocht. Jamila vertelt alles met uitzondering van de details waarvan zij denkt dat zij daarmee Farid belast. Maar hij belast zichzelf genoeg in zijn telefoongesprekken.

Met toestemming van de officier van justitie gaan we verder op zoek naar de financiële gegevens van Farid. Zijn inkomsten zijn duidelijk te herleiden naar de stortingen van Jamila en een uitspraak van hem tijdens een afgeluisterd telefoongesprek: 'Hoe moet het nu met de Audi die ik al besteld heb?' Uit onderzoek blijkt dat Farid een aanbetaling van 4000 euro heeft gedaan voor een nieuwe Audi A4. Zelf heeft hij geen inkomsten. Anderhalve week nadat we Jamila hebben opgewacht, houden we Farid aan als verdachte van mensenhandel. Vorige zaterdag heeft hij zijn nieuwe auto laten afleveren, aanbetaald met de opbrengsten van Jamila's seksuele dienstverlening. Farid heeft zich bevoordeeld met de opbrengsten van Jamila uit haar sekswerk, terwijl hij wist dat zij minderjarig was.

Yasser hebben we nooit meer kunnen verhoren als getuige-aangever. Tijdens de verhoren van Jamila hoorden we dat haar vader gezondheidsklachten had en veel in bed lag. Niet lang daarna is Yasser overleden. Haar moeder is ervan overtuigd dat hij is gestorven van verdriet.

De officier van justitie heeft Farid laten vervolgen voor het in de prostitutie brengen van een minderjarige en er voordeel uit trekken. De rechter heeft geoordeeld dat onomstotelijk bewezen was dat hij inderdaad voordeel had getrokken, maar vond het bewijs van aanzetten tot prostitutie te mager. De rechter veroordeelde Farid tot twee jaar gevangenisstraf. De Audi A4, verkregen door geld afkomstig van een misdrijf, is hem afgenomen. Jamila heeft nooit aangifte gedaan. Ze beantwoordde wel onze vragen, die bij processen-verbaal zijn vastgelegd. Onze onderzoeksgegevens, de afgeluisterde gesprekken, overboekingen en stortingen zijn voor de rechter voldoende bewijs. Farid is veroordeeld voor het voordeel trekken uit de opbrengsten van Jamila's prostitutiewerk.

Jamila heeft altijd ontkend dat Farid haar heeft aangezet tot prostitutie. Hij zou van haar houden, ondanks al zijn verwijten. Het eerste jaar van Farids detentie had ze meerdere keren contact met hem. Daarna verbrak ze de relatie vanwege zijn onophoudelijke verwijten en het voortdurende vernederende gescheld. Jamila is een hulpverleningstraject ingegaan, waar ze met lotgenoten probeert het verleden te laten rusten. Ze is niet gehuwd met de man die voor haar was uitgekozen. Na ruim een jaar heeft ze haar studie weer opgepakt. Ze is met haar moeder verhuisd naar een andere stad in Nederland en werkt als verkoopleidster in een warenhuis.

De fatale fuik van Jamila

Dat de term 'loverboy' misplaatst is, blijkt ook uit de manier waarop Farid beetje bij beetje Jamila zover kreeg om uiteindelijk in een seksclub te gaan werken. Het was niet de eerste keer dat hem dat lukte. Die lieve jongen had van het begin af aan maar één doel voor ogen: Jamila afhankelijk maken, als handelswaar aanbieden in de seksindustrie en haar geld afhandig maken. Om de zoetheid van het woord loverboy weg te halen, heeft onze voormalige minister van Justitie veelvuldig het woord 'pooierboy' gebruikt en daarna geïntroduceerd in veel officiële stukken. Ook van dat woord ben ik geen voorstander. Je beslist zelf of je als prostituee aan de slag gaat en daar horen geen pooiers deel van uit te maken. Daarnaast wordt het woord pooier geassocieerd met prostitutie, maar deze verdachten palmen jonge vrouwen daar niet alleen voor in. Als zij snel geld kunnen maken door hen drugs te laten smokkelen, telefoonabonnementen of leningen laten afsluiten of diefstal te plegen, zullen ze dat niet nalaten. Farid is een mensenhandelaar, wat voor etiket er we ook opplakken.

De loverboy-methodiek

Voordat een loverboy een meisje aan het werk kan zetten in de prostitutie, doorloopt hij een aantal stappen. In eerste instantie zal hij contact moeten leggen. Het liefst heeft hij dat een meisje zelf het eerste contact legt, dat kan hij later tegen haar gebruiken. Zij kwam toch naar hem toe? In de uitgaansgelegenheid zag Jamila Farid staan en het voelde voor haar of ze het eerste contact maakte. Farid had al een inschatting gemaakt dat hij haar later aan het werk kon zetten. Farid en Jamila kregen een zogenaamde liefdesrelatie. Hij beïnvloedde haar psyche voortdurend: hij toonde begrip voor de lastige situatie rond haar uithuwelijking, hij vrijde met haar en maakte naaktfoto's, wetende dat die een groot probleem konden opleveren binnen haar familie. Hij isoleerde haar van haar vriendengroep en gaandeweg opperde hij haar prostitutiewerk te gaan doen. Farid nam bezit van Jamila en hoefde alleen maar op de juiste momenten op de juiste knoppen te drukken.

We gebruiken hiervoor de termen grooming, inlijving en instandhouding. In de fase van grooming voerde Farid allerlei plannings- en voorbereidingsactiviteiten uit om Jamila te rekruteren, zodat hij haar vervolgens als 'handelswaar' beschikbaar kon stellen ter bevrediging van de seksuele behoeften van derden. Ten slotte probeerde hij Jamila in te lijven in het wereldje van de prostitutie. Farid was hier heel slinks in, hij liet het erop aankomen dat Jamila min of meer zelf met het plan kwam om met haar lichaam geld te verdienen. Eenmaal zover, probeerde hij haar erin te houden, want nu was het kassa. Farid deed dit allemaal niet geforceerd. Toen ze eenmaal stapelgek op hem was en ze samen het bed hadden gedeeld, kwam hij op de proppen met een ex-vriendin die in de prostitutie had gewerkt. Even polsen hoe Jamila reageert. Om voorbereid te zijn voor instandhouding van het werk maakte hij al een foto. Ogenschijnlijk vrij onschuldig, maar Jamila liet al meteen weten dat de foto niet naar buiten mocht komen. Met het oog op de eercultuur waarin Jamila is opgegroeid, was dit een handig chantagemiddel. Jamila wilde van huis weglopen, maar ze verdiende onvoldoende om zelfstandig te kunnen leven. Dit kwam Farid mooi uit. Zij zette zelf de fuik open en Farid kon hem sluiten. Eenmaal werkzaam in de prostitutie, was er voor haar geen weg meer terug.

Cadeaus en aandacht

Toen ik net begon met de bestrijding van mensenhandel, kwam het veel voor dat er werd gestrooid met cadeaus en mobieltjes en dergelijke. Dat werkt, zeker bij meiden die het thuis niet breed hebben. Maar er is een middel dat vele malen beter werkt dan materiële zaken: aandacht. Cadeautjes kunnen daarbij heel behulpzaam zijn, maar bij veel meisjes werkt het al heel goed om enkel naar hen te luisteren. Denk aan puberende meiden die thuis veel conflicten hebben. Als zij bij een charmante jongen die zijn tijd aan haar besteedt een luisterend oor vinden, zijn ze vaak al gauw verkocht. Mag je dan nooit meer ruzie maken met je puberende dochter en moet je dan maar in alles toegeven? Absoluut niet. Waar wij ons op moeten richten, zijn de mannen die de situatie waar zo'n meisje in verkeert, misbruiken. Mensenhandelaren die de loverboy-methode toepassen, hebben een antenne voor potentiële slachtoffers die op enig moment behoefte hebben aan aandacht. Slachtoffers van loverboys zijn heel divers: laaggeschoold, problemen thuis, problematische jeugd, licht verstandelijk gehandicapt, heel erg onzeker, uit streng religieus milieu, uit een eercultuur. Maar evengoed hoogopgeleid, uit de betere sociale milieus en het betreft niet alleen meiden, soms worden ook jongens op deze manier geronseld voor de seksindustrie. De loverboy maakt gebruik van de feitelijke omstandigheden waarin een potentieel slachtoffer verkeert. Zijn ogenschijnlijke serieuze aandacht maakt haar kwetsbaar voor de uitbuiting die hij voor ogen heeft.

Farid speelde fantastisch in op de situatie van Jamila. Hij had constant aandacht voor haar, was niet te opdringerig, maar bleef een echte gentleman. Hij schilderde haar ouders niet af als slecht, maar benadrukte het goede. Daarmee plaatste hij Jamila in de situatie waarin ze zelf afstand nam van haar ouders, zodat hem dat achteraf niet verweten kon worden. Hij speelde in op haar gemoed. Dat hij toestond dat zij haar lichaam beschikbaar stelde voor seksuele dienstverlening, gaf aan hoeveel Farid van Jamila hield. Hij deelde zijn liefje met anderen voor een betere toekomst voor hen beiden. Uiteindelijk was Jamila zo geïsoleerd, dat elke vorm van aandacht welkom was. Op de momenten dat zij het niet meer zag zitten, bood hij haar een luisterend oor. Bij Jamila is het niet zover gekomen, maar ik zie vaak dat loverboys bij slachtoffers die tegenstribbelen, overstappen naar andere manieren om hen in de prostitutie te houden. De mensenhandelaar die schuilt in de charmante loverboy, schakelt dan over op andere technieken zoals chantage, dwang of vormen van geweld.

Misbruik van uit feitelijke omstandigheden voortvloeiend overwicht

Bij de loverboy-methodiek is misbruik van uit feitelijk omstandigheden voortvloeiend overwicht doorgaans prominent aanwezig. Dat moeten de politie en het Openbaar Ministerie goed duidelijk maken. Jamila was voorbestemd voor een andere man en raakte door haar relatie met Farid in een spagaat. Door haar omstandigheden kreeg Farid overwicht op haar. Ruzie thuis en school- en werkverzuim, maakten het steeds lastiger voor Jamila. Daarnaast was ze razend verliefd. Farids overwicht op haar werd steeds groter. Hij maakte daar misbruik van en kreeg haar zover dat ze in de prostitutie ging werken voor hun toekomst. Zijn doel was om zichzelf te verrijken. Het overwicht versterkte, omdat Jamila oneerbaar werk deed in de ogen van haar familie en vrienden. Farid had haar helemaal in zijn macht. In deze zaak kwam haar vader bij de politie. Maar stel dat Jamila zelf had aangegeven te willen stoppen, dan nog zou Farid overwicht over haar hebben. Hij had naaktfoto's van haar, hij had bewijs dat ze als prostituee had gewerkt en hij had bewijs dat ze zich had voorgedaan als meerderjarige. Ook kon hij dreigen om aan haar familie bekend te maken dat zij al maandenlang een relatie hadden, want hij wist tenslotte alles van haar.

Chantage

Omdat Jamila uit een eercultuur komt, is zij bij uitstek kwetsbaar voor Farids slechte bedoelingen. Hij heeft haar een paar grenzen laten overschrijden en vervolgens was er voor haar geen weg meer terug. Ze mocht al niet met een jongen gezien worden, laat staan een vriendje hebben. Seks was helemaal uit den boze. Dus toen hij haar eenmaal had ontmaagd en naakt op zijn bed had gefotografeerd, had hij haar in zijn macht. Haar familie-eer kwam in het geding. Hij hoefde maar te dreigen dat hij die foto aan haar ouders zou laten zien en ze was als was in zijn handen. Laat staan dat hij haar familie op de hoogte zou stellen van haar prostitutiewerk.

Hoewel Farid wist dat Jamila bij ons op het bureau moest komen voor verhoor, bleef hij haar telefonisch chanteren. Welke druk is groter? De druk van vader, die melding had gedaan bij de politie? De druk van de politie, die Jamila confronteerde met het bewijs dat zij niet vrijwillig werkte? Of de druk van Farid, door de volledige afhankelijkheid waarin zij verkeerde? Jamila bezweek voor de druk van Farid, wat overigens niets afdeed aan ons onderzoek. Dat Farid haar mensenhandelaar was, konden wij onomstotelijk bewijzen. Veelvuldig dreigde hij Jamila dat als ze een verklaring tegen hem zou afleggen, hij de naaktfoto's zou verspreiden en dat hij bekend zou maken dat ze als prostituee werkte. Hij bleef steeds benadrukken dat zij de keuzes had gemaakt, mede door de druk van haar familie. Van het begin af aan legde hij de schuld bij haar. Op dat moment vond Jamila dat zelf ook, zij was van mening dat zij die keuze zelf had gemaakt.

Goedgelovigheid

Farid gebruikte in eerste instantie misleiding om Jamila de prostitutie in te krijgen, maar haar naïviteit en goedgelovigheid spelen een grote rol bij de instandhouding van de uitbuitingssituatie. Jamila vertrouwde erop dat hij een toekomst met haar wilde opbouwen en dat haar prostitutiewerk maar kort zou duren. Zij ervoer dat er geen alternatieven waren om in korte tijd aan genoeg geld te komen om elders een nieuw bestaan op te bouwen. Hierdoor was het, in combinatie met haar emotionele afhankelijkheid, voor Farid een koud kunstje om haar te laten doen wat hij wilde.

Marokkaanse daders

In de loverboy-scene werken Marokkaanse daders doorgaans solistisch met één of twee toezichthouders. Zij gebruiken vaak de loverboy-methodiek en schromen niet voor het gebruik van geweld. Maar liever passen zij psychisch geweld toe, want fysieke mishandeling laat sporen na. Zij palmen in, plaatsen de vrouwen in de prostitutie, houden de wacht, intimideren en chanteren. Hun slachtoffers komen vaak uit eerculturen, want die kunnen zij op eenvoudige wijze in de prostitutie houden. Dreigen dat ze de familie in kennis stellen van het prostitutiewerk, is aan de orde van de dag. Ik ben enorm veel vrouwen van Marokkaanse afkomst tegengekomen die als de dood zijn voor herkenning door hun familieleden en voor eerwraak. De Marokkaanse daders maken seksueel gebruik van de vrouwen, maar de vrouw met wie ze willen trouwen, moet van onbesproken gedrag zijn.

Absoluut doorlaatverbod

Door haar vader wisten we dat Jamila mogelijk een slachtoffer van mensenhandel was. Meteen handelen dus, want als we weten van een mogelijk slachtoffer van mensenhandel, geldt het absolute doorlaatverbod. Alle activiteiten die we vanaf de melding ondernamen moesten erop gericht zijn om Jamila uit haar benarde situatie te halen. Eerst moesten we de melding van vader objectiveren. In sommige gevallen is het handhaven van het absolute doorlaatverbod moeilijk. Een juridisch slachtoffer is een slachtoffer volgens het mensenhandelartikel. Dat wil nog niet zeggen dat zij zich slachtoffer voelt. Het komt voor dat we iemand eruit halen en dat zij enkele uren daarna weer aan het werk is. Dat kan zijn omdat zij bang is om te stoppen of zo gewend is geraakt aan dit werk, dat ze niet wil stoppen. Dan hebben wij niets om haar dwangmatig uit die situatie te halen. Dan kunnen we alleen maar ons best doen om aan te geven waarom wij denken dat ze juridisch gezien een slachtoffer is, maar de uiteindelijke keuze ligt bij haar. Ik maak het regelmatig mee dat vrouwen niet stoppen nadat wij ze gesproken hebben, doorgaans uit angst voor de mensenhandelaar. Dit is vaak wel het begin van contact en als ze dan sterk genoeg zijn, stappen ze er uiteindelijk wel uit. Zeker als ze vertrouwen in je krijgen. Een van de vrouwen die ik de laatste jaren regelmatig spreek, zei me onlangs: 'Hoewel je wist dat ik niet vrijwillig werkte, pushte je me niet om te stoppen. Je vertelde me jouw vermoedens dat ik niet vrijwillig werkte en je vroeg wel altijd in het voorbijgaan hoe het met me ging. Maar de uiteindelijke keuze liet je bij mij. In het begin kon ik niet stoppen, maar je opende wel mijn ogen dat ik inderdaad niet zelfstandig en vrijwillig werkte en al mijn geld afgaf. Dat juridische slachtofferschap van jou. Sinds ik de knoop heb doorgehakt, chanteert mijn oude pooier me en dreigt me van alles aan te doen, maar nu voel ik me gesteund door de politie.'

Minderjarigheid

Je moet achttien jaar of ouder zijn om in de prostitutie te mogen werken. Jamila was minderjarig toen ze werkte en alleen al daarom moesten we ingrijpen. In het mensenhandelartikel neemt minderjarigheid een bijzondere plaats in. Minderjarigheid is voldoende om de dader strafbaar te maken, als een extra rechtsbescherming. Iemand onder de achttien jaar heeft geen vrije keuzemogelijkheid om te kiezen voor het beroep van prostituee, zo luidt de zienswijze van de Nederlandse staat. Een zestienjarige die trouwt, is volgens de wet meerderjarig. Maar een huwelijk heft de strafbaarheid niet op van het aanzetten tot prostitutie van iemand onder de achttien. Daarom is 'iemand die de leeftijd van achttien jaar nog niet heeft bereikt' in de wet opgenomen, vroeger stond er in de wet 'minderjarig'. Er loopt al jaren de discussie of die leeftijd niet omhoog moet naar 21 jaar. De overheid is van mening dat iemand van 21 jaar beter kan beslissen of zij het zware beroep van prostituee aankan. Daarvoor zijn wetsvoorstellen ingediend.

Zestien jaar strijd tegen mensenhandel

In 1995 kwam ik voor het eerst in aanraking met mensenhandel, die toen nog vrouwenhandel werd genoemd. Het was de zaak van Samantha en Ariëlle die ik als eerste praktijkverhaal heb beschreven. Tegelijkertijd liep er in Utrecht een grootschalig onderzoek naar wat we tegenwoordig een loverboy-zaak zouden noemen. Het onderzoek in Utrecht resulteerde in diverse aanhoudingen en veroordelingen van vrouwenhandelaren, die vrouwen in de prostitutie hadden gebracht.

Voor die tijd waren er nog nauwelijks vrouwenhandelaren voor de Nederlandse rechters verschenen. Na 1995 kregen politie en justitie steeds meer mensenhandelzaken in het vizier, voor een groot deel bestaande uit gedwongen prostitutie. In het begin lag het zwaartepunt met name op Oost-Europese landen, maar al snel richtte de politie haar aandacht op andere regio's als Zuid-Amerika, de Filippijnen, Nigeria, China en, niet te vergeten, Nederland.

De eerste stappen

Naar aanleiding van mijn ervaring met twee vrouwenhandelzaken ben ik me vanaf 1997 verder hierin gaan specialiseren. Op de Hogeschool van Arnhem en Nijmegen volgde ik de opleiding Maatschappelijk Werk en Dienstverlening, die ik in 2000 heb afgerond. Mijn kennis heb ik in de jaren daarna gebruikt voor het ontwikkelen van nationale en internationale opleidingstrajecten binnen en buiten de politiemacht. In die tijd heb ik veel hulp gehad van Marcia, het hoofd maatschappelijk werk van de Stichting tegen Vrouwenhandel, StV. Samen hebben we een intensieve samenwerking tussen politie en hulpverlening bij de aanpak van vrouwenhandel ontwikkeld. De politie verhoorde slachtoffers en begeleidde die slachtoffers binnen het strafproces. StV zorgde voor de hulpverlening aan slachtoffers. Die werkwijze was een voorloper van de huidige ketensamenwerking. Ik verrichtte alle handelingen binnen mijn keten en Marcia deed dat binnen de hare.

Vrouwenhandel, nu mensenhandel, prijkte steeds prominenter op de politieke agenda. In Nederland, maar ook daarbuiten. Omdat met het opheffen van het bordeelverbod in oktober 2000 het Nederlandse prostitutiebeleid ingrijpend werd gewijzigd, werd in 1999 het Landelijk Project Prostitutie en Mensenhandel der Nederlandse Politie opgericht, met de onuitspreekbare afkorting LPPMdNP. Het LPPMdNP bereidde, gelet op de extra taken die de politie zou krijgen bij het opheffen van het bordeelverbod, de beleidsmatige en strategische veranderingen voor de politie voor. Dankzij de nieuwe wetgeving zou prostitutie een gelegaliseerd en zelfstandig beroep worden. Tot die tijd gedoogden we in Nederland de prostitutie. Door de opheffing van het verbod ontstond het onderscheid tussen strafwaardige en niet-strafwaardige prostitutie. Strafwaardig houdt sinds de opheffing in: exploitatie van personen die tegen hun wil in de prostitutie werken; exploitatie van minderjarigen in de prostitutie; prostitutiewerk door mensen die illegaal in Nederland verblijven en randverschijnselen zoals mishandeling, verkrachting, financiële delicten en dergelijke. De LPPMdNP ging na vijf jaar op in de Landelijke Expertgroep Mensenhandel (LEM). Hierdoor kon de expertise worden behouden. De LEM is niet meer weg te denken bij de politie en houdt alles op het gebied van mensenhandel bij. Ze adviseert gevraagd en ongevraagd over alle vraagstukken die opdoemen in de bestrijding van mensenhandel.

Sinds de oprichting van het LPPMdNP neemt het Nederlandse politiekorps jaarlijks haar eigen verrichtingen op het gebied van mensenhandel onder de loep. Dit is de enige Nederlandse organisatie die een mensenhandelmonitor uitvoert en openbaar maakt, en zich daarbij kritisch uitlaat over het eigen handelen. We gaan verder dan alleen maar nietszeggende cijfers naar buiten brengen. Wat mij betreft zouden meer instanties dit voorbeeld moeten volgen.

Opleiden en trainen

Na mijn afstuderen in 2000 raakte ik als expert mensenhandel betrokken bij het LPPMdNP. In die rol was ik samen met Fenneke, docente van de politieacademie, belast met het ontwikkelen van opleidingen. Voor de uitvoering van de nieuwe prostitutiewet hadden gemeenten behoefte aan controleurs die de vergunningsvoorwaarden van seksinrichtingen konden controleren. Politiemensen die bekend waren met het prostitutiemilieu. Omdat de burgemeester vergunningsvoorwaarden verleent aan de exploitanten, zijn het eigenlijk gemeentelijke toezichthouders die de controles op de naleving van de prostitutiewet moeten uitvoeren. Maar de specifieke werkzaamheden binnen de prostitutiebranche en de vergunningsvoorwaarden raken aan politiewerk, daarom worden de prostitutiecontroles uitgevoerd door politiemensen. Alle prostitutiecontroleurs kregen een zesdaagse cursus mensenhandel, gericht op bestuurlijke bevoegdheden. De prostitutiecontroleur van de politie controleert op drie zaken: illegaliteit, minderjarigheid en gedwongen prostitutie.

Met mijn opgedane ervaring met mensenhandel, mijn kennis van de hulpverlening en mijn didactische opleiding van de Koninklijke Marechaussee als bagage heb ik tien jaar lang cursussen op de politieacademie ontwikkeld en verzorgd. Alleen al in 2000 leidden we in zeventien cursussen vierhonderd mensen op tot prostitutiecontroleur.

In 2003 werd de opleiding uit 2000 vervangen door de opleiding Prostitutie Controle en Mensenhandel (PCM). Een opleiding die naast het controledeel het werken met slachtoffers een prominente rol gaf. Niet alle politiemensen houden zich bezig met mensenhandel, maar agenten moeten wel de signalen herkennen bij het uitvoeren van hun reguliere taak. Voor die politiemensen is een tweedaagse cursus Zicht op Mensenhandel ontwikkeld, die inmiddels al jaren bestaat. In die twee dagen krijgen de cursisten zicht op de wetgeving omtrent mensenhandel, beginselen in de bejegening van slachtoffers en het toepassen van onderzoeksstrategieën.

Sinds 2003 volgen ook ketenpartners die met mensenhandel in aanraking kunnen komen deze tweedaagse training. De regio Rotterdam-Rijnmond liep daarin voorop. In de meeste regio's volgen de ketenpartners de cursus op initiatief van de politie. Naar aanleiding van de ontwikkelingen rond de opleidingen bij de politie verzocht de eerste landelijke officier van justitie mensenhandel mij om een opleiding mensenhandel te ontwikkelen voor het Openbaar Ministerie. Sinds

2003 vindt die opleiding, aansluitend op de politiepraktijk, plaats in Zutphen. Menig officier van justitie, parketsecretaris, rechter en rechter-commissaris heeft deze opleiding gevolgd. In aansluiting hierop ontwikkelde de politieacademie samen met het opleidingsinstituut voor de advocatuur een opleiding voor advocaten die slachtoffers bijstaan. Deze wordt sinds 2006 aangeboden.

De politieopleidingen worden voortdurend aangepast aan de actualiteit. Toen uit onderzoek bleek dat er nog te veel mensen aan de balie niet in contact kwamen met gespecialiseerde mensenhandel-rechercheurs, ontwikkelden we een verkorte module mensenhandel. Deze wordt sinds 2008 aangeboden. In 2005 werd de strafbaarstelling van mensenhandel ingrijpend veranderd. Niet alleen werd het verhandelen van mensen in de seksindustrie, maar ook het dwangmatig verhandelen bij andere vormen van arbeid en diensten strafbaar gesteld, evenals het onder dwang verwijderen van organen. Door deze ingrijpende verandering werd mensenhandel een delict waarin ook de vreemdelingenpolitie een actievere opsporingsrol kreeg. Omdat het nieuwe artikel meer en meer aanknopingspunten kreeg bij andere vormen van criminaliteit, de zogenoemde migratiecriminaliteit, veranderde ook de doelgroep van verhandelde mensen. Het waren niet alleen nog maar zedengerelateerde slachtoffers. Mede daarom is in 2010 binnen de Nederlandse politie een nieuwe opleiding van start gegaan, de opleiding migratiecriminaliteit. Alle uitbuitingsvormen en aangrenzende criminaliteitsvormen worden daarin uitgebreid behandeld.

Gespreksmodel

Voor 2002 bleek het voor de politie niet eenvoudig om de juiste toon te vinden om met slachtoffers in gesprek te komen. Het aangiftepercentage bleef steken op vijf procent. Eenzelfde laag percentage slachtoffers maakte gebruik van hulpverlening. Hoe kwam dit? Was het angst of onze aanpak? Na onze ervaringen met Samantha en Ariëlle, gingen we op zoek naar andere manieren om met slachtoffers van vrouwenhandel in gesprek te komen. In die periode drong tot ons door dat mensenhandelslachtoffers niet te vergelijken zijn met zedenslachtoffers. Slachtoffers van mensenhandel konden ongeacht hun traumatische ervaringen heel hard overkomen. Ze nuanceerden vaak wat hen was aangedaan of verzuimden ons, al dan niet bewust, van ernstige vergrijpen op de hoogte te stellen. We konden een parallel trekken met mensen die jarenlang structureel seksueel misbruikt waren. Incestslachtoffers bijvoorbeeld blijven jarenlang loyaal aan degene die hen misbruikte. Vaak uit angst om niet geloofd te worden. Dit gedrag zagen we ook terug bij slachtoffers van mensenhandel. Schaamte, angst voor represailles en een vanuit een overlevingsstrategie opgebouwd schild, maken dat het veel moeite kost om tot een slachtoffer door te dringen, los te weken van de daders en hulp te bieden.

Tijdens mijn studie heb ik geëxperimenteerd met diverse gespreksmethodieken met slachtoffers. In 2002 heb ik, in samenwerking met de politieacademie, een model voor een intakegesprek ontwikkeld. Vlak daarna heb ik dat toepasbaar gemaakt voor andere landen, ongeacht de cultuurverschillen. Wanneer werkt een gesprek wel of niet? Waar ligt dat aan? Wat doe je met de informatie van de slachtoffers? Hoe geef je onderzoeken naar mensenhandel adequaat vervolg? In 2003 heb ik dat gespreksmodel uitgeprobeerd op politiemensen en hulpverleners uit Italië, Polen, Engeland, Duitsland en Nederland. Door Anti Slavery is het uiteindelijke gespreksmodel ter beschikking gesteld aan beroepsgroepen in meer dan 68 landen en op internet geplaatst. Diverse beroepsgroepen heb ik in de loop der jaren getraind in het gebruik van dit gespreksmodel.

In Nederland leiden de politieacademie en ik de mensen op om dit gespreksmodel te gebruiken. Het is een essentieel onderdeel van de opleiding. Politiemensen die met slachtoffers van mensenhandel te maken krijgen, moeten opgeleid en gecertificeerd zijn. Als ze hun opleiding niet met goed gevolg afleggen, mogen ze geen gesprekken voeren met slachtoffers van mensenhandel.

Van een gecertificeerde mensenhandel-rechercheur wordt veel verwacht. Kernwaarden als respect, echtheid, competentie, pragmatisme en het in acht houden van de eigen verantwoordelijkheid van het slachtoffer zijn essentieel. Mooie woorden die echter wel degelijk getoetst worden. Er wordt gekeken of de rechercheur over de benodigde kennis beschikt. Hij moet juridisch onderlegd zijn, de sociale kaart kennen, maar hij moet ook kunnen aanvoelen of hij op bepaalde momenten de geschikte persoon is om met een slachtoffer in gesprek te gaan. Een rechercheur moet pragmatisch zijn, direct kunnen handelen wanneer dat nodig is. Als je een bloednerveus slachtoffer niet kunt kalmeren, kom je nooit tot het gesprek dat je wilt voeren. Een rechercheur moet respect hebben voor een slachtoffer. Waardeer een slachtoffer als mens, ongeacht geloof, ras, etniciteit of beroepskeuze. Middels respect kun je een onbevooroordeelde positie innemen. Een rechercheur moet echt zijn, open, spontaan en direct in zijn communicatie. Hij moet geen riedeltje opdreunen. Ten slotte moet de rechercheur oog hebben en houden voor de eigen verantwoordelijkheid van een slachtoffer, zij bepaalt uiteindelijk wat ze doet. Wil een slachtoffer niets aan haar situatie veranderen, dan heeft het geen zin om met het onderzoek verder te gaan. Achteraf kan de rechercheur wellicht kwalijk worden genomen dat hij het slachtoffer heeft aangezet om aangifte te doen. Het slachtoffer bepaalt, nadat de rechercheur alles heeft uitgelegd.

Rechercheurs krijgen uitgebreid les in communicatiestrategieën, gespreksvaardigheden, positieve beïnvloedingsstrategieën en interculturele communicatie. Om met mensen uit andere culturen een gesprek aan te kunnen gaan over bijvoorbeeld negatieve seksuele ervaringen, zullen we kennis van die culturen moeten hebben. Kleine dingen kunnen het verschil maken: hoe ver ga ik van mijn gesprekspartner vandaan zitten? Hoe reageert die als ik aardige dingen zeg maar daar chagrijnig bij kijk? In de drie maanden durende opleiding tot mensenhandelrechercheur is er volop aandacht voor dergelijke vaardigheden. In de loop der jaren is het percentage aangiften gestegen naar 35 procent. Het verdient dus aanbeveling om alle beroepsgroepen die met slachtoffers van mensenhandel in contact komen, deze opleiding te laten volgen.

Prostitutiecontroles

Door de prostitutiecontroles kwamen we mensenhandel steeds vaker op het spoor. Dat leidde tot steeds meer zaken en een beter inzicht in de mensenhandelpraktijk. Er zijn binnen het politiekorps steeds meer Prostitutie Controle Teams ontstaan, die later werden omgedoopt tot Prostitutie/Mensenhandelteams. Tegelijk met de opheffing van het bordeelverbod werd in oktober 2000 een Prostitutie Controle Team opgericht in Brabant Zuid-Oost. Ook in andere regio's werden dergelijke teams opgericht. Tegenwoordig heeft elke politieregio een aantal fte's vrijgemaakt om mensenhandelzaken op te pakken. Die teams kunnen direct aan de slag met relatief eenvoudige zaken waarbij sprake is van één dader en één slachtoffer. Grote zaken worden meestal voorbereid door grotere rechercheteams, bijgestaan door deskundigen. In een mensenhandelzaak moeten gecertificeerde mensenhandelrechercheurs deel uitmaken van een team, omdat slachtoffers alleen door hen mogen worden verhoord. Ook voor het horen van een verdachte moet minimaal één speciaal opgeleide rechercheur aanwezig zijn die de cursus PCM met goed gevolg heeft afgesloten.

Onder een seksinrichting wordt een plaats verstaan waar seks tegen betaling met of voor een derde wordt aangeboden. We hebben het dus over seks in bordelen, in seksclubs, achter ramen, in privéhuizen, thuis, op straat, achter een webcam of via een escortservice. Soms worden zelfs campers en vakantiehuisjes ingericht voor sekswerk. Ook in sauna's en hotels kunnen klanten weleens terecht voor seksuele diensten. Bestellingen vinden doorgaans telefonisch plaats, maar de aanbieders zijn meestal op het internet te vinden. De ouderwetse prostitutie verschuift naar het wereldwijde web. Vanaf 2000 zien we die verschuiving sterk optreden. In twee op de drie gevallen van niet-locatiegebonden prostitutie, was er sprake van mensenhandel. Agenten struinen structureel het internet af. Zij komen met de prostituees die zich aanbieden in contact door zich voor te doen als klanten. Als tijdens de controle wordt vastgesteld dat de betreffende vrouw minderjarig is, illegaal hier verblijft of gedwongen wordt dit werk te doen, kan de politie een onderzoek naar mensenhandel instellen. De controle van het internet, escortbureaus en hotels is enorm tijdrovend en capaciteitsverslindend. Daarbij moet de politie de controles op audio vastleggen om aan te kunnen tonen dat er geen sprake is van het uitlokken van een strafbaar feit. We mogen bijvoorbeeld niet doelbewust vragen naar een minderjarige of illegale prostituee. Als we vooraf weten dat iemand minderjarig is, dienen wij direct op te treden. Dan moeten we de minderjarige uit haar positie halen en meteen aan de slag met het strafrecht. Doen we dat niet, dan maken wij misbuik van onze bevoegdheden en kan de dader op een later moment vrijuit gaan.

Wanneer een politieman optreedt als toezichthouder, legt hij zijn bevindingen vast in een bestuurlijke rapportage aan de burgemeester. Bij signalen van mensenhandel, maakt hij een strafrechtelijke doorstart. Heeft die politieman er kennis van dat een slachtoffer in een seksclub werkt, dan treedt hij tijdens de controle op als politieman. Een voorbeeld: de politie stuit in een seksclub op een zeventienjarige medewerkster. Er zijn hier twee dingen aan de hand: de vergunninghouder voldoet niet aan de vergunningsvoorwaarden en hij trekt voordeel uit de exploitatie van een minderjarige. Voor de eerste overtreding kan zijn vergunning worden ingetrokken, de tweede valt strafrechtelijk onder de noemer mensenhandel. In dit geval gaat de politie over op haar politiebevoegdheden en start een strafrechtelijk onderzoek. De eigenaar kan als verdachte van mensenhandel worden aangehouden, maar ook degene die haar ertoe heeft gebracht, en iedereen die voordeel trekt van haar prostitutiewerk. Naast het strafrechtelijke optreden, wordt er ook een bestuurlijke rapportage gemaakt om de burgemeester in kennis te stellen van de overtreding van de vergunningsvoorwaarden. Doorgaans wordt een club dan direct op last van de gemeente gesloten. In die rapportage wordt rekening gehouden met de privacy van het meisje. Het kan ook andersom gebeuren: via Meld Misdaad Anoniem komt de melding binnen dat er een minderjarig meisje in een seksclub werkt. Nader onderzoek bevestigt dit vermoeden en een politieteam valt de club binnen. Het meisje wordt aangetroffen en een strafrechtelijke afhandeling volgt. Ook in dit geval kan de burgemeester achteraf door een bestuurlijke rapportage in kennis worden gesteld dat de club een minderjarig meisje in de prostitutie liet werken. Door de strafrechtelijke inzet van de politie komt die uit op het vlak van overtredingen op bestuurlijk vlak en verantwoordt dat dan ook richting de burgemeester.

Gedragscode

Het prostitutiemilieu is bij uitstek een omgeving waar de personen die er beroepshalve in verkeren, het risico lopen af te glijden. Naast het risico om te bezwijken voor de verlokkingen van de vier d's, drank, drugs, duiten en dames, bestaat ook het reële gevaar om door kwaadwillenden in een compromitterende situatie gebracht te worden, met als doel de ambtenaar te beschadigen of te chanteren. Om deze risico's te minimaliseren, hebben we een gedragscode opgesteld waaraan (politie)ambtenaren die zich in het prostitutiemilieu begeven, zich moeten houden.

Deze regels zijn opgesteld om de integriteit te waarborgen en de individuele (politie)ambtenaar, maar ook de prostituees te beschermen. Dat betekent dat prostitutiecontroleurs zich minimaal aan de volgende regels dienen te houden:

Een controleur zal nooit alleen een bordeel bezoeken of dienstcontacten onderhouden met de prostituee. Ook bij verhoorsituaties zijn altijd twee mensen aanwezig.

Een man-vrouwkoppel verdient de voorkeur, zodat een prostituee of slachtoffer een keuze kan maken tot wie ze zich in een gesprek wil richten.

De politieman legitimeert zich altijd duidelijk met zijn legitimatiebewijs. Er mag over zijn identiteit geen onduidelijkheid bestaan.

De politieman houdt tijdens de controle altijd contact met zijn collega, en verliest hem nooit uit het oog. Als je alleen bent, ook al ben je zo integer als wat, kunnen je ten onrechte allerlei zaken in de schoenen geschoven worden. De politieambtenaar neemt geen giften, beloften of diensten aan, de tijdens een controle aangeboden consumpties worden altijd betaald.

Het is de politieambtenaar verboden als privépersoon een prostitutiebedrijf binnen zijn regio dan wel gemeente te bezoeken. Het is de politieambtenaar verboden afspraken te maken met prostituees, gastvrouwen en eigenaars voor ontmoetingen buiten diensttijd. De politieambtenaar onderhoudt alleen zakelijke contacten met exploitanten dan wel eigenaars.

De politieambtenaar is altijd open en duidelijk tegen collega's, prostituees, exploitanten en overige betrokkenen.

De politieambtenaar is ook maar een mens en is zich dus bewust van het feit dat hij genegenheidsgevoelens voor betrokkenen kan ontwikkelen. Hij bespreekt dit in voorkomend geval binnen het team.

De politieambtenaar heeft een meldingsplicht aan de teamleider aangaande niet-integer gedrag van zijn collega's.

De politieambtenaar heeft een meldingsplicht aan de teamleider aangaande toenaderingspogingen van de prostituee, geruchten en andere bijzonderheden.

De ambtenaar heeft een strikte geheimhoudingsplicht voor wat betreft privacygevoelige informatie.

Opsporing

In de loop der jaren heeft de politie haar opsporingsmethoden aangepast. Voorheen kwamen we vooral in actie als een slachtoffer aangifte deed van mensenhandel. Maar dat behoort inmiddels tot het verleden. Een aangifte is prettig voor de opsporing, maar geen vereiste. Mensenhandel is een ambtshalve vervolgbaar delict. Dat houdt in dat we geen aangifte nodig hebben om onderzoek te doen of verdachten aan te houden. We noemen mensenhandel ook wel een 'haaldelict'. Je moet onderzoek doen om het te ontdekken, bijvoorbeeld door het uitvoeren van prostitutiecontroles. Er rust nog altijd een groot taboe op prostitutie. Het is een legaal beroep, maar geen vrouw schreeuwt van de daken dat zij sekswerk doet. De aangiftebereidheid onder slachtoffers van gedwongen prostitutie is laag, uit schaamte en angst. En als slachtoffers aangifte doen, zijn hun verklaringen vaak inconsequent. Doorgaans is de psychische toestand van het slachtoffer hier debet aan; zij heeft haar traumatische ervaringen weggedrukt en kan zich de exacte details niet meer herinneren. Andere prostituees zijn verslaafd. Ze hebben geen positief beeld van de maatschappij en de overheid. Zij hebben hun vertrouwen in de mensheid verloren en geloven niet dat een aangifte hen zal helpen. Door hun verslaving zijn ze vaak niet in staat om een verklaring af te leggen. Slachtoffers van loverboys zijn vaak nog dermate afhankelijk van hun zogenaamde vriendje, dat zij hem niet willen verraden. Of ze kunnen vanuit hun culturele achtergrond niet praten over hun prostitutie-ervaringen. In al deze gevallen zullen we op een andere manier moeten aantonen dat er sprake is van mensenhandel.

In 2002, na mijn ervaringen op de tippelbaan zoals beschreven in het hoofdstuk over Maartje, Petra en Michelle, heb ik de stapelmethodiek doorontwikkeld om te komen tot een ambtshalve vervolging. We noemen dat ook wel een 27-constructie, vernoemd naar artikel 27 van het Wetboek van Strafrecht waarin de verdachte wordt omschreven. Dat stapelen past de politie in heel Nederland toe. Het komt neer op het bij elkaar brengen van bewijs, gericht op een strafbaar feit, waarvoor een verdachte voor de rechter moet verschijnen. Een onderzoek start met het in een overzichtelijk tabel plaatsen van alle beschikbare gegevens die we in het politiecomputersysteem over een persoon kunnen vinden. Gedurende het onderzoek wordt die tabel doorlopend aangevuld met nieuwe informatie. Dat het werkt, heb ik vaak gezien. In 2004 hebben we in Brabant Zuid-Oost 26 mensenhandelzaken voor de rechter gebracht, die alle tot een veroordeling op grond van mensenhandel hebben geleid. In acht van die zaken was door de slachtoffers geen aangifte gedaan.

Nationale samenwerking

Mensenhandel kwam – ook internationaal – steeds hoger op de agenda te staan en dat rechtvaardigde de oprichting van een expertisecentrum waarin alle informatie over mensenhandel landelijk beschikbaar kwam. In mei 2005 ging het Expertisecentrum Mensenhandel en Mensensmokkel (EMM) in Zwolle van start. Dit is een samenwerkingsverband van het Korps Landelijke Politiediensten (KLPD), de Koninklijke Marechaussee (KMar), de Sociale Inlichtingen- en Opsporingsdienst (SIOD) en de Immigratie- en Naturalisatiedienst (IND). Vanuit het LEM is afgesproken dat elk signaal van mensenhandel dat de regiopolitie en haar partners oppikt, wordt doorgestuurd naar het EMM. Dat plaatst de melding in de politiedatabase en checkt de persoon over wie de melding gaat. Bij een match van een persoon, locatie, auto, telefoonnummer of wat dan ook, start het EMM een stapeldocument. Het EMM ontvangt wekelijks signalen vanuit 25 politieregio's, het KLPD, de KMar, SIOD en de IND, aangevuld met meldingen van externe partners, Meld Misdaad Anoniem en buitenlandse bronnen. Door het structureel stapelen van al die signalen, krijgen we inzichtelijk waar er sprake is van mensenhandel en wat de bronlanden zijn. Afhankelijk van het soort uitbuiting verstrekt het EMM de verzamelde signalen aan een opsporingsdienst. Sinds het bestaan van het EMM is het ons duidelijk geworden dat Nederland voor handelaren niet alleen een bestemmingsland is, maar dat ons land en andere EU-landen ook gebruikt worden als tussenstop. Vanuit het EMM wordt bekeken op welk niveau een onderzoek moet worden uitgezet: regionaal, regio-overschrijdend of internationaal. Die afweging wordt gemaakt door de zogenoemde weeggroep onder aanvoering van de landelijke officier van justitie mensenhandel.

Voorafgaande aan het EMM was er al regelmatig een operationeel overleg. Regiokorpsen kwamen bij elkaar om regio-overschrijdende onderzoeken te bespreken. Toen ons duidelijk werd dat mensenhandel zich niet aan regiogrenzen hield, werd in 2003 het Operationeel Overleg Mensenhandel (OOM) opgericht. Hierin komen elke twee maanden afgevaardigden uit alle regio's samen voor operationeel overleg. Dit biedt de mogelijkheid om over te schakelen naar een groter rechercheteam of aangiften van slachtoffers vanuit de ene regio ook te gebruiken in zaken die elders spelen rond eenzelfde dader. Het OOM komt nog steeds bij elkaar en oogst goede resultaten.

Mensenhandel wordt niet alleen bestreden door de politie; zij werkt bij het bestrijden van mensenhandel samen met tal van partners. De SIOD doet sinds het nieuwe mensenhandelartikel uit 2005 veelvuldig onderzoek naar mensenhandel in sectoren buiten de seksindustrie. Een andere vaste partner is de Koninklijke Marechaussee, de grensbewaker van Nederland. De politie werkt ook veelvuldig samen met de belastingdienst, en met hulpverleningsinstellingen, belangengroeperingen, slachtofferadvocaten en andere beroepsgroepen die in aanraking kunnen komen met het fenomeen mensenhandel.

Belangrijk is dat deze beroepsbeoefenaren over de grenzen van hun baan kijken om mensenhandel te voorkomen en in een enkel geval te bestrijden. De geheimhoudings- en zwijgplichten zijn versoepeld, maar nog steeds houden sommige hulpverleners of andere professionals zich er te rigide aan vast. Dat staat de bestrijding van mensenhandel in de weg. Het Europees Verdrag voor de Rechten van de Mens schrijft voor dat mensen die het risico lopen psychisch of lichamelijk ernstig beschadigd te raken, moeten worden geholpen. In het verleden was er discussie of mensenhandel ernstige schade toebrengt, gelukkig is die voor een groot deel beslecht.

Internationale samenwerking

De politie werkt veel samen met de bronlanden, waar de mensen die hier uitgebuit worden vandaan komen, en met de landen waar de slachtoffers doorheen komen of naartoe gaan, de doorvoer- en bestemmingslanden. Ik kan geen land bedenken waar we geen samenwerking mee aan zouden kunnen gaan, uiteraard met inachtneming van onze wetten. Wel zijn we heel alert met het verstrekken van gegevens aan landen waar prostitutie strafbaar is. Het zou zuur zijn als we hier een mensenhandelzaak oplossen en het slachtoffer van mensenhandel bij terugkomst in eigen land bestraft wordt, omdat zij als prostituee heeft gewerkt. We verstrekken aan die landen geen gegevens van slachtoffers van mensenhandel.

In het begin van mijn opsporingscarrière in de mensenhandel werkte ik intensief samen met België en Duitsland. We verrichten gezamenlijk onderzoek waarbij we over de taakverdeling duidelijke afspraken maakten. We moesten de mensenhandelaren oppakken, ongeacht de lokatie van aanhouding. Als we eenmaal een mensenhandelaar hadden opgepakt, verzochten we om de uitlevering van de verdachte door het land waar hij de vrouwen verhandeld had, zodat we tot berechting konden overgaan. De samenwerking met de landen waar de handelaren vandaan kwamen, verliep moeizaam en ook wisten we niet of alle informatie vertrouwelijk behandeld zou worden. Duitsland en België zijn, vanaf het begin van de samenwerking in 1995, een betrouwbare partner gebleken. Voor die tijd werkten we al veel samen op andere gebieden van criminaliteitsbestrijding.

In 1997 heb ik voor het eerst diverse Oostbloklanden bezocht. Mijn meest intensieve samenwerking op politioneel gebied was in Polen. Het bleef daar niet alleen bij politionele samenwerking, maar ik deed daar ook mijn eerste ervaring op met samenwerken met niet-politionele organisaties. Ik heb in Polen veel samengewerkt met La Strada, een non-gouvernementele organisatie die opkwam voor de belangen van slachtoffers van mensenhandel. Als een slachtoffer in Nederland graag terugwilde naar bijvoorbeeld Polen, dan kon La Strada daar een rol in spelen. Veel vrouwen die in Nederland als prostituee hadden gewerkt, waren bang voor de consequenties als hun arbeidsgeschiedenis in eigen land bekend zou worden. In veel van die landen was werken in de prostitutie strafbaar. Dankzij de hulp van La Strada konden die vrouwen toch terugkeren.

Na het afronden van mijn opleiding aan de Hogeschool van Arnhem en Nijmegen had ik steeds intensiever contact met nationale en internationale politie-eenheden, maar ook met diverse internationale hulpverleningsinstellingen. Er waren veel landen geïnteresseerd in de Nederlandse politieaanpak. Hoe gaf Nederland vorm aan de bestrijding van mensenhandel? Hoe gaven wij inhoud aan de ketensamenwerking? Vanaf 2001 werd ik als vertegenwoordiger van de Nederlandse politie geregeld uitgenodigd om deel te nemen aan internationale seminars, onder andere in Slowakije, Polen, Roemenië, Bulgarije en Hongarije. Tot op de dag van vandaag hebben we daar nog contacten en samenwerkingsverbanden mee.

In 2001 stuurde de Nederlandse politie mij als afgevaardigde naar de OVSE, de Organisatie voor Veiligheid en Samenwerking in Europa. Dit is een organisatie die de samenwerking wil bevorderen tussen haar 56 lidstaten uit Europa, Centraal-Azië en Noord-Amerika, op militair, economisch en humanitair gebied. Mensenhandel stond daarbij regelmatig op de agenda. Het waren bijeenkomsten met politieke, politionele en niet-politionele organisaties. Er werden zaken rond internationale opleidingsplannen besproken, die ervoor moesten zorgen dat in alle landen hetzelfde onderwijs over mensenhandel werd gegeven, zodat er in die landen eenzelfde mentaliteit aangaande de aanpak van mensenhandel zou ontstaan. Niet-politionele invloeden met betrekking tot preventie en slachtofferbegeleiding waren daar groot. Ik heb daar vaak moeten spreken vanuit de politiepraktijk, later heb ik namens de Nederlandse politie veel meegewerkt aan de ontwikkeling van internationale opleidingen en meerdere trainingstrajecten.

Op 18 mei 2005 ben ik begonnen als expert mensenhandel en -smokkel bij het EMM. Daar werd de internationale component als zeer belangrijk gezien. Dat klopt ook wel met de taakstelling van de Dienst Nationale Recherche. De internationale samenwerking in de bestrijding van mensenhandel werd daar uitgebreider. Sinds 2005 werk ik op structurele basis samen met Roemenië en Bulgarije, zowel op het gebied van expertise-uitwisseling, als in het daadwerkelijk uitvoeren van mensenhandelzaken. Toen het EMM eenmaal draaide, zagen we al snel dat veel op mensenhandel gerichte activiteiten vanuit Roemenië en Bulgarije naar Nederland ging. Daarom zijn we die structurele samenwerking aangegaan. In de samenwerking nemen we onze nationale externe partners mee. Het Coördinatiecentrum Mensenhandel, de nieuwe naam voor de StV, participeert veelvuldig in die internationale samenwerkingsverbanden. In Bulgarije stationeerde de Nederlandse overheid, naast de gebruikelijke liaisons, ruim een jaar lang een Nederlandse politiecollega in Sofia als tussenpersoon om samenwerking verder te initiëren.

Tot slot

Dit is een greep uit de ontwikkelingen die de politie internationaal heeft doorgemaakt, geschetst vanuit mijn perspectief. Mijn buitenlandse reizen stonden veelal in het teken van kennisontwikkeling en alles wat ik daar heb gezien en meegemaakt, heb ik in het Nederlandse politieonderwijs verwerkt. Dit is maar een fractie van wat de Nederlandse politie internationaal doet in de aanpak en bestrijding van mensenhandel. We breiden internationaal uit. In het verleden associeerde ik mijn werk met voormalige Oostbloklanden, maar nu zie ik mijn collega's ook samenwerken met Nigeria, Indonesië, de Nederlandse Antillen en China. Het trainingsmodel intake en aangifte, dat ik in 2003 schreef, vindt ook in die landen gretig aftrek. Dat had ik nooit gedacht, maar het is goed om te zien dat dit model internationaal bruikbaar is.

De politie is een professionele organisatie die voortdurend bijleert in de aanpak en bestrijding van mensenhandel. We doen ons uiterste best om mensenhandelaren steeds weer een stap voor te zijn. Dus:

Mensenhandelaar, pas op. We houden je in de gaten en proberen je op alle manieren aan te pakken. Je kunt denken dat je de dans kunt ontspringen en mensen voor je eigen gewin kunt gebruiken, maar er komt een dag dat we je oppakken.

MENSENHANDEL
JURIDISCHE BETEKENIS

Inleiding

Wekelijks verschijnen er wel berichten in de media over mensenhandel. Vaak komen in de berichtgeving termen voorbij als 'loverboy', 'pooierboy' en 'moderne slavernij'. Het is aan mij en mijn collega's om in de praktijk te bewijzen dat deze termen juridisch onder mensenhandel vallen. In dit boek wil ik niet alleen verhalen uit de praktijk beschrijven, maar wil ik ook uitleggen wat er juridisch bewezen moet worden om gevallen van mensenhandel aan te pakken. Tenslotte zijn de genoemde termen in ons Wetboek van Strafrecht, of elders, niet omschreven als een strafbaar feit.

Tijdens mijn voorbereidingen is me vaak voorgehouden: 'Henk, doe het een of het ander, maak het niet moeilijker dan het al is en maak een keuze. Bundel de verhalen in één boek en maak van de juridische vertaling een apart boek'. Ik kies toch voor beide in één boek. Want hoe taai juridische taal ook moge zijn, ik wil het toch voor iedereen zo duidelijk mogelijk maken. Deze bijlage geeft de juridische context weer van de voorgaande praktijkverhalen.

In de opbouw van deze bijlage heb ik geprobeerd het wetsartikel mensenhandel zodanig te beschrijven dat niet alleen beroepsgroepen er iets aan hebben, maar ook lezers zonder juridische achtergrond. Ik start met wat algemene zaken over mensenhandel. Dan geef ik de juridische tekst weer, gevolgd door een zo uitgebreid mogelijke juridische uitleg van de diverse elementen uit die juridische tekst. Aansluitend geef ik daar waar mogelijk voorbeelden bij om alles zo begrijpelijk mogelijk te maken. Voor de beroepsgroepen sluit ik na iedere beschrijving van een strafbare gedraging af met een bewijskader. Hiermee hoop ik voor iedereen te verduidelijken wat juridisch gezien nu onder mensenhandel valt en wat de politie en het Openbaar Ministerie dienen te bewijzen om iemand voor mensenhandel veroordeeld te krijgen. Deze bijlage beperkt zich tot lid 1 en 2 van het wetsartikel waarin de strafbare gedragingen met betrekking tot mensenhandel zijn opgenomen.

Algemene wetenswaardigheden over het wetsartikel mensenhandel

Wat mensenhandel is, staat omschreven in artikel 273f van het Wetboek van Strafrecht. De strafbaarstelling hiervan bestaat sinds 1 januari 2005. Voor die tijd was mensenhandel ook strafbaar gesteld, maar de strafbaarstelling was minder omvangrijk dan de huidige. Voor 2005 was mensenhandel altijd verbonden aan seks tegen betaling. Vanaf 2005 kan men ook spreken van mensenhandel als mensen uitgebuit worden bij andere vormen van arbeid en diensten en bij orgaanverwijdering.

Mensenhandel is een ambtshalve vervolgbaar delict. Dat wil zeggen dat een slachtoffer of benadeelde zelf geen aangifte hoeft te doen van mensenhandel. Als een ander bijvoorbeeld ziet dat iemand niet vrijwillig werkt of gedwongen wordt de verdiensten af te staan, dan zou dat al kunnen leiden tot het oppakken van een dader.

Een aangifte wordt door de politie en het Openbaar Ministerie als wenselijk ervaren, maar is niet altijd noodzakelijk. Persoonlijk heb ik zelfs liever dat we in de toekomst meer en meer afstand proberen te nemen van aangiften. Laten we als politie en ketenpartners onze aandacht meer richten op de daders. Samen kunnen we namelijk al heel veel zien, zonder dat we een slachtoffer nog eens nodeloos in een strafproces moeten betrekken. Als we handelingen van daders zien en we die handelingen in de juiste juridische context kunnen verwoorden, kunnen we voorkomen dat slachtoffers steeds opnieuw hun verhaal moeten vertellen. Voor veel slachtoffers is het zeer vervelend om steeds weer met hun nare ervaringen te worden geconfronteerd.

Mensenhandel is vaak een voortdurend delict. Dat wil zeggen dat er nagenoeg altijd sprake is van heterdaad. Iedere politieman is bevoegd op heterdaad op te treden. Per direct. Zelfs de burger mag op heterdaad iemand aanhouden, maar dient een verdachte direct over te dragen aan de politie. Dat is iets wat ik bij mensenhandel afraad, want hoe kan de burger de heterdaad van mensenhandel zien?

Waarom is mensenhandel bijna altijd heterdaad? Het strafbare feit begint al als een dader handelingen onderneemt, waarvan hij weet of redelijkerwijs kan vermoeden dat een slachtoffer zich daardoor beschikbaar stelt voor een arbeid of een dienst. Dus het strafbare feit – mensenhandel – begint al bij de handelingen vooraf. Is eenmaal sprake van een uitbuitingssituatie, dan duurt het uitbuiten van het slachtoffer meestal voort, waardoor ook het strafbare feit blijft doorgaan. Daarom spreekt men hier van een voortdurend delict en heterdaad.

Uitzonderingen hierop zijn slachtoffers die zich onttrokken hebben aan hun uitbuiting en daarna aangifte doen bij de politie. Ze zitten dan niet meer in een uitbuitingssituatie en dan is de heterdaad gestopt. Ter verduidelijking zal ik twee voorbeelden geven.

Verneem je bijvoorbeeld via afgeluisterde telefoongesprekken, dat iemand werknemers werft of ronselt, en je weet dat de ronselaar de bedoeling heeft die werknemer bijvoorbeeld in de prostitutie te laten werken, dan is dit al mensenhandel.

Een ronselaar werft mensen voor werk in de horeca, maar bij aankomst in Nederland dwingt hij ze in de prostitutie. Het voorstel vooraf, werken in de horeca, is misleidend. Daar begint het strafbare feit. Het daadwerkelijk in de prostitutie dwingen en daar laten werken behoort ook nog tot het strafbare feit. Als ik de prostituee in kwestie dan aantref in een seksinrichting duurt het delict nog steeds voort.

Mensenhandel is een slachtofferdelict. Dat betekent dat je altijd minimaal twee mensen hebt die betrokken zijn bij het onderzoek: een verdachte en een slachtoffer. Een individu (de verdachte) die probeert een ander individu (het slachtoffer) in de prostitutie te brengen of op een andere manier probeert uit te buiten, of die zelfs uit is op de organen van dat individu.

Bij slachtofferdelicten zie je vaak dat het initiatief tot onderzoek naar de dader pas begint als het slachtoffer zich als zodanig heeft bekendgemaakt, bijvoorbeeld door het doen van aangifte. Het slachtoffer vertelt in een aangifte wat haar is overkomen en verzoekt middels de aangifte de politie en het Openbaar Ministerie om de verdachte op te sporen en hem te straffen voor de daden die hij op zijn kerfstok heeft. De aangifte is een verzoek tot vervolging.

Aangiften zijn zeer belangrijk, maar in de loop der jaren is ook duidelijk geworden dat ze niet altijd compleet zijn. Het is niet zo dat mensen bewust zaken verzwijgen, maar iemand die maanden onder dwang in de prostitutie heeft moeten werken, kan onbewust zeer nare ervaringen uit het geheugen verbannen. Veel slachtoffers zijn ernstig getraumatiseerd, waardoor voor een strafzaak zeer belangrijke details bij een aangifte vaak niet bekend worden. Zodra slachtoffers zich deze details later weer herinneren, kunnen ze in een strafzaak als onbetrouwbaar worden bestempeld. Hun latere verhaal wijkt immers af van hun eerder gedane aangifte. De verdediging van de verdachte zal hierbij altijd proberen de onbetrouwbaarheid van een slachtoffer aan te tonen. De laatste jaren heb ik veelvuldig gezien dat men in strafzaken voorbijgaat aan de psychische druk en de daaruit voortvloeiende verklaringen van slachtoffers. De rechtspraak heeft tenslotte behoefte aan objectief en concreet bewijs.

Daarom is het in geval van mensenhandel van eminent belang dat we naast een aangifte onmiddellijk op zoek gaan naar aanvullend en ondersteunend bewijs om de mensenhandel objectief vast te stellen. In het belang van het slachtoffer, maar ook in het belang van de verdachte. Het komt namelijk ook voor dat iemand valselijk van mensenhandel wordt beschuldigd.

Derhalve is het goed dat we in de rechtspraak de volgende stelregel hanteren: 'één getuige is geen getuige'. Zonder dit basisprincipe kun je namelijk worden opgepakt aan de hand van slechts één verklaring, bijvoorbeeld van iemand die kwaad op je is.

Bij onderzoeken naar mensenhandel is het zeer belangrijk dat het zwaartepunt bij de verdachte ligt. In de praktijk wordt dit als zeer problematisch ervaren, omdat compassie er vaak voor zorgt dat de focus bij het slachtoffer ligt. De politie doet haar best het slachtoffer als mens te bejegenen, maar voor het onderzoek is het van belang een slachtoffer als handelswaar van een mensenhandelaar te zien. Dankzij die houding kunnen we objectief ons bewijs verzamelen. Te grote emotionele betrokkenheid kan de objectiviteit vertroebelen, hetgeen de strafzaak weer kan ondermijnen. Daar is een slachtoffer absoluut niet mee geholpen, want als later blijkt dat vanwege een surplus aan emotionele betrokkenheid een verdachte moet worden vrijgesproken, is dit een nieuwe klap die het slachtoffer moet verwerken. Dat we de handelingen van de verdachte minutieus onderzoeken betekent dus niet dat we slachtoffers onheus bejegenen. Sterker, alleen al voor de omgang met slachtoffers worden politieagenten drie maanden opgeleid. Een correcte behandeling van de slachtoffers hoeft niets af te doen aan de objectiviteit van onderzoek naar mensenhandel.

Binnen de opleiding probeer ik mensen te laten zien waarom bij het onderzoek het zwaartepunt moet liggen bij de verdachte, hoewel mensenhandel een slachtofferdelict is. Ik maak daarbij altijd een vergelijking met cocaïnesmokkel. Stel, een man wil cocaïne over de grens smokkelen. De

Koninklijke Marechaussee controleert hem bij de grens en treft de cocaïne in zijn bagage aan. De man wordt aangehouden, er wordt proces-verbaal opgemaakt en er volgt een onderzoek. Er wordt van alles gedaan om te achterhalen waar die cocaïne vandaan komt. Ik heb bij dat soort onderzoeken nog nooit een politieman gezien of gehoord die aan de cocaïne vroeg: 'Waar kom jij vandaan?' Integendeel, de politie zal buiten de verdachte om proberen de herkomst van de cocaïne te achterhalen, hij wordt daarvoor tot in detail ondervraagd.

Dit zou de politie ook bij slachtofferdelicten moeten doen. Want nu komt die man met een vrouw bij de grenscontrole. Er zijn aanwijzingen dat hij haar in de prostitutie wil laten werken. Er zal dan een verhoor plaats vinden van de man en van de vrouw. Vertelt de vrouw bij dat eerste gesprek dat zij vrijwillig meereist, omdat de man haar gedreigd heeft haar kind in het thuisland iets aan te doen, dan wordt er in een later stadium getwijfeld aan haar betrouwbaarheid als ze weer verhoord wordt nadat ze is aangetroffen in een uitbuitingssituatie. Althans, die betrouwbaarheid zal zeker ter discussie worden gesteld.

Daarom zou het ook bij slachtofferdelicten goed zijn om eerst de handel en wandel van de verdachte volledig in kaart te brengen en is het in het geval van mensenhandel voor de objectiviteit noodzakelijk om de vrouw in kwestie voor het onderzoek als handelswaar te zien van de man, buiten die gevallen van persoonlijke bejegening van de vrouw om.

Artikel 273f Wetboek van Strafrecht (mensenhandel)

Lid 1. Als schuldig aan mensenhandel wordt met gevangenisstraf van ten hoogste acht jaren of geldboete van de vijfde categorie gestraft:

1°. degene die een ander door dwang, geweld of een andere feitelijkheid of door dreiging met geweld of een andere feitelijkheid, door afpersing, fraude, misleiding dan wel door misbruik van uit feitelijke omstandigheden voortvloeiend overwicht, door misbruik van een kwetsbare positie of door het geven of ontvangen van betalingen of voordelen om de instemming van een persoon te verkrijgen die zeggenschap over die ander heeft, werft, vervoert, overbrengt, huisvest of opneemt, met het oogmerk van uitbuiting van die ander of de verwijdering van diens organen;

2°. degene die een ander werft, vervoert, overbrengt, huisvest of opneemt, met het oogmerk van uitbuiting van die ander of de verwijdering van diens organen, terwijl die ander de leeftijd van achttien jaren nog niet heeft bereikt;

3°. degene die een ander aanwerft, medeneemt of ontvoert met het oogmerk die ander in een ander land ertoe te brengen zich beschikbaar te stellen tot het verrichten van seksuele handelingen met of voor een derde tegen betaling;

4°. degene die een ander met een van de onder 1° genoemde middelen dwingt of beweegt zich beschikbaar te stellen tot het verrichten van arbeid of diensten of zijn organen beschikbaar te stellen dan wel onder de onder 1° genoemde omstandigheden enige handeling onderneemt waarvan hij weet of redelijkerwijs moet vermoeden dat die ander zich daardoor beschikbaar stelt tot het verrichten van arbeid of diensten of zijn organen beschikbaar stelt;

5°. degene die een ander ertoe brengt zich beschikbaar te stellen tot het verrichten van seksuele handelingen met of voor een derde tegen betaling of zijn organen tegen betaling beschikbaar te stellen dan wel ten aanzien van een ander enige handeling onderneemt waarvan hij weet of redelijkerwijs moet vermoeden dat die ander zich daardoor beschikbaar stelt tot het verrichten van die handelingen of zijn organen tegen betaling beschikbaar stelt, terwijl die ander de leeftijd van achttien jaren nog niet heeft bereikt;

6°. degene die opzettelijk voordeel trekt uit de uitbuiting van een ander;

7°. degene die opzettelijk voordeel trekt uit de verwijdering van organen van een ander, terwijl hij weet of redelijkerwijs moet vermoeden dat diens organen onder de onder 1° bedoelde omstandigheden zijn verwijderd;

8°. degene die opzettelijk voordeel trekt uit seksuele handelingen van een ander met of voor een derde tegen betaling of de verwijdering van diens organen tegen betaling, terwijl die ander de leeftijd van achttien jaren nog niet heeft bereikt;

9°. degene die een ander met een van de onder 1° genoemde middelen dwingt dan wel beweegt hem te bevoordelen uit de opbrengst van diens seksuele handelingen met of voor een derde of van de verwijdering van diens organen.

Lid 2. Uitbuiting omvat ten minste uitbuiting van een ander in de

> prostitutie, andere vormen van seksuele uitbuiting, gedwongen of verplichte arbeid of diensten, slavernij en met slavernij of dienstbaarheid te vergelijken praktijken.
> Lid 3. De schuldige wordt gestraft met gevangenisstraf van ten hoogste twaalf jaren of geldboete van de vijfde categorie, indien:
> 1°. de feiten, omschreven in het eerste lid, worden gepleegd door twee of meer verenigde personen;
> 2°. de persoon ten aanzien van wie de in het eerste lid omschreven feiten worden gepleegd, de leeftijd van zestien jaren nog niet heeft bereikt.
> Lid 4. Indien een van de in het eerste lid omschreven feiten zwaar lichamelijk letsel ten gevolge heeft of daarvan levensgevaar voor een ander te duchten is, wordt gevangenisstraf van ten hoogste vijftien jaren of geldboete van de vijfde categorie opgelegd.
> Lid 5. Indien een van de in het eerste lid omschreven feiten de dood ten gevolge heeft, wordt gevangenisstraf van ten hoogste achttien jaren of geldboete van de vijfde categorie opgelegd.
> Lid 6. Artikel 251 is van overeenkomstige toepassing.

Een hele lap tekst. Niet alleen voor de leek, maar ook voor de beroepsbeoefenaar die er dagelijks mee moet werken. Om dit artikel te kunnen ontleden en daarna toe te passen, heb je normaal gesproken enkele uren nodig. Politiemensen en officieren van justitie die dagelijks met dit artikel moeten gaan werken, krijgen eerst een volle dag theoretische uitleg. Politiemensen kijken naar de toepasbaarheid van dit artikel op ieder praktijkonderzoek gedurende hun drie maanden durende opleiding.

Alvorens op de details van het artikel in te gaan, eerst de hoofdlijnen:

Zoals je kunt zien heeft artikel 273f 6 leden:
Een lid kan weer een onderverdeling hebben in subonderdelen. Zoals je bij lid 1 kunt zien is er sub 1 tot en met sub 9.
Lid 1, sub 1 tot en met 9, beschrijft de strafbare gedragingen die leiden tot mensenhandel.
Lid 2 geeft de definitie aan wat men onder uitbuiting verstaat.
Lid 3 tot en met lid 5 beschrijven strafverhogende omstandigheden.
Lid 6 beschrijft dat artikel 251 van het Wetboek van Strafrecht van overeenkomstige toepassing is. Hierin staan bijkomende straffen beschreven in

het geval van een veroordeling voor mensenhandel. Als ik me bijvoorbeeld schuldig zou maken aan mensenhandel, kan een bijkomende straf zijn dat ik oneervol word ontslagen als politieman.

Ik richt me in de uitgebreide uitleg met name op lid 1, sub 1 tot en met 9. Lid 1 met zijn subs beschrijven gedragingen die bewezen moeten worden, voordat er sprake is van strafbare mensenhandel.

Lid 1, onderverdeeld in sub 1 tot en met sub 9, kent dus diverse strafbare gedragingen.
Van sub 1 tot en met sub 5 kun je zeggen dat hierin de daders beschreven staan die individuen in een positie van uitbuiting willen brengen. In politietaal noemen we hen de inbrengers. Mensen die proberen anderen in een uitbuitingssituatie te brengen.
Van sub 6 tot en met sub 9 kun je zeggen dat hierin de daders beschreven staan die voordeel trekken van individuen die uitgebuit worden. In politietaal noemen we hen de voordeeltrekkers. Ik zal alle vormen van daders beschrijven.

De dader die iemand in een positie van uitbuiting wil brengen of brengt, is er meestal op uit om ook voordeel te trekken als hij eenmaal iemand in een positie van uitbuiting heeft gebracht. Je brengt tenslotte niet iemand onder dwang in de prostitutie, enkel en alleen met het doel ze onvrijwillig in de prostitutie te laten werken. Uiteindelijk wil de dader er ook geld aan verdienen. Dat is de categorie daders bij wie een officier van justitie niet alleen een rechter verzoekt om hem als inbrenger te veroordelen, maar ook als voordeeltrekker.

Je hebt echter ook personen die prostituees benaderen die al eerder vrijwillig en zelfstandig met het werk zijn begonnen. Deze mannen zeggen: 'Ik ga je beschermen en daar moet je voor betalen.' Dat is een voordeeltrekker bij uitstek. In de volksmond wordt dit soort types pooiers genoemd. Wettelijk gezien zijn het mensenhandelaars. Het begrip pooier stamt nog uit de tijd dat souteneurschap afzonderlijk strafbaar was gesteld, maar sinds 1 oktober 2000 is het souteneurschap uit de wet geschrapt. Werpt iemand zich alsnog op als pooier en incasseert hij daarvoor geld, dan is de kans groot dat hij zich gezien de criteria, schuldig maakt aan mensenhandel.

Nu dan verder met de details over de betekenis van het artikel. In sommige gevallen leg ik uit wat de rechters in het verleden de betekenis vonden van een bepaalde gedraging. In de wetboeken staat bij de artikelen een zogeheten Memorie van Toelichting, die onder andere beschrijft hoe een artikel zou moeten worden gelezen. Daarnaast leg ik elke gedraging zodanig uit dat duidelijk wordt wat allemaal onder het delict mensenhandel geschaard kan worden. Ik geef ook voorbeelden van waargebeurde situaties. Alle praktijkvoorbeelden zijn uiteindelijk door een rechter in Nederland getoetst en de verdachten zijn als dader veroordeeld.

Voor de juiste volgorde begin ik bij lid 1, sub 1 van artikel 273f.
Voor de duidelijkheid heb ik de woorden uit het artikel eerst onder elkaar gezet, zodat het beter leesbaar is. Het is na de complete uitleg aan u om eens terug te bladeren naar deze pagina. Dan zult u zien dat het al veel makkelijker te begrijpen is.

Artikel 273f lid 1 sub 1:
Degene die een ander door;
- dwang,
- geweld
- of een andere feitelijkheid
- of door dreiging met geweld of een andere feitelijkheid,

door
- afpersing,
- fraude,
- misleiding,
- dan wel door misbruik van uit feitelijke omstandigheden voortvloeiend overwicht,
- door misbruik van een kwetsbare positie

of
- door het geven of ontvangen van betalingen of voordelen om de instemming van een persoon te verkrijgen die zeggenschap over de ander heeft,

- werft,
- vervoert,
- overbrengt,
- huisvest
- of opneemt

met het oogmerk van
- uitbuiting van die ander

of
- de verwijdering van diens organen

Hierboven staan vijftien woorden dan wel zinnen die voorafgegaan worden door een bullet.
Al deze woorden kunnen in een juridische context een afzonderlijke betekenis hebben. In sommige gevallen kunnen ze nagenoeg dezelfde betekenis hebben.

Die vijftien punten worden gedragingen genoemd. Wat verder opmerkelijk is in lid 1 sub 1, is dat er nergens het woordje 'en' staat. Dat betekent dus dat als een verdachte een van deze gedragingen gebruikt, met het oogmerk een ander uit te buiten of diens organen te verwijderen, dit als voldoende bewijs kan dienen. Het is dus niet noodzakelijk dat je geweld, fraude en bijvoorbeeld werven moet bewijzen. Als iemand geweld gebruikt met het oogmerk iemand uit te buiten, dan is dat gebruikte geweld al voldoende. Daarom keert het woordje 'of' steeds terug.

Middelen en/of omstandigheden

De vijftien woorden en zinnen die staan voor: 'met het oogmerk van', worden verder in dit artikel 'middelen' en 'omstandigheden' genoemd.
Sub 4 spreekt over middelen en omstandigheden en sub 9 spreekt over middelen, waarbij men weer verwijst naar sub 1.
Onder middelen wordt verstaan: de woorden die genoemd worden in de eerste tien bullets. Dus van 'geweld' tot en met 'door het geven of ontvangen van betalingen of voordelen om de instemming van een persoon te verkrijgen die zeggenschap over de ander heeft'.
Onder omstandigheden wordt verstaan: werft, vervoert, overbrengt, huisvest of opneemt.

Dit waren wat algemene zaken over lid 1, sub 1. Is het nog begrijpelijk? Als het nu nog niet helemaal duidelijk is, dan zullen de voorbeelden vast helpen, en anders de bespreking van sub 4 of sub 9. Ik zal er meerdere keren nadrukkelijk op terugkomen.

Nu dan meer inhoudelijk. Want wat weet je als een rechter zegt dat hij het bewezen acht dat een verdachte geweld heeft gebruikt en met dat geweld iemand tot prostitutie heeft gebracht? Dan zal er wel iets aangewend moeten zijn, wat als geweld wordt gezien.

Als ik tijdens mijn lessen of op symposia vraag wat geweld is, blijkt het in eerste aanleg toch nog moeilijker dan gedacht om vast te stellen wat geweld daadwerkelijk is. Maar het blijkt ook dat onder geweld meer wordt verstaan dan alleen maar slaan of schoppen.

Daarom volgt hier per gedraging een uitgebreide uitleg, zodat je kunt lezen dat juridisch gezien geweld en alle andere gedragingen misschien zelfs wel een bredere betekenis hebben dan waar je als lezer in eerste instantie vanuit zou gaan.

Dwang
Onder dwang verstaan we dat een persoon macht uitoefent op iemand anders, waardoor die ander iets tegen zijn wil gaat doen. Iets wat hij normaal gesproken niet gedaan zou hebben. Dwang kan op een heel subtiele wijze worden uitgeoefend. Zeer kenmerkend is: wat voor de een dwang is, hoeft voor de ander geen dwang te zijn. Het ervaren van dwang is zeer persoonlijk.

Het is dus voldoende dat een dwangmiddel bij het betreffende slachtoffer vrees opwekt. Als een door mij toegepast dwangmiddel vrees opwekt bij mijn kinderen, wil dat nog niet zeggen dat dit ook bij andere kinderen werkt.

Wanneer iemand een dwangmiddel niet opmerkt of als zodanig ervaart, is er geen sprake van het gebruik van dwang. Ook de Hoge Raad heeft dwang mede als zodanig omschreven. Dat betekent in de praktijk dat wanneer je een mensenhandelzaak onderzoekt en je dwang wilt bewijzen, je een aangifte of verklaring van het slachtoffer nodig hebt. Zij is namelijk de enige die kan uitleggen of en hoe ze de dwang heeft ervaren. Zij is de enige die kan uitleggen wat haar zover gebracht heeft om iets tegen haar wil te doen. Je hebt niet per definitie een aangifte nodig bij mensenhandel, maar wel in het geval dat je mensenhandel met het middel dwang wilt bewijzen.

Dwang kan heel veel betekenen en is persoonsgebonden. Hulpverleners die met slachtoffers werken, dienen onbevooroordeeld te werk te gaan. Ook ouders van slachtoffers moeten daar sterk op letten. Want de dwangbeleving van een slachtoffer kan voor een toehoorder dermate belachelijk overkomen, dat daar een voor het slachtoffer pijnlijke reactie op kan komen. Ze wordt uitgelachen of mensen zeggen: 'Ik begrijp niet hoe je zo stom hebt kunnen zijn om daar in te trappen.' Ieder heeft zijn eigen grenzen.

Uit veel onderzoeken zijn de volgende zaken naar voren gekomen die ook onder de noemer dwang kunnen vallen. Dwang kent veel verschijningsvormen, constateert De Nationaal Rapporteur Mensenhandel in haar jaarlijkse rapportages over mensenhandel in Nederland. Zij en haar medewerkers analyseren onderzoeken en vermelden opmerkelijke ontwikkelingen binnen de mensenhandel aan de minister van Veiligheid en Justitie. De Nationaal Rapporteur Mensenhandel is onafhankelijk.

Voorbeelden van dwang

Inname van het paspoort
Dit is een veel voorkomende vorm van dwang, zowel tijdens een reis als tijdens de tewerkstelling. Verdachten zorgen er vaak voor dat slachtoffers niet vrij kunnen beschikken over hun paspoort als ze hier in Nederland verblijven. Dat lijkt voor een Nederlander misschien niet zo'n groot probleem, maar als je je paspoort kwijt bent, zijn er veel diensten die jou niet kunnen worden verleend. Als een Nederlander in Nederland zijn paspoort verliest, kan hij redelijk snel een nieuwe aanvragen. Maar hoe zit dat als dat gebeurt tijdens een verblijf in bijvoorbeeld Wit-Rusland? Voor veel buitenlanders die in Nederland al dan niet in een uitbuitingssituatie zitten, is het niet beschikken over een paspoort een groot probleem. Sommigen krijgen een groot probleem als ze terug willen naar hun eigen land en het paspoort kwijt zijn. Het innemen van een paspoort kan de bewegingsvrijheid aanzienlijk beperken en je tegen je wil ergens houden. Je kunt nergens meer naar toe. Als je als vreemdeling in Nederland aangetroffen wordt zonder geldig identiteitsdocument, wordt er een identiteitsonderzoek gestart. Dat kan leiden tot insluiting tot de identiteit bekend is. Mensenhandelaren dreigen daarmee.

Dreigen met fysiek geweld
Vaak is een individu dat bedreigd wordt met fysiek geweld al eens getuige geweest van fysiek geweld, uitgevoerd door degene, of namens degene, die nu met het geweld dreigt.
Ik heb zelf een zaak meegemaakt waarin de mensenhandelaar voor de ramen, waar 'zijn' vrouwen werkten, voorbijgangers in elkaar liet slaan door een knokploeg. De mensenhandelaar keek toe en wees de vrouwen erop

dat iedereen behalve hij in elkaar geslagen werd. Hij gaf aan dat deze knokploeg van hem was en dit allemaal deed in zijn opdracht. Als iemand onverhoopt tegensputterde, hoefde hij alleen maar een opmerking te maken over de knokploeg die ze aan het werk hadden gezien. Hiermee dwingt hij zijn 'werknemers' om tegen hun wil door te gaan. Dit kan overigens ook geschaard worden onder de middelen feitelijkheid en dreigen met geweld.

Chantage

Denk bijvoorbeeld aan de familie van het slachtoffer. Het ervaren van dwang kent verschillende gradaties. De een ervaart een schaamtegevoel zodra de ouders te weten zijn gekomen dat ze als prostituee heeft gewerkt. Maar in bepaalde culturen is prostitutie uit den boze. Het bezit van een foto van een vrouw, die gekleed in lingerie achter het raam of in een bordeel staat, kan voor een mensenhandelaar al voldoende zijn om maximale dwang uit te kunnen oefenen. Een bewering dat hij dit plaatje op het internet zal laten circuleren maakt dat sommigen geen uitweg zien. Helaas komt dit vaak voor. Ik heb zelf veel gesprekken gehad met jonge Marokkaanse vrouwen die aangaven dat dit de zwaarstwegende factor is geweest om zich niet te onttrekken aan hun mensenhandelaar. Dit komt echter ook voor bij Nederlandse jonge vrouwen die uit bepaalde streken van Nederland komen, waar op seks in het algemeen een taboe rust. Dit geeft duidelijk aan hoe subtiel dwang kan worden toegepast. Onderschat dat niet. Een slachtoffer heeft in een dergelijk geval niets aan opmerkingen als: 'Je kon toch weglopen, de deur was niet op slot.' De belemmering is dan ook niet de deur, maar de consequenties die deze vrouwen verwachten op het moment dat naar buiten komt dat ze als prostituee hebben gewerkt. Heel subtiel, maar het is wel een smerige vorm van dwang.

De dreiging om anderen iets aan te doen

Andere vrouwen met wie ik veel in contact ben gekomen, zijn vrouwen uit het voormalig Oostblok. Veel jonge vrouwen zijn moeder en hebben hun kind(eren) achtergelaten bij familie. Ongehoorzaamheid jegens de mensenhandelaar levert een bedreiging op. 'Als jij niet doet wat ik zeg, pakken we je familie'. In de praktijk heb ik daadwerkelijk meegemaakt dat familieleden iets overkwam. Ongeacht de relatie met je familie, je wilt niet dat hun iets aangedaan wordt. Dus bedreiging van familieleden of kennissen kan door de betrokkene zelf, door de indirecte dreiging van geweld, als dwang worden ervaren.

Hoewel dreigen met geweld en daadwerkelijk gebruik van geweld afzonderlijk worden genoemd in het artikel, wordt over het algemeen gesteld dat geweld en het dreigen ermee een vorm van dwang is.

Dwang door schuld

De meest gebruikte vorm bij Zuid-Amerikaanse, maar ook bij Aziatische slachtoffers, is de opbouw van een schuld, reëel dan wel fictief. Tevens zien we dit meer en meer gebeuren bij Nederlandse slachtoffers. Buitenlandse slachtoffers die geen geld hebben om naar Nederland te komen, krijgen van de handelaar een lening tegen een woekerrente. Zij moeten ook een borgstelling voor de reispapieren en het organiseren van de reis betalen. In mijn onderzoeken waren leningen van 50.000 tot 100.000 euro geen uitzondering. Het probleem behelst niet zozeer de lening, maar de rente die gevraagd wordt. Als je je afbetalingen niet meer kunt voldoen wordt er een boete geheven, en op die manier groeit de schuldenlast gestaag. Fictieve schulden ontstaan omdat de handelaar veelvuldig een willekeurige prijs noemt die voor het paspoort betaald moet worden, of voor zogenaamde extra kosten zoals het omkopen van een douanebeambte. Dat kan al snel in de duizenden euro's lopen. Zolang de schuld niet is afbetaald, wordt er ook niets verdiend waarmee het individu zichzelf en de familie kan onderhouden. Ik zeg familie, omdat uit onderzoek blijkt dat de reis die veel Aziaten hiernaartoe ondernemen, door de gehele familie is betaald. Die mogen niet teleurgesteld worden, want zij hebben jou naar het beloofde land laten gaan en daarvoor hebben ze al hun centen bij elkaar gelegd. De vicieuze cirkel is hiermee een feit.

Dit komt steeds meer in Nederland voor. Vrouwen gaan werken voor een gezamenlijke toekomst en steken zich in de schulden. Ze gaan leningen aan of kopen veel goederen op afbetaling. Daarna is er geen ontkomen meer aan; de handelaar of pooier meent het in de ogen van het slachtoffer goed met haar. Om dat te bewijzen mag ze alles op haar naam zetten, de gefinancierde auto, het gehuurde huis et cetera, want hij wil zelf niets van haar aannemen. Maar uiteindelijk zit je met de gebakken peren en een torenhoge schuld. Regelrechte dwang, met een heel vies randje en moeilijk te bewijzen. Veel slachtoffers verwijten zich dat ze deze malaise zelf hebben veroorzaakt. En wie vertelt graag dat hij een grote schuld heeft?

Controleren

Een van de meest simpele vormen van dwang is om de hele dag eenvoudigweg je slachtoffer in de gaten te houden. In een tippelzone hoef je alleen maar te kijken. Dat geldt ook in het geval van vrouwen die werkzaam zijn achter een raam. Je kunt ze zien staan en als het gordijn dicht is ga je ze gewoon achteraf controleren. Is de klant vijftien minuten binnen geweest, dan heeft ze meestal een condoom gebruikt en vijftig euro verdiend. Per kwartier gaan de verdiensten gemiddeld met vijftig euro omhoog. Dus controle is vrij simpel. Ook als de vrouwen werkzaam zijn in de escort. Ze worden gebracht en gehaald. Controle vindt plaats door de verstreken tijd te vergelijken met de inkomsten en als handelaar heb je zo de volledige controle. Na het werk worden ze naar hun onderkomen gebracht, waar ze worden opgesloten. Allemaal vormen van dwang, want het slachtoffer in kwestie kan geen kant op.

Voodoo

Ik ben me ervan bewust dat diverse religies of cultuurvormen gebruikt kunnen worden voor het uitoefenen van dwang. Omdat ik geen cultureel antropoloog of theoloog ben, schrijf ik hier alleen over voodoo zoals ik er in eigen onderzoeken mee geconfronteerd ben. Voor zover ik weet, wordt bij voodoo een ritueel gebruikt, waarbij een priester ervoor zorgt dat een vrouw die naar het buitenland vertrekt, kracht meekrijgt, die haar moet helpen bij het volbrengen van haar missie. Volbrengt ze die missie echter niet, dan zullen haar en haar familie kwalijke dingen overkomen. Voodoo behelst in beginsel iets positiefs. Tenzij dit door daders aangewend wordt om te dreigen: 'Als je zus of zo weigert, zal een vloek op jou en je familie neerdalen'. Zo kan voodoo dus tegen je gebruikt worden. Op het moment dat een dader zoiets doet, gebruikt hij dus een reguliere religie als dwangmiddel. Nogmaals, dwang is zoals het door het individu ervaren wordt. Als wij een film zien waarbij een naald in een pop gestoken wordt, dan lachen wij daar als Nederlanders wellicht om. Maar dit kan als dwangmiddel gebruikt worden tegen mensen die hier wel in geloven.

    Daarom is het zo belangrijk om onbevooroordeeld naar die mensen te luisteren die in voodoo geloven. Zij hebben het gebruik ervan wel als dwang ervaren. En daar ging het om. De Hoge Raad stelde: het is dus voldoende dat een dwangmiddel bij het desbetreffende slachtoffer vrees opwekt. Dat die dwang in het algemeen op anderen geen indruk zou maken, doet niet ter zake.

    Uiteraard worden omgevingsfactoren die voorafgaan aan deze vorm van dwang, meegenomen in de eis en uitspraak.

Wat de gedraging 'dwang' betreft wil ik afsluiten met de aanwijzing Mensenhandel. Deze aanwijzing wordt geschreven namens de procureurs-generaal. In die aanwijzing staan de maatregelen beschreven die de politie en het Openbaar Ministerie minimaal moeten toepassen in de aanpak en bestrijding van mensenhandel.

Bij de gedraging 'dwang' zegt de aanwijzing Mensenhandel expliciet dat de factoren die de dwangpositie in een concreet geval bepalen, meespelen in de eis.

Hetgeen betekent: hoe meer vormen van dwang er zijn gebruikt, des te hoger de straf zal zijn die de officier van justitie bij de rechter eist. Een officier van justitie eist een straf en die eis onderbouwt de officier. Concreet betekent dit dat een officier van justitie die twee strafzaken heeft, de ene over mensenhandel met zes vormen van dwang, en de andere over mensenhandel met twee vormen van dwang, in het eerste geval een hogere straf zal eisen dan in de tweede zaak.

Geweld

Onder geweld wordt in het strafrecht verstaan 'elke aanwending van lichaamskracht van niet te geringe betekenis, uitgeoefend op personen of zaken'. Artikel 81 van het Wetboek van Strafrecht vult deze definitie nog aan door te stellen: 'met het plegen van geweld wordt gelijkgesteld het brengen in staat van onmacht of bewusteloosheid'.

Als je de strafrechtleerboeken erop nakijkt, dan staat er dat die fysieke kracht zo hevig moet zijn, dat die voldoende is om goederen in gevaar te brengen of dat de weerstand van de tegenpartij wordt gebroken door het gebruikte geweld.

Slaan en schoppen

Je slaat op een tafel met de bedoeling die stuk te maken. Na de eerste klap breekt de tafel doormidden, het toegepaste geweld heeft resultaat gehad. Het geweldsgebruik heeft een uitwerking.

Je slaat een ander en doet hem daarmee pijn, het slaan heeft effect. Er is sprake van aanwending van geweld.

Slaan en schoppen staat in de wet omschreven als 'een lichaamskracht aanwenden van niet geringe betekenis' met het doel die ander pijn te doen of een goed te beschadigen.

In artikel 81 van het Wetboek van Strafrecht staat dat met geweld ook gelijkgesteld wordt het brengen in staat van onmacht of bewusteloosheid. Als je iemand bewusteloos slaat, dan gaat daar een fysieke kracht aan vooraf en dan spreken we per definitie over geweld. Maar bewusteloosheid kan ook op een andere manier worden bewerkstelligd. Bijvoorbeeld door iemand een bepaalde stof toe te dienen die bewusteloosheid veroorzaakt. Als het bewusteloos maken als doel heeft om vervolgens iemand te kunnen uitbuiten, is er sprake van gebruik van een vorm van geweld met het doel om die persoon daarna uit te kunnen buiten.

Van tijd tot tijd duiken berichten over de 'lovedrug' GHB op in de media. Van een te grote hoeveelheid kan men bewusteloos raken. Als iemand dat dus aan een drankje toevoegt, met het doel om daarna bijvoorbeeld iemand vrij te kunnen betasten, dan is dat een vorm van geweld.

Drogeren
De eerste zaak waarin ik het gebruik van GHB als geweld in mijn dossier heb opgevoerd, betrof een man die bewust voldoende GHB aan de cola van een vrouw had toegevoegd, om haar het bewustzijn te doen verliezen. Zij werd in bewusteloze toestand ontkleed, waarna twee mannen seksuele handelingen met haar uitvoerden. De man die haar GHB had toegediend, legde dit met een videocamera vast. Deze videobeelden gebruikte hij vervolgens om haar te chanteren om als prostituee te gaan werken. Zou zij dit niet doen, dan zou hij het filmmateriaal op internet plaatsen.

Hier is dus sprake van meerdere strafbare gedragingen, zoals het toepassen van geweld. De strafbare feiten die aansluitend door de dader zijn gepleegd, zijn mogelijk gemaakt door het geweld dat daaraan vooraf is gegaan. Namelijk door het toedienen van GHB, waarbij de vrouw bewusteloos werd. En dat laatste wordt door de wet gelijkgesteld met gebruik van geweld.

In een staat van onmacht brengen
Een andere vorm van geweld kan ook nog zijn 'het brengen in staat van onmacht'.

Daarmee wordt bedoeld het iemand in een toestand van fysieke weerloosheid brengen. De oorzaak van die fysieke weerloosheid is dan te vinden in het lichamelijke onvermogen van de desbetreffende persoon. Onmacht is een toestand van binnenuit en de persoon die onmachtig is, of is geworden, heeft bij onmacht zijn spieren of ledematen niet meer onder controle.

Ook dit kan gebeuren door toediening van bijvoorbeeld GHB, maar dan in mindere mate, zodat de betrokkene bij bewustzijn blijft. Het heeft dan wel zijn uitwerking op spieren en ledematen. Maar je zou hier ook kunnen denken aan het toedienen van andere drugs of een grote hoeveelheid alcohol of medicijnen die iemand onmachtig maakt.

Ik denk dat je dit zelfs zou kunnen bereiken door mensen bijvoorbeeld vast te binden, waardoor ze nergens meer naartoe kunnen. Ook dit is mensen in een positie van onmacht brengen.

Als je dit doet met het doel om mensen daarna uit te buiten heb je voorafgaande aan je te bereiken doel, geweld gebruikt.

Drogeren resulteert vaak in het maken van filmbeelden en/of foto's, die daarna als chantagemiddel worden gebruikt. Dus er gaat geweld aan vooraf.

De Hoge Raad heeft hier ook nog eens in een uitspraak aan toegevoegd dat 'iemand onder bedwelmende toestand iets laten doen of aandoen' wordt beschouwd als geweld.

Bij een inbraak dreef de dief de andere aanwezigen naar een ruimte waar veel koolmonoxide vrijkwam, een potentieel levensbedreigende stof. De dief wist dat, maar sloot de mensen niettemin in die ruimte op, zodat hij op zijn gemak zijn gang kon gaan. Hij bracht dus die mensen van tevoren in hulpeloze toestand waarbij die mensen aan potentieel levensgevaarlijke omstandigheden werden blootgesteld. Volgens de Hoge Raad is dit ook geweld.

<u>Psychisch geweld</u>
Dan blijft er nog één vorm van geweld over: psychisch geweld. Een vorm die moeilijk te omschrijven is. Want hoe ervaar je psychisch geweld? Is structureel schelden geweld? Wanneer is dit structureel schelden geweld? Bepaalde uitspraken door verdachten zullen derhalve sneller onder 'dreigen met geweld' vallen. Dat is dan ook een gedraging die nog afzonderlijk is opgenomen in artikel 273f.

Ook hier heeft de Hoge Raad in het verleden iets over gezegd. De Hoge Raad stelde dat van dreigen met geweld ook sprake kan zijn indien een dader een dermate dreigende situatie heeft gecreëerd, waardoor de vrees van het slachtoffer (voor geweld) gerechtvaardigd is.

Arie is een mensenhandelaar. Op een dag heeft Petra volgens hem te weinig geld verdiend. Hij sluit de kamerdeur, slaat haar volledig in elkaar en roept daarbij: 'Ik vermoord je, ik vermoord je!' Van dit alles is Linda getuige. Zij wist al dat Arie een kort lontje had, maar dit wordt nog maar eens bevestigd. De week erna is Linda ziek en vraagt of ze het werk even mag overslaan, waarop Arie zegt: 'Je gaat gewoon werken. Je weet wat er gebeurt als je geen geld verdient. Vraag maar aan Petra.'

Op dat moment, wanneer Linda terugdenkt aan de vorige week, zou de uitspraak als geweld kunnen worden aangemerkt. Of zeker als dreigen met geweld. In sommige gevallen valt dit onder een 'feitelijkheid', maar daarover later meer, onder de uitwerking van feitelijkheid.

Feitelijkheid
Geweld is een tastbaar begrip, bij feitelijkheid ligt dat anders. Een feitelijkheid komt dicht in de buurt van de gedraging dwang, in sommige gevallen bij bedreiging met geweld en in een aantal gevallen bij misbruik van uit feitelijke omstandigheden voortvloeiend overwicht.

Een feitelijkheid is persoonsgebonden. Een feitelijkheid is hoe een slachtoffer handelingen van een dader of diens gedrag naar haar ervaart, waardoor ze iets voor hem doet wat ze onder normale omstandigheden niet zou doen. Daarom zal een slachtoffer als er sprake is van een feitelijkheid, minimaal een verklaring af moeten leggen, omdat zij het zo heeft ervaren.

Van een andere feitelijkheid dan geweld kun je zeggen: als een handeling niet als geweld of als dreiging met geweld kan worden aangemerkt, maar wel net zo bedreigend is als geweld, of zo wordt ervaren, dan kan bekeken worden of er sprake is van een andere feitelijkheid of bedreiging met een feitelijkheid. Er is over het algemeen sprake van een bepaalde mate van psychische druk.
De dwang in de feitelijkheid ontstaat door:
- psychische interne druk,
- vanuit referentiekader van het slachtoffer,
- veelal door ervaringen vanuit het verleden.

Een hoop woorden om feitelijkheid te beschrijven, maar begrijpen we het dan ook? Ik schreef niet voor niets dat een feitelijkheid niet tastbaar is, maar dat het iets is wat een individu ervaart. In de rechtspraak zijn er best wel veel voorbeelden geweest van een feitelijkheid. Daarbij is men steeds uitgegaan van het individu, dat het overkomen is. Wat voor de één een feitelijkheid is, is het voor de ander absoluut niet. Daarin schuilt dan ook het gevaar, op het moment dat je met een slachtoffer in gesprek gaat. De gespreksvoerder kan de dwang nog zo onbenullig vinden, het gaat erom hoe het slachtoffer het ervaren heeft. Die zal dus ook de uitleg moeten geven.

Heel veel van de voorbeelden die bij dwang genoemd staan zouden kunnen vallen onder een feitelijkheid. Net als bij dwang gaat het om een persoonlijke beleving. Daarmee hebben we meteen de twee gedragingen genoemd waarbij je niet zonder verklaring of aangifte kunt. Want het slachtoffer zal haar beleving moeten vertellen, waaruit blijkt dat zij het als dwangmatig heeft ervaren. Ook hier geldt, net als bij dwang, dat het van belang is hoe het slachtoffer het ervaren heeft, ongeacht of dat wat de toehoorder betreft geen dwang of feitelijkheid zou inhouden.

Psychische druk
De Hoge Raad heeft een aantal uitspraken gedaan over feitelijkheden.
Een daarvan had betrekking op de psychische druk, uitgeoefend door een huisarts die in zijn spreekkamer een patiënte op dwingende toon gebiedt gebukt te gaan staan. Daarna dringt hij tegen de wil van de patiënte in haar vagina binnen. Op het moment dat men geen weerstand kan bieden tegen die arts, zou dit als een feitelijkheid kunnen worden gezien.

Voorts zegt de Hoge Raad dat bij het afsluiten van een ruimte sprake zou kunnen zijn van een feitelijkheid. Als je dat afzet tegen de criteria van feitelijkheid, is het verleden van een slachtoffer vrij bepalend. Bijvoorbeeld: je bent opgegroeid in een familie, waar ongehoorzaamheid werd bestraft met opsluiting op je kamer. Als je als kind weet dat je wordt opgesloten als je de regels overtreedt, kan dit je in de toekomst aardig parten gaan spelen. Dus de ervaringen uit het verleden zorgen voor die psychische druk. Dus een dreiging met opsluiting kan je dan echt gek van angst maken. Om dat te voorkomen zul je exact doen wat de ander van je vraagt.

Afhankelijk maken
Buitenlandse prostituees, die illegaal in Nederland zijn, kunnen zonder paspoorten nergens heen. De handelaar die hun paspoorten heeft afgenomen, doet de boodschappen en regelt verder alles. Als hij wegvalt, hebben de prostituees het gevoel dat ze geen kant meer uit kunnen. Mede omdat ze niet bekend zijn met hun omgeving, komen ze in een afhankelijkheidsrelatie. Dat kan zowel vallen onder 'een feitelijkheid' als onder 'misbruik van uit feitelijke verhouding voortvloeiend overwicht'.

Erik staat doorgaans bekend als een rustige jongen. Wanneer hem de toegang tot een discotheek wordt ontzegd, slaat hij de portier in elkaar. Na de mishandeling staat de portier niet meer op. De jongen excuseert zich ten overstaande van zijn vrienden voor zijn gedrag, maar als iemand Erik tegenspreekt, zet hij grote ogen op en is zichzelf niet meer. Hij reageert dan woedend. Op een dag vraagt Erik aan Ellen, die eerder getuige was van de mishandeling van de portier, of zij een pakketje voor hem wil wegbrengen. Eigenlijk wil ze dat niet doen. Ze ziet direct Eriks oogopslag veranderen. Ze weet wat dit kan betekenen en snel stemt ze toe het pakketje af te leveren. Ervan uitgaand dat wanneer ze dit niet zou doen, hij kwaad zou kunnen worden. Dus door de ervaringen uit het verleden, bedenkt ze zich geen tweede keer en doet ze wat hij vraagt. Ook dit valt onder een feitelijkheid, ongeacht of Erik Ellen ooit eerder persoonlijk iets heeft aangedaan. Ellen zal wel moeten verduidelijken, waarom zij die oogopslag zo ervaren heeft, waardoor ze het pakketje weg ging brengen.

Dit laatste voorbeeld komt heel vaak terug bij slachtoffers van mensenhandel die in de prostitutie werken. Tijdens de voorlichtingssessies door voormalige slachtoffers van mensenhandel, vragen politiemensen hen vaak waarom ze niet zijn gevlucht, terwijl ze aan het werk waren. Dat is zeer afhankelijk van wat er vooraf is gebeurd. Veel slachtoffers kennen gevluchte lotgenoten die door hun mensenhandelaar zijn gevonden en bijvoorbeeld zijn mishandeld. Zij durven niet te vluchten, ook al zijn zij zelf niet eerder mishandeld.

In een vrij recente zaak werd ten overstaan van diverse andere vrouwen een volgens de mensenhandelaar ongehoorzame prostituee ernstig mishandeld. In diezelfde zaak werden ook ten overstaande van diverse vrouwen andere pooiers op straat ernstig mishandeld. Dus de vrouwen wisten waartoe hun handelaar in staat was, zonder dat hij die vrouwen zelf ooit een haar gekrenkt had. Dat kan allemaal onder feitelijkheden vallen.

In al deze gevallen is het niet zo dat de dader ze daarna nog hoeft aan te spreken met de woorden: 'Als je niet werkt dan doe ik bij jou hetzelfde als bij....'. De angst zit er meestal al goed in zonder dat de eventuele consequenties benoemd hoeven te worden. Dan kom je namelijk meer in de bedreigingsfeer.

Net zo goed als de veranderde oogopslag van Erik, is zoiets al voldoende om Ellen iets te laten doen wat ze liever niet doet.

Dreiging met geweld of een andere feitelijkheid
Als je weet wat geweld is en wat een feitelijkheid is, dan kun je je als het goed is enigszins voorstellen wat dreigen met geweld of een feitelijkheid zou kunnen betekenen. Rest de vraag: kan een slachtoffer deze dreiging serieus nemen? Waarom neemt ze die dreiging serieus? Als iemand zegt: 'Ik

sla je in elkaar', is dat dan voldoende, of gaat het hier dan met name ook om de ervaring van degene die zich bedreigd voelt? Kan die aangeven waarom die zich bedreigd voelt? Net als bij dwang is het hier zo dat een bedreiging met geweld of feitelijkheid op een bepaalde persoon een vrees opwekt dat geweld wordt toegepast, of de vrees dat een feitelijkheid wordt toegepast.

De indruk die dit op anderen maakt, is niet relevant. Het gaat om de ervaring van het slachtoffer. Die zal dit dan ook moeten uitleggen.

Daar komt bij dat een bedreiging met geweld niet door de dader zelf hoeft te worden uitgevoerd. Hij kan ook iemand namens hem langs sturen.

<u>Dreigen met geweld</u>
Eefje is in het verleden door haar mensenhandelaar Ferdinand al in elkaar geslagen. Bij het niet opvolgen van zijn instructies geeft Ferdinand aan dat hij Eefje zal slaan. Vaak is daar een vorm van geweld aan vooraf gegaan.

Is Eefje getuige of zelf slachtoffer van meerdere mishandelingen geweest en Ferdinand dreigt simpelweg om haar te mishandelen, dan is er sprake van dreigen met geweld.

Is er van een directe vorm van geweld naar een slachtoffer geen sprake, maar ze weet wel dat een handelaar een ander meisje flink te grazen heeft genomen, dan zou een opmerking als: 'Je weet toch wel wat dat andere meisje is overkomen?' al onder een definitie van dreiging met feitelijkheid kunnen vallen.

Of, in aanvulling op een eerder voorbeeld onder feitelijkheid. 'Als je dat niet doet, doe ik de deur op slot.'

Veel voorkomende dreigingen zijn gericht tegen de familie in het thuisland. Het komt ook veelvuldig voor dat wanneer er contact is met familie in het buitenland, prostituees te horen krijgen dat er een vreemde aan de deur is geweest, met de vraag of alles goed was met hun dochter. Verder wordt er niets gezegd. De handelaar in Nederland vraagt dan en passant aan de werkzame vrouw: 'Heeft je familie nog bezoek gehad?' Een ergerlijke, veel gebruikte vorm van indirecte bedreiging.

Nogmaals: het gaat om de vrees die opgewekt wordt bij dat individuele slachtoffer.

Gelukkig is dit voor velen van ons een onbekend fenomeen, maar het wordt vaak toegepast. Dus ook hier, in gesprekken met slachtoffers. Wuif dit niet weg en doe dit niet af als: 'Het zal wel meevallen.'

Afpersing

Afpersing is één van die middelen die toegevoegd is aan het artikel mensenhandel. Dat woordje kwam voor 2005 in het artikel mensenhandel niet voor. Dat kan dus betekenen dat er nog geen rechter is, die een uitspraak heeft gedaan over afpersing met als doel iemand uit te kunnen buiten.

Als je echter een Nederlands woordenboek openslaat, zie je dat onder afpersing wordt verstaan: 'Het onwettig afdwingen van iemands geld of goed'.

Een synoniem van afpersing is chantage.

Dus als een dader belastende informatie heeft over een ander, dan is de chantage al snel een feit.

Afpersing dan wel chantage zal dus ook snel vallen onder misbruik maken van een uit feitelijke omstandigheden voortvloeiend overwicht.

In Amsterdam is op de wallen enige tijd een voormalige peeskamer, een raam, opengesteld geweest voor publiek. Toeristen konden daar een kijkje nemen. Een Marokkaanse jongeman genaamd Zaine, nam zijn Marokkaanse vriendin Nadra mee voor een bezichtiging. Tijdens de bezichtiging nam Zaine vanaf de straat een foto van zijn Nadra die op dat moment achter het opengestelde raam stond. De randen van het raam waren mooi rood en ultraviolet verlicht. Zaine had er echter een bedoeling mee. Hij chanteerde Nadra dat hij de foto's naar haar ouders zou sturen als ze niet voor hem zou gaan werken. Nadra, een jonge vrouw afkomstig uit een zeer traditioneel gezin, zag geen andere uitweg en is uiteindelijk als prostituee gaan werken voor Zaine.

Deze methode wordt zeer veel toegepast. Ook bij vrouwen die in eerste aanleg zelf vrijwillig in de prostitutie gaan werken en op de foto worden gezet, terwijl ze voor een raam staan om klanten te werven. Deze foto is dan de toegang tot chantage, want veel werkende vrouwen hebben hun familie nooit verteld dat ze dit werk doen.

Directe en indirecte vormen van chantage dan wel afpersing komen heel veel voor. Het kan al snel gebeuren zolang de gêne over werken in de prostitutie blijft. Ervoor uitkomen dat je uitgebuit wordt of dat je in een val gelokt bent, betekent in veel culturen gezichtsverlies. Veel slachtoffers nemen liever de slechte omstandigheden op de koop toe, dan dat hun familie van alle details op de hoogte wordt gebracht.

Ook op deze manier worden in andere vormen van uitbuiting mensen bewust afgeperst en gechanteerd. Zeker als je hele familie geld bij elkaar heeft gelegd om je in het rijke westen te laten werken, en je slaagt daarin vanwege een mensenhandelaar, dan speelt voor de uitgebuite persoon de familie-eer mee. Je hebt gefaald, dus hoe kun je de familie dan nog onder ogen komen?

Fraude

Fraude volgens de Dikke Van Dale: 'Bedrog bestaande uit vervalsing van administratie of ontduiking van voorschriften'. Ook fraude is een nieuw toegevoegd middel aan het meest recente artikel mensenhandel. Hoe kun je nou frauderen met de bedoeling iemand in een uitbuitingssituatie te brengen?

De Bulgaar Romulus werkte bij een loonwerker in Nederland. De Bulgaar mocht niet in Nederland werken en hem werd ook geen werkvergunning verleend. Romulus mocht alleen als toerist naar Nederland komen.

Als toerist naar Nederland komen kent ook zijn voorwaarden. Zo moet duidelijk zijn dat een toerist zijn verblijf en terugreis kan betalen. Helemaal als een toerist zegt voor drie maanden naar Nederland te komen. Wil de toerist langer in Nederland verblijven, dan heeft hij iemand nodig die garant voor hem wil staan.

De persoon die garant staat, vult daarvoor een garantstellingsverklaring in. Zo ook in dit geval. De loonwerker vulde een verklaring in dat hij garant zou staan. Dat betekende dat hij, indien Romulus die zelf niet kon betalen, zou opdraaien voor zijn eventuele reis- en verblijfkosten. Eenmaal in Nederland echter, ging Romulus werken voor de loonwerker. Achteraf uitgerekend kwam het erop neer dat Romulus zestien uur per dag gewerkt had en daarvoor vijftig eurocent per uur had ontvangen. Verder verbleef Romulus in een caravan, zonder electriciteit en stromend water. Toen Romulus zich ging beklagen bij de loonwerker over zijn arbeidsomstandigheden en loon, dreigde de loonwerker contact op te nemen met de politie.

Hij vertelde Romulus dat hij strafbaar was omdat hij als buitenlandse toerist was gaan werken en dat hij als gevolg daarvan illegaal in Nederland verbleef. Wat trouwens volgens de regelgeving ook klopte. Hij boezemde daar Romulus angst mee in, omdat die niet bekend was met zijn rechtspositie.

Hier zie je dat de loonwerker andere middelen gaat gebruiken om Romulus angst in te boezemen. Echter daaraan voorafgegaan is het bewust ontduiken van de voorschriften door de loonwerker en vervalsing van administratie, teneinde Romulus in een positie van uitbuiting te brengen en met nieuwe middelen daarin te houden.

Fraude heeft dus alles te maken met het bewust omzeilen van voorschriften of vervalsen van documenten, wetende dat je een persoon daarna in een situatie van uitbuiting wilt brengen. Althans voor wat betreft het artikel mensenhandel.

Voor 2005 kon je zoiets niet aanpakken met mensenhandel. Maar weinigen wisten toen dat je wel een strafzaak kon beginnen op grond van mensensmokkel. Daar stond namelijk in dat wanneer je iemand gelegenheid, middelen of inlichtingen bood, terwijl je wist dat de persoon aan wie je dit bood wederrechtelijk in Nederland verbleef, je je schuldig maakte aan smokkel. In de mensenhandel moet het doel van de fraudeur zijn om de persoon die hij met fraude hiernaartoe haalt, uit te gaan buiten.

Misleiding

Het middel misleiding staat al sinds 1911 in het artikel mensenhandel, toen nog vrouwenhandel genoemd. In bijna elke vorm van uitbuiting komt misleiding voor.

In makkelijke taal: je spiegelt iemand iets anders voor dan de werkelijkheid.

Een verdachte dan wel dader wil zijn eigen bedoeling maskeren ten opzichte van de persoon die hij misleidt.

Een handelaar gaat naar het buitenland en werft vrouwen met de boodschap dat hij werk voor ze heeft in de horeca. Uiteindelijk belanden de vrouwen in Nederland in de prostitutie.

Er zijn echter tegenwoordig ook veel vrouwen aan wie eerlijk verteld wordt dat ze in de prostitutie kunnen werken. De handelaar spiegelt ze dan perfecte werkomstandigheden voor, goede verdiensten en de vrije keuzen die ze hebben met betrekking tot klanten en de te verrichten seksuele handelingen.

Eenmaal hier blijkt al snel dat de werkomstandigheden en verdiensten slecht zijn en dat de keuzevrijheid van de uit te voeren seksuele handelingen niet zo groot is zoals vooraf is verteld.

Dan heb je nog de categorie prostituees die afkomstig zijn uit een ander land en die op basis daarvan nooit en te nimmer onder de huidige regelgeving hier zouden mogen werken. De handelaar geeft aan dat hij alles zal regelen, maar het enige dat hij regelt is de smokkel van de vrouw naar Nederland. Of ze wel of niet weten dat ze in de prostitutie gaan werken; ze zijn na aankomst illegaal en verkeren daardoor per direct in een afhankelijkheidsrelatie.

Zo gaat het natuurlijk ook in uitbuitingssituaties in andere arbeids- en dienstensectoren. Iemand wordt gouden bergen beloofd, eenmaal hier blijkt het zeer slecht geregeld te zijn. Met name de laatste jaren zijn er wat zaken geweest in andere arbeids- en dienstensectoren, waarbij mensen goede arbeids- en verblijfsomstandigheden werden beloofd, die uiteindelijk erbarmelijk bleken. Men kon die mensen hier houden door hun geld en paspoort achter te houden. Dus ook na de misleiding en na aankomst in Nederland worden vaak nog andere middelen ingezet om mensen in een uitbuitingssituatie te houden.

De Hoge Raad heeft in een strafzaak die ik zelf onderzocht heb, het schrijven van liefdesbrieven aan buitenlandse vrouwen aangemerkt als het begin van de uitvoeringshandeling misleiding. De dader deed net of hij verliefd op hen was, maar hij wilde slechts de vrouwen naar Nederland krijgen om ze uiteindelijk in de prostitutie te laten werken. De man is veroordeeld voor een poging tot mensenhandel. Hij probeerde iemand in de prostitutie te brengen, maar dit werd verijdeld door de politie. Daardoor bleef het toen bij een poging.

<u>Misbruik van uit feitelijke omstandigheden voortvloeiend overwicht</u>
In de vroegere artikelen mensen- en vrouwenhandel stond 'misbruik van uit feitelijke omstandigheden voortvloeiend overwicht' genoemd als 'misbruik van uit feitelijke verhoudingen voortvloeiend overwicht'. Je moest toen in je bewijs aantonen dat er omstandigheden waren waarbij onevenwichtige verhoudingen konden ontstaan. En dat de dader nou juist die onevenwichtige verhoudingen wilde gebruiken om iemand in de prostitutie of in andere vormen van uitbuiting te brengen. Er ontstond dan een soort van machtsverhouding, die daadwerkelijk een negatieve machtsverhouding werd, als die voor kwalijke doeleinden werd gebruikt.

Als ik les of voorlichting geef, vraag ik mijn toehoorders om voorbeelden te noemen. Vaak worden dan relaties genoemd tussen de meerdere en de mindere, zoals vader en kind, leraar en leerling of arts en patiënt. Op het moment dat in een van die relaties gebruikgemaakt wordt van het overwicht om iemand aan te zetten tot prostitutie, arbeid of diensten, met de bedoeling om die mensen uit te buiten, of de organen te verwijderen, dan is het gebruikmaken van die relatie strafbaar.

Dit kwam en komt ook voor bij veel andere zedenzaken. Daar waar slachtoffers geen weerstand kunnen bieden aan seksueel contact, vanwege de ongelijke verhouding met de ander.

De Hoge Raad heeft bepaald dat aan dit middel, misbruik van uit feitelijke verhoudingen voortvloeiend overwicht is voldaan als een prostituee in een situatie verkeert of komt te verkeren die niet gelijk is aan de omstandigheden waarin een mondige prostituee in Nederland pleegt te verkeren, zoals dat makkelijk denkbaar is ten aanzien van personen die niet legaal in Nederland verblijven, verslaafden en minderjarigen.

Volgens het Nederlandse prostitutiebeleid is prostitutie een zelfstandig beroep, de prostituee mag haar onder goede werkomstandigheden zelfverdiende geld houden. Dat geldt ook voor de buitenlandse prostituees. Wijkt dit bij buitenlandse prostituees af, omdat zij het geld moeten afstaan, dan zou dit kunnen vallen onder het middel misbruik van uit feitelijke omstandigheden voortvloeiend overwicht.

In een uitspraak van het Hof in Leeuwarden werden zeer uiteenlopende gedragingen zoals het naar Nederland brengen, woonruimte regelen, valse paspoorten verstrekken, als prostituee laten werken en verdiensten laten afdragen, allemaal onder misbruik van uit feitelijke verhoudingen voortvloeiend overwicht geschaard.

Dit zijn allemaal zaken waardoor een ander in een afhankelijke situatie kan worden gebracht, en diens keuzevrijheid wordt beperkt. Hierdoor kan er een situatie ontstaan van misbruik van uit feitelijke omstandigheden voortvloeiend overwicht. Vaak worden slachtoffers vanaf het moment dat ze in Nederland aankomen in een positie van afhankelijkheid gemanoeuvreerd. Allereerst worden hen de kosten van de voor hen geregelde reis- en verblijfsdocumenten in rekening gebracht, alsmede de reiskosten zelf. In Nederland aangekomen staan de slachtoffers onder constante controle en moeten zij hun inkomsten (grotendeels) afdragen. Zij verblijven hier illegaal en zij worden bedreigd. Veel mensenhandelaren werken met een boeteclausule: zij dwingen de slachtoffers een contract te tekenen waarin is opgenomen dat zij een boete moeten betalen bij het beëindigen van hun prostitutiewerkzaamheden.

Hier nog een laatste voorbeeld van de Hoge Raad:

De omstandigheid dat vrouwen niet legaal in Nederland verblijven kan als een omstandigheid worden aangemerkt die wijst op uitbuiting van afhankelijkheid, en dus misbruik van uit feitelijke verhoudingen voortvloeiend overwicht met zich meebrengt.

De Hoge Raad stelt hier dat wanneer iemand illegaal in Nederland is, je van de omstandigheid waarin die persoon verkeert misbruik kunt maken. Ze is bang voor de politie, mede door ervaringen in eigen land. Ze is bang opgepakt en uitgezet te worden en voor haar illegale verblijf gestraft te worden. Dat wordt haar ook steeds ingeprent. Dus iemand die illegaal is, is een dankbare prooi om op wat voor manier dan ook uit te buiten.

Nu nog wat voorbeelden uit mijn eigen praktijkervaring:

Linda is zestien jaar en zit in het laatste jaar van het VMBO. Tijdens haar tentamenweek vraagt ze op een woensdagavond aan haar ouders of ze die avond naar Liza mag, want zij houdt een klein feestje vanwege haar verjaardag. Ze vraagt toestemming aan haar ouders om twaalf uur 's avonds thuis te komen. Haar vader is het daar niet mee eens. Ze is pas zestien, heeft tentamens en heeft juist rust nodig. Linda moet laten zien dat ze zich afdoende voorbereid heeft voor het tentamen van de dag erop, bovendien moet ze uiterlijk om elf uur thuis zijn. Linda geeft aan dat haar tentamen morgen pas om half elf is, maar haar vader is niet te vermurwen. Dan vraagt ze aan haar vader of ze die avond wel een cocktail mag drinken of een breezer. De vader valt van verbazing van zijn stoel. Zijn dochter die vraagt of ze alcohol mag drinken en dan ook nog op een doordeweekse dag. Linda is zeer verbolgen en het komt tot een heftige woordenwisseling. De vader zegt: 'Als het zo moet kun je ook gewoon thuis blijven. Het gaat volgens mijn regels en anders niet.' Linda verlaat kwaad het huis en knalt de achterdeur met een harde klap dicht. Ze gaat te voet op weg naar Liza. Een wandeling van zo'n twintig minuten, voldoende om afgekoeld aan te komen. Ze baalt ervan dat juist zij weer op tijd naar huis moet. Wat een ouderwetse eikel, die vader van haar.

Twee straten verderop ontmoet ze de twintigjarige Peter. Hij staat naast een snelle auto met open dak. Peter ziet aan Linda dat ze boos is en vraagt aan haar wat er scheelt. Hoewel ze hem niet kent, vertelt ze hem wat haar overkomen is. Dat ze echt niets mag van haar ouderwetse ouders en dat ze daarom ook bang is dat haar vriendinnen en vrienden haar uit zullen gaan sluiten, want die mogen echt meer dan zij. Peter geeft aan dat Linda's ouders het best wel goed bedoelen. Hij biedt Linda aan om haar naar Liza te brengen en haar ook weer op te halen om haar thuis te brengen. Dan heeft ze meer tijd en kan ze ook nog zeggen dat ze met een auto wordt opgehaald. Linda stemt toe, want Peter ziet er leuk uit en hij heeft een relaxte auto. Kan ze net doen of hij haar vriendje is en hoeft ze niet uit te leggen dat ze eerder thuis moet zijn, maar dat ze nog even met Peter weggaat. Dat zullen haar vriendinnen ook chill vinden en wel begrijpen. Peter zet haar af bij Liza en belooft haar om tien voor elf weer op te halen. Als ze toch wat drinkt zal hij voor extra sterke kauwgom zorgen, maar dan moet ze hem wel beloven dat ze maar een of twee drankjes drinkt. Anders merken haar ouders het. Goh zeg, die Peter denkt ook nog mee, en dat zonder haar ouders af te vallen. Want hij gaf aan dat haar ouders het echt wel goed bedoelen. Ze is tenslotte een mooi meisje en haar ouders willen het beste voor haar.

Linda neemt op het feestje twee cocktails. Om kwart voor elf staat Peter voor de deur. Zonder gezichtsverlies kan Linda weg en de vriendinnen zijn allemaal geïnteresseerd in Peter en zijn relaxte auto. Hun Linda met een leuke jongen van twintig en eigen auto. Net om de hoek begint de auto te haperen, slaat af en wil niet meer starten. Voordat Linda het in de gaten heeft is het al half twaalf en de auto doet het nog steeds niet. Peter sleutelt wat aan de motor die weer start. Maar hij zet Linda pas om twaalf uur thuis af.

Linda is een uur te laat thuis en haar ouders zijn nog op. Ze hadden Liza al gebeld en maakten zich ernstige zorgen. Er volgt een heftige woordenwisseling en Linda mag de eerste twee weken niet meer de deur uit, behalve dan naar school. Linda heeft op haar leeftijd en levensfase het gevoel dat haar wereld instort. Hoe moet dat nou de komende twee weken? De volgende dag op weg naar school, staat Peter er weer. Linda moet de fiets maar vastzetten, dan zal hij haar naar school brengen. Linda doet verslag van de avond ervoor en Peter zegt dat hij haar de komende twee weken wel naar school brengt en weer ophaalt. Dan zijn de twee weken straf ook snel voorbij en het is ook een beetje zijn schuld. Hij zegt tegen haar dat haar ouders het gewoon goed bedoelen en dat ze alles maar even over zich heen moet laten komen.

In deze casus kan het twee kanten uit. Of Peter is gewoon een goeie vent die het beste wil voor Linda. Van de andere kant bekeken kent hij haar situatie. Beetje puberen en je een beetje afzetten tegen de ouders. Als Peter nu misbruik van deze situatie zou maken, dus misbruik van de feitelijke omstandigheden, om haar afhankelijk te maken van hem met als doel haar daarna in de prostitutie te brengen, dan is het een mensenhandelaar. Dit is de veelbesproken loverboy-methodiek. Mensen van wie je weet dat ze beïnvloedbaar zijn, door de omstandigheden waar ze in verkeren, om ze uiteindelijk aan het werk te zetten als prostituee. Zo subtiel kan dat gebeuren. Ongeacht of de ouders het goed bedoelen en goed doen. Als het een handelaar lukt een meisje verliefd, en dus afhankelijk te maken, kunnen ze het meisje veel laten doen. Ongeacht haar opleidingsniveau of het milieu waar ze uit komt.

Een ander veelvoorkomend voorbeeld is de mensenhandelaar die opereert in een land, waar het economisch heel slecht gaat en waar veel armoede heerst.

Hans reist naar Moldavië. Het is hem bekend dat het gemiddelde inkomen van een gezin met twee kinderen slechts tweehonderd euro per maand bedraagt. In Moldavië spreekt hij in een plaatselijk café meerdere jonge vrouwen aan over werken in Nederland. Hij houdt ze voor dat hij werk voor ze kan regelen in de prostitutie en belooft gouden bergen. Echter, eenmaal in Nederland krijgen ze slechts een klein percentage van wat ze daadwerkelijk verdienen. Hans zorgt er wel voor dat ze zeshonderd euro overhouden, drie keer zoveel als in Moldavië. Hierdoor durven de vrouwen niet te klagen. Echter, in werkelijkheid halen ze zo'n drieduizend euro per maand op.

Hier is dus sprake van klinkklare mensenhandel. Hans heeft misbruik gemaakt van de feitelijke omstandigheden van dat moment in Moldavië. Door die omstandigheden stemden de vrouwen in met werken in de prostitutie in Nederland en zo kon Hans veel geld verdienen. Dit komt veel voor, omdat er nog veel landen zijn waar armoede heerst. Veel van hen verblijven daarna illegaal in Nederland, waardoor misbruik van de feitelijke omstandigheden in stand blijft.

In verband met dit middel, misbruik van uit feitelijke omstandigheden voortvloeiend overwicht, kan het van belang zijn de omstandigheden in het thuisland van het slachtoffer in het onderzoek te betrekken. Soms kunnen die omstandigheden als 'pushfactor' worden aangemerkt, bijvoorbeeld als in het thuisland sprake is van een lage levensstandaard en/of slechte sociale voorzieningen. Als het slachtoffer dan ook nog wordt voorgehouden dat zij in de prostitutie heel veel kan verdienen en snel rijk kan worden (misleiding), is het eenvoudiger aantoonbaar dat er misbruik wordt gemaakt van de situatie.

Dit geldt natuurlijk ook voor andere vormen van uitbuiting in arbeid en bij diensten.
Armoede kan ook aanleiding zijn om organen af te staan.

De volgende zeven gedragingen zijn allemaal nieuwe gedragingen die sinds 1 januari 2005 in het nieuwe artikel mensenhandel zijn opgenomen. Over enkele ervan heeft de rechter al een uitspraak gedaan. Verdere invulling zal in de loop van de komende jaren door de rechtspraak worden gedaan. Als je de gedragingen van sub 1 begrijpt, is de rest vrij eenvoudig.

Misbruik van een kwetsbare positie
Misbruik van een kwetsbare positie heeft erg veel weg van misbruik van uit feitelijke omstandigheden voortvloeiend overwicht. Dit wordt vaak beide in een tenlastelegging opgenomen. In een tenlastelegging schrijft een officier van justitie wat een verdachte wordt verweten. Daarin beschrijft hij de wettelijke termen en die vertaalt hij naar wat een verdachte heeft gedaan. Als een officier van justitie iemand verwijt dat hij misbruik heeft gemaakt van een kwetsbare positie, zal hij ook omschrijven waaruit dat blijkt. Als een dader gebruik heeft gemaakt van iemand die arm is, zal hij in de tenlastelegging uitleggen: ik verwijt misbruik van een kwetsbare positie, omdat hij misbruik heeft gemaakt van het feit dat het slachtoffer geen geld heeft. Mede daardoor was het slachtoffer er ontvankelijk voor om in een situatie van uitbuiting terecht te komen.

Tot nu toe zie je dat onder kwetsbare positie vaak wordt verstaan: slachtoffers die geronseld zijn in arme landen, slachtoffers die illegaal in Nederland verblijven, slachtoffers waar het thuis niet zo lekker loopt, slachtoffers uit Nederland die vooraf ernstige schulden hadden, verslaafde vrouwen, mensen met een verstandelijke handicap en ga zo maar door.

Het geven of ontvangen van betalingen of voordelen om de instemming van een persoon te verkrijgen die zeggenschap over de ander heeft
Deze heb ik zelf nog nooit teruggezien in de rechtspraak. In eerste aanleg zou je hier denken dat je aan ouders of voogden geld of een ander voordeel geeft om hun kind, waarover zij de ouderlijke macht of de voogdij hebben, te kunnen uitbuiten. Dat zou een moeilijke omweg zijn, omdat elders in het artikel dit op een eenvoudigere manier strafbaar is gesteld.

Je zou zelfs kunnen denken aan de situatie dat een mensenhandelaar iemand overkoopt van een andere mensenhandelaar. De eerste mensenhandelaar heeft zeggenschap verworven over zijn slachtoffer, ongeacht of dit op een strafbare wijze tot stand is gekomen. Bij een doorverkoop van slachtoffers zou dit dan eventueel van toepassing kunnen zijn. De rechtspraak zal uit moeten wijzen of deze vorm van verkopen onder deze gedraging valt.

Daarnaast zijn er natuurlijk ook volwassenen die op een bepaalde manier onder toezicht gesteld kunnen zijn. Dan zouden betalingen aan die toezichthouder ook hieronder kunnen vallen als men de onder toezicht gestelde wil uitbuiten.

Tot nu hebben we de eerste tien gedragingen gehad die middelen genoemd worden. Nu hebben we nog vijf gedragingen die omstandigheden worden genoemd. Waarom ik dit hier neerzet zal duidelijk worden in de verdere uitwerking van het artikel mensenhandel. Het artikel verwijst namelijk naar de middelen en omstandigheden in sub 1.

werft

Onder 'werven' vallen activiteiten om doelgericht mensen te zoeken. Het doel zal normaliter zijn om mensen werven voor een werkgever, of om ze over te halen zich aan te sluiten bij een vereniging, een partij of bij wat voor club dan ook. Hieronder valt ook, zij het dat een verdachte iemand aanwerft, al dan niet door gebruik van valse voorwendselen (de misleiding), met het echte doel om ze uiteindelijk uit te gaan buiten. Op wat voor manier dan ook. Voor prostitutie, andere vormen van arbeid of diensten of voor orgaanverwijdering.

Specifiek is door de Hoge Raad al eens uitgesproken wat 'aanwerven' is, maar dat had betrekking op specifiek aanwerven voor prostitutie en komt later terug onder de uitleg van sub 3.

vervoert

Vervoeren moet gelezen worden als het transporteren van een individu. Iemand van plaats A naar B brengen. Ongeacht met welk vervoermiddel dat gebeurt. Wanneer dit vervoer gedaan wordt met de bedoeling de ander in een situatie van uitbuiting te brengen, is het vervoeren strafbaar.

overbrengt

Overbrengen sluit eigenlijk aan bij vervoeren. Overbrengen wordt gezien als verplaatsen van A naar B. Dus het verplaatsen over enige afstand. Oftewel, iemand naar een andere plaats brengen. Ook hier weer, als dat overbrengen gericht is om de ander in een situatie van uitbuiting te brengen, is dat overbrengen strafbaar. Dus wat is het doel van de verplaatsing? Dat is dan belangrijk om te bewijzen.

huisvest
Onder huisvesten wordt verstaan: het verschaffen van een onderkomen aan een individu. Dat kan een huis zijn, maar ook een hotel, appartement, caravan of stal. Ook hier weer: als die huisvesting gericht is om de ander in een situatie van uitbuiting te brengen of te houden. In dit geval is het in het belang voor het bewijs bij overige vormen van uitbuiting hoe de huisvesting daadwerkelijk was. Is die heel slecht, dan is dit bewijs bij overige vormen van uitbuiting, niet zijnde een vorm van seksuele uitbuiting.

opneemt
Tot de rechtspraak een ander oordeel heeft, gaan we bij opnemen ervan uit dat een persoon deel uitmaakt van een groep. Opnemen in een groep valt onder de gedraging 'opneemt'. Waarbij net als de vorige geldt, dat het opnemen in die groep bedoeld is om die persoon door die opname in de groep uit te kunnen buiten.

Zoals je wellicht opgevallen is, is de uitleg bij de laatste vijf gedragingen veel korter dan bij de eerste tien gedragingen. Als ik dit boek over tien jaar herschrijf zou dit weleens veranderd kunnen zijn, omdat er dan wellicht meer uitspraken zijn gedaan over deze gedragingen. De rechtspraak zal zich de komende jaren bij strafzaken regelmatig over deze gedragingen gaan buigen. Middels de daaruit voortvloeiende jurisprudentie zal de betekenis van deze gedragingen en hoe ze in juridisch perspectief gezien moeten worden, nog duidelijker naar voren komen.

Hiermee zit de uitleg van alle vijftien gedragingen erop. Hopelijk geeft dit iets meer zicht op de mogelijke betekenis van die gedragingen. Maar dan zijn we er nog niet.
    Een verdachte moet namelijk met het gebruik van een of meer van deze gedragingen een doel voor ogen hebben. Voor een politieman en het Openbaar Ministerie moet dus door politieonderzoek zichtbaar worden dat een verdachte een of meerdere gedragingen heeft gebruikt zoals hiervoor omschreven.
Daarom staat er:
– degene die

– een ander
– door dwang, geweld of een andere feitelijkheid of door dreiging met geweld of een andere feitelijkheid, door afpersing, fraude, misleiding dan wel door misbruik van uit feitelijke omstandigheden voortvloeiend overwicht, door misbruik van een kwetsbare positie of door het geven of ontvangen van betalingen of voordelen om de instemming van een persoon te verkrijgen die zeggenschap over die ander heeft, werft, vervoert, overbrengt, huisvest of opneemt,

met het oogmerk van uitbuiting van die ander of de verwijdering van diens organen.

Het gebruik van een van de gedragingen moet gericht zijn op het oogmerk van uitbuiting van die ander of de verwijdering van diens organen.

Het oogmerk
Het oogmerk wil zeggen dat een persoon een of meer van de gedragingen gebruikt. Het gebruik of de toepassing van de gedragingen (middelen en omstandigheden) moet gericht zijn op de uitbuiting van personen. Dus het doel waar de gedragingen voor ingezet worden, is om een persoon in een positie van uitbuiting te brengen of diens organen te verwijderen.

De verdachte van mensenhandel
Om iemand aan te merken als verdachte, om naar iemand onderzoek te doen of om hem voor een rechter te krijgen (voor de vervulling van de delictsomschrijving) is het niet nodig dat de verhandelde persoon daadwerkelijk wordt uitgebuit of diens organen daadwerkelijk worden verwijderd. Zolang de verdachte dit maar als oogmerk heeft. Het is ook al strafbaar als je bepaalde gedragingen hebt uitgevoerd, zoals het werven van mensen, met het oogmerk om deze uit te buiten, zonder dat het tot een uitbuiting of de verwijdering van organen is gekomen. Dat wordt nog duidelijker in het nader uit te leggen sub 4 en 5.

In de praktijk komt het erop neer dat de politie bijvoorbeeld weet dat iemand bezig is met het ronselen van vrouwen voor de prostitutie, doch dat ze voortijdig ingrijpen, voordat de vrouwen daadwerkelijk in de prostitutie zijn beland. Als de politie daarvoor al ingrijpt, had de verdachte evengoed het oogmerk, de bedoeling, om die vrouwen in de prostitutie geplaatst te krijgen, maar door politieoptreden is dat verijdeld. Dan heeft die verdachte zich evengoed schuldig gemaakt aan mensenhandel. Dat is maar goed ook, want anders zou je altijd moeten wachten tot iemand daadwerkelijk blootgesteld is aan het ondergaan van onvrijwillige seks met anderen.

De verdachte had echter plaatsing in de prostitutie als gewenst gevolg of resultaat gezien, maar dat hoeft voor de strafbaarheid dus niet ingetreden te zijn of bereikt.

Je hoort weleens dat mensen zeggen: 'Ze wilde het toch zelf. Misschien zegt ze na verloop van tijd ook wel ja.' Dan nog, ook bij een volmondig ja, kan er sprake zijn van mensenhandel en wel in die gevallen dat een verdachte voorafgaand aan het 'ja', een of meer van de dwangmiddelen genoemd in het artikel mensenhandel (273f WvSr) heeft gebruikt.

Dus de uiteindelijke instemming van een slachtoffer is voor de strafbaarheid niet relevant.

Uitbuiting

Je ziet steeds terugkomen dat het oogmerk gericht moet zijn op de uitbuiting van de ander of de verwijdering van diens organen.

Hoewel ik het artikel mensenhandel chronologisch door wil lopen, moeten we eerst toch maar eens het begrip uitbuiting onder de loep nemen, wat als definitie beschreven staat in lid 2 van artikel 273f. Dit omdat alles gericht is op de uitbuiting. Want wat is uitbuiting?

Lid 2 zegt daarover:
Uitbuiting omvat ten minste uitbuiting van een ander in de prostitutie, andere vormen van seksuele uitbuiting, gedwongen of verplichte arbeid of diensten, slavernij en met slavernij of dienstbaarheid te vergelijken praktijken.

Als je echter leest wat er in lid 2 staat, zou je kunnen zeggen: 'Mooi, maar nu weet ik nog eigenlijk niet wat uitbuiting is. Ik weet wel waar het allemaal kan plaatsvinden, maar wat het nu echt inhoudt weet ik nog niet'. Woordenboeken zeggen dat uitbuiting is: 'zoveel mogelijk voordeel ergens uit behalen, waarbij je een ander benadeelt'.

De rechtspraak is verder aan zet om zich hierover te buigen. Rechters zullen de komende jaren vaker een uitspraak doen over wat onder uitbuiting dient te worden verstaan.

Uitbuiting in de prostitutie

Over een uitbuitingssituatie in de prostitutie wordt gezegd: 'van een uitbuitingssituatie is sprake als de persoon in kwestie in een situatie verkeert die niet gelijk is aan de omstandigheden waarin een mondige prostituee in Nederland pleegt te verkeren'.

Voor de oplettende lezer: dat levert ook misbruik van feitelijke omstandigheden op.

Als je er dan van uitgaat dat in Nederland een prostituee als zelfstandige werkt, zou iedere vorm van geld afnemen, voordeel trekken zijn en onder de noemer mensenhandel vallen.

Onder prostitutie wordt in de wet sinds 2000 verstaan het verrichten van seksuele handelingen met of voor een derde tegen betaling. Dat maakt de huidige definitie van prostitutie iets breder.

Andere vormen van seksuele uitbuiting
Naast prostitutie heb je dus ook andere vormen van seksuele uitbuiting en het beste kan ik denk ik enkele voorbeelden benoemen.

Een Nederlandse man liet een Thaise vrouw naar Nederland komen. De bedoeling van de vrouw was te onderzoeken of er een vriendschap tot stand kon komen en misschien wel meer. Maar het klikte niet tussen de vrouw en de man. De man was van het begin af aan alleen maar uit op een seksuele relatie en ging ervan uit dat Thaise dames daar sowieso allemaal mee instemden. Dus niet. Met geweld dwong hij haar om dagelijks seks met hem te hebben.

Dit valt onder verkrachting, maar van tevoren was het oogmerk al om die vrouw hier naar toe te halen voor de seks. Hij had vooraf mooie praatjes en om haar hier te krijgen misleidde hij haar. Dit is een andere vorm van seksuele uitbuiting.

Een hulpverlener haalt een aan zijn zorg toevertrouwde cliënte in huis. Er was sprake van een onevenwichtige verhouding tussen hulpverlener en hulpvrager. De hulpverlener wist echter dat deze mevrouw psychisch zwak was en door haar in huis te halen had hij een goedkope arbeidskracht en naast haar werkzaamheden misbruikt hij haar wekelijks seksueel.

Concreet, als je een gedraging pleegt met het oogmerk om daarna iemand te gebruiken voor je eigen seksuele behoeften, kan dit een vorm zijn van seksuele uitbuiting. Vaak zijn andere zedendelicten dan ook van toepassing.

Gedwongen of verplichte arbeid of diensten
Gedwongen of verplichte arbeid of diensten zijn alle vormen van arbeid of diensten die niet vrijwillig zijn. Wanneer er sprake is van niet vrijwillige arbeid of diensten kom je ook al snel bij slavernij en met slavernij of dienstbaarheid te vergelijken praktijken.

Men onderkende bij het tot stand komen van het artikel mensenhandel het gevaar dat de term uitbuiting zo breed en veel omvattend is dat een vervaging optreedt van de verschijnselen waar het wetsvoorstel tegen dient op te treden. Dit wetsartikel zou namelijk moeten gelden bij excessen van uitbuiting bij arbeid en diensten. Daarom heeft men bij de in deze alinea genoemde vormen van uitbuiting extra criteria gesteld, die van toepassing moeten zijn bij een onderzoek naar mensenhandel, om te voorkomen dat het artikel zijn kracht verliest.

Zou je geen extra criteria opstellen, dan zou deze strafbaarstelling al gelden bij eenieder die een dag geen zin heeft in zijn werk en door zijn baas middels krachtige woorden aan het werk wordt gezet.

Als hij dit al zou zeggen tegen iemand die bepaald werk weigert. Want dan zou die kunnen zeggen dat hij verplichte arbeid zou moeten verrichten. De aanvullende criteria die je bij deze vormen moet bewijzen zijn:

Aanvullende criteria:
- Meervoudige afhankelijkheid van de werkgever (bijvoorbeeld de werkgever regelt ook huisvesting, kleding, vervoer, of de werknemer heeft schulden bij de werkgever);
- Een sterke inperking van basisvrijheden van de betrokkene (bijvoorbeeld de werknemer kan of mag geen contact hebben met de buitenwereld, heeft geen beschikking over eigen identiteitspapieren, geen beschikking over eigen verdiensten);
- Een gebrek aan informatie over de eigen positie (bijvoorbeeld de werknemer is misleid over de aard van het werk of over de verdiensten);
- Het werken of verlenen van diensten onder zeer slechte arbeidsomstandigheden (bijvoorbeeld de werknemer ontvang een ongebruikelijk laag loon, werkt onder gevaarlijke omstandigheden, maakt uitzonderlijke lange werkdagen of -weken);
- Aantasting van de lichamelijke integriteit van de betrokkene (bijvoorbeeld het afstaan van organen, onvrijwillig tewerkgesteld in de prostitutie, bedreigd of geconfronteerd met geweld);
- De uitbuiting is niet incidenteel, maar er is sprake van een patroon of een in enigerlei mate georganiseerd verband.

Deze aanvullende criteria zijn kenmerken van slavernijachtige uitbuiting en als je er daar een paar van ziet bij gedwongen arbeid of diensten, met slavernij en dienstbaarheid te vergelijken praktijken, dan valt het vaak onder de noemer mensenhandel.

Van arbeid kun je opmerken dat dit in relatie staat tot het uitvoeren van werk. Diensten is een rekbaarder begrip. Iemand die een zelfstandig beroep uitoefent, biedt zijn diensten aan. Hij werkt wel, zoals iemand arbeid verricht, maar mensen kunnen zijn diensten inkopen.

Een zelfstandige prostituee biedt ook diensten aan en bij uitbuiting daarvan kan dat dus ook onder diensten vallen.

Maar wat ook onder diensten kan vallen zijn het afsluiten van gsm-abonnementen, autohuur-overeenkomsten en andere overeenkomsten.

Ik noem ze hier omdat we daar al in verschillende onderzoeken mee te maken hebben gehad: verdachten die overeenkomsten sluiten met anderen, waarvan de verdachte later gebruik gaat maken. Maar zij die het contract afgesloten hebben, draaien op voor de kosten. Te denken valt aan het afsluiten van telefoonabonnementen, huren van huizen of auto's op naam zetten. De zogenaamde katvangers.

We zien dit veel in drugszaken, waarbij een drugshandelaar liever niet met naam in beeld komt bij het afsluiten van bepaalde overeenkomsten en daar anderen voor ronselt. Dan maakt die drugshandelaar zich ook nog schuldig aan mensenhandel. Uiteraard worden de mensen aangezet tot het uitvoeren van die diensten door vooraf gebruik te maken van een of meer van de gedragingen, zoals bijvoorbeeld geweld.

Ook wordt hier vaak gebruikgemaakt van de loverboy-methodiek, om iemand in te palmen en afhankelijk te maken, om daarna overeenkomsten af te laten sluiten en in sommige gevallen zelfs mensen aan te zetten tot drugssmokkel. Ook dat gebeurt veel in Nederland en ook dat kan mensenhandel zijn.

<u>Slavernij en met slavernij of dienstbaarheid te vergelijken praktijken</u>
Voor slavernijachtige uitbuiting verwijs ik naar de reeds genoemde criteria met voorbeelden. Blijft nog over: dienstbaarheid. Daar zit een vorm van onderdanigheid in. Hier zijn overeenkomsten met het zich bevinden in een afhankelijke relatie.

Uitbuiting komt in de praktijk neer op een sterke inperking van de vrije keuze en in de toelichting van het VN-protocol staat dat de kern van uitbuiting wordt gevormd door een voortdurende schending van de grondrechten van de betrokkene.

Zoals ik al eerder schreef, zal de toekomst leren wat er nog meer onder uitbuiting valt. Daar heeft in veel gevallen de rechter de finale uitspraak over. De politie en het Openbaar Ministerie proberen door steeds nieuwe onderzoeken aan te dragen, te ontdekken wat de reikwijdte van het woord 'uitbuiting' is. Sommige zijn echt voor de hand liggend en sommige niet. Waar het niet voor de hand lag, hebben verschillende rechters in hun uitspraken de definitie van uitbuiting handen en voeten gegeven.

De verwijdering van diens organen
Als laatste in dit sub 1 komt naar voren, de verwijdering van diens organen. Dus als een persoon het oogmerk heeft om organen te verwijderen, door daaraan voorafgaand gebruik te maken van een of meer van de gedragingen, dan is dat ook mensenhandel.
In de Nederlandse praktijk zijn we dat nog niet tegengekomen. Echter, veel organisaties die in andere arme landen onderzoek hebben gedaan, nemen aan dat mensen gedwongen worden om organen af te staan. Daarom is dit ook, mede door internationale voorschriften, in het artikel mensenhandel opgenomen.

Ik weet nog dat ik naar aanleiding van BNN's donorshow als expert vanuit alle kanten vragen kreeg of dit artikel ook van toepassing zou kunnen zijn en of BNN zich strafbaar maakte aan mensenhandel. BNN had een programma gemaakt waarbij een vrouw een nier aanbod. Men had er een soort quiz van gemaakt. Drie mensen waren in de race voor één nier. Dit programma trok veel kijkers en de politiek reageerde zeer verontwaardigd. Kon dit wel zomaar op tv? Achteraf bleek het een mediastunt te zijn om aandacht te vragen voor orgaandonoren.

Uit andere landen is wel bekend dat mensen door geweld of puur en alleen al door armoede gedwongen worden om organen af te staan.

In 2009 was nog volop in het nieuws dat men in India een grote bende had opgerold die mensen aanzetten tot orgaanverwijdering.

U zult in nagenoeg het gehele artikel de verwijdering van organen terug zien komen.

Tot slot over dit sub 1 nog een keer de volledige tekst en de laatste uitleg wat er bewezen dient te worden, nu u de betekenis van alle woorden kent:
– degene die
– een ander
– door dwang, geweld of een andere feitelijkheid of door dreiging met geweld of een andere feitelijkheid, door afpersing, fraude, misleiding dan wel door misbruik van uit feitelijke omstandigheden voortvloeiend overwicht, door misbruik van een kwetsbare positie of door het geven of ontvangen van betalingen of voordelen om de instemming van een persoon

te verkrijgen die zeggenschap over die ander heeft, werft, vervoert, overbrengt, huisvest of opneemt,
met het oogmerk van uitbuiting van die ander of de verwijdering van diens organen.

Degene die:	Dat is de persoon (de verdachte) die de gedragingen gaat toepassen om iemand in een situatie van uitbuiting te krijgen.
Een ander:	Dat is de persoon (het slachtoffer) op wie de gedragingen toegepast worden om die persoon in een vorm van uitbuiting te krijgen.
Gedragingen:	De middelen en omstandigheden die toegepast kunnen worden om iemand in een situatie van uitbuiting te krijgen.
Oogmerk:	De bedoeling om iemand in een uitbuitingssituatie te krijgen.
Uitbuiting:	Zoveel mogelijk voordeel te halen.

Er moet dus een verdachte zijn. Er moet dus een potentieel slachtoffer zijn. Er moet sprake zijn van een strafbare gedraging. Dit alles met de bedoeling om iemand in een uitbuitingssituatie te krijgen. Dit bij elkaar opgeteld levert mensenhandel op. Als een van die zaken ontbreekt, kan mensenhandel nooit bewezen worden.

Tot zover de uitleg over artikel 273f lid 1 sub 1 van het Wetboek van Strafrecht, te weten mensenhandel. Een aardig aantal pagina's uitleg. Veel van deze uitleg is echter weer van toepassing op de rest van de uitleg over het artikel. Het kan dus zijn dat u af en toe zult terugbladeren, maar dan wordt het ook langzaamaan duidelijk. Dus nu door met de volgende sub-onderdelen en leden van het artikel.

Artikel 273f lid 1 sub 2:
Degene die een ander;
- werft
- vervoert
- overbrengt
- huisvest

of
- opneemt

Met het oogmerk van

of
- uitbuiting van die ander
- de verwijdering van diens organen,

terwijl die ander de leeftijd van achttien jaren nog niet heeft bereikt.

Lid 1 sub 1 had een zeer uitgebreide uitleg. Zo'n beetje alles wat besproken is onder sub 1, komt hier bij sub 2 weer terug. Echter, er ontbreekt ook een gedeelte van wat onder sub 1 is gemeld. Je zou terug kunnen bladeren, maar ook doorlezen, want ik vermeld het er hier gewoon bij.

Als je namelijk goed kijkt zie je dat hier de middelen ontbreken, die onder sub 1 wel waren genoemd. Je mist hier: door dwang, geweld of een andere feitelijkheid of door dreiging met geweld of een andere feitelijkheid, door afpersing, fraude, misleiding dan wel door misbruik van uit feitelijke omstandigheden voortvloeiend overwicht, door misbruik van een kwetsbare positie of door het geven of ontvangen van betalingen of voordelen om de instemming van een persoon te verkrijgen die zeggenschap over die ander heeft.

De rest van dit sub is hetzelfde met uitzondering van de laatste regel. Daar heeft men bijgevoegd: Terwijl die ander de leeftijd van achttien jaren nog niet heeft bereikt.

Dat, 'terwijl die ander de leeftijd van achttien jaren nog niet heeft bereikt', is eigenlijk de meest belangrijke zin in dit sub. Dit sub spreekt over personen die de leeftijd van achttien jaar nog niet hebben bereikt. Vroeger werd er gesproken over een minderjarige, maar dat is in dit sub veranderd omdat minderjarigheid kan worden opgeheven. Het is in Nederland namelijk zo dat als je trouwt, je minderjarigheid vervalt. Vanaf de dag dat je getrouwd bent ben je meerderjarig. In Nederland heeft een minderjarige toestemming van de rechter nodig om te trouwen. In het buitenland is dit echter anders. Er zijn landen waar meisjes op zeer jonge leeftijd trouwen. Er zijn landen waar meisjes huwbaar worden geacht na hun eerste menstruatie. Om te voorkomen dat die vrouwen niet meer als minderjarig worden gezien, is nu de leeftijdsgrens van 18 jaar in de wet opgenomen.

Ook omdat men bedacht is op eventuele schijnhuwelijken. Een huwelijk schort de strafbaarstelling dus niet op.

Wat verder opvalt is dat de middelen ontbreken. In een politieonderzoek waarbij minderjarigen het slachtoffer zijn, hoef je geen middelen te bewijzen. Dat is een extra rechtsbescherming van het minderjarige kind (dus jonger dan achttien). Minderjarigheid is dus voldoende om slachtoffer van mensenhandel te zijn. De dwangmiddelen zijn hierbij niet aan de orde omdat minderjarigen in de ogen van de wetgever zonder meer bescherming behoeven.

Wat je hier wel ziet zijn nog de omstandigheden: werft, vervoert, overbrengt, huisvest of opneemt. Het oogmerk is hier ook weer gericht op uitbuiting in zijn algemeenheid en daarvan vindt de wetgever dat dan wel een van de genoemde omstandigheden gebruikt zouden moeten worden. Waar het gaat over prostitutie, dus seksuele handelingen met of voor een derde tegen betaling, voorziet sub 5 in een nog andere strafbaarstelling. Daar ontbreken ook de omstandigheden.

In de praktijk zie je dat deze strafbaarstelling in sub 2, gebruikt wordt in alle andere gevallen dan bij seksuele handelingen met of voor een derde tegen betaling, waarbij kinderen worden uitgebuit.

Degene die:	Dat is de persoon (de verdachte) die één of meerdere omstandigheden gaat toepassen om een persoon onder de achttien jaar in een situatie van uitbuiting te krijgen.
Een ander:	Dat is de persoon jonger dan achttien jaar (het slachtoffer) op wie de gedragingen toegepast worden om die persoon in een vorm van uitbuiting te krijgen.
Gedragingen:	Een van de vijf omstandigheden die toegepast kunnen worden om iemand onder de achttien jaar in een situatie van uitbuiting te krijgen.
Oogmerk:	De bedoeling om iemand onder de achttien jaar in een uitbuitingssituatie te krijgen.
Uitbuiting:	Zoveel mogelijk voordeel te halen.

Er moet dus een verdachte zijn. Er moet dus een potentieel slachtoffer zijn onder de achttien jaar.
Er moet sprake zijn van een of meer van de omstandigheden.
Dit alles met de bedoeling om iemand onder de achttien jaar in een uitbui-

tingssituatie te krijgen. Dit bij elkaar opgeteld levert mensenhandel op. Als een van die zaken ontbreekt, kan mensenhandel nooit bewezen worden.

Dit voor wat betreft de uitleg over sub 2. Wat alle andere zaken betekeken heb je al kunnen lezen onder sub 1. Daarom heb ik het qua uitleg alleen gehouden bij de afwijkende zaken in dit sub 2.

Artikel 273f lid 1 sub 3:
Degene die een ander
- aanwerft
- medeneemt

of
- ontvoert

<u>Met het oogmerk</u>
die ander in een ander land ertoe te brengen zich beschikbaar te stellen tot het verrichten van seksuele handelingen met of voor een derde TEGEN BETALING

In het kort spreken we hier over de grensoverschrijdende mensenhandel. Met grensoverschrijdende mensenhandel wordt transport bedoeld vanuit een ander land naar Nederland. Maar ook van Nederland naar een ander land. Er moet een grensoverschrijding plaats vinden. Hoewel we al jaren open grenzen hebben, is het vervoeren van een individu van België naar Nederland, met de bedoeling deze te laten gaan werken in de prostitutie, al een strafbare mensenhandel. Deze vorm van mensenhandel zie je dus ook veel in de grensstreken. Wat te denken van de loverboys, die mensen ronselen in Eindhoven en ze dan bijvoorbeeld naar Antwerpen brengen om ze daar in de prostitutie te laten werken. Dat is al mensenhandel. De persoon heeft dan iemand aangeworven en die daarna meegenomen naar België.

Deze strafbaarstelling in sub 3, de grensoverschrijding, voorafgegaan door aanwerven, meenemen of ontvoeren met het doel iemand ertoe te brengen zich beschikbaar te stellen voor seksuele handelingen met of voor een derde tegen betaling in een ander land, is overgenomen uit het door Nederland bekrachtigde Internationaal Verdrag van Genève van 1933.
Toen is het bekrachtigd, doch het stond reeds sinds 1911 in ons toenmalige artikel vrouwenhandel.

Als je goed leest zal je opvallen dat hier niet gesproken wordt over dwangmatige gedragingen die aan het aanwerven of meenemen vooraf gaan. Vaak vinden mensen het dan ook verwonderlijk dat dit al strafbaar is. Want stel, een man vraagt aan een reeds in de prostitutie werkende vrouw in Duitsland of ze niet liever in Nederland wil werken. Die man zegt tegen haar dat hij wel een plaats kent en haar wel zal meenemen. Dan is dit volgens sub 3 al strafbare mensenhandel.

Het is opgenomen als extra rechtsbescherming van de vrouw en de zelfstandig werkende prostituee. Dwang is hier niet vereist. Ik zal later wat voorbeelden geven omtrent de rechtsbescherming en de vormen waarin het voorkomt. Eerst zal ik de gedragingen uit dit sub beschrijven.

Aanwerven
Volgens de Hoge Raad valt onder het begrip 'aanwerven', iedere daad waardoor een persoon wordt aangeworven, teneinde die persoon in een ander land tot prostitutie (seksuele handelingen met of voor een derde) te brengen. Niet vereist is dat de keuzevrijheid van het slachtoffer door de wijze van aanwerven wordt beperkt. Het bestanddeel dwang is hier niet opgenomen. Het aanwerven van een persoon voor prostitutie uit het buitenland is dus ook strafbaar, zelfs als de aangeworven persoon uit vrije wil beslist in de prostitutie werkzaam te willen zijn.

Hier staat omschreven dat als je de bedoeling hebt om een ander in een ander land een vorm van prostitutiewerk te laten doen, ongeacht de wijze waarop je aanwerft, je al een strafbaar feit begaat. Ook al leg je duidelijk van tevoren uit dat het werk in de prostitutie betreft, of andere vormen van betaalde seks. Hier is overduidelijk het aanwerven de strafbare handeling, waarbij de verdachte ('degene die') wel de bedoeling ('oogmerk') heeft die ander in de seksindustrie te laten werken. Nogmaals, de strafbaarheid blijft, ook als het potentiële slachtoffer weet dat ze bij aankomst in dat andere land in de seksindustrie moet gaan werken en ze daar naar aanleiding van het werven zelf mee heeft ingestemd.

Daar komt nog bij dat de strafbaarheid van het 'aanwerven' niet afhangt van de aanwezigheid van een soort van dwang of ongeoorloofde beïnvloeding.

Het is hier overduidelijk, dat wanneer een vrouw voor het aanwerven al werkzaam was in de prostitutie, dit niets afdoet aan de strafbaarheid van de persoon die haar aanwerft. Ook hier heeft de rechter zich meermaals over uitgesproken.

De manier van werven kan actief zijn. De handelaar gaat zelf bij vrouwen langs. Het werven kan echter ook passief zijn. Door derden of door advertenties in kranten en/of op internet te plaatsen.

De manier van werven zal naar voren moeten komen ten behoeve van de bewijslast.

Medenemen
Medenemen is daadwerkelijk zoals het er staat. Gewoon meenemen. Dat kan per auto, per motor, per bus of een ander vervoermiddel. Daarnaast moet medenemen breed gezien worden. Zeker wanneer een handelaar samenwerkt met meerdere mensen. Dus het kan goed zijn dat één persoon iemand aanwerft, maar dat een ander persoon de bus bestuurt, waarmee de vrouw naar het andere land wordt gebracht. Er kunnen dus meerdere personen zijn die verantwoordelijk zijn voor het meenemen. Al die mensen plegen het strafbare feit mensenhandel.

Ontvoeren
Ontvoering is iemand tegen zijn wil meenemen. Dat gaat veelal gepaard met een vorm van geweld of dwang en wordt door degene die tegen de wil meegenomen wordt als dwangmatig ervaren. Daarom is het ook tegen de wil.

Het oogmerk
Het is de bedoeling van de verdachte, middels aanwerven, medenemen of ontvoeren iemand in een ander land ertoe te brengen zich beschikbaar te stellen tot het verrichten van seksuele handelingen met of voor een derde tegen betaling.

In een ander land
Met in een ander land wordt echt een ander land bedoeld. Europa kent open grenzen, maar Europa is Europa en herbergt vele landen. Hoewel er dus binnen Europa aan de grens geen personencontrole meer is, althans niet structureel, gaat het hier over overschrijden van een landsgrens. Ongeacht of daar wel of geen controle is.

Als een verdachte iemand van Nederland naar België of Duitsland brengt is dat een ander land. Vanuit een ander land naar Nederland, is dat een ander land. Veelal wordt gedacht dat gedwongen prostitutie alleen voorkomt bij buitenlandse vrouwen die naar Nederland komen. Dat is echter een fout beeld. Er zijn genoeg verdachten die in Nederland vrouwen ronselen die dan in België of Duitsland of in nog een ander land te werk worden gesteld in de prostitutie.

Hier een praktijkvoorbeeld, waarbij een seksclubexploitant dacht dat hij het goed deed, maar volgens de wet wel een mensenhandelaar was. De exploitant adverteerde in de zondagskrant. Hij stelde de navolgende advertentie op:
   'Gevraagd Nederlandse zelfstandig werkende prostituees, die in een seksclub in Maaseik willen werken. Goede verdiensten'.
Meer stond er niet, maar de exploitant werft hiermee vrouwen in Nederland met de bedoeling ze in een seksclub in België tewerkgesteld te krijgen. Hij is dus bezig met aanwerven.

Ertoe te brengen
'Degene die', is een persoon die het initiatief neemt om een ander daadwerkelijk seksuele handelingen tegen betaling in een ander land te laten uitvoeren. Daar hoeft geen enkele vorm van dwang bij te zitten. 'Ertoe te brengen' is iedere handeling die ertoe leidt dat iemand dergelijke werkzaamheden gaat uitoefenen. Iemand opmerkzaam maken dat hij of zij in een ander land ook een plaats weet waar je kunt werken en dat hij of zij dat kan regelen, is voldoende. Het doel van het opmerkzaam maken zou moeten leiden tot werken in de prostitutie in een ander land. Die persoon wil bewerkstelligen dat door zijn toedoen hij die ander zover krijgt om in een ander land te gaan werken.

Komt het uiteindelijk niet tot werkzaamheden in een ander land, door toedoen van een ander dan de verdachte (degene die), dan kan er zelfs al sprake zijn van een strafbare poging tot mensenhandel.

Daarvoor hoeft een slachtoffer niet in de prostitutie te zijn beland. Er moet dan sprake zijn van gedragingen die worden gebruikt door een dader, die geëigend zijn om een slachtoffer tot prostitutie te brengen. Stel dat een politieambtenaar dit meekrijgt en hij grijpt in, nog voordat iemand in een ander land is gearriveerd, dan heeft die politieambtenaar voorkomen dat een slachtoffer daadwerkelijk in de prostitutie is beland, maar dan heeft die dader wel gepoogd om iemand in die prostitutie te krijgen. Dan kunnen we spreken van een poging tot mensenhandel. Hierin heeft de rechter inmiddels meerdere uitspraken gedaan en mensen veroordeeld.

De dader kreeg door optreden van de politie niet wat hij wilde, maar daarmee gaat hij niet vrijuit.

Bij een poging gaat een derde van de geldende strafmaat voor dat delict af. Als op een misdrijf twaalf jaar gevangenisstraf staat, kan een officier van justitie bij een poging, een maximale straf eisen van acht jaar.

Er is hierop één uitzondering. Een dader die vrijwillig terugtreedt is niet strafbaar. Dan moet het echter wel gaan om een spontane vrijwillige terugtreding. Bang zijn omdat men politie ziet aankomen en dan terugtreden is geen spontane vrijwillige terugtreding. Voordat de politie in actie komt moet de verdachte zelf terugkomen op zijn voornemen om iemand in de prostitutie te brengen.

Zich beschikbaar te stellen tot het verrichten van seksuele handelingen met of voor een derde tegen betaling

Ook dit zou je weer uit elkaar kunnen trekken, maar ik hou het voor de uitleg bij elkaar.

Als de ander in een ander land komt is het de bedoeling dat die ander een vorm van seksuele dienstverlening gaat doen. In dit artikel is het doel ze in een ander land ertoe te brengen, 'zich beschikbaar te stellen tot het verrichten van seksuele handelingen met of voor een derde tegen betaling'.

Hier spreekt men alleen over seksuele handelingen met of voor een derde tegen betaling. Andere uitbuitingsvormen zijn hierbij dus niet van toepassing. Sub 3 is een speciaal op betaalde seksuele handelingen gerichte strafbaarstelling. Als ik iemand aanwerf of meeneem voor uitbuiting in de tuinsector moet ik voor de strafbaarstelling niet bij sub 3 zijn.

Onder seksuele handelingen met of voor een derde tegen betaling moet er uiteraard een derde in het spel zijn. Iemand biedt seksuele diensten aan en een ander, de derde, betaalt daarvoor. Die betaling hoeft niet alleen in geld te worden uitgedrukt. In de media heeft u zeker weleens gelezen dat men tracht jonge meiden uit de kleren te krijgen in ruil voor bijvoorbeeld een hele avond gratis drank of drugs. Ook dat kan een vorm van betaling zijn. Wat je ook veelvuldig ziet is seks met een persoon in ruil voor luxe goederen. Ook hiervoor geldt dat dat een vorm van betaling kan zijn.

Seksuele handelingen 'met' een derde, daarbij is er daadwerkelijk contact. Seksuele handelingen 'voor' een derde, daarbij wordt er gekeken door een derde naar de seksuele handelingen die uitgevoerd worden.

De persoon die een persoon aanwerft om in een ander land te gaan werken in bijvoorbeeld een sekstheater, een peepshow of achter de webcam, waarbij die geworven persoon seksuele handelingen verricht waar een derde tegen betaling naar kan kijken, kan zich schuldig maken aan mensenhandel.

Dan is er geen lijfelijk contact, maar een betalende klant kan kijken naar seksuele handelingen die uitgevoerd worden.

Degene die:	Dat is de persoon (de verdachte) die iemand aanwerft, medeneemt of ontvoert.
Een ander:	Dat is de persoon die aangeworven, meegenomen of ontvoerd wordt.
Gedragingen:	Aanwerven, medenemen of ontvoeren
Oogmerk:	De bedoeling is het om iemand ertoe te brengen zich in een ander land beschikbaar te stellen tot het verrichten van seksuele handelingen met of voor een derde tegen betaling.
Ander land:	Grensoverschrijding naar een ander land.
Ertoe brengen:	Het initiëren van de werkzaamheden in de seksindustrie.
Seksuele handelingen:	Daadwerkelijke seks met een ander of seksuele handelingen zonder lijfelijk contact. De toeschouwer van webcam seks, of voor een derde: peepshow of een live seksshow.
Tegen betaling:	De persoon die seks heeft of ernaar kijkt en daar voor betaalt.

Dit voor wat betreft de uitleg over sub 3. Vaak levert dit sub veel discussies op. Want voor je het weet ben je strafbaar aan mensenhandel. Maar de uitgangspositie is de extra rechtsbescherming van de zelfstandig en vrijwillig werkende prostituee. Die moet in staat zijn haar eigen zaken goed te regelen zonder hulp van derden. Dat anderen het intitiatief nemen om een prostituee te helpen voor een reis of het regelen van faciliteiten wordt gezien als opmaat naar uitbuiting met terugwerkende kracht. Zeker gelet op het feit dat een beroep in de seksindustrie zeer gestigmatiseerd wordt. Juist daarin moet een prostituee proberen zo onafhankelijk mogelijk te blijven, waardoor je je achteraf niet in een afhankelijkheidspositie manoeuvreert. Dit brengt namelijk veelvuldig uitbuiting en chantage met zich mee.

Artikel 273f lid 1 sub 4:
Degene die
een ander
met een van de onder 1 genoemde middelen
    DWINGT of BEWEEGT
zich beschikbaar te stellen tot:
- het verrichten van arbeid of diensten
- of zijn organen beschikbaar te stellen

Dan wel:
Onder 1 genoemde omstandigheden
    ENIGE HANDELING ONDERNEEMT
Waarvan hij weet of redelijkerwijs moet vermoeden
Dat die ander zich daardoor beschikbaar stelt tot:
- het verrichten van arbeid of diensten
- of zijn organen beschikbaar stelt.

Na de speciale strafbaarstelling in sub 3, door naar een bredere strafbaarstelling onder sub 4. Daar waar in sub 3 gesproken wordt over het eindresultaat 'het ertoe brengen tot het verrichten van seksuele handelingen met of voor een derde tegen betaling', gaat het in sub 4 ertoe om een eindresultaat te krijgen van 'het beschikbaar stellen tot het verrichten van arbeid of diensten of organen ter beschikking te laten stellen'. Ook wordt hier teruggegrepen naar de strafbaarstelling genoemd onder het eerder uitgewerkte sub 1.

Zoals u al kon lezen beschrijft sub 1 op zichzelf staande strafbare gedragingen die moeten leiden tot uitbuiting of verwijdering van organen. In sub 4 wordt verwezen naar die gedragingen om als einddoel te krijgen, het beschikbaar stellen tot het verrichten van arbeid of diensten of zijn organen beschikbaar te stellen.

Er is al een rechtbank geweest die in zijn uitspraak stelde dat sub 4 zou moeten leiden tot een vorm van uitbuiting, een andere rechtbank echter heeft gesteld dat dit niet nodig is, want als er een gedraging aan voorafgaat als genoemd onder sub 1, geeft dat in ieder geval al aan dat iemand zich niet geheel vrijwillig beschikbaar stelt tot een vorm van arbeid of dienst, of het ter beschikking stellen van zijn organen.

Als een mens zich tot arbeid, diensten of zijn organen beschikbaar stelt zou hij dat geheel vrijwillig moeten doen.

Doet men dit geheel vrijwillig, dan zou er ook geen sprake zijn van een van de genoemde strafbare gedragingen die zijn opgenomen onder sub 1. Een en ander kan best nog onduidelijk zijn en daarom nu de inhoudelijke bespreking naar aanleiding van de tekst opgenomen onder sub 4.

Als u de betekenis van enkele gedragingen niet meer weet, blader dan even terug naar de uitwerking onder sub 1. Houd de boekenlegger bij de hand, zou ik zeggen.

'Degene die' en 'een ander' zouden nu duidelijk moeten zijn. Dat leg ik niet meer uit.

'Als degene die, door gebruik te maken van de onder 1 genoemde middelen, iemand dwingt of beweegt': het lijkt een korte zin, maar hij zegt heel veel.

De onder 1 genoemde middelen zijn al uitgebreid uitgewerkt, dus de boekenlegger kan nu enige rol van betekenis gaan krijgen. Want ik zal wel de middelen gaan noemen, maar niet meer de uitleg.

Onder middelen dient hier te worden verstaan: 'dwang, geweld of een andere feitelijkheid of door dreiging met geweld of een andere feitelijkheid, door afpersing, fraude, misleiding dan wel door misbruik van uit feitelijke omstandigheden voortvloeiend overwicht, door misbruik van een kwetsbare positie of door het geven of ontvangen van betalingen of voordelen om de instemming van een persoon te verkrijgen die zeggenschap over die ander heeft'.

Als iemand een of meer van die middelen (dwang, geweld, et cetera) gebruikt om iemand te dwingen of te bewegen zich beschikbaar te stellen tot het verrichten van arbeid of diensten of zijn organen ter beschikking te stellen, is dat mensenhandel

Wat hierbij opvalt is dat er staat 'dwingen of bewegen'. Omdat hier het woordje 'of' wordt gebruikt, hoeft er geen sprake te zijn van dwang. Met een voornoemd middel iemand bewegen, aanzetten tot, is al voldoende om te komen tot een strafbare vorm van mensenhandel. Dat betekent dat als de politie met een onderzoek bezig is, en ze willen komen tot een strafbare mensenhandel, ze moeten onderzoeken of iemand een middel gebruikt waarmee hij tracht te bereiken dat die ander zich beschikbaar stelt tot arbeid, diensten of zijn organen beschikbaar stelt.

Je moet het als volgt lezen om te kijken of het voldoet aan de criteria:
– Degene die een ander met dwang beweegt zich beschikbaar te stellen tot...
– Degene die een ander met geweld beweegt zich beschikbaar te stellen tot...
– Degene die een ander met een andere feitelijkheid beweegt zich beschikbaar te stellen tot...

Zo kan ik doorgaan tot en met het middel, 'degene die een ander door het geven of ontvangen van betalingen of voordelen om de instemming van een persoon te verkrijgen die zeggenschap over die ander heeft beweegt zich beschikbaar te stellen tot arbeid, diensten of zijn organen beschikbaar stelt'.

Als je een of meer van deze zaken constateert en kunt bewijzen, is er al sprake van een strafbare mensenhandel.

Zoals u ziet heb ik gekozen voor bewegen. Het woordje 'dwingt' heb ik bewust niet genoemd, omdat dwang bewijzen hier dus niet noodzakelijk is; 'bewegen tot' is al voldoende. Is er sprake van het gebruik van een van de middelen om iemand te dwingen zich beschikbaar te stellen tot arbeid, diensten of zijn organen beschikbaar te stellen is dit uiteraard ook een strafbare mensenhandel. Door gebruik te maken van een vorm van dwang, in plaats van bewegen tot, kan de officier van justitie een hogere straf eisen en kan de rechter ook in zijn uitspraak een hogere straf opleggen.

De toelichting van het artikel zegt hier zelfs over: de diverse factoren die de dwangpositie bepalen, spelen een rol in de eis. Met andere woorden, als je diverse vormen van dwang ziet: des te meer je er ziet, des te hoger zal de eis zijn van de officier van justitie.

Om het beter te verduidelijken zal ik hier een praktijkvoorbeeld noemen.

Een fruitteler wilde goedkope arbeidskrachten om fruit te oogsten. Hij sprak met mensen uit de Oekraïne en beloofde ze goede secundaire arbeidsvoorwaarden en een salaris gelijk aan dat van Nederlandse arbeiders. De fruitteler was echter voornemens om ze slechts een kwart te betalen van het salaris dat hij aan Nederlandse arbeidskrachten uitkeerde. De voorgespiegelde voorwaarden zorgden ervoor dat vijf Oekraïners bij de fruitteler kwamen werken. Toen die eenmaal aan het werk waren en er na een maand moest worden uitbetaald, gaf hij ze inderdaad een kwart van wat hij had beloofd. Toen de Oekraïners daarop protesteerden, dreigde hij met de politie, omdat de Oekraïners illegaal hier verbleven. Wie zou de politie geloven? Hem, de Nederlandse fruitteler, of vijf illegalen uit de Oekraïne?

Wat je hier ziet is dat de fruitteler in beginsel de Oekraïners met mooie praatjes misleidde. Dat lukte omdat de economische omstandigheden in de Oekraïne zeer slecht zijn. Dat wist de fruitteler, waardoor hij in juridische zin misbruik maakte van uit feitelijke omstandigheden voortvloeiend overwicht. Hiermee kon hij ze bewegen naar Nederland te komen om daar arbeid te verrichten. Achteraf is er sprake van een soort afpersing (chantage): de teler dreigde hen aan te geven waardoor deze mensen in een kwetsbare positie kwamen en geen kant meer uit konden.

Wat je hier ziet is dat er in beginsel geen sprake is van directe dwang en is het bewegen tot het verrichten van arbeid, door gebruik te maken van genoemde middelen een vorm van strafbare mensenhandel. Achteraf kun je wel spreken dat er een vorm van dwang wordt gebruikt om alsnog niet te hoeven betalen.

Arbeid, diensten of beschikbaar stellen van organen
Einddoel is dat iemand zich beschikbaar stelt tot arbeid, diensten of zijn organen beschikbaar stelt. Bij een strafbare mensenhandel moet je dan ook kijken of deze einddoelen zijn bereikt of dat het te verwachten was dat de dader deze einddoelen zou bereiken. Dan zou je ook moeten weten wat onder arbeid, diensten of het beschikbaar stellen van organen wordt verstaan.

Wat arbeid is, daar kan heel veel over gezegd worden. Er bestaan tientallen definities. Daar wil ik als schrijver mijn vingers niet aan branden. Ik wil het makkelijk houden. Arbeid is werk. Vaak is er een overeenkomst. Kort gezegd staat daar min of meer in: wat verdien ik als ik bepaald werk verricht. In vele branches is dat met regelgeving geregeld. In die gevallen dat deze sterk afwijkt van de geldende regels, dan valt die vorm van arbeid in veel gevallen onder de strafbare mensenhandel. Dit wordt per situatie bekeken.

Als bijvoorbeeld een Poolse man in een horecagelegenheid werkt en er komen signalen dat die man extreem lange dagen maakt en een laag uurloon heeft, dan volgt er een onderzoek.

Dan wordt gekeken naar de horeca-cao. Die geldt voor iedere werknemer. Het laagste loon wordt bekeken. De arbeidstijdenwet wordt bekeken. Dan wordt onderzocht of dit allemaal ook van toepassing is op de Poolse werknemer. De verschillen die je dan bemerkt tussen wat normaliter een Nederlandse werknemer zou verdienen en de werkomstandigheden waar die onder zou moeten werken, kunnen van doorslaggevende betekenis zijn of er sprake is van een strafbare mensenhandel. Als die Poolse werknemer veel minder verdient en zijn werkomstandigheden sterk afwijken van wat normaliter is voorgeschreven, is een onderzoek naar mensenhandel gerechtvaardigd. Hij levert namelijk arbeid.

Zo zijn er natuurlijk legio voorbeelden te bedenken. In mijn praktijkvoorbeelden kwamen toonaangevende voorbeelden naar voren die dit nog duidelijker maakten.

Na arbeid komen de diensten. Wat zijn diensten? Is het u trouwens opgevallen dat in dit sub 4 niet gesproken wordt over seksuele handelingen met of voor een derde tegen betaling?

Mij is dat, op het moment dat artikel 273f uitkwam, meteen opgevallen. Ik vroeg me toen direct af wat er zou gebeuren als ik nu een meerderjarige vrouw zou aanzetten tot prostitutie. Valt dit dan onder de strafbaarstelling van sub 4 of niet?

Dat heb ik dan ook per direct besproken met degene die de nieuwe wet geschreven heeft. Ik zal ook meteen met de oplossing komen: als een prostituee als zelfstandige werkt dan biedt ze diensten aan van seksuele aard. Dus ja, iemand aanzetten tot prostitutie, uitgaande van een zelfstandig beroep, dan biedt een prostituee diensten aan, die vallen onder diensten zoals opgenomen in sub 4.

Een zelfstandige levert diensten en in de uitvoering van die diensten kan dit weer arbeid zijn, omdat hij of zij werk verricht, nadat de afnemer overeengekomen is wat hij of zij voor die dienst betaalt.

Om seksuele handelingen met of voor een derde tegen betaling hieronder te laten vallen heeft de wetgever vanaf de inwerkingtreding van dit artikel in de Memorie van Toelichting opgenomen dat in 273f onder sub 4 in gewijzigde vorm het gestelde in 250a lid 1 onder sub 1 is overgenomen. (Daarin stond vermeld: 'de seksuele handelingen met en voor een derde tegen betaling'). Met inwerkingtreding van artikel 273f is artikel 250a vervallen.

In de loop van de afgelopen jaren is er steeds duidelijker geworden wat er onder diensten wordt verstaan. Als ik iemand aanzet om gsm-abonnementen aan te gaan en die persoon laat opdraaien voor de kosten die ik zou maken, dan is dit het bewegen tot het verlenen van diensten. Wat te denken van auto's op naam laten zetten, huizen op naam zetten, bankrekeningen op naam laten zetten en dat alles om de ware identiteit van een crimineel niet te onthullen. De zogenaamde katvangers, met dien verstande dat deze uitgebuit worden. In mijn praktijk maak ik dagelijks mee dat criminelen alles op naam laten zetten van een jonge vrouw die ze verliefd hebben gemaakt. Onlangs heb ik nog een zaak gedraaid waar verliefde vrouwen drugs transporteerden voor een drugscrimineel. Dit kan allemaal onder mensenhandel vallen.

Dan nog het ter beschikking stellen van organen. In Nederland is daar nog weinig zicht op, maar van verschillende landen is het bekend dat men jonge mensen en zelfs kinderen benadert, die het financieel zeer slecht hebben, om voor bijvoorbeeld duizend euro en in veel gevallen zelfs minder, een nier af te staan. Men maakt dan gebruik van de heersende armoede, dus misbruik van uit feitelijke omstandigheden voortvloeiend overwicht.

In 2010 kwam nog in het nieuws dat men in India een bende had opgerold die honderden kinderen hadden aangeleverd voor nierverwijdering tegen een schamele beloning van honderd euro. Ook vele artsen in India die daaraan meewerkten en zich verrijkten door bij de kinderen de nieren weg te nemen, zijn toen opgepakt.

Het eerste gedeelte van wat strafbare mensenhandel in sub 4 is, is hier mee beschreven. Maar dan zijn we er nog niet. Na uitleg tot nu toe van sub 4 komen er nog twee zeer belangrijk woorden, te weten 'dan wel'.

De woordjes 'dan wel' zijn een bruggetje dat ook nog mensenhandel is: Onder 1 genoemde omstandigheden ENIGE HANDELING ONDERNEEMT, waarvan hij weet of redelijkerwijs moet vermoeden dat die ander zich daardoor beschikbaar stelt tot het verrichten van arbeid of diensten of zijn organen beschikbaar stelt.

Als je puur naar het artikel kijkt, weet je al wat de middelen zijn. Dan blijven omstandigheden over en dan kom je uit bij: 'werft', 'vervoert', 'overbrengt', 'huisvest' of 'opneemt'.

Hierbij heeft de wetgever echter meteen in de Memorie van Toelichting opgenomen dat onder 'omstandigheden' wordt verstaan, alle situaties die omschreven zijn onder sub 1 van 273f.

Dat wil zeggen dat iemand die gebruikmaakt van wat voor gedraging dan ook, genoemd onder sub 1 (middelen en/of omstandigheden), waarvan hij weet of kan vermoeden dat iemand zich beschikbaar stelt, zich al schuldig maakt aan strafbare mensenhandel.

Waarom is dat nu zo belangrijk om te weten? Als je dit goed leest en goed interpreteert dan zie je dat vanaf de eerste activiteit die je onderneemt om iemand in een later stadium zich beschikbaar te laten stellen, het vanaf het begin al mensenhandel is, ongeacht of het uiteindelijk daadwerkelijk tot het beschikbaar stellen komt.

Dat betekent met name voor de politie en het Openbaar Ministerie dat er vanaf het begin al een voltooid delict is gepleegd. Als je dus gedragingen bij een verdachte waarneemt en je pakt hem op zonder dat een slachtoffer zich al ter beschikking heeft gesteld voor arbeid of diensten dan kun je die verdachte gewoon laten vervolgen door het Openbaar Ministerie voor een voltooid delict mensenhandel.

Als je waarneemt dat iemand met mooie praatjes mensen zover probeert te krijgen om organen ter beschikking te stellen, of als je waarneemt dat daarvoor personen benaderd worden waarbij je redelijkerwijs kunt vermoeden dat die na de mooie praatjes daarop in zouden kunnen gaan, dan neem je waar dat iemand handelingen onderneemt, waarvan ook die zou moeten kunnen weten of redelijkerwijs zou kunnen vermoeden dat die mensen daar in trappen. Dan is dat een voltooid delict mensenhandel.

Concreet betekent dit dat als je waarneemt dat iemand de strafbare gedraging zoals die omschreven zijn onder sub 4 uitvoert, er sprake is van een voltooid delict. Dat is een volwaardige mensenhandel. Je zou hier kunnen zeggen dat wanneer je tracht om het einddoel bij iemand te halen en je wordt opgepakt voordat het einddoel is gehaald, je je volledig schuldig hebt gemaakt aan mensenhandel en je niet vervolgd wordt voor een poging tot mensenhandel.

De officier van justitie kan dan ook een hogere straf eisen. Normaal, zoals ik reeds kort beschreven heb, gaat bij een poging een derde van de straf af. Echter bij dit sub 4 kun je altijd uitgaan van de volledige strafbedreiging van acht jaar.

Als je kijkt naar de jurisprudentie, zou dit sub 4 ook van toepassing zijn wanneer mensen belemmerd worden om te stoppen met een vorm van arbeid of diensten waaraan ze zich in eerste aanleg vrijwillig hebben verbonden. De Hoge Raad heeft in twee gevallen van prostitutie uitspraak gedaan dat dit mensenhandel was, daar waar door een dader gedragingen waren gebruikt, gericht tegen een vrouw die zich vrijwillig had verbonden aan prostitutie, ertoe strekkende haar te belemmeren in vrijheid met prostitutie te stoppen.

Degene die:	Dat is de persoon (de verdachte) die minimaal één handeling onderneemt waarvan hij weet of kan vermoeden dat een ander zijn organen beschikbaar stelt of dat die zich beschikbaar stelt tot arbeid of diensten.
Een ander:	Dat is de persoon die zijn organen beschikbaar stelt of die zich beschikbaar stelt tot arbeid of diensten.
Gedragingen:	Een of meer van de gedragingen omschreven onder sub 1 (dwang, geweld...tot en met opneemt).
Einddoel:	Minimum vereiste is dat de verdachte redelijkerwijs moet vermoeden dat de ander zijn organen beschikbaar stelt, of dat die zichzelf beschikbaar stelt voor arbeid of diensten.

Nu over naar de laatste onder de categorie inbrengers, de categorie verdachten die iemand in een positie van uitbuiting willen brengen.

Artikel 273f lid 1 sub 5:
Degene die
EEN ANDER ERTOE BRENGT
- zich beschikbaar te stellen tot het verrichten van seksuele handelingen met of voor een derde tegen betaling

OF
- zijn organen tegen betaling beschikbaar te stellen
   DAN WEL
   Ten aanzien van een ander;
   - enige handeling onderneemt
   - waarvan hij weet
of
   - redelijkerwijs moet vermoeden
   Dat die ander zich daardoor beschikbaar stelt tot:
   - het verrichten van die handelingen

OF
- zijn organen tegen betaling beschikbaar stelt
   Terwijl die ander de leeftijd van achttien jaren nog niet heeft bereikt.

Aangekomen bij sub 5 zou het steeds makkelijker moeten zijn om te begrijpen wat er staat en wat er bewezen moet worden om te komen tot een strafbare mensenhandel. Temeer omdat steeds meer dezelfde begrippen genoemd worden, met daarbij kleine afwijkingen. Sub 5 is speciaal opgenomen in dit artikel voor de bescherming van minderjarigen. Bescherming tegen het in een vorm van seksuele handelingen brengen en bescherming tegen het beschikbaar stellen van organen.

Als we puntsgewijs kijken dan zien we eerst weer 'degene die'. De persoon die de activiteit onderneemt om iemand slachtoffer te maken.

In dit geval moet die persoon 'een ander ertoe brengen'. Een ander ertoe brengen behelst elke handeling die ondernomen zou kunnen worden om de einddoelen te verwezenlijken. Elke handeling die gebruikt wordt om iemand die jonger is dan achttien jaar, beschikbaar te krijgen voor het verrichten van seksuele handelingen met of voor een derde tegen betaling, dan wel dat die persoon zijn organen ter beschikking stelt naar aanleiding van wat voor handeling dan ook van 'degene die'.

Ook hier zie je, net als bij sub 4, dat wanneer iemand een handeling onderneemt, waarvan hij weet of redelijkerwijs kan vermoeden dat die persoon zich beschikbaar stelt tot het verrichten van seksuele handelingen met of voor een derde tegen betaling, of dat hij weet of redelijkerwijs kan vermoeden dat die persoon zijn organen ter beschikking zal gaan stellen bij inzet van bepaalde handelingen, het al een volwaardig delict is. Het voltooide delict zoals voorheen beschreven. Wanneer ik de doelen bij iemand onder de achttien wil bereiken en ik denk dat me dit ook gaat lukken, maar ingrijpen van de politie voorkomt dit, dan heeft 'degene die' wel degelijk een voltooid delict gepleegd.

Ook hier is het niet mogelijk om te spreken over een poging. Als je een poging onderneemt bij personen onder de achttien jaar om die in de seksindustrie te krijgen of ze probeert zover te krijgen om hun organen ter beschikking te stellen, is dat mensenhandel, waarbij het Openbaar Ministerie geen rekening hoeft te houden met een derde strafvermindering in de eis.

Ik weet niet of het u al is opgevallen, maar in tegenstelling tot alle subonderdelen die tot nu toe behandeld zijn, zijn hier geen extra eisen. Je komt geen gedragingen, zoals middelen en omstandigheden tegen. Je leest niets over dwang, geweld, aanwerven, meenemen en al die andere onderdelen zoals die nu voorbij gekomen zijn in al die andere subonderdelen.

Dat heeft de wetgever bewust gedaan, omdat die van mening is dat minderjarigen niet het zelfbeschikkingsrecht hebben om te kiezen voor een zwaar beroep als prostituee, of andere vormen van seksuele handelingen tegen betaling. Daarvan vindt de wetgever dat je minimaal meerderjarig moet zijn om te kunnen beslissen of je werkzaam wilt zijn in de seksindustrie. Veelvuldig is er al de discussie of de leeftijd hiervan niet verhoogd moet worden naar minimaal eenentwintig jaar. Je kunt het betutteling noemen, maar een groot gedeelte van de huidige politiek is de mening toegedaan dat wanneer je iets ouder bent, je daar wellicht weloverwogener over kunt beslissen.

Dat is een discussie die altijd zal blijven voortduren. Want wanneer ben je oud genoeg om te beslissen of je in de seksindustrie gaat werken?

Dan spreken onze Grondwet en ons Burgerlijk Wetboek ook nog over de rechten die je hebt vanaf je achttiende jaar en een daarvan is dat je vanaf je achttiende mag beslissen wat voor werk je gaat doen. Wordt vervolgd denk ik. Ben je ooit wel oud genoeg om te beslissen dat je je lichaam gaat verkopen? Dit is een ethisch dilemma.

Dit onderdeel ziet toe op de bescherming van kinderen. Daarom ontbreekt in sub 5 de eis van het gebruik van dwangmiddelen. De wil van de minderjarige is hier niet van belang. Het is ook niet van belang of een minderjarige al eerder als prostituee heeft gewerkt. Ook tegen die kinderen kunnen handelingen worden ondernomen waardoor deze in de prostitutie of andere vormen van de seksindustrie belanden. De Hoge Raad heeft hier ook een uitspraak over gedaan, die erop neerkomt dat alle handelingen ondernomen tegen minderjarigen teneinde ze de seksindustrie in te krijgen, strafbaar zijn, ook bij minderjarigen die daar al eerder werkzaam in waren. Was dit niet het geval, zo redeneerde de Hoge Raad, dan zou dit in strijd zijn met het doel van de strafbaarstelling, namelijk om minderjarigen te beschermen tegen prostitutie.

Het is maar goed dat dit zo duidelijk is gemaakt, want in veel andere landen werken minderjarigen in de prostitutie. Ik heb zelf meermaals meegemaakt dat een advocaat zijn cliënt wilde vrijpleiten omdat de personen die hij had aangezet tot prostitutie, in hun eigen land als vijftienjarige al in de prostitutie hadden gewerkt. Ja, helaas komt dat heel veel voor in andere landen waar veel armoede heerst en ja, er zijn heel veel mensen die het schijnbaar fijn vinden om met jonge kinderen naar bed te gaan. Dus goed dat de Hoge Raad hier nog een extra bevestiging heeft gegeven dat wij het in Nederland not done vinden als iemand onder de achttien jaar aangezet wordt tot dit werk (dit geldt uiteraard ook voor het ter beschikking stellen van hun organen). Wees dus gewaarschuwd handelaren, wij beschermen onze minderjarigen.

Wanneer een handelaar probeert minderjarigen te werven voor hun achttiende jaar, dit met de bedoeling ze tewerk te stellen in de seksindustrie of hun organen ter beschikking te laten stellen vanaf de dag dat ze achttien jaar zijn geworden, dan heeft hij het werven, een handeling, gestart op het moment dat ze nog onder de achttien jaar waren. Als de handelaar hiermee begint voordat de personen achttien jaar zijn, ongeacht of plaatsing pas later plaatsvindt, ben je strafbaar voor sub 5.

Het is met name belangrijk voor politie en justitie om hier steeds alert op te zijn. Daar wil ik hierbij dan ook nog eens extra op wijzen. Dit zie je te weinig terug in de vervolging, hoewel we wel weten dat er veel vrouwen zijn die beginnen met werken op de dag dat ze achttien jaar zijn geworden. Dat kan niet allemaal toeval zijn. Ook blijkt uit onderzoeken dat daders bewust hebben gewacht tot de dag dat hun slachtoffers achttien zijn geworden, omdat het in hun beleving voor de politie dan moeilijker zou zijn om mensenhandel te bewijzen.

Laten we meteen een einde maken aan deze mythe. Politieonderzoek doen naar wat vooraf is gegaan aan daadwerkelijke plaatsing in de prostitutie, zou het mogelijk moeten maken deze verdachten te vervolgen voor het werven van een minderjarige, terwijl ze wisten of konden vermoeden dat die persoon nog geen achttien jaar was.

<u>Terwijl die ander de leeftijd van achttien jaren nog niet heeft bereikt</u>
Ik heb bewust gesproken over minderjarige. En toch zie je in dit sub 5, net als bij sub 2 staan, 'terwijl de ander de leeftijd van achttien jaren nog niet heeft bereikt'.

Tot 1 oktober 2002 stond er altijd in diverse zedelijkheidswetgevingen de term minderjarige. In mijn lessen vroeg ik vaak: wanneer ben je nou minderjarig. Ik kreeg antwoorden dat je tot je eenentwintigste jaar minderjarig was en ik kreeg antwoorden dat je tot je achttiende jaar minderjarig was.

De leeftijdsgrens van minderjarigheid ligt echter al lang bij achttien jaar. Maar er was nog iets wat er voor zorgde dat je je minderjarigheid kon verliezen. Als je namelijk trouwt voor je achttiende levensjaar, dan heft een huwelijk je minderjarigheid op. Dus je bent een zestienjarig meisje en je vriendje is achttien jaar. Zij willen samen trouwen. Dat kan, maar daarvoor ga je dan wel eerst bij een rechter langs. Als die beslist dat het kan, omdat er geen bezwaren zijn, dan ben je op de dag dat je trouwt, ondanks je zestienjarige leeftijd volgens de wet meerderjarig.

Als iemand dan de gedachte zou krijgen om dat zestienjarige meisje in de prostitutie te laten werken en in de wet staat minderjarige, dan zou je daar niets aan kunnen doen.

Dat is de reden, dat de term minderjarige is veranderd in de persoon die de leeftijd van achttien jaren nog niet heeft bereikt: om zeker te zijn van bescherming van minderjarigen.

Je kunt jezelf afvragen of dit veel voorkomt. Voor zover bekend valt dat in Nederland nog wel mee, maar er werken ook veel buitenlandse vrouwen in de prostitutie. In veel andere landen en bij veel andere culturen is het mogelijk om ver voor je achttiende levensjaar te trouwen. Er zijn culturen waar jonge meisjes na hun eerste menstruatie huwbaar zijn. Om daarmee niet in een impasse te komen bij de uitvoering van onze mensenhandel onderzoeken, is het dus goed dat de wet daarin is aangepast. Gehuwd of niet, het is verboden iemand onder de 18 jaar ertoe te brengen zich beschikbaar te stellen tot seksuele handelingen met of voor een derde tegen betaling of ze ertoe te brengen dat ze hun organen ter beschikking stellen.

Door in de wet minderjarigheid (tot 1 oktober 2002) te vervangen door personen onder de achttien jaar, heft een huwelijk zodoende de strafbaarheid niet meer op.

Voor beroepsgroepen geldt, ondanks dat de wetgever zo denkt, dat het raadzaam is toch te omschrijven of men wist of kon vermoeden dat een slachtoffer minderjarig was. Zo ja, waar blijkt dat uit? Dit maakt de strafwaardigheid duidelijker en kan dit in overweging van de officier van justitie en de rechter meegenomen worden.

Hoewel minderjarigheid genoeg is, dienen ook andere bestanddelen uitgewerkt te worden indien daarvan sprake is (geweld, dwang, et cetera). Ook hier weer om betere overwegingen te maken in de strafmaat en aan te tonen met wat voor personen we te maken hebben.

Als er duidelijk sprake is van gedragingen uit de wet, zoals geweld, dwang, misleiding of een van de andere gedragingen zal dit de strafeis en opgelegde straf doen toenemen. Vormen van dwang zijn mede bepalend in de eis en opgelegde straf.

Als extra bescherming van minderjarigen stelt de huidige zedelijkheidswetgeving in artikel 248b van het Wetboek van Strafrecht, dat seks met een minderjarige prostituee van zestien en zeventien jaar strafbaar is. Ongeacht of de prostituant (de klant) kennis draagt van het feit dat de prostituee minderjarig is. Het is een geobjectiveerd bestanddeel. Zwart-wit: 'Een klant heeft seks met een zeventienjarige en voor zijn oordeel ziet ze er uit als vijfentwintig. Pech dus. De klant is strafbaar.'

Is de minderjarige nog jonger dan zestien jaar dan voorziet het Wetboek van Strafrecht ook nog in andere strafbaarstellingen. Er zijn vanuit de zedelijkheidswetgeving meerdere artikelen van toepassing.

Hierbij dan toch maar enkele voorbeelden om het iets meer te verduidelijken.

Een man kent een meisje van zestien jaar. Hij zegt dat als ze naar bed gaat met zijn vrienden, ze per vriend vijftig euro krijgt. Hij zegt daar ook nog bij dat hij weet dat ze al met meerdere vriendjes naar bed is geweest en dat ze dat toch fijn vond. Het meisje geeft aan dat ze inderdaad met meerdere vriendjes al seksueel actief is en dat ze het geen probleem vindt om met mannen tegen betaling naar bed te gaan. Kan ze tenminste die nieuwe gsm kopen. Het meisje gaat op het aanbod in.

Pech voor de man, want dit is gewoon een strafbare mensenhandel, puur en alleen gebaseerd op het feit dat het meisje pas zestien jaar is.

Peter heeft een vriendin genaamd Anita. Anita is zeventien jaar. Ze kennen elkaar zes maanden en hebben seks met elkaar. Op een dag lopen ze over de wallen in Amsterdam en Peter legt uit dat hij schulden heeft. Hij geeft aan dat werken achter het raam misschien wel zoveel geld oplevert, dat hij van zijn schulden af kan komen. Hij geeft aan dat Anita de seks die zij hebben toch prettig vindt en dat hij om uit de schulden te komen het goed zou vinden als zij dit werk ging doen. Dat was werk en hij zou proberen niet jaloers te zijn.

Anita wil dit niet, maar Peter haalt veelvuldig aan dat hij het eigenlijk ook niet wil en dat het voor hem ook zwaar is dat zijn vriendinnetje dit moet doen. Hij accepteert dan toch ook dat andere mannen seks hebben met zijn vriendinnetje.

Uiteindelijk stemt Anita in en wil dit dan toch gaan doen voor hun gezamenlijke toekomst. Peter vindt dat fijn maar vraagt haar toch te wachten tot 1 juli, de dag dat ze achttien wordt.

Om niet helemaal lullig te doen geeft hij aan dat ze beter op 2 juli kan beginnen, zodat ze eerst haar achttiende verjaardag gaan vieren. Beetje bij beetje heeft Peter het voor elkaar gekregen dat Anita op 2 juli begint met prostitutiewerk. In de volksmond spreekt men hier van de 'Loverboy-Methodiek'. Hoewel Anita begint op achttienjarige leeftijd, is Peter begonnen haar te overreden toen ze nog zeventien jaar was en zou sub 5 van toepassing zijn als een volwaardige mensenhandel.

De politie doet een onderzoek naar Jan. Jan zou handelen in verdovende middelen. Tijdens het afluisteren van telefoongesprekken hoort de politie dat Jan met verschillende jonge meisjes belt en ze aanbiedt om achter een webcam te gaan zitten. Het enige wat ze moeten doen is zichzelf uitkleden als iemand met ze contact opneemt. Als een persoon hen vraagt om wat met zichzelf te spelen, bijvoorbeeld het strelen van de borsten of het strelen van de vagina, kunnen ze daar extra geld voor vragen.

De politie achterhaalt de adresgegevens van de meisjes aan wie Jan de voorstellen heeft gedaan. Ook hoort de politie dat twee van de meisjes er wel interesse in hebben. Het zijn Jolanda en Jessica die een afspraak willen maken met Jan. Op de vraag van Jan naar hun leeftijd, geven ze beiden aan dat ze zeventien jaar zijn.

Daarop grijpt de politie in en arresteert Jan. Jan wordt verdacht van mensenhandel, omdat hij handelingen onderneemt, waarvan hij weet of redelijkerwijs kan vermoeden dat deze twee meisjes zich beschikbaar gaan stellen tot het verrichten van seksuele handeling met of 'voor', een derde tegen betaling met als bijkomende kennis dat deze meisjes zeventien jaar zijn. Zij gaan tegen betaling achter een webcam seksuele handelingen bij zichzelf verrichten, op verzoek van een inbellende klant. Jan kan door zijn gedrag redelijkerwijs vermoeden dat het ook inderdaad zover kan komen. Dat is een voltooide mensenhandel en geen poging.

Tijdens een reis in Roemenië krijgt Karel contact met een zestienjarig Romameisje die als straatprostituee werkt in Boekarest. Hij vraagt haar waarom ze niet naar Nederland komt, omdat daar een prostituee meer geld kan verdienen. Hij weet wel een plek waar ze kan werken. Karel denkt: ze kunnen me niets maken, want ze werkt al als prostituee. Karel heeft het echter fout, want ongeacht het feit dat dit meisje in Roemenië in de prostitutie werkt, is hij volgens sub 5 strafbaar aan mensenhandel. Hier komt natuurlijk voor de oplettende lezer sub 3 nog bij omdat hij bezig is met aanwerven met het oogmerk haar in een ander land ertoe te brengen zich beschikbaar te stellen tot seksuele handelingen met of voor een derde tegen betaling. Ook hiervan heeft u al kunnen lezen dat het daar ook niet uitmaakt of een vrouw in een ander land al in de prostitutie werkt. Dit omdat hier het initiatief van Karel komt. Bij een minderjarige prostituee is Karel ook strafbaar als hij handelingen onderneemt, als het eerste initiatief hier van die zestienjarige komt. Men moet van minderjarigen afblijven.

Degene die:	Dat is de persoon (de verdachte) die minimaal één handeling onderneemt waarvan hij weet of kan vermoeden dat iemand jonger dan achttien jaar is die zijn organen beschikbaar stelt of dat die zich beschikbaar stelt tot seksuele handelingen met of voor een derde tegen betaling.
Een ander:	Dat is de persoon onder de achttien jaar die zijn organen beschikbaar stelt of die zich beschikbaar stelt tot het verrichten van seksuele handelingen met of voor een derde tegen betaling.
Gedragingen:	Iedere handeling die 'degene die' onderneemt om een persoon onder de achttien jaar ertoe te brengen tot beschikbaarstelling van organen of ertoe te brengen zich beschikbaar te stellen tot seksuele handelingen met of voor een derde tegen betaling.
Einddoel:	Minimum vereiste is dat de verdachte redelijkerwijs moet vermoeden dat de ander zijn organen beschikbaar stelt, of dat die zichzelf beschikbaar stelt tot seksuele handelingen met of voor een derde tegen betaling.

Sub 1 tot en met sub 5 zijn tot hier zo compleet mogelijk uitgelegd. Hetgeen in deze subonderdelen is vastgelegd, zijn activiteiten die een dader onderneemt om iemand in een positie van uitbuiting te brengen, in een positie van niet vrijwillige arbeid of diensten te brengen, in een positie te brengen van seksuele handelingen met of voor een derde tegen betaling, of ze zover te krijgen dat ze hun organen ter beschikking stellen. Speciale subonderdelen ter bescherming van prostituees. Speciale subonderdelen voor minderjarigen. Alle beschrijvingen stoppen echter bij het in een situatie brengen van uitbuiting, in een situatie van seksuele handelingen met of voor een derde tegen betaling, arbeid of diensten of de verwijdering van organen. De inbrengers dus.

Ook al heeft een dader hier zelf nog geen eurocent aan verdiend, toch is hij al een mensenhandelaar. Een ander beoogd doel van een dader zal echter zijn, dat als hij mensen in een bepaalde positie brengt, hij er ook geld aan wil verdienen. Zolang hoeft politie en justitie echter niet te wachten om te kunnen optreden.

Het verdienen van geld is afzonderlijk strafbaar gesteld in hetzelfde artikel onder sub 6 tot en met sub 9. In politie- en justitiejargon zeggen we dat daar de strafbare gedragingen staan van de voordeeltrekkers. Een voordeeltrekker is iemand die enig voordeel behaalt aan iemand die uitgebuit wordt. De genoemde inbrenger zal voordeel willen halen, maar er zijn ook anderen die voordeel willen halen, zonder dat ze vooraf actief zijn geweest om iemand in een positie van uitbuiting te brengen.

Kort voorbeeld. Iemand gaat vrijwillig in de prostitutie werken, zonder dat er ook maar iemand is die haar daartoe aangezet heeft. Als ze daar eenmaal werkt ziet een bekende haar en die vraagt: 'Weten je ouders dat je dit werk doet? Nee? Als je dat zo wilt houden wil ik honderd euro per dag van je uit de opbrengsten die je als prostituee hebt.'

Dit is een typisch en kort voorbeeld hoe iemand een mensenhandelaar kan zijn, zonder dat hij vooraf dan ook maar één activiteit heeft ondernomen om die vrouw in de prostitutie te brengen.

Alle vormen van voordeel trekken zijn zoveel mogelijk in de wet opgenomen en die zal ik aanvullend nu ook puntsgewijs behandelen.

Artikel 273f lid 1 sub 6:
Degene die
- opzettelijk voordeel trekt
- uit de uitbuiting
- van een ander

De eerste vorm van voordeel trekken wordt beschreven in sub 6. Ook hier zie je weer 'degene die'. Het doel van 'degene die', is opzettelijk voordeel trekken van iemand anders, 'van een ander', die uitgebuit wordt.

<u>Opzettelijk</u>
Hierin is het woordje opzettelijk opgenomen. Dat heeft de wetgever bewust gedaan. In juridische taal zegt de wetgever hierover: opzet is als bestanddeel opgenomen, anders zou onachtzaam handelen je reeds strafbaar maken.

Een vrouw genaamd Inge werkt onvrijwillig als prostituee. Ze is gedwongen om te gaan werken. Of dit nou arbeid is, diensten of seksuele handelingen. In alle gevallen is er sprake van uitbuiting. Als ze dan op een dag boodschappen gaat doen, zou een winkelier zich bevoordelen met de opbrengsten van dat uitbui-

ten. Want hij verdient aan de verkoop van boodschappen. Dat gaat natuurlijk te ver.

Opzet kent drie vormen. Opzet bij mogelijkheidsbewustzijn, zekerheidbewustzijn of opzet als oogmerk. Alle drie de vormen zijn wel van toepassing. Om dit te kunnen uitleggen geef ik hieronder wat voorbeelden.

Opzet als oogmerk. Arie wil Piet doodschieten. Hij zoekt Piet op met een pistool. Hij treft hem in huis aan en schiet hem dood. Een gerichte actie, met als einddoel Piet dood te schieten. Dit noemt de wetgever opzet als oogmerk.

Opzet met zekerheidsbewustzijn. Arie wil Piet doodschieten. Hij zoekt Piet op. Hij treft hem aan in zijn huis. Op het moment dat hij zijn pistool richt op Piet, springt zijn vrouw voor Piet. Hij had als doel Piet neer te schieten, maar als hij nu Piet wil raken moet de kogel door de vrouw van Piet heen. Het was in eerste instantie niet zijn bedoeling om de vrouw van Piet neer te schieten. Echter, hij weet zeker dat als hij nu schiet hij ook de vrouw van Piet raakt. Dat is opzet met zekerheidsbewustzijn.

Opzet als mogelijkheidsbewustzijn. Arie wil Piet doodschieten. Hij ziet Piet in huis zitten, maar hij is niet alleen. Hij richt op Piet en schiet. Hij raakt Piet, maar de kogel gaat door het lichaam van Piet en raakt ook nog een andere aanwezige. Arie had zich kunnen bedenken, de mogelijkheid zich kunnen voorstellen, dat als hij in die drukte schiet, hij ook nog andere aanwezigen kan raken. Dat is opzet met mogelijkheidsbewustzijn.

Deze vormen van opzet zijn vanzelfsprekend ook van toepassing op de uitbuiting. U weet nu dat onder uitbuiting wordt verstaan:

Uitbuiting omvat ten minste uitbuiting van een ander in de prostitutie, andere vormen van seksuele uitbuiting, gedwongen of verplichte arbeid of diensten, slavernij en met slavernij of dienstbaarheid te vergelijken praktijken.

Als je bij een van deze vormen opzettelijk voordeel trekt, dan maak je je schuldig aan mensenhandel. Ik zal dit ook met voorbeelden onderbouwen.

Voordeel trekken bij uitbuiting in de prostitutie
Evert is exploitant van een seksclub. Henk is een mensenhandelaar en Evert weet dat. Op een dag komt Henk naar Evert en vraagt of die een raam heeft om Petra daarachter te laten werken als prostituee. Hoewel Evert weet dat

Henk een mensenhandelaar is, geeft hij Petra een raam en vraagt per avond honderdvijftig euro huur voor dit raam. Op dit moment kan Evert voordeel trekken uit de uitbuiting van Petra. De mogelijkheid dat ze niet vrijwillig werkt is aanwezig omdat Evert de rol van Henk kent. Ook Henk, als die 's avonds het geld van Petra incasseert, trekt opzettelijk voordeel uit de uitbuiting van Petra. Ook als hij haar zelf heeft aangezet tot dit werk. Alle andere mensen die via Petra geld incasseren zouden hieronder kunnen vallen, als ze op enige wijze zouden kunnen weten dat Petra door Henk in de prostitutie is gedwongen. In praktijk zijn dit bodyguards, taxichauffeurs die structureel bepaalde prostituees vervoeren, mensen die tegen excessieve bedragen eten brengen aan het raam et cetera. Veelal is het een derde persoon die een graantje meepikt.

Voordeel trekken bij andere vormen van seksuele uitbuiting
Een man laat uit Thailand een vrouw overkomen en spiegelt haar voordat hij een relatie met haar wil. Eenmaal hier maakt hij haar tot huisslaaf. Daarnaast gebruikt hij haar voor zijn seksuele behoeftes. De vrouw durft hier geen weerstand tegen te bieden. Als de seks al tegen de wil gebeurt kan er natuurlijk ook sprake zijn van verkrachting, maar tevens is dit een vorm van voordeel trekken bij andere vormen van seksuele uitbuiting. Voorafgaande aan deze Thaise betaalde hij iedere week voor een escortdame.

Een ander voorbeeld is een hulpverlener die een cliënt in huis nam. Hij liet haar het huis poetsen. Hij liet haar een krediet afsluiten op haar naam en eenmaal per week had hij seks met haar. Voor die tijd kocht hij seks.

In beide voorbeelden, die reeds eerder zijn gebruikt in dit boek, is er een vorm van voordeel. Beide mannen hoeven voor hun seks niet te betalen en tevens wordt hun huis schoongemaakt, waarvoor ze voorheen betaalden aan een reguliere schoonmaker. Beide mannen hebben indirect voordeel.

Arbeid, diensten, dienstbaarheid en slavernijachtige praktijken
Hierbij ga ik naar één voorbeeld, omdat dit veelal duidelijk is voor alle uitbuitingsvormen.

Steef komt bij aannemer Ab en vraagt of Ab goedkope arbeidskrachten zoekt. Daar heeft aannemer Ab wel interesse in. Steef belt wat rond en enkele minuten later komt er een vrachtwagen met daarin twintig Moldaviërs. Aannemer Ab moet Steef, die de mensen aanbiedt, het loon betalen en Steef vraagt voor iedere persoon vijfentwintig euro per dag. Hoewel aannemer Ab weet dat die mensen in Nederland geen werkvergunning krijgen en hij ze eigenlijk niet mag

laten werken, geeft de lage prijs de doorslag. Aannemer Ab ontwijkt hiermee hoge kosten en zijn winstmarge wordt dus groter.
Aannemer Ab maakt hier gebruik van uitgebuite mensen en heeft daar veel voordeel van.
Zowel aannemer Ab als uiteraard ook Steef die ze aanbiedt, maakt zich schuldig aan mensenhandel.
Dit komt natuurlijk ook voor bij het aanbieden van diensten. Dit alles lijkt dan ook meteen op slavernijachtige praktijken.

Degene die:	Dat is de persoon (de verdachte), die ondanks dat die weet dat iemand (slachtoffer) uitgebuit zou kunnen worden, daar op enigerlei wijze voordeel van geniet.
Opzettelijk:	Degene die had kunnen weten, vermoeden dat de ander werd uitgebuit.
Voordeel trekt:	Financieel voordeel maar ook persoonlijk tevreden gesteld worden. (eigen seksueel gewin of onderdanig ter beschikking hebben).
De uitbuiting:	Andere voorwaarden dan normaal gebruikelijk.
Van een ander:	Het slachtoffer dat uitgebuit wordt.

Artikel 273f lid 1 sub 7:
Degene die
OPZETTELIJK VOORDEEL TREKT
- uit de verwijdering van organen van een ander
- terwijl hij weet of redelijkerwijs moet vermoeden
- dat diens organen onder de 1 bedoelde omstandigheden zijn verwijderd.

In navolging van sub 6, zie je dat sub 7 weer iets specifieks inhoudt. Hier gaat het om opzettelijk voordeel trekken uit de verwijdering van de organen. Daar komt dan wel iets bij. Degene die voordeel trekt, moet weten of redelijkerwijs vermoeden, dat de organen die verwijderd zijn, verwijderd zijn onder een bepaalde manier van dwang.
Als degene voordeel trekt uit een orgaanverwijdering die geheel vrijwillig

heeft plaatsgevonden, is er dus niets aan de hand. Anders zou een familielid strafbaar zijn die een nier afstaat aan een ander familielid. Want blijven leven zou ook een vorm van voordeel in kunnen houden.

In Nederland hebben we zo'n zaak tijdens het schrijven van dit boek nog niet gehad. Ik zal een voorbeeld noemen van een zaak die zich afspeelde in India.

In India waren er handelaren die langsgingen bij de allerarmsten. Daar ontvoerden ze jonge kinderen. Die kinderen werden verdoofd met een soort ether en vervolgens naar een gebouw gebracht waar artsen klaarstonden om een nier te verwijderen. Als de kinderen weer bijkwamen hadden ze dus nog maar één nier. Voordat de kinderen goed en wel beseften wat er gebeurd was, waren ze al in een ander stadsdeel afgezet. Ik zeg het nu netjes: ze werden gewoon uit een rijdende auto gegooid. De kinderen moesten zelf maar proberen uit te zoeken waar ze woonden, en dat nam een paar dagen in beslag. Doordat men de kinderen verdoofde, wist ook bijna niemand op welke plaats de nieren werden verwijderd.

Na verwijdering van de nieren zorgden de handelaren dat de nieren bij financieel welgestelde mensen terechtkwamen. Ze ontvingen hier veel geld voor. De artsen die hieraan meewerkten verwijderden enkel en alleen vakkundig de nieren en werden hier ruimschoots voor betaald. Met alle handelingen vooraf, om de kinderen in de situatie te brengen hun nieren ter beschikking te stellen, hadden de artsen geen bemoeienis. Maar juist zo'n operatie die goed betaald werd, is opzettelijk voordeel trekken uit de verwijdering van organen, terwijl ze wisten of redelijkerwijs konden vermoeden dat die kinderen daar waren gebracht, door vooraf gebruik te maken van een vorm van dwang. Het verdoven is al een vorm van geweld. De artsen maakten zich hier dus schuldig aan die vorm van voordeel trekken. Ook andere gedragingen zijn trouwens van toepassing op de artsen. Ook de handelaren werden bevoordeeld en ook voor hen geldt dit sub naast een van de subs als inbrenger.

Degene die:	Dat is de persoon (de verdachte), die ondanks dat hij al kan vermoeden dat iemand onder een vorm van dwang een orgaan laat verwijderen daar op enigerlei wijze voordeel van geniet.
Opzettelijk:	Degene die het had kunnen weten, vermoeden dat de ander zijn orgaan niet vrijwillig werd verwijderd.
Voordeel trekt:	Financieel of ander voordeel.
Van een ander:	Het slachtoffer waarbij een of meer organen worden verwijderd tegen diens wil.

Artikel 273f lid 1 sub 8:
Degene die
OPZETTELIJK VOORDEEL TREKT
- Uit seksuele handelingen van een ander met of voor een derde tegen betaling

OF
- de verwijdering van diens organen tegen betaling,

Terwijl die ander de leeftijd van achttien jaren nog niet heeft bereikt.

Sub 8 beschrijft een speciale vorm van voordeel trekken bij personen die de leeftijd van achttien jaar nog niet hebben bereikt.
Als iemand onder de achttien jaar geld verdient uit seksuele handelingen met of voor een derde tegen betaling en een andere persoon trekt daar voordeel van, dan is er sprake van mensenhandel.

Hier volgt een voorbeeld dat ik in de praktijk ben tegengekomen.

Rachid van negentien had een vriendin van zeventien jaar, genaamd Charifa. Hij wist dat Charifa in een seksclub als prostituee werkte. Charifa was min of meer met dit werk gestart op aanraden van Rachid, omdat het wel makkelijk geld verdienen was. Al haar verdiende geld stond Charifa aan Rachid af en Rachid kocht van dat geld een auto voor eigen gebruik. Rachid trok opzettelijk voordeel. Hij kreeg geld van Charifa dat zij verdiende door als prostituee te werken, en dat terwijl Charifa nog geen achttien jaar was. Rachid is veroordeeld voor mensenhandel, enkel en alleen op het voordeel trekken. Het was hem bekend dat Charifa zeventien jaar was en het was hem bekend dat zij haar geld verdiende met seksuele handelingen met of voor een derde tegen betaling. Ondanks dat hij dit wist nam hij haar geld aan en kocht daarvan een auto. Rachid trok voordeel uit de opbrengsten van Charifa, die zij verdiende door haar lichaam aan te bieden. Die vorm van voordeel trekken valt onder dit sub 8.

In de Memorie van Toelichting is voor de duidelijkheid vermeld dat de opzet (van de pooier die geld aanneemt van een minderjarige prostituee) in sub 8 gericht dient te zijn op het voordeel trekken, niet op de minderjarigheid. Niet bewezen hoeft te worden dat de minderjarige is bewogen door degene die voordeel geniet. Het is voldoende om te bewijzen dat de dader opzettelijk voordeel trekt uit de seksuele handelingen van de minderjarige.

In vergelijking met sub 7, zie je dat je bij sub 8 al strafbaar bent als je opzettelijk voordeel trekt uit de verwijdering van organen tegen betaling. Hierbij is het niet belangrijk om te weten of die verwijdering is gebeurd door gebruik te maken van een vorm van dwang. Ook hier geldt dat dit sub bedoeld is voor de extra bescherming van de minderjarige.

Degene die:	Dat is de persoon (de verdachte), die voordeel geniet uit de opbrengsten van seksuele handelingen met of voor een derde tegen betaling of de verwijdering van organen tegen betaling van iemand die de leeftijd van achttien jaar nog niet heeft bereikt .
Opzettelijk:	Degene die het had kunnen weten dat het voordeel afkomstig is uit seksuele handelingen of verwijdering van organen tegen betaling bij iemand onder de achttien jaar. Opzet hier is gericht op het voordeel trekken.
Voordeel trekt:	Financieel of ander voordeel.
Van een ander:	Het slachtoffer onder de achttien jaar.

Artikel 273f lid 1 sub 9:
- Degene die een ander
- met een van de onder 1 genoemde middelen

DWINGT dan wel BEWEEGT

- hem te bevoordelen uit de opbrengst van:
  – diens seksuele handelingen met of voor een derde

of

  – van de verwijdering van diens organen

Het laatste sub van lid 1 is sub 9. Ook weer zo'n speciale voordeeltrekker. Voor de politie en justitiemensen, die veel met dit artikel werken, staat dit sub bekend als het pooierartikel.

Uiteraard zie je hier ook weer de verwijdering van organen, maar in mijn praktijkzaken is het altijd nog gebruikt bij pooiers. Mensenhandelaren die eerst iemand in de prostitutie brengen en daarna steeds het geld opstrijken. Naast deze strafbaarstelling valt die ook onder de inbrengers. Maar dit sub is ook van toepassing op mensen die later pas in beeld komen, nadat iemand in eerste aanleg zelfstandig en vrijwillig is gaan werken. De beschermheren die zich als beschermheer opwerpen. De pooiers, de beschermheren, de bodyguards en veel van die andere lieden die het zogenaamd goed bedoelen, maar gewoon willen profiteren van mensen die in de prostitutie werken.

Hoe dienen we dit laatste sub te lezen?

'Degene die' is hier de persoon die iemand minimaal wil bewegen afstand te doen van het geld dat hij of zij verdiend heeft door seksuele handelingen tegen betaling aan te bieden dan wel geld te krijgen dat iemand gekregen heeft omdat hij diens organen heeft laten verwijderen.

'De ander' is dan de persoon die geld heeft verdiend door zijn organen te laten verwijderen of die geld verdiend heeft door seksuele handelingen aan te bieden met of voor een derde tegen betaling.

'Degene die' een ander minimaal wil bewegen, doet dit door gebruik te maken van een of meer van de onder sub 1 genoemde middelen. Dat wil zeggen dat 'degene die', gebruikmaakt van:
'dwang, geweld of een andere feitelijkheid of door dreiging met geweld

of een andere feitelijkheid, door afpersing, fraude, misleiding dan wel door misbruik van uit feitelijke omstandigheden voortvloeiend overwicht, door misbruik van een kwetsbare positie of door het geven of ontvangen van betalingen of voordelen om de instemming van een persoon te verkrijgen die zeggenschap over die ander heeft'.

Je moet het als volgt lezen om te kijken of het voldoet aan de criteria:
– Degene die een ander met dwang beweegt hem te bevoordelen uit de opbrengst van diens seksuele handeling met of voor een derde of de verwijdering van organen of;
– Degene die een ander met geweld beweegt hem te bevoordelen uit de opbrengst van diens seksuele handeling met of voor een derde of de verwijdering van organen of;
– Degene die een ander met een andere feitelijkheid beweegt hem te bevoordelen uit de opbrengst van diens seksuele handeling met of voor een derde of de verwijdering van organen of;
Zo kan ik doorgaan tot en met het middel, 'degene die een ander door het geven of ontvangen van betalingen of voordelen om de instemming van een persoon te verkrijgen die zeggenschap over die ander heeft

'Bewegen tot' is voldoende voor een strafbare mensenhandel. Komt er nog meer sprake van dwang bij, iemand dwingt iemand tot het bevoordelen, dan zal dat in de praktijk een hogere strafeis met zich meebrengen en wellicht een hogere veroordeling.

Ik zal ook hier wat voorbeelden benoemen om het nog begrijpelijker te maken.

Liesbeth gaat werken in de raamprostitutie. Ze gaat dit vrijwillig en als zelfstandige doen. Ze gaat naar de exploitant en huurt een raam. Eenmaal achter het raam komt er een man voorbij en die zegt: 'Hoi ik heet Richard. Weet je dat deze straat waar jij werkt van mij is? Ik zorg voor de veiligheid van alle vrouwen die in deze straat werken. Voor die bescherming betalen alle vrouwen mij honderd euro per dag'. Liesbeth zegt tegen Richard dat ze geen bescherming nodig heeft. Dat ze als zelfstandige werkt en dat ze niet voornemens is geld af te dragen. Ze betaalt raamhuur aan de exploitant en dat vindt ze voldoende. Ze sluit haar raam. Richard is hier niet echt tevreden over en blijft daarop de hele dag voor haar raam staat. Hij intimideert haar en omdat hij daar staat krijgt Liesbeth geen klanten. Richard herhaalt dit drie dagen en Liesbeth krijgt daardoor geen enkele klant. Wel heeft ze drie keer de huur betaald en daarmee al een schuld opgebouwd van 420 euro. Wel de huur betaald, maar door het optreden van Richard zelf nog niets verdiend. Uiteindelijk geeft ze toe aan Richard. Ze ervaart het optreden van Richard als zeer bedreigend. Temeer omdat ze ook nog gezien heeft dat Richard in die dagen dat hij voor haar raam stond, zomaar een voorbijganger in elkaar sloeg. Het gedrag van Richard maakt Liesbeth bang en door wat ze gezien heeft gaat ze betalen. Richard heeft hier gebruikgemaakt van enkele middelen onder sub 1 en incasseert nu iedere dag protectiegeld, dat betaald wordt uit de verdiensten die Liesbeth heeft door haar prostitutiewerk. Hij geniet voordeel uit de opbrengsten van haar prostitutiewerk.

Wat heel veel voorkomt is chantage (afpersing). Meysa is een Marokkaans meisje dat vrijwillig is begonnen als prostituee. Een bekende ziet haar en maakt een foto. Dan gaat hij naar Meysa en geeft aan dat hij geld van haar wil uit de opbrengsten die ze heeft als prostituee. Betaalt ze niet, dan stuurt hij de foto naar haar ouders.

Ook deze bekende maakt zich hierdoor schuldig aan mensenhandel.

Een laatste voorbeeld dat ik wil benoemen zijn de loopjongens die eten halen. In diverse onderzoeken heb ik gezien dat vrouwelijke prostituees mannen aan de deur kregen die aanboden om eten voor ze te halen. Als de vrouwen weigeren, krijgen ze te horen dat ze dan maar moeten verdwijnen. De aangeboden bezorgservice maakt deel uit van de plaats waar ze werken. Ze kunnen kiezen uit bepaalde keuzemenu's. Echter, de inkoopprijs van een broodje is ongeveer twee euro en het komt veel voor dat de vrouwen er vijftig euro voor moeten betalen. Nemen ze dat eten niet af, dan worden ze geterroriseerd en bedreigd met geweld.

Vaak wordt het dreigement kracht bijgezet door in de nabije omgeving een andere vrouw te mishandelen. Dan is het daarna heel gemakkelijk om te zeggen: 'Heb je niet gezien wat er met die andere vrouw is gebeurd?'

Dit alles om zichzelf te bevoordelen uit de opbrengst die de vrouw heeft verdiend met seksuele handelingen met een derde.

Persoonlijk heb ik in mijn zestienjarige loopbaan in de bestrijding van mensenhandel nog geen voorbeeld gezien van het bevoordelen uit de opbrengst van orgaanverwijdering. Maar eenieder kan zich daar dankzij de voorbeelden wat bij voorstellen.

Iemand krijgt duizend euro voor de afgifte van een nier en daarna wordt dat door een ander met geweld afgepakt, die op de hoogte was van het feit

dat die ander duizend euro heeft gekregen om zijn orgaan af te staan.
In zeer arme landen kan dit een bemiddelaar zijn. Hij zorgt voor bemiddeling dat iemand tegen betaling een nier of ander orgaan af kan staan en daarna vraagt hij voor zijn bemiddeling een bedrag uit de opbrengst voor het afstaan van dat orgaan.

Degene die:	Dat is de persoon (de verdachte), die zich bevoordeelt uit de opbrengsten van seksuele handelingen met of voor een derde tegen betaling of de verwijdering van organen.
Een ander:	Degene die geld verdient uit seksuele handelingen met een derde of geld verdiend heeft aan de verwijdering van zijn organen.
Dwingt/beweegt:	Degene die iemand aanzet (beweegt) hem te bevoordelen uit de opbrengst van diens seksuele handelingen of verwijdering van organen.
Middelen:	Degene die een middel uit sub 1 gebruikt om kracht bij te zetten dat hij voordeel krijgt uit de opbrengst van het slachtoffer.
Te bevoordelen:	Financieel of ander voordeel.
Uit de opbrengst:	De verdiensten van het slachtoffer uit de seksuele handelingen met een derde of de verdiensten uit de verwijdering van organen.

Tot slot

Extra juridische maatregelen rondom minderjarigen

Bij het artikel mensenhandel en bij de voorloper vrouwenhandel, was er altijd extra aandacht voor de minderjarige. In het Nederlandse rechtssysteem is de prostituee niet strafbaar, maar ook de klant is op geen enkele wijze strafbaar. Er zijn discussies en wetsvoorstellen om ook klanten strafbaar te gaan stellen. Momenteel is de klant die seks heeft met een prostituee die illegaal in Nederland verblijft, niet strafbaar. De klant die vermoedt dat iemand niet vrijwillig werkt, maar toch tegen betaling seks met haar heeft, is ook niet strafbaar. Bij minderjarigen zijn daar echter andere strafbepalingen voor opgenomen, omdat onze overheid hen extra wil beschermen. Daarom geven alle artikelen over vrouwen- en mensenhandel aan dat een dader geen geweld of ander middel hoeft toe te passen, om iemand die minderjarig is in de prostitutie te brengen. Het in de prostitutie brengen van een minderjarige is al voldoende, ook al zou zij daar vrijwillig mee instemmen. Iemand onder de achttien kan en mag dit niet zelf beslissen. Iemand onder de achttien die dit gaat doen, is zelf niet strafbaar, maar iedereen die met die minderjarige iets onderneemt in relatie tot haar prostitutiewerk, is wel strafbaar. Degene die haar in de positie brengt, degene die er voordeel van trekt, maar ook een klant.

Het was nou juist die klant die nog niet in het oude artikel mensenhandel 250a was vermeld en daarvoor heeft men een aantal andere artikelen in het Wetboek van Strafrecht rond het jaar 2000 opgenomen of aangepast. Ik vermeld hier drie artikelen die in de bestrijding van mensenhandel gebruikt worden wanneer minderjarigen zich prostitueren. Het zijn de artikelen 248a, b en c uit het Wetboek van Strafrecht.

Art. 248a Wetboek van Strafrecht: verleiding van een minderjarige
'Hij die door giften of beloften van geld of goed, misbruik van uit feitelijke verhoudingen voortvloeiend overwicht of misleiding een minderjarige, wiens minderjarigheid hij kent of redelijkerwijs moet vermoeden, opzettelijk beweegt ontuchtige handelingen met hem te plegen of zodanige handelingen van hem te dulden, wordt gestraft met een gevangenisstraf van ten hoogste vier jaren of geldboete van de vierde categorie.'

Als dit kan worden bewezen, zit je al met anderhalf been in de mensenhandel, zoals die nu strafbaar is gesteld. Dit artikel was er overigens al ruim voor 2000. Het gaat hier over iedere minderjarige. In 248b wordt expliciet gesproken over de zestien- of zeventienjarige prostituee. 'Redelijkerwijs vermoeden' strekt heel ver. Je kunt je als verdachte niet verschuilen achter het argument dat een minderjarige er ouder uitzag.

Art. 248b Wetboek van Strafrecht: strafbare klant van een minderjarige prostituee
'Hij die ontucht pleegt met iemand die zich beschikbaar stelt tot het verrichten van seksuele handelingen met een derde tegen betaling en die de leeftijd van zestien, maar nog niet de leeftijd van achttien jaren heeft bereikt, wordt gestraft met een gevangenisstraf van ten hoogste vier jaren of geldboete van de vierde categorie.'

Een klant die seks heeft met een prostituee van zestien of zeventien jaar heeft dus een probleem. Dit vloeit voort uit de bescherming van minderjarigen. Het is in Nederland ook al voorgekomen dat klanten hiervoor zijn veroordeeld. Ik heb ooit eens een onderzoek gedaan naar een man die seks had met een zeventienjarige prostituee die ondanks zijn verweer – 'ze zag er ouder uit' – veroordeeld werd voor het hebben van seks tegen betaling met een minderjarige prostituee. Voor klanten van prostituees jonger dan zestien jaar, hoeft niets apart geregeld te worden, omdat in de zedenwetgeving seksuele handelingen met kinderen jonger dan zestien jaar al strafbaar waren (en blijven).

Art. 248c Wetboek van Strafrecht: aanwezigheid bij ontucht door een minderjarige
'Hij die opzettelijk aanwezig is bij het plegen van ontuchtige handelingen door een minderjarige wiens minderjarigheid hij kent of redelijkerwijs moet vermoeden dan wel bij het vertonen van afbeeldingen van dergelijke handelingen in een daarvoor bestemde gelegenheid, wordt gestraft met gevangenisstraf van ten hoogste vier jaren of geldboete van de vierde categorie.'

Dit artikel maakte dat iedere aanwezige bij seksuele handelingen met een minderjarige strafbaar was, maar ook alleen al het aanwezig zijn en/of bekijken van afbeeldingen van minderjarigen waarbij sprake is van seks. Dit artikel is van toepassing op de toeschouwer van een live seksshow, maar ook op de toeschouwer en bezoeker van een kinderpornovoorstelling.

In alle gevallen waar een slachtoffer bij betrokken is die de leeftijd van achttien jaar nog niet heeft bereikt, is optreden een must. Doe je dat niet, sta je zelf aan de basis van nieuwe strafbare feiten, zoals je kunt zien in de artikelen 248a, b en c van het Wetboek van Strafrecht. Zelfs als ik het absolute doorlaatverbod en mensenhandel buiten beschouwing zou laten.

De ware liefde

Zij staat daar aan de kade, een koffer in haar hand.
Zij lijkt misschien alleen, maar het geluk staat aan haar kant.
Het is tijd om te vertrekken naar een veelbelovend land.
Zij staat daar aan de kade, met een koffer in haar hand.

Het schip danst op de golven, het vaderland verdwijnt.
De maan klimt uit de zee omhoog, de avondster verschijnt.
Ze staat daar op het voordek, zij staat in weer en wind
en als het langzaam licht wordt, vaart het schip de haven in.

De ware liefde.
De ware liefde.
De ware liefde.
Is ergens hier.

Ze staat daar aan de kade, de stad is vreemd en groot.
Ze wacht op een geliefde, die een toekomst heeft beloofd.
Maar als hij komt verdwijnt de zon en er is geen weg terug
en de regen valt met bakken uit de lucht.

De ware liefde.
De ware liefde.
De ware liefde.
Is ver van hier.

Ze loopt daar langs de straten, van Brussel en Berlijn.
Ze kent de mannen, die zich beter voordoen dan ze zijn.
Ze heeft geleerd om overal en nergens thuis te zijn.
Ze staat daar langs de straten van Brussel en Berlijn.

De lichten van de auto's, passeren in het donker
De eerste in onzeker, de tweede heeft gedronken.
De derde zoekt een vuur, dat al jaren is gedoofd.
En het geld is voor de duivel, die haar de hemel heeft beloofd

De ware liefde.
De ware liefde.
De ware liefde.
Is nergens hier.

Stef Bos

De muziek van *De ware liefde* door Stef Bos
is te downloaden via www.defatalefuik.nl